Ashley Carrington, Jahrgang 1951, absolvierte eine Operngesangsausbildung und studierte Theater-, Film- und Fernsehwissenschaft, bevor er sich dem Schreiben zuwandte und 1977 freischaffender Schriftsteller wurde.
Der erfolgreiche, preisgekrönte Autor verbrachte mehrere Jahre auf einer Farm in Virginia, von wo aus ihn zahlreiche Abenteuerreisen in viele Teile der Welt führten. Zur Zeit lebt er abwechselnd in Florida und im Bergischen Land.

Von Ashley Carrington sind u. a. erschienen:

Belmont Park (Band 3235)
Hickory Hill (Band 2962)

Jessica oder Das Ziel aller Sehnsucht (Band 1388)
Jessica oder Die Insel der verlorenen Liebe (Band 2834)
sowie weitere Titel dieser Australien-Saga

Valerie – Erbin von Cotton Fields (Band 2021)
Valerie – Herrin auf Cotton Fields (Band 2022)
sowie weitere vier Titel der Südstaaten-Saga

Dieses Buch wurde auf chlor- und säurefreiem Papier gedruckt.

Originalausgabe Mai 1993

Umschlaggestaltung Adolf Bachmann, Reischach
Umschlagfoto South African Tourism Board, Frankfurt/Main
Satz MPM, Wasserburg
Druck und Bindung Ebner Ulm
Printed in Germany 5 4 3 2 1
ISBN 3-426-03165-5

ASHLEY CARRINGTON

Küste der Verheißung

Roman

Knaur

Für
Willy Zingg, Buschpilot,
Abenteurer der Kalahari

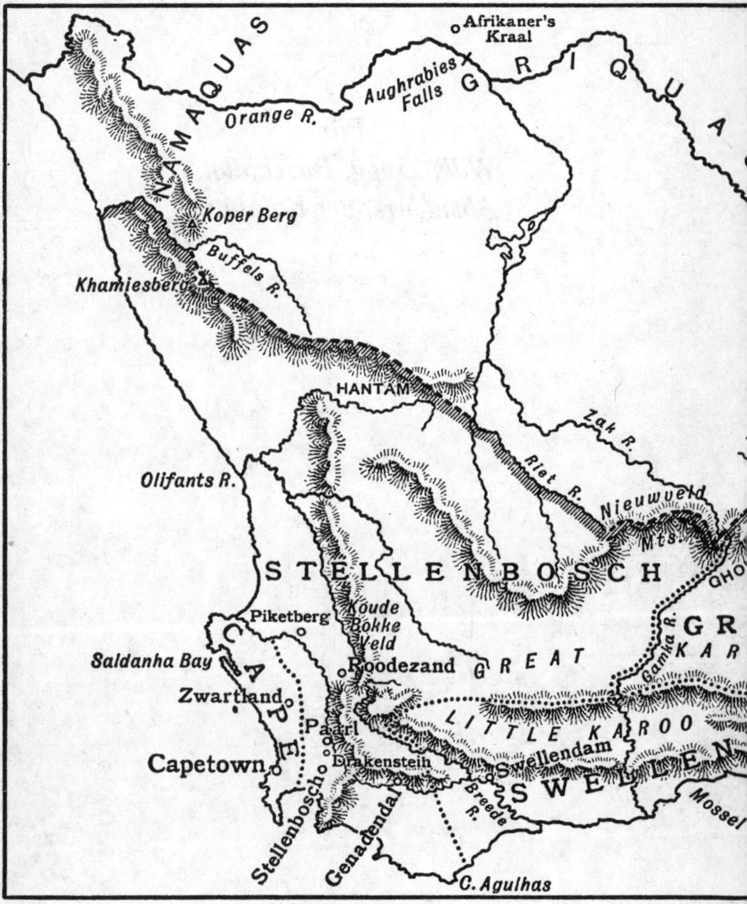

Longmans, Green & Co. Ltd. London, N

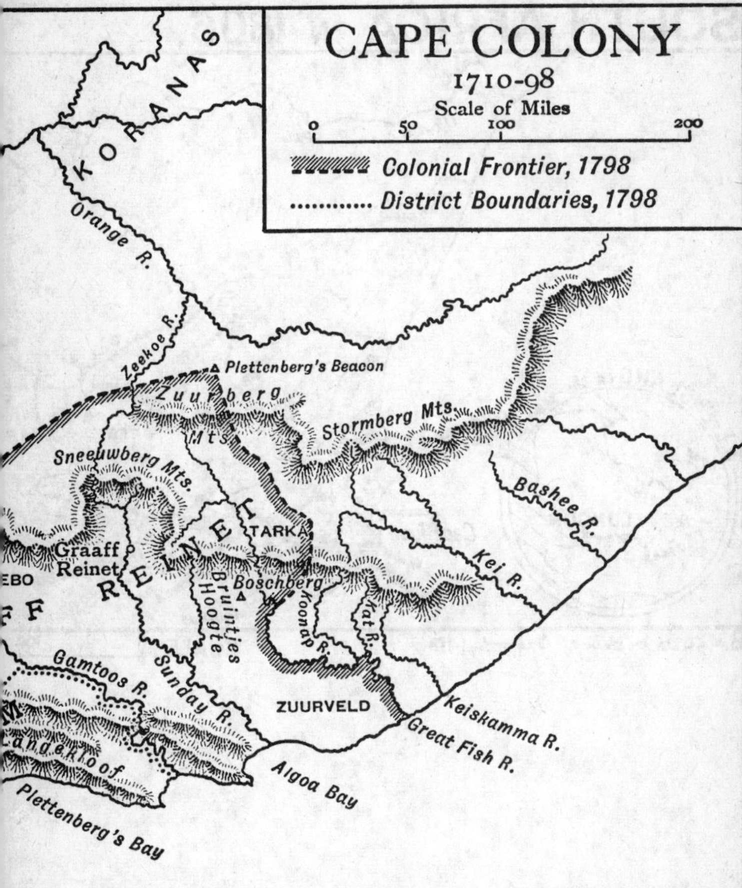

Emery Walker Ltd. sc.

k, Toronto, Calcutta, Bombay & Madras

SOUTH AFRICA IN 1806.

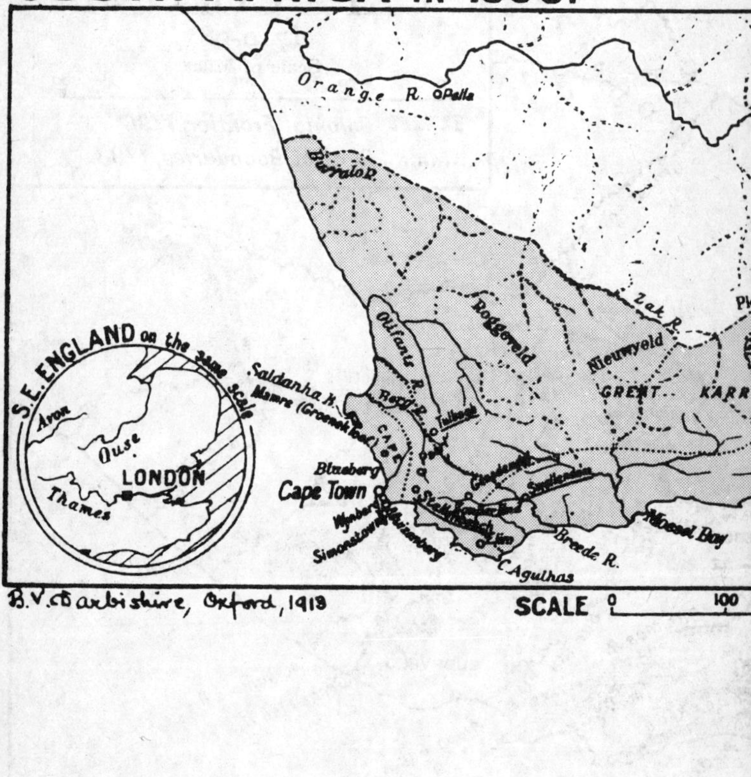

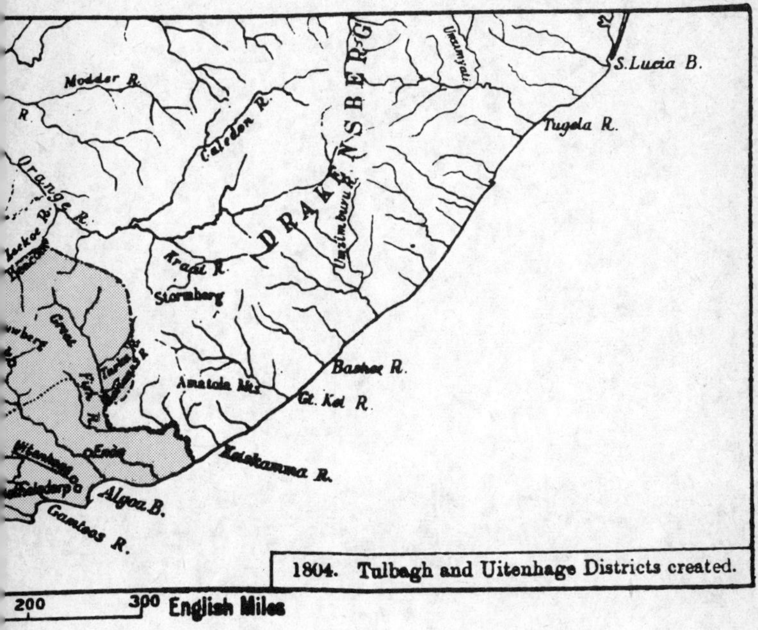

1804. Tulbagh and Uitenhage Districts created.

TEIL I

Strandgut

1

Er rannte um sein Leben. Hunger und Angst trieben ihn voran. Seine linke Hand krallte sich in das Fell des toten Hasen und preßte das Tier an seine Brust. Mit dem rechten Arm versuchte er sein Gesicht vor den überfrorenen Zweigen zu schützen, während er durch das dichte Unterholz flüchtete. Die Schläge machten ihn halb blind und hinterließen blutige Striemen auf seiner Haut, doch er spürte keinen Schmerz und auch nicht die Kälte; dafür war seine Angst zu groß. Er spürte nur den Hasen in seiner linken Hand, der immer schwerer zu werden schien. Aber irgendeine Stimme in seinem Hinterkopf versicherte ihm, daß dieser Alptraum aus Angst und Hunger ein gutes Ende haben würde, wenn er bloß an diesem schweren, wunderbar fleischigen Tier festhielt, als hinge sein Leben davon ab, und in einem sehr direkten Sinne tat es das auch. Der Hase war das Leben. Ließ er ihn fallen, würde er nicht mehr die Kraft aufbringen zu rennen.

Sein Herz hämmerte, und in seinen Ohren rauschte das Blut wie ein reißender Wildbach zur Frühjahrsschmelze. War es George Boogan, der ihm an diesem kalten, schneegrauen Novembermorgen auf den Fersen war? Oder hatte er es mit dem jungen O'Brien zu tun? Tom Dale konnte es jedenfalls nicht sein. Der hielt sich in Chipping bei seiner Zukünftigen auf, das wußte er aus erster Hand. Also blieben nur Boogan und O'Brien. Er hoffte, daß es der Wildhüter persönlich war, der ihm im Nacken saß. Boogan hatte in den letzten Jahren Fett angesetzt und war längst nicht mehr so schnell wie früher. Ihm konnte er entkommen.

»Bleib stehen!« schrie eine scharfe und gar nicht atemlose Stimme hinter ihm im Wald, als er über den querliegenden Stamm einer vom Sturm gefällten Buche sprang. »Zwing mich nicht zu schießen!«

Panik wallte in John Tyler auf. Es war nicht Boogan, wie er gehofft hatte, sondern Patrick O'Brien. Eine Hitzewelle jagte durch seinen Körper und trieb ihm den Schweiß aus allen Poren. Gehetzt warf er einen Blick über die Schulter zurück. Sein Vorsprung schrumpfte immer mehr zusammen. Er konnte die große, schlanke Gestalt von O'Brien schon zwischen den Bäumen ausmachen.

Ein Schuß zerriß den trügerischen Frieden des frühen Morgens. John Tyler schrie auf. Doch die geballte Ladung Schrot traf ihn nicht in den Rücken, sondern fuhr hoch über seinem Kopf in die Bäume. Schnee rieselte aus den weißen Kronen. Er stolperte, fing sich wieder und rannte weiter.

Die Bäume wurden weniger. Vor ihm lag eine kleine Waldlichtung. Schnee, so dünn und weiß wie ein frisch gebleichtes Laken, bedeckte den gefrorenen Boden. Wenn er es noch rechtzeitig über die Schneise und drüben über den Three Fox Brook schaffte, hatte er eine Chance, Patrick O'Brien zu entkommen. Das Unterholz auf der anderen Seite war so dicht wie das verfilzte Haar der alten Lynnford, die schon seit Jahren weder Kamm noch Bürste zur Hand nahm. Dort konnte er sich verstecken und seinen Verfolger abschütteln. Der Schneefall der letzten beiden Tage war zu gering gewesen, um schon tief ins Unterholz vorgedrungen zu sein. Er würde also keine Spuren hinterlassen, denen man so leicht folgen konnte wie einer Fährte im Neuschnee.

Am Waldrand verfing sich sein linker Schuh in einem Zweig,

der unter seinem Tritt nicht brach, sondern hochgerissen wurde und ihm zwischen beide Beine geriet. Er stürzte der Länge nach hin. Kaltes Laub, von Rauhreif überzogen, klatschte ihm ins Gesicht. Augenblicklich rappelte er sich wieder auf und rannte auf die Lichtung hinaus. Sein Griff um den Hasen hatte sich nicht einmal beim Fall auch nur für eine Sekunde gelockert. Der Sturz hatte ihn jedoch wertvolle Zeit gekostet. Er schaffte es nicht einmal bis zur Mitte der Waldschneise.

»Halt! Keinen Schritt weiter!« schrie Patrick O'Brien ihm zu. »Die zweite Ladung geht nicht in die Bäume, sondern in deine Beine! Bleib verdammt noch mal stehen!«

Ganz deutlich hörte John Tyler, wie der Hahn des Gewehrs einrastete. Es war ein scharfes metallisches Klicken, das in der Stille des Morgens weit trug und alle anderen Geräusche zum Schweigen zu bringen schien.

John Tyler erstarrte, wie zu Eis gefroren. Ertappt! Auf frischer Tat beim Wildern ertappt! Er wußte nur zu gut, welche Strafe darauf stand. Lord Harland kannte keine Milde, was das betraf. Ihm war, als wollte sein Herz bersten und ihm die Brust aufreißen. Einen Moment lang lähmte das Entsetzen jeden weiteren Gedankengang.

»Dreh dich um!«

John Tyler drehte sich um, den Hasen noch immer krampfhaft an die Brust gepreßt, als könnte ihn das Tier vor dem Verderben schützen.

Patrick O'Brien ließ die doppelläufige Flinte, die er zum gezielten Schuß an die Schulter gesetzt hatte, sinken. »Mein Gott, du?« stieß er bestürzt hervor.

»Laß mich laufen!« keuchte John Tyler. Sein Atem kam bei der Kälte als Dampfwolken in schnellen, kurzen Stößen aus seinem Mund.

Patrick O'Brien ging auf ihn zu. »Das kann ich nicht, das

weißt du. Boogan ist nicht weit. Er wird den Schuß gehört haben und jeden Augenblick hiersein. Mein Gott, warum hast du das bloß getan?«

»Die Kinder haben Hunger, Pat.«

»Ich weiß, was Hunger ist, John.« Kaum hatte er die Worte ausgesprochen, da bereute er sie auch schon, kannte er doch John Tylers Schicksal.

»Aber du weißt nicht, wie es ist, eine Frau und drei Kinder zu haben – und ein viertes auf dem Friedhof, das nicht einmal alt genug geworden ist, um seinen eigenen Namen aussprechen zu können!« stieß John Tyler hervor. »Anne weint fast jede Nacht, weil sie Angst hat, daß wir es nicht schaffen, James, Emily und Mary über den Winter zu bringen. Die Kinder sind so dünn, daß man ihre Rippen zählen kann. Und die wirklich harten Monate liegen erst noch vor uns. Pat, ich flehe dich an, laß mich laufen ... um der Kinder willen!« Und damit kniete er sich vor ihn in den Schnee.

Patrick O'Brien starrte verstört und ärgerlich zugleich auf ihn hinunter. Er sah einen hageren Mann, dessen schäbige, fast nur noch aus Flicken bestehende Kleidung für den Winter viel zu dünn war. Ein Familienvater und Mann von einunddreißig Jahren, der vor ihm, dem acht Jahre jüngeren, kniete und ihn anflehte, ihn laufenzulassen.

»Komm hoch!« fauchte er ihn an, weil er sich in seiner Haut zusehends unwohler fühlte. Was sollte er bloß tun?

John Tyler war ein aufrechter, gottgläubiger und hart arbeitender Mann gewesen. Bis vor anderthalb Jahren hatte er vermutlich nicht einmal im Traum daran gedacht, auf den Ländereien von Lord Harland zu wildern. Aber vor anderthalb Jahren hatte er auch noch eine gute Stellung im Steinbruch und keinen steifen rechten Arm gehabt. Jener unglückselige Unfall mit dem überladenen

Fuhrwerk, bei dem ihm mehrere Felsbrocken den rechten Ellbogen und die Hand zertrümmert hatten, hatte ihn zum Krüppel gemacht und ihn um seine Zukunft betrogen. Denn wer hatte in einem Landstrich wie den Cotswold Hills, wo das Leben selbst für einen gesunden, kräftigen Mann hart war, schon Arbeit für jemanden, der nur einen Arm gebrauchen konnte?

»Steh auf!« zischte Patrick O'Brien und schämte sich für seinen warmen Mantel aus Schafwolle und seine Stiefel, die er Grimes aus der Sattlerei abgekauft hatte. Sie waren noch wie neu und saßen wie angegossen. »Ich weiß, daß es schwere Zeiten für dich und Anne sind. Aber knie nicht vor mir wie vor einem Priester.«

John Tyler richtete sich auf. Sein Blick war ein einziges stummes Flehen.

Aus dem Wald hinter ihnen war das Geräusch eines Mannes zu hören, der durch das Unterholz brach. Gedämpft zwar, aber wer immer da kam, würde nicht lange brauchen, um zu ihnen auf die Lichtung zu gelangen.

Boogan! schoß es Patrick O'Brien durch den Kopf. Ihm blieb nicht mehr viel Zeit. »Laß den Hasen fallen, und verschwinde!«

John Tyler schluckte. »Ich kann nicht, Pat. Ich kann nicht mit leeren Händen nach Hause kommen.«

»Dann muß ich dich Mr. Boogan übergeben.« Er hob wieder den Lauf der Flinte.

»Wenn du das tust, werde ich nach Australien deportiert und sehe meine Frau und meine Kinder nie wieder. Du weißt, wie Lord Harland ist. Das kannst du nicht machen, Pat. Du bist nicht so wie Boogan. Und es ist doch bloß ein Hase. Die Wälder sind voll von Wild. Laß mir den Hasen, ich flehe dich an!«

Patrick O'Brien brach der Schweiß aus, und er wünschte, er

hätte an diesem Morgen eine andere Route eingeschlagen. Dann stünde er nicht hier und müßte auch nicht die bisher schwierigste Entscheidung seines Lebens treffen. »Tut mir leid, ich kann es nicht. Es ist meine Pflicht«, begann er mit belegter Stimme.

John Tyler sah ihm in die Augen. »Es ist nur ein Hase, und meine Kinder haben Hunger, Pat ... Bitte!« flüsterte er, drehte sich um und ging mit hölzernen Schritten auf den Wald zu. Er hielt den Rücken gerade und den Kopf aufrecht.

Patrick O'Brien packte die Flinte fester. Ein Schauer durchfuhr ihn. »Bleib stehen, oder ich schieße dich zum Krüppel!« rief er, erschrocken darüber, daß die Situation völlig seiner Kontrolle entglitt, denn er spürte, daß seine Flinte noch weniger Macht über John Tyler besaß als seine Worte.

»Das bin ich schon«, erwiderte John Tyler bitter. Ihn trennten nur noch wenige Schritte vom Three Fox Brook und dem rettenden dunklen Wald mit seinem Labyrinth aus Hohlwegen. Er spürte förmlich, wie Patrick O'Brien den Zeigefinger um den Abzug legte und Druck ausübte.

»Noch einen Schritt weiter – und ich drücke ab!« So etwas wie Panik lag in der Stimme von Patrick O'Brien.

John Tyler hielt im Schritt inne, wandte jedoch nicht den Kopf. Sein Herz raste. Tonlos bewegten sich seine Lippen und formten die Worte, die im Angesicht von Patrick O'Brien laut auszusprechen ihm sein Stolz verboten hatte: Tu es nicht! Denk an damals, Pat, als du ein kleiner Junge warst und dich zu früh auf das Eis des Dorfteiches gewagt hast. Du bist eingebrochen, und ich habe dich im letzten Moment zu fassen gekriegt. Erinnerst du dich? Du mußt dich erinnern! Ich habe dir das Leben gerettet. Du bist mir etwas schuldig. Aber ich will nicht mehr als diesen Hasen und meine Freiheit. Du bist mir diesen Hasen schuldig, Patrick O'Brien!

Patrick O'Brien zog den Abzug durch. Mit einem scharfen Knall löste sich der zweite Schuß aus seiner Flinte und wurde vom Wald als Echo zurückgeworfen. Die Schrotladung schoß aus dem herumgerissenen Lauf und schlug ein gutes Stück rechts von John Tyler wie Hagelschauer in Gebüsch und Bäume.
Der Wilderer wankte in einem kurzen Anfall der Schwäche vor unendlicher Erlösung und rannte dann los. Augenblicke später hatte ihn der Wald verschluckt.
Die rauchende Schrotflinte in beiden Händen, stand Patrick O'Brien wie benommen in der Mitte der Lichtung. Was, um Gottes willen, hatte er bloß getan?

2

George Boogan, ein stämmiger Mann von vierzig Jahren und untersetzter Gestalt, stürzte unter lautem Fluchen zu Patrick auf die Schneise hinaus. Er trug einen langen Mantel aus Kaninchenfell und eine ebensolche Mütze auf seinem kantigen Kopf, dessen schwarzes Haar schon stark zurückgewichen war. Nur die Augenbrauen waren noch so dicht wie die Borsten einer neuen Schuhbürste. Eine blutige Linie zog sich quer über seine linke Wange, wo ihn ein scharfer Ast wie eine Messerklinge gezeichnet hatte.
Boogan hatte zwei Schüsse gezählt. Als er seinen zweiten Gehilfen nun wie versteinert mit rauchender Flinte in der Hand auf ein Gebüsch auf der anderen Seite starren sah, glaubte er zu wissen, was passiert war.
»Du hast den Mistkerl erwischt, ja? Gut gemacht, O'Brien!«
Boogan war ganz außer Atem und stützte sich auf seine Flinte, die aus der Werkstatt eines sehr guten Waffenschmieds stammte und sogar Verzierungen am Schloß und

auf dem Schulterstück aufwies. »Es wurde auch mal wieder Zeit, ein Exempel zu statuieren, und das tut man am besten schon gleich zu Beginn des Winters, damit nicht noch mehr von diesem Pack denken, sie könnten in den Wäldern ungestraft ihre Schlingen auslegen und Seine Lordschaft berauben.«

Patrick brachte kein Wort über seine Lippen.

Boogan deutete auch das Schweigen falsch. »Keine leichte Sache, auf jemanden zu schießen und ihn niederzustrecken. Ich weiß, wovon ich rede. Aber manchmal muß es sein. Wenn wir dem Gesetz nicht Geltung verschaffen, dann versinkt das Land in Chaos«, versicherte er und schlug ihm aufmunternd auf die Schulter. »Und jetzt zeig mir, wo er liegt.«

Patrick schüttelte den Kopf und öffnete den Mund. Er fühlte sich wie ein Karpfen an Land. Seine Lungen schienen nicht genügend Luft zu bekommen. Die Angst saß ihm wie eine Bleiplatte auf der Brust. »Ich ... ich weiß nicht, Mr. Boogan.«

»Na, wir finden ihn schon. Du wirst ihn schon nicht verfehlt haben.«

Patrick nahm all seinen Mut zusammen. »Ich ... ich habe ihn nicht getroffen, Mr. Boogan. Er ... er ist mir entwischt.«

Ein verdatterter Ausdruck trat auf das Gesicht des Wildhüters, dann wurden seine Züge hart. »Du hast ihn entkommen lassen? Du, der beste Schütze der Cotswold Hills?« fragte er scharf.

»Er war einfach zu schnell.« Patrick wich dem Blick seines Vorgesetzten aus.

Boogan schaute ihn ungläubig an, blickte zum Wald hinüber, suchte mit den Augen die Lichtung ab und sah Patrick dann prüfend ins Gesicht. »Was ist hier vorgefallen, O'Brien? Und versuch nicht, mir etwas vorzumachen!«

»Nichts ist vorgefallen, Mr. Boogan«, log Patrick und bemühte sich, den Eindruck eines Mannes zu machen, der zerknirscht war, weil ihm der Wilderer entwischt war, der sich aber darüber hinaus nichts hatte zuschulden kommen lassen. »Ich habe wirklich alles drangesetzt, um den Kerl einzuholen, aber er war einfach schneller als ich.«

»Ich habe zwei Schüsse gehört, und sie kamen aus *deiner* Flinte!«

Patrick wagte nicht, ihm in die Augen zu schauen. »Ja, ich habe geschossen, aber ich habe ihn nicht getroffen.«

Boogans Augen wurden ganz schmal, als blendete ihn die Sonne. Dabei schwamm sie blaß und konturlos in den grauen Wolken, die tief über den dichtbewaldeten Bergzügen hingen. »Du vergeudest dein Pulver nicht. Wenn du schießt, dann bist du auch in Reichweite deines Ziels – und dann sitzt die Kugel. Selten brauchst du eine zweite.« Er schüttelte den Kopf. »Nein, wenn du ihn mit zwei Schüssen nicht getroffen hast, dann *wolltest* du ihn nicht treffen!«

»Das ist nicht wahr! Ich habe aus dem Laufen geschossen, und Sie haben doch selbst gesehen, wie dicht hier das Unterholz steht«, erwiderte Patrick hastig. »Vielleicht habe ich ihn ja getroffen, zumindest mit ein paar Schrotkugeln, aber zum Stehen gebracht hat ihn das nicht. Glauben Sie mir, ich habe getan, was ich konnte, um den Wilderer zu stellen.«

»Du lügst!« Boogans Stimme war so kalt und scharf wie ein Rasiermesser.

»Mr. Boogan ...«

»Halt den Mund!« schnitt der Wildhüter ihm das Wort ab. Zorn rötete sein Gesicht. »Für wie dumm hältst du mich, daß du meinst, ich könnte die Spuren nicht deuten? Glaubst du, ich hätte keine Augen im Kopf? Da, drei Fußspuren kommen hinter uns aus dem Wald – die von dir, von mir und dem Wilderer. Und dort«, er wies auf die Stelle, wo John Tyler gestanden und sich vor ihm niedergekniet hatte, »ist der Kerl stehengeblieben. Da sind nicht nur zwei Abdrücke im Schnee, sondern bestimmt mehr als ein Dutzend auf kleinster Fläche. Glaubst du, ich wüßte nicht, was das bedeutet?«

»Die Spuren sind von mir. Ich ... ich bin dort stehengeblieben, nachdem ich den zweiten Schuß abgefeuert hatte, und habe mich umgeschaut, weil ich nicht wußte, was ich tun sollte. Ich dachte, Sie wären ganz nahe hinter mir und wir könnten ihn vielleicht in die Zange ...«

»Genug der Lügengeschichten!« schrie Boogan ihn an. »Du weißt, wer der Wilderer ist. Den Namen, O'Brien!«

Patrick preßte die Lippen zusammen. Wie konnte er John Tyler ans Messer liefern, nachdem dieser ihm einmal das Leben gerettet hatte?

»Den Namen, O'Brien!«

»Ich habe ihn nicht erkannt, Mr. Boogan.« Schweißperlen bildeten sich auf seiner Stirn.

Mit routiniertem Schwung hängte sich Boogan die Flinte um die linke Schulter, als wollte er für das, was gleich kam, die Hände frei haben. Patrick rechnete damit, daß Boogan einen seiner gefürchteten Wutanfälle bekommen und ihm seine Fäuste zu schmecken geben würde, und er wußte, daß er sich vor den Schlägen nicht schützen, sondern sie als verdiente Strafe hinnehmen würde.

Doch Boogan schrie ihn weder an, noch schlug er auf ihn ein. Er trat nur ganz nahe an ihn heran, und das machte ihm mehr als alles andere angst.

»Jetzt hör mir mal ganz genau zu, Patrick O'Brien«, begann der Wildhüter mit einer Stimme, die so leise und furchteinflößend war, als hätte ihm der Teufel die seine geliehen. »Du hast den Wilderer erkannt, das lese ich sowohl aus den

Spuren als auch aus deinem Gesicht. Nein, warte, sag noch nichts. Du könntest es später bereuen. Hör mich zu Ende an. Ich weiß, daß du den Wilderer erkannt hast, und ich nehme an, daß du einen guten Grund zu haben glaubst, mir seinen Namen nicht zu nennen. Es ist jemand aus dem Dorf, jemand, den du vermutlich schon zeit deines Lebens kennst und den du bisher eines Verbrechens wie dem der Wilderei nicht für fähig gehalten hast. Und deshalb bist du verwirrt und weißt nicht, was du tun sollst. So ist es doch, nicht wahr?«

Patrick sagte keinen Ton.

»Gut, du bist noch jung, erst fünf Jahre in dieser verantwortungsvollen Position als mein zweiter Jagdgehilfe«, fuhr Boogan scheinbar verständnisvoll fort, »und du bringst es nicht übers Herz, einen aus dem Dorf für sein schändliches Tun zur Verantwortung zu ziehen. Dabei weißt du, daß Wilderei nicht von ungefähr unter strenger Strafe steht. Denn ein Wilderer ist ein gemeiner, hinterhältiger Dieb, der die Eigentumsrechte eines anderen verächtlich mit Füßen tritt und damit eine Gefahr für jeden anständigen, gesetzestreuen Bürger darstellt. Niemand ist vor ihm sicher!«

John Tyler wollte nur einen Hasen für seine hungernde Familie, war Patrick versucht zu entgegnen. Nur einen einzigen Hasen aus dem reichen Wildbestand von Lord Harland. Einem Wildbestand, den nicht einmal die vielen Jagdgesellschaften spürbar verringern können, ganz gleichgültig, wieviel Enten, Fasane, Füchse und Rotwild im Feuer der satten Ladies und Gentlemen, die nicht wissen, was Hunger ist, ihr Leben lassen – des bloßen Vergnügens an der Jagd wegen. Doch kein Wort kam ihm über die Lippen.

Boogan wartete. Als Patrick noch immer stumm blieb, atmete er tief durch. »Ich habe deinen Vater geschätzt, obwohl er ein Ire war. Er war ein guter Kutscher und immer loyal zu

seiner Herrschaft, und deine Mutter stand ihm in Pflichtbewußtsein und Ehrerbietung in nichts nach.«
»Lassen Sie meine Eltern aus dem Spiel, Mr. Boogan«, stieß Patrick gepreßt hervor. »Sie haben nichts mit dem hier zu tun.«
»O doch! Ich dachte, du wärst aus demselben Holz geschnitzt wie sie. Deshalb habe ich dich aus dem Stall herausgeholt, dich unter meine Fittiche genommen, dir alles über den Wald und das Wild beigebracht und dich zu meinem zweiten Gehilfen gemacht. Aus dir kann eine Menge werden. Vielleicht wirst du eines Tages, wenn meine Augen zu schwach und meine Beine zu müde für diese Aufgabe geworden sind, meine Nachfolge antreten und Wildhüter Seiner Lordschaft sein. Du hast es in dir, und es liegt ganz in deiner Hand, was aus dir wird, mein Junge. Also zerstör jetzt nicht deine eigene Zukunft. Vergiß die Kumpanei. Deine Loyalität gilt allein Seiner Lordschaft. Und nun sag mir endlich den Namen, dann will ich alles vergessen und darauf verzichten, diesen Vorfall zu melden.«
Patrick zögerte. Es war ja so leicht. Nur zwei Worte trennten ihn von der Sicherheit, seine Anstellung zu behalten und im Sommer, wenn Tom Dale nach Chipping übersiedelte und in die Werkstatt seines Schwiegervaters eintrat, zum ersten Gehilfen des Wildhüters aufzurücken. Die Beförderung war ihm sicher. Damit stand nur ein Name zwischen ihm und einem Wochenlohn, der um anderthalb Shilling höher lag als sein bisheriger und der es ihm dann endlich ermöglichen würde, um Maggies Hand anzuhalten und für sie und die Kinder, die sie zusammen haben würden, zu sorgen. Denn wenn Mann und Frau die Lust des Fleisches teilten, blieben Kinder meist nicht aus, und ihm sollte es recht sein, solange es Maggie war, die mit ihm die Lust der Zeugung teilte und ihm die Kinder schenkte. All das lag in greifbarer

Nähe. Nur ein Name stand ihrem Glück im Wege. Er brauchte bloß John Tyler zu sagen, und alles wäre in Ordnung ...

Nein, nichts wäre danach in Ordnung, widersprach da sofort eine Stimme in ihm. Nichts wäre danach jemals wieder in Ordnung. Wie könnte er den Mann verraten, der ihm einst das Leben gerettet hatte, und hoffen, seine Selbstachtung zu bewahren und nicht vor Abscheu vor sich selbst ausspucken zu müssen, wann immer er seinem Abbild im Spiegel begegnete?

Ein Kloß von der Größe eines Ochsenfrosches saß ihm in der Kehle und wollte nicht weichen, sosehr Patrick auch schluckte. »Ich habe den Mann nur von hinten gesehen ... flüchtig ... und weiß nicht, wer er war.«

»O'Brien, mach dich nicht unglücklich!« warnte ihn Boogan. »Den Namen! Spuck den gottverdammten Namen aus, und alles ist gut!«

Steif wie eine Marionette an den Fäden eines ungeübten Puppenspielers, schüttelte Patrick den Kopf. »Ich kann Ihnen mit keinem Namen dienen, weil ich ihn nicht weiß«, beharrte er.

Boogan sah ihm an, daß er daran festzuhalten gedachte. »Du verdammter Narr! Du hältst den Kopf für einen Wilderer hin. Aber gut, wenn es das ist, was du willst ... Geh mir aus den Augen, und warte in deinem Cottage. Du hast zwei Stunden Zeit, um dich zu besinnen.«

»Es gibt nichts, wessen ich mich besinnen müßte.«

»Verschwinde!« schrie Boogan ihn an, riß seine Flinte herum und hieb ihm den Kolben gegen die Brust. Patrick fiel rücklings in den Schnee, genau auf die Stelle mit John Tylers verräterischen Spuren. »Du bist die längste Zeit mein Gehilfe gewesen. Ich werde Seiner Lordschaft Bericht erstatten. Soll er entscheiden, was mit dir geschieht.«

Patrick rutschte durch den Schnee, so daß nichts mehr an eindeutigen Spuren zurückblieb, die gegen ihn Verwendung finden konnten, und richtete sich dann auf. Bleich und nur mit Mühe das Zittern unterdrückend, das plötzlich seine Glieder befiel, wich er vor Boogan zurück. Dann drehte er sich um und begann zu laufen.

»O'Brien!« rief Boogan ihm mit wutentbrannter Stimme nach. »Du machst den Fehler deines Lebens und wirst es bitter bereuen. Du hast zwei Stunden, um zur Vernunft zu kommen, hast du gehört? Zwei Stunden!«

3

Warum nur? fragte sich Patrick immer wieder, während er durch den Wald und dann die Landstraße hinunter zu seinem Cottage rannte. Warum nur? Warum mußte ihm ausgerechnet John Tyler vor die Flinte laufen? Hätte es denn nicht der schmierige Ned Correy sein können oder Oriel Cutliffe, dem man nachsagte, daß er nicht nur gewilderten Tieren mit Vergnügen die Kehle durchschnitt, sondern auch mal einem durchreisenden Fremden, der unvorsichtig genug war, sich ohne Begleitung in die Wälder zu wagen? Ein Gerücht nur, zugegeben, aber es hätte es ihm doch leichter gemacht, ihn zu stellen und Boogan zu überantworten. Jeder andere als John Tyler wäre ihm recht gewesen. Jeder!

Das Cottage, in dem er und sein älterer Bruder Sean aufgewachsen waren und das er seit dem Tod seiner Mutter im vergangenen Frühjahr ganz allein bewohnte, lag von der Straße ein Stück zurückversetzt. Es war ein schlichtes Haus, aus dem orangefarbenen Kalkstein errichtet, für den diese Region bekannt war, mit kleinen Fenstern und einem tief

heruntergezogenem Dach, das dem Cottage das Aussehen verlieh, als duckte es sich zwischen den hohen alten Bäumen in seiner Nachbarschaft.
Patrick stieß die Tür auf und sank in der Wohnstube auf einen Hocker am Küchentisch. Der niedrige Raum war zugleich auch Küche und früher zudem noch Schlafstelle für ihn und Sean gewesen, denn außer diesem Zimmer gab es nur noch eine kleine Kammer, die sich seine Eltern geteilt hatten – und die er mit Maggie hatte teilen wollen.
Er versuchte einen klaren Gedanken zu fassen, doch es war ihm unmöglich. Erinnerungen und Ahnungen durchzuckten ihn wie Blitze, die bei einem schweren Gewitter grell am Himmel aufleuchten, um Sekunden später schon von neuen hellen Lichtzacken abgelöst zu werden.
Patrick dachte an seinen Bruder und wünschte, wenigstens er stünde ihm jetzt zur Seite. Doch Sean war tot. Mit fünfzehn war er davongelaufen, zur See gegangen und von seiner letzten Fahrt nach Indien vor drei Jahren nicht mehr zurückgekehrt. Wenige Monate später hatte ein Lungenleiden seinen Vater dahingerafft. Seine Mutter hatte nach dem Tod seines Vaters jeden Lebenswillen verloren und war in Apathie versunken. Sie war ihm im Jahr darauf ins Grab gefolgt. Ihr Herz hatte eines Nachts einfach aufgehört zu schlagen.
»Es ist niemand mehr da«, murmelte er. »Nur noch Maggie …«
Seine Gedanken irrten von einem Wenn zum nächsten Hätte, um immer wieder zu John Tyler zurückzukehren. Hätte er ihn auf der Lichtung am Three Fox Brook zum Krüppel geschossen oder gar getötet, er hätte nichts zu befürchten gehabt. Im Gegenteil, er hätte sich mit einem einzigen gezielten Schuß das Wohlwollen Seiner Lordschaft gesichert, der ihm bisher kaum Beachtung geschenkt hatte.

Und Boogan hätte ihn im Sommer zu seinem ersten Gehilfen ernannt. Alles wäre gut gewesen ...
Er fühlte sich wie in Trance. Die Angst jedoch verließ ihn nicht einen Augenblick. Sie lag ihm wie eine eiskalte Hand an der Kehle. Zwei Stunden, hatte Boogan gesagt. Wieviel war davon schon verstrichen? Eine Stunde? Anderthalb? Noch war nichts verloren. Boogan stand zu seinem Wort. Er brauchte ihm nur den Namen des Wilderers zu geben. Nur der Name, und dann ...
Patrick sprang abrupt auf, als wollte er dem feigen Einreden dieser inneren Stimme entkommen. Wie ein verstörtes Tier lief er hin und her. Dann beschloß er, sich einen Tee zu machen. Als er den Kessel füllte, goß er mehr Wasser daneben als hinein, so sehr zitterten seine Hände. Und an der offenen Feuerstelle stellte er sich so ungeschickt an, als hätte er nie zuvor ein Feuer entfacht.
Er aß trockenes Brot, in der Hoffnung, dieses elende Gefühl der Schwäche zu überwinden. Doch schon nach wenigen Bissen revoltierte sein Magen. Er stürzte aus dem Cottage und erbrach sich. Danach stand er schweißüberströmt, nach Atem ringend und wie nach einer langen Krankheit entkräftet an die Hauswand gelehnt in der Kälte.
Wilder Zorn auf John Tyler wallte in ihm auf. Wie konnte er von ihm verlangen, daß er für ihn den Kopf hinhielt? Das war verdammt nicht fair. War es denn seine Schuld, daß Tyler diesen schrecklichen Unfall gehabt hatte? Außerdem hatte er doch gewußt, auf was er sich einließ, wenn er hier wilderte. Jedem im Harland County war bekannt, daß Seine Lordschaft Wilderei mit aller Härte verfolgte. Ob verzweifelt oder nicht, Tyler hatte mit dem Feuer gespielt, und nun sollte er, Patrick O'Brien, sich für ihn die Finger verbrennen? Nein, das war zuviel verlangt. Und Tyler sollte ihm bloß nicht damit kommen, daß er ihm wegen der Sache mit dem

Dorfteich noch etwas schuldig war. Das lag jetzt schon fünfzehn Jahre zurück und hatte mit diesem Leben überhaupt nichts mehr zu tun. Und überhaupt: Wenn er sich richtig erinnerte, hätte Tyler damals gar nicht einzugreifen brauchen. Gut, er war im Dunkeln auf dem dünnen Eis eingebrochen und in Panik geraten. Aber das war nur der erste Schock des eisigen Wassers gewesen. Daran wäre er bestimmt nicht gestorben. So tief war der Teich an der Stelle doch gar nicht, als daß er hätte ertrinken können. Ja, er hätte es auch allein zurück ans Ufer geschafft. Sein Vater hatte von Tylers Eingreifen viel zuviel Aufhebens gemacht. Nicht von ungefähr war er für seinen Hang zu dramatischen Geschichten bekannt gewesen. Das war eben das irische Blut in ihm. Nicht, daß er Tylers Mut und Geistesgegenwart von damals in Frage stellen wollte. Dafür war er ihm etwas schuldig. Aber das Leben verdankte er ihm nicht. Und somit bestand für ihn auch keine Verpflichtung, ihn zu decken und damit alles aufs Spiel zu setzen, was er sich in vielen Jahren harter Arbeit erkämpft hatte. Niemand konnte das von ihm verlangen. Er war nun mal kein Märtyrer. Und wenn er es einmal nüchtern betrachtete, hatte er doch nie viel mit den Leuten aus dem Dorf zu tun gehabt. So ganz hatten sie seinen Vater, den Seine Lordschaft aus Irland mitgebracht hatte, als er von seinem Militärdienst in Irland zurückgekommen war, in der Gemeinde nie akzeptiert. Sein Vater war immer der Ire geblieben und er der Sohn des Iren. Nein, sogar nach dreiundzwanzig Jahren hatte er für die Menschen in Harland noch immer nicht den Stallgeruch des Fremden abgelegt. Allein Maggie sah ihn mit anderen Augen ...

Patrick straffte sich. Maggie! Er mußte auch an sie denken. Boogan wollte den Namen. Und als zweiter Gehilfe des Wildhüters war er ihm und Seiner Lordschaft stärker ver-

pflichtet als John Tyler. Die Zeiten waren schwer, nicht nur für die Tylers, und da mußte jeder für sich selber sorgen.
Kaum hatte er sich dafür entschieden, den Namen des Wilderers preiszugeben, fühlte sich Patrick auch gleich viel besser. Er bereute jetzt, nicht schon auf der Lichtung diesen Schritt getan zu haben. Aber Boogan hatte ihm ja zwei Stunden Bedenkzeit eingeräumt, in denen er sich »erinnern« konnte. Der Wildhüter war ein harter Mann, doch er war nicht ohne Verständnis, und irgendwie hatte er etwas für ihn übrig. Natürlich mußte er mit einer empfindlichen Strafe rechnen, ein halbes Jahr Nachtgänge bei gekürztem Lohn etwa, aber das würde er überstehen.
Was mit John Tyler geschehen würde, diesen Gedanken verdrängte er mit aller Gewalt.
Und dann hörte er die Kutsche.

4

Mit finsterer Miene und einem dicken Schal um den Hals, der Mund und Nase verbarg, saß Boogan oben auf dem Kutschbock neben dem bulligen Jack Thompson, dem man ein feines Gespür für Pferde und wie man sie behandeln mußte auf den ersten Blick gar nicht zugetraut hätte. Es war empfindlich kalt auf dem ungeschützten Sitz. Statt um einige Grad zu klettern, waren die Temperaturen mit Anbruch des Tages noch weiter gesunken.
Boogan hätte es vorgezogen, den Weg zu Fuß oder auf dem Rücken eines Pferdes zurückzulegen, was ihm körperliche Bewegung verschafft und ihn warm gehalten hätte. Aber Seine Lordschaft hatte sich dazu entschlossen, sich dieser unerfreulichen Sache persönlich anzunehmen und mit zu O'Briens Cottage zu fahren. Und da er es auch noch für

nötig erachtet hatte, Mr. Edgar Millar, seinen Verwalter, ins Bild zu setzen und ihn aufzufordern, ihn zu begleiten, war ihm nur der Platz auf dem Kutschbock geblieben.

Der Wildhüter versuchte nicht daran zu denken, wie angenehm warm es im Innern der Kutsche sein mußte im Vergleich zu seinem luftigen Platz auf der harten Bank. Zwei Lagen von jeweils sechs Backsteinen, im Ofen erhitzt und von dunkelgrünen Filzbeuteln umschlossen, füllten einen hölzernen Kasten im Boden der Kutsche zwischen den weich gepolsterten Sitzbänken. Seine Lordschaft und Mr. Millar hatten mit Sicherheit keine kalten Füße. Die Wärme, die aus den Backsteinen unter ihren Stiefeln aufstieg, sorgte zudem auch dafür, daß es nur einer weichen Decke um die Schultern bedurfte, um der Kälte mit einem wohligen Gefühl zu trotzen.

Boogan stieß einen tiefen Seufzer aus. Was nutzte es, sich in neidvollen Gedanken zu ergehen. So war nun mal die Hierarchie auf dieser Welt. Als Wildhüter stand er gesellschaftlich um einiges über dem Kutscher, der im Gegensatz zu ihm HARLAND HOUSE noch nie betreten hatte und dies auch nie tun würde – so wie er seinerseits es nicht erleben würde, durch den Haupteingang ins Haus zu gelangen und Seiner Lordschaft einmal in einem der Salons gegenüberzusitzen und sich mit ihm zu unterhalten, so wie es Edgar Millar tat. Doch zu Festlichkeiten der Herrschaft wurde auch dieser nicht eingeladen. Ein Verwalter, auch wenn er einer noch so guten Familie entstammte, konnte nun mal nicht zur feinen Gentry zählen und mit ihnen an einem Tisch sitzen.

Ja, so lagen die Dinge, und von Patrick O'Brien hatte er erwartet, daß er sich seiner eigenen Stellung in dieser Hierarchie ebenso klar bewußt war. Die Loyalität, die man von einem Stallburschen erwarten durfte, konnte keinen Vergleich mit der Verpflichtung aushalten, der ein Wildhüter und seine Gehilfen unterlagen. Die Loyalität, die Patrick O'Brien Seiner Lordschaft schuldete, durfte keine Einschränkungen und kein Zögern kennen. Man konnte nicht gut Freund mit den Leuten aus dem Dorf und gleichzeitig Lord Harland treu ergeben sein. Wasser und Feuer ließen sich nun mal nicht mischen. Und wer dennoch so dumm war, es zu versuchen, der verlor nicht nur Wasser und Feuer, sondern verbrühte sich auch noch an dem Dampf, der dann entstand.

»Narr!« grollte Boogan leise vor sich hin.

Jack Thompson fühlte sich dadurch angesprochen und ermuntert, seiner Neugierde nachzugeben. »Bei allem Respekt, Mr. Boogan«, sagte der Kutscher, als sie das hohe schmiedeeiserne Tor von HARLAND HOUSE passierten und der Landstraße durch den Wald in Richtung Dorf folgten, »aber ich kann einfach nicht glauben, daß der junge O'Brien mit Wilderern unter einer Decke stecken soll.«

»Niemand hat gesagt, daß O'Brien mit Wilderern unter einer Decke steckt!«

»Aber wie ich gehört habe ...«

»Ich weiß nicht, was Sie gehört haben, Thompson, doch es war mit Sicherheit nicht die Wahrheit!« fiel Boogan ihm ins Wort.

»Sie wissen natürlich besser darüber Bescheid, Mr. Boogan, und können mir bestimmt sagen, womit der junge O'Brien Seine Lordschaft so in Rage gebracht hat«, versuchte es der Kutscher auf die einschmeichelnde Tour.

»Das könnte ich in der Tat«, bestätigte Boogan schroff, dachte jedoch nicht daran, ihn ins Vertrauen zu ziehen. Er war vielmehr äußerst verärgert, daß irgend jemand offenbar einiges von dem aufgeschnappt hatte, was er bei den Stallungen zu Seiner Lordschaft gesagt hatte. Aber vielleicht hatte Thompson seine Halbwahrheiten ja auch von einem Dienstmädchen, das Lord Harland im Gespräch mit dem Verwalter gehört und nichts Besseres zu tun gehabt hatte, als eine sehr phantasievolle Version der tatsächlichen Begebenheiten unter den Bediensteten von HARLAND HOUSE zu verbreiten.

Der Kutscher reagierte auf die Zurückweisung des Wildhüters mit einem grimmigen »Ganz wie Sie meinen, Mr. Boogan!« und versank wieder in Schweigen.

Boogan war es recht so. Ihm war nicht nach Reden zumute, und nach klatschsüchtigem Geschwätz schon gar nicht. Ihm ging genug anderes durch den Kopf. Er wünschte, er hätte die Sache mit dem jungen O'Brien allein und unter vier Augen regeln können. Er war sicher, er hätte ihn zur Vernunft und den Namen von ihm in Erfahrung gebracht. Aber mit seiner Entscheidung, den Verwalter mitzunehmen, hatte Seine Lordschaft ihm das Heft aus der Hand genommen. Er fürchtete, daß ihm gleich nur die Rolle des Beobachters blieb.

Edgar Millar würde das Reden übernehmen, und Boogan ahnte bereits, daß es für O'Brien nicht gut ausgehen würde. Niemand kam mit dem Verwalter klar, Seine Lordschaft einmal ausgenommen, und das lag nicht allein daran, daß es zu seinen undankbaren Aufgaben gehörte, die Pacht einzutreiben und gelegentlich säumige Pächter kurzerhand von ihren Parzellen zu vertreiben. Es hatte viel eher damit zu tun, daß er nie auch nur eine Gefühlsregung zeigte. Er, Boogan, brachte ihm zwar den Respekt entgegen, den Edgar Millar als Verwalter von ihm erwarten durfte, doch persönlich mochte er ihn nicht. Edgar Millar war so kalt wie ein toter Fisch.

Wenn man von HARLAND HOUSE kam, stieß man zunächst auf das Cottage der O'Briens, das einen halben Kilometer oberhalb des Dorfs ganz für sich allein stand. Erst wenn man um

die nächste Kurve bog, sah man die Häuser von Harland. Diese abgesonderte Lage war nicht ohne Symbolik.
»Er scheint uns ja schon erwartet zu haben. Wenn das nicht dreist ist«, stellte Thompson fest, als das Cottage in Sicht kam.
Boogan bemerkte, daß die Stimme des Kutschers jetzt einen geringschätzigen, feindseligen Unterton besaß. Er hatte sein Urteil über Patrick O'Brien also schon gefällt und ihn für schuldig befunden, obwohl ihm über dessen Vergehen bisher nichts als Gerüchte bekannt waren.
Patrick stand vor der offenen Tür, sichtlich um Haltung bemüht, als die herrschaftliche Kutsche genau auf einer Höhe mit ihm anhielt. Das Gefühl der Übelkeit, das er überwunden zu haben glaubte, kehrte augenblicklich zurück.
Die Räder waren noch nicht ganz zum Stillstand gekommen, da sprang Boogan schon vom Kutschbock. Er wollte seine Chance nützen und der erste sein, der mit Patrick sprach.
Doch Edgar Millar machte ihm einen Strich durch die Rechnung. Als hätte er geahnt, daß ihm der Wildhüter zuvorkommen wollte, stieß er den Kutschenschlag auf und war schon ausgestiegen, bevor Boogan um das Gefährt zu Patrick auf die andere Seite gelaufen war.
Der Verwalter war von kleiner, schmaler Gestalt. Boogan überragte ihn auch dann noch um einen Kopf, wenn Millar seine Stiefel mit den besonders hohen Absätzen trug. Zwar gehörte er nicht dem Adel an, doch zumindest seine Gesichtszüge waren aristokratisch – und wie aus kaltem Granit gemeißelt. An den Schläfen zeigte sein schwarzes Haar graue Strähnen. Der lange schwarze Mantel mit dem Fuchspelzkragen saß so angegossen wie seine Lederhandschuhe. In der rechten Hand hielt er eine Reitgerte.

Obwohl Boogan wußte, daß er dem Verwalter den Vortritt lassen mußte und sich nur zu äußern hatte, wenn er dazu aufgefordert wurde, unternahm er den Versuch, das Schlimmste zu verhindern.
»Bestimmt wolltest du dich gerade auf den Weg zu mir machen, weil dir endlich eingefallen ist, wer der Wilderer heute morgen war, der dir am Three Fox Brook entkommen ist, nicht wahr, O'Brien?« fragte er suggestiv.
Noch bevor Patrick zu einer Antwort ansetzen konnte, griff Edgar Millar ein. »Wenn ich Ihrer Hilfe bedarf, was sehr unwahrscheinlich ist, werde ich es Sie wissen lassen, Boogan«, sagte er scharf.
»Entschuldigen Sie, Mr. Millar«, murmelte Boogan und trat einen Schritt zurück. Er brauchte nicht zum Kutschbock hochzublicken, um zu wissen, daß Thompson jetzt schadenfroh grinste.
Lord Harland setzte den Fuß nicht aus der Kutsche. Das wäre unter seiner Würde gewesen. Er beobachtete die Szene durch den offenstehenden Kutschenschlag und war von dort, wo Patrick stand, nur als schemenhafter Umriß zu erkennen.
»Und jetzt zu dir, O'Brien!« sagte der Verwalter mit kühler Herablassung und tippte mit der Spitze seiner Reitgerte an seine Brust. Es war nur eine ganz leichte Berührung und zugleich doch demütigender als eine Ohrfeige.
Boogan sah, wie Patrick das Blut ins Gesicht schoß, und er wußte schon jetzt, was kommen würde.
»Sir, ich möchte Ihnen erklären ...« begann Patrick.
»Erklärungen? Dir steht es nicht zu, irgendwelche Erklärungen abzugeben, O'Brien! Dieses Recht besitzt nur ein Gentleman, nicht jedoch jemand wie du!« fuhr ihn der Verwalter augenblicklich an. »Du hast im Dienste Seiner Lordschaft gestanden und das Vertrauen aufs schändlichste

mißbraucht, das man dir auf so großzügige Weise entgegengebracht hat. Du hast Mr. Boogan und dadurch auch Seiner Lordschaft nicht nur Treue und Gehorsam verweigert, sondern dich auch noch der Beihilfe zur Wilderei schuldig gemacht!«

»Sir, das ist nicht wahr!« widersprach Patrick. »Ich habe nie auch nur ...«

»Willst du mich der Lüge bezichtigen?« fragte Edgar Millar und fixierte ihn mit eisig durchdringendem Blick.

»Nein, Sir, aber ...«

»Ich glaube, O'Brien will nur ...«, meldete sich Boogan zaghaft zu Wort – und hätte sich im nächsten Moment am liebsten die Zunge abgebissen. Was, zum Teufel, mischte er sich da noch ein?

Edgar Millars Reaktion erfolgte auf der Stelle. »Ich brauche keinen Übersetzer oder Zeichendeuter, *Mister* Boogan!« Der Kopf des Verwalters ruckte kurz zum Wildhüter herum, und der Blick, mit dem er ihn bedachte, war eine letzte stumme Warnung, sich ja nicht noch einmal ungefragt einzumischen. Dann wandte er sich wieder Patrick zu. »Ich weiß sehr wohl, was du willst. Du willst uns Sand in die Augen streuen und deine Wildererfreunde decken. Aber dafür hast du dir den Falschen ausgesucht!«

Patrick erkannte in diesem Moment, daß er nicht mehr darauf hoffen konnte, seine Anstellung zu behalten. Er würde auf Lord Harlands Ländereien nie wieder Arbeit finden, das sah er in den Augen von Edgar Millar. Der Verwalter hatte sein Urteil über ihn längst gefällt, und er würde dieses Urteil nicht mehr ändern, was immer er auch sagte. Jetzt galt es nur noch, seine Haut zu retten. Das bedeutete, daß er geradezu gezwungen war, zu seiner alten Geschichte zu stehen und jedes Wissen abzustreiten. Gab er nämlich John Tyler preis, machte er sich zum Mitschuldigen, denn dadurch lieferte er ja den Beweis, daß er bisher gelogen und Tyler ausreichend Möglichkeit gegeben hatte zu flüchten. Daraus konnte man ihm einen Strick drehen und ihn wegen Komplizenschaft vor Gericht bringen – und dann drohte ihnen beiden Deportation in die gefürchtete Sträflingskolonie Australien. Wie es hieß, überlebte auf den Sträflingsschiffen, die für die lange Reise um den Globus bis zu acht Monate brauchten, oftmals nur die Hälfte der Verbannten ...

Die Angst ließ Patrick jeden Respekt vergessen. »Das ist alles nicht wahr, Sir! Ich weiß nichts! ... Ich habe versucht, den Wilderer zu stellen ...«

»Du lügst!«

»... aber er war schneller als ich«, fuhr Patrick unbeirrt und mit dem Mut der Verzweiflung fort. »Und ich habe ihn auch nicht erkannt. Er hatte einen zu großen Vorsprung, und im Unterholz war zu der Morgenstunde ja noch alles im Dämmerlicht. Ich weiß nicht, wer der Wilderer war, ja ich weiß noch nicht einmal, ob dieser Mann, wer immer es war, überhaupt gewildert hat. Ich habe nicht gesehen, daß er irgend etwas mit sich getragen hat.« Absolut nichts zu wissen, war jetzt seine einzige Chance, der Verhaftung und Verbannung zu entgehen.

»Ich glaube dir kein Wort!« sagte der Verwalter.

Aus der Kutsche kam ein dezentes Klopfen. Edgar Millar wandte sich um. Eine Hand in einem warmen Pelzhandschuh tauchte kurz im Kutscheneinstieg auf und erteilte dem Verwalter den klaren Befehl, sich zu Seiner Lordschaft zu begeben.

»Wage es ja nicht, dich von der Stelle zu rühren!« drohte Edgar Millar, ging zur Kutsche und beugte sich hinein, um zu hören, was Seine Lordschaft ihm zu sagen hatte.

Patrick zitterte innerlich vor Furcht, welches Schicksal ihm drohen mochte. Er wußte, welche Macht Lord Harland besaß. Wenn er wollte, konnte er sogar dafür sorgen, daß er sein Ende am Galgen fand. Das Recht stand immer auf der Seite der Mächtigen. Die Gesetze waren von ihnen gemacht, nicht um Gerechtigkeit zu erreichen, sondern um die angeblich gerechten Interessen der Reichen und Adligen vor dem einfachen Volk zu schützen. Und darum gingen die ehrenwerten Richter ja wohl auch lieber zu den Bällen und Jagdgesellschaften der Gentry, als sich in den Dörfern auf den Erntedankfesten oder in den Städten auf den Märkten zu zeigen.

Der Verwalter kehrte, offenbar mit neuen Instruktionen, zu Patrick und Boogan zurück. Sein Gesicht verriet nichts, als er sich dem Wildhüter zuwandte und sagte: »Seine Lordschaft möchte wissen, ob O'Brien dem Mann nahe genug auf den Fersen war, um ihn erkennen zu *müssen.*«

Patrick hielt den Atem an. Ein Wort über die Spuren auf der Lichtung, und er war verloren. Ihm war, als spürte er schon den rauhen Hanf des Stricks um seinen Hals.

Boogan hielt dem stechenden Blick des Verwalters ohne mit der Wimper zu zucken stand. »O'Brien war weit vor mir, ich konnte ihn nicht sehen. Und es stimmt, was er sagt, es herrschte Zwielicht im Wald. Daß er ihm nachgerannt ist, so schnell er vermochte, und ihn mit zwei Schüssen zum Stehenbleiben zu bringen versucht hat, steht für mich außer Frage.«

»Ist das alles, Boogan?«

»Ja, Sir. Alles andere ist nur Spekulation.«

Patrick hatte Mühe, sich seine Erleichterung und Dankbarkeit nicht anmerken zu lassen.

»Ich muß jedoch zugeben, daß ich sehr enttäuscht war und mir von O'Brien in dieser Situation mehr erwartet hätte«, fügte der Wildhüter hinzu. »Er mag die Wahrheit sagen, doch mein Vertrauen hat er verloren.«

Der Verwalter würdigte ihn keiner Erwiderung. Sein Blick sowie seine Reitgerte richteten sich wieder auf Patrick. »Ich glaube dir kein Wort, O'Brien. Aber um deines Vaters willen, den Seine Lordschaft stets als treuen und aufrechten Mann gekannt hat, will Seine Lordschaft auf eine Anklage gegen dich verzichten. Pack deine Sachen!« befahl er ihm. »Ich gebe dir fünf Minuten – und keine Sekunde länger!« Er zog eine silberne Taschenuhr hervor und ließ den Deckel aufklappen.

Patrick sah ihn einen Moment verstört an, dann rannte er ins Haus. Er zerrte einen alten Kleidersack aus der Truhe am Fußende seines Bettes und stopfte alles an Kleidern und Schuhen hinein, was er besaß. Viel war es nicht. Die Sachen seiner verstorbenen Mutter hatte er Mrs. Walton, Maggies Mutter, geschenkt. Und was gab es sonst noch, was er unbedingt mitnehmen mußte? Natürlich seine Ersparnisse der letzten Jahre, die sich auf ein Pfund und vier Shilling beliefen. Schnell holte er den kleinen Lederbeutel aus seinem Versteck, in dem sich auch die Brosche seiner Mutter befand, das Hochzeitsgeschenk seines Vaters, eine kleine Kamee, das Teuerste, was seine Mutter je besessen hatte. Er hatte die Brosche Maggie am Tage ihrer Hochzeit schenken wollen ...

Fünf Minuten! Um Gottes willen, wieviel Zeit blieb ihm noch? Er lief aus der Schlafkammer in den Küchen- und Wohnraum. Wie in Trance warf er Bestecke auf die Kleider, zwei Becher, einige verbeulte Teller, die blechern schepperten, als sie im Sack landeten, eine Handvoll Kerzenstummel, eine Sturmleuchte sowie den stoffbezogenen Flick- und Nähkorb seiner Mutter.

»Die fünf Minuten sind um!« rief der Verwalter von draußen. »Thompson, mach dich an die Arbeit!«

»Sehr wohl, Sir.«

Die breitschultrige Gestalt des Kutschers füllte im nächsten Moment den Türrahmen und verdunkelte den Raum. »Sieh zu, daß du hier rauskommst. Deine Zeit ist abgelaufen. Den Rest deiner Klamotten wird sich das Feuer holen!«
»Du sollst das Cottage anzünden?« fragte Patrick ungläubig.
»Ja, so lautet der Befehl Seiner Lordschaft, und nun raus mit dir! Ich will nicht auch noch wegen dir Ärger bekommen«, zischte der Kutscher und trat zur Feuerstelle.
Hastig nahm Patrick das hölzerne Kreuz vom Haken über der Tür, und das erinnerte ihn an die kleine Bibel, die sein Vater aus Irland mitgebracht hatte, obwohl er des Lesens und Schreibens unkundig gewesen war. Fast hätte er das ihm teure Buch, so zerfleddert und abgegriffen es auch war, vergessen. Als es im Sack war, griff er zu seiner Flinte und ließ seinen Blick ein letztesmal durch den Raum schweifen, der mehr als zwanzig Jahre sein Zuhause gewesen war. Dann trat er vor das Haus.
»Gib mir die Flinte!« befahl Edgar Millar.
Patrick zögerte. »Sie gehört mir. Mein Vater hat sie mir kurz vor seinem Tod geschenkt, als Mr. Boogan ...«
Der Verwalter ließ ihn nicht ausreden. »Die Flinte hat deinem Vater nie gehört. Seine Lordschaft hat sie ihm und dann dir nur überlassen. Jetzt wirst du sie zurückgeben!«
Das war eine glatte Lüge, und Wut stieg in ihm auf. »Aber ich weiß ...«
»Willst du Seine Lordschaft der Lüge bezichtigen?« schnitt Edgar Millar ihm das Wort ab.
Patrick bekämpfte seine maßlose Wut, in die sich nun auch Haß mischte, denn er war sich seiner Ohnmacht bewußt. »Nein, Sir«, antwortete er mit heiserer Stimme.
»Dann gib sie endlich her!« Er riß Patrick die Flinte aus den Händen.
Indessen hatte Thompson den mit Stroh gefüllten Sack, der

Patrick als Matratze auf seinem Bett gedient hatte, aus der Schlafkammer in die Küchenecke gezerrt, unter den klobigen Tisch geschoben sowie Hocker, Truhe und den offenen Küchenschrank drum herum aufgestellt. Das Feuer würde leichtes Spiel haben, das Cottage bis auf die Grundmauern niederzubrennen.

Flammen loderten auf, und Thompson brachte sich in Sicherheit. Edgar Millar reichte ihm die Flinte. »Sie wird nicht mehr gebraucht. Zertrümmere sie, und wirf sie ins Feuer!«

Es verursachte Patrick förmlich körperliche Schmerzen, mit ansehen zu müssen, wie der Kutscher seine Flinte, auf die er so stolz gewesen war, am Lauf packte und mit aller Kraft gegen den Türrahmen schlug. Das Schulterstück splitterte und flog in die Flammen, als wüßte es, daß es sowieso dort landen würde. Zwei weitere brutale Schläge sorgten dafür, daß die Flinte nicht mehr repariert werden konnte. Dann landeten auch diese Teile in den Flammen, die schon laut prasselten und an den Dachbalken hochleckten.

»Mach, daß du aus der Gegend verschwindest, O'Brien. Wenn du dich bei Sonnenuntergang noch irgendwo hier herumtreibst, wird Seine Lordschaft dafür Sorge tragen, daß man dich in Eisen legt. Und laß dich nie wieder auf Lord Harlands Ländereien blicken!« sagte Edgar Millar auf seine kalte, emotionslose Art, bevor er in die Kutsche stieg. »Hast du mich verstanden, O'Brien?«

»Ja, Sir.« Patricks Stimme zitterte vor ohnmächtigem Haß und Demütigung.

Wortlos kletterte Boogan auf den Bock. Thompson löste die Bremse und brachte das Gespann mit einem Schnalzen und sanftem Zügelklatschen in Bewegung. Die Kutsche entfernte sich in Richtung Dorf.

Patrick wich vor der Hitze des Feuers zurück, das mittlerweile das ganze Dach erfaßt hatte, doch er verließ den Ort nicht. Noch nicht. Er stand am Straßenrand und wartete, bis das Feuer sein Werk der Vernichtung vollendet hatte. Die unruhig tanzenden Flammen warfen ihren zuckenden Schein auf sein versteinertes Gesicht. Erlebte er dies wirklich? War ihm tatsächlich all das seit den frühen Morgenstunden zugestoßen? Oder war es nur ein Alptraum, aus dem er gleich erwachen würde?

Das Feuer blieb. Ebenso die Kälte. Der Alptraum war Wirklichkeit.

5

Das Dachgebälk stürzte in sich zusammen. Ein gewaltiger Funkenregen stieg aus der Ruine empor. Noch einmal loderte das Feuer auf. Flammen schossen aus Fenstern und Türrahmen, als wollten sie nach ihm greifen. Dann begann das Feuer aus Mangel an Nahrung langsam in sich zusammenzufallen. Rauch quoll aus den schwelenden Trümmern im Innern.

Wie betäubt hatte Patrick in die Flammen gestarrt, und er hatte nicht einmal den Kopf gewandt, als die herrschaftliche Kutsche aus dem Dorf zurückgekommen war. Der Verwalter hatte ihm etwas zugerufen, doch die Worte waren nicht bis in sein Bewußtsein vorgedrungen, sie waren von den Flammen mit verzehrt worden.

Nun jedoch, da das Feuer erstarb, wich die Betäubung von ihm. Sein Gesicht glühte, doch seine Füße waren wie Eisklumpen. Die Kälte war ihm wie ein schleichendes Gift in die Glieder gekrochen und hatte sich bis in seine Brust ausgebreitet.

Patrick fuhr sich über die Augen, als müßte er erst wieder zu sich kommen. Um Himmels willen, wie lange stand er hier

schon regungslos in der Kälte? War er nicht mehr ganz bei Sinnen, wollte er sich zu alldem auch noch den Tod holen? Was hielt ihn hier bloß noch? Das Cottage war eine rauchgeschwärzte Ruine, und dem Verwalter war es mit seiner Drohung todernst. Er machte besser, daß er Harland County so schnell wie möglich hinter sich ließ.
Er schulterte seinen Sack und ging wie ein Seemann, der noch nicht weiß, wohin ihn die nächste Reise führen würde, die Landstraße hinunter. Er bemühte sich, seine Gedanken zu ordnen und sich für die nächsten Tage und Wochen einen Plan zurechtzulegen. Es gelang ihm nicht. Er war ein einfacher Stallbursche gewesen und dann fünf Jahre lang der zweite Gehilfe des Wildhüters. Aber er besaß kein Zeugnis, das er vorweisen konnte, wenn er sich andernorts um eine neue Anstellung bewarb. Und was sollte er sagen, wenn man ihn fragte, welcher Herrschaft er bisher gedient hatte? Und vor allem, warum er gegangen war und kein Zeugnis von seinem Herrn erhalten hatte. Zudem kannte sich die Gentry doch viel zu gut und traf sich zu häufig, als daß der Grund seiner Entlassung ein Geheimnis bleiben könnte. Nein, kein Großgrundbesitzer weit und breit würde ihm Arbeit geben.
Patrick erschauderte, zwang sich jedoch, optimistisch zu sein. Irgendeine Arbeit würde er schon finden. Und wenn er sich nur weit genug weg von Harland County als Wildhütergehilfe bewarb, in der Grafschaft Kent etwa oder in Devon, und ihm zudem eine plausible Geschichte einfiel, warum er kein Zeugnis vorlegen konnte, würde er schon eine Chance haben. Er hatte ja auch noch seine Ersparnisse. Wenn er jeden Penny dreimal umdrehte, konnte er sich mit dem Geld bis zum nächsten Frühjahr über Wasser halten. Und bis dahin sollte er wohl Arbeit gefunden haben.
Die ersten Häuser des Dorfs, fast alle aus dem orangefarbe-

nen Kalkstein der Umgebung errichtet, tauchten vor ihm auf. Plötzlich wurde ihm bewußt, daß niemand zu ihm zum Cottage herausgekommen war, obwohl man das Feuer und den Rauch auch in Harland hatte sehen müssen. Aber nicht von ungefähr trug nicht allein der Bezirk, sondern auch das Dorf den Namen der Harlands. Ihnen gehörte nicht nur das Land, sondern auch alles andere, angefangen vom Steinbruch über die Mühle und das Sägewerk bis hin zum einzigen Krämerladen des Orts. Und Patrick erinnerte sich nun wieder jenes bitteren Kommentars von Tom Dale, der ihm einmal auf einem gemeinsamen Inspektionsgang gesagt hatte, daß Seiner Lordschaft nicht nur Land, Häuser und alle profitablen Geschäfte in der Gegend gehörten, sondern auch die Menschen, nur wäre das den wenigsten bewußt.

Harland war kein großer Ort. Er zählte weniger als zweihundert Seelen, und auf der Straße war es noch nie sehr geschäftig zugegangen. Doch an diesem Morgen wirkte das Dorf fast wie ausgestorben.

Sie wissen es längst! fuhr es Patrick durch den Sinn, als Joshua Granger, der alte Kerzenzieher, der sonst immer ein freundliches Wort für ihn gehabt hatte, ihm einen halb mitleidigen, halb furchtsamen Blick schenkte, den Kopf schüttelte, sich dann rasch umdrehte und in seinem Haus verschwand. Sie wissen längst, daß ich nicht mehr zu ihnen gehöre und ein Ausgestoßener bin. Dafür hat Mr. Millar bereits gesorgt. Es hat schon seinen Grund gehabt, warum Seine Lordschaft und Mr. Millar erst noch ins Dorf gefahren sind. Sicher hat der Verwalter die Dörfler gewarnt, auch nur ein Wort mit mir zu reden.

Seine Vermutung fand er bestätigt, als er zum Haus von Mary Smither kam, deren Mann vor zwei Jahren an Schwindsucht gestorben war. Vor dem Haus standen ihre beiden halbwüchsigen Söhne. Sie starrten ihn mit einem

Blick an, als befände er sich auf dem Weg zum Galgen. Im nächsten Moment riß Mary Smither, der er noch im Herbst mit einigen anderen Dorfbewohnern beim Ausbessern ihres Dachs zur Hand gegangen war, die Tür auf. »James! George! Kommt sofort rein!« rief sie mit aufgeregter Stimme. »Habt ihr denn nicht gehört, was Mr. Millar gesagt hat?«
Wie die Wiesel huschten die beiden Jungen an ihrer Mutter vorbei ins Haus, die jeden Augenkontakt mit Patrick vermied und schnell die Tür wieder schloß. Ihm war, als hätte man ihn geohrfeigt und ihm ins Gesicht gespuckt.
Wut stieg in ihm auf. »Ich hoffe, das Dach hält noch lange dicht, Mrs. Smither!« rief er mit zornigem Hohn.
Dann bog er in die nächste Gasse ein, die ihn zum Haus von Maggie und ihrer Familie führte. Greg Walton, Maggies Vater, erwartete ihn schon, als er um die Ecke kam. Er stand mehrere Schritte vor dem Haus, die Beine leicht gespreizt und einen knorrigen Stock in den Händen, als befürchtete er einen Angriff.
»Du gehst besser gleich weiter, O'Brien!« Es war kein Ratschlag, sondern ein Befehl. Und daß er ihn nicht mehr mit seinem Vornamen anredete, raubte ihm jegliche Hoffnung.
»Ich muß mit Maggie sprechen, Mr. Walton.«
»Für dich und Maggie gibt es nichts mehr zu besprechen. Du bist erledigt, O'Brien! Und ich lasse nicht zu, daß du meine Tochter mit ins Unglück ziehst!« fuhr Greg Walton ihn an. »Mach, daß du hier wegkommst! Damit tust du nicht nur dir, sondern uns allen einen Gefallen!«
Patrick unterdrückte seinen aufwallenden Zorn. »Ich habe Sie immer für einen anständigen Mann gehalten. Aber jetzt geben Sie mir noch nicht einmal eine Chance ...«
»Komm mir nicht mit dem Gefasel!« schnitt Greg Walton ihm barsch das Wort ab. »Mir ist egal, was du getan oder nicht getan hast. Irgendeine große Dummheit mußt du

jedenfalls begangen haben, denn sonst hättest du Seine Lordschaft und Mr. Millar nicht so gegen dich aufgebracht. Jeder löffelt die Suppe, die er sich eingebrockt hat, alleine aus. Ich muß an meine Familie und an Maggies Zukunft denken, und mit dir hat sie keine mehr. Außerdem habe ich nicht die Absicht, meine Arbeit im Sägewerk aufs Spiel zu setzen. Wer dich ins Haus läßt, kann das Dorf gleich mit dir verlassen.«

»Ist es das, was Millar im Dorf verbreitet hat?«

»Ja, und sehr unmißverständlich. Die Pest könnte nicht schlimmer sein als das, was an dir klebt, O'Brien, und das ist die Ächtung durch Seine Lordschaft!«

»Bitte, geben Sie mir nur fünf Minuten!« beschwor Patrick ihn. »Ich liebe Maggie, und ich weiß, daß Maggie mich liebt.«

Greg Walton verzog das Gesicht. »Lieben? Heb dir deine Liebe für die Landstraße auf, denn das ist alles, was dir von nun an bleibt!«

»Ich möchte doch nur noch einmal mit Maggie sprechen. Ich flehe Sie an, nicht so herzlos zu sein. Ich schwöre auch, daß ich nicht versuchen werde, sie zu überreden, mit mir zu gehen«, versprach Patrick in seinem brennenden Verlangen, mit ihr zu reden. Denn obwohl sein Verstand ihm sagte, daß Maggie mit ihren noch nicht einmal achtzehn Jahren niemals ohne den Segen ihres Vaters irgendeine Entscheidung treffen würde, klammerte sich sein Herz doch an die schwache Hoffnung, daß Maggie ihm ein geheimes Zeichen geben und mit ihm gehen würde.

»Maggie und mit dir gehen?« Greg Walton lachte verächtlich. »Du bist mir ein wahrer Schwachkopf. Aber ich weiß dich zu kurieren, O'Brien. Das ist sehr schnell getan.« Er rief nach seiner Tochter.

Als Maggie in der Tür erschien und Patrick ihr noch sehr

mädchenhaftes Gesicht mit den haselnußbraunen Augen sah, wurde das Gefühl der Sehnsucht in ihm fast übermächtig. Er war versucht, zu ihr zu eilen, ihre Hand zu nehmen und in ihren Augen zu lesen, was sie vor ihrem Vater nicht zu sagen wagte, nämlich daß sie ihn mit Leib und Seele liebte, immer und ewig, und daß sie auch in der Stunde der Not nicht von seiner Seite weichen würde, um keinen Preis.
»Er will mit dir reden, Maggie«, rief Greg Walton seiner Tochter zu. »Hast du ihm was zu sagen?«
»Nur, daß er uns in Ruhe lassen soll, Vater«, antwortete sie mit belegter Stimme. »Ich will nichts mehr mit ihm zu tun haben.«
Patrick zuckte zusammen. Ein eisiger Dorn schien sich in sein Herz zu bohren. »Maggie, wie kannst du so etwas sagen?« rief er erschüttert. »Haben wir einander nicht versprochen, daß ...«
»Ich erinnere mich an kein Versprechen, Patrick O'Brien!« fiel Maggie ihm mit schriller Stimme ins Wort, und ihre Mutter tauchte an ihrer Seite auf. »Ich erinnere mich nur daran, daß ich einmal der dummen Meinung gewesen bin, du wärst ein Mann, auf den Verlaß ist und der weiß, was er will. Aber das war ein Irrtum. Du bist ein Versager, Patrick O'Brien. Und mit einem Versager will ich nichts zu tun haben. Geh mir aus den Augen!« Ohne eine Erwiderung abzuwarten, wandte sie sich um und kehrte ins Haus zurück.
Patrick brannte das Gesicht. Ihm war, als hätte das ganze Dorf gehört, was Maggie ihm an den Kopf geworfen hatte. Wie konnte sie nur so etwas Grausames, Kaltherziges sagen? Hatte sie beim Erntedankfest in der Dunkelheit beim Mühlrad nicht seine Küsse mit spürbarer Leidenschaft erwidert und sogar zugelassen, daß er ihre Brüste gestreichelt hatte? Und all das, was sie füreinander empfunden hatten, sollte auf einmal nicht mehr sein?

Er brachte keinen Ton heraus. Als er auf das knochige, schmale und abgehärmte Gesicht von Maggies Mutter sah, die noch nicht vierzig und deren Haar schon mehr grau als braun war, da hatte er plötzlich das Gefühl, einen Blick in die Zukunft zu werfen und ein Bild von Maggie zu erhaschen, wie sie ausschauen würde, wenn sie erst vierzig war und neun Kinder zur Welt gebracht hatte, von denen nur vier älter als fünf Jahre geworden waren. Als er sich bei dem Gedanken ertappte, schämte er sich, Maggie in ihrer Mutter gesehen zu haben. Doch es nahm seinem Schmerz die unerträgliche Schärfe.

Greg Walton holte ihn aus seiner Sprachlosigkeit und Lähmung. »Du hast gehört, was Maggie gesagt hat. Also verschwinde endlich, bevor ich dir Beine mache, O'Brien!«

»Nicht nötig, Mr. Walton«, erwiderte Patrick gepreßt und legte sich den Sack erneut über die linke Schulter. »Ich geh schon von selbst. Nur eins noch ...«

»Was?« blaffte Maggies Vater.

»Ich habe bis heute nicht gewußt, wie groß Ihre Angst und die all der anderen im Dorf vor Lord Harland ist«, sagte Patrick mehr verwundert als vorwurfsvoll.

Greg Walton fühlte sich sichtlich getroffen. »Heb dir deine klugen Worte für deine nächste Gesellschaft auf, und die wird wohl aus Landstreichern bestehen!« zischte er.

»Er hat recht gehabt«, sagte Patrick mehr zu sich selbst, während er die Gasse wieder hinaufging. »Ihr gehört ihm wie das Land, das ihr für ihn bewirtschaftet, ohne jemals genug für euch und eure Familien zu haben, und die Häuser, in denen ihr wohnt. Ihr gehört ihm wie das Wild im Wald, nur wißt ihr es nicht ... oder wollt es nicht wissen.«

»Verschwinde!« schrie Greg Walton, bückte sich nach einem Stein und warf ihn ihm nach. Er traf den Sack.

Patrick lenkte seine Schritte zum Friedhof, wo seine Eltern

begraben lagen. Das war das letzte, was es für ihn in Harland noch zu tun gab. Der Weg führte ihn am Haus von John Tyler vorbei. Er wußte, daß er nicht einmal von ihm auch nur die Spur von Dankbarkeit und Mitgefühl erwarten konnte. Lord Harland hatte ihnen allen das Rückgrat gebrochen, ihnen Stolz und Ehre geraubt, das wurde ihm erst jetzt klar. Er hatte nie darüber nachgedacht, doch so, wie die Häuser sich vor der Natur zu ducken schienen, so duckten sich auch die Menschen, die in ihnen lebten, vor Lord Harland und Edgar Millar, seiner verlängerten Hand. Und wenn die Umstände ihn nicht dazu gezwungen hätten, auf seinem Wort zu bestehen und sein Wissen zu verschweigen, hätte auch er weiterhin den Nacken gebeugt. Er hatte kein Recht gehabt, Greg Walton so zu verurteilen. Er war nicht anders gewesen, und er hatte sich nicht aus freien Stücken dagegen aufgelehnt – eine Erkenntnis, die gleichermaßen Zorn und Scham in ihm weckte.

John Tyler zeigte sich kurz in der Tür, als Patrick vorbeikam. Sein Gesicht war verschlossen. Und er machte mit der flachen Hand, die vor seiner Brust kurz von links nach rechts durch die Luft schnitt, eine unmißverständliche Geste, die besagte: Jetzt sind wir quitt. Du warst es mir schuldig. Deshalb habe ich auch keinen Grund, dir dankbar zu sein. Alles andere interessiert mich nicht. Also bleib mir bloß vom Leib!

Patrick hielt noch nicht einmal im Schritt inne. Kalt stach ihm der Wind ins Gesicht, als er den Hügel zum Friedhof hinaufstieg. Das Doppelgrab seiner Eltern lag bei den Armengräbern. Nicht, weil es an Geld für ein anständiges Begräbnis gefehlt hätte, sondern weil sein Vater katholischen Glaubens gewesen war und sich der Vikar erst geweigert hatte, ihn hier beerdigen zu lassen. Seine Mutter hatte daraufhin einen Bittgang zu Seiner Lordschaft unternommen. Gesprochen hatte sie nicht mit ihm. Weiter als bis zum Verwalter war sie nie gekommen. Doch schließlich hatte der Vikar, von wem auch immer angewiesen, eine Bestattung in der Ecke der Armengräber angeordnet. Auf einem einfachen Kreuz standen die Namen und Lebensdaten seiner Eltern.

»Wenn es mich und dieses Kreuz nicht gäbe, würde nichts mehr an euch erinnern. Ihr habt in dieser Welt keine Spuren hinterlassen, als hättet ihr überhaupt nicht gelebt«, kam es ihm bestürzt und leise über die Lippen, und er hatte plötzlich Angst, daß auch sein Leben von so flüchtiger Vergänglichkeit gekennzeichnet sein würde wie das seiner Eltern.

Hastig wandte Patrick sich ab, griff nach seinem Sack – und stieß einen Laut der Überraschung aus. Vor ihm stand der Wildhüter, die Hände tief in den Taschen seines Mantels vergraben und das Gesicht eine Maske grimmiger Mißbilligung. »Du hast noch einen langen Weg vor dir, O'Brien, und die Dunkelheit kommt rasch. Wieviel Zeit willst du also noch mit Sentimentalitäten vergeuden?«

Im ersten Moment war Patrick versucht, sich bei Boogan dafür zu bedanken, daß er das mit den Spuren auf der Lichtung verschwiegen und ihn so vermutlich vor der Verbannung bewahrt hatte. Aber etwas in den Augen des Wildhüters sagte ihm, daß er darüber besser nicht ein einziges Wort verlor.

»Es ist das letztemal, Mr. Boogan. Ich werde wohl nie wieder Gelegenheit haben, das Grab meiner Eltern zu besuchen.«

»Worauf du deinen Hals verwetten kannst! Und du wirst in dieser Grafschaft auf keinem Gut Arbeit finden, nicht mal einen Schweinestall wird man dich ausmisten lassen.«

»Ich weiß«, sagte Patrick und bemühte sich um einen gefaßten Ausdruck.

»O nein, du glaubst zu wissen, was dich erwartet, aber in Wirklichkeit hast du noch nicht einmal den blassesten Schimmer einer Ahnung. Du bist ein gottverdammter Narr, O'Brien!«

»Vermutlich haben Sie recht.«

Boogan zog die rechte Hand aus der Tasche und hielt ihm einen zusammengefalteten Zettel hin. »Das ist eine Nachricht für Mr. Biggelow. Du wirst sie nur ihm persönlich übergeben!« forderte er ihn schroff auf.

Patrick sah ihn verständnislos an. »Was ist das für eine Nachricht, und wer ...«

Boogan ließ ihn erst gar nicht ausreden. »Frag nicht soviel! Du machst dich sofort auf den Weg nach Stow-on-the-Wold. Bis nach Chipping dürftest du es heute noch schaffen. Wenn wir nicht Schnee bekommen, kannst du morgen gegen Nachmittag in Stow-on-the-Wold sein. Dort fragst du nach der Weberei von Charles Biggelow. Sie liegt am Ende von Bailey's Walk. Gib ihm meinen Zettel. Vielleicht kann er etwas für dich tun. Aber mach dir keine zu großen Hoffnungen. Der Arm Seiner Lordschaft reicht bis nach Stow-on-the-Wold und noch weit darüber hinaus.«

Patrick nahm den Zettel und steckte ihn ein. Er war berührt. Von Boogan hätte er diese Art der Hilfe am allerwenigsten erwartet. Er wußte nicht, was er sagen sollte. »Danke, Mr. Boogan, ich ...«

Boogan brachte ihn mit einer unwirschen Handbewegung zum Schweigen. »Nimm deinen Sack, und mach dich endlich auf den Weg. Und hüte dich ja vor dem Trugschluß, irgendein anderer als du hätte Schuld an dem, was dir widerfahren ist. Du hast es dir selbst zuzuschreiben, was heute mit dir passiert ist und was morgen und übermorgen an bösen Überraschungen auf dich wartet. In dieser Welt kann man nicht halb Fisch, halb Fleisch sein, O'Brien. Man muß sich vielmehr eindeutig entscheiden, auf welcher Seite man steht. Wenn man sich jedoch nicht festlegen will, wo man hingehört, kommt man früher oder später unter die Räder, und dann wird man von beiden Seiten zerrieben wie ein Weizenkorn zwischen zwei Mühlsteinen. Laß dir das eine Lehre sein, O'Brien. Das nächstemal kommst du vielleicht nicht so glimpflich davon. Dann kann es dich den Kopf kosten. Hast du mich verstanden?«

»Ja, Mr. Boogan.«

»Das bezweifle ich«, sagte Boogan finster. »Du hättest eines Tages einen verdammt guten Wildhüter abgegeben. Aber was, zum Teufel, geht mich das an?« Er schlug den Schal um sein Gesicht und stapfte grußlos davon.

Patrick schulterte seinen Sack und machte sich auf den Weg nach Stow-on-the-Wold, niedergeschlagen, aber auch mit einem Funken Hoffnung. Er war noch keine Stunde marschiert, als die ersten Flocken aus dem grauen Himmel herabfielen. Innerhalb von Minuten verschwand die Welt hinter den weißen, kalten Schleiern eines heftigen Schneetreibens.

6

Die Wärme war wie eine unsichtbare Woge, die über Patrick zusammenbrach und in ihm das beklemmende Gefühl hervorrief, keine Luft mehr zu bekommen. Das Eis, das sich in seinem Haar festgesetzt und entlang einzelner Strähnen kleine Eiszapfen gebildet hatte, schmolz in der bulligen Hitze. Eiswasser rann ihm über die Stirn und den Nacken hinunter. Ihm war, als dampfte er. Doch er wagte weder sich von der Stelle zu rühren noch ein Wort zu sagen, während er im Kontor darauf wartete, daß Charles Biggelow erschien

und über sein weiteres Schicksal befand. Fast konnte er es nicht glauben, daß er es trotz des fürchterlichen Schneesturms bis nach Stow-on-the-Wold geschafft hatte und nun im überheizten Kontor des Tuchfabrikanten stand, zu dem Boogan ihn geschickt hatte. Doch statt des veranschlagten einen Tages hatte er für die Strecke zwei volle Tage gebraucht, und er hatte sich wahrlich nicht geschont, sondern die Kälte und den peitschenden Wind wie eine gerechte Buße auf sich genommen. Nun war er am Ende seiner Kräfte.
Die gediegene Einrichtung des Kontors und die drei Männer, die hinter Schreibpulten standen, schwarze Ärmelschoner trugen und ihm gelegentlich verstohlene Blicke zuwarfen, nahm er genausowenig bewußt wahr wie das Kratzen der Federn und das Rattern der Webstühle, das aus der angrenzenden Werkshalle zu ihnen drang. Er sah auch nicht durch das lange Sprossenfenster, durch das man vom Kontor aus die Webstühle im Auge behalten konnte. Er stand mit apathischem Ausdruck vor der hüfthohen Balustrade aus gedrechselten Stäben, die ihn von dem Teil des Kontors mit den drei Schreibpulten trennte, und rang um Atem. Noch nie in seinem Leben hatte er sich in einem Raum aufgehalten, der im Winter so warm war, daß man nur mit Hemd und Hose bekleidet sein konnte, ohne zu frieren. Nicht einmal in HARLAND HOUSE gab es ein Zimmer, in dem es auch nur annähernd so warm war wie hier, dessen war er sich sicher, auch wenn er nie einen Fuß in das Herrenhaus gesetzt hatte. Was ihn jedoch am meisten verwunderte, war das Fehlen eines Ofens in diesem Kontor. Nirgends konnte er so etwas wie einen Kohlenofen entdecken. Dieses Rätsel nahm seinen Geist, der so erschöpft war wie sein Körper, gänzlich in Anspruch, ohne daß er es jedoch zu lösen vermochte.

Die Tür zur Weberei ging auf, und das Rattern der mechanischen Webstühle schwoll für einen Augenblick zu einer solchen Lautstärke an, daß man fast hätte schreien müssen, hätte man sich verständlich machen wollen.
Der mittelgroße, leicht übergewichtige Mann, der aus der Maschinenhalle kam, schloß die Tür ohne Hast hinter sich und trat zu Patrick an die Balustrade. Er trug einen Anzug aus feinem kastanienbraunem Tuch und darunter eine safranfarbene Weste. Sein Gesicht war rund und rosig und von buschigen Koteletten geprägt.
»Biggelow, Charles Biggelow«, stellte er sich vor und legte beide Hände auf den Handlauf der Balustrade. »Sie wollten mich sprechen? Was kann ich für Sie tun?«
Patrick hätte darauf keine Antwort gewußt. Aber er hatte ja Boogans Zettel. Den holte er nun hervor und reichte ihn Biggelow mit den zaghaft gemurmelten Worten: »Von Mr. Boogan, Sir.«
Der Tuchfabrikant runzelte die Stirn, faltete den Zettel auseinander und las. Patrick hatte den beunruhigenden Eindruck, als brauchte er für die wenigen Zeilen, die auf dem Papier standen, viel zuviel Zeit, als daß er sich noch Hoffnung auf einen guten Ausgang machen durfte.
»Hm, so«, sagte Biggelow, legte die Stirn in Falten, bedachte Patrick mit einem prüfenden Blick, stülpte die Lippen in einer offensichtlich nervösen Anwandlung vor und zurück und gab einen Stoßseufzer von sich. »So, du suchst also Arbeit.«
Patrick schluckte. »Ja, Sir. Aber ich möchte Sie nicht aufhalten, wenn Mr. Boogan ... ich meine ...«
»Warte. Ich glaube, Golfard könnte jemanden gebrauchen, der ihm ein wenig zur Hand geht«, sagte er. »Aber mehr als zwei Shilling die Woche kann ich dir erst einmal nicht zahlen. Dafür kannst du kostenlos drüben im Tuchlager in

der Jutekammer schlafen. Solltest du dich anstellig zeigen, werden wir bei Gelegenheit noch einmal über deinen Lohn reden. Komm mit!«

Zwei Shilling? Das war fast soviel, wie Seine Lordschaft ihm gezahlt hatte. Patrick konnte sein Glück kaum fassen. Schnell hob er seinen Sack auf und folgte Biggelow durch die Tür, die in die Halle mit den Webstühlen führte. Er war von dem Gewirr der Seilzüge und Antriebsriemen, die in Bodennähe sowie über ihren Köpfen in scheinbar alle Richtungen liefen und mit den Webstühlen verbunden waren, überwältigt und wußte nicht, wohin er zuerst blicken sollte. Der Lärm jedoch erschreckte ihn, und er, der die Stille der freien Natur gewohnt war, fragte sich, wie man hier bloß auf Dauer arbeiten konnte, ohne den Verstand zu verlieren.

Er kam nicht dazu, jetzt weiter darüber nachzudenken, gelangten sie doch nun durch einen hohen Rundbogen in der Backsteinwand in einen Raum, in dem drei Dampfmaschinen standen. Dahinter türmte sich entlang der Längswand Kohle auf. Es war laut in diesem Raum, aber nicht ganz so laut wie in der Halle mit den Webstühlen.

Biggelow deutete auf einen langen, hageren Mann mit Halbglatze und Hakennase, der mit der Ölkanne über einem Gestänge gebeugt stand, das hin und her raste und dabei ein schweres Rad in Schwung hielt. Sein nackter Oberkörper glänzte wie eingeölt. »Das ist Golfard, mein Maschinist. Er wird dir alles beibringen, was du wissen mußt.«

»Ja, Sir.«

Der Tuchfabrikant winkte Golfard heran. »Das ist Patrick O'Brien«, sagte er mit erhobener Stimme, um den Lärm der Dampfmaschinen zu übertönen. »Er wird dir zur Hand gehen. Schau, ob er für die Arbeit taugt. Und zeig ihm nachher, wo er schlafen kann.«

»Die Jutekammer?« fragte Golfard nur und entblößte dabei ein äußerst lückenhaftes Gebiß.
Biggelow nickte, und damit war alles gesagt. Er kehrte ins Kontor zurück und überließ Patrick der Obhut seines Maschinisten.
Golfard musterte seinen neuen Gehilfen von oben bis unten, als wäre ihm ein Fabelwesen in seinen Maschinenraum geschneit, während er unablässig auf etwas lutschte. »Willste hier arbeiten oder sterben, O'Brien?« fragte er mit schleppender Stimme.
»Arbeiten, Mister Golfard.«
»Dann zieh die Klamotten aus, Mann!« forderte der Maschinist ihn auf. »Und nenn mich bloß nicht Mister. Nicht mal 'ne Hure kommt auf die Idee, Mister zu mir zu sagen, und die bezahle ich immerhin dafür, daß sie mir das Gefühl gibt, jemand zu sein. Ich bin Golfard, schlicht und ergreifend Golfard. Und der Henker soll mich holen, wenn ich mich ausgerechnet von 'nem Iren mit Mister anreden lasse.«
Patrick konnte seine warmen Sachen gar nicht schnell genug ablegen. Er warf Mantel, Schal und Mütze auf seinen Sack und zog sich dann auch noch den dicken Pullover aus, den er über dem Hemd trug.
»Verstehste was von Dampfmaschinen?« fragte Golfard.
»Nein«, gestand Patrick.
»Was haste bisher gemacht?«
»Ich war Gehilfe eines Wildhüters.«
Golfard lachte, und Patrick fühlte sich an das Blöken eines Schafes erinnert. »Wildhüter! Na prächtig. Da kann dann ja gar nichts schiefgehen. Wennste Wild hüten kannst, kannste bestimmt auch 'n Feuer hüten«, sagte er spöttisch, drückte ihm eine Schaufel in die Hand und öffnete die Befeuerungsklappe der vordersten Dampfmaschine. »An die Arbeit, O'Brien. Rein hier mit der Kohle!«

»Und wieviel?«
»Ich geb dir schon Bescheid.«
Und so begann Patrick seine Arbeit bei Charles Biggelow als Gehilfe des Maschinisten Golfard. Er erhielt im Tuchlager, das sich auf der anderen Seite des Hofs befand, in der fensterlosen Jutekammer eine Ecke, wo er seinen Sack und nachts sein müdes Haupt hinlegen konnte. Er lernte schnell, daß Charles Biggelow alles andere als ein Wohltäter war. Der Tuchfabrikant erwartete von ihm nicht nur einen zwölfstündigen Arbeitstag in der Maschinenhalle, sondern die angeblich freie Schlafstatt im Tuchlager war mit der Pflicht verbunden, jede Nacht mindestens zweimal einen Kontrollgang zu machen und dafür zu sorgen, daß in den Brennkammern der Dampfmaschinen das Feuer nie ganz ausging. Denn dann brauchten sie am Morgen zuviel Zeit und Kohle, um die Maschinen unter Dampf zu bringen.
Patrick beklagte sich jedoch nicht, er war vielmehr dankbar, daß er in diesen eisigen Monaten des Jahres 1806 eine Arbeitsstelle hatte. Er wurde von all dem Neuen so in Anspruch genommen, daß ihm nur wenig Zeit zum Grübeln blieb. Es war ein primitives Leben, und er kam selten einmal vom Gelände der Weberei. Morgens wärmte er sein Porridge auf einem der drei Rohre, durch die im Winter ein Teil des Dampfes in das Kontor geleitet wurde. Die Rohre, die dort unter der Decke in Spiralen verliefen und Wärme abstrahlten, erklärten, woher trotz Fehlen eines Kohlenofens die bullige Hitze kam. Von Golfard lernte er auch, auf den heißen Rohren Kartoffeln zu kochen und gelegentlich eine Scheibe Speck anzubraten.
Mit Golfard verstand er sich gut, obwohl dieser ein seltsamer Kauz war. Er kannte nichts als seine Dampfmaschinen, denen er Namen und menschliche Charakterzüge gegeben hatte. Die Molly, die älteste Maschine, war sein erklärter

Liebling, obgleich er ständig irgendeinen Schaden an ihr beheben mußte.
»Ah, sie hält sich tapfer und gibt nicht auf, auch wenn sie schon in die Jahre gekommen ist«, schwärmte er von Molly. »Und wenn sie erst mal richtig in Fahrt kommt und den Bauch voll Feuer hat, dann zeigt sie es den jungen Spunden. Molly ist 'n zuverlässiges Arbeitspferd, während Tom und Catherine so was wie edle Schönwetter-Renner sind. 'ne Zeitlang sind sie schneller, aber wenn sie tagtäglich ins Geschirr und über 'nen schweren Acker müssen, dann können sie Molly nicht das Wasser reichen. Ich habe Biggelow gesagt er soll sich diese neuen Dampfmaschinen nicht andrehen lassen, aber er hat sie wohl billig aus 'nem Konkurs erhalten.«
Golfard brachte ihm bei, was er wissen mußte, um ihm zur Hand gehen und einen Teil der niederen Arbeiten übernehmen zu können. So brauchte er bald schon nicht mehr zu fragen, wieviel Schaufeln Kohle er in welche Brennkammer zu schippen hatte. Er lernte, die Temperatur- und Druckanzeigen zu lesen und darauf zu achten, daß der Druck nicht unter eine bestimmte Marke fiel.
Eine spleenige Angewohnheit des Maschinisten haßte Patrick jedoch, und das war die mit den Pflaumenkernen. Golfard lutschte unablässig diese Kerne, von denen er zumeist zwei, drei auf einmal im Mund hatte. Anfangs war es Patrick ein Rätsel, woher er mitten im Winter bloß die Pflaumen bekam. Bis Golfard ihm eines Tages eine Lattenkiste zeigte, in der ein gutes Dutzend große Einmachgläser standen. Sie waren bis obenhin mit Pflaumenkernen gefüllt – und mit dunklem Rum.
»Genug, um mich sicher übern Winter zu bringen«, erklärte Golfard stolz.
Patrick glaubte erst, seinen Augen nicht trauen zu dürfen.

Er hatte schon viele verrückte Sachen gehört, nicht jedoch, daß jemand Pflaumenkerne monatelang in Rum eingelegt und sie dann gelutscht hätte. Golfard schwor auf ihre besonderen Heilwirkungen, von denen er ein gutes Dutzend aufzuzählen wußte, angefangen von Mundfäule bis hin zu Gelenkschmerzen und Verstopfung.

Insgeheim vermutete Patrick jedoch, daß es Golfard in Wirklichkeit nur um den Rum ging, den er so in winzigen, aber beständigen Mengen aus den Kernen lutschte. Eine verrückte, umständliche Methode, um einen permanenten Zustand leichter Alkoholisierung zu erreichen, aber es hätte ihn weiter nicht gestört, wenn Golfard sich nicht angewöhnt hätte, ihm die ausgelutschten Pflaumenkerne an den Kopf oder den nackten Rücken zu spucken, denn auch er war dazu übergegangen, mit nacktem Oberkörper zu arbeiten. Er haßte es, wenn Golfard ihn mit einem seiner ausgelutschten Kerne traf, um seine Aufmerksamkeit auf dieses oder jenes zu lenken. Und der Maschinist hatte es darin zu einer erstaunlichen Weite und Treffsicherheit gebracht.

»Versuch es doch mal damit, mich zu rufen oder mir mit dem Schraubenschlüssel ein Zeichen zu geben, statt mich mit deinen Kernen zu bespucken!« forderte Patrick ihn auf, mühsam seinen Ärger unterdrückend.

Golfard zuckte gleichgültig mit den Schultern. »Ganz wie du willst, O'Brien«, sagte er, ohne daß sich in seinem Verhalten jedoch das Geringste änderte. Die Kerne trafen Patrick auch weiterhin, und ihm blieb nichts anderes übrig, als sich damit abzufinden. Die Sache war es nicht wert, sich deshalb mit Golfard in die Haare zu geraten und womöglich die Arbeit zu verlieren.

Woran er sich jedoch nicht gewöhnen konnte, waren der Lärm und der Kohlenstaub sowie die stickige Luft. Manchmal verspürte er den Drang, laut zu schreien und in die Kälte hinauszulaufen. Oft wachte er nachts auf und hielt sich die Ohren zu, weil ihn das Rattern der Webstühle, das Zischen der Überdruckventile und das Hämmern der Antriebsgestänge bis in seine Träume verfolgte. Dann lag er eine Weile zitternd in der dunklen Jutekammer unter alten, kratzigen Säcken und wünschte, er könnte hinaus in die Wälder. Glücklicherweise zog ihn die Müdigkeit immer wieder rasch in den Schlaf zurück.

Im Dezember schwächte sich die Kälte ein wenig ab. Die Tage blieben klar und sonnig, doch davon bekamen Patrick und Golfard nicht viel mit. Ihre Arbeit begann lange vor Sonnenaufgang und endete Stunden nach Einbruch der Dunkelheit. Allein die Sonntage standen zu ihrer freien Verfügung. Aus Angst, das Schicksal womöglich herauszufordern, wenn er Ablenkung und Vergnügung in der Stadt suchte, blieb Patrick meist auch an diesen Tagen auf dem Gelände. Gern ließ er sich von Golfard zu Karten- und Würfelspiel verführen, um die freie Zeit totzuschlagen, und er fand auch Gefallen daran, gelegentlich eine Pfeife Tabak zu rauchen.

Es geschah in der zweiten Woche nach der Jahreswende. An einem sonnigen Vormittag wurde Patrick hinaus auf den Hof gerufen, um das schwerbeladene Fuhrwerk des Kohlenhändlers zu entladen. Er war froh, dem Lärm für eine Weile entkommen und an der frischen Luft arbeiten zu können. Während der Händler mit Biggelow im Kontor verschwunden war, stand er oben auf dem Berg Kohlen und schaufelte sie unter das Vordach der Maschinenhalle. Später würde er die Kohle mit der Schubkarre ins Backsteingebäude bringen. Das war Arbeit für einen guten halben Tag.

Patrick nahm die Kutsche, die eine halbe Stunde später vor der breiten Einfahrt zum Hof der Weberei anhielt, über-

haupt nicht wahr. Erst als er eine kurze Atempause einlegte, sich mit dem Handrücken den Schweiß von der Stirn wischte und dabei in Richtung Straße blickte, bemerkte er sie. Er wollte sich schon wieder seiner Arbeit zuwenden, als er mitten in der Bewegung erstarrte. Diese dunkelgrüne Lackierung mit den schwarzen Zierleisten, sie kam ihm erschreckend bekannt vor. Ein Schauer durchlief ihn, als wäre ihm eine eiskalte Hand über den Rücken gefahren.
Sein Herz schien aussetzen zu wollen, als er näher hinsah und das Wappen auf dem Kutschenschlag erkannte. Es war die Kutsche von Lord Harland, die dort stand. Und eine behandschuhte Hand hatte den Vorhang hinter dem Fenster ein wenig zurückgeschoben, um für einen besseren Blick nach draußen zu sorgen.
Er hat mich gefunden!
Hastig wandte Patrick der Kutsche den Rücken zu, griff wieder zur Schaufel und arbeitete mit gebeugtem Oberkörper weiter. Zumindest versuchte er das, doch seine Hände zitterten, und seine Beine schienen ihm jeden Augenblick den Dienst versagen zu wollen. Die Angst der Ungewißheit würgte ihn, und sein Atem ging so schnell, als hätte er das Fuhrwerk in Windeseile entladen.
Er hörte, wie die Kutsche davonfuhr, und sein Herz raste wie verrückt. Hatte Lord Harland oder wer immer in der Kutsche gesessen hatte ihn erkannt? Und wenn ja, was würde nun geschehen? Würde sich Seine Lordschaft damit zufriedengeben, zu sehen, daß er sein Leben als Gehilfe eines Maschinisten an einem so dreckigen, lärmenden Ort fristen mußte, um über den Winter zu kommen? Er betete inständig, daß es so sein möge.
Patrick rechnete jede Minute damit, daß etwas passieren würde. Doch nichts geschah. Die Stunden verstrichen, ohne daß ihm irgendeine besondere Aufmerksamkeit zuteil wur-

de. Die Angst verließ ihn jedoch nicht für eine Minute. Er verbrachte eine schlaflose Nacht. Als er Biggelow am nächsten Morgen zu ihnen in den Maschinenraum kommen sah, wußte er, daß seine Gebete nicht erhört worden waren.
Biggelow winkte ihn zu sich. »Ich fürchte, ich habe keine weitere Verwendung für dich, O'Brien«, kam er ohne Umschweife zur Sache.
»Es ist wegen Lord Harland, nicht wahr?« fragte Patrick bitter.
Biggelow machte eine verdrossene Miene. »Er ist nun mal ein einflußreicher Mann, und ich kann es mir nicht leisten, ihn gegen mich aufzubringen. Bis gestern konnte ich behaupten, von nichts gewußt zu haben. Aber das ist jetzt vorbei.«
»Ich verstehe, Sir.«
»Tut mir leid, O'Brien, aber du mußt deine Sachen packen und dir woanders Arbeit suchen. Und probier erst gar nicht, hier in Stow-on-the-Wold etwas zu finden. Bring genug Meilen zwischen dich und Lord Harland, daß du nicht immer über deine Schulter zu schauen brauchst.«
»Und wo wäre das?«
»Auf jeden Fall jenseits von Burford.« Biggelow drückte ihm den Lohn für zwei Wochen in die Hand und hatte es eilig, ihn von seinem Gelände zu bekommen. Patrick hatte nicht mal mehr Zeit, sich richtig von Golfard zu verabschieden. Ein Händedruck und ein aufmunternder Schlag auf die Schulter, damit endeten die sechs Wochen, die er mit Golfard im Maschinenraum verbracht hatte.
Patrick holte seinen Kleidersack und beherzigte Biggelows Rat, erst gar nicht anderswo in Stow-on-the-Wold Arbeit zu suchen. Er hatte sich entschlossen, nach Gloucester zu gehen oder vielleicht sogar nach Bristol. Das mußte dann weit genug weg von Harland sein, und das waren richtig große

Städte, wahre menschliche Ameisenhaufen, wo niemand einen finden konnte, wenn man es nicht wollte.
Seine Ersparnisse waren um sechs Shilling angewachsen, und er hätte es sich erlauben können, mit der Überlandkutsche auf einem der billigen Außensitze zu fahren. Doch er wollte nicht einen Penny ausgeben, wenn es nicht unbedingt nötig war. Wer wußte, wie lange er von seinen Ersparnissen zehren mußte, bis er eine neue Arbeit gefunden hatte. Es galt deshalb, so sparsam wie möglich zu sein. Und was war dagegen einzuwenden, sich zu Fuß auf den Weg in die großen Städte zu machen? Er hatte festes Schuhwerk, warme Kleidung und einen kräftigen, ausdauernden Körper, der an Strapazen gewöhnt war. Und so begab er sich auf die Landstraße nach Süden. Am ersten Tag kam er gut voran. Er übernachtete in Burford in einem Mietstall, dessen Besitzer ihm für ein paar Pennies eine leere Box zum Schlafen zuwies – und dem Nachtwächter laut genug, daß Patrick es hören konnte, den Auftrag erteilte, ein Auge auf den Fremden zu halten.
Tags darauf kam es am frühen Nachmittag zu einem jähen Wetterumschwung. Er befand sich noch gute sechs, sieben Meilen von der nächsten Stadt namens Lechlade entfernt, als von Nordosten grauschwarze Wolken heranzogen und den Himmel verdunkelten, als wäre es schon kurz vor Einbruch der Nacht. Er beschleunigte seinen Schritt. Wenige Minuten später begann es zu stürmen. Ein schwerer Hagelschauer ging über das Land nieder.
Die Straße schlängelte sich durch hügeliges Farmland, dessen fruchtbarer Boden unter einer Schneedecke dem Frühjahr entgegenschlief. Als Patrick schnellen Schrittes einen buschbestandenen Hügel erklomm, stieß er auf einen Leidensgefährten, der bei diesem stürmischen Wetter wie er zu Fuß unterwegs war. Der Mann war von untersetzter,

schmächtiger Gestalt, hielt vor der Brust einen verschlissenen und viel zu dünnen Regenumhang zusammen und trug eine Wollmütze mit Ohrenklappen.
Patrick nickte ihm zu.
»Nicht mal 'nen räudigen Hund würde man bei diesem Sauwetter vor die Tür jagen«, schimpfte er. »Und ich muß ausgerechnet heute ans Krankenbett meines Bruders gerufen werden. Hätte er sich denn nicht wenigstens einen warmen Frühlingstag aussuchen können, um sich diesen verdammten rostigen Nagel in den Fuß zu treten?«
»Manchmal kommt einfach alles zusammen.«
»Du sagst es«, knurrte der Mann neben Patrick. »Ich heiße Woods, Archie Woods, und bin Faßbinder.«
»Patrick O'Brien«, stellte Patrick sich vor und fügte nach kurzem Zögern hinzu: »War Gehilfe bei einem Maschinisten und hatte mit Dampfmaschinen zu tun.«
»Dampfmaschinen sind 'ne feine Sache, solange sie mir bloß nicht zu nahe kommen. Jagen mir eine Heidenangst ein mit ihrem Gezische und Gelärme. Ich bleibe lieber bei meinen Faßdauben. Aber für 'nen aufgeweckten jungen Mann sind Dampfmaschinen bestimmt das richtige.«
»Na ja«, sagte Patrick vage und fühlte sich geschmeichelt.
»Auch auf dem Weg nach Lechlade?«
»Ja, doch ich will weiter nach Gloucester.«
»Aber bestimmt nicht mehr heute.«
»Nein, sieht nicht so aus.«
Donner grollte über das Land, und Blitze zuckten mit blendender Helle aus der pechschwarzen Wolkenwand. Es klang, als wollte der Himmel bersten. »Der Teufel soll mich holen, wenn ich bei diesem Sturm auch nur eine Sekunde länger als nötig unter freiem Himmel bleibe!« stieß Archie Woods hervor. »Da vorne steht ein Feldschober. Da können wir Schutz finden und warten, bis das Gröbste vorbei ist.«

Patrick überlegte nicht lange und folgte ihm, als er die Landstraße verließ und querfeldein stapfte. Der Feldschober stand nahe bei einer langen Reihe Pappeln, die ein offenbar großes Feld nach Norden hin begrenzten und als Windschutz angepflanzt worden waren. Die Äste der Bäume sowie die Sträucher, die zwischen den Pappeln wuchsen und so die Lücken gegen den Wind schlossen, wurden vom Sturm gepeitscht.

Archie Woods zerrte den schweren Stein zur Seite, der die schief in ihren Angeln hängende Brettertür geschlossen hielt, und riß die Tür auf. »Nichts wie rein!« rief er.

Patrick trat in das Dunkel des Feldschuppens, ließ seinen Sack zu Boden fallen und drehte sich mit einem Seufzer der Erleichterung um. »Das war eine ...« Weiter kam er nicht.

Erneut flammte ein Blitz auf. Durch die Spalten zwischen den Brettern drang die grelle Helligkeit und tauchte das Innere für den Bruchteil einer Sekunde in ein geisterhaft blauweißes Licht.

Patrick sah die erhobene Hand mit dem Knüppel und dahinter ein verzerrtes Gesicht. Er wollte schreien. Doch die Explosion in seinem Schädel erstickte seinen Schrei und löschte jeden bewußten Gedanken aus. Er versank in einem schwarzen Meer von endloser Tiefe.

7

Die Ratte rettete ihm das Leben. Sie hielt ihn schon für tot und biß in seine linke Hand. Der scharfe Schmerz riß ihn aus der Betäubung. Mit einem erstickten Aufschrei kam er zu sich und schlug um sich. Er spürte etwas Warmes, Pelziges an seiner Hand – und dann die Kälte.

Zitternd und noch zu benommen, um sich zu erinnern, was

geschehen war, setzte er sich auf. Ihm schlugen die Zähne aufeinander, und in seinem Schädel dröhnte und hämmerte es, als stünden dort Golfards Dampfmaschinen kurz vor der Explosion. Mit der rechten Hand rieb er über seinen schmerzenden linken Handballen, wo die Zähne der Ratte sich tief in sein Fleisch gebohrt hatten.

Die scheinbare Schwärze um ihn herum verwandelte sich allmählich in ein Halbdunkel. Und als seine Augen die Bretterwand des Feldschobers wahrnahmen, kehrte auch die Erinnerung zurück.

Archie Woods! Der Mann, den er auf der Landstraße getroffen hatte. Er hatte ihn in diesen Schuppen gelockt und niedergeschlagen. Bestimmt hieß er gar nicht Archie Woods. Instinktiv faßte er sich an die Brust, wo er seinen Geldbeutel an einem Lederriemen um den Hals trug. Er war nicht mehr da.

Im selben Augenblick wurde sich Patrick bewußt, daß er nur im Hemd war und keine Stiefel mehr an den Füßen hatte. Panik erfaßte ihn. Dieser Archie hatte ihm nicht nur sein Geld und die Kamee gestohlen, sondern auch noch seine warme Kleidung und seine Stiefel. Und wo war sein Sack mit all seinem anderen Hab und Gut? Mit einem Schrei ungläubigen Entsetzens warf er sich herum, kroch über den Boden und suchte nach seinen Sachen. Er wußte jedoch, daß er nichts mehr davon finden würde. Was er fand, waren der dünne, zerschlissene Umhang und die rissigen Halbschuhe des Räubers. Alles andere hatte er mit sich genommen.

Patrick kauerte auf dem eisigen Boden, hielt die löchrigen Schuhe in seinen Händen und hämmerte sie auf die gefrorene Erde, während sein Oberkörper vor und zurück pendelte. Dabei schrie er, wie er noch nie in seinem Leben geschrien hatte. In diesem entsetzlichen Schrei lag eine unendliche Verzweiflung und Qual, und die Versuchung war groß, sich nicht mehr gegen das Schicksal aufzubäumen, sondern aufzugeben und sich einfach der Kälte zu überlassen, die ihn betäuben und ihm den Tod im Schlaf bringen würde. Und er wünschte, die Ratte hätte ihn nicht gebissen, denn dann wäre er erst gar nicht mehr zu sich gekommen, sondern im Zustand der Bewußtlosigkeit erfroren. Er hätte nichts mehr gespürt, und alles wäre vorbei gewesen.

Patrick widerstand dieser Todessehnsucht. Nein, er wollte leben und nicht an diesem kalten, einsamen Ort sterben. Er wollte Arbeit finden und eines Tages Frau und Kinder haben. Es gab so unendlich viel, was er noch vor sich hatte. Er war zu jung zum Sterben.

Aber wenn er leben wollte, mußte er sich bewegen, sagte er sich. Mit Mühe kam er in die Schuhe, die ihm zu klein waren. Er wickelte sich den Umhang um die Schultern und wankte frierend und unter Schmerzen aus dem Feldschober zurück auf die Landstraße. Der Sturm hatte sich mittlerweile gelegt und war von einem leichten Schneefall abgelöst worden.

Patrick brauchte drei Stunden für die sieben Meilen nach Lechlade, und jeder Schritt war eine Qual. Ihn trieb jedoch die Hoffnung voran, den Räuber womöglich noch in der Ortschaft zu erwischen. Daß dieser kaum so dumm sein würde, dort auf ihn zu warten, diesen Gedanken verdrängte er. Im Ort angelangt, zog er von Gasthof zu Gasthof und von Taverne zu Taverne. Nirgends eine Spur von Archie, und nirgends gelang es ihm, länger als fünf Minuten zu verweilen und die göttliche Wärme der Schankstuben zu genießen. Er hatte nicht einmal Geld, um sich einen Becher heißen Tee bestellen zu können, und so wies man ihm rüde die Tür.

Er schlich sich im Schutz der Dunkelheit in den Stall eines

größeren Gasthofs, stahl zwei Handvoll Hafer aus der Haferkiste, um seinen nagenden Hunger zu stillen, und versteckte sich im Stroh, das ihm nach der Tortur des Tages paradiesisch warm erschien. Ein Alptraum suchte ihn am Morgen heim. Er redete und stöhnte im Traum. Augenblicke später holten ihn derbe Stiefeltritte und Stockschläge aus dem Schlaf. Er konnte noch von Glück reden, daß er für die Übernachtung im Stall nur mit einer ordentlichen Tracht Prügel bezahlen mußte.

Patricks Bemühungen, in Lechlade und Umgebung irgendeine Arbeit zu finden, blieben erfolglos. Meist kam er gar nicht dazu, sein Anliegen vorzutragen. »Verschwinde! Bei mir wird nicht gebettelt!« bekam er immer wieder zu hören. »Wenn du dich noch einmal hier blicken läßt, setzt es Hiebe! Verdammtes Landstreicherpack!«

Patrick hatte das erschreckende Gefühl, als hätte er bis vor wenigen Wochen in einer anderen Welt gelebt. Harland lag abseits der wichtigen Überlandstraßen, und wenn das Leben dort auch zweifellos hart und die Armut groß war, so kannte man doch nicht dieses Elend, dem er in den größeren Orten und auf den Landstraßen begegnete. Die Zahl der zerlumpten sowie oftmals entstellten und verstümmelten Bettler und Obdachlosen war erschreckend. Er hatte nicht geahnt, daß es ein wahres Heer von Menschen gab, das buchstäblich auf der Straße lebte – und dort auch starb, denn der Winter war so kalt wie das Herz der meisten Farmer und Kaufleute, die seinesgleichen nicht einmal über die Schwelle ihrer Läden ließen, sondern sie wie Hunde davonjagten.

Noch erschreckender aber als die Erkenntnis, wie grausam und kaltherzig die Begüterten waren und wie wenig christliche Nächstenliebe und Hilfe man sogar in Gotteshäusern fand, war für Patrick die Veränderung, die mit ihm vor sich ging. Nie hätte er geglaubt, wie schnell man jegliche Selbstachtung und Hemmungen verlor, wenn einen Hunger und Kälte nur lange genug quälten. Er schämte sich für das, was er tat, doch sein Selbsterhaltungstrieb war stärker als Scham und Schuldgefühle.

Die Einsicht, daß es jetzt im Winter nirgends Arbeit für ihn gab und womöglich auch später nicht, war niederschmetternd. Ohne Arbeit blieben nur Bettelei und Diebstahl, um zu überleben, doch in beidem war Patrick ohne Erfahrung und ohne großes Geschick. Zudem war die Konkurrenz der gewieften Landstreicher enorm. Jungen von sechs, sieben Jahren waren raffinierter und schneller als er, und für Anfänger wie ihn hatten sie nur Verachtung übrig.

Auf dem Markt von Cirencester sah ihm offenbar jeder schon von weitem an, was er im Schilde führte, und er kam nirgends nahe genug an die Stände heran, um auch nur eine Kartoffel zu stehlen. An diesem Tag lebte er von der einen Handvoll Hafer, die er von einem Kutscher erbettelt hatte, und er kaute Stroh, um wenigstens irgend etwas im Magen zu haben. Die Nächte verbrachte er in Schuppen, Ställen und Kirchen, in die er sich schlich. Das einzige Glück, das er in den Wochen nach seiner Ausraubung hatte, war, daß er nicht aufgegriffen und ins Gefängnis geworfen wurde. Denn die Gefängnisse wurden von Privatpersonen wie jedes andere Unternehmen auch geführt, und wer ohne Geld im Kerker landete, der brauchte nicht auf Barmherzigkeit zu hoffen.

Patrick schlug sich bis nach Gloucester durch, der ersten wirklich großen Stadt, die er zu sehen bekam – mit all ihrer Pracht und ihrem Elend. Hunger und Kälte waren seine ständigen Begleiter. Irgendwo etwas zu essen und einen Unterschlupf für die Nacht zu finden, war das einzige, was ihn beschäftigte. Dem galt sein erster Gedanke, wenn er

morgens frierend und mit knurrendem Magen erwachte, und nachts sein letzter, bevor der Schlaf ihn für ein paar Stunden die tägliche Qual vergessen ließ. Besonders Essen wurde zu einer Besessenheit, die ihn nicht mehr verließ. Denn seine Hoffnung, in dieser Stadt Arbeit oder zumindest doch mehr Barmherzigkeit zu finden, erfüllte sich nicht. Die Zahl der Bedürftigen war einfach zu groß, und die Armenküchen konnten mit ihren begrenzten Mitteln dem Hunger nicht Herr werden, weder in dieser noch in irgendeiner anderen Stadt Englands. Es hieß sogar, der Stadtrat habe beschlossen, diese bescheidene Hilfe noch zu beschneiden und nur noch Essen an diejenigen auszugeben, die nachweisen konnten, daß sie einmal in Gloucester gewohnt und Arbeit gehabt hatten.
Manchmal, wenn der Hunger Patrick fast verrückt machte und er einer Katze aufzulauern versuchte, um das Tier zu töten und zu essen, erschrak er vor sich selbst. Dann fürchtete er, immer mehr selbst zum Tier zu werden. Doch diese Angst, unaufhaltsam in einen Zustand der Verwilderung abzugleiten, war nichts im Vergleich zum Hunger.
Eines Abends war ihm das Glück hold. Als er am Hinterhof einer Bäckerei vorbeikam, hörte er die Stimme eines Mannes, gefolgt vom Lachen einer Frau, und in diesem Lachen schwang Leidenschaft mit. Einer spontanen Eingebung folgend, ging Patrick in den Hof, klopfte an die Hintertür, durch die Licht zu ihm hinausfiel, und bat um alte Brotreste, als ihm der Bäcker öffnete, ein großer, kräftiger Mann mit einem fülligen Gesicht.
Der Bäcker zögerte kurz. Dann trat ein Lächeln auf sein Gesicht. »Gewöhnlich schenke ich nichts her, denn von euch gibt es zu viele, und wenn ich heute dem einen was gebe, verbreitet sich das so schnell wie die Krätze, und dann habe ich morgen mehr Bettler in meinem Geschäft als

Kunden. Aber heute will ich eine Ausnahme machen. Man entschließt sich ja nicht jeden Tag zur Ehe«, sagte er und schenkte ihm einen ganzen Laib Brot.
Es war ein Zweipfünder. Schwer lag es in Patricks Händen. Er konnte sein Glück kaum fassen. Es machte ihn regelrecht schwindlig. Zwei Pfund Brot! Wenn er sich zu beherrschen vermochte und es sich gut einteilte, konnte dieser Brotlaib ihn fünf Tage lang vor dem ärgsten Hunger bewahren. Was für ein Geschenk des Himmels!
Er preßte sein Gesicht gegen das Brot. Wie herrlich es roch. Ihm lief das Wasser im Mund zusammen, und er biß hinein. Die Versuchung, das Brot hastig hinunterzuschlingen, war fast übermächtig. Es wäre besser gewesen, er hätte diesem Verlangen nachgegeben, denn drei zerlumpte Gestalten, die vor dem Wind in einer Toreinfahrt Schutz gesucht und ihn mit dem Brot aus dem Hof des Bäckers hatten kommen sehen, fielen wie hungrige Wölfe über ihn her. Er wehrte sich mit der Kraft der Verzweiflung, war der Übermacht jedoch nicht gewachsen. Er verlor das ganze Brot an diese Männer, die seinen Hunger und seine Verzweiflung teilten, nicht jedoch daran dachten, ihm auch nur ein Stück von seinem Brot zu lassen – so wie auch er nicht daran gedacht hätte, mit ihnen zu teilen.
Zwei Nächte später lief ihm in einer dunklen Gasse ein gutgekleideter Mann, der sichtlich betrunken war, über den Weg. Ohne lange zu überlegen, schlug er ihn nieder, zog ihm Mantel und Schuhe aus, riß ihm die Taschenuhr von der Weste und raubte seine Taschen aus. Als der Mann stöhnend zu sich kam, raffte Patrick seine Beute zusammen und stürzte davon.
Patrick rannte, bis er das Viertel hinter sich gelassen hatte. Dann schlug er den Weg zu einer großen Ziegelei ein, die in unmittelbarer Nähe der Eisenbahnstrecke Gloucester–

Bristol lag. Dort fand er ein Versteck für die Nacht. Mit wild klopfendem Herz zählte er die erbeutete Barschaft. Jede Münze, die durch seine Finger glitt, erzeugte einen Schauer in ihm, bedeutete sie doch Essen und damit Hoffnung. Der Betrunkene hatte noch sieben Shilling und vier Pennies in seiner Börse gehabt. Und die Taschenuhr war mindestens zwei Guineen wert. Zudem hatte er den warmen Mantel und dieses Paar Halbstiefel, das aus bestem Leder gefertigt war. Natürlich mußte er diese Sachen wie auch die Taschenuhr zum Pfandleiher bringen, denn wenn er damit von der Polizei aufgegriffen wurde, konnte das den Strick bedeuten. Aber für den Erlös würde er sich bei einem anderen Pfandleiher einen warmen Mantel und Schal sowie ein passendes Paar Stiefel kaufen können und noch genug übrigbehalten, um mit dem Geld bis in den Frühling zu kommen. Ein zweitesmal würde er sich nicht von so einem gemeinen Dreckskerl wie Archie übertölpeln und ausrauben lassen.
Er erstarrte, als ihm in diesem Moment erst so richtig zu Bewußtsein kam, was er gemacht hatte. Er hatte einen betrunkenen, wehrlosen Mann, der ihm nichts getan hatte, brutal niedergeschlagen und ausgeraubt. Sein Schlag hätte den Mann auch töten können. Damit war er um keinen Deut besser als Archie und all die anderen, die die Straßen unsicher machten. Er gehörte jetzt zu ihnen, war wie sie menschliches Strandgut, Abschaum der Straße.
Entsetzt darüber, wie tief er in nicht einmal zwei Monaten gesunken war, schlug Patrick die Hände vors Gesicht und weinte.

8

Es gab Fehler, die man nur einmal machte, weil man hinterher keine Gelegenheit erhielt, sie zu wiederholen. Am Tag nach einem so dreisten Überfall, wie Patrick ihn begangen hatte, eine mit Monogramm versehene Taschenuhr und einen schönen Tuchmantel mit seidigem Innenfutter am Ort des Verbrechens zu versetzen, wäre solch ein Fehler gewesen, wie er nach einer langen schlaflosen Nacht erkannte.

Das erste, was Patrick am nächsten Morgen tat, war, von dem gestohlenen Geld einen billigen Sack zu kaufen und dann in einem Pfandhaus unweit der Kathedrale aus dem reichhaltigen Angebot gebrauchter Kleidungsstücke ein Paar solide Stiefel sowie einen marineblauen Soldatenmantel auszuwählen. Der Mantel hatte schon bessere Zeiten gesehen. Nicht zwei Knöpfe gehörten zusammen, der Stoff war grob und rauh, und an mehreren Stellen war er bereits geflickt worden. Doch er paßte ihm gut, reichte bis über die Stiefel und würde ihn warm halten, notfalls noch viele Jahre. Um kein Mißtrauen zu erregen, erstand er Mütze und Schal in einem anderen Pfandhaus. Ein Messer mit langer, beidseitig geschliffener Klinge kaufte er in einem dritten Pfandhaus. Er kannte jetzt die Gefahren der Landstraße und der Armenviertel, und er würde sich nicht ein zweitesmal übertölpeln und ausplündern lassen. Diesmal würde er gewappnet sein, mit einem geschärften Mißtrauen gegenüber jedem Fremden und jeder unklaren Situation und mit diesem Messer.

Um sein Gewissen ein wenig zu erleichtern, ging er in die Kathedrale, die ihn mit ihren mächtigen normannischen Pfeilern und den kunstvollen Deckengewölben einschüchterte und ihn in seinem Gefühl der Minderwertigkeit und

Verkommenheit bestätigte. Im Schatten einer der Säulen kniete er nieder, betete mit stockender, leiser Stimme um Vergebung für seine Sünden und warf nach langem Zögern einen Threepence in den Opferstock. Hinterher fühlte er sich kein bißchen besser, im Gegenteil, er kam sich jetzt noch verlassener vor, und ihn reute es, drei kostbare Pennies vergeudet zu haben. Er bezweifelte, daß seine Spende irgendeinem armen Kerl wie ihm zugute kommen würde. Viel eher nahm er an, daß sein Threepence ein lächerlich geringer Teil jener Summe sein würde, die der Kirchenvorstand demnächst für ein neues Fenster oder eine neue Glocke bewilligen würde. Aber sei's drum.

Er kaufte sich Brot, gönnte sich auf dem Markt den unerhörten Luxus von zwei Tassen heißem Tee und machte sich dann auf den Weg nach Süden, Richtung Bristol. In Berkeley, der ersten größeren Stadt hinter Gloucester, verkaufte er die feinen Halbstiefel. Der Pfandleiher fragte ihn nicht, woher er solch maßgearbeitetes Schuhwerk hatte. Er zahlte ihm aber auch kaum mehr, als Patrick für seine einfachen Stiefel in Gloucester ausgegeben hatte. Es tat jedoch gut, das Gewicht der Münzen in seiner Hand zu spüren und zu wissen, daß er in den nächsten Wochen keinen Hunger zu fürchten brauchte und sogar gelegentlich ein paar Pennies für einen warmen Schlafplatz im Stall und eine Rasur ausgeben konnte.

In Almondsbury versetzte er den Mantel. Er erntete die verächtlichen Blicke eines Mannes, der ganz und gar nicht glaubte, daß Patrick diesen Mantel im Auftrag seiner in Not geratenen Herrschaft verpfändete. Er wußte, daß er mit Diebesgut handelte und ein blendendes Geschäft machte, als er Patrick mit ein paar Shilling abspeiste. Mit der Taschenuhr, die er in Bristol ins Pfandhaus trug, erging es ihm nicht viel besser. Er gab sich diesmal als Seemann aus, der ein lang gehegtes Erbstück seines Vaters versetzen mußte, um für seine kranke Frau einen Arzt kommen lassen zu können. An diesem Tag war er frisch rasiert, und er glaubte, den Eindruck eines ehrlichen Mannes zu machen, dessen Wort man trauen durfte. Deshalb protestierte er, als der dickbäuchige Krauskopf hinter der Theke ihm nicht einmal eine halbe Guinee bot.

Der Krauskopf funkelte ihn daraufhin böse an. »Ich gebe dir 'ne ganze Guinee, Seemann, wenn du es schaffst, mir zu erklären, wie dein Vater diese Uhr zwanzig Jahre lang getragen und dann dir vererbt hat!«

Patrick wußte sofort, daß er irgendeinen Fehler begangen hatte, doch er wußte nicht, welchen. Er versuchte sich deshalb in die Rolle des zu Unrecht Beleidigten zu flüchten. »Also gut, wenn Sie nicht wollen«, sagte er und streckte seine Hand nach der Uhr aus.

Der Krauskopf dachte jedoch nicht daran, sie ihm zurückzugeben. Statt dessen drehte er sie um. »Diese Uhr ist noch keine vier Jahre alt, *Seemann!* Hier, falls du lesen kannst, ist der Name des Uhrmachers und das Jahr ihrer Herstellung eingraviert: BRIDDLE & BANKS, OXFORD 1804. Ein altes Familienerbstück, he?«

Patrick wurde es heiß und kalt. Sein erster Gedanke war davonzulaufen. Doch er war wie gelähmt.

Der Pfandleiher knallte zehn Shilling auf die polierte Platte. »Nimm das Geld und verschwinde!« zischte er abfällig. »Und wenn du 'n Seemann bist, bin ich 'n königlicher Kammerdiener!«

Patrick griff nach dem Geld und stürzte fluchtartig aus dem Laden. Die Angst, daß der Pfandleiher ihm vielleicht doch noch einen Constable hinterherschicken würde, wich erst von ihm, als er mehrere Häuserblocks weiter in dem Menschengewühl des Fischmarktes untergetaucht war. Und an die Stelle von Angst traten Bitterkeit über sein eigenes Unvermögen und ohnmächtiger Zorn auf Männer wie diesen Krauskopf, die seine Not schamlos ausnutzten und sich dabei noch für etwas Besseres hielten, obwohl sie in Wirklichkeit nichts weiter als schäbige Hehler waren. Wie ungerecht und verlogen die Welt doch war.

Aber auch wie faszinierend. Patrick bekam in Bristol zum erstenmal in seinem Leben einen Hafen zu Gesicht, und er konnte sich an den Schiffen, die teilweise drei Reihen tief gestaffelt an den Kais vertäut lagen, nicht satt sehen. Staunend verfolgte er bei seinem ersten Hafenrundgang das Segelmanöver eines Dreimasters, der zu großer Fahrt aufbrach. Und er sah sein erstes Dampfboot, das auf dem Avon fuhr, sich den Teufel um Wind und Strömung scherend, und eine mächtige Fahne schwarzen Rauches hinter sich herzog. Er spürte die Verlockung der weiten Welt, die diese Schiffe, welche aus aller Herren Länder kamen und ihre Anker hievten, um zu den exotischsten Zielen aufzubrechen, für ihn symbolisierten. Indien und Afrika, Amerika und Brasilien, Ägypten und China! Und dazu kamen die vielen fremden Sprachen, die man im Hafen hörte, der schockierende Anblick von Chinesen und Indern, von pechschwarzen Negern und nußbraunen Gestalten von irgendwelchen fernen Südseeinseln sowie das lärmende Leben und Treiben, das nicht einmal nachts im Hafenviertel zur Ruhe kam.

Das Hafenviertel hatte aber auch seine dunkle, erschrekkend gewalttätige Seite. Da gab es jede Menge Raufbolde, Taschendiebe, Betrüger und Räuber. Die gefährlichsten waren jedoch die Schlepper, die Männer betrunken machten und mit Opium betäubten, um sie bei Nacht an Bord eines Schiffes zu bringen, das im Morgengrauen auslief und dringend einiger Seeleute bedurfte. Shanghaien nannte man diese Praxis, und kein Captain, der den Schleppern für jeden shanghaiten Seemann ein Kopfgeld bezahlt hatte, fragte danach, ob diese Opfer jemals Decksplanken unter den Füßen gehabt hatten. Hauptsache, die Männer waren kräftig und konnten arbeiten. Alles andere brachte man ihnen schon bei, notfalls mit dem Tauende.

Patrick nahm in einer Taverne die Einladung zweier geselliger Burschen zu einem Becher Branntwein an – und entkam nur um Haaresbreite einer mehrjährigen Reise als Seemann an Bord eines Walfängers. Er mußte auch zweimal zum Messer greifen, um in dunklen Gassen nicht erneut das Opfer eines Überfalls zu werden. Gottlob reichte es schon, sich bewaffnet und kampfbereit zu zeigen, um die Gefahr abzuwenden.

Arbeit fand er auch hier nicht, weder in der Stadt noch im Hafenviertel. Unter den Schauerleuten und Hafenarbeitern gab es genug, die selbst nur sporadisch Arbeit fanden. Sie dachten nicht daran, sich von Fremden auch noch dies wenige Brot wegnehmen zu lassen, und machten ihm unmißverständlich klar, daß sie ihm den Schädel einschlagen würden, sollte er versuchen, in ihrem Revier zu wildern. Nicht anders erging es ihm vor den Fabriken. Dort standen schon im Morgengrauen Einheimische, die alle hofften, zu den Glücklichen zu gehören, die für ein paar Stunden oder ein, zwei Tage Arbeit fanden, weil an irgendeiner Stelle unverhofft und kurzfristig einige Männer mehr gebraucht wurden. Meist waren es kleine und schlecht bezahlte Arbeiten, und an manchen Tagen gab es noch nicht einmal diese. Die feindseligen Blicke und Drohungen, auf die er überall stieß, machten ihm nach wenigen Tagen klar, wie aussichtslos sein Unterfangen war, Arbeit in einer Stadt wie Bristol zu finden, wo das Elend in vielen Vierteln erschreckend große Ausmaße angenommen hatte.

So kehrte er wieder auf die Landstraße zurück. Das Leben in der Stadt war sowieso nicht nach seinem Geschmack. Er war es gewohnt, in der freien Natur zu sein. Und fast so schlimm, wie keine Arbeit zu haben, war es für ihn, in einer Fabrik mit all ihrem Lärm und Gestank sein Geld verdienen zu müssen. Er wollte deshalb lieber versuchen, auf irgendeinem Landgut eine Anstellung zu finden, die ihm zusagte, notfalls auch als Pferdeknecht.

Mittlerweile war der Februar in seine zweite Woche gegangen. Die Kälte war ungebrochen. Der Winter hatte sich mit eisiger Hand in die Erde gekrallt und mit einer endlos weiten Decke aus Schnee und Eis Besitz vom Land genommen.

Patrick machte die Kälte wenig aus. Ihn wärmten nicht allein der knöchellange Soldatenmantel sowie Schal und Mütze, sondern auch das Wissen um seine Barschaft, die ihn von den Sorgen des Hungers und des nächtlichen Schlafplatzes befreite. Er ließ sich auch nicht entmutigen, als ihn ein Gutsverwalter nach dem anderen wieder auf die Landstraße zurückschickte.

Dann, an einem trüben Nachmittag zwischen Bath und Beckington, griff das Schicksal erneut folgenschwer in sein Leben ein. Genaugenommen war es nicht das Schicksal, sondern er selbst, der eingriff – ohne zu ahnen, daß er damit nicht allein seinem Leben eine völlig neue Wendung geben würde.

Er hörte die Schreie, als er von der Landstraße zu einem schmalen Waldstück hinüberstapfte, um dort im Unterholz ein menschliches Bedürfnis zu befriedigen, was er schlecht am Straßenrand tun konnte, da sich zu viele Kutschen, Fuhrwerke und Reiter auf dem Weg von und nach Bath befanden.

Patrick hatte den Waldsaum erreicht und sah zwischen den

Bäumen hindurch die Umrisse eines klobigen Kastenwagens, der auf der anderen Seite der kaum fünfzig Yards breiten Waldzunge stand. Die Schreie drangen gedämpft zu ihm.
»Da halte ich mich besser heraus. Das geht mich nichts an«, sagte er zu sich und versuchte die Schreie zu ignorieren. »Vielleicht ist das ja auch nur ein Trick, um mich zum Wagen und damit in eine Falle zu locken. Nein, nicht mit mir. Jeder muß selber sehen, wo er bleibt. Hat mir denn jemand geholfen?«
Er wollte schon zur Landstraße zurück, doch da wurden die Schreie schriller, und es konnte kein Zweifel mehr daran bestehen, daß es sich um ein Mädchen handelte, das im Kastenwagen um Hilfe rief.
Patrick stieß einen lästerlichen Fluch aus und rannte auf den Wagen zu. Vorsichtshalber zog er sein Messer. Als er nur noch drei Schritte entfernt war, hörte er das kehlige Lachen eines Mannes, der offensichtlich zu einem anderen Mann sagte: »Mir scheint, du hast wenig Erfahrung mit jungen Weibern, Barry. Komm, ich zeig dir, wie man sich so ein kleines Biest gefügig macht.«
Patrick sprang auf den Kutschbock.
»He, was war das?« kam eine sehr viel jüngere Männerstimme aus dem Innern des Wagens.
»Sieh schon nach, verdammt noch mal!«
»Mach ich ja, Nat! Ist bestimmt nur Betty, die im Geschirr geruckt hat.«
»Sicher ist sicher.«
Die Stimme des Mädchens klang jetzt erstickt, als hielte ihm jemand den Mund zu. Die erstickten Laute wurden von einem wilden Poltern begleitet. Patrick nahm an, daß das Mädchen um sich trat und schlug.
Der schmuddelige Vorhang, der hinter dem Kutschbock vor

dem Durchstieg hing, wurde zur Seite geschoben, und zum Vorschein kam das pockennarbige Gesicht eines jungen Mannes, der erschrocken Mund und Augen aufriß, als er sich Patrick gegenübersah.
Dieser nutzte die Schrecksekunde und rammte ihm seine geballte linke Faust mit aller Kraft in den Magen. Der Mann, der auf den Namen Barry hörte, stieß einen Schrei aus, klappte zusammen und fiel halb über den Kutschbock. Um gleich keine böse Überraschung zu erleben, hieb Patrick ihm den Knauf seines Messers kräftig genug auf den Kopf, um ihn für die nächsten Minuten mit Sicherheit außer Gefecht zu setzen. All das war eine Angelegenheit von nicht länger als drei Sekunden.
Patrick schlug den Vorhang hoch, hütete sich jedoch, ins Wageninnere hineinzustürzen. Hier draußen auf dem Kutschbock konnte er die Situation am besten unter Kontrolle halten. Er sah einen bärtigen Mann von gedrungener Figur, der im schmalen Mittelgang stand und ein Mädchen, das rücklings auf der rechten Koje lag und um sich trat, niederdrückte. Mit der rechten Hand, die über ihrem Mund lag, preßte er ihren Kopf in den Strohsack der Schlafstelle, während er ihr mit der linken Hand die Beinkleider unter ihrem langen Flickenrock vom Körper zu zerren versuchte. Das Mädchen war vielleicht dreizehn, vierzehn Jahre alt.
Es war ein Bild von obszöner Widerwärtigkeit und erfüllte Patrick mit Abscheu. »Laß sie los!« schrie er ihn an. »Oder ich schlitze dich und deinen Komplizen wie eine Bachforelle auf!«
Fassungsloses Erschrecken stand in den Augen des Bärtigen. »Verschwinde, Mann! Das hier geht dich 'nen Scheißdreck an!« stieß er hervor. »Was ich mit meiner Tochter mache, ist meine Sache!«

Von Patricks Auftauchen völlig überrascht, hatte er seinen Griff um den Mund des Mädchens unbewußt gelockert, und sofort nutzte es seine Chance, indem es ihm in die Hand biß. Er schrie auf und riß seine Hand zurück.
»Er lügt! Ich bin nicht seine Tochter!« stieß das Mädchen hervor. »Sie wollten mich nur ein Stück mitnehmen und sind dann über mich hergefallen, als ich eingeschlafen bin.«
»Dreckiges Nuttenbalg!« zischte der Bärtige, der sie mit der linken Hand noch immer in der Koje festhielt, und hob die andere zum Schlag.
»Wage es ja nicht!« rief Patrick mit schneidender Stimme. »Es sei denn, du willst deinem Schöpfer schon heute ein paar Fragen beantworten.«
»Da habe ich noch ein Wörtchen mitzureden, Fremder!«
»Nur zu, Fettwanst! Komm her und versuch dein Glück!« forderte Patrick ihn auf und machte eine einladende Bewegung mit dem Messer. »Wird mir ein Vergnügen sein, einem Drecksack wie dir das Messer zwischen die Rippen zu rammen. Bin heute sowieso in einer leicht gereizten Stimmung!«
Der Bärtige leckte sich nervös über die Lippen und warf einen Blick zu seinem Komplizen, der noch immer ohne Bewußtsein war. Patrick sah ihm förmlich an, wie fieberhaft er seine Chancen abschätzte und überlegte, ob er nur bluffte oder wirklich so gut mit dem Messer war. Schließlich kam er offenbar zu dem Ergebnis, daß es die Sache nicht wert war, dies unter Umständen auf schmerzhafte, vielleicht sogar tödliche Weise herauszufinden, denn er spuckte aus und verbarg Unsicherheit und Kapitulation hinter verächtlicher Herablassung: »Kannst den Bastard geschenkt haben, Großmaul. Solche Fünf-Penny-Flittchen gibt es doch wie Sand am Meer. Mach mir doch nicht meine Hände mit deinem Blut schmutzig nur wegen einer billigen Straßenhure, die nicht

mal einen Furz wert ist.« Mit finsterer Miene gab er das Mädchen frei und forderte es abfällig auf: »Verpiß dich!«
Das Mädchen kletterte mit katzenhafter Gewandtheit aus der Koje, doch statt sein Heil sofort in der Flucht zu suchen, trat es seinem Peiniger mit aller Wucht, zu der es fähig war, zwischen die Beine. Gellend schrie er auf, hielt sich mit den Händen den Unterleib, taumelte einen Schritt zurück und ging dann wimmernd zu Boden.
»Das ist für das Fünf-Penny-Flittchen, du stinkende Pestbeule!« rief es ihm zu, riß den halben Schinken, der neben dem Durchgang an einem Haken hing, an sich und stieg blitzschnell an Patrick vorbei ins Freie.
Patrick sprang nun ebenfalls vom Kutschbock. Um vor unangenehmen Überraschungen sicher zu sein, durchtrennte er die Lederriemen des Zaumzeugs und jagte den Braunen mit einem Klaps auf die Hinterhand davon. Die beiden Männer würden eine Weile damit beschäftigt sein, ihr Pferd wieder einzufangen und vor den Wagen zu spannen.
Als er sich umdrehte, war er überrascht, das Mädchen noch immer in seiner Nähe zu sehen. Er hatte angenommen, es wäre gleich durch den Wald zur Landstraße gerannt. Doch es stand ganz ruhig da, als wäre es nicht gerade um Haaresbreite einer Vergewaltigung entkommen, und sah ihn forschend an. Es hatte ein hübsches Gesicht und dunkelblondes Haar, das im Nacken zu einem Zopf geflochten war. Die Kleider, die es am Leib trug, waren jedoch weit weniger hübsch und wiesen das Mädchen als eines jener unzähligen Kinder aus, deren Zuhause die Straße war. Der lange Rock, der ihr viel zu weit war und von einem einfachen Stück Strick in der Taille gehalten wurde, und die hüftlange Jacke, die gegen die Kälte dick mit Zeitungspapier gefüttert war, was ein Riß in der Schulter verriet, bestanden nur aus Flicken. Hier und da fand sich auch ein Streifen grobes

Sackleinen, offenbar in Ermangelung eines besseren Flikkens eingenäht. Unter der Jacke hatte es zwei zerschlissene Männerhemden übereinander an. Das Schuhwerk befand sich in einem ähnlich jämmerlichen Zustand. Aber dieses Mädchen war nicht das erste Kind, das Patrick so zerlumpt sah. Die Städte waren voll davon.

»Das wäre beinahe böse ausgegangen, wenn ich dich nicht zufällig schreien gehört hätte«, sagte er, weil er das Gefühl hatte, etwas sagen zu müssen. Irgendwie machte ihn die intensive Art, mit der das Mädchen ihn anblickte, ein wenig nervös. »Komm, sehen wir zu, daß wir von hier verschwinden. Auf der Landstraße sind wir vor diesem gemeinen Pack sicher ...« Er lachte im nächsten Moment spöttisch über das, was ihm da über die Lippen gekommen war, denn es war ja vermutlich auf eben dieser Landstraße gewesen, wo das Mädchen zu den beiden Männern auf den Wagen gestiegen war. »Nun, zumindest, wenn man nicht einschläft.«

»Du hast mir das Leben gerettet«, sagte es, während es ihm durch den Wald in Richtung Landstraße folgte.

Er lachte verlegen. »Na, das glaube ich nun nicht. Aber was sie mit dir machen wollten, war schlimm genug. Wie heißt du überhaupt?«

»Abigail Dixon. Und du?«

»Patrick O'Brien.«

»Du stammst nicht aus dieser Gegend, nicht wahr?«

»Nein, ich komme aus einem kleinen Dorf namens Harland, das ist weiter oben im Norden in den Cotswold Hills.«

»Und was hast du da gemacht?«

Er zögerte kurz, aber dann sagte er sich, daß sie ja nur ein neugieriges Mädchen war und er nichts vor ihr zu verbergen hatte. »Ich war Gehilfe des Wildhüters Seiner Lordschaft.«

»Und was ist passiert?«

Irritiert runzelte er die Stirn. »Warum soll denn was passiert sein?« fragte er zurück.
»Weil du sonst noch immer Gehilfe des Wildhüters sein und nicht auf der Straße liegen würdest.«
»Und wer sagt, daß ich auf der Straße liege?«
Abigail zuckte mit den Schultern. »So etwas sehe ich.«
»Was du nicht sagst«, brummte Patrick ungehalten. »Du bist wirklich reichlich altklug für ein Mädchen deines Alters, weißt du das?«
»Ich bin dreizehn, nicht auf den Kopf gefallen und habe Augen, Patrick O'Brien«, erwiderte sie keck.
»Das beruhigt mich aber«, meinte Patrick. Sie erreichten die Landstraße, und er stampfte zweimal fest mit den Stiefeln auf und schlug den Schnee vom Mantel. »Dann wirst du ja demnächst ein bißchen besser auf dich aufpassen können, Abigail Dixon! Viel Glück!«
Er nickte ihr zu und lenkte seine Schritte wieder in Richtung Beckington, zufrieden mit sich selbst und der guten Tat, die er vollbracht hatte. Dieses Mädchen vor der Vergewaltigung bewahrt zu haben, wog vielleicht das Unrecht auf, das er auf sich geladen hatte. Das beruhigte sein Gewissen. Und damit war die Sache für ihn erledigt, dachte er. In Wirklichkeit fing sie jetzt erst richtig an.

9

»He, warte, Patrick O'Brien!« rief Abigail, lief ihm nach und paßte sich seinem forschen Schritt an. »Sag mal, mußt du denn gleich so ein Tempo vorlegen?«
»Ich empfinde es nicht so.«
»Aber ich muß mich ganz schön anstrengen, um mit dir Schritt zu halten!« beklagte sie sich.

»Ich kann mich nicht erinnern, dich aufgefordert zu haben, mir Gesellschaft zu leisten«, erwiderte er sarkastisch.
»Das war auch nicht nötig. Du hast mir das Leben gerettet, und damit bist du jetzt für mich verantwortlich.«
Er hielt das für einen Scherz und lachte. »Sicher, das ist der Lohn der guten Tat.«
Sie schlug ihm mit der Faust ärgerlich auf den Arm. »Das ist ganz und gar nicht zum Lachen, Patrick O'Brien. Du hast dich in mein Leben eingemischt und mich gerettet. Ich habe dich nicht dazu gezwungen. Du hast es freiwillig gemacht. Und jetzt kannst du nicht so tun, als ginge dich das, was nun mit mir geschieht, nichts mehr an.«
Patrick blieb stehen. »Jetzt ist es genug, Abigail. Ich habe für diese Art Scherze nichts übrig. Also laß mich in Ruhe, und spiel deine Spielchen mit anderen.«
Er wollte weitergehen, doch sie verstellte ihm den Weg. Wütend funkelte sie ihn an. »Das ist kein Spiel! Glaub ja nicht, daß du dich so leicht aus deiner Verantwortung herausmogeln kannst.«
Er stutzte. »Du willst mich wohl auf den Arm nehmen. Das kann ja wohl nicht dein Ernst sein!«
»Und ob es mein Ernst ist, Patrick O'Brien.«
»Sag nicht ständig Patrick O'Brien, als müßtest du mich belehren!« herrschte er sie an, und in ihm wuchs das beklemmende Gefühl, daß sie jedes Wort genauso meinte, wie sie es sagte.
»Und schrei du mich nicht so an! Es ist ja wohl nicht meine Schuld, daß du für mich Schicksal gespielt hast.«
»Verdammt, ich habe nicht Schicksal gespielt! Ich habe dir bloß geholfen ...«
»O nein, das war mehr als bloß geholfen!« fiel sie ihm ins Wort. »Du hast mir das Leben gerettet. Und wer einem anderen das Leben rettet, kann sich danach nicht einfach

davonschleichen, so wie du das jetzt versuchst, sondern er geht damit eine unauflösliche Verpflichtung ein.«
Patrick schüttelte ungläubig den Kopf. »Dieser Schwachsinn kann doch unmöglich auf deinem eigenen Mist gewachsen sein!«
»Es ist ja wohl egal, woher ich das habe!« erwiderte Abigail mit trotziger Empörung. »Ob ein Pfaffe oder ein Schweinehirte sagt, daß jeden Morgen die Sonne aufgeht, ändert doch auch nichts daran, daß es die Wahrheit ist!«
»Das ist ja lächerlich!« schnaubte Patrick, erbost über ihre Frechheit. »Daß jeden Morgen die Sonne aufgeht, ist schon was anderes, als zu behaupten, ein Lebensretter muß zur Strafe für seine gute Tat die Verantwortung für den Geretteten übernehmen. Idiotisch ist das! Und noch idiotischer ist es, daß ich mir deinen Schwachsinn überhaupt anhöre. Geh mir aus dem Weg und untersteh dich, mich noch einmal zu belästigen!« Grob stieß er sie zur Seite und marschierte weiter.
Sie blieb an seiner Seite. »Du kannst versuchen, was du willst, aber mich wirst du nicht mehr los, Patrick O'Brien!«
Er ignorierte sie einfach und hoffte, daß sie es bald leid sein würde, wenn sie merkte, daß er nicht daran dachte, sich mit ihr zu befassen. Doch wie sehr er seinen Schritt auch beschleunigte, sie hielt mit.
Schließlich wurde es ihm zu bunt, und er blieb wieder stehen. »Ich warne dich zum letztenmal. Laß mich in Ruhe, oder ich verpaß dir eine Tracht Prügel!« drohte er.
Ohne Angst sah sie ihm ins Gesicht. »Das wird auch nichts ändern.«
Er hob die Hand, als wollte er sie ohrfeigen.
Abigail schloß die Augen, machte aber keine Anstalten, die Arme schützend vor ihr Gesicht zu halten oder gar vor ihm zurückzuweichen.
Patrick biß sich auf die Lippe. Wie konnte er dieses Mädchen

schlagen, bloß weil es nicht ganz richtig im Kopf war? Er unterdrückte einen lästerlichen Fluch und ließ die Hand sinken. »Tu, was du nicht lassen kannst«, sagte er ärgerlich. »Wir werden ja sehen, wer den längeren Atem hat.« Er drehte sich so schnell um, daß er nicht mehr mitbekam, wie sie wieder die Augen öffnete und kaum merklich lächelte.

Patrick forcierte sein Tempo, so daß er selbst gehörig ins Schwitzen geriet. Damit hängte er Abigail jedoch nicht ab, wie er gehofft hatte. Zwar fiel sie hinter ihn zurück, blieb aber immer gut in Sichtweite. Sie war zäh und ausdauernd, das mußte er ihr lassen.

Als die ersten Häuser von Beckington auftauchten, kam ihm eine Idee, wie er sie sich vom Hals schaffen konnte. Er hielt nach einem Gasthof Ausschau, der nicht zur billigsten Sorte gehörte. Was er suchte, fand er schon kurz hinter dem Ortsanfang im SPINNING WHEEL. Das im Tudorstil gehaltene Haus machte von außen einen gepflegten Eindruck, und aus dem Schankraum drang auch nicht das Gegröle betrunkener Zecher zu ihm auf die Straße.

Patrick trat ein und war nun froh, im großen und ganzen doch einen anständigen Eindruck zu machen. Er setzte sich an einen freien Tisch in der Nähe des prasselnden Kaminfeuers, bestellte Grog und Bohnensuppe mit Speck und bezahlte im voraus, was auf den stiernackigen Wirt eine wundersame Wirkung hatte. Das kaum verhohlene Mißtrauen, mit dem er ihn bei seinem Eintreten bedacht und nach seinen Wünschen gefragt hatte, verwandelte sich augenblicklich in freundliches Entgegenkommen.

»Es ist noch früh, und die Suppe braucht noch eine halbe Stunde. Aber es lohnt sich zu warten. Keiner macht in Beckington eine Bohnensuppe, die auch nur halb so gut und halb so üppig mit Speck durchsetzt ist wie die meiner Frau«, versicherte der Wirt voller Stolz.

»Dann warte ich gerne«, sagte Patrick und erkundigte sich, ob er im Stall einen Schlafplatz für die Nacht haben konnte. »Natürlich gegen Bezahlung«, fügte er hinzu, und der Wirt war geschäftstüchtig genug, auch noch die paar Pennies für ein Nachtlager im Stroh einzustreichen.

Der Grog kam. Er war nicht nur heiß, sondern der Wirt hatte auch nicht am Rum gespart. Patrick schlürfte das köstliche Getränk mit Hochgenuß und nahm den Blick nicht von der Tür. Angespannt wartete er, ob seine Rechnung wohl aufgehen würde. Der Schankraum begann sich langsam zu füllen, auch mit würzigem Rauch und Stimmengewirr. Doch von Abigail war nach zwanzig Minuten noch immer nichts zu sehen.

»Gleich kommt die Suppe.«

Patrick verspürte den Drang, seine Blase zu entleeren, und es erschien ihm ratsam, dies noch vor dem Essen zu erledigen. Der Wirt wies ihm den Weg zur Tür, die auf den Hinterhof hinausführte, wo sich der Abort befand. Als er wenige Minuten später in den Schankraum zurückkehrte, traf ihn fast der Schlag.

Abigail Dixon saß an seinem Tisch, sogar frech mit dem Gesicht zu ihm – und löffelte seine Suppe. Aber nicht etwa mit gieriger Hast, sondern ganz gemächlich, so als hätte sie nicht das Geringste zu befürchten.

»Wirt?« rief Abigail, als sie ihn erblickte. »Sie können jetzt auch meinem Bruder seine Suppe bringen.« Und dabei lächelte sie ihm auch noch zu. »Ich bin eben doch nicht so langsam, wie du gedacht hast. Nun mach nicht so ein Gesicht, Pat.«

Bruder? Sie hatte sich als seine Schwester ausgegeben? Das war ja wohl der Gipfel der Unverschämtheit! Wie konnte sie es wagen!

Patrick war im ersten Moment sprachlos über die Dreistigkeit, mit der diese dreizehnjährige Rotznase sich in sein Leben mischte. Mit wütender Miene trat er zu ihr an den Tisch, packte sie grob am Arm und zischte: »Mach sofort, daß du wegkommst!«

Sie rührte sich nicht vom Stuhl. »Ich verstehe ja, daß du dich ärgerst, unsere Wette verloren zu haben, Pat, aber das ist doch noch lange kein Grund, dich so aufzuführen«, tadelte sie ihn. »Also beruhige dich. Ich verzichte auf den Sixpence, und nun setz dich. Da kommt ja schon deine Suppe.«

Patrick bemerkte die neugierigen Blicke, die sie auf sich zogen. Einige davon waren spöttisch, und sie galten zweifellos ihm. »Wenn du glaubst, du kommst damit durch, dann hast du dich gehörig geschnitten, Abigail!« Und zum Wirt gewandt sagte er schroff. »Dieses Mädchen lügt. Ich kenne sie überhaupt nicht, und sie ist schon gar nicht meine Schwester. Sie will sich eine Suppe erschleichen. Am besten setzen Sie sie vor die Tür, bevor sie noch mehr Ärger macht.«

Der Wirt zog die Stirn zu einer finsteren Miene kraus. »Was sagen Sie da?«

Abigail bewahrte ihre Ruhe. »Hören Sie nicht auf meinen Bruder, guter Mann. Die männlichen O'Briens hatten schon immer einen ganz eigenen Humor, und seit mein Bruder seine Anstellung als Gehilfe des Wildhüters verloren hat und wir Harland und die Cotswold Hills haben verlassen müssen, hat er gelegentlich so seine komischen Minuten. Dann will er nichts mehr mit mir zu tun haben.« Sie seufzte tief. »Ich bin ihm wohl ein Klotz am Bein, aber er ist doch mein Bruder und alles, was ich noch an Familie habe.«

Patrick glaubte seinen Ohren nicht trauen zu dürfen. Eine solche Unverfrorenheit war ihm noch nie begegnet. Sie raubte ihm fast den Atem. »Das ist von vorn bis hinten gelogen! Kein Wort ist davon wahr!« stieß er hervor. »Ich bin

nicht ihr Bruder, und wenn sie das tausendmal wiederholt. Als ob wir uns auch nur die Bohne ähnlich sehen würden!«
Das Gesicht des Wirts wurde noch finsterer.
Abigail schüttelte den Kopf. »Es ist nicht nett von dir, immer darauf herumzureiten, daß wir nicht denselben Vater haben, Pat. Aber immerhin hat *mein* Vater unsere Mutter nicht sitzenlassen, nachdem er sie geschwängert hatte. Es tut mir leid, das sagen zu müssen, aber daran bist du mit deinem dummen Spielchen ja selbst schuld. Und nun mach mit diesem Theater endlich ein Ende. Die Suppe wird kalt.«
Patrick wußte nicht, wie er sich ihrer raffinierten Lügen erwehren sollte. Er packte sie am Zopf. »Du hinterhältiges Biest. Ich werde dir zeigen, was ...«
Nun griff der Wirt ein. »Einen Augenblick, junger Mann! Ich führe ein ordentliches Haus. Wenn du dich mit deiner Schwester prügeln willst ...«
»Sie ist nicht meine Schwester!« begehrte er wütend auf.
»Ach Patrick!« kam es seufzend von Abigail.
»Aber dein Name ist Patrick O'Brien, ja?« fragte der Wirt gereizt.
»Ja ...«
»Und du warst in diesem Harland, irgendwo in den Cotswold Hills, Gehilfe eines Wildhüters?«
»Ja, schon«, räumte Patrick ein. »Aber ...«
Die Stimme des Wirts schwoll immer mehr an, wie auch die Zornesader auf seiner Stirn. »Und du willst auch weiterhin behaupten, du kennst sie gar nicht? Dabei habe ich gerade mit meinen eigenen Ohren gehört, wie du sie mit Abigail angesprochen hast, mein Freundchen.«
»Das tut er nur, wenn er ärgerlich auf mich ist«, warf Abigail mit Unschuldsmiene ein. »Sonst nennt er mich Abby. Das mag ich lieber.«
Patrick öffnete den Mund zu einer Widerrede, doch der

Wirt kam ihm zuvor. »Nun ist aber Schluß mit dem Theater. Du solltest dich schämen, deine eigene Schwester zu verleugnen!« donnerte er, und mit einem wütenden Stoß drückte er Patrick auf den nächsten Stuhl hinunter. »Und jetzt bezahlst du gefälligst auch für den zweiten Teller Suppe, es sei denn, du hast keinen Hunger mehr!« Damit machte er deutlich, daß er die Suppe, die vor Abigail stand, schon für bezahlt hielt.
Patrick sah ein, daß er keine Chance hatte, den Wirt von der Wahrheit zu überzeugen. Mit knirschenden Zähnen bezahlte er nun auch den zweiten Teller Suppe.
»Was für ein Affentheater!« grollte der Wirt und kehrte kopfschüttelnd hinter den Tresen zurück. Das Interesse, das die anderen Gäste im Schankraum an ihnen gezeigt hatten, solange der Wortwechsel angedauert hatte, ließ augenblicklich nach, und das Stimmengewirr setzte wieder ein.
Patrick war der Appetit vergangen. Mit verkniffener Miene stocherte er in der Suppe herum, während ohnmächtige Wut seinen Magen in einen harten, schmerzenden Knoten verwandelte.
Abigail lächelte ihn an. »Nimm es nicht so tragisch, Patrick O'Brien. Du hattest gar keine Chance. Ich habe dir doch gleich gesagt, daß du mich nicht mehr los wirst.«
»Das gelingt dir nicht ein zweitesmal, du verlogenes Biest!« preßte er mühsam beherrscht hervor.
Sie lächelte nur, leerte ihren Teller mit ungebrochenem Appetit und machte sich dann auch noch über seine Suppe her. Er ließ es wortlos geschehen. Auch als sie ihm später wie selbstverständlich in den Stall folgte, unternahm er keinen Versuch, sie loszuwerden. Natürlich verlangte der Wirt für seine angebliche Halbschwester noch ein Aufgeld. Er bezahlte, ohne zu murren, legte sich ins Stroh und tröstete sich damit, daß sie ihn nicht noch einmal so hereinlegen würde.

Morgen sehe ich zu, daß ich sie ein für allemal los werde! sagte er sich und beschloß, schon vor dem Morgengrauen, wenn Abigail noch in tiefstem Schlaf lag, aus dem Stall zu schleichen.

Morgen bin ich sie los! Mit diesem beruhigenden Gedanken schlief Patrick ein. Als er erwachte, war es noch so dunkel, daß er kaum die eigene Hand vor Augen sehen konnte. Abigail, die neben ihm lag, schlief noch tief und fest. Und daß sie sich nicht schlafend stellte, hörte er an ihrem gleichmäßigen Atmen. Die Abstände waren viel zu lang, als daß sie hätte wach sein können. Aus der Dunkelheit des Stalls kamen die Geräusche der Pferde in ihren Boxen, das Rascheln von Stroh, das Schlagen eines Schweifs und gelegentlich ein Schnauben und Mahlen.

Er lächelte zufrieden und richtete sich vorsichtig auf. Abigail rührte sich nicht und schlief weiter. Ganz langsam bewegte er sich von ihr weg. Als er die Öffnung der Box erreicht hatte und um die Wand herum auf den Gang huschen wollte, spürte er einen Widerstand an seinem linken Stiefel. Doch schon im nächsten Augenblick war er weg. Vermutlich hatte er sich das nur eingebildet. Er dachte jedenfalls nicht weiter darüber nach.

Im Hof ging er zur Tränke. Über Nacht hatte sich auf der Oberfläche des langen Trogs eine dünne Eisschicht gebildet, die unter seinen Fingern brach. Er tauchte beide Hände in das eisige Wasser und fuhr sich dann über das Gesicht. Was noch an Schläfrigkeit in ihm gewesen war, das Eiswasser vertrieb es von einer Sekunde auf die andere.

Aber auch ohne diese eisige Katzenwäsche wäre er Augenblicke später hellwach gewesen. Denn als er sich den Mund ausspülte, sagte eine ihm nur zu vertraute Stimme in seinem Rücken mit spöttischem Tadel: »Du wolltest dich doch wohl nicht etwa klammheimlich davonschleichen, oder?«

Er verschluckte sich, fuhr herum und sah Abigail vor sich. »Ja, aber ... wie ...« In seiner Verwirrung brachte er keinen ganzen Satz zustande. Er war doch so vorsichtig gewesen, und sie hatte tief und fest geschlafen. Wie, zum Teufel, hatte sie ihm da auf die Schliche kommen können?

Sie lächelte und hielt einen langen Bindfaden in die Höhe. »Das Schicksal hat uns unabänderlich miteinander verbunden. Aber da du dich noch immer dagegen wehrst, wollte ich mich darauf allein nun doch nicht verlassen.«

Er begriff, daß sie das eine Ende um seinen linken Stiefel gebunden hatte, ohne daß es ihm aufgefallen war, und das andere Ende in ihrer Hand gehalten oder an ihrem Arm befestigt hatte. Und als er sich hatte davonschleichen wollen, hatte der Ruck sie aus dem Schlaf geholt. Er wußte nicht, ob er lachen oder fluchen sollte.

»Also, wohin des Weges, Patrick?« fragte sie munter.

»Scher dich zum Teufel, Abigail Dixon! Ich will nichts mit dir zu tun haben. Und je eher du dich damit abfindest, desto besser ist es für dich!« sagte er grimmig, wickelte sich seinen Schal um den Hals und marschierte los.

Patrick war wild entschlossen, sich dieser lästigen Klette namens Abigail Dixon zu entledigen. Aber diesen Entschluß zu fassen, war um Welten leichter, als ihn in die Tat umzusetzen. Er ging so schnell, wie er konnte, doch sie blieb an ihm dran. Als sie nach Warminster kamen, versuchte er sie im Gedränge des Marktes abzuhängen, doch ohne Erfolg. Was immer er sich auch einfallen ließ, um sie loszuwerden, sie machte ihm auf die eine oder andere Weise einen Strich durch die Rechnung.

In den folgenden vier Tagen versuchte er sie physisch auszulaugen und dadurch ihren Willen zu brechen. Er verließ die Landstraße und gab sich alle Mühe, sie im Wald abzuschütteln. Es gelang ihm nicht. Was er mehr an Kraft aufbringen konnte, machte sie durch ihre Gewandtheit wett. Seine schweren Stiefel und der lange, dicke Mantel waren nicht dazu geschaffen, um im Wald schnell voranzukommen. Er gab alles, was er hatte, doch es war nicht genug. Abigail blieb auf seiner Spur und fiel nie weiter als zwanzig, dreißig Schritte zurück. Nicht einmal vermochte er außer Sichtweite zu gelangen. Als er bei Einbruch der Dunkelheit wieder auf die Landstraße zurückkehrte, war schwer zu sagen, wer von ihnen im Wald die meiste Kraft gelassen hatte.

»Zähes Luder!« fluchte Patrick und empfand sogar Respekt, wehrte sich aber sofort gegen dieses störende Gefühl.

Drei nicht weniger deprimierend erfolglose Tage später suchte er seine Chance in einem dichten Schneetreiben, das schon am frühen Vormittag eingesetzt hatte. Er war körperlich wie psychisch müde und dieser Flucht überdrüssig. Er mußte seinen ganzen Willen aufbringen, um sich bei diesem Unwetter auf die Landstraße zu zwingen. Es war eine einzige Qual.

Immer wieder blieb er stehen und schrie sie an, ihn doch endlich in Ruhe zu lassen. Als das nichts half, verlegte er sich aufs Flehen und bot ihr sogar Geld dafür, daß sie aufgab.

Doch Abigail, die in ihrer kurzen Jacke noch mehr litt als er und sich unter dem Schneesturm krümmte, schüttelte jedesmal den Kopf und wiederholte monoton: »Kein Geld, Patrick. Du kannst mich schlagen und umbringen, nicht aber dich freikaufen.« Dabei zitterte sie am ganzen Körper, und ihre Zähne schlugen unkontrolliert aufeinander.

»Du bist verrückt!« schrie er und stapfte wütend weiter. Er begriff einfach nicht, wie jemand so sein konnte wie Abigail. Sie war zäh wie eine Katze, einfach nicht totzukriegen, und hatte einen unglaublichen Willen, das mußte er ihr lassen, auch wenn es ihm nicht gefiel, daß sich beides gegen ihn richtete. In ihm regte sich so etwas wie Neugierde, woher sie wohl kam, wie ihr Leben bis vor einer Woche ausgesehen und woher sie bloß den Schwachsinn hatte, daß er als ihr Lebensretter nun für sie verantwortlich war. Doch dann verdrängte er diese Fragen schnell wieder aus seinen Gedanken, weil sie und das, was hinter ihnen lauerte, ihn nur verunsicherten. Je weniger er über sie wußte, desto leichter fiel es ihm, sich ihrem grotesken Besitzanspruch zu entziehen. Es war auch so schon schwer genug ...

Patrick holte an diesem Tag alles aus sich heraus, und es war grausam, was er sich und damit auch ihr zumutete, aber es reichte dennoch nicht. Am Abend war sie zwar völlig erledigt, brachte jedoch noch genug Kraft auf, um gleich hinter ihm in den Gasthof zu wanken, so daß er keine Gelegenheit hatte, den Wirt auf ihre Lügengeschichten vorzubereiten.

Gezeichnet von den Strapazen und so erschöpft, daß sogar jedes Wort zuviel war, saßen sie sich gegenüber und schlangen das heiße Essen stumm in sich hinein. Abigail lächelte schon längst nicht mehr, doch das Feuer der Entschlossenheit brannte noch immer in ihren Augen.

Nach dem Essen kam ihm plötzlich die Idee, wie er das Problem mit Abigail lösen konnte. Er benötigte Hilfe, das war es, und die fand er, gegen Bezahlung, beim Stallknecht, einem etwas einfältigen, aber willigen Burschen. Doch zuerst brauchte er einige Stunden Schlaf. Deshalb legte er sich schon sehr früh ins Stroh.

»Gute Nacht, Patrick«, sagte Abigail auch diesmal, als sie sich an seiner Seite einrollte. Aus ihrer Stimme klang nicht nur Müdigkeit, sondern auch so etwas wie Genugtuung.

Patrick brummte ungnädig und dachte: Ob dies eine gute Nacht ist, muß sich erst noch herausstellen. Aber ich bin zuversichtlich, Abigail Dixon! Und dann fielen ihm die Augen zu.

Kurz nach Mitternacht erschien der Knecht bei ihnen in der

Box und holte sie aus dem Schlaf. Alarmiert fuhr Abigail auf, als das Licht der Stallaterne auf sie fiel. Sie spürte, daß Patrick und der Knecht etwas im Schilde führten. »Was hat das zu bedeuten?« stieß sie hervor.
»Du brauchst ein bißchen Ruhe«, sagte Patrick mit einem schadenfrohen Lächeln. »Los, packen wir sie uns, Jeff!«
Abigail setzte sich tapfer zur Wehr, war den beiden Männern an roher Kraft jedoch unterlegen. Sie warfen sie ins Stroh und banden ihr Hände und Füße zusammen. Als Patrick ihr auch noch einen Knebel verpassen wollte, bat sie resigniert: »Bitte nicht! Ich gebe auf. Du hast gewonnen, Patrick. Aber bitte keinen Knebel, ich bekomme durch die Nase so schlecht Luft. Ich verspreche dir auch, daß ich nicht schreien werde.«
Patrick zögerte einen Moment. Er wollte sie nur loswerden, nicht ihr wehtun. »Also gut. Verzichten wir auf den Knebel. Wenn sie aber anfängt, Krach zu machen, bindest du ihr den Lappen um den Mund.«
Jeff nickte.
Patrick zog ihn ein Stück von ihr weg. »Und mach dir wegen der keine Sorgen. Du kannst ihr am Morgen, bevor die andern wach werden, die Fesseln abnehmen und sie laufenlassen. Ich bin dann schon auf halbem Weg nach Shaftesbury. Ihr sagst du, daß ich die Straße nach Deptford genommen habe. Sie wird es nicht wagen, dir Ärger zu machen. Wer sollte ihr auch glauben. Du hast also nichts zu befürchten«, versicherte er. »Du weißt von gar nichts. Und für einen Sixpence kannst du dir schon ein paar Verwünschungen anhören, oder?«
Jeff nickte erneut.
»Wage aber nicht, ihr etwas anzutun!« warnte Patrick ihn vorsichtshalber. »Das würde ich erfahren. Und dann komm ich zurück und sorg dafür, daß du dein Ding nur noch zum

Pissen gebrauchen kannst!« Wie hingezaubert lag sein Messer in der Hand, und er preßte ihm die Klingenspitze in den Schritt.

Jeff erstarrte und sog die Luft scharf ein. »O Gott, nimm das Messer weg!« keuchte er. »Ich vergreif mich doch an keinem Mädchen nicht!«

»War auch nicht persönlich gemeint.« Patrick ließ das Messer verschwinden, klopfte ihm freundschaftlich auf die Schulter und wünschte Abigail noch eine erholsame Nacht, bevor er ging.

Regelrecht beschwingt und unendlich erleichtert, seinem Quälgeist endlich entkommen zu sein, begab sich Patrick auf die Landstraße nach Shaftesbury. Er lachte übermütig, als die Sonne über den verschneiten Feldern und Äckern aufging und er allein seines Weges marschierte. Er fühlte sich, als hätte er einen großen Sieg errungen. Nun, das hatte er ja wohl auch, selbst wenn es nicht ganz ohne List gegangen war.

Mit den Stunden mischte sich jedoch so etwas wie Bedauern in sein Hochgefühl. Sich mit Abigails Zähigkeit und Einfallsreichtum zu messen, hatte auch seine angenehmen Seiten gehabt. Er hatte in den letzten Tagen nicht einmal an das gedacht, was er hinter sich gelassen hatte, als Lord Harland ihn aus Harland County und später dann auch noch aus Stow-on-the-Wold verjagt hatte. Abigail hatte ihn ganz schön in Atem gehalten. Sie war zweifellos das außergewöhnlichste Mädchen, das er je getroffen hatte, und wenn jemand seinen Respekt verdient hatte, dann war es diese verrückte Abigail Dixon.

Er lachte auf. Verbissen und bis zum Umfallen hatte sie gekämpft, und wenn er ehrlich war, mußte er gestehen, daß es ihm nicht wirklich gelungen war, sie in die Knie zu zwingen. Sie hatte nicht aufgegeben, weil sie nicht mehr mit ihm hatte mithalten können. Es hatte einer Verschwörung und der rohen Gewalt zweier ausgewachsener Männer bedurft, um sie sich vom Hals zu schaffen. Nichts, worauf er eigentlich stolz sein konnte, wenn er es recht betrachtete ...

»Sie hat mir ja keine andere Wahl gelassen«, murmelte er, als müßte er sich für sein Handeln entschuldigen.

Das Auf und Ab der Landstraße nahm ihn an diesem Tag besonders mit. Die Nacht war zu kurz gewesen, und der Gewaltmarsch im Schneesturm saß ihm noch in den Knochen. Die Meilen zogen sich, und sein Schritt wurde immer schwerfälliger. An seinen Gliedern schien Blei zu hängen. Von der Beschwingtheit der ersten Morgenstunden war nichts mehr übrig, als der Mittag verstrich und die Dämmerung nicht mehr fern war. Wie dankbar war er, als er endlich die ersten Häuser von Shaftesbury sah.

Das GOLDEN FLEECE lag gleich am Ortseingang und schaute einladend aus. In seinem Zustand hätte jedes Gasthaus einladend auf ihn gewirkt. Mit hängenden Schultern ging er auf den Gasthof zu, der offenbar zugleich von den Überlandkutschen angefahren wurde.

»Müde, Patrick O'Brien?«

Sein Kopf ruckte herum – und er glaubte, unter Halluzinationen zu leiden. War das wirklich Abigail, die da mit einem spöttischen Lächeln aus dem Schatten der Scheune trat? Nein, das konnte nicht sein! Seine Sinne mußten ihm einen bösen Streich spielen. Abigail konnte unmöglich hier an diesem Ort sein. Auch wenn sie sich von ihren Fesseln hätte befreien können, wäre es ihr unmöglich gewesen, noch *vor* ihm nach Shaftesbury zu kommen.

Benommen schüttelte er den Kopf und fuhr sich über die Augen. Abigail Dixon löste sich jedoch nicht auf. Sie war kein Traumbild. Sie war es wirklich.

Lächelnd trat sie zu ihm. »Ist ein langer und beschwerlicher

Weg von Warminster nach Shaftesbury, nicht wahr? Besonders, da der Schnee nach dem gestrigen Sturm so hoch auf den Straßen liegt. Du mußt wirklich todmüde sein.« Er nahm kaum wahr, was sie sagte. Noch immer starrte er sie fassungslos an, und die Müdigkeit in ihm wurde grenzenlos.
»Wie ... wie hast du das geschafft?«
Ihr Lächeln wurde breiter, und zum erstenmal fiel ihm auf, wie makellos ihre Zähne waren. »Ach, das war nicht weiter schwer. Ich habe ihm versprochen, daß ich ihm zeigen würde, was so ein Mädchen wie ich mit einem Mann wie ihm alles machen kann und daß er diese Nacht nie vergessen würde, wenn er mich losbindet.«
»Du ... du ... hast ihm ... deinen Körper angeboten, um freizukommen?«
Ihre Augen blitzten ihn spöttisch an. »Ja, ich glaube, so hat er es verstanden. Aber ich habe nicht eine Sekunde daran gedacht, mich mit ihm ins Stroh zu legen und ihn auf mich zu lassen.«
»Sondern?«
»Nun, er hat mir die Fesseln abgenommen, und dann habe ich gesagt, daß das, was wir vorhaben, viel mehr Spaß macht, wenn man dabei nackt ist«, berichtete sie. »Er fand das ganz toll, besonders daß ich so wild war, ihn auszuziehen, bis er splitternackt vor mir stand. Er hat richtig rote Ohren bekommen und geredet wie ein Wasserfall. Mein Gott, er konnte es kaum erwarten.« Sie kicherte.
»Und dann?« fragte Patrick.
»Dann habe ich genau das getan, was ich ihm versprochen hatte«, erzählte sie genüßlich. »Ich habe ihm gezeigt, was ein Mädchen mit einem Mann tun kann, ihn nämlich als hilflosen Trottel dastehen lassen. Ich habe seine Sachen an mich genommen und ganz schnell das Weite gesucht. Daß ich die Münze, die du ihm gegeben hast, in seiner Hosenta-

sche gefunden habe, habe ich als gerechte Belohnung betrachtet. Und da Jeff in seiner kopflosen Lüsternheit ausgeplaudert hatte, wohin du wirklich wolltest, war es nicht schwer, dir zu folgen. Drei Pennies habe ich übrigens dem alten Kesselflicker gegeben, damit er mich mit seinem Fuhrwerk mitnimmt. Wir haben dich vor drei Stunden überholt. Ich glaube, du hättest mich nicht einmal erkannt, wenn ich mich nicht bis zu den Augen in die Pferdedecke eingewickelt hätte. Du siehst wirklich sehr mitgenommen aus. Ich mache mir richtig Sorgen um dich.«

Mit hängenden Schultern und schmerzenden Gliedern stand Patrick vor ihr und sah sie an. Er verspürte den Drang, in schallendes Gelächter auszubrechen. Gleichzeitig war ihm aber auch zum Heulen zumute. Er war am Ende und wußte sich keinen Rat mehr. Und deshalb tat er das einzige, was jetzt noch Sinn machte.

Er gab auf.

10

Der Geruch von gebratener Leber, Zwiebeln und Kartoffeln, der aus der Küche in den Schankraum des GOLDEN FLEECE drang, war Patrick derart verführerisch in die Nase gestiegen, daß er das Gebot strengster Sparsamkeit ignoriert und zwei Portionen bestellt hatte. Trockenes Brot und ein Teller dicke Graupensuppe hätten es auch getan, aber nicht jeden Tag kapitulierte ein Mann wie er vor einem Mädchen wie Abigail Dixon. Und hatte nicht jeder zum Strick Verurteilte Anspruch auf eine üppige Henkersmahlzeit? Abigail mochte zwar nicht der Strick um seinen Hals sein, ganz sicherlich aber war sie ein Strick mit einem Gewicht aus Blei am Bein seiner Freiheit.

Nach dem Essen in einem zwiespältigen Schweigen aus müder Resignation und konzentrierter Gaumenfreude, das Abigail auch nicht einmal zu brechen gewagt hatte, ließ er sich einen zweiten Ingwergrog bringen. So gestärkt, fühlte er sich einigermaßen gewappnet, der harschen Wirklichkeit ins Auge zu sehen, die ihm eine dreizehnjährige Schwester beschert hatte. Eine Schwester, die er so wenig brauchte wie einen Kropf und von der er bislang nichts weiter wußte, als daß sie mit allen Wassern gewaschen und zäh wie eine Katze mit *mindestens* neun Leben war. Er beschloß, zuallererst einmal diese Wissenslücke so gut wie möglich zu schließen, um nicht noch weitere böse Überraschungen zu erleben.

»Keine Ahnung, woher ich komme und wer meine Eltern sind. Vielleicht leben sie gar nicht mehr. Verdient hätten sie es, nehme ich zumindest mal an«, antwortete sie bereitwillig auf seine Fragen. »Jedenfalls haben sie mich bei Nacht und Nebel an den Gitterzaun eines Waisenhauses gehängt, vermutlich in derselben Nacht, als ich geboren wurde. Martha, die damals schon vier war, konnte sich noch gut daran erinnern, daß ich ganz verknittert ausgesehen und wie am Spieß geschrien habe. Hat mir eben schon damals nicht gefallen, wenn sich jemand um seine Verantwortung drückt.«

Patrick ging auf den Seitenhieb nicht ein. »Du bist also in einem Waisenhaus aufgewachsen. Und wo?«

»In Exeter. Das ist in Cornwall. Zwölf Jahre habe ich es im Waisenhaus der Barmherzigen Schwestern ausgehalten, dann hatte ich genug von ihrer Barmherzigkeit. Sie offenbarte sich nämlich ausschließlich in tausend Maßregelungen, eiskalten Schlafräumen, harter Arbeit, schlechtem Essen und Hieben mit dem Rohrstock.«

»Und deshalb bist du weggelaufen.«

»Ich wollte nicht maßlos sein. Nach zwölf Jahren von dieser Art christlicher Barmherzigkeit muß man sich auch mal in Bescheidenheit üben und seine Dankbarkeit zeigen, indem man wegläuft und sich mit einem unbarmherzigen Leben ohne tägliche Prügel begnügt«, sagte sie mit einem spöttischen Lächeln, hinter dem sich ein großer Schmerz verbarg. »Außerdem wollte ich den anderen Mädchen nicht im Wege stehen und ihnen eine bessere Chance einräumen, mit sechzehn an irgendeinen feisten, alten Kerl verschachert zu werden. Obwohl die Barmherzigen Schwestern dafür einen anderen Namen hatten. Sie nannten das die Gnade, in den geheiligten Stand der Ehe aufgenommen und damit vor einem Leben in verdammnisvoller Schande bewahrt zu werden.«

Patrick empfand fast so etwas wie Scham, als er an sein Leben bis vor wenigen Monaten dachte, das gegen ihr Schicksal geradezu sorglos und behütet gewesen war.

Abigail drehte ihren Grogbecher gedankenverloren in ihren Händen. »Vielleicht wäre ich geblieben, wenn das mit Martha nicht passiert wäre. Sie war meine beste Freundin, obwohl sie soviel älter war als ich. Sie war etwas ganz Besonderes, denn sie konnte sogar lesen und schreiben. Sie hat es mir heimlich beigebracht. Das war unser Geheimnis.«

»Du kannst lesen und schreiben?« fragte er ungläubig.

»Glaubst du mir vielleicht nicht?« Stimme und Blick waren eine einzige Herausforderung.

»Dir trau ich langsam alles zu. Aber erzähl weiter. Was ist mit deiner Freundin passiert?«

»Sie mußte Abbot Treadwell, den Flickschuster, heiraten. Er hätte fast ihr Großvater sein können. Vier Wochen später hat Martha sich im Schlafzimmer aufgehängt. Es hieß, sie hätte an einer Gemütskrankheit gelitten und sich in geistiger Umnachtung das Leben genommen. Doch das stimmt nicht. Martha war nicht krank, und wenn doch, dann hat Abbot Treadwell sie erst krank gemacht. Und sie war noch keinen Monat unter der Erde, da stattete er dem Waisenhaus schon wieder einen Besuch ab. Angeblich ging es ihm nur um die Spende, die er mitbrachte, ein halbes Dutzend Flickenschuhe, doch in Wirklichkeit traf er mit Billigung der Barmherzigen Schwestern schon jetzt seine neue Wahl unter den älteren Mädchen. Und Tilly, dieses einfältige Ding, war sogar noch stolz darauf, als er ihr die Wange tätschelte und ihr sagte, sie würde eines gar nicht so fernen Tages bestimmt eine gute Ehefrau abgeben. Wie ein dummes Huhn hat sie sich hinterher aufgeplustert. Sie war so einfältig, daß die Schwestern sie sogar mit einem stinkenden Gerber hätten verkuppeln können. Inzwischen ist sie bestimmt schon des Flickschusters neue Frau.«

Patrick hatte einen unangenehmen Geschmack im Mund und spülte ihn mit einem Schluck Grog hinunter. Eigentlich hatte er solche Einzelheiten gar nicht wissen wollen. Zuviel über sie zu wissen, würde es ihm später womöglich unnötig schwermachen, sich von ihr zu trennen. Denn so ganz konnte er sich noch nicht mit dem Gedanken abfinden, daß er nun wie ein wirklicher Bruder für sie verantwortlich sein sollte.

»Es gibt bestimmt Schlimmeres, als die Frau eines Flickschusters zu sein«, sagte er, weil er ihr noch immer grollte und dem Wunsch nicht widerstehen konnte, sie irgendwie in die Schranken zu weisen.

»Ich habe versucht, mir etwas Schlimmeres vorzustellen, als mit sechzehn wie ein Stück Vieh verkauft zu werden. Mir ist nichts eingefallen.«

»Dann mangelt es dir an Vorstellungskraft und natürlich an Lebenserfahrung.«

»Ich habe mehr Lebenserfahrung als du!« behauptete sie frech.

Er schnaubte gereizt. »Jetzt plusterst du dich wie ein dummes Huhn auf. Ich bin zehn Jahre älter. Du bist nur ein dreizehnjähriges Balg, das nicht ganz auf den Kopf gefallen ist und die Frechheit eines Straßenmädchens besitzt!«
Trotzig reckte sie ihr Kinn vor. »Damit kannst du mich gar nicht treffen, Patrick O'Brien. Ich lebe seit fünfzehn Monaten auf der Landstraße, und da zählt jeder Monat wie ein ganzes Jahr, wenn nicht sogar mehr!«
Fünfzehn Monate! Das waren zwei schrecklich lange Winter. Ihm kamen ja schon die letzten zwei Monate wie eine Ewigkeit voller Alpträume vor. Wer so viele Monate wie Abigail über die Landstraßen zog, der lernte das Leben zwangsläufig sehr rasch und von seinen dunklen, grausamen Seiten kennen. Kein Wunder, daß sie in vielem schon so irritierend erwachsen und berechnend war und keinem der Mädchen ihres Alters ähnelte, die er in seiner Heimat je kennengelernt hatte, und dabei waren die Cotswold Hills nun wahrlich kein Ort paradiesischen Lebens.
Patrick war beeindruckt, doch nichts lag ihm im Augenblick ferner, als sich das anmerken zu lassen. Und wenn sie zehnmal recht hatte, er ließ sich doch nicht von ihr belehren! Und so erwiderte er scheinbar gelangweilt: »Was du nicht sagst.«
»Ja, genau das sage ich! Du hast dagegen noch nicht viel Zeit auf der Straße verbracht. Ich wette, das ist dein erster Winter, und nicht mal den hast du von Anfang an da draußen mitgemacht«, sagte sie ihm auf den Kopf zu.
»Und woher willst du das wissen?«
»Weil du noch so wenig Ahnung vom Leben auf der Straße hast wie ein Ochse vom Eierlegen«, kam ihre drastische Antwort wie aus der Pistole geschossen.
Sein Ärger wuchs. »Verdammt noch mal, ich weiß überhaupt nicht, warum ich mir deine Unverschämtheiten anhöre! Ich

bezahle für das Essen, und du gibst mir solche dreisten Antworten. Ich sollte dich zum Teufel schicken.«
Sie lächelte ihn an. »Das möchtest du vielleicht, aber du wirst es nicht tun – so wie du dich auch nicht bei den beiden Burschen bedient hast, die mir an die Wäsche wollten, und dabei war das doch die Gelegenheit, einen schnellen Reibach zu machen. Ich sagte ja, du bist erst ganz frisch auf der Landstraße, sonst hättest du ganz anders gehandelt.«
»Ich bin kein Dieb!« entfuhr es ihm.
Sie lachte kurz und spöttisch auf. »Jeder, der auf und von der Straße lebt, ist ein Dieb oder schlimmer. Du machst da keine Ausnahme.«
Ihm schoß die Röte ins Gesicht. Er fühlte sich durchschaut und erkannt. Das Schlimme war, daß sie ja recht hatte. Er war nicht nur ein Dieb, sondern auch ein Räuber. Aber daran wollte er nicht erinnert werden, schon gar nicht von diesem Mädchen. »Mir reicht es allmählich, Abigail!«
»Sag ruhig Abby zu mir.«
»Der Teufel soll mich holen, wenn ich weiß, warum ich mich mit dir abgebe!« rief er zornig und ohne zu bemerken, daß der Mann zwei Tische weiter nun zu ihnen herüberblickte und die Ohren spitzte. Seine angestaute Wut entlud sich. »Du hast mir nichts als Ärger gemacht, und ich weiß, daß ich auch in Zukunft nur Ärger mit dir haben werde. Ich habe etwas Besseres zu tun, als dich wie einen Klotz am Bein mit mir herumzuschleppen. Warum bist du nicht im Waisenhaus geblieben? Niemand hat dich gezwungen, da wegzulaufen, ich schon gar nicht. Also hör auf, mir zur Last zu fallen.«
Sein zorniger Wortschwall schien sie nicht im mindesten beunruhigt zu haben, denn mit einem entwaffnenden Lächeln erwiderte sie: »Du wirst keinen Ärger mehr mit mir haben, das verspreche ich dir. Ich werde alles tun, was du

von mir verlangst. Und jetzt muß ich mal.« Sie stand auf und verließ den Schankraum durch die Hintertür.
Mit grimmiger Miene sah er ihr nach. Es war ihm unerklärlich, woher sie diese Selbstsicherheit, gepaart mit einer unmöglichen Frechheit, nahm, nach seinem Ausbruch einfach aufzustehen und wegzugehen. Sie tat ja so, als hätte sie nicht die geringste Angst, er könnte die Gunst des Augenblicks nutzen und versuchen, sich abzusetzen. Nicht, daß er wirklich daran dachte, aber ... Er stutzte. Hatte dieses Mädchen ihn tatsächlich schon so gut durchschaut, daß es sein Verhalten besser voraussagen konnte als er selbst?
»Verdammt, ich sollte sie mir so schnell wie möglich vom Hals schaffen!« stieß er aufgebracht hervor und kippte den Rest seines Grogs hinunter.
Der Mann zwei Tische weiter erhob sich von seinem Platz, kam zu ihm und sprach ihn an. »Entschuldigen Sie, Mister ...«
Patrick sah auf. »Ja?«
»Erlauben Sie, daß ich Ihnen einen Augenblick Gesellschaft leiste?« fragte er mit gedämpfter und etwas nervös klingender Stimme.
»Warum?« fragte Patrick zurück und musterte den Fremden. Er trug einen gediegenen Wollanzug, war wohlbeleibt und mochte Mitte Vierzig sein.
»Ich habe zufällig Ihren Streit mit dem Mädchen mitbekommen. Sie haben sehr laut geredet. Es war nicht zu überhören«, sagte er fast sich entschuldigend.
»Und?«
Der Mann räusperte sich umständlich. »Nun, Sie klangen mir nicht sehr glücklich darüber, daß Sie dieses junge Ding am Hals haben.«
»Das bin ich auch nicht«, bestätigte Patrick ungehalten.

»Vielleicht kann ich Ihnen das Problem abnehmen, Mister.« Patrick sah ihn mit wachsendem Argwohn an. »Und wie wollen Sie das anstellen?«
Der Mann lächelte, setzte sich und beugte sich zu ihm. »Die Kleine ist aus einem Waisenhaus weggelaufen, und Sie haben kein Interesse an ihr, richtig?«
»Hm«, machte Patrick.
»Nun, dann ist die Sache doch ganz einfach, mein Freund.« Wieder erschien das allzu vertrauliche Lächeln auf seinem Gesicht. »Sie überlassen mir die Kleine, und ich tröste Sie über den Abschiedsschmerz mit einem netten Handgeld hinweg. Was halten Sie davon?«
Patrick konnte erst nicht glauben, daß er ihn richtig verstanden hatte. »Sie wollen sie mir abkaufen?«
»Sagen wir mal so: Ich übernehme sie. Sie sind die Kleine leid, und ich ... nun ja, könnte Geschmack an ihr finden, für eine Weile. Damit ist uns beiden gedient. Ich bin auch nicht kleinlich. Eine halbe Guinee ist schon für Sie drin«, bot er ihm an.
Auf den ersten Schock folgte Abscheu. Patrick packte ihn am Kragen der Jacke und zerrte ihn hoch. »Mach bloß, daß du mir aus den Augen kommst, du perverses Dreckschwein!« zischte er und wünschte, er könnte es wagen, ihn grün und blau zu prügeln. »Männer wie dich sollte man kastrieren und bis aufs Blut auspeitschen!«
»Laß mich los, Kerl! Was fällt dir ein, mich mit deinen dreckigen Pfoten auch nur anzufassen?« rief der Mann mit falscher Empörung. »Ich werde dafür sorgen, daß man dich einsperrt!«
»Wage es nur!« fauchte Patrick und stieß ihn grob von sich. Abigail kehrte zurück und bekam noch mit, wie Patrick dem Fremden einen Stoß versetzte. »Warum seid ihr euch in die Haare geraten?«

»Frag nicht, komm!« Patrick wollte keinen Ärger mit dem Wirt, der schon Anstalten machte, sich zu ihnen zu begeben, und seine Miene verhieß nichts Gutes, jedenfalls nicht für Abigail und ihn.

In keinem Gasthof und keiner Taverne bekamen Leute wie sie auch nur ein Stück Brot vorgesetzt, ohne dafür vorher bezahlt zu haben. Sie brauchten deshalb bloß Mantel, Jacke. Mützen und Schal an sich zu raffen und zu sehen, daß sie nach draußen kamen.

»Nun sag schon, was ist passiert?« drängte Abigail.

Mit finsterer Miene und schnellem Schritt stapfte Patrick durch den Schnee. Gottlob war Shaftesbury ein größerer Ort mit mehr als nur einem Gasthof.

»Patrick O'Brien!«

»Mein Gott«, knurrte er widerwillig, »der Mistkerl hat geglaubt, du wärst ... du wärst zu kaufen. Er wollte dich mir abkaufen, als wäre ich dein Zuhälter.«

»Wieviel hat er geboten?«

Patrick blieb abrupt stehen. »Wie bitte?«

»Wieviel wollte er dir zahlen?«

»Eine halbe Guinee, aber wie kannst du so gelassen ...«

Abigail stöhnte auf und faßte sich an den Kopf. »Eine halbe Guinee!« fiel sie ihm gequält ins Wort. »Das Höchste, was ich bisher herausgeschlagen habe, sind ein Shilling und Threepence gewesen, und das auch nur, weil der Kerl betrunken war. Eine halbe Guinee! Du Idiot!«

Im ersten Moment war Patrick sprachlos. Statt beschämt und zornig zu sein, machte sie ihm doch wahrhaftig Vorwürfe und schimpfte ihn einen Idioten. »Willst du damit sagen, du ... du ... du ... hast deinen Körper schon mal verkauft?« fragte er empört und zugleich verlegen.

Abigail funkelte ihn an. »Nein, habe ich nicht, Patrick O'Brien! Aber ich habe schon mehrmals so getan, als ob ich

dazu bereit wäre. Und das hat sich jedesmal prächtig ausgezahlt.«
»Ja, aber wie hast du das gemacht ... ich meine ...«
Sie wußte, was er meinte. »Mein Gott, nicht viel anders als mit Jeff. Ein Mann mit heruntergelassenen Hosen ist nicht schnell. Und diesen geilen Böcken ist der Verstand dabei sowieso nach unten in ihr Ding gerutscht. Man muß nur ein bißchen Köpfchen und schnelle Beine haben. Himmel, eine halbe Guinee!«
Eine Weile gingen sie, ohne ein Wort zu sagen, nebeneinander her. Es war Abigail, die schließlich das Schweigen brach. »So ganz auf sich allein gestellt, ist es manchmal nicht ungefährlich. Aber wir beide zusammen könnten auf diese Tour einen hübschen Batzen Geld machen.«
Patrick erwiderte nichts darauf.
»Wir geben ein perfektes Paar ab. Ich kann gut die dumme, willige Pute spielen«, sagte sie mit einschmeichelnder Stimme. »Und dir nimmt man glatt den Zuhälter ab, besonders wenn du so finster dreinschaust wie jetzt.«
Noch immer schwieg er.
»Willst du vielleicht lieber stehlen? Ich finde, solche Männer an der Nase herumzuführen und um ein paar Shilling zu erleichtern, ist vielmehr eine gute Tat. So ein bißchen wie Robin Hood.«
Patrick gab ein Grunzen von sich, das genausogut Belustigung wie Mißbilligung bedeuten konnte.
Abigail fühlte sich ermuntert. »Sag nicht, das wäre keine ehrenvolle Art für unsereins, sich über Wasser zu halten. Die Kerle haben es doch nicht anders verdient, als um den Dirnenlohn betrogen zu werden.«
»Möglich ...«
Ihre Augen leuchteten auf, und sie hakte sich bei ihm ein. »Ich habe gleich gewußt, daß das Schicksal uns nicht ohne

Absicht zusammengeführt hat. Jeder für sich allein kann nicht halb soviel erreichen wie wir beide zusammen. Niemand würde mir eine halbe Guinee bieten. Und zu zweit ist die Sache auch nicht so riskant. Wir könnten alles gut vorbereiten und uns in Gasthöfen wie dem GOLDEN FLEECE, in die ich allein doch nie hineinkomme, die zahlungskräftigeren Kunden angeln. Das ist die Chance unseres Lebens!«

»Ja, um vor dem Richter zu landen und als Sträflinge zu einer freien Schiffspassage nach Australien zu kommen«, gab er trocken zurück.

»Nicht, wenn wir es geschickt anstellen. Oder traust du dir das nicht zu?« fragte sie spitz und fuhr leicht von oben herab fort: »Aber wenn dir natürlich der Mumm fehlt und du lieber weiter betteln und stehlen willst ...«

Er fühlte sich bei seiner Ehre gepackt. »Pah! Ich trau mir eine Menge zu. Darum geht es gar nicht!«

»Sondern?«

»Na ja ...« Er suchte nach einem stichhaltigen Argument, doch nach alldem, was hinter ihm lag und was er schon getan hatte, um schlichtweg zu überleben, wollte ihm einfach kein plausibler Grund einfallen. Die Aussicht, irgendwann im Frühjahr oder Sommer Arbeit zu finden, war mehr als gering. Sicher war aber, daß seine Ersparnisse nicht ewig vorhalten würden. Was also sprach dagegen, statt sich durch richtige Verbrechen über Wasser zu halten, Männer wie diesen Lüstling im GOLDEN FLEECE um ein paar Shilling zu prellen?

Abigail drückte seinen Arm. Sie spürte, wie nahe er war, sich von ihr überreden zu lassen. »Gib dir einen Ruck, und laß es uns versuchen, Patrick O'Brien!« sagte sie beschwörend.

»Robin Hood, ja?« Er schüttelte mit einem unsicheren Lachen den Kopf.

»Heißt das, wir machen es?« fragte sie aufgeregt.
Er seufzte. »Ja, das heißt es.«
Sie stieß einen Schrei kindlichen Jubels aus, ließ seinen Arm los und fiel ihm um den Hals. Und bevor er wußte, wie ihm geschah, hatte sie ihm einen Kuß auf die Wange gedrückt. »Du wirst es bestimmt nicht bereuen, Patrick!«
»Da bin ich mir nicht so sicher«, erwiderte er und schüttelte erneut den Kopf. »Ich muß wirklich nicht ganz bei Trost sein, mich in so etwas einzulassen!«

11

Die Frage, ob er noch ganz bei Sinnen war, stellte sich Patrick während der nächsten drei Tage mehr als einmal. Genaugenommen drängte sie sich ihm so häufig in seine Gedanken, daß er ein reicher Mann gewesen wäre, hätte er jedesmal einen Shilling bekommen, wenn ihn die Zweifel packten und ein ekelhaftes Gefühl der Übelkeit in ihm hervorriefen. Er war sich der Antwort jedoch nicht sicher, und Abigail konnte sehr überzeugend sein. Sie legte eine Begeisterung an den Tag, die einfach unwiderstehlich war. Zudem war er für den Nervenkitzel, der ja wahrlich kein unbedeutender Teil ihres Vorhabens war, sehr empfänglich, wie er zu seiner eigenen Verwunderung feststellte.
Abigail wollte, daß sie schon gleich am nächsten Tag ihr Glück versuchten. Doch da spielte er nicht mit. »Kommt gar nicht in Frage. Wir wagen uns da auf verdammt dünnes Eis hinaus. Deshalb werden wir zuerst einmal für eine solide Sicherungsleine sorgen, anstatt blind darauf zu vertrauen, daß uns das Eis schon trägt«, bestimmte er. »Und wenn dir das nicht paßt, vergessen wir die Sache besser.«
Abigail murrte, fügte sich jedoch.

Patrick nahm sich Zeit, alles genau zu durchdenken und mit ihr einen Plan auszuarbeiten, damit die Gefahren für sie und ihn so klein wie möglich wurden. Nach zweieinhalb Tagen, die Abigails Geduld hart auf die Probe stellten, gab er sich mit dem Ergebnis ihrer gemeinsamen Überlegungen zufrieden.

»Wir brauchen ein Zimmer, das nach hinten hinausgeht, einen Paravent und ein Seil«, faßte er zusammen. »Und dazu eine gute Portion Glück.«

»Das Glück ist mit den Tüchtigen«, erwiderte Abigail fröhlich. »Wenn wir also noch länger untätig herumsitzen, wird das Pech an uns kleben. Gehen wir es endlich an, Patrick O' Brien!«

Patrick kaufte ein dreißig Fuß langes, fingerdickes Seil und beim Pfandleiher eine alte Reisetasche, die schon reichlich mitgenommen aussah, jedoch ihren Zweck erfüllen würde. Ein abgetragener, aber flickenloser Rock und eine rotschwarze Bluse aus grobem Tuch sorgten dafür, daß Abigail nicht mehr ganz so zerlumpt aussah.

Das Seil in der Reisetasche verborgen, machten sie sich auf den Weg nach Southampton. Dort versuchten sie bei Einbruch der Dunkelheit im KING'S ARMS, wo die Überlandkutschen die Pferde wechselten, zum erstenmal ihr Glück.

»Haben Sie ein ruhiges Zimmer?« fragte Patrick den Wirt und fügte dann mit gedämpfter Stimme und einer Verlegenheit, die nicht einmal gespielt war, hinzu: »Aber es muß zwei Betten und einen Paravent haben. Meine Schwester, sie ... sie nimmt es mit der Schicklichkeit sehr genau.«

»Das läßt sich machen«, versicherte der Wirt.

Sie bekamen ein Zimmer, das auf den Hof hinausging und zwei getrennte Betten mit einem Paravent dazwischen hatte. Schnell stellten sie die Betten zusammen, schoben den Paravent schräg vors Fenster und rückten den einzigen

Stuhl von der Waschkommode weg, so daß er vom Bett aus gesehen von der spanischen Wand verborgen wurde.
Patrick öffnete das Fenster, prüfte die Haltbarkeit des Mittelstabs, der den Fensterrahmen in zwei Hälften unterteilte. und machte am einen Ende des Seils eine Schlinge. Dann legte er das Seil so in die Tasche zurück, daß beide Enden oben waren. Die Tasche stellte er unter das Fenster.
»Jetzt kann's losgehen!« rief Abigail aufgeregt.
»Noch nicht ganz«, sagte Patrick, ging zur Waschkommode und griff zum Wasserkrug.
»Warum gießt du denn das Wasser über die Platte?« fragte sie verwundert.
Patrick leerte den Rest des Wassers in die Schüssel. »Wir wollen doch nicht, daß er Jacke und Hose über die Kommode legt, oder?«
Sie lachte. »Daran hätte ich nicht gedacht. Jetzt kann gar nichts mehr schiefgehen.«
Patrick war da anderer Meinung. Ihm war ganz schlecht vor Aufregung, als sie sich hinunter in den großen Schankraum begaben, um ein Opfer zu suchen. Er fürchtete, seine Rolle nicht überzeugend zu spielen und einen Fehler zu machen, der zu ihrer Festnahme führen könnte. Er wünschte, er hätte sich nicht von ihr dazu überreden lassen. Und das viele Geld, daß er schon ausgegeben hatte!
Im Gegensatz zu Patrick merkte Abigail sehr schnell, welche Männer als »Kunden« in Frage kamen. Sie hatte dafür ein sehr feines Gespür entwickelt. Und sie dirigierte Patrick in die Nähe eines korpulenten Mannes mit schütterem Haar und einem leichten Silberblick. Es waren fast immer Männer, welche vom Alter her ihre Väter oder gar Großväter hätten sein können, die versessen darauf waren, ein blutjunges Mädchen in ihr Bett zu bekommen.
Die nervöse Anspannung und der Groll auf seine eigene

Dummheit, sich in so eine riskante Sache eingelassen zu haben, halfen Patrick, die Rolle des wütenden Zuhälters überzeugend zu spielen. Er begann sich mit Abigail zu streiten, und gemeinsam sorgten sie dafür, daß Silberauge am Nebentisch genug von ihrem Streit mitbekam, um sich das Bild von ihnen zu machen, das sie ihm vortäuschen wollten.

»Mir reicht es mit dir!« zischte Patrick schließlich laut genug, daß Silberauge ihn noch hören konnte. »Sieh zu, wie du allein zurechtkommst. Ich werde dir jedenfalls keine Träne nachweinen. Ich hätte mich niemals mit einer so einfältigen Göre wie dir befassen sollen. Du wirst es nie zu etwas bringen, so amateurhaft, wie du das Geschäft angehst. Aber mich soll's nicht mehr kümmern. Ich hab genug andere, die froh sind, wenn ich mich ihrer annehme. Ich bin fertig mit dir, hörst du? Ein für allemal!« Damit stand er abrupt auf, riß seinen Mantel vom Haken und ging.

Draußen atmete er tief durch und schlich sich in den Hof. Er verbarg sich hinter einem abgestellten Fuhrwerk und blickte angestrengt zu ihrem Fenster hoch, dessen Flügel ein klein wenig offenstanden. Hatte er seine Sache gut gemacht? Würde Silberauge anbeißen? Gelang es Abigail, dafür zu sorgen, daß er zu ihr ins Zimmer kam? Alles hing davon ab, daß dieser Mann auch wirklich so scharf auf kleine Mädchen war, wie Abigail vermutet hatte.

Das Warten war schlimmer als alles andere. Sein Herz hämmerte wild und scheinbar laut in seiner Brust. Endlich! Das Licht einer Kerze. Abigail mußte jetzt im Zimmer sein. Plötzlich befiel ihn Angst um sie. Was war, wenn der Mann gewalttätig war oder den Braten roch?

Schweiß bedeckte seine Stirn. Wo blieb Abigail nur? Was geschah jetzt dort oben? Konnte sie ihn dazu bringen, sich zuerst zu entkleiden? Und würde er nicht mißtrauisch werden, wenn sie ihn bat, die Kerze ausblasen und sich hinter dem Paravent ausziehen zu dürfen, weil sie sich angeblich noch ein wenig zierte, es direkt vor den Augen eines Mannes zu tun? Würde Silberauge auf ihre scheinbare mädchenhafte Verschämtheit hereinfallen?

Das Licht erlosch.

»Bitte, Herr, laß alles gut werden!« flehte er inständig.

Die Fensterflügel bewegten sich, wurden vorsichtig aufgestoßen. Patrick konnte Abigail kichern hören, als wollte sie damit ihre Unsicherheit vor Silberauge überspielen. Im nächsten Moment sah er, wie sie das Seil um den Mittelstab legte.

Patrick imitierte den Ruf einer Eule, das verabredete Zeichen, daß die Luft rein war. Sekunden später flogen Kleidungsstücke herunter, gefolgt von der Reisetasche. Und während Abigail blitzschnell aus dem Fenster kletterte und sich am Seil hinunterließ, rannte er hinter dem Fuhrwerk hervor, eilte unter das Fenster und stopfte mit zitternden Händen die Kleidungsstücke in die Tasche. All das war eine Angelegenheit von nicht mehr als fünf, sechs Sekunden.

Der wütende Schrei des übertölpelten Mannes kam aus dem Zimmer. Abigail ließ das Seil los und landete federnd wie eine junge Katze neben Patrick auf dem Boden.

Sie lachte ihn an, als hielte sie das alles für einen großen, abenteuerlichen Spaß. »Na, was hab ich gesagt? Das ist so glatt gelaufen wie Honig in der Sonne. Du hättest ihn sehen sollen. Der konnte gar nicht schnell genug aus seinen feinen Sachen ...«

Patrick packte sie am Arm. »Um Himmels willen, nichts wie weg, Abby!« stieß er hervor und zerrte sie mit sich.

Erst eine halbe Stunde später, als sie sich in einem anderen Stadtteil befanden, gingen sie Silberauges Sachen durch. Ihre Beute betrug elf Shilling und zwei Pennies. Abigail führte einen wahren Freudentanz auf. Noch nie in ihrem Leben hatte sie so viel Geld auf einmal gesehen. Aber auch Patrick war in einer geradezu euphorischen Stimmung und dachte voller Stolz, daß Robin Hood sich nach einem seiner Raubzüge bestimmt nicht viel anders gefühlt hatte. Es gefiel ihm, die zaghaften Regungen seines Gewissens damit zu beruhigen, daß sie ja, ähnlich wie Robin Hood damals, nicht arme und rechtschaffene Bürger ausnahmen, sondern denjenigen eine schmerzliche Lehre erteilten, die es mehr als verdient hatten, und in ihrem Fall waren das gewissenlose Kinderschänder im konservativen, gutbürgerlichen Rock. Und es fiel ihm nicht schwer, sich einzureden, daß sie damit eine gute, wenn auch nicht ganz ungefährliche Tat begingen, für die sie eben wegen dieser Risiken auch eine gerechte Belohnung in Form ihrer Beute verdienten. Kurzum: Patrick hatte Blut geleckt.

12

Abigail brauchte keine große Überredungskunst aufzuwenden, um Patrick dazu zu bringen, ihre Gaunerei schon am nächsten Tag zu wiederholen. Southampton war eine große Stadt mit genügend Herbergen von der Art, wie sie sie benötigten. Auch diesmal klappte alles wie am Schnürchen, nur daß die Ausbeute mit fünf Shilling und Threepence bedeutend geringer ausfiel als beim erstenmal. Aber das vermochte ihre Freude nicht zu trüben. Patrick hätte für fünf Shilling ein, zwei Wochen hart arbeiten müssen, wenn er denn Arbeit gefunden hätte.

Die Zeit des Hungers, der Kälte und der Nächte in Pferdeboxen war vorbei. Endlich konnten sie sich jeden Tag satt essen, sich beide warme Kleider und anständiges Schuhwerk

leisten und die Nächte in richtigen Betten verbringen. Es war ein wunderbares Gefühl, für das sie nur ab und zu mit einigen Minuten der Angst zu bezahlen hatten.
Sie zogen über Portsmouth, Brighton und Dover die Küste entlang und wurden mit jeder Woche geschickter. Sie begannen, mehrere Versionen zu entwickeln, um sich unterschiedlichen Situationen anpassen zu können. Die Erfahrung in einigen Orten, daß nicht jede Herberge ein Zimmer mit einem Paravent besaß, brachte Patrick auf den Gedanken, für alle Fälle einen eigenen mit sich zu führen. Genaugenommen war es kein richtiger Paravent, sondern nur ein mit Blumen bedruckter Vorhang mit drei langen Bändern an einer Längsseite. Patrick brauchte in einem Gasthof, der vielversprechend war, ihnen jedoch kein Zimmer mit Paravent bieten konnte, nur drei Haken in die Deckenbalken nahe des Fensters zu schlagen und die Bänder daran zu verknoten. Keiner der Männer, die Abigail in solch ein Zimmer führte, kam je auf die Idee, daß dieser Vorhang dort nicht hingehörte. Und wann immer sie einen Vorhang in einem Zimmer zurückgelassen hatten, kauften sie im nächsten Ort Stoff, und Abigail nähte einen neuen. An Geld und Zeit mangelte es ihnen nicht.
Im Frühjahr, als das Land die weiße Decke des Winters abschüttelte und sich scheinbar über Nacht mit einem bunten, zarten Tuch sprießenden Baumgrüns sowie blühender Blumen und Sträucher schmückte, konnten sie es sich leisten, ein Pferd zu kaufen. Und es war auch an der Zeit, schneller die Orte zu wechseln. Denn mittlerweile mußte die Polizei von ihren Gaunereien Wind bekommen und sie zur Fahndung ausgeschrieben haben. Allein schon der Gedanke daran ließ Patrick schaudern. Er wünschte, er hätte Abigails Unbekümmertheit.
Nachdem sie Anfang Mai in Dover einen Tuchhändler um

sage und schreibe zwei Pfund und acht Shilling erleichtert hatten, schenkte Patrick ihr tags darauf in Canterbury eine Kette mit einem Medaillon, auf das ein A eingraviert war. »Ein Geburtstagsgeschenk«, sagte er, denn im Mai wurde sie vierzehn. Das war der Monat gewesen, in dem man sie als Baby an den Zaun des Waisenhauses gehängt hatte.
Abigail kamen vor Freude und Rührung die Tränen. »Mir hat noch nie jemand etwas geschenkt – und dann gleich so etwas Wunderbares. Eine Kette mit einem Medaillon! Und richtig aus Silber. O Patrick ...« Sie lachte und weinte zugleich.
Ihre Freude und ihre Tränen machten Patrick verlegen. »Ich weiß nicht, was du da ins Medaillon reinlegen kannst, aber es hat mir einfach gefallen, und ich habe mir gedacht, daß du es vielleicht auch magst und schon eine Verwendung findest, ich meine ...«
»Es ist wunderbar, Patrick!« rief sie überglücklich und umarmte ihn. Sie küßte ihn auf die Wange und flüsterte ihm zu: »Du bist das Beste, was mir in meinem Leben widerfahren ist, und wirst es immer bleiben, Patrick O'Brien!«
Patrick lachte. »Manchmal frage ich mich, woher du bloß solche Redensarten hast«, sagte er und befreite sich schnell aus ihrer innigen Umarmung. Ihre Bluse wölbte sich schon über reizvollen kleinen Brüsten, und wenn sie sich so eng an ihn schmiegte, dann bereitete ihm ihr schlanker Körper mit den sich fraulich entwickelnden Rundungen Gefühlsaufwallungen, für die er sich schämte. Sie hatte sich nach einem großen Bruder und Gefährten gesehnt, und der wollte er für sie auch sein.
Im Sommer führten ihre Gaunereien sie weit in den Norden. Sie kamen bis nach York und begaben sich dann über Leeds und Manchester nach Liverpool. Patrick versuchte immer wieder, auf einem Gut Arbeit zu bekommen, jedoch

ohne Erfolg. Er konnte kein Zeugnis vorweisen, und das Mißtrauen der Wildhüter und Verwalter war zu groß.
»Gib auf«, riet Abigail ihm, die jedesmal bangte, er könnte doch Glück haben. »Warum sollten sie auch einen Fremden anstellen, der kein Schreiben von seinem letzten Herrn vorweisen kann? Es gibt in den umliegenden Dörfern bestimmt genug junge Männer, die gern Gehilfe eines Wildhüters werden möchten. Da hast du als Fremder doch sowieso keine Chance.«
»Aber versuchen muß ich es dennoch.«
»Und warum?«
»Weil wir so nicht ewig weitermachen können, Abby.«
»Warum denn nicht? Ich finde, wir führen ein herrliches und aufregendes Leben«, schwärmte sie.
Er verzog das Gesicht. »Ja, manchmal ist es so aufregend, daß ich kurz vor einem Herzanfall stehe. Ich möchte dich bloß an letzte Woche in St. Helen's erinnern. Um ein Haar hätte er dir die Kehle durchgeschnitten!«
Ein Schatten fiel über ihr Gesicht, und die Erinnerung an jene Nacht verjagte das fröhliche Strahlen aus ihren Augen. »Ja, es war knapp«, räumte sie ein. »Aber das war einfach Pech. Dabei sah er doch so harmlos wie ein Buchhalter aus.«
»Man kann eben keinem Menschen am Gesicht ansehen, ob er ein Heiliger oder ein Lustmörder ist, und das macht mir allmählich angst. Denn ich habe das Gefühl, daß wir unser Glück schon allzulange auf die Probe gestellt haben.«
»Ach was, du hast bloß mal wieder deinen melancholischen und schwarzseherischen Tag. Laß uns an die Küste reiten«, sagte sie, um ihn auf andere Gedanken zu bringen.
»Abby, auf Dauer kann das so nicht weitergehen«, beharrte er. »England ist groß, aber die Zahl der Gasthöfe, in denen wir für unsere Gaunerei ideale Verhältnisse vorfinden, ist dennoch begrenzt. Vielleicht können wir noch ein Jahr oder

auch anderthalb Jahre so durchs Land ziehen. Doch wir dürfen uns nichts vormachen, die Gefahr, erwischt zu werden, wächst mit jedem Monat. Denn es ist ja nicht allein die Polizei, vor der wir auf der Hut sein müssen. Es spricht sich ja auch unter den Kutschern herum, und damit werden immer mehr Gastwirte gewarnt sein und ein schärferes Auge auf Reisegesellschaften halten, die aus einem jungen Mann und einem hübschen jungen Mädchen bestehen.«
Abigail nagte an ihrer Unterlippe. »Dann lassen wir uns in einem Jahr oder so was anderes einfallen.«
»Und was?« wollte er wissen.
Sie fühlte sich in die Enge getrieben, und das mochte sie gar nicht. »Das wird uns noch früh genug einfallen, da bin ich ganz sicher. Und jetzt hör bitte auf, alles schwarzzumalen!« sagte sie unwillig. »Erinnere dich lieber daran, wie schlecht es uns noch vor einem halben Jahr ergangen ist. Wie sah denn da unsere Zukunft aus? Finster wie ein Kohlenkeller! Wir hätten jetzt betteln und stehlen müssen, um nicht zu verhungern. Und jeden Tag auf Diebestour gehen zu müssen, ist ja wohl viel gefährlicher, als alle drei, vier Tage unsere raffinierte Nummer in einem Gasthof abzuziehen. Nein, wir haben allen Grund, zufrieden zu sein.«
»Schon«, brummte Patrick, »für den Augenblick. Aber was ist das für ein Leben, ich meine, wenn wir das fünf, sechs Jahre und länger gemacht haben? Willst du vielleicht dein Leben lang die Rolle des billigen Flittchens spielen und nie länger als ein paar Tage an einem Ort sein?«
Abigail senkte den Blick. »Ich weiß nicht ... darüber hab ich noch gar nicht nachgedacht ... ich weiß nicht ...« sagte sie verwirrt. »Nein, für immer möchte ich so ein Leben vermutlich nicht führen.«
»Ich auch nicht.«
»Du würdest gern wieder den Tag im Wald verbringen und

irgendwann einmal auf einem großen Gut Wildhüter sein, nicht wahr?«
Er zuckte mit den Schultern. »Ja, so etwas in der Art, Abby. Ich bin kein Mensch für die Städte. Da fühle ich mich wie eingesperrt. Ich bin gerne draußen im Freien, ich brauche die Natur. Weißt du, mein größter Traum ...« Er stockte plötzlich.
»Ja?« fragte sie ermunternd.
Er lachte verlegen. »Ach, es ist ja nur ein dummer Traum.«
»Sag es schon, bitte!«
»Aber nur, wenn du mir deinen verrätst.«
»Wer sagt denn, daß ich einen Traum habe?«
»Jeder hat doch irgendeinen Traum. Ich meine, daß man sich irgend etwas wünscht, was einem mehr wert ist als alles andere auf der Welt. Eben wovon man träumt. Du weißt schon ...«
Sie überlegte kurz. »Hm, ja, dann habe ich auch so einen Traum. Also gut, einverstanden. Aber du zuerst. Was ist dein Traum?«
»Eines Tages eine eigene Farm zu haben«, sagte Patrick versonnen. »Ich würde alles dafür geben, der erste O'Brien zu sein, der nicht Pächter, Kutscher oder Gehilfe des Wildhüters ist, sondern selbst Grund und Boden besitzt, der ihn und seine Familie ernährt. Manchmal träume ich davon, über meine eigenen Felder und Weiden und durch meinen eigenen Wald zu gehen. Verrückt, nicht wahr?«
Abigail lächelte. »Ja, vielleicht, aber ...«
»Natürlich ist es verrückt, Abby!« sagte er energisch, als müßte er sich selbst zur Vernunft bringen. »Doch jetzt bist du an der Reihe. Wovon träumst du?«
»Es ist kein wirklicher Traum«, begann sie zögernd. »Es ist mehr ein Wunsch, mein größter Wunsch.«
»Und der ist?«

Sie sah ihn wie um Verzeihung bittend an. »Daß wir immer zusammenbleiben, Patrick.«
Ihr Blick und ihre Worte berührten ihn zutiefst, und ihm wurde in diesem Moment so richtig bewußt, wie lieb er Abigail gewonnen hatte. Fast war ihm, als wäre sie wirklich seine Schwester. Näher als sie konnte auch eine Schwester von eigenem Fleisch und Blut ihm nicht stehen. Beinahe wären ihm die Tränen gekommen. »Das tun wir, ganz sicher, Schwesterherz«, sagte er betont burschikos, um seine tiefen Gefühle vor ihr zu verbergen, und fuhr ihr wie ein großer Bruder über den Kopf.
»Versprochen und geschworen?« fragte Abigail eindringlich.
»Bei meiner Zuhälterehre!« versicherte er scherzhaft.
»Sag so etwas nicht!« rief sie zornig. »Ich bin keine Dirne, und du bist kein Zuhälter! Das sind nur die Rollen, die wir spielen, wie Schauspieler. Du mußt es richtig schwören! Nicht im Scherz!«
»Schon gut, schon gut«, beruhigte er sie. »Ich schwöre es beim Andenken meiner Eltern. Und jetzt wird es Zeit, daß wir Josh satteln.«
Zur Erntezeit erreichten sie die Midlands, und während die Wälder sich herbstlich färbten und die Zeit der Jagdgesellschaften begann, wurden Patrick und Abigail innerhalb von wenigen Wochen viermal vom Pech verfolgt. Einmal zog ein Kunde Abigail in sein Zimmer, und wenn Patrick nicht mißtrauisch geworden und ihr zu Hilfe geeilt wäre, hätte die Sache ein böses Ende genommen. Bei zwei weiteren Gelegenheiten rochen die Männer den Braten, bevor Abigail sich ihrer Börse bemächtigen konnte, und hätten sie beinahe noch zu fassen bekommen. Und einmal fielen sie einem Gastwirt auf, der seine Frau beauftragte, die Polizei zu holen. Daß sie der Verhaftung entkamen, verdankten sie allein

einem glücklichen Zufall. Hätte Patrick den Gasthof nicht noch einmal verlassen, weil ihm der Tabak für seine Pfeife ausgegangen war, wäre ihm auch nicht die Frau des Gastwirts aufgefallen, die aufgeregt und mit wehenden Röcken die Straße hinuntereilte. Sein sechster Sinn sagte ihm sofort, daß Gefahr im Verzug war. Er vergaß seinen leeren Tabaksbeutel, holte Josh aus dem Stall und ritt mit Abigail, so schnell er konnte, aus der Stadt.

»Wir haben ein bißchen Pech gehabt«, ging Abigail unbekümmert darüber hinweg. »Was macht das schon.«

»So viel Pech in so wenigen Wochen ist kein Zufall«, widersprach Patrick. »Das sind bedrohliche Zeichen, Abby, und wir sind verdammt gut beraten, sie nicht zu ignorieren. Es ist an der Zeit, uns intensiv zu überlegen, wie es weitergehen soll. So jedenfalls können wir nicht weitermachen.«

»Kannst du mir mal sagen, wie wir zu Geld kommen sollen, wenn wir mit dem, was wir bisher gemacht haben, aufhören?«

»Ich weiß es auch noch nicht, aber irgendeinen neuen Dreh müssen wir finden.«

Diesen Dreh fanden sie zwei Wochen später im WHISPERING KNIGHTS, einem Gasthof in Oxford. Genaugenommen brachte sie jener hagere Glatzkopf darauf, den sie zu ködern versuchten. Zwar zeigte er sich an Abigail interessiert, doch nicht um im Bett mit ihr seine Gelüste zu befriedigen. Sein Interesse war geschäftlicher Art, und er sprach auch nicht Abigail an, sondern folgte Patrick in den Hof.

»Verkauf mir die Kleine, Kumpel«, redete er Patrick unverblümt an, weil er ihn für seinesgleichen hielt. »Du bist hier fremd, richtig?«

Patrick nickte. »Willst du sie übernehmen?«

Er schüttelte den Kopf. »Ist nicht meine Sparte.«

»In welcher Sparte bist du dann?«

»Bin so etwas wie ein Vermittler. Ich habe gute Beziehungen zu den hiesigen Bordellen. Ich sag dir, es gibt hier in Oxford mehr Freudenhäuser als Colleges. Kein Wunder bei den vielen Studenten. Die jungen Burschen haben eine Menge Saft und Kraft, und die wollen sie nicht allein beim Sport und schon gar nicht in den Hörsälen loswerden. Und was deine Kleine betrifft, so kenne ich ein paar Freudenhäuser, die auf so junge Dinger spezialisiert sind. Die suchen immer frisches Fleisch. Die Kunden lieben nun mal die Abwechslung, besonders wenn sie auf junges Gemüse scharf sind. Also, was hältst du davon?«

»Eine ganze Menge, aber was ist, wenn mein Mädchen nicht mitspielt?« wollte Patrick wissen.

Der Glatzkopf lächelte spöttisch. »Mir scheint, du bist neu im Geschäft.«

»Schon möglich«, räumte Patrick ein. »Habe nichts dagegen, ein bißchen was dazuzulernen.«

»Ich hab schon viele Mädchen an Bordelle verkauft, die nicht ganz glücklich mit ihrem neuen Arbeitsplatz waren«, erklärte der Mann mit einem gemeinen Lächeln. »Aber das ist kein Problem. Wer nicht will und sich anstellt, wird mit Opium gefügig gemacht. Das Zeug kommt ins Essen oder in den Tee, und dann werden sie von besonderen Stammkunden, die nicht gerade zu den Sanftmütigsten zählen, mit ihrer Arbeit vertraut gemacht. Nach ein, zwei Wochen sind sie dann willig.« Er lachte höhnisch.

Der Mann war ein Menschenhändler! Patrick hätte ihm das dreckige Lachen am liebsten mit der Faust aus dem Gesicht geprügelt. »Ein nicht sehr erfreuliches Gewerbe, dem Sie da nachgehen.«

»So gut und schlecht wie jedes andere auch«, erwiderte der Glatzkopf gelassen. »Ich habe bloß größere Konkurrenz. Es gibt nämlich genug Eltern und Verwandte, die Mädchen zum Anschaffen auf die Straße schicken oder eigenhändig an die Freudenhäuser verkaufen. Und wenn Eltern ihre zehnjährigen Söhne an die Minenbesitzer verkaufen, ist ja wohl nichts dabei, Mädchen an Freudenhäuser zu verschachern. Da geht es ihnen immer noch besser als den armen Schweinen von Jungs, die zehn, zwölf Stunden im Bergwerk schuften müssen und kaum was zu essen kriegen. Aber genug darüber gequatscht, Kumpel. Was ist nun, kommen wir ins Geschäft oder nicht? Ich biete dir ein Pfund.«

»Gib mir ein, zwei Tage Bedenkzeit«, bat Patrick, da er Zeit brauchte, um mit Abigail zu überlegen, wie man diese Mädchenhändler und vielleicht auch Bordellbesitzer übers Ohr hauen konnte. Denn er ahnte, daß das der Dreh war, nach dem sie in den letzten Wochen gesucht hatten. Diese Leute um ihr Geld zu prellen, würde kein öffentliches Aufsehen erregen, im Gegensatz zu jenen Männern in den Gasthöfen, die sie um Geldbörse und Kleider erleichtert hatten und die auf fremde Hilfe angewiesen waren, um sich aus dieser peinlichen Situation zu befreien. Männer wie dieser Glatzkopf würden sich auch hüten, den Betrug der Polizei zu melden.

»Diese Leute sind aber auch um einiges gefährlicher und bestimmt nicht so leicht reinzulegen wie die Männer, mit denen wir es bisher zu tun gehabt haben«, gab Patrick zu bedenken, als er Abigail ins Bild setzte.

Das höhere Risiko schreckte sie nicht. Dafür winkte ihnen pro Coup ja auch bedeutend mehr Geld, nämlich ein Pfund, womöglich sogar anderthalb. Und für solch eine Summe, für die ein Dienstmädchen einige Monate Arbeit von Sonnenaufgang bis Sonnenuntergang auf sich nehmen mußte, konnte man schon etwas mehr riskieren als für eine durchschnittliche Beute von vier, fünf Shilling.

Abigail war Feuer und Flamme, und von ihr kam schließlich

die Idee, mit welchem Trick sie an das große Geld herankommen könnten. »Ich spiel die etwas geistig Zurückgebliebene, die mit lächelnder Dümmlichkeit alles tut, was man ihr sagt, während du dich als Spieler und Säufer ausgibst, der dringend Geld braucht. Sie werden denken, mit uns leichtes Spiel zu haben, und dementsprechend weniger wachsam sein.«

»Ja, darauf läßt sich aufbauen«, meinte Patrick, und sie probten ihre neuen Rollen, bis sie das Gefühl hatten, daß sie überzeugend waren.

Der Erfolg gab ihnen recht. Es klappte von Anfang an. Sie begingen jedoch nicht den Fehler, Glatzkopf übertölpeln zu wollen, denn der hätte Abigail das einfältige Mädchen mit dem hübschen, willigen Körper nicht abgenommen.

Von da an waren nicht mehr die besseren Gasthöfe ihr Jagdrevier, sondern die Tavernen und Spelunken, in denen Zuhälter und Mädchenhändler Ausschau nach Opfern hielten. Es war nicht schwer, herauszufinden, welche Lokale diese Männer vorzugsweise frequentierten. Patrick brauchte nur einem der in den Straßen herumlungernden, zerlumpten Bettler ein paar Pennies in die Hand zu drücken und ihn zu fragen, welche Tavernen er besser meiden sollte, wenn er nicht von Falschspielern und Zuhältern ausgenommen werden wollte. Dann bekam er die Namen genau jener Spelunken genannt, wo er und Abigail früher oder später an den richtigen Mann geraten würden.

Sie hauten Zuhälter und Bordellbesitzer schamlos übers Ohr. Als der Winter hereinbrach, hatten sie das Gefühl, sich auf dem besten Weg zu befinden, reich zu werden – nach ihrem Verständnis. Ihre Börse war so prall gefüllt wie nie zuvor.

»In ein, zwei Jahren haben wir genug zusammengespart, daß es für eine kleine Farm reicht«, rief Abigail begeistert, als sie in einer Januarnacht nach einem gelungenen Coup Ipswich hinter sich ließen und Richtung Colchester ritten. Vier Meilen vor Colchester gerieten sie in einen Eisregen. Sie waren bis auf die Haut durchnäßt, als sie den nächsten Gasthof erreichten. Tags darauf lag Abigail mit Fieber im Bett, und es schien mit jeder Stunde heißer in ihr zu brennen, als wollte das Fieber sie von innen heraus verzehren.

Patrick rief den nächsten Arzt zu ihr ans Krankenbett, doch viel vermochte er nicht für sie zu tun. »Wir können versuchen, dem Fieber mit Kompressen und kalten Wickeln, die ständig zu erneuern sind, entgegenzuwirken«, meinte der grauhaarige Arzt. »Und ich werde ihr ein wenig Laudanum verabreichen. Aber das Fieber kann nur ihr Körper selbst besiegen. Eine Medizin, die das vermöchte, wäre ein Segen für die Menschheit. Hoffen wir das Beste.«

Patrick wich nicht von Abigails Seite. Er wechselte jede Stunde die Wickel und Kompressen, benetzte ihre Lippen mit kühlem Wasser, wusch ihr fieberheißes Gesicht und ihre Arme, hielt ihre Hand und redete ihr immer wieder gut zu, den Kampf gegen das Feuer in ihrem Körper nicht aufzugeben. Er hatte entsetzliche Angst, sie zu verlieren, und diese Angst machte jede Stunde zur Qual.

Nach vier Tagen und endlos langen Nächten war die Krise überwunden. Patrick lachte überglücklich und hatte Tränen in den Augen, als Abigail ihn zum erstenmal wieder bewußt wahrnahm und wissen wollte, ob er sich vom Arzt auch nicht hatte übervorteilen lassen.

»Ärzte sind die größten Beutelschneider!« warnte sie ihn mit schwacher Stimme. »Am besten läßt du bei dem Quacksalber anschreiben, und wenn ich wieder kräftig genug bin, machen wir uns aus dem Staub.«

»Sieh du nur zu, daß du wieder auf die Beine kommst. Alles

andere ist nicht wichtig«, beruhigte er sie, obwohl der Arzt mit seinem Honorar wahrlich nicht bescheiden gewesen war.

»Ich mache alles wieder gut, wenn ich erst gesund bin«, versprach sie und sank, von dem wenigen Reden völlig erschöpft, in einen unruhigen Schlaf.

Mit ihrer Gesundung ging es jedoch nicht so recht voran. Zwar überwand sie das Fieber und vermochte nach zwei Wochen das Bett zu verlassen, ihr Körper jedoch wollte sich einfach nicht erholen. Die Krankheit hatte sie bis auf die Knochen ausgezehrt. Sie war dünn wie ein Strich, und die kleinste Anstrengung war zuviel für sie. Sie litt am meisten darunter.

»Ich bin zu nichts mehr nütze. Sieh mich doch an! Niemand wird dir für mich auch nur noch einen Shilling geben. Ich bin dir nur ein Klotz am Bein«, sagte sie verzweifelt und mit tränenerstickter Stimme, als es März wurde und es immer noch nicht besser mit ihr war.

»Rede doch nicht so einen Unsinn! Du kommst schon wieder auf die Beine. Bald ist der Frühling da, und dann wird es dir auch bestimmt bessergehen«, versuchte er sie zu trösten. »Und ich denke, wir haben uns etwas geschworen?«

Abigail schüttelte nur den Kopf und weinte stumm.

Patrick machte es nichts aus, daß ihre Ersparnisse von Woche zu Woche mehr zusammenschrumpften. Er bestand darauf, daß sie weiterhin in einem guten Gasthof wohnten, und er ließ auch nicht zu, daß Abstriche an ihrem Essen gemacht wurden. Ihre Genesung war ihm wichtiger als Geld.

Als die naßkalten Wochen, mit denen der Winter im März und April dem Frühling ein erbittertes Rückzugsgefecht lieferte, endlich einem milden, sonnigen Wetter wichen, kehrte ganz langsam die Kraft und Lebensfreude in Abigail

zurück. Ihr magerer Körper begann allmählich wieder Fleisch anzusetzen, und die scharfen, knochigen Züge verwandelten sich nach und nach in jene reizvolle Konturen mit sanften Linien und Rundungen zurück, die ihr Gesicht vor der schweren Krankheit ausgezeichnet hatten.
Ende Mai nahmen Patrick und Abigail ihr ruheloses und gefährliches Leben wieder auf. Ob es nun Zufall war oder ein unbewußter Wunsch sie geführt hatte, sie wußten es später nicht zu sagen. Auf jeden Fall trafen sie Anfang September in Southampton ein, wo ihre Karriere als Gaunerpärchen vor gut anderthalb Jahren mit jenem dreisten Angebot im GOLDEN FLEECE begonnen hatte.
Und in Southampton, im Gewimmel des Wochenmarkts, lernte Patrick die resolute Witwe Harriet Corrigan kennen. Als er sie geistesgegenwärtig von dem umstürzenden Fuhrwerk zurückriß, das hoch mit Fässern beladen war, ahnte er nicht, welche Folgen sein Eingreifen für sie haben sollte.

13

Wie immer hatte Becky, das Mädchen mit der Hasenscharte, ihnen den Morgentee gebracht, und Patrick hatte hastig die Bettdecke über seine nackte Brust gezogen, als Harriets entfernte Verwandte, die für alle niederen Arbeiten im Haus zuständig war, zu ihnen ins Zimmer getreten war. Auch nach fast sechs Wochen, die er das Bett nun schon mit Harriet Corrigan teilte, hatte er sich noch immer nicht daran gewöhnen können, daß ihm jemand Tee ans Bett brachte, während Harriet sich wie eine Katze neben ihm räkelte, zumeist recht spärlich bekleidet. Becky war nicht älter als Abigail, und die leicht geröteten Wangen und der gesenkte Blick des Mädchens machten ihn jedesmal verlegen.

»Woran denkst du, mein Schatz?« fragte Harriet und suchte unter der Decke nach ihm. Ihre Hand fand seine Hüfte und fuhr abwärts über seinen Oberschenkel.
»Wie verrückt das Leben doch manchmal ist«, antwortete er und erschauerte unter ihrer Berührung. »Vor sechs Wochen habe nicht einmal gewußt, daß es dich gibt, und jetzt ...« Er brach mitten im Satz ab, weil er plötzlich nicht wußte, wie er ihn beenden sollte.
»Wir haben uns gesucht und gefunden, mein Ritter«, sagte sie mit einem leisen, wollüstigen Lachen, während ihre Hand über die Innenseite seines Schenkels fuhr und sein Glied umfaßte. »Oh, was wächst denn da in meiner Hand?«
Patrick fühlte sich unter Harriets kundigen Händen schwach und stark zugleich. Sie war zweifellos eine aufregende Frau mit vielen Talenten. Seit dem Tod ihres Mannes vor drei Jahren führte sie die Taverne CROWN & ANCHOR, und dabei war sie nicht einmal vier Jahre älter als er. Harriet wußte, was sie wollte. Das hatte er am eigenen Leib erfahren, in mehrfacher Hinsicht.
Nach dem Vorfall auf dem Marktplatz hatte sie darauf bestanden, daß er und Abigail in ihre Taverne kamen, damit sie sich bedanken konnte. Abigail war davon nicht sehr angetan gewesen, doch er um so mehr. Harriet besaß eine aufregend üppige Figur und wunderbar blauschwarzes Haar, und ihr Blick war wie ein sinnliches Versprechen gewesen. Wie hätte er dieser Einladung also widerstehen können? Schon am ersten Abend hatte sie es geschafft, sie zum Bleiben zu überreden, und während Abigail in einer kleinen Kammer über der Taverne Quartier bezogen hatte, hatte Harriet ihr Ehebett und einiges mehr mit ihm geteilt. Nicht, daß er sich dagegen gesträubt hätte, sich von ihr verführen zu lassen, aber die Initiative war eindeutig von ihr

ausgegangen. Seine sexuellen Erfahrungen mit Frauen waren bis zu dieser Nacht doch sehr lückenhaft gewesen. Unter Harriets Anleitung schloß er diese Lücken rasch. Zwischen ihren festen Schenkeln verlor er seine Unschuld und gewann eine Flut lustvoller Erfahrungen, die er sich niemals erträumt hätte.

»O Harriet ...« stöhnte er, als sie auch noch die andere Hand zu Hilfe nahm, um ihn zu streicheln und noch mehr zu erregen.

Harriet schlug die Bettdecke zurück und richtete sich auf. Ihre vollen Brüste boten sich ihm in verführerischer Nacktheit dar. Sie beugte sich zu ihm hinüber, und ihr schwarzes Haar fiel wie ein Vorhang über seinen Schoß, als sollte er nicht sehen, was sie mit ihm tat.

Patrick empfand die Lust, die sie ihm bereitete, um so intensiver.

»So könnte jeder Tag für uns beginnen«, sagte sie wenig später, als ihre Körper sich vereinten. »Und ich möchte, daß es auch in Zukunft so ist, Patrick. Passen wir denn nicht wunderbar zusammen?«

Er grinste. »Wie Schwert und Scheide.«

Sie schüttelte in einem Anflug von Ärger den Kopf, und ein gereizter Ausdruck trat in ihre Augen. Doch das Lächeln kehrte schon im nächsten Moment wieder zurück. »Wir passen nicht nur im Bett zusammen, Patrick. Wir ergänzen uns auch sonst hervorragend. Wir haben viel Zeit gehabt, uns zu testen.«

»Testen wofür?« fragte er und ahnte schon, worauf sie hinauswollte.

Sie beugte sich vor und ließ ihre Brustspitzen ganz sanft über seine Haut streifen. »Laß uns heiraten, mein Schatz. Wir werden einander glücklich machen und es nie bereuen, denn wir gehören einfach zusammen«, flüsterte sie ihm mit lockender Stimme zu. »Und wenn wir uns richtig zusammentun, also Mann und Frau sind, dann können wir uns auch geschäftlich verbessern. Der KING'S GATE INN drüben in der High Street, ganz in der Nähe vom Bargate, steht bald zum Verkauf. Der alte Darlton kann nicht mehr. Die Gicht setzt ihm böse zu, und seit seine Frau vorletztes Jahr gestorben ist, kommt er nicht mehr zurecht. Und Kinder hat er keine.«

»Können wir nicht ein andermal ...«

»O Patrick, das wäre unsere große Chance«, fuhr sie fort, ohne ihm Zeit für einen Einwand zu lassen. »Der KING'S GATE INN ist ein Gasthof, aus dem man eine Menge Geld holen kann. Das wäre für uns beide genau das richtige. Wenn ich meine Taverne verkaufe und wir unser Geld zusammenlegen, können wir dem alten Darlton ein Angebot machen, das er gar nicht ausschlagen kann. Und mit dir an meiner Seite fühle ich mich mutig und stark genug, so einen Gasthof zu führen.«

»Von welchem Geld, das wir zusammenlegen sollen, sprichst du?« fragte er mißtrauisch.

Sie lachte leise auf, wie nach einem sehr intimen Scherz, und küßte ihn auf die Nase. »Du kannst mir doch nichts vormachen, Liebster«, erwiderte sie. »Du hast bei mir ein schönes Pferd stehen, trägst gute Kleidung und besitzt eine silberne Taschenuhr.«

»Was du nicht sagst.«

Harriet zwinkerte ihm zu und bewegte sich leicht auf ihm. »Obwohl ich schon ganz gerne wissen möchte, wofür ihr diese zerlumpten und entsetzlich nach Branntwein stinkenden Sachen braucht, die da in der alten Reisetasche stecken und von denen ihr euch auf keinen Fall trennen wollt. Ist schon ein wenig merkwürdig, daß du sie noch nicht einmal waschen läßt. Aber du wirst schon deinen guten Grund dafür haben, nicht wahr? Und ich bin bestimmt die letzte, die neugierige Fragen stellt. Jeder macht so seine Geschäfte, und auch das ist etwas, wo wir wunderbar zusammenpassen. Laß uns heiraten, mein Liebster. Wir sind füreinander geschaffen, spürst du das denn nicht?«

Was Patrick da hörte, gefiel ihm ganz und gar nicht, und er versuchte seine Gedanken zu ordnen und zu überlegen, was das bedeuten sollte. Doch die Leidenschaft, die sie so geschickt in ihm zu entfachen vermochte, machte es schwer, einen klaren Verstand zu bewahren. »Und ob ich es spüre!« stöhnte er.

»O ja, Liebster, und es wird immer so schön mit uns sein«, versprach sie. »Sag mir, daß wir bald heiraten werden, Patrick.«

»Harriet ...« keuchte er.

»Komm, sag es deiner Liebsten, sag, daß du mich zu deiner Frau machst und wir den KING'S GATE INN übernehmen werden«, drängte sie und überschüttete ihn mit einer Flut von Versprechungen und zärtlichen Worten, während ihr geschmeidiger Körper sich auf ihm wand.

»O Gott, ja, bald ... Harriet!« stieß Patrick schließlich hervor, als er es vor Wollust nicht mehr auszuhalten glaubte. In diesem Moment hätte er fast alles versprochen.

»Du machst mich ja so glücklich«, seufzte sie und sah mit dem strahlenden Lächeln der Siegerin auf ihn hinunter, wie er sich aufbäumte.

Danach schaute Patrick ganz benommen zu ihr auf. »Du hast den Teufel im Leib, weißt du das?« sagte er atemlos und mit einem bitteren Nachgeschmack im Mund.

Sie lächelte. »Das machst nur du, Liebster«, versicherte sie. »Und so wird es von jetzt an immer mit uns sein. Am besten reden wir noch heute mit dem Reverend und ...«

Sie kam nicht dazu, den Satz zu beenden, denn in dem

Augenblick klopfte es. Mit unwilliger Stimme rief Harriet: »Ja, was ist?«

»Mister Simmons ist unten, Mrs. Corrigan«, sagte Becky.

»Na und? Er weiß doch, wo die Branntweinfässer hingehören. Sag ihm, daß ich noch je ein Zehn-Gallonen-Faß Rum und Port brauche.«

»Ja, Mrs. Corrigan, aber er läßt Ihnen ausrichten, daß Sie ihn erst für letzte Woche bezahlen müssen, bevor er auch nur ein Faß ablädt.«

Ärgerlich warf Harriet die Haare zurück und machte eine grimmige Miene. »Mißtrauischer alter Furz! Als ob ich ihm jemals auch nur einen lausigen Penny schuldig geblieben wäre!« rief sie zornig und glitt von Patrick. »Aber gut, sag ihm, ich komme!«

Patrick war über diese Störung mehr als dankbar, verbarg dies jedoch vor Harriet, die zur Waschkommode eilte und sich hastig wusch. Glücklicherweise war ihr Zorn auf den mißtrauischen Spirituosenhändler so groß, daß sie noch beim Ankleiden über die Unverschämtheit dieses Mannes wetterte.

»Wir reden nachher über unsere Hochzeit, ja? Ich bin ja so glücklich, daß mir nicht einmal einer wie Nick Simmons den Tag verderben kann«, sagte sie, gab ihm einen Kuß und eilte mit einem fröhlichen Summen auf den Lippen aus dem Zimmer und die Treppe hinunter in die Taverne.

Hochzeit?

Patrick sprang aus dem Bett. Er verspürte das dringende Bedürfnis, aus diesem engen Zimmer und an die frische Luft unter freiem Himmel zu kommen.

14

Er fand Abigail bei ihrem Pferd in dem windschiefen Stall, der zusammen mit einer nicht weniger reparaturbedürftigen Remise den schmalen Hinterhof der Taverne CROWN & ANCHOR umschloß. Oben an der Durchfahrt zur Straße stand noch immer das Fuhrwerk des Spirituosenhändlers.

»Hier also steckst du«, sagte Patrick. »Ich habe dich schon überall gesucht.«

Abigail striegelte das seidige Fell des Pferdes. Sie hielt inne. »Wirklich?« fragte sie mit spitzem Unterton und fuhr dann noch energischer als zuvor mit dem Striegeln fort. »Du hast mich gesucht? Na, wenn das nicht eine Überraschung ist.«

»Was soll denn das heißen?« fragte er gereizt. Es reichte ihm schon, daß Harriet ihn verrückt machte und unter Druck setzte. Da brauchte er nicht noch eine Abigail, die schlecht gelaunt war. »Welche Laus ist dir denn heute über die Leber gelaufen?«

»Komm mir nicht mit solch dummen Sprüchen. Allmählich hab ich genug«, fauchte sie ihn an, und noch immer kehrte sie ihm den Rücken zu.

Patrick machte ein verdutztes Gesicht. Dann trat er zu ihr und hielt ihre Hand, mit der sie den Striegel führte, fest.

»Laß mich los, Patrick O'Brien!«

Immer wenn sie ihn beim vollen Namen nannte, war das ein untrügliches Zeichen, daß sie nicht gut auf ihn zu sprechen war. Und er hatte das unangenehme Gefühl zu wissen, was sie ihm übelnahm.

»Würdest du mir bitte mal verraten, was heute in dich gefahren ist, Abigail Dixon?« revanchierte er sich mit einem Groll, der eigentlich gar nicht ihr galt. »Was bist du allmählich leid?«

Sie fuhr nun zu ihm herum und funkelte ihn wütend an.

»Daß wir nun schon seit anderthalb Monaten hier untätig herumsitzen und du noch immer keine Anstalten machst, endlich wieder mit mir weiterzuziehen!«
»Aber wir waren uns doch einig, es ruhiger angehen zu lassen und zu überlegen, wie unsere Zukunft aussehen soll. Ich meine, du wirst doch genausowenig wollen, daß wir wie die Zigeuner Jahr für Jahr …«
»Sechs Wochen an einem Fleck zu kleben, hat ja wohl mit es ruhiger angehen zu lassen nichts mehr zu tun«, fiel sie ihm ins Wort.
»Was regst du dich denn so auf, Abby? Uns geht es doch so gut wie noch nie«, versuchte er sie zu beruhigen. »Erinnere dich doch bloß, wie wir hier in Southampton vor anderthalb Jahren angefangen haben. Das war im KING'S ARM, wo wir Silberauge hereingelegt haben. Elf Shilling und zwei Pennies waren unsere Beute, und wir konnten unser Glück kaum fassen. Und jetzt machen wir im Schnitt mindestens das Doppelte.«
»Danke für die Erinnerung, aber ich leide noch nicht unter Gedächtnisschwund! Ich kann mich sehr gut an das KING'S ARMS erinnern. Nur scheint dir inzwischen der Schneid von damals abhanden gekommen zu sein.«
»Das ist doch dummes Zeug, Abby.«
»Dumm, nein geradezu lächerlich ist das, was du die letzten sechs Wochen treibst!« erwiderte sie heftig. »Du tändelst mit dieser Harriet Corrigan herum und merkst gar nicht, wie du dich zum Narren machst!«
Ihm stieg die Röte ins Gesicht. »Laß Harriet gefälligst aus dem Spiel!«
»Den Teufel werde ich tun! Du führst dich wie ein liebestoller Kater auf und merkst überhaupt nicht, wie sie dich um den kleinen Finger wickelt.«
»Abby, bitte …«

»Nein, jetzt hörst du mir mal zu, Patrick O'Brien!« rief sie erbost. »Ich habe nichts gesagt, als du, ohne mich groß zu fragen, beschlossen hast, unter dem Dach von Harriet Corrigan ›ein paar ruhige Tage einzulegen‹, denn das waren deine Worte, nicht wahr?« Und bissig fügte sie hinzu: »Obwohl man bei dem, was ihr beide da im Bett treibt, eigentlich kaum von ruhigen Tagen sprechen kann.«

Patricks Gesicht brannte, und er wußte nicht, was er in seiner Verlegenheit darauf erwidern sollte. Allein das Thema war ihm höchst peinlich.

»Aber offenbar hast du das dringend gebraucht«, fuhr Abigail sarkastisch fort, »und ich weiß ja aus reichhaltiger Erfahrung, wie schnell Männer ihren Verstand verlieren, wenn es *darum* geht. Aber ich habe nichts gesagt und gedacht, daß du schon wieder zur Vernunft kommen und dich auf das besinnen würdest, was wir einander versprochen haben. Ich habe mich auch nicht darüber beklagt, daß ihr mich in diese kleine Kammer unter dem Dach abgeschoben habt und daß du kaum noch Zeit für mich gehabt hast. Das kommt schon wieder, habe ich mir gesagt. Gib ihm noch ein, zwei Tage, und dann wird er schon begreifen, was für eine diese Harriet Corrigan ist, nämlich ein ganz berechnendes Ding, das dich wie eine Spinne einfangen und umgarnen will, bis du hilflos in ihrem Netz zappelst. Aber statt aus deiner lüsternen Blindheit aufzuwachen, gehst du ihr immer mehr auf den Leim.«

Patricks Ärger verwandelte sich in Betroffenheit und Scham. Ihm fiel es plötzlich wie Schuppen von den Augen, und ihm wurde klar, daß jedes Wort von ihr stimmte. Er hatte sie nicht nur sträflichst vernachlässigt, sondern sich wirklich von Harriet und ihrer raffinierten Liebeskunst einfangen und umgarnen lassen.

»Ich habe jetzt lange genug gewartet, Patrick«, sagte Abigail

und kämpfte mit den Tränen. »Mir reicht es. Ich habe mir meinen Anteil aus unserem Versteck unterm Dach geholt. Ich bleibe keinen Tag länger im CROWN & ANCHOR. Wenn sie dir mehr bedeutet ...« Sie zuckte hilflos mit den Schultern und wischte sich eine Träne aus dem Augenwinkel.
»Abby, bitte nicht!« Er zog sie in seine Arme, und sie gab einen Schluchzer von sich. Er holte tief Luft. »Du hast recht. Ich habe mich wirklich wie ein liebestoller Narr benommen. Und es tut mir leid, daß ich dich all die Wochen so vernachlässigt habe. Ich weiß auch nicht, was in mich gefahren ist.«
»Ich schon!«
Er lachte und strich ihr über den Kopf. »Ja, wir wissen es jetzt beide.« Und dann platzte es aus ihm heraus: »Harriet hat mir vorhin doch wahrlich keine Ruhe gelassen, bis ich ihr versprochen hatte, sie zu heiraten.«
Mit einer abrupten Bewegung drückte sich Abigail von seiner Brust ab. »Du willst sie heiraten?« stieß sie entsetzt hervor und wurde ganz blaß im Gesicht.
Patrick zog eine Grimasse, um seine Verlegenheit zu überspielen. Es war ihm peinlich, vor Abigail einzugestehen, daß ihn die Lust zu diesem Versprechen verleitet hatte. »Ach was, natürlich nicht. Ich habe das nur gesagt, um endlich meine Ruhe zu haben«, bemühte er sich, die Sache herunterzuspielen. »Ich denke doch nicht daran, mein Leben als Tavernenwirt in Southampton zu verbringen!«
Unendliche Erleichterung spiegelte sich in Abigails Augen und Zügen wider. Sie gab einen Stoßseufzer von sich, der aus tiefster Seele zu kommen schien. »Gott sei gedankt! Was hast du mir für einen Schrecken eingejagt.« Sie atmete tief durch und fragte dann hoffnungsvoll: »Heißt das, wir brechen bald auf?«
Patrick nickte. »Am besten packen wir unsere Sachen zusammen und machen uns noch heute aus dem Staub.«

»Ja!« rief Abigail, und das Knarren der Stalltür weiter oben ging in ihrem freudigen Ruf unter. »Aber zuerst müssen wir Josh zum Hufschmied zum Beschlagen bringen. Er braucht hinten neue Eisen.«
»Worauf warten wir dann noch? Bringen wir Josh zum Hufschmied! Inzwischen können wir uns ja schon überlegen, welche Richtung wir nachher einschlagen wollen«, sagte er und dachte, daß es ganz günstig war, erst gegen Mittag zur Taverne zurückzukehren. Denn dann wurde Harriet im Schankraum von den Mittagskunden vom nahen Markt in Anspruch genommen und würde nicht viel Zeit haben, um ihm eine lange Szene zu machen.
Abigail strahlte übers ganze Gesicht, als sie das Pferd aus dem Stall führten und sich auf den Weg zum Hufschmied machten.
Patrick bemerkte, daß das Fuhrwerk nicht mehr in der Einfahrt stand, und rechnete damit, daß Harriet jeden Moment aus der Tür treten und ihn nach ihrem Wohin fragen würde. Er war froh, als nichts dergleichen geschah, und so sehr er die Lust mit ihr auch genossen hatte, so erleichtert fühlte er sich jetzt doch, daß dieses Abenteuer ein Ende hatte, denn nichts anderes war es gewesen.
Das Ende kam jedoch anders, als er und Abigail es sich jemals erträumt hätten.

15

Eine Handvoll Münzen, die Patrick im Laufe der vergangenen Wochen Becky zugesteckt hatte und die zusammen kaum mehr als zwei Shilling ergaben, bewahrten ihn und Abigail vor dem Kerker.
Es war kurz nach ein Uhr, als sie vom Hufschmied in den

Hof der Taverne zurückkehrten. Sie hatten beschlossen, ihr Glück im Westen zu suchen und über Salisbury nach Bristol zu reisen.
»Du wartest besser hier, Abby«, sagte Patrick und reichte ihr die Zügel. Er wollte nicht, daß sie zugegen war, sollte es mit Harriet eine häßliche Szene mit bitteren Vorwürfen und Verwünschungen geben. »Ich hol nur schnell unsere Sachen. Es dauert bestimmt nicht . . .«
Ein Kieselstein schlug direkt vor seinen Stiefeln in den Sand des Hofes. Er war von oben gekommen. Jemand hatte nach ihnen geworfen. Patrick brach mitten im Satz ab, blickte nach oben und sah Becky in einem der kleinen Fenster unter dem Giebel. Sie fuchtelte mit den Armen, machte eine wilde Grimasse und formte mit den Lippen scheinbar überdeutlich Worte, als hätte sie die Stimme verloren und wollte, daß er ihr von den Lippen las.
Patrick begriff im ersten Moment nicht, was ihr merkwürdiges Verhalten bedeuten sollte. Was wollte Becky bloß von ihnen, und warum tat sie so, als ob sie stumm wäre? Wenn sie ihnen etwas zu sagen hatte, dann konnte sie es ihnen doch auch zurufen. Es sei denn . . .
Eine Gänsehaut überlief ihn. »Hier ist irgend etwas faul«, murmelte er.
Abigail sah ihn verständnislos an. »Was hast du?«
Er nahm ihr die Zügel ab, lenkte Josh in Richtung Hofeingang und setzte den Stiefel in den Steigbügel. »Hier stimmt etwas nicht«, raunte er ihr hastig zu. »Schau nicht nach oben, aber da ist Becky an einem Fenster und versucht uns vor irgend etwas zu warnen. Wir bleiben besser nicht, um herauszufinden, vor was, denn dann kann es schon zu spät sein. Am besten . . .«
Die Hintertür der Taverne flog auf, und ein kräftiger Mann mit einem buschigen Backenbart stürmte heraus. »Ja, das

sind sie, Constable!« rief er und wies mit ausgestrecktem Arm auf sie. »Das ist das Gaunerpaar!«
Patrick und Abigail erkannten ihn sofort. Es war der Wirt vom KING'S ARMS. Drei Polizisten stürzten hinter dem Mann aus dem CROWN & ANCHOR, und Harriet erschien in der Tür, ein hämisches Lächeln auf den Lippen.
Mit einem Satz war Patrick im Sattel. Abigail packte seinen Gürtel und zog sich hinter Patrick auf den Pferderücken. Sie klammerte sich an ihn, während er Josh die Hacken in die Flanken rammte und ihn fast aus dem Stand heraus zum Galoppieren brachte.
Schreie schallten in wilder Disharmonie über den Hof. Patricks Schreie waren die lautesten und schrillsten. Er wußte, daß es um Leben und Tod ging. Für das, was sie getan hatten, konnten sie unter Umständen am Galgen landen. Und womöglich war der Strick noch gnädiger als fünfzehn Jahre Kerker oder Verbannung in die Sträflingskolonie. Nein, lebend wollte er ihnen nicht in die Hände fallen.
Über den Hals des Pferdes gebeugt und es mit den Zügelenden peitschend, jagte er auf die drei Polizisten und den Wirt zu, die ihm den Weg versperren wollten. Er war entschlossen, sie über den Haufen zu reiten, wenn sie ihnen nicht Platz machten. Er sah ihre drohenden Mienen und Münder, die ihm etwas zuriefen, doch er hörte nur seinen eigenen gellenden Schrei und das Hämmern seines Herzens.
Die Männer sprangen im letzten Moment zur Seite. Aus dem Augenwinkel sah Patrick das wütende Gesicht von Harriet, dann waren sie auch schon an ihnen vorbei.
Sie ritten auf der Straße nach Salisbury aus der Stadt. Um etwaige Verfolger abzuschütteln, die in dieser Richtung nach ihnen suchen würden, schlugen sie dann jedoch einen weiten nordöstlichen Bogen um Southampton und folgten

schließlich der Küstenstraße nach Süden. Es war schon dunkel, als sie in Portsmouth eintrafen. Und so düster wie die Nacht war auch ihre Stimmung.
Sie hatten nicht nur all ihre Habseligkeiten, sondern auch zwei Drittel ihrer Barschaft verloren. Und wenn Abigail nicht den Teil des Geldes, den sie für ihren gerechten Anteil gehalten hatte, an sich genommen hätte, hätten sie jetzt nur ein paar Münzen in der Tasche gehabt.
Patrick bestand dennoch darauf, daß sie in einem respektablen Gasthof abstiegen, und dieser Anforderung wurde der MERMAID INN allemal gerecht, auch wenn er im Hafenviertel lag.
Niedergeschlagen saßen sie im Schankraum und stocherten ohne Appetit in ihrem Essen herum. Patrick machte sich bittere Vorwürfe. Er hatte sich mehr als nur zum Narren gemacht, als er sich mit Harriet eingelassen hatte. Fast wäre dieses Liebesabenteuer ihnen beiden zum Verhängnis geworden. Es war ihm rätselhaft, wie Harriet herausgefunden hatte, womit sie sich ihren Lebensunterhalt verdienten. Er hatte auf dem langen, schweigsamen Ritt viel Zeit gehabt, darüber nachzudenken, und war zu dem Ergebnis gekommen, daß Harriet sie im Stall belauscht haben mußte. Das war die einzige Möglichkeit gewesen, wie sie von seiner Absicht, sie nicht zu heiraten, sondern sich mit Abby aus dem Staub zu machen, und vom KING'S ARMS hatte erfahren können – und daß sie Geld in Abbys Dachkammer versteckt hatten. Zweifellos hatte sie das Versteck gefunden. Wenn man wußte, wo man zu suchen hatte, wurde man auch früher oder später fündig. Und das viele Geld hatte sie vermutlich auf die Idee gebracht, sich wenigstens damit zu trösten, wenn er schon nicht bereit war, sie zu heiraten.
Patrick schlug sich in dumpfem, ohnmächtigem Zorn auf sich selbst mit der Faust gegen die Stirn. »Ich Narr! Ich

gottverdammter Narr! Jetzt haben wir fast alles verloren, wofür wir über ein Jahr lang Kopf und Kragen riskiert haben. Und das nur, weil ich einem Weiberrock nicht widerstehen konnte.«

Abigail schob ihren Teller beiseite und berührte sanft seine Hand. »Du darfst dir keine Vorwürfe machen«, sagte sie wider besseres Wissen. »Niemand hat ahnen können, daß sie so etwas Hinterhältiges tun würde.«

»Nein, nein, ich habe allen Grund, mir Vorwürfe zu machen«, erwiderte er zerknirscht.

»Es war schlicht und einfach Pech, Pat. So etwas kann jedem mal passieren.«

»Vielleicht haben wir auch zu lange Zeit zuviel Glück gehabt«, murmelte er düster. »Irgendwann hat es mit unserem Glück einmal ein Ende. Der Krug geht so lange zum Brunnen, bis er bricht. Was meinst du, wie viele Risse der Henkel unseres Glücks schon hat? Wie lange werden wir noch um Haaresbreite mit heiler Haut davonkommen? Die nächsten Wintermonate? Das ganze nächste Jahr? Oder ist die Sanduhr unseres Glücks vielleicht schon morgen oder nächste Woche durchgelaufen?«

Abigail schwieg.

Und während sie in bedrücktem Schweigen dasaßen, hörten sie, wie der gutgekleidete, kleinwüchsige Mann am Nachbartisch zu seinem Gegenüber, einem kräftigen, breitschultrigen Burschen, der vom Alter her sein Sohn hätte sein können, mit großem Bedauern sagte: »Sie sollten es sich noch einmal gut überlegen, Jackson. Die ALBION läuft morgen aus, und wenn Sie ein kluger Mann sind und aus Ihrer Zukunft etwas machen wollen, dann packen Sie die Gelegenheit beim Schopfe und wandern nach Südafrika aus.«

»Das sagen Sie so leicht, Mr. Armstrong«, erwiderte der

Mann, den der Kleinwüchsige mit Jackson angesprochen hatte. »Sie bleiben ja auch hier.«
»Ich werde nächstes Jahr fünfzig. Wäre ich auch nur zehn Jahre jünger, würde ich nicht zögern, England zu verlassen und ein neues Leben in unserer Kolonie am Kap zu beginnen«, versicherte Armstrong. »Dort kann ein Mann, der Arbeit nicht scheut, sich sein eigenes Reich schaffen. In unserer Kapkolonie gibt es so viel freies, fruchtbares Land, das man sich nur zu nehmen braucht. Wer hier zwanzig Morgen sein eigen nennt, der darf sich glücklich schätzen, nicht wahr?«
Jackson nickte.
Armstrong lachte fröhlich. »Am Kap gibt sich nicht einmal der kleinste Farmer mit zwanzig Morgen zufrieden. Er nimmt sich, was er braucht. Da unten mißt man Farmen nicht in zwanzig oder hundert, sondern in tausend, zweitausend und mehr Morgen.«
»Aber es gibt dort wilde Tiere«, wandte Jackson ein.
»Die Wildnis ist ein Geschenk der Natur, mein Freund. Sie garantiert ja gerade dem mutigen Siedler und Farmer, daß er unter der afrikanischen Sonne sein eigener Herr sein und für lächerlich wenig Geld ganz leicht in den Besitz von großen Ländereien gelangen kann, Ländereien, bei denen sogar die hiesigen Großgrundbesitzer vor Neid erblassen würden.«
»Und warum wandern die feinen Herren dann nicht zum Kap aus?« fragte Jackson mißtrauisch.
»Oh, aus etlichen Gründen, nehme ich an. Etwa weil sie es nicht nötig haben. Weil sie sich nicht die Hände schmutzig machen wollen, mein Bester, und weil sie nicht scharf darauf sind, eine Wildnis zu kultivieren. Aber ich weiß von vielen Offizieren aus bescheiden begüterten Familien, die klug genug sind, sich dort anzusiedeln und sich die einmaligen

Chancen, die einem tatkräftigen Menschen am Kap winken, nicht entgehen zu lassen.«

»Das klingt ja alles sehr verlockend, Mr. Armstrong, aber jetzt, da meine Frau schwanger ist ...« Jackson schüttelte den Kopf. »Nein, ich glaube, wir bleiben doch besser hier in England. Da wissen wir, was uns erwartet.«

»Eine bedeutend weniger rosige Zukunft, wenn Sie mir diese Bemerkung erlauben, Jackson.«

»Vielleicht ... aber danke, daß Sie sich so bemüht haben.« Damit erhob er sich, nahm Mütze und Mantel und ging in die Nacht hinaus.

Patrick und Abigail hatten mit wachsendem Interesse dem Gespräch der beiden Männer gelauscht. Und sie hatten beide denselben verrückten Einfall.

»Auswandern?« fragte Abigail, als könnte sie Patricks Gedanken lesen. »Ist das die Lösung?«

»Ich weiß nicht, doch so können wir nicht bis ans Ende unserer Tage leben, und es wäre mit Sicherheit ein sehr kurzes Leben«, antwortete er gedämpft. »Aber wenn das mit dem Auswandern und den Möglichkeiten in Südafrika wirklich stimmt, mein Gott, das wäre ein Wink des Schicksals. Fruchtbares Land, soviel man will. Eine eigene Farm!«

»Wenn man bloß mehr über dieses Südafrika und diese Kolonie am Kap wüßte.«

»Warum fragen wir ihn nicht?« schlug Patrick vor, nahm sich ein Herz und sprach Mr. Armstrong an.

Bereitwillig setzte sich dieser zu ihnen an den Tisch. Patrick stellte Abigail als seine Halbschwester vor und orderte bei der Bedienung Port, ehe er Mr. Armstrong bat, ihnen alles über Südafrika und die Möglichkeiten zu erzählen, die ein einfacher Mann, der eine bescheidene Erbschaft gemacht hatte, dort vorfand.

»Ich sage nicht, daß die Kapkolonie das Paradies auf Erden

und ohne Fehl und Tadel ist, aber es ist ohne Zweifel ein Land der Verheißung, wo ein Mann, der Mühe und Arbeit nicht scheut, etwas werden kann«, versicherte er. »Und es ist ein Land, in dem fast immer die Sonne scheint.«
»Ich habe noch nie gehört, daß wir im Süden von Afrika eine Kolonie haben«, sagte Patrick.
Philipp Armstrong, wie sein Name lautete, nickte mit einem stolzen Lächeln. »Wir haben sie den Holländern auch erst vor gut drei Jahren, im Januar 1806, abgenommen und unserem Empire zugefügt. Und diesmal für immer. Der Union Jack wehte nämlich schon mal am Kap. Das war in den Jahren von 1795 bis 1802. Es war ein schwerer Fehler, die Kolonie in dem Vertrag von Amiens wieder den Holländern zurückzugeben, das hat unsere Regierung, Gott sei Dank, vier Jahre später erkannt. Die Kolonie ist schon aus militärischen Gründen viel zu wichtig, als daß wir sie jemals wieder hergeben würden. Denn wer das Kap besitzt, der kontrolliert einen der wichtigsten Seewege zwischen der westlichen und der östlichen Welt. Nein, diesmal wird die Kapkolonie britisch bleiben. Und weil dem so ist, unterstützt der Graf von Caledon, unser erster Zivilgouverneur am Kap, alle Bestrebungen, mehr und mehr Auswanderer in dieser alten und doch neuen Perle der Krone unseres Empires anzusiedeln.«
In den leuchtendsten Farben schilderte ihnen Philipp Armstrong nun das Leben und die Chancen, die ihrer in der südafrikanischen Kolonie harrten. Er erzählte ihnen, daß all die niederen Arbeiten von Hottentotten und anderen Schwarzen geleistet wurden und ein weißer Mann schon allein wegen seiner Hautfarbe ein Herr war.
Patrick war ganz in seinem Bann. Sein eigener Herr sein! Eine Farm von mehreren tausend Morgen Land, das er sich bloß zu nehmen brauchte! Eine bisher noch nicht gekannte

Erregung ergriff von ihm Besitz. War dies die Chance, nach der er gesucht hatte und die ihrem Leben einen Sinn geben würde? Und wie sehr verlangte es ihn nach einem Leben, dessen sie sich nicht zu schämen brauchten und das frei war von der Rastlosigkeit der letzten zwei Jahre sowie der allgegenwärtigen Angst, vom Glück verlassen und eingekerkert zu werden.

Sie redeten bis tief in die Nacht, und Philipp Armstrong spielte die Tatsache, daß er Schiffsagent der Reederei war, unter deren Flagge auch die ALBION zum Kap segelte, geschickt herunter.

»Ich verdiene meinen Lebensunterhalt nicht damit, daß ich Passagen vermittle«, versicherte er. »Ich mache mein Geld mit der Ladung eines Schiffes. Aber überlegt es euch gut. Die Kabine der Jacksons ist überraschend frei geworden, und da die ALBION morgen nachmittag mit der Flut schon ausläuft, kann ich euch einen sehr günstigen Preis machen. Und jetzt muß ich ins Bett. Ihr wißt ja, wo ihr mich finden könnt. Mein Kontor ist gleich um die Ecke.«

Abigail und Patrick redeten noch bis in den Morgen, ob sie es wagen sollten. Ihr Geld reichte für die Überfahrt und das, was sie noch kaufen mußten, denn außer den Sachen, die sie am Leib trugen, war ihnen von ihren Habseligkeiten ja nichts geblieben.

»Laß es uns wagen«, sagte Abigail schließlich, denn sie spürte, daß er mit Rücksicht auf sie zögerte. »Ich sehe dir doch an, daß du von der Idee, in dieses fremde Land auszuwandern, ganz begeistert bist. Du möchtest deine Farm ...«

»Abby, das allein ist kein Grund!« wandte er halbherzig ein. »Nur wenn du ...«

Sie legte ihm ihre Hand auf die Lippen. »Als wir vor anderthalb Jahren in Southampton unsere erste große Entscheidung treffen mußten, wie unser Leben weitergehen sollte, hast du getan, was *ich* wollte. Jetzt werden wir tun, was du möchtest, nämlich mit der ALBION ans Kap segeln.«

Patrick strahlte sie an, war jedoch nicht ohne Sorge. »Und du hast wirklich keine Angst, hundert Tage und mehr auf See zu sein und siebentausend Meilen ans andere Ende der Welt zu segeln?«

Sie verzog das Gesicht zu einer Grimasse. »Ich habe eine Heidenangst, und vermutlich werde ich tausend Tode sterben. Aber das hat nichts zu sagen. Hauptsache, wir sind zusammen. Wohin es auch immer geht, wir bleiben zusammen, das haben wir uns doch geschworen, nicht wahr?«

Er schenkte ihr ein warmherziges, dankbares Lächeln. »Ja, und den Schwur halten wir auch«, sagte er, in Gedanken schon an jener fernen Küste der Verheißung, zu der sie in wenigen Stunden aufbrechen würden – zu einem neuen Leben.

Afrika!

TEIL II

Karawane des Glaubens

16

An einem klaren, heißen Sommertag im Februar, nach hundertvier Tagen auf See, lief die ALBION, gegen eine steife Brise aus Südost kreuzend, in die Tafelbucht ein. Die Wellen trugen kleine weiße Schaumkronen. Der Wind führte den Duft von warmer Erde und exotischen Blumen mit sich. Es war der Geruch des schwarzen Kontinents.

»Der Tafelberg! ... Sieh doch nur, Patrick!« rief Abigail aufgeregt und stürzte an die Steuerbordreling, als fürchtete sie, das Bild der fremden Küste an der Spitze Afrikas könnte im nächsten Moment wieder hinter den endlosen Wellenbergen der See verschwinden. »Da ist es! ... Kapstadt! Und hinter dieser Landzunge ist der Indische Ozean!«

Vor ihnen, jenseits der weiten, tiefblauen Bucht, wuchs eine Bergkette aus grauem Granit empor, deren Spitzen Namen wie Devil's Peak und Lion's Head trugen. Doch ganz unverwechselbar und ins Auge fallend war der Tafelberg, der tatsächlich flach wie ein Tisch aussah. Als der Südost abflaute, schien es so, als hätte der Wind eine Decke aus Wolken über den Berg ausgebreitet. Und zu Füßen dieser mächtigen Granitfelsen lag, wie im Halbrund eines von der Natur geschaffenen Amphitheaters, das Herz der Kapkolonie – Kapstadt, 1652 von der VERENIGDE OST-INDISCHE COMPAGNIE der Holländer gegründet. Die weißen Häuser mit ihren Gärten sowie die Felder und Obstplantagen rund um die Stadt hoben sich deutlich von den karg bewachsenen Bergen in ihrem Rücken ab. Die Groote Kerk, eine Kirche mit einem hohen Glockenturm, und das trutzige gezackte

Sechseck des Kastells, aus dem grauen Granit der umliegenden Berge errichtet, nahmen zuallererst klare Konturen an.
»Was für eine freundliche und helle Stadt!« rief Abigail begeistert. »Und riechst du diesen Duft, der in der Luft liegt? O Patrick, wir sind da! Wir sind in Afrika!«
Patrick wußte nicht, welche Empfindungen in ihm stärker waren: die unsägliche Erleichterung, nach mehr als drei Monaten Überfahrt endlich das Ziel erreicht zu haben, und die Dankbarkeit, der erdrückenden Enge des Segelschiffes in wenigen Stunden entrinnen und mit der Weite und Vertrautheit festen Landes vertauschen zu können, oder das Staunen über die exotische Schönheit dieses fremden Ortes.
Seine Erleichterung hätte auf jeden Fall kaum größer sein können. Schiffsplanken waren seine Welt mit Sicherheit nicht. Um das herauszufinden, hatte es nicht einmal der gelegentlichen Stürme bedurft, in die sie mit der ALBION geraten waren. Auch bei gutem Segelwetter hatte er stets ein leichtes Gefühl des Unwohlseins. Ob es nun die räumliche Enge, die rollenden Bewegungen des Schiffes, die erschreckende Weite der See oder das sehr distanzierte Verhalten der anderen Passagiere gewesen war, wußte er nicht zu sagen. Vermutlich war da vieles zusammengekommen.
»Wie habe ich diesen Tag, nein ... diesen Augenblick herbeigesehnt!« gestand Patrick, als sie von Bord gingen und er Land betrat. »Endlich wieder festen Boden unter den Füßen!«
Abigail lachte. »Na, so schlimm war es doch gar nicht.«
»Es war schlimm genug.«
»Ja, aber nicht die Überfahrt als solche, sondern diese beiden arroganten Offiziere, die zu ihren Regimentern nach Indien zurückkehren, der Tuchhändler und der feiste Kaufmann mit seiner hochnäsigen Frau. Ihre Gesellschaft so

lange ertragen zu müssen, ist schon eine arge Plage gewesen.«
Patrick schulterte seinen Seesack, der ihre wenigen Habseligkeiten enthielt, beschämend wenig, wie man sie hatte spüren lassen. »Das haben sie über uns bestimmt auch gesagt und sich bei jeder Mahlzeit gewünscht, uns zu den Seeleuten ins Vorschiff oder ins Zwischendeck verbannen zu können.«
»Dafür war Mr. Dooney sehr nett.«
Widerstrebend pflichtete Patrick ihr bei. Charles Dooney, ein attraktiver Mann um die Dreißig, der eine bescheidene Erbschaft gemacht hatte und dieses Geld in der Kapkolonie in ein Vermögen verwandeln wollte, hatte sie als einziger mit Freundlichkeit behandelt. Patrick hegte jedoch von Anfang an die Vermutung, daß diese Freundlichkeit mehr Abigail als ihm galt. Ihr unkompliziertes, selbstbewußtes Wesen, ihr Lächeln und das Strahlen ihrer Augen hatten es ihm sichtlich angetan, das hatte er den verstohlenen Blicken, die Charles Dooney ihr immer wieder zugeworfen hatte, eindeutig entnehmen können.
»Ja, Mr. Dooney war wirklich sehr nett und aufmerksam – ganz besonders zu dir«, konnte sich Patrick nicht verkneifen zu sagen. »Wäre er uns vor anderthalb Jahren in irgendeinem Gasthof begegnet, wäre er uns im Handumdrehen auf den Leim gegangen, und wir hätten ihn um einen kleinen Teil seiner Erbschaft erleichtert.«
Abigail errötete. »Ihm so etwas zu unterstellen, ist nicht fair, nachdem er so freundlich zu uns war!« protestierte sie.
»Du hast recht – und ich auch.«
»Mr. Dooney hat nichts getan oder gesagt, was man ihm vorwerfen könnte«, bekräftigte sie und fügte hinzu: »Außerdem bin ich kein kleines Mädchen mehr! Und es ist keinem Mann verboten, das zur Kenntnis zu nehmen, Patrick O'Brien!«

Das stimmte, wie Patrick insgeheim zugeben mußte. Abigail wurde im Mai sechzehn, sah jedoch älter aus. Und die Kabine mit ihr, seiner angeblichen Halbschwester, zu teilen, war nicht immer leicht für ihn gewesen. Oftmals hatte er sich für Gedanken, Träume und Gefühle geschämt, die ganz und gar nicht brüderlicher Natur waren.
Er lachte etwas verlegen. »Also gut, kein schlechtes Wort mehr über Mr. Dooney«, versprach er und wechselte das Thema. »Suchen wir uns erst einmal eine anständige Herberge für die nächsten Tage.«
Auf dem Kai herrschte ein geschäftiges Treiben. Gepäckträger, Straßenhändler und Kutscher mit ihren Droschken standen bereit, um jeder auf seine Weise von der Ankunft der ALBION zu profitieren. Und nicht einer von ihnen war ein Weißer. Es waren Malaien und Hottentotten, deren Hautfarbe alle Schattierungen von Kaffeebraun bis Pechschwarz aufwies. Es war ein ungewohntes Bild für Patrick und Abigail.
»Ob das alles Sklaven sind?« fragte Abigail gedämpft, nachdem Patrick sich einer ganzen Horde von barfüßigen braunen Gestalten erwehrt hatte, die seinen Seesack hatten tragen wollen.
»Das ist anzunehmen. Aber du hast ja von Captain Saunders gehört, daß viele Malaien und Hottentotten gar nicht bei ihrem Herrn wohnen und auf eigene Rechnung arbeiten. Sie sehen ihren Herrn nur einmal die Woche, wenn sie ihm seinen Anteil an ihren Einkünften bringen«, sagte Patrick.
Der Bootsmann der ALBION hatte ihnen die Namen von einigen Herbergen genannt, die preiswert waren und ihren Bedürfnissen entsprachen. Sie machten sich nun auf den Weg, diese Gasthöfe zu suchen und in Augenschein zu nehmen.
Nachdem sie den Kai und die Lagerhallen am Hafen hinter

sich gelassen hatten, sahen sie zu ihrer Linken das mächtige Fort und rechts davon einen großen, freien Platz, der Grand Parade hieß und von einer herrlichen Allee hoher Bäume umschlossen wurde. Sie überquerten den Paradeplatz, der an seiner westlichen und der Stadt zugewandten Längsseite an die Keizersgracht grenzte. In einem rechten Winkel davon verlief die berühmte Heerengracht. Sie führte mitten in die Stadt, vorbei an der Groote Kerk und zu den weitläufigen Parkanlagen, die noch zur Blütezeit der holländischen OST-INDISCHEN COMPAGNIE angelegt worden waren. Dort befand sich auch die stattliche Residenz des Gouverneurs.

Patrick und Abigail waren nicht in Eile. Es war noch früh am Tag, und es gab so vieles, was ihre Aufmerksamkeit und ihr Staunen erregte. Kapstadt war mit keinem Ort vergleichbar, den sie auf ihren rastlosen Streifzügen durch England kennengelernt hatten. Die Häuser waren überwiegend einstöckige Bauten, meist aus Lehm auf Flechtwerk errichtet, fast ohne Ausnahme weiß gekalkt, mit Reet gedeckt und von schwungvollen Giebeln gekrönt, die nicht nur häufig mit aufwendigen Ornamenten verziert waren, sondern auch noch ein, zwei Sprossenfenster besaßen und damit auf kleine Kammern unter dem Dach hinwiesen. Zudem gehörte zu beinahe jedem Haus nicht nur ein Garten, sondern auch eine Art Veranda, von den Einheimischen *stoep* genannt, zu der mehrere Stufen hinaufführten.

Auf den Straßen schienen alle Rassen vertreten zu sein. Da balancierten farbenfroh gekleidete Hottentottenfrauen flache Weidenkörbe voll Obst und Gemüse auf dem Kopf, flochten hellhäutige Malaien Schilfmatten unter dem schattigen Vordach einer offenen Werkstatt, luden dunkle Neger aus Angola und Mosambik Fässer von einem klobigen Fuhrwerk mit acht vorgespannten Ochsen, schoben Turban tragende indische Straßenhändler Handkarren mit frischem

Fisch durch die Straßen und gingen gutgekleidete weiße Männer und Frauen, letztere zumeist mit einem haubenähnlichen *kappie*, einem spitzenverzierten weißen Schutenhut, auf dem Kopf, ihres Weges. Als sie in die Waale Straat einbogen, begegnete ihnen eine Abteilung Dragoner, und vor einem Kaffeehaus stand eine Gruppe plaudernder Offiziere, deren Regimenter in Indien stationiert waren und die auf ihrem Weg von oder nach England fast ausnahmslos einige Wochen oder gar Monate in Kapstadt verbrachten, weil hier ein Klima herrschte, das unter den Soldaten als das angenehmste im ganzen britischen Empire galt.
Abigail und Patrick wußten nicht, wohin sie zuerst schauen sollten. Eine verwirrende Flut bunter Eindrücke stürzte auf sie ein. Fast zögernd, als fürchteten sie, in dieser ihnen noch so fremden Welt einen falschen Schritt zu tun, gingen sie durch die Straßen, auf der Ziegen frei herumliefen und Hunde an jeder Ecke an schattigen Plätzen den Sommertag verdösten.
Und dann erst die Vegetation, die so fremd und exotisch war wie alles andere in Kapstadt. Zum erstenmal in ihrem Leben sahen sie Palmen, deren Wedel im Wind raschelten, und Eukalyptusbäume mit ihrer rissigen grauen Borke und ihrem immergrünen Blätterkleid, das einen wunderbaren, intensiven Duft verströmte. Das gleiche galt für Jasmin und Jakaranda, Bougainvillea und Oleander und viele andere exotische Sträucher und Blumen, deren Namen sie noch nicht kannten.
»Ist das nicht wunderbar?« rief Abigail in staunender Verzückung, als sie an einer mannshohen Hecke entlanggingen, die von violetten Blüten übersät war und die Luft mit einem süßen Duft erfüllte.
»Ein Botaniker kommt hier bestimmt mehr auf seine Kosten als in den Cotswold Hills«, erwiderte er lachend und wun-

derte sich in diesem Moment über die Launen des Schicksals, das ihn und Abigail an die Südspitze Afrikas verschlagen hatte. Es kam ihm noch unwirklich vor, daß wahrhaftig er es war, der hier an diesem fremden Ort durch die Straßen ging, er, der zweite Gehilfe eines Wildhüters, der vor zweieinhalb Jahren nicht einmal im Traum daran gedacht hätte, daß er jemals über die Grenzen von Harland County hinauskommen würde.

Abigail drückte seinen Arm in einer plötzlichen Gefühlsaufwallung. »Ich bin so froh, daß wir diesen mutigen Schritt gewagt haben. Ich spüre, daß wir nichts Besseres hätten tun können.«

»Ich hoffe auch, daß es richtig war«, erwiderte er mit der ihm eigenen Zurückhaltung in solchen Dingen. »Die Zukunft wird es zweifellos zeigen.«

Kurz darauf gelangten sie in die Dorp Straat, in der sich eine der vom Bootsmann empfohlenen Herbergen befand. Sie hatte den schlichten Namen WILLEM BERG'S CANTEEN. Es war ein langgestrecktes, schmales Gebäude mit einem sehr kunstvollen Giebel in der Mitte der Vorderfront. Die stark geschwungenen Außenkanten des Giebels, der oben in seiner Spitze in eine stilisierte Muschel mündete, sollten offenbar Wellen symbolisieren. Denn über den beiden Fenstern desselben fanden sich weitere geschwungene Verzierungen, auf denen sich Meerjungfrauen mit hübschen Brüsten räkelten. Die Jahreszahl 1717 im Giebel verriet, daß dieses Haus vor fast hundert Jahren gebaut worden war.

Das Zimmer, das ihnen der Wirt anbieten konnte, war klein, recht warm und sparsam möbliert, bekam durch das Giebelfenster jedoch viel Licht und war sauber. Und am Preis ließ sich auch nichts aussetzen.

»Gut, wir nehmen es«, sagte Patrick. »Erst einmal für eine Woche. Dann sehen wir weiter.«

»Soll mir mehr als recht sein, wenn Sie länger bei mir logieren wollen«, erwiderte der Wirt zufrieden, der den Eindruck eines aufrechten, verläßlichen Mannes machte.
Ein Hottentottendiener trug ihnen wenig später den Seesack in ihre Kammer unter dem Strohdach. Als Patrick ihm einen halben Penny in die Hand drückte, hörte er zum erstenmal das holländische Wort, mit dem ein Weißer in diesem Land am Kap von schwarzen Bediensteten und Arbeitern respektvoll angeredet wurde: »Danke, *baas!*«
Baas – das bedeutete Herr, wie Patrick erfuhr. Es war das erstemal in seinem Leben, daß jemand in ihm einen Herrn sah. Was für ein langer Weg doch hinter ihm lag, seit Lord Harland ihn geächtet und aus den Cotswold Hills vertrieben hatte, und nicht nur wegen der siebentausend Meilen, die England und das Kap trennten.

17

Ihre erste Woche in der Kapkolonie verging so rasch, wie das Tageslicht an einem trüben Novembertag in den Wäldern am Three Fox Brook dahinschwand. Es gab so viel Neues, womit sie sich vertraut machen mußten und was sie in Erstaunen versetzte, daß Zeit für sie vorübergehend zu einem Begriff wurde, den sie weniger in Stunden als danach maßen, wann und wo sie welche Erfahrung gemacht hatten.
Zuerst einmal war da die Konfusion mit dem Geld. Zwar wehte der Union Jack schon im vierten Jahr über dem Fort und der Residenz von Gouverneur Graf von Caledon, und man hätte meinen können, daß seit Januar 1806 Zeit genug ins Land gegangen war, um auch in diesem neuen Teil des britischen Empires das Pfund Sterling nicht nur theoretisch, sondern auch faktisch zur neuen Währung zu machen.

Doch dem war ganz und gar nicht so. Es kursierte nur sehr wenig britisches Geld in der Kolonie, und noch immer war der gute alte Rixdollar die Währung, nach der sich alle richteten, auch die Regierung. Im Februar 1809 erhielt Patrick für knapp vier Shilling einen Rixdollar. Damit war es jedoch nicht getan, denn außer Rixdollar und britischer Währung befanden sich noch Münzen aus zahlreichen anderen Ländern in Umlauf, so aus den abgefallenen amerikanischen Kolonien, die von den Besatzungen der Kauffahrer und Walfänger ins Land gebracht wurden, sowie aus Spanien, Brasilien, Mexiko und Indien. Und je nach ihrem Gold- und Silbergehalt, den offenbar jeder außer ihnen genau zu benennen wußte, wurden diese Münzen für soundsoviel Rixdollar in Zahlung genommen und als Wechselgeld gehandelt.
Bei jedem Shilling, den sie in den ersten Tagen ausgaben, war Patrick voller Mißtrauen. Und wann immer er Wechselgeld in einer ihm unbekannten Währung erhielt, bedachte er sein Gegenüber vorsorglich mit einem scharfen, finsteren Blick, als wäre er sehr gut mit den Wechselkursen vertraut und hätte ihn sofort dabei ertappt, wie er ihn zu übervorteilen versuchte.
»Zählen Sie besser noch einmal genau nach, Mister!« pflegte er dann drohend zu sagen, die Münzen wie anklagend in der ausgestreckten Hand. Und wenn die meisten Händler und Verkäufer nach einem ersten irritierten Blick auch versicherten, auf den Penny genau herausgegeben zu haben, machten sie doch zweimal die Erfahrung, daß der Mann sich tatsächlich ertappt fühlte, hastig noch eine Münze nachlegte und sich für das angebliche Versehen entschuldigte. Sie verdankten es schließlich den geduldigen Erklärungen von Willem Berg, ihrem Wirt, daß sie den Wert einer Münze nach einigen Tagen einigermaßen einzuordnen wußten.

»Hier braucht man gar nichts zu kaufen, um sein Geld loszuwerden. Man kann schon allein durch Wechseln arm werden«, sagte Patrick einmal grimmig.
Aber das war nur eine der vielen neuen Erfahrungen, die sie in dieser Woche sammelten. In der Kolonie war ja einfach alles anders, angefangen beim Wetter und den Jahreszeiten, die auf der südlichen Halbkugel genau entgegengesetzt zu denen auf der nördlichen Hälfte verliefen und den Februar zu einem heißen Sommermonat machten, über die Speisen, welche durch die Tradition der holländischen Gewürzhändler vom Kap durchweg einen ungewohnt pikanten und exotischen Geschmack hatten, bis hin zur Sprache. Sogar das Englisch der Briten war stark mit Wörtern aus dem Holländischen und aus den Dialekten der Bantus durchsetzt. Daß *mielies* Mais, *boerewors* Bauernwurst, *bredie* Hammelragout und *biltong* getrocknetes Fleisch bedeutete, lernten sie schnell, weil sie diese Gerichte oft zu essen bekamen. Vieles andere gab ihnen dagegen Rätsel auf.
Verwirrend war für Patrick und Abigail auch, daß die von Holland stammenden Weißen sich zwar alle *burgher* nannten, je nach ihrem Wohnort und ihrer Tätigkeit sich aber als Holländer, Buren oder Treckburen bezeichneten. Einige nannten sich sogar Afrikaander.
Willem Berg versuchte ihnen das Durcheinander zu erklären. »Als die einzig wahren Holländer empfinden sich alle, die gerade frisch aus Holland kommen, aber auch alle diejenigen, die von holländischer Abstammung sind *und* in Kapstadt leben, auch wenn ihre Vorfahren schon vor vielen Generationen ausgewandert sind. Ich denke, das ist der ganz besondere Snobismus von uns Kapstädtern«, räumte er freimütig ein.
»Und was ist mit den Buren?« wollte Abigail wissen.
»Ein Bure, ein *boer,* ist eigentlich nichts weiter als ein Far-

mer«, fuhr der Wirt fort. »Doch mittlerweile bezeichnen wir so alle Landsleute holländischer Herkunft, die im Hinterland der Kolonie siedeln, ganz gleich, ob sie nun Farmer, Viehzüchter oder Handwerker sind. Treckburen sind dagegen alles andere als Farmer. Das sind die rastlosen Vagabunden unserer Kolonie. Sie kümmern sich einen Dreck um die Grenzen und die Dekrete der Kolonialverwaltung, die jedem weißen Siedler zu verbieten versuchen, die festgelegten Grenzen zu überschreiten und im Land der Kaffern zu siedeln. Die Treckburen sind Viehzüchter, die schon seit vielen Generationen mit ihren Familien und Herden jahrelang auf sich allein gestellt irgendwo in der Wildnis leben, sich in allem selbst versorgen und von einer guten Weide zur anderen ziehen. Sie sind ein extrem selbstbewußter und freiheitsliebender Menschenschlag. Sie haben da draußen auf dem *veld,* wie wir die freie Natur bezeichnen, das *lekker lewe* gefunden.«

»Das ›leckere Leben‹?«

Der Wirt nickte schmunzelnd. »Ja, so sehen sie es jedenfalls. Freiheitsliebe, Abenteuerlust und die immer neue Hoffnung, hinter diesen oder jenen Bergzügen ein Tal oder eine Ebene mit noch besseren Weidegründen für ihr Vieh zu finden, treibt sie ruhelos umher. Daß der Great Fish River im Osten unsere Grenze zu den Kaffern und von allen dementsprechend respektiert sein soll, ignorieren sie wie eine Kuh eine Fliege auf ihrem Schwanz.«

»Warum ist die Verwaltung denn so darauf bedacht, daß die Grenzen eingehalten werden?« fragte Patrick verwundert. »Eigentlich müßte sie doch froh darüber sein, wenn die Grenzen immer weiter hinausgeschoben werden und immer mehr Gebiet besiedelt wird.«

Willem Berg lächelte spöttisch. »Politik, Mijnheer, dahinter steckt nichts als Politik. Eine Kolonie, die schneller wächst als ihre chronisch unterbesetzte Verwaltung, läßt sich immer schlechter kontrollieren, besonders ihre Grenzgebiete und die dort lebenden Siedler. Und den Herren vom Kolonialamt ist sehr daran gelegen, die Zügel straff in ihren Händen zu halten. Das war früher so und ist unter den neuen Machthabern in der Gouverneursresidenz und in London nicht anders.«

Sie hörten von den gefährlichen Buschmännern, die sich selbst San nannten, klein wie Zwerge sein sollten, noch wie in der Steinzeit lebten und jagten und Giftpfeile verschossen, welche unabänderlich den Tod brachten, auch wenn sie die Haut nur ritzten. Und sie erfuhren, daß mit Kaffer – was erst ein Jahrhundert später zum Schimpfwort wurde – jeder Schwarze gemeint war, der östlich des Great Fish River lebte, auch wenn die kriegerischen Stämme, zu denen die berüchtigten Xhosas gehörten, in jenem Gebiet alles andere als einen einheitlichen Volksstamm bildeten. Daß die Wilden in einem fernen Landstrich hoch oben im Norden bei einem Fluß namens Orange River Bastards wie auch Griquas hießen und die Khoikhois, allgemein nur Hottentotten genannt, nicht zu den Kaffern zählten, vielmehr eine Sonderstellung unter den Schwarzen einnahmen und sogar Militärdienst leisteten – all das machte die Sache mit den Rassen der Schwarzen für sie nicht gerade leicht durchschaubar.

»Mit der Zeit werden wir schon wissen, wer zu wem gehört und was einen Kaffer von einem Hottentotten unterscheidet«, tröstete Abigail sich und Patrick nach einer dieser verwirrenden Lektionen ihres redefreudigen Wirts, und er konnte in diesem Moment nicht ahnen, daß das Kapitel dieser Erfahrungen mit Blut geschrieben werden würde.

Am achten Tag, nachdem sie sich schon recht gut mit Kapstadt vertraut gemacht hatten, erfüllte Patrick Abigail

den Wunsch, einmal auf den Tafelberg zu steigen und zu sehen, welch eine Aussicht sich ihnen von dort oben bot.
Willem Berg besorgte ihnen einen Hottentottenjungen als Führer. Sie brachen schon früh am Morgen auf, um nicht auf halbem Weg in die Hitze des Mittags zu kommen. Dennoch war der Aufstieg über die kargen, felsigen Hänge anstrengend. Zum erstenmal begegneten ihnen Paviane, die doch wahrhaftig mit Steinen nach ihnen warfen und dann unter lautem Gekreische davonsprangen. Als sie endlich auf dem Plateau aus Granit standen, waren sie außer Atem und in Schweiß gebadet. Das Panorama, das sie auf der Kuppe des Tafelbergs erwartete, entschädigte sie jedoch für alle Strapazen.
Mehr als dreitausend Fuß unter ihnen lag Kapstadt mit seinen strahlend weißen Häusern und den im Schachbrettmuster angelegten Straßen sowie die weite Sichel der Tafelbucht, die im Sonnenlicht wie ein See aus Diamantensplittern glitzerte, und dahinter war das offene Meer des Südatlantik.
»Dort muß das Kap der Guten Hoffnung liegen!« rief Abigail begeistert und deutete auf die bergige Landzunge, die sich nach Süden ins Meer erstreckte und an deren felsiger, keilförmiger Spitze die Fluten des Atlantik und des Indischen Ozeans sich vermischten.
Als sie sich umdrehten und nach Norden schauten, sahen sie Sanddünen und Berge, und der Hottentottenjunge erklärte, daß man in eine große Wüste ohne Ende kam, wenn man dieser Richtung folgte. Berge erhoben sich auch am nordöstlichen Horizont. Ihr jugendlicher Führer wies sie, vergnügt über den Namen, auf die Hottentotts Holland hin, deren langgestreckte und zerklüftete Bergzüge die Kapregion mit einer natürlichen Barriere vom östlichen Rest der Kolonie trennten.
Sie sahen aber auch weite, fruchtbare Täler, und sie hörten

die Namen Rondebosch und Constantia, Wagenmakers Valley und Paarl, Stellenbosch und Franschhoek. Und die Namen dieser Orte fruchtbaren Landes übten einen besonderen Zauber auf Patrick aus.

Würde es ihm möglich sein, an einem dieser Orte Land zu erwerben, um damit beginnen zu können, seinen Traum von einer eigenen Farm in die Tat umzusetzen? In den vergangenen Tagen war er viel zu sehr mit anderen Dingen beschäftigt gewesen, als daß er Zeit gehabt hätte, sich darüber Gedanken zu machen. Nun aber drängte es ihn, dies so schnell wie möglich in Erfahrung zu bringen. Und in die Canteen in der Dorp Straat zurückgekehrt, suchte er Rat bei ihrem Wirt.

Diesmal jedoch war die Auskunft, die sie von Willem Berg bekamen, enttäuschend. »Tut mir leid, aber ich bin noch nie in meinem Leben auf der anderen Seite des Tafelbergs gewesen, und von einer Farm und Landerwerb verstehe ich so wenig wie ein Treckbure von einer Canteen. Das Beste wird sein, Sie setzen sich auf ein Pferd und schauen sich selbst vor Ort um, Mijnheer. Erzählen lassen kann man sich viel, aber trauen sollte man allein seinen eigenen Augen.«

Sie brauchten Pferde, und Willem Berg schickte sie zu einem deutschen Pferdehändler namens Gustav Oppermann, der unterhalb vom Signal Hill seinen Stall hatte. Es gab viele Deutsche in der Kolonie, und sie waren wegen ihrer Tüchtigkeit und Gradlinigkeit sehr angesehen, besonders bei den Buren.

Mit Gustav Oppermann verstand sich Patrick auf Anhieb, und sie wurden sich schnell handelseinig. Abigail entschied sich für eine gescheckte Stute namens Highlander, während Patrick einen schwarzen Wallach wählte, der auf den Namen Black Jack hörte.

Als der Pferdehändler ihrem Gespräch entnahm, daß sie

nach Stellenbosch und Franschhoek und vielleicht auch noch ins Wagenmakers Valley wollten, sagte er: »Da werden Sie schon einige Tage unterwegs sein, denn so etwas wie Straßen finden Sie in der Kolonie nicht, bestenfalls die Spurrillen von Ochsenwagen. Vergessen Sie also nicht, ein Gewehr mitzunehmen.«
»Ist es so gefährlich?« erkundigte sich Abigail, mehr aufgeregt als ängstlich.
Oppermann schüttelte den kantigen Schädel. »Nein, gefährlich ist es in diesem Teil der Kolonie nicht, wenn Sie Gefahr durch Kaffern und wilde Tiere meinen. Aber es ist doch sicherer. Und mit einem Gewehr können Sie jederzeit Ihren Speisezettel durch Kleinwild abwechslungsreicher gestalten. Also mir ist eine Ente oder eine Gemsbockkeule zehnmal lieber als Biltong.«
Bei einem Waffenschmied an der Ecke Strand und Loop Straat erstand Patrick ein Gewehr. Gern hätte er sich einen der hervorragenden Vorderlader der britischen Firma Tower gekauft, doch diese Ausgabe erschien ihm in Anbetracht ihrer sowieso schon stark geschrumpften Barschaft nicht vertretbar. Denn mit dem Gewehr allein war es ja nicht getan. Er mußte ja auch noch Pulver, Blei, Stopfen sowie ein Pulverhorn kaufen.
»Eine einfache Flinte wird es auch tun«, sagte er und begutachtete ein Stück aus der eigenen Herstellung des Waffenschmieds. »Ja, die nehme ich.«
Zehn Tage nach ihrer Ankunft machten sich Abigail und Patrick unter der Führung eines schweigsamen Hottentotten namens Isaac auf den Weg, um das fruchtbare Hinterland von Kapstadt zu erkunden und einen Ort zum Siedeln zu suchen.
Die weiten Täler mit ihrer schweren Erde, die so reiche Ernte von allen Sorten Obst und Feldfrüchten brachte, die

saftigen Koppeln und Weiden und die hübsch anzusehenden Farmhäuser mit ihrem im Sonnenschein weithin leuchtenden Kalkanstrich und den schwungvollen Giebeln ließen Patricks Herz vor Freude anschwellen. Er wünschte, es hätte schon seinen Vater an diesen paradiesischen Ort der Welt verschlagen.

Doch bereits nach den ersten Erkundigungen in der hübschen Ortschaft Paarl, die am Fuße des gleichnamigen Berges lag, dämmerte ihm, daß ihnen dieses Paradies verschlossen bleiben würde. Zwar gab es hier und da Land zu kaufen, doch überstieg der Preis bei weitem ihre finanziellen Möglichkeiten.

»Für das, was wir noch übrighaben, können wir hier nicht einmal genug Land für eine Hühnerfarm erstehen«, stellte er enttäuscht fest.

»Es gibt doch bestimmt noch andere Landstriche, wo Grund und Boden nicht so unerschwinglich teuer sind wie hier«, vermutete Abigail. »Mr. Armstrong hat uns doch versichert, daß es in der Kolonie mehr als genug Land für jeden gibt.«

Patrick verzog das Gesicht. »Mr. Armstrong! Ich fürchte, wir sind da den Märchen eines Mannes aufgesessen, dem es doch nur darum gegangen ist, seine Provision für die Vermittlung einer Schiffspassage einzustreichen.«

Aber da sie nun schon einmal unterwegs waren, beschlossen sie, an ihrer Reiseroute festzuhalten und sich noch das Wagenmakers Valley sowie Stellenbosch und die Gegend um Franschhoek anzuschauen. Und wenn ihre Träume von einer Farm im nahen Hinterland von Kapstadt auch mit jedem Tag mehr zerrannen, so genossen sie es doch, wieder unterwegs zu sein. Die zauberhafte Landschaft und das Sommerwetter, das allerdings schon bald in einen milden Herbst übergehen würde, versöhnten sie ein wenig mit der Enttäuschung.

Sie gelangten ins Drakenstein Valley und ins benachbarte Franschhoek Valley, wo Farmer schon seit über hundert Jahren Weizen, Früchte und Wein anbauten. Besonders das Franschhoek, was ›Franzosenecke‹ bedeutete, hatte es ihnen angetan. Hier hatten sich seit 1688 zahlreiche Hugenottenfamilien angesiedelt, Männer und Frauen von streng calvinistischem Glauben, die durch die Aufhebung des Edikts von Nantes ihre Glaubensfreiheit verloren hatten und aus ihrer Heimat vertrieben worden waren. Und diese Hugenotten hatten die hohe Kunst des Weinanbaus mit nach Südafrika gebracht. Zwar hatte es vorher schon in Constantia gute Weinberge gegeben, doch erst mit der Ankunft der Hugenotten wurde der Weinanbau in der Kolonie zu einem Wirtschaftszweig von wachsender Bedeutung.
Auf dem Weg nach Stellenbosch, der nächst größeren Siedlung, führte der Zufall sie wieder mit Charles Dooney zusammen. Sie hatten auf dem Hof eines hübschen kleinen, aber sehr vernachlässigten Weingutes namens BONNE ESPÉRANCE eine Rast eingelegt, weil der alte Gaul ihres Hottentottenführers ein Eisen verloren hatte, als eine Kutsche die Allee aus alten Jakarandabäumen heraufkam, die von der Straße nach Stellenbosch zum Weingut führte. Und aus dieser Kutsche stieg kein anderer als Charles Dooney.
»Mein Gott, Sie hier? Wenn das nicht eine reizende Überraschung ist!« rief er und kam freudestrahlend auf sie zu, ein mittelgroßer, gutaussehender Mann in der nachlässig eleganten Kleidung eines englischen Landjunkers, der er in der Heimat nicht hatte sein können, hier aber offensichtlich vorgab zu sein.
Während Abigail sich über das Wiedersehen ausgerechnet an diesem Ort freute, wünschte Patrick, sie wären zehn Minuten früher aufgebrochen, machte jedoch eine freundliche Miene. Denn was konnte er ihm schon vorwerfen,

außer daß er eine offensichtliche Schwäche für Abigail gezeigt hatte?
Charles Dooney erkundigte sich mit überschwenglichem Interesse nach ihrem Befinden und dem Grund, der sie in die Nähe von Stellenbosch geführt hatte.
»Wir hatten gehofft, hier irgendwo Land für eine kleine Farm erstehen zu können«, blieb Patrick nach kurzem Zögern bei der Wahrheit. Er hatte es nicht nötig, sich vor Charles Dooney aufzuspielen und sich für jemanden auszugeben, der er nicht war.
»Oh, bei aller Wertschätzung, aber ich will doch nicht hoffen, daß Sie und Ihre charmante Schwester mich mit Ihrem Angebot bei Mr. Clairbaux ins Hintertreffen bringen!« gab sich Charles Dooney scherzhaft besorgt.
»Sie beabsichtigen, dieses Weingut zu erwerben?«
»In der Tat, und ich denke, daß ich dem alten Mann einen fairen Preis geboten habe. Der Kaufvertrag ist so gut wie unterschriftsreif«, erklärte er voller Stolz und fügte augenzwinkernd hinzu: »Es sei denn, Sie haben die Absicht, mich zu überbieten.«
Patrick konnte sich des Neides nicht erwehren, doch Abigail lachte nur belustigt. »Ich glaube kaum, daß unser Geld auch nur für die Stallungen reichen würde, geschweige denn für alles andere.«
Patrick schätzte, daß Charles Dooney mindestens tausendfünfhundert Pfund bezahlen mußte, um Herr auf BONNE ESPÉRANCE zu werden. Und die Ungerechtigkeiten dieser Welt erzürnten ihn derart, daß er sich die bissige Frage: »Schließt Ihr Kaufvertrag auch die Sklaven mit ein?« einfach nicht verkneifen konnte.
Charles Dooney fühlte sich von dieser Frage jedoch nicht im mindesten beleidigt. »Selbstverständlich, Mr. O'Brien. Immerhin gehören sie zum Besitz«, antwortete er freimütig.

»Aber vielleicht kann ich Ihnen und Ihrer Schwester behilflich sein.«
»Das wäre sehr nett«, sagte Abigail.
»Ich wüßte nicht, wie«, lautete Patricks distanzierte Erwiderung.
»Nun, Sie machen auf mich ganz den Eindruck eines Mannes, der zu arbeiten versteht, und ich bin sicher, daß ich Ihnen beiden zu einer gutbezahlten Arbeit verhelfen könnte«.
»Hier auf BONNE ESPÉRANCE?« fragte Patrick.
»Gewiß.«
»Danke, aber wir verstehen nichts vom Weinanbau«, lehnte Patrick so freundlich, wie es ihm möglich war, ab.
»Ich auch nicht«, räumte Charles Dooney unbekümmert ein. »Aber es ist bestimmt keine so geheime Wissenschaft, als daß man sie nicht erlernen könnte. Bleiben Sie ein paar Jahre, dann haben Sie Zeit und schließlich wohl auch genug Geld, um sich Ihr eigenes Stück Land kaufen zu können.«
Abigail spürte Patricks Ablehnung und die schroffe Antwort, die ihm schon auf der Zunge lag. Sie kam ihm zuvor, indem sie schnell sagte: »Wir wissen Ihr freundliches Angebot sehr zu schätzen, Mr. Dooney. Aber Sie werden verstehen, daß wir ein wenig Zeit brauchen, um uns das durch den Kopf gehen zu lassen.«
»Natürlich, Miss O'Brien. Sie haben alle Zeit, die Sie brauchen. Sie wissen jetzt ja, wo Sie mich finden. Erlauben Sie mir jedoch, meine Hoffnung auszusprechen, Sie schon bald wiederzusehen«, entgegnete Charles Dooney und lächelte sie dabei bedeutungsvoll an.
Patrick reichte es. »Es wird Zeit, daß wir uns auf den Weg machen. Es ist noch ein gutes Stück bis nach Stellenbosch«, sagte er und winkte Isaac heran, der sich in jeder Hinsicht als faul erwiesen und sich in den Schatten eines dickstämmigen Mimosenbaumes mit ausladender Krone gelegt hatte.

»Warum bist du so abweisend zu Mr. Dooney gewesen?« wollte Abigail wissen, als sie durch die Allee ritten.
»Weil er ein aufgeblasener Bursche ist und mehr zu sein vorgibt, als er ist«, antwortete er gereizt.
»Du bist ungerecht, Patrick. Er hat uns Arbeit angeboten und ...«
»Das kommt gar nicht in Frage! Und jetzt will ich nichts mehr von Charles Dooney hören!«
»Was hast du bloß gegen ihn?«
Patrick konnte schlecht zugeben, daß er neidisch und eifersüchtig war, und so trieb er, ohne ihr zu antworten, Black Jack an und ritt ein Stück voraus.
Abigail schnitt das Thema nicht mehr an. Ihr Gesicht jedoch verriet ihren Ärger über sein Verhalten. Sie schwiegen den Rest des Weges, und beide waren sie gereizter Stimmung, als sie in Stellenbosch eintrafen und eine Unterkunft für die Nacht suchten. Sie bekamen ein Zimmer in der GOEDE HOOP CANTEEN, einem ansprechenden Gasthof gegenüber der Kirche. Und dort machten sie die Bekanntschaft von Reverend Jonathan Bourke.

18

Genaugenommen war es Abigail, die durch ihr beherztes Eingreifen ein schicksalhaftes Band zu Reverend Bourke knüpfte. Ein Band ganz anderer Art, nämlich ein gerissenes Halfter, war die Ursache für die Probleme, mit denen der junge Geistliche im Hof der Herberge zu kämpfen hatte – im wahrsten Sinne des Wortes.
»Willst du wohl stillhalten? ... Salomon, nun ist aber allmählich Schluß mit den Albernheiten! ... Du bleibst jetzt endlich stehen! Oder willst du, daß ich Mischma rufe, der mit

der Gerte immer so schnell bei der Hand ist? ... Herrgott noch mal, jetzt reicht es mir! Verzeih mir, Allmächtiger, daß ich Deinen Namen mißbrauche, aber diese störrische Kreatur hat das Zeug in sich, auch den frommsten und geduldigsten Deiner Diener zur Verzweiflung zu bringen! ... Ich möchte bloß wissen, wo sich Jetur, Duma und all die anderen nur wieder herumtreiben.«

Abigail hätte im ersten Moment fast gelacht, als sie diesen schlaksigen Mann mit dem wilden, rotblond gelockten Haar und der kleinen Nickelbrille auf einer Nase sah, die für das schmale und mit Sommersprossen gesprenkelte Gesicht um einiges zu kräftig geraten war. Der Mann gab ein urkomisches Bild ab, wie er, das zerrissene Zaumzeug in der Hand, auf dem staubigen Hof vor dem störrischen Hengst hin und her tänzelte. Es war offensichtlich, daß er einen gehörigen Respekt vor dem Pferd hatte und es allein kaum schaffen würde, das Tier in den *kraal*, die mit einer mannshohen Lehmmauer umgebene Einfriedung, zu bringen, damit es nicht einfach aus dem Hof davongaloppierte, denn genau das schien Salomon im Sinn zu haben.

Dann fiel Abigail auf, daß der Mann schwarze Tuchhosen, eine schwarze Jacke und einen Priesterkragen trug, und sofort tat es ihr leid, daß sie sich über seine offensichtliche Hilflosigkeit lustig gemacht hatte. Schnell eilte sie zu ihm über den Hof. »Lassen Sie, Ehrwürden, ich mache das schon!« rief sie ihm zu.

Salomon schien zu spüren, daß er es jetzt mit jemandem zu tun hatte, der sich nicht so leicht einschüchtern ließ und sich auf den Umgang mit seinesgleichen verstand. Denn er bockte nur einmal, wie in einem letzten resignierenden Aufbegehren, und ließ sich dann lammfromm in den Kraal zu den anderen Pferden führen.

»Dich muß der Herr zu meiner Erlösung geschickt haben«, sagte der Reverend mit einem Stoßseufzer der Erleichterung und fuhr sich mit einem großen Taschentuch über das verschwitzte Gesicht. Die Sonne stand zwar hoch im Zenit, aber die Mittagshitze hatte an diesem Schweißausbruch den geringsten Anteil gehabt. »Ich danke dir, meine Tochter.«

Abigail lächelte über die Anrede. Der Priester konnte kaum älter als Mitte Zwanzig sein. Aber Kirchenmänner wie er, ob nun in prunkvollem Ornat oder in einfacher Mönchskutte, sahen ja in allen anderen Menschen die Schäflein oder Kinder Gottes, über die sie zu wachen hatten, und mit einem dementsprechend huldvollen Übervatergehabe begegneten sie ihren Mitmenschen zumeist auch. Etwas, was sie schon als kleines Kind im Waisenhaus als verlogen und überheblich abgestoßen hatte. Dennoch machte dieser schlaksige, sommersprossige Rotschopf mit der Habichtsnase einen sympathischen Eindruck auf sie. Und wie hätte sie ihm bei diesen Augen, die eine solche Güte und Fröhlichkeit ausstrahlten, auch böse sein können.

»Keine Ursache, Ehrwürden.«

»Nicht Ehrwürden, mein Kind«, korrigierte er sie freundlich. »Ich bin ein bescheidener Diener Gottes, dessen Aufgabe es ist, den schwarzen Heiden im Busch das Wort Gottes zu bringen und sie in den sicheren Schoß der Kirche zu führen, damit auch ihnen das Reich Gottes zuteil wird.«

»Dann sind Sie Missionar?« fragte sie erstaunt, denn bisher hatte sie sich Missionare, die sich in die Wildnis wagten, mehr als handfeste Abenteurer im Zeichen des Kreuzes vorgestellt, mit einem demgemäßen Aussehen und Auftreten. Doch diesem Bild entsprach dieser Mann ganz und gar nicht. Allein das Leuchten seiner Augen, das seine innere Begeisterung widerspiegelte, und sein einnehmendes Lächeln gaben einen Hinweis auf eine Kraft, die mehr aus dem

Geist kam, als daß sie sich in körperlichen Attributen ausdrückte.
»Ja, das bin ich in der Tat. Reverend Jonathan Bourke von der LONDON MISSIONARY SOCIETY«, stellte er sich vor, »auf dem Weg ins Kaffernland.«
»Abigail O'Brien.« Die Lüge mit dem falschen Nachnamen kam ihr nach den Monaten auf See ohne Stocken über die Lippen. Zudem liebte sie diesen Namen – Abigail O'Brien. Wann immer sie ihn ausgesprochen hörte, empfand sie den Klang wie eine Zärtlichkeit für Herz und Seele. Er bedeutete ihr unendlich viel, viel mehr, als Patrick sich wohl bewußt war. Aber darüber hinaus bewies er noch, daß sie zu jemandem gehörte. Dixon dagegen hatte für sie keine Bedeutung gehabt. Es war ein Name gewesen, den ihr die Barmherzigen Schwestern zugeteilt hatten.
Patrick kam Augenblicke später aus dem Gasthof, und Abigail stellte ihm Reverend Bourke vor, der auch auf ihn einen sowohl sympathischen als auch Neugier erweckenden Eindruck machte. Am Abend fanden sie Zeit für ein längeres Gespräch, denn sie waren an diesem Tag die einzigen Gäste in dem Gasthof, und der junge Missionar hatte weder gegen ein, zwei Gläser Port noch gegen eine angeregte Unterhaltung etwas einzuwenden.
Sie erfuhren, daß Jonathan Bourke auch erst vor wenigen Wochen in der Kolonie eingetroffen war, aus Dorset stammte, mit seinen achtundzwanzig Jahren älter war, als er aussah, und vor seiner Berufung das Schneiderhandwerk ausgeübt hatte.
»Verraten Sie uns, wie man vom Schneider zum Missionar wird, Reverend?« fragte Patrick. »War das so eine Wandlung wie vom Saulus zum Paulus?«
Jonathan Bourke lächelte mit gelassener Heiterkeit. »Dieses Erlebnis, das ich als das persönliche Wunder meines Lebens

bezeichne, passierte vor genau sechs Jahren. Ich war gerade zweiundzwanzig und hatte nichts anderes im Sinn, als die gutgehende, aber kleine Schneiderei meines kränklichen Vaters möglichst bald zu übernehmen und daraus einen richtig großen Betrieb zu machen. Ich strebte nach Geld und Ansehen.«

»Wüßte nicht, was dagegen einzuwenden wäre«, murmelte Abigail. »Ein gerechter Lohn für rechte Arbeit und etwas zu gelten, ist nichts, was mit Gottes Wort unvereinbar wäre.«

»Abby!« sagte Patrick mit sanftem Tadel.

»Das stimmt, dagegen ist wahrlich nichts einzuwenden. Wäre die Welt nur voller Priester und Missionare, wäre Gottes Plan ebensowenig zur vollen Blüte entfaltet«, pflichtete er ihr schmunzelnd bei. »Doch wenn man berufen ist, dann erhält so vieles im Leben eine neue Gewichtung. Heute kommt es mir wie ein dummer Traum vor, daß gerade ich einmal der beste und teuerste Schneider in unserer Stadt werden wollte. Denn mein Talent hätte mit meinem Ehrgeiz niemals Schritt gehalten, wie ich später erkannt habe. Aber damals wollte ich es auf sehr weltliche Weise sehr schnell zu etwas bringen.« Offenbar belustigt über seine eigene jugendliche Torheit, schüttelte er den Kopf. »Und dann kam der Tag, an dem mich ein Freund zu einem Vortrag eines Missionars mitnahm, der für die im Jahre 1794 gegründete LONDON MISSIONARY SOCIETY tätig und gerade aus diesem fernen Teil der Welt nach England zurückgekehrt war.«

»Und nach einer flammenden Rede wurde aus dem Saulus ein Paulus?« stichelte Abigail gutmütig

»O nein!« wehrte Jonathan Bourke ab. »Die Bekehrung und Offenbarung geschah nicht an einem Abend und auch nicht über Nacht. Aber dieser Mann, der von der Kaffernküste kam und in wenigen Monaten wieder dorthin zurückkehrte, hinterließ mit seinen eindrucksvollen und sehr bewegenden Schilderungen einen nachhaltigen Eindruck in mir. Und die Arbeit der LMS, wie wir den Namen der Missionsgesellschaft der Bequemlichkeit halber abkürzen, fing mich zu interessieren an, und so besuchte ich weitere Vorträge – und begann nach dem Tod meines Vaters mit dem Studium der Bibel. Es vergingen aber auch dann noch zwei Jahre, bis mich eines Tages die Erkenntnis traf, daß der Sinn meines Lebens nicht darin liegt, die erste Schneiderei am Ort zu führen, sondern das Wort Gottes zu verbreiten – und zwar nicht von der bequemen Kanzel eines Gotteshauses, sondern dort, wo die Heilsbotschaft Jesu Christi und das Wort der Heiligen Schrift noch nicht hingedrungen sind, nämlich bei den Heiden. Vier Jahre habe ich mich auf meine Aufgabe vorbereitet, das Geschäft verkauft, Seminare besucht und letztendlich meine Prüfungen abgelegt. Jetzt kann ich es nicht erwarten, ins Kaffernland zu kommen und dort meine Arbeit im Dienste Jesu Christi aufzunehmen.«

»Sie wollen in das Gebiet *östlich* des Great Fish River?« erkundigte sich Abigail.

Jonathan Bourke nickte. »Ich habe darum gebeten, eine neue Missionsstation im Kaffernland gründen zu dürfen.«

Patrick machte eine bedenkliche Miene. »Wir sind ja selbst noch sehr fremd in diesem Land, aber wenn es stimmt, was wir gehört haben, dann ist es sogar für einen Missionar ein recht gefährliches Unterfangen, sich im Land dieser schwarzen Südbantus, die sich wohl Xhosas nennen, niederzulassen.«

Der rothaarige, sommersprossige Reverend lächelte zuversichtlich. »Gott, der Herr über Himmel und Erde und Leben und Tod, wird seine gütige Hand auch über mich, den geringsten unter seinen Dienern, halten und mich auf dem richtigen Weg führen. Was soll ich mich mit Ängsten und Kümmernissen über mein leibliches Wohl plagen? Schon heute steht in Gottes großem Buch geschrieben, was uns vorbestimmt ist, und diesem göttlichen Schicksal können wir nicht entgehen, auch wenn wir glauben, wir allein wären Herr über unser Leben. Ein jeder von uns folgt seiner inneren Stimme, und die Stimme in mir sagt, daß sich mein Schicksal im Kaffernland erfüllen wird.«

Patrick wußte nicht, was er an Jonathan Bourke mehr bewundern sollte: die radikale Abkehr von einer bürgerlichen und durch eine offenbar recht gutgehende Schneiderei gesicherten Existenz zu einem selbstlosen Leben als Missionar in der Wildnis oder den scheinbar tollkühnen Mut, sich in das Land der Kaffern zu wagen, unbewaffnet und nur auf seinen Glauben vertrauend.

»Was Sie da vorhaben, wird nicht einfach sein, Reverend«, sagte er mit skeptischer Zurückhaltung.

»Wir alle haben unser Kreuz zu tragen«, erwiderte dieser mit fröhlicher Gelassenheit und brachte nun sie dazu, von sich zu erzählen.

Patrick klagte ihm ein wenig ihr Leid, daß es allen Versprechungen zum Trotz auch in Südafrika anscheinend ohne beachtliche finanzielle Mittel nicht möglich war, genügend Land für eine Farm zu kaufen.

»Jaja, hier im Westen haben die Holländer schon seit hundertfünfzig Jahren von den fruchtbaren Tälern Besitz ergriffen und dank der Sklaverei, der furchtbaren Geißel dieses Landes«, ein finsterer Ausdruck huschte über Reverend Jonathan Bourkes Gesicht, »sehr ertragreiche Farmen aufgebaut. Da hat man ohne eine pralle Börse keine Chance, das ist wohl wahr. Aber warum begleiten Sie und Ihre Schwester mich nicht nach Osten?«

Abigail und Patrick sahen ihn verblüfft an.

»Meine Kenntnisse von Land und Leuten sind nicht weniger

bescheiden als Ihre«, räumte Jonathan Bourke ein, »aber wie mir zu Ohren gekommen ist, soll es gerade im Osten noch Land in Hülle und Fülle geben.«

»Ja, auch wir haben ähnliches gehört«, sagte Patrick zögernd. »Nur soll es bis in die östlichen Bezirke Graaff-Reinet, Tulbagh und Uitenhage ein sehr weiter und beschwerlicher Weg sein. Von gut sechshundert Meilen und mehr, je nach Route, ist die Rede ...«

»Und es soll auch nicht ganz ungefährlich sein«, warf Abigail ein.

»Man darf nicht zuviel auf die Reden von Städtern geben«, meinte der Missionar im Tonfall eines weitgereisten und von zahllosen Krisen gestählten Mannes. »Ich habe in den letzten Wochen mit einigen Buren aus den Ostgebieten gesprochen.« Er lachte kurz auf. »Nicht, daß sie sehr freundlich mit mir umgegangen wären, denn in den Augen dieser bedauernswert verblendeten Sklavenhalter kommen wir von der LMS gleich hinter dem Teufel, aber sie haben mir doch zu verstehen gegeben, daß es so schlimm mit der Reise an die Ostgrenze nicht ist, wenn man sich nur Zeit läßt, gut ausgerüstet ist und die richtige Route einschlägt.«

»Ja, wenn meine Schwester nicht wäre ...«, begann Patrick, der in den letzten Tagen oft daran gedacht hatte, sich auf den Weg nach Osten zu machen und dort sein Glück zu versuchen. Er hatte davon jedoch immer wieder Abstand genommen, weil er meinte, ihr die Strapaze und das Wagnis nicht aufbürden zu können. Erst einmal wollte er dafür sorgen, daß sie sicher untergebracht und bei einer ehrbaren Familie in guter Stellung war.

Abigail stemmte die Fäuste in die Hüften. »Du hältst mich also für einen Hemmklotz, Patrick O'Brien?« rief sie erbost. »Das ist ja wohl die Höhe! Wie gut, daß dir das über die Lippen geschlüpft ist. So kann ich dich darüber aufklären, daß dir kein dümmerer Gedanke hätte kommen können. Ich habe nicht so viel«, sie schnippte mit den Fingern vor seiner Nase, »Angst, mit dir oder irgend jemandem zu diesem verdammten Fluß im Osten zu reiten!« Und zum Missionar gewandt, setzte sie nicht weniger temperamentvoll hinzu: »Tut mir leid, daß ich fluchen muß, aber das ist die einzige Sprache, die er versteht, wenn es um solche Sachen geht!«

»Also Abby, ich bitte dich!« protestierte Patrick. »Wir haben ja noch gar nicht darüber geredet!«

»Das ist es ja!« erwiderte sie verärgert. »Du legst dir das alles schön in deinem Kopf zurecht und fällst stillschweigend ein Urteil über mich, was ich angeblich kann und was nicht, ohne mich vorher auch nur zu fragen. Ich kann mehr, als du mir zutraust!«

»Ich traue dir eine ganze Menge zu, wie du sehr wohl weißt, Abby«, sagte er bissig.

»Aber immer noch zuwenig!«

Der Missionar griff begütigend ein. »Ich sehe keinen Grund, sich darüber so in die Haare zu geraten, meine Freunde ...«

»Wenn Sie eine Frau und jeden Tag mit ihm zusammen wären, wüßten Sie mehr als genug Gründe!« versicherte Abby hitzig und funkelte Patrick an.

»Lassen Sie uns über meinen Vorschlag reden. Schließen Sie sich meiner kleinen Karawane an. Ich befinde mich auch in der Lage, Ihnen für ihre Begleitung und Hilfe während der zweifellos nicht kurzen Reise ein anständiges Entgelt zu zahlen. Ich habe nämlich das Gefühl, als könnten wir uns gegenseitig von Nutzen sein.«

Patrick runzelte skeptisch die Stirn. »Wie können wir Ihnen von Nutzen sein, Reverend? Und von welcher Karawane sprechen Sie?«

Der Missionar nahm einen Schluck Port. »Sie sind ein guter Schütze, nicht wahr?«
»Woher wissen Sie das?«
»Ich war gestern beim Wagenbauer, dessen Werkstatt ja ein bißchen außerhalb der Ortschaft liegt, gleich bei den Weiden des Schafzüchters Loogkamp. Und da habe ich zufällig gesehen, wie Sie den wilden Hund mit einem sauberen Schuß erlegt haben, der über das lahmende Schaf hergefallen ist.«
Patrick lächelte geschmeichelt. »Ich gebe zu, ein schlechter Schütze bin ich nicht.«
»Sehen Sie!« rief der Missionar, als wäre damit schon alles gesagt. »Ich weiß nicht einmal Schießpulver von Mehl zu unterscheiden, und einen Ochsen würde ich auch noch auf zehn Fuß Entfernung verfehlen, wenn ich es denn überhaupt fertigbringen würde, den Abzug durchzuziehen. Und unter meinen beiden angolanischen Sklaven und den vier Hottentotten, die mit mir ins Kaffernland zu ziehen gewillt sind, ist keiner, der mit einer Flinte wesentlich besser als ich umzugehen versteht.«
Abigail machte große Augen. »Sie haben Sklaven?«
Jonathan Bourke hob in einer Geste gespielter Erschrockenheit die Hände. »Nein, sie *waren* noch bis vor einigen Wochen Sklaven. Ich habe sie freigekauft. Sie können gehen, wohin sie wollen, doch sie haben beschlossen, mir zu folgen.« Und stolz fügte er hinzu: »Es waren meine ersten Heiden, die ich getauft und in den Schoß der Kirche geführt habe.«
Patrick machte sich so seine Gedanken, was die Wirkung der Taufe und die angeblich freie Entscheidung der beiden ehemaligen Sklaven anging. Auch wenn sie erst wenige Wochen in der Kapkolonie waren, so hatten sie inzwischen doch schon genug gesehen und gehört, um die Ernsthaftigkeit,

mit der die getauften Schwarzen dem Christentum verbunden waren, in Zweifel zu ziehen. Im besten Fall, so hatten sie den Eindruck, reihten sie Jesus in die Zahl der ihnen schon bekannten Götter ein und gewährten ihm zu besonderen Zeiten großzügig einen Ehrenplatz – bis andere schwarze Gottheiten ihre Anbetung lohnender erscheinen ließen, zum Beispiel wenn es darum ging, einen bösen Zauber zu bannen, etwa um eine Kuh, die eine Mißgeburt zur Welt gebracht hatte, von den Dämonen zu befreien oder einem lästigen Nebenbuhler die Krätze an den Hals zu wünschen. Denn bekanntlich war der Gott der Weißen keiner, der sich mit solch alltäglichen Bedürfnissen abgab und die Erfüllung derart spezieller Wünsche auch nur in Erwägung zog. Aber Patrick wollte den Stolz und die Freude des Missionars nicht trüben und beschränkte sich deshalb auf ein anerkennendes Nicken und Lächeln. Außerdem interessierte ihn Bourkes Angebot mehr als dessen Missionierungserfolge.

»Sie reisen also in Begleitung von zwei Sklaven und vier Hottentotten«, brachte er daher das Gespräch auf den Punkt zurück, der für Abigail und ihn von Interesse war.

»So ist es«, bestätigte der junge Missionar. »Mir wäre deshalb sehr daran gelegen, einen guten Schützen in meiner Gesellschaft zu haben. Nicht, daß wir Überfälle zu befürchten hätten, denn wir werden eine sichere Route einschlagen, mit der Jetur vertraut ist. Aber jemand wie Sie könnte wilde Tiere abhalten, die es nachts vielleicht auf unser Vieh abgesehen haben, und zudem für einen schmackhafteren Speisezettel sorgen. Nichts gegen Maisbrei und Biltong, aber dann und wann ein frisches Stück Fleisch wäre mir und meinen treuen Begleitern schon sehr willkommen.«

»Hm«, machte Patrick, dem die Sache immer besser gefiel. In einer so großen Gruppe den langen Weg an die Ostgrenze der Kolonie anzutreten, war etwas anderes, als allein mit

Abigail und ohne Erfahrung mit Land und Leuten zu einer solchen Reise aufzubrechen. Denn zu ihrem Hottentotten hatte er wenig Zutrauen.

»Auch wegen Hagar wäre ich über Ihre Begleitung sehr erfreut und würde die Reise weniger besorgt antreten«, fuhr Jonathan Bourke mit Blick auf Abigail fort.

»Wer ist Hagar?« fragte Abigail, die sich ganz direkt angesprochen fühlte, und das zu Recht, wie die Antwort des Missionars sogleich zeigte.

»Hagar ist die Frau meines Ochsentreibers und Führers Jetur. Sie ist in anderen Umständen.« Er räusperte sich verlegen. »Gott allein weiß, in welchem Monat. Sie weiß es nämlich selbst nicht. Und mir fehlt es in solchen Dingen an der nötigen Erfahrung.«

Abigail verkniff sich ein Schmunzeln. »Mir auch, Reverend, aber wenn ihre Zeit gekommen ist, wird sie schon wissen, was zu tun ist. Ich werde ihr dann gern zur Seite stehen und helfen, wo ich kann.«

»Dann nehmen Sie mein Angebot also an?« fragte der Missionar erfreut.

»Wenn Sie mich ...«

Patrick fiel ihr rasch ins Wort. »Halten Sie mich bitte nicht für berechnend, Reverend, aber Sie sagten da vorhin etwas von einem anständigen Entgelt, und in unserer derzeitigen Lage müssen wir uns gut überlegen, was wir tun.«

»Natürlich, natürlich«, sagte Jonathan Bourke eifrig. »Ich weiß, daß Gottes Lohn allein kein Brot auf den Tisch bringt und den Futtersack nicht mit Hafer füllt. Deshalb zahle ich jedem von Ihnen fünf Rixdollar pro Woche. Davon werden Sie zwar nicht reich, aber da Sie ja eigentlich sowieso mal nach Osten wollen ...« Erwartungsvoll blickte er sie an.

»Ich bin einverstanden!« gab Abigail spontan ihre Zustimmung. »Und Patrick ist es sicher auch!«

Dieser schüttelte lachend den Kopf. »Offenbar habe ich nichts mehr zu sagen. Also gut, dann soll es so sein, Reverend.«

Sie besiegelten ihre Abmachung per Handschlag und tranken noch ein Glas Port darauf. Alle drei hatten sie das Gefühl, daß sie gut miteinander auskommen würden.

Als Patrick und Abigail später in ihrer Kammer das Kerzenlicht gelöscht hatten und in ihren hohen Betten lagen, redeten sie noch eine ganze Weile über die lange Reise quer durch die Kolonie, zu der sie in wenigen Tagen mit dem Reverend und seiner schwarzen Gefolgschaft aufbrechen würden.

Sie hatten sich schon einen guten Schlaf gewünscht, als Abigail über den schmalen Gang, der ihre Betten trennte, hinweg nach seiner Hand tastete.

»Patrick?«

»Hm?« murmelte er.

»Es stimmt nicht.«

»Was stimmt nicht?« fragte er, schon halb im Schlaf.

»Daß ich diese Reise auch mit jedem anderen wagen würde«, kam ihre leise Stimme aus der Dunkelheit. »Nur wenn du bei mir bist, habe ich keine Angst. Dir folge ich bis ans Ende der Welt.«

Ihre liebevollen Worte rührten ihn, und er drückte ihre Hand, verbarg seine Rührung jedoch hinter der trockenen Erwiderung: »Na, allzuweit davon entfernt dürften wir jetzt schon nicht mehr sein. Und nun schlaf gut, Abby.«

»Du auch, Patrick«, flüsterte sie und wünschte, er hätte ihr seine Hand nicht schon so schnell wieder entzogen. Sie tastete nach dem Medaillon zwischen ihren Brüsten. Vertraut schmiegte es sich in ihre Hand, als sich ihre Finger um das Schmuckstück wie um einen Wunderstein schlossen, der geheime Herzenswünsche zu erfüllen vermochte.

19

Für Patrick und Abigail, noch sehr unerfahren mit vielen Eigenheiten der Kolonie und ihrer Bevölkerung von überwiegend holländischer Abstammung, war es eine recht fremdartige und merkwürdig anzusehende Reisegesellschaft, die sich da drei Tage nach ihrer Vereinbarung mit Reverend Jonathan Bourke auf dem Hof der Herberge in Bewegung setzte und sich auf den langen Weg zur Ostgrenze am Great Fish River machte.
Das Kernstück ihrer kleinen »Karawane des Glaubens«, wie der junge Missionar ihre Gruppe häufig mit frohgemutem Sendungsbewußtsein zu nennen pflegte, waren die beiden Ochsenwagen, auch Feldschoner genannt. Der Wagenbauer von Stellenbosch hatte dafür gesorgt, daß die Planwagen in einwandfreiem Zustand gen Osten rollten. Die Räder trugen neue Eisenreifen, der *disselboom,* die mächtige Deichsel, eines jeden Wagens war erneuert, das Untergestell frisch geteert und die vielen kräftigen *strops,* die Lederbänder, eingefettet und geschmeidig gemacht worden. Der Geruch von Pech, Fett und Leder lag in der Luft, vermischt mit dem Geruch dampfenden Ochsendungs.
Es waren sehr schwere und klobige Wagen, mit denen die Holländer und alle anderen, die nach ihnen gekommen waren, schon seit hundertfünfzig Jahren große Lasten transportierten und Hunderte von Meilen über das Veld zogen. Ein solcher Feldschoner war aber auch robust und zuverlässig und damit genau das Gefährt, das dem unwegsamen Gelände dieses wilden Land gerecht wurde. Die vorderen kleineren Räder gingen einem ausgewachsenen Mann bis zu den Hüften, während die mächtigen Hinterräder bis gut in Augenhöhe reichten. Die Bretterwände an den Seiten stiegen von vorne nach hinten leicht an, was den Eindruck

erweckte, als hätte solch ein Ochsenwagen einen nach vorne abfallenden, schiefen Boden. Der sich über der Ladefläche spannende bogenförmige Rahmen bestand aus einem guten Dutzend Bambusstangen, an die dicht an dicht geflochtene Binsenmatten geknüpft waren, so daß sie für sich schon ein solides Dach ergaben. Darüber wurde jedoch noch die Plane aus grobem Segeltuch gespannt und mit *riems*, schmalen Lederriemen, festgeknotet.
Ein solcher Feldschoner konnte eine Last von fünf Tonnen auf seine Achsen nehmen, was dann aber auch, je nach Gelände, die Zugkraft von zwölf oder gar sechzehn Ochsen nötig machte. Und da ein Gespann bei solch einer Last nicht länger als vier, fünf Stunden im Joch gehen konnte, brauchte man für jeden Wagen ein zweites Team von noch einmal soviel Ochsen. Nicht selten hatte ein Bure, der so schwer beladen war und Berge vor sich wußte, sechzehn Ochsen eingespannt und führte dazu noch über zwanzig weitere mit sich, um für Ausfälle jeder Art gerüstet zu sein. Es war eine sehr behäbige, zeitaufreibende Art des Fortkommens, denn schwerbeladen konnte man sich glücklich schätzen, wenn man auf ebenem Gelände zehn oder gar fünfzehn Meilen pro Tag zurücklegte. In den Bergen ließen sich die Meilen, die man mit einem solchen Gefährt an einem langen Tag hinter sich brachte, leicht an einer Hand abzählen.
»Gott sei Dank, daß der Reverend die Wagen nicht bis unter die Binsen vollgeladen hat«, sagte Patrick am Tage ihres Aufbruchs, als sich die beiden Wagen, jeweils von zehn kräftigen Ochsen mit furchteinflößendem Gehörn gezogen, verhältnismäßig flott vorwärts bewegten. Sie hatten ausreichend Lebensmittel wie Reis, Mehl, Brot, Biltong, Trockenobst, Zwieback, Speck, Salz, Zucker und auch Beutel mit Gewürzen wie Curry, Pfeffer und Paprika verstaut, ja sogar einige kleine Fässer mit Wein und Rum. Allein drei große

Kisten waren bis obenhin mit einfachen Stahlwaren, zu denen Beile, Messer und Scheren zählten, gefüllt. Das meiste davon sollte als Geschenke für die Kaffern dienen. Glasperlen und Spiegel wie auch bunte Tücher und einfacher Messingschmuck waren ebenfalls dazu bestimmt, dem Missionar das Wohlwollen der Kaffern zu sichern.

»Nicht, daß Gottes Wort in irgendeiner Weise käuflich wäre oder seine Barmherzigkeit einen irdischen Preis hätte. Mit einer Handvoll Perlen und einem Beutel Tabak mache ich aus einem Heiden keinen gläubigen Christen«, hatte Jonathan Bourke selbstkritisch erklärt, als Patrick ihn auf die zahlreichen Kisten voller Geschenke angesprochen hatte, zu denen auch eine erhebliche Menge Tabak und Ballen billiger Stoffe gehörten. »Mit all den Geschenken will ich nicht ihre Seelen kaufen, mein Sohn, sondern mir erst einmal ausreichend Zeit verschaffen, um eine Mission in ihrem Stammesgebiet aufbauen, die Wilden mit Gottes Botschaft vertraut machen und sie ins Licht des wahren Glaubens führen zu können.«

»Hoffentlich schlagen sie Ihnen nicht den Schädel ein, Reverend, wenn die Kisten erst einmal leer sind.«

»Ich vertraue auf Gott und die unvergleichliche Kraft der Botschaft Jesu Christi«, hatte seine Antwort mit unerschütterlicher Zuversicht in seine Sendung gelautet.

Zuerst einmal vertrauten sie auf die Kraft der Ochsen, die sich vom Gewicht der Ladung nicht beeindruckt zeigten. Vermutlich waren sie andere Lasten gewöhnt, obwohl der zweite Planwagen recht ordentlich mit all den Dingen und Werkzeugen beladen war, die Jonathan Bourke für die Gründung und den Aufbau seiner Mission benötigte. Sie stemmten sich jedenfalls willig ins Joch. Zwanzig weitere Ochsen, von den beiden Hottentotten Duma und Kedar mit der *sjambok*, einer kurzen Peitsche, bewacht, trotteten hinter den Wagen her.

Der kräftige Jetur, der von heller Hautfarbe war und ein Gesicht mit ausgesprochen ebenmäßig schönen Zügen besaß, lenkte das erste Gespann. Einen alten Filzhut mit einigen bunten Federn auf dem Kopf, thronte er stolz auf dem Kutschbock und ließ die lange Peitsche aus geflochtener Flußpferdhaut an einem zwanzig Fuß langen Bambusstab über den Köpfen der Ochsen knallen. Neben ihm saß seine Frau Hagar, nicht viel älter als Abigail, ein farbenfrohes Tuch um den Kopf gebunden. Ihre Haut, noch um einiges heller als die ihres Mannes, verriet, daß in ihr ein gut Teil weißes Siedlerblut floß. Auch ihre Gesichtszüge waren ausgesprochen hübsch, so daß die beiden ein schönes Paar abgaben. Im Gegensatz zu Jetur war sie jedoch von sehr schüchternem Wesen.

»Ihr Kind kommt sicherlich zur Welt, lange bevor wir unser Ziel erreicht haben«, stellte Abigail fest, als sie Hagar mit ihrem schon mächtig gewölbten Leib zum erstenmal zu Gesicht bekamen. »Um das zu sagen, braucht man wahrlich keine Hebamme zu sein.«

»Dann richte dich schon mal darauf ein, daß du ihr bei ihrer Niederkunft zur Seite stehen wirst«, erinnerte Patrick sie an das, was der Reverend von ihr erwartete, und das Unbehagen, das ihm dieser Gedanke bereitete, schwang deutlich in seiner Stimme mit.

Abigail warf ihm einen spöttischen Blick zu. »Laß das mal getrost unsere Sorge sein. Die Natur hat es schon mit weiser Voraussicht so eingerichtet, daß wir Frauen die Kinder bekommen und nicht ihr zartbesaiteten Männer. Spart ihr euch euren Mut für die Jagd und Raufereien auf.«

Patrick runzelte unwillig die Stirn, enthielt sich jedoch einer Erwiderung.

Mischma und Adbeel, die beiden angolanischen Sklaven,

die der Missionar freigekauft hatte, führten den zweiten Ochsenwagen. Sie waren schwarz wie Pech, und die Verständigung mit ihnen war nur möglich, wenn Jetur oder einer der anderen Hottentotten den Dolmetscher spielte. Sie unterhielten sich untereinander in einem aus vielen verschiedenen Dialekten zusammengesetzten Kauderwelsch, das sich Fanakalo nannte. Ihr Alter ließ sich schwer schätzen, es mochte irgendwo zwischen Anfang und Ende Zwanzig liegen. In ihrem Verhalten machten sie auf Patrick und Abigail oft den Eindruck von ausgelassenen, sorglosen Kindern, die ständig etwas zu tuscheln und zu lachen hatten. Doch mit dem schweren Wagen und dem Vieh verstanden sie ausgezeichnet umzugehen.

Jonathan Bourke war auf seine dunkelhäutigen Schäfchen stolz wie nur etwas, besonders auch auf ihre neuen Namen, die er ihnen bei der Taufe mit der großzügigen Herrlichkeit des Missionars gegeben hatte.

»Jetur, Mischma und Duma, Kedar und Adbeel – sagt Ihnen das was, mein Sohn?« fragte er Patrick, als sie Stellenbosch verließen und den Weg zum Paß über die Berge der Hottentotts Holland einschlugen. »Nun, wie gut kennen Sie Ihre Bibel?«

»Ihre Frage legt die Vermutung nahe, daß es sich um sehr bedeutungsvolle biblische Namen handelt«, antwortete Patrick mit leicht gutmütigem Spott in der Stimme.

»In der Tat, mein Sohn!« bestätigte der Missionar, der neben ihm auf einem Rappen ritt, den er gegen den nervösen Salomon eingetauscht hatte und der die fromme Natur seines neuen Herrn besaß. »Genesis 25, Vers 13 bis 15. Kedar, Adbeel, Mischma, Duma und Jetur waren fünf der zwölf Söhne Ismaels, dem Sohn Abrams, der später zu Abraham wurde.« Und mit feierlicher Stimme zitierte er aus der Bibel: »›Das waren die Söhne Ismaels, und das waren die

Namen, die sie in ihren Siedlungen und Zeltlagern trugen: zwölf Fürsten, je einer für einen Stamm.‹«

»Soso, die Namen von Fürsten«, sagte Patrick trocken und fragte sich, wie er sich wohl fühlen würde, wenn ihm jemand einfach von heute auf morgen einen ganz neuen Namen verpaßt hätte. Er hatte da so seine Bedenken, ob ihm die zweifellos allerbesten Absichten von Jonathan Bourke reichen würden, um diesen neuen Namen zu akzeptieren. Aber er war ja auch nicht in Knechtschaft aufgewachsen, zumindest nicht dem Gesetz nach. »Da haben Sie den Burschen ja eine gewaltige Last auf ihre dunklen Schultern gelegt.«

»Sollen das die ersten Ihrer ganz persönlichen zwölf Apostel sein?« fragte Abigail.

Der Missionar lachte. »Sie mögen mich für anmaßend halten, aber wenn ich auch die feste Ansicht vertrete, daß ein alter heidnischer Name nicht zu einem neuen Leben in der christlichen Gemeinschaft gehört, so versteige ich mich doch nicht zu der Überheblichkeit, meine bescheidene Tätigkeit als Diener Gottes mit dem Werk unseres Herrn auch nur im Ansatz zu vergleichen. Ich würde mich einer unverzeihlichen Sünde schuldig machen. Nein, diese Namen sollen sie in ihrem Stolz und Wissen stärken, daß wir alle, ob weiß oder schwarz, vor Gott, dem Allmächtigen, gleich sind.«

»Und Hagar, ist das auch der Name einer biblischen Fürstin?« wollte Abigail wissen.

»Nein. Sarai, die Frau Abrams, hatte eine ägyptische Magd, und die hieß Hagar, ebenfalls nachzulesen in der Genesis«, erklärte der Missionar, während sie in den Schatten hoher Eukalyptusbäume eintauchten, deren Duft von belebender Frische war. Der Schatten war eine Wohltat, denn die Sonne an diesem Tag, den sie für ihren Aufbruch gewählt hatten, stand noch mit aller Kraft am blauen Himmel. Zwar war der

Spätsommer angebrochen und der Herbst nicht mehr weit, aber davon war tagsüber unter dem klaren südafrikanischen Himmel wenig zu spüren. Sie folgten einem gewundenen Bachlauf, der während der heißen Monate allmählich zu einem kleinen, still dahinfließenden Rinnsal verkommen war. Doch an seinen Ufern wuchsen Büsche und Blumen in strotzender Fülle.

Abigail zog die Augenbrauen hoch. »Schau an, bei der Hottentottenfrau hat es also nur für den Namen einer einfachen Magd gereicht!« sagte sie vorwurfsvoll. »Nicht gerade viel, worauf man stolz sein kann – besonders, wenn man neben einem Fürsten sitzt.«

Patrick konnte sich ein Schmunzeln über den bissigen Seitenhieb nicht verkneifen. Und er war stolz auf ihre Schlagfertigkeit.

»Auch Hagar ist von Gott auserwählt worden und hat Großes geleistet«, erwiderte der Missionar.

»So? Welches Opfer hat sie denn auf sich nehmen müssen?« fragte sie skeptisch.

Jonathan Bourke bekam plötzlich rote Ohren und wechselte sehr abrupt das Thema, indem er sich im Sattel umdrehte und besorgt rief: »Kedar und Duma lassen die Ochsen zu weit zurückfallen. Ich werde mal nach dem Rechten schauen. Reiten Sie nur weiter!« Sprach's, lenkte sein Pferd aus ihrer Mitte und ritt ans Ende der Karawane.

Patrick und Abigail schauten ihm nach. »Die Ochsen trotten doch direkt hinter den Wagen«, stellte er fest. »Die beiden Khoikhois machen ihre Sache doch bestens. Ich weiß gar nicht, was er hat.«

»Ja, merkwürdig«, stimmte sie ihm zu, und sie sahen sich verwundert an.

Patrick zuckte mit den Schultern. »Muß wohl etwas mit der biblischen Magd zu tun haben«.

»Vermutlich.«
»Ein komischer Vogel ist er schon, aber ich mag ihn dennoch«, sagte er erheitert und hatte die Angelegenheit bereits wenige Augenblicke später vergessen, denn ein Schwarm Eisvögel hatte seine Aufmerksamkeit erregt.
Abigail ging die Sache nicht so schnell aus dem Kopf. Ihr erschien dieser abrupte Themenwechsel des Missionars doch zu merkwürdig, als daß sie es dabei belassen wollte. Sie nahm sich vor, der Geschichte mit Hagar nachzugehen. Immerhin war sie des Lesens und Schreibens mächtig, was der Missionar bestimmt nicht vermutete. Und darin lag ihre Chance. Sie mußte eine Gelegenheit finden, seine Bibel in die Hand zu bekommen und eine Weile ungestört darin lesen zu können. Es hatte keine Eile, sie konnte warten. Aber vergessen würde sie diese seltsame Angelegenheit nicht.
Schon drei Tage später ergab sich eine Gelegenheit. Sie hatten mittlerweile die Hottentotts Holland erreicht und ihr Nachtlager unterhalb vom Paß in einem Talkessel mit guter Weidemöglichkeit für die Ochsen und Pferde aufgeschlagen. Patrick befand sich noch auf Jagd. Er hatte sich den größten Teil des Tages fern des sich nur langsam vorwärts bewegenden Trecks aufgehalten, um zu sehen, ob ihm nicht ein Stück Wild vor die Flinte kam.
»Ich trage schon mal Brennholz zusammen«, sagte Jonathan Bourke, während die Hottentotten damit beschäftigt waren, die Ochsen auszuspannen und zu tränken. Von Anfang an hatte er darauf bestanden, seinen Teil zu den alltäglichen Arbeiten beizutragen, die bei solch einem Überlandtreck anfielen. Und abends galt es, Holz für zwei Lagerfeuer zu beschaffen. Der Versuch des Missionars, alle um eine Feuerstelle zu versammeln, war nämlich kläglich gescheitert. Die Schwarzen wollten lieber für sich sein. Zwar hatten sie es

nicht offen ausgesprochen, doch ihr Schweigen und ihr Verhalten an den ersten beiden Abenden hatten Bände gesprochen und Jonathan Bourke veranlaßt, nicht weiter auf einem gemeinsamen Feuer zu bestehen.

»Ich stelle indessen das Dreibein auf und wasch den Kessel aus«, erwiderte Abigail und machte sich an dem aufklappbaren, rußgeschwärzten Eisengestänge zu schaffen. Es war in einer speziellen Halterung an der Unterseite des Wagens eingehängt, den der Missionar Patrick und ihr als nächtliche Unterkunft zugewiesen hatte und der mit all den Waren für die Kaffern beladen war.

»Scheint mir, als traute er seinen bekehrten Fürsten doch noch nicht die Einhaltung *aller* zehn Gebote zu. Besonders das nicht, das mit dem Stehlen zu tun hat«, hatte Patrick scherzhaft zu ihr gesagt, nachdem der Missionar darauf bestanden hatte, daß sie und niemand anders in dem Wagen schlafen sollten. Für ihre dunkelhäutigen Begleiter waren die beiden Zelte da, und die seien genauso bequem und nicht weniger Schutz bietend wie die Wagen, wie er ihnen nachdrücklich versichert hatte.

Die Bibel befand sich jedoch im anderen Wagen, wo Jonathan Bourke seine Schlafstatt und neben all den Kisten und Säcken auch sein weniges persönliches Hab und Gut verstaut hatte – wie seine prächtige in Leder gebundene Bibel, aus der er ihnen jeden Morgen und jeden Abend einen Abschnitt von manchmal ermüdender Länge vorlas.

Abigail wartete, bis er sich einige Dutzend Schritte von ihrem Lagerplatz entfernt hatte, und huschte dann zu seinem Wagen hinüber. Die Bibel hatte sie rasch gefunden. Sie lag gleich rechts neben dem Durchstieg auf seiner Kleiderkiste. Schnell wickelte sie das Buch aus dem Stück Gobelinstoff, in den es zum Schutz vor Staub und Dreck eingeschlagen war. Sie brauchte nicht lange zu blättern, um auf Das

Buch Genesis zu stoßen. Nun galt es, diese bewußte Stelle mit der ägyptischen Magd Hagar zu finden. Ihr Herz klopfte, während sie mit dem Zeigefinger die Zeilen hinunterglitt. Und als sie bei Genesis 16 ankam, las sie: »Sarai, Abrams Frau, hatte ihm keine Kinder geboren. Sie hatte aber eine ägyptische Magd namens Hagar ...«

Zehn Verse weiter, und sie wußte alles, wodurch sich die biblische Hagar ausgezeichnet hatte, und mit diesem Wissen kam ihr eine Ahnung, warum der Missionar Jeturs Frau ausgerechnet auf diesen Namen getauft hatte. Es verwirrte sie, bedeutete Hagar doch Auszeichnung und Makel zugleich. Aber sie sagte sich, daß sie später noch Zeit genug hatte, um darüber nachzudenken, legte die Bibel zurück und verließ eiligst den Wagen.

Niemand bemerkte sie, denn ein glücklicher Zufall fügte es, daß Patrick im selben Augenblick ins Tal geritten kam – mit vier Enten an seinem Sattel. Sogar Jonathan Bourke eilte zu ihm, um die fette Beute mit gebührender Freude und Anerkennung zu begutachten.

Am liebsten hätte Abigail den Missionar noch am selben Abend auf Hagar angesprochen, aber es ergab sich keine passende Situation. So neugierig sie auch war, so recht war es ihr andererseits, daß sich nicht gleich eine Gelegenheit bot. Nicht, weil sie Gewissensbisse wegen ihres Tuns gehabt hätte. Weit gefehlt! Sich seine Bibel für ein paar Minuten ausgeliehen zu haben, war nichts, wessen sie sich schämen mußte, auch wenn das hinter seinem Rücken geschehen war. Denn immerhin hatte er sie ja quasi dazu verleitet, sich selber kundig zu machen, als er das Gespräch so abrupt abgebrochen und davongeritten war, anstatt ihnen die ganze Geschichte über Hagar, die ägyptische Magd, und damit auch über Jeturs Hagar zu erzählen. Nein, was sie zögern ließ, war die Tatsache, daß sie Jonathan Bourke eigentlich

doch sehr mochte, auch wenn sie seinen missionarischen Eifer manchmal für etwas zu schwärmerisch hielt, und ihn nicht in Verlegenheit bringen oder gar verärgern wollte.
Abigail fand auch in den nächsten beiden Tagen keine ruhige Stunde für ein solches Gespräch. Sie und alle anderen waren erst einmal mit bedeutend wichtigeren Aufgaben beschäftigt. Am folgenden Morgen gingen sie die Überquerung des Passes an, was eine mühselige, schweißtreibende und nicht ganz ungefährliche Angelegenheit war. Das traf ganz besonders auf den Abstieg ins Tal zu. Die steilen Hänge zu bewältigen, ohne einen Ochsen zu verlieren oder gar einen Wagen zu Bruch zu fahren, verlangte großes Können von den Hottentotten. Die Hinterräder mußten mit Bremsschuhen versehen werden, und von den zehn Ochsen wurden acht als zusätzliche, lebende Bremse *hinter* die Planwagen gespannt, um zu verhindern, daß sie außer Kontrolle gerieten und am Fuße der Hänge zerschellten.
Sie benötigten zwei volle Tage für die Überquerung, dann konnten sie ihre Reise mit normalem Tempo, das sie täglich im Schnitt um die zwölf Meilen weiter gen Osten brachte, fortsetzen. Ihr nächstes Ziel war die Missionsstation Genadendal jenseits des Zondereind River. Dort hatte schon 1737 der deutsche Missionar George Schmidt im Zondereind-Tal einen ersten Missionsversuch unter den da lebenden Hottentotten unternommen, unter dem Druck der Holländer seine Arbeit jedoch bald einstellen und das Land verlassen müssen. Erst fünfundfünfzig Jahre später hatten die Vertreter der MORAVIAN-BRETHREN-Gesellschaft ihre Tätigkeit an diesem Ort, der den Namen Bariaanskloof trug, was ›Schlucht der Affen‹ bedeutete, wieder aufnehmen können. Im Jahre der britischen Annexion der Kolonie war die Missionsstation dann in Genadendal, ›Tal der Gnade‹, umbenannt worden.
Am frühen Mittag des Tages, an dem sie zum Zondereind

River gelangten und Wagen wie Ochsen sicher durch die Furt brachten, fand Abigail einen geeigneten Augenblick, den Missionar mit ihrem neuen Wissen zu überraschen.
Sie hatten eine Rast eingelegt, um die Gespanne zu wechseln. Der Missionar saß neben einer Silberdornhecke auf einem umgestürzten Baumstamm und putzte seine Brille, während Patrick die Zeit nutzte, um der Schneide seines Jagdmessers mit Spucke und einem flachen Schleifstein noch mehr Schärfe zu verleihen.
Abigail setzte sich neben ihn und schob sich ihren Strohhut tiefer in die Stirn, denn die Sonne stach blendend in die Augen, wenn sie zu den Wagen hinüberschaute. Sie sah, wie Hagar sich mit der linken Hand an einer Radspeiche festhielt, während sie sich mit der rechten den offenbar schmerzenden Rücken rieb.
Jonathan Bourke setzte die Brille wieder auf und sah wie sie zu den Wagen hinüber. Auch sein Blick fiel auf Hagar, und er seufzte mitfühlend. »Der Kutschbock eines Ochsenwagens ist für eine Frau in ihrem Zustand wahrlich kein geeigneter Ort«, sagte er. »Kein Wunder, daß sie die meiste Zeit lieber neben dem Wagen hergeht.«
Das war für Abigail das Stichwort, auf das sie gewartet hatte. »Woher haben Sie überhaupt gewußt, daß Jetur nicht der Vater des Kindes ist?« fragte sie und schaffte es, ihre Stimme ganz beiläufig interessiert klingen zu lassen.
Der Missionar wandte ihr abrupt das Gesicht zu. Sprachlose Verblüffung stand in seinen Augen, und sein Mund klappte wie eine Lade auf.
Gleichzeitig brach das Schleifgeräusch ab. Patrick sah mit einem nicht weniger verdutzten, aber doch bedeutend verständnisloseren Ausdruck zu ihr hinüber.
Abigail revanchierte sich ihrerseits mit einem scheinbar verwirrten Lächeln, als könnte sie die Verblüffung des Mis-

sionars nicht verstehen. »Darum geht es doch bei der biblischen Hagar, nicht wahr? Ich meine, daß sie das Kind ihres Herrn trägt.«

»Abby!« rief Patrick erschrocken. »Wovon redest du da? Wie kannst du Hagar unterstellen, daß Jetur nicht der Vater des Kindes ist!«

»Also in der Genesis steht, daß Sarai, Abrams Frau, ihm keine Kinder geboren hatte. Daraufhin hat sie ihren Mann zu ihrer Magd Hagar geschickt, damit diese ihm den gewünschten Sohn schenkt. Und er hat sie auch willig geschwängert«, erzählte Abigail ihm die biblische Geschichte und weidete sich dabei insgeheim an den schockierten Gesichtern der beiden Männer. »Aber als Sarai sah, daß ihre Magd und ihr Mann ihre Sache offenbar sehr gut gemacht hatten, wurde sie wütend und ganz schön eifersüchtig.«

Während Jonathan Bourke noch immer kein Wort herausbrachte, bekam Patrick einen roten Kopf und sagte hastig und beschwörend: »Abby, bitte, das ist jetzt aber wirklich genug!«

»Nein, warte! Das Beste kommt doch erst noch«, erwiderte sie, denn sie dachte gar nicht daran, auf den zweiten Teil der Geschichte zu verzichten. »Sarai geht also zu ihrem Mann und sagt: ›Entweder sie oder ich! Entscheide dich!‹ Abram jedoch weiß nicht, was er machen soll. Er ist wie viele Männer, die sich gern vor der Verantwortung für ihr Tun drücken, indem sie die Entscheidung den Frauen zuschieben. Man könnte auch sagen, daß er feige ist ... der Abram, meine ich«, fügte sie mit einem vieldeutigen Lächeln hinzu. »Denn er sagt zu seiner Frau: ›Entscheide du. Sie ist ganz in deiner Hand. Tu mit ihr, was du willst.‹«

Jonathan Bourke atmete neben ihr hörbar ein. Es schien ihm Mühe zu bereiten.

Abigail gab vor, es nicht zu bemerken. Munter fuhr sie fort:

»Daß er die ganze Zeit seinen Spaß mit der Magd gehabt und sie geschwängert hat, davon will der gute Abram nichts mehr wissen. Statt zu seinem Tun und Treiben wie ein Mann zu stehen und Hagar vor der Wut seiner Frau zu schützen, macht er es sich einfach und will mit den Folgen nichts mehr zu schaffen haben. Er überantwortet Hagar seiner Frau, welche ihre Wut an der Magd, die sie ihrem Mann doch selbst ins Bett gedrängt hat, ausläßt und ihr fortan das Leben zur Hölle macht, bis Hagar es nicht mehr aushält und davonläuft. In der Wüste dann findet ein Engel des Herrn die Arme und überredet sie, zurückzugehen und die harte Behandlung zu ertragen. Dafür wird sie einen Sohn gebären, den sie Ismael nennen soll. Ich weiß zwar nicht, was so wunderbar an den Worten des Engels war und weshalb sie die harte Behandlung auf sich nehmen sollte, aber auf jeden Fall ist Hagar, ganz die duldsame Magd, wieder zu Sarai und Abram zurückgekehrt, hat wirklich einen Sohn zur Welt gebracht und ihn auch brav Ismael genannt.« Mit dem für sie typisch spitzbübischen Lächeln, in dem diesmal aber auch eine Spur Ingrimm lag, sah sie zu Patrick. »Ach ja, der Abram war damals übrigens schon sechsundachtzig, als er sich diese Hagar ins Bett geholt hat und sie hinterher wie eine faule Frucht hat fallenlassen. So gesehen waren die Barmherzigen Schwestern in der Auswahl ihrer Männer für Martha und Tilly geradezu einfühlsam, findest du nicht auch?«

Patrick war von der Geschichte, die Abigail in einem Fluß von sich gegeben hatte und die natürlich gewisse Vermutungen in bezug auf Jeturs Frau nahelegte, so perplex, daß er sich an den jungen Geistlichen wandte: »Stimmt das, Reverend? Steht das wirklich so über diese Hagar in der Bibel?«

Jonathan Bourke fühlte sich sichtlich unwohl in seiner Haut. »Nun ja ...«, begann er verlegen und räusperte sich.

»Ich ... äh, ich ... ich wußte ja gar nicht, daß Ihre Schwester so bibelfest ist.«

»Sie kann besser lesen und schreiben als ich«, erklärte Patrick.

»Ja, und ich habe mir die Freiheit genommen, die Stelle in der Bibel nachzulesen«, warf Abigail nicht ohne Stolz ein.

»Also ist sie wahr?« bohrte Patrick nach.

»Ja, das ist sie«, bestätigte der Missionar, um aber rasch hinzuzufügen: »Obwohl Sie da einiges unterschlagen haben, Abigail, so zum Beispiel die Stelle, in der davon die Rede ist, daß Hagar die Achtung vor ihrer Herrin verlor, als sie in anderen Umständen war ...«

»Die hätte ich auch verloren, wenn ich an ihrer Stelle gewesen wäre und die Herrin mich mit ihrem über achtzigjährigen Ehemann verkuppelt hätte«, entgegnete sie bissig.

Patrick warf unwillkürlich einen Blick zu Jetur und Hagar hinüber. »Sie werden sich wohl etwas dabei gedacht haben, als Sie die Hottentotten getauft und dieser Frau ausgerechnet diesen ... bedeutungsschweren Namen gegeben haben«, sagte er, da ihm der Mut für eine direkte Frage fehlte. Abbys offene Art war seine Sache nicht.

Jonathan Bourke zögerte mit der Antwort, erkannte jedoch, daß er den beiden keinen Sand in die Augen streuen konnte und die Wahrheit der beste Weg war. »Ja, das habe ich. Jeturs Hagar ist ein ähnliches Schicksal widerfahren wie der ägyptischen Magd«, gestand er. »Hagar kommt von einem Weingut im Franschhoek-Tal. Ihr Herr hat sie sich zur Geliebten genommen und sie ... geschwängert. Die Frau des Weinbauern hat sie vom Gut vertrieben, als sie dahinterkam. Jetur hat sich ihrer angenommen. Es macht ihm nichts aus, daß nicht er der Vater des Kindes ist, das sie unter dem Herzen trägt. In diesen Dingen sind die dunkelhäutigen

Völker dieses Landes viel großmütiger als wir zivilisierten Nationen. Sie ist seine Frau, und damit ist es nun sein Kind.«
»Aber warum haben Sie die Frau für den Rest ihres Lebens mit dem Makel dieses Namens behaftet?« wollte Abigail wissen.
Nun trat ein Lächeln auf das sommersprossige Gesicht des Missionars. »Weil es vor unserem Herrn einen solchen Makel nicht gibt, Abigail. Gott hat ein Zeichen gesetzt, als er diese Frau nicht nur unter seinen Schutz gestellt, sondern ihr auch diesen Sohn Ismael geschenkt hat, dessen zwölf Nachkommen alle Fürsten waren. So wie vielleicht eines fernen Tages die Nachkommen unserer Hottentotten-Hagar eine bedeutende Rolle in der Geschichte dieses Landes spielen werden.«
Patrick lachte erheitert. »Ich glaube, da werden aber die Buren und auch die Engländer noch ein Wörtchen mitzureden haben.«
Der Missionar zuckte mit den Schultern. »Wir mögen es nicht mehr erleben, doch vielleicht die Generationen nach uns. Gottes Wege sind uns Sterblichen ebenso rätselhaft wie wundersam, mein Sohn, und unter seiner Sonne ist nichts unmöglich.«
»Und was ist aus der biblischen Hagar geworden?« fragte Abigail.
»Gott erschien Abram und trug ihm auf, sich von nun an Abraham zu nennen, da Er ihn zum Stammvater seines Volkes erkoren hatte, und fortan hieß seine Frau auch nicht mehr Sarai, sondern Sarah. Und Sarah gebar ihrem Mann schließlich einen eigenen Sohn, den sie nach Gottes Willen Isaak nannten. Als dieser geboren war, verlangte Sarah von Abraham, daß er Hagar und Ismael verstoße.«
»Was der natürlich auch prompt tat!« mutmaßte Abigail grimmig.

Jonathan Bourke nickte mit einem leicht gequälten Lächeln. »Ja, das tat er, aber der Allmächtige nahm sich ihrer an, wie er sich aller Sünder barmherzig annimmt«, versicherte er. »Denn in allem, was das Leben uns an Härten und scheinbaren Ungerechtigkeiten abverlangt, steckt Gottes Wille.«
»Das dürfte vielen ein reichlich schwacher Trost sein«, erwiderte sie aufmüpfig.
»Die Kraft kommt aus dem Glauben.«
Abigail ließ es dabei bewenden, und sie kehrten nun zu ihren Pferden zurück, da die ausgeruhten Ochsen eingespannt waren und sie ihren Weg zum Fluß fortsetzen konnten. Noch kurz vor Einbruch der Dunkelheit trafen sie in Genadendal ein.
Die Missionsstation lag in einem wahrlich idyllischen Tal und war von beachtlicher Größe. Es gab nicht nur mehrere Dutzend jener primitiven und für die Kolonie so typischen Hartebeesthütten, die aus Lehm über Flechtwerk und einem Reetdach bestanden, sondern auch einige solide Steingebäude und eine kleine Kirche. Zahlreiche Hottentotten hatten sich rund um die Mission angesiedelt.
Jonathan Bourke war von der Mission begeistert und verbrachte viele Stunden mit seinem Glaubensbruder und dessen Helfern, auch wenn diese einer anderen Missionierungsgesellschaft angehörten. Er nahm jeden Rat begierig in sich auf, um möglichst viel für sein eigenes Vorhaben zu lernen.
Patricks Begeisterung über das, was er da sah, hielt sich dagegen in Grenzen. Er hatte den Eindruck, daß es den meisten Hottentotten weniger um den Glauben als um ein möglichst bequemes Leben ohne allzuviel Arbeit ging. Er sah zu viele von ihnen herumlungern und den Tag regelrecht verdösen. Und so war er froh, als sie nach einem Aufenthalt von drei Tagen endlich die Ochsen vor die Wagen spannten und wieder hinaus ins Veld zogen.

20

Später sollte sich Patrick an die Reise mit Jonathan Bourke vom Kap zum Great Fish River als an eine unvergleichlich sorgenfreie und wunderbare Zeit erinnern. Und erst im Rückblick sollte er erkennen, daß diese Monate die glücklichsten gewesen waren, die er in den ersten zehn, fünfzehn Jahren in Südafrika erlebt hatte.
Aber auch wenn ihm jetzt das Wissen fehlte, mit welch sehnsüchtigen Empfindungen er in späteren Jahren einmal an diese ihre erste Reise quer durch die Kolonie zurückdenken würde, so ahnte Patrick doch schon, daß dieser Treck mit dem Missionar für immer einen tiefen Eindruck in Abigail und in ihm hinterlassen würde.
Der Zauber, der diese Reise kennzeichnete, hatte viel mit dem gemächlichen Tempo zu tun, mit dem sie sich vorwärts bewegten. Der ruhige, beständige Trott der Ochsen, die an ihrem besten Tag zweiundzwanzig Meilen zurücklegten, gab den Wochen und Monaten ein Zeitmaß, das Beständigkeit mit beschaulichem Frieden verband.
Manchmal kam es Patrick und Abigail angesichts der gewaltigen Ausdehnung des Landes mit seinen immer neuen Bergketten so vor, als kämen sie gar nicht von der Stelle. Wenn sie gegen Abend ihr Lager aufschlugen, schien es ihnen oft so, als wären die Berge in der Ferne, auf die sie während des ganzen Tages zugehalten hatten, nicht um einen Inch näher gerückt. Es gab Tage, an denen die Ungeduld sie heimsuchte und in ihnen den Wunsch weckte, doch schneller voranzukommen. Doch diese Anwandlungen hielten sich nie lange. Unbewußt spürten sie, daß dieses Ochsentempo das richtige Zeitmaß vorgab, um mit der unfaßlichen Weite und Leere dieses riesigen Kontinentes vertraut zu werden.

Und wie gewaltig das Land war! Wenn Patrick sich von der kleinen Karawane entfernte, um sich auf die Jagd auf Antilopen, Gnus und Gemsböcke zu begeben, spürte er die Unermeßlichkeit der Ebenen und der zahllosen Bergketten gelegentlich wie eine beklemmende, erdrückende Last auf seiner Brust. In den ersten Wochen hatte er dann für einen kurzen Moment des Erschreckens das Gefühl, von der unvergleichlichen Weite des Veldes und der endlosen Tiefe und Bläue des Himmels regelrecht aufgesogen zu werden. Nie zuvor war er sich der Vergänglichkeit und Nichtigkeit der menschlichen Existenz so bewußt geworden. Die Landschaft war grandios, aber in ihrer Fremdartigkeit und Leere auch so furchteinflößend wie ein riesiger Ozean, der ebenso zu friedlicher Sanftmut wie zu gnadenloser Vernichtungswut fähig ist.

Patrick brauchte nicht lange, um in brennender Liebe zu diesem Land zu entflammen. Immer wieder hielt er auf einer Anhöhe an, *kopje* von den Buren genannt, um das phantastische Panorama auf sich einwirken zu lassen. Und mehr als einmal überlief ihn dabei eine Gänsehaut vor innerer Bewegung über die Großartigkeit und Unfaßbarkeit der Natur, die Landschaften von solcher Monumentalität geschaffen hatte. Die See der goldbraunen Steppe, durchsetzt von mächtigen Tafelbergen, auf deren Hänge scheinbar Riesen ihre Murmeln in Form von gewaltigen Felsbrocken zurückgelassen hatten, sowie die tiefgestaffelten Bergketten, die im einzigartigen Licht der afrikanischen Sonne je nach Tageszeit in der Ferne in den unglaublichsten Schattierungen von Blau und Violett schimmerten, sie raubten ihm den Atem und weckten in ihm ehrfürchtiges Staunen und Dankbarkeit, dies alles sehen und erleben zu dürfen.

O ja, er liebte dieses Land und war ihm verfallen, noch bevor er sich dessen selbst bewußt wurde. Doch diese Liebe war zu Anfang nicht frei von verwirrtem Staunen und Furcht und der Unsicherheit, wie er sich ihr nähern sollte und ob es nicht vielleicht eine Liebe war, die ihn zerstören würde. Die behäbige Geschwindigkeit, mit der sie in dieses ihm fremde und verheißungsvolle Land vordrangen, gab ihm deshalb die nötige Zeit, um mit der neuen, wundersamen Welt vertraut zu werden und zu einer inneren Einstellung, einem Rhythmus im Leben und Denken zu finden, der den ganz eigenen Gesetzen Afrikas gerecht wurde.

Abigail erging es nicht viel anders. Häufig begleitete sie Patrick auf seinen langen Ausritten, und nicht immer war ihr Ziel, Wild zu erjagen. Sie genossen es, Seite an Seite über die Steppe zu reiten. Es gab Tage, da ritten sie kurz nach dem Einspannen der Ochsen los und kehrten erst am Nachmittag zu Jonathan Bourke und seinen Schwarzen zurück. Sie rasteten unter duftenden Pfeffer- und Eukalyptusbäumen, ließen ihre Pferde im Schatten von herrlichen Schirmakazien weiden und erfreuten sich am Anblick der Silber- und Mimosenbäume.

»Von mir aus kann der Great Fish River noch Jahre entfernt sein«, sagte Abigail einmal, als sie zur Mittagszeit auf einem Kopje Rast machten, dessen Hänge mit wilden Wichurianarosen übersät waren.

Patrick saß mit ihr Schulter an Schulter gegen den Stamm einer Schirmakazie gelehnt und schnitt ihr gerade ein Stück von der getrockneten Burenwurst ab. »Und warum?«

»Weil ich glücklich bin«, antwortete sie schlicht. »Ich habe mich noch nie so frei und ungebunden und fast wunschlos glücklich gefühlt. Mit dir einfach so herumzuziehen, ist das Schönste, was ich mir vorstellen kann. Ergeht es dir nicht auch so?«

Er lächelte. »Ich gebe zu, daß ich mich schon mal unwohler

gefühlt habe. Und du bist auf die Dauer wirklich besser zu ertragen als der gute Reverend mit seinem Eifer.«

Enttäuscht über seine spöttische Antwort, boxte sie ihn in die Rippen. »Manchmal könntest du wahrlich mehr Gefühle zeigen, Patrick!« grollte sie. »Und mach nicht solche Scherze über den Reverend. Er ist ein so liebenswürdiger und netter Mann. Ich mag ihn. Gegen ihn bist du manchmal so stur und gefühllos wie einer seiner Ochsen!« Ihre Augen blitzten ihn ärgerlich an.

Patrick erwiderte ihr wütendes Funkeln mit einem nachdenklich spöttischen Blick.

»Was starrst du mich so an?«

Er grinste. »Mir ging gerade durch den Kopf, daß du diesen alten Strohhut vielleicht mal gegen so einen gestärkten weißen Schutenhut, wie ihn die Burenmädchen tragen, vertauschen solltest, so mit ordentlich geknoteter Bändchenschleife unter dem Kinn.«

»So? Und warum?« fragte sie mißtrauisch.

»Na ja, vielleicht hat dieses Häubchen einen dämpfenden Einfluß auf dein vorlautes Benehmen, Schwesterchen. Mit so einer spitzen Zunge fängst du dir später bestimmt keinen feschen Burensohn ein, der dich zur Frau nimmt«, zog er sie auf.

»Ich will keinen Burensohn!« erwiderte sie scharf und sprang auf. Mit geballten Fäusten und zornsprühenden Augen stand sie vor ihm. »Und mich wird auch keiner zur Frau *nehmen*, als wäre das ein Akt der Herablassung und Barmherzigkeit, Patrick O'Brien. Meinen Mann suche ich mir schon selber aus. Und wer mich zur Frau will, der muß sich schon um mich bemühen! Außerdem denke ich gar nicht daran, irgend jemanden zu heiraten. Männer sind wie Esel: störrisch, unbelehrbar und blind für die wirklich wichtigen Dinge im Leben. Ihr seht doch bloß das unscheinbare

Grün über der Erde, aber nicht die Mohrrübe darunter – und trampelt in eurer Einfalt darüber hinweg!«

Abigail wandte sich hastig von ihm ab, damit er nicht die Tränen sah, die ihr in die Augen schossen, und lief zu ihrem Pferd. Sie schwang sich in den Sattel und ritt in Richtung Treck davon.

»Abby!« rief Patrick und schaute ihr verständnislos nach. Was hatte er denn bloß Schlimmes gesagt, daß sie so wütend auf ihn war? Frauen! Mochte sie verstehen, wer will!

Patrick folgte ihr, gab sich jedoch keine Mühe, sie einzuholen und zur Rede zu stellen. Er kannte Abigail gut genug, um zu wissen, daß sie jetzt nicht mit ihm sprechen würde. Auch als er lange nach ihr beim Treck eintraf, mied sie demonstrativ seine Nähe und hielt sich bei Jetur und Hagar auf, mit der sie sich mittlerweile angefreundet hatte, was bei Hagars äußerst schüchternem, ja fast verschrecktem Wesen eine große Leistung bedeutete.

Erst als sie sich in ihre schmalen Kojen im Planwagen begaben, wobei Abigail eine gute halbe Stunde nach ihm in den Wagen kam, zeigte sie sich versöhnlich, als er im Dunkeln sagte: »Was immer ich Falsches von mir gegeben habe, Abby, ich wollte dich damit bestimmt nicht verletzen. Es tut mir leid, wenn ich es unbewußt dennoch getan habe. Bist du mir wieder gut?«

»Ach Patrick, ich könnte dir nie wirklich böse sein«, antwortete sie ihm mit weicher Stimme, in der Wehmut mitschwang. »Das ist ja gerade das Schlimme.«

Patrick war froh, daß dieses Mißverständnis, was immer es auch gewesen sein mochte, nicht mehr zwischen ihnen stand. Es gab für ihn nichts Bedrückenderes, als unversöhnt mit einem Menschen, der ihm soviel wie Abigail bedeutete, zu Bett zu gehen und diese Bedrückung mit in den Schlaf zu nehmen. Und nach einer Weile sagte er: »Abby?«

»Ja, Patrick?«
»Ich glaube, ich würde so ein weißes Häubchen bei dir auch gar nicht schön finden. Ich mag dich mit deinem Strohhut viel lieber.«
Kurzes Schweigen. »Möchtest du jetzt, daß ich das mit dem Esel zurücknehme?«
»Besser nicht. Es sähe dir nicht ähnlich.«
Sie lachte leise. »Du hast recht. Schlaf schön.«
»Du auch.«
In Swellendam, einer großen Siedlung, füllten sie ihre Vorräte an frischem Obst und Gemüse auf und zogen über die Berge in die Kleine Karroo. Sie umgingen die Langebergkette, kamen jedoch nicht umhin, die Groot Swartberge zu überqueren, deren höchste Gipfel mehr als sechstausend Fuß aufragten. Sie zogen an golden leuchtenden Felsbarrieren entlang, die wie Zinnen und Palisaden aus steinernen Pfeilern aussahen, und durch Schluchten, deren Schatten einen lila Schimmer besaßen.
Jenseits dieser Berge erstreckte sich die Halbwüste der Großen Karroo. Es war eine eigentümliche Landschaft von rauher, wilder Schönheit, die in nichts mehr an die fruchtbaren Täler und Ebenen der Kapregion erinnerte. Das Gras, das hier gedieh, war struppig und zum Teil so hart und scharf wie niedrigwachsendes Schilf. Aloen, Stapelien und Euphorbien sowie Dornensträucher und Akazien prägten die karge Vegetation dieser Region. Wie steinerne Riesen lagen mächtige Basaltblöcke über die Ebenen von unvorstellbarer Weite verstreut und schienen die Lebensfeindlichkeit dieses Landstrichs noch zu betonen.
Aber so leer das Land auf den ersten Blick auch schien, es war doch nicht mehr frei, sondern von Treckburen und Farmern besiedelt, deren einsame Gehöfte wie Oasen menschlichen Lebens der braunen Eintönigkeit der Karroo trotzten.

In diesen Wochen, in denen sie in Richtung Graaff-Reinet zogen, lernten Patrick, Abigail und Jonathan Bourke viel über den eigenartigen Menschenschlag der Buren und ihre Lebensweise, beides deutlich von der Weite und den Bedingungen dieser rauhen Gegend geprägt. Der Mensch drückte dem Land zweifellos seinen Stempel auf, aber noch mehr formte das Land die Menschen.

Die meisten Buren, die ihnen begegneten, beeindruckten sie allein schon durch ihre körperliche Statur, die oft von grobschlächtiger Natur war, was auch auf die Mehrzahl der Frauen zutraf. Die bärtigen Männer, sichtlich gut genährt und von geradezu strotzender Muskelkraft, erschienen ihnen wie biblische Gestalten, von Kopf bis Fuß in derbe Lederkleidung gehüllt, die aus eigener Herstellung stammte, das legendäre *boer roer*, den übermannslangen Vorderlader, über der Schulter oder quer über dem Sattel, und einen Hut aus Filz oder Leder mit riesiger Krempe auf dem Schädel.

Die Farmhäuser waren fast ausnahmslos nach dem Prinzip der Hartebeesthütten errichtet. Der Boden bestand aus einem Gemisch aus Kuhmist und Lehm, der nach dem Austrocknen eisenhart und glatt wie Stein wurde. Im Innern der Häuser, die oft nur aus einem großen Raum bestanden, hingen von den Deckenbalken dicht an dicht getrocknetes Fleisch und Fisch, wenn sich ein Fluß in der Nähe befand, sowie gebündelte Kräuter aller Art, Körbe, Säcke, Kleidung, Pulverhörner und Beutel mit selbstgegossenen Kugeln und vieles andere mehr. Auf den Veranden standen nicht selten von der Sonne ausgebleichte Ochsenschädel, die als Sitze dienten. Und auf keiner Stoep fehlte die obligatorische Kanne Kaffee, von dem sich jeder bedienen durfte, der des Weges kam, auch jeder Fremde.

Es war die Regel, daß die Söhne schon vor ihrem zwanzigsten Lebensjahr verheiratet waren, und nicht ungewöhnlich, daß sie mit ihrer Frau im elterlichen Haus wohnen blieben. Die Regel war es auch, daß die Frauen fünfzehn Kinder und mehr zur Welt brachten und daß dem Oberhaupt der dementsprechend großen Familie Macht und Respekt von geradezu alttestamentarischem Ausmaß zukam, was von allen als gottgewollt anerkannt wurde. Und für wie primitiv und hinterwäldlerisch die Buren in diesen einsamen Landstrichen von den Bewohnern in den größeren Ortschaften in der Kapregion auch betrachtet wurden, so waren diese Menschen doch keine Ignoranten, was die Erziehung ihrer Kinder betraf. Auf vielen abgelegenen Farmen begegnete man einem sogenannten *meester*, einem Lehrer, der gewöhnlich aus Europa, vorzugsweise aus Holland, rekrutiert wurde. Was jedoch nichts daran änderte, daß die freie, grenzenlose Natur, eben das Veld, ihre Welt war und daß die Größe der Viehherden, handwerkliche Fähigkeiten sowie Reiten und Schießen den Wert eines Mannes bestimmten. Was die Handhabung eines Pferdes und die Treffsicherheit anging, waren die Buren unübertroffen.

Ebenso legendär war die Gastfreundschaft der Buren. Sie war von einer Bedingungslosigkeit, wie Patrick, Abigail und Jonathan Bourke sie bis dahin nicht für möglich gehalten hätten. Wer zur Unterkunft eines Buren kam und der Hilfe bedurfte, dem wurde niemals die Tür gewiesen. Es gab nicht einmal ein Zögern. Ihr ehernes Gesetz der Gastfreundschaft gebot es ihnen, mit jedem Fremden, der darum bat, das zu teilen, was sie besaßen, und ihm einen Schlafplatz unter ihrem Dach anzubieten. Das schloß auch diejenigen Fremden ein, denen die Buren nicht wohlgesonnen waren, und zu denen zählten insbesondere Missionare wie Jonathan Bourke, die es sich auf ihre Fahnen geschrieben hatten, den Sklaven, Hottentotten und insbesondere den heidnischen

Kaffern, mit denen die Buren seit Beginn der südafrikanischen Besiedlungsgeschichte auf Kriegsfuß standen, die christliche Lehre von Brüderlichkeit und Gleichheit zu predigen.

Oft war eine Verständigung kaum möglich, da die meisten nur ihre *taal* sprachen, die sich immer mehr zu einer afrikanischen Version des Holländischen entwickelte, und des Englischen bis auf ein paar Brocken nicht mächtig waren. Aber an ihrer Feindseligkeit gegenüber Jonathan Bourke konnte es keine Zweifel geben, zumal dieser auch bei derlei Begegnungen weder daran dachte, seine Zugehörigkeit zur LONDON MISSIONARY SOCIETY zu verschweigen, die bei den Buren regelrecht verhaßt war, noch mit seinen Ansichten über die Sklaverei im allgemeinen und in der Kapkolonie im besonderen hinter dem Berg zu halten.

In jedem Burenhaus gab es eine große, schwere und in Leder gebundene Bibel. Die Heilige Schrift war das einzige Gesetzbuch, das diese strengen Calvinisten gelten ließen, wobei sie dem Alten Testament die größte Bedeutung als Wegweiser in ihrem irdischen Leben beimaßen.

»Gehen Sie nur zu den Kaffern, Engländer!« sagte einer der Buren, der ihre Sprache erlernt hatte, mit mühsam beherrschtem Groll. »Und mögen Sie lange genug leben, damit Sie noch die giftigen Früchte der bösen Saat, die Sie unter den Heiden zu säen gedenken, selbst zu schmecken bekommen!« Und dann rief er ihnen noch mit alttestamentarischer Unversöhnlichkeit wie einen Fluch nach: »Leben für Leben, Auge für Auge, Zahn für Zahn, Hand für Hand, Fuß für Fuß, Brandmal für Brandmal, Wunde für Wunde, Strieme für Strieme, Engländer!«

Im Gegensatz zu Abigail und Patrick erschütterte dieser zornige Nachruf den Missionar nicht im geringsten. »Er kennt seinen Exodus sehr gut«, kommentierte er trocken

und rief über die Schulter zurück: »Das Alte Testament in Ehren, aber verschließen Sie nicht die Augen vor der wahren Botschaft unseres Herrn! Lesen Sie auch mal den Galater 3 und 4 und Jeremia 34. Das wäre ein Anfang, Mijnheer!«
Der Bure würdigte ihn keiner Erwiderung.

21

Drei Tagereisen vor Graaff-Reinet, der größten Siedlung im östlichen Grenzbezirk und am Sunday River gelegen, gab es am frühen Nachmittag plötzlich ein berstendes Geräusch, als sie ein ausgetrocknetes und von Felsbrocken übersätes Flußbett durchquerten. Der von Jetur geführte Ochsenwagen kippte vorne rechts auf die Seite, während das Rad noch ein paar Längen weiterrollte, um schließlich vor einem Felsen zum Liegen zu kommen.
»Achsenbruch!« rief Patrick. »Das hat uns gerade noch gefehlt.«
»Auch damit werden wir fertig«, meinte Jonathan Bourke gelassen, den kein noch so ärgerliches Mißgeschick aus der Ruhe zu bringen vermochte.
»Ja, wenn der Sturz mal bloß nicht Folgen für Hagar hat«, bemerkte Abigail voller Sorge.
Mit schmerzverzerrtem Gesicht und der Schwerfälligkeit einer Hochschwangeren kletterte Hagar vom schiefen Kutschbock. Abigail nahm sich ihrer an und führte sie auf der anderen Seite des Flußbettes den Hang hinauf. Sie würden hier ihr Nachtlager aufschlagen und womöglich ein paar Tage bleiben müssen, bis die Achse gerichtet war, zumindest provisorisch, damit sie wenigstens noch bis nach Graaff-Reinet kamen.
Die Ochsen wurden ausgespannt und mit den anderen

Tieren in die Obhut von Duma und Kedar gegeben. Patrick, Jetur und Jonathan Bourke begannen sogleich mit dem Entladen des Planwagens, während sich Mischma und Adbeel, die handwerklich Geschicktesten von ihnen, den Schaden besahen.

Keine Stunde später tauchten wie aus dem Nichts zwei Reiter auf, ein graubärtiger Burenfarmer namens Nicolaas Reuten und sein ältester Sohn Gerrit, der wie sein Vater die Statur eines Kleiderschranks besaß. Sie hatten den Rauch des Feuers auf ihrer nur anderthalb Meilen entfernten Farm ROOIGROND, was »Rote Erde« bedeutete, gesehen und sich sofort in die Sättel geschwungen, um nach dem Grund des Feuers zu forschen.

Als Nicolaas Reuten sah, in welchen Schwierigkeiten sie steckten, schickte er seinen Sohn umgehend zur Farm zurück, damit dieser ein Fuhrwerk für die Ladung des beschädigten Wagens sowie alle verfügbaren Arbeiter holte. Noch vor Einbruch der Dunkelheit befand sich die Gruppe des Missionars mitsamt dem defekten Wagen auf ROOIGROND.

Das Gehöft der Reutens bestand aus einem großen Hartebeesthaus, dessen rückwärtige Seitentrakte dem Gebäude einen U-förmigen Grundriß gaben. Darum herum gruppierte sich ein gutes Dutzend Hütten, bei denen es sich um die Unterkünfte der Hottentottenarbeiter handelte, sowie einige Schuppen, Stallungen und zwei große Kraals.

Wenige Stunden nach ihrem Eintreffen auf ROOIGROND setzten bei Hagar die Wehen ein. Nkema, eine alte Hottentottenfrau, stand ihr als erfahrene Hebamme zur Seite. Aber auch Abigail wich nicht von Hagars Binsenlager, denn Jeturs Frau hatte zu ihr Vertrauen gefaßt und wollte es so, obgleich Abigail die Erfahrung der alten Frau fehlte.

Und während Hagar sich in der Hütte unter den Schmerzen einer langen, schwierigen Niederkunft krümmte und Abigail mit ihr litt, gerieten Jonathan Bourke und Nicolaas Reuten, der die englische Sprache ausgezeichnet beherrschte, im Farmhaus in eine hitzige Diskussion über die Sklaverei und wie die Bibel auszulegen sei.

»Es ist Gottes Bestimmung, daß es unter den Menschen Herren und Sklaven gibt!« erklärte Nicolaas Reuten mit einer Stimme, die wie Donner grollte. »Schon im Buch Joshua steht geschrieben, daß es Frevel ist, sich mit anderen Völkern zu mischen, und daß es die Aufgabe von uns Gläubigen ist, alle heidnischen Völker zu unterwerfen. ›Du sollst in deinem Weinberg keine anderen Pflanzen anbauen, sonst verfällt das Ganze. Du sollst nicht Ochse und Esel zusammen vor den Pflug spannen!‹ Und dasselbe gilt für Christen und Heiden! Die Bibel ist voll von klaren Beweisen, daß es kein Unrecht ist, Sklaven zu haben, sofern sie eine gerechte Behandlung unter ihrem Herrn erfahren. So steht es in der Genesis und im Exodus. ›Hat der Herr einem Sklaven eine Frau gegeben und hat sie ihm Söhne und Töchter geboren, dann gehören Frau und Kinder ihrem Herrn!‹ So steht es geschrieben!«

Jonathan Bourke wußte sich zu behaupten. »Richtig, aber an jener Stelle steht auch geschrieben, daß ein Sklave nur sechs Jahre in Knechtschaft gehalten und dann freigelassen werden soll, Mijnheer!«

Der Farmer wischte den Einwand mit einer ungehaltenen Handbewegung beiseite. »Das bezieht sich allein auf hebräische Sklaven, Engländer!« entgegnete er barsch.

»Die Heiden brauchen die starke Hand eines Herrn«, warf sein Sohn grimmig ein. »›Durch Worte wird kein Sklave gebessert. Er versteht sie wohl, aber kehrt sich nicht daran. Siehst du einen, der eilfertig ist im Regen? Mehr Hoffnung gibt es für einen Toren als für ihn. Ein Sklave, verwöhnt von Jugend an, wird am Ende widerspenstig.‹ Nachzulesen in der ...«

»... Zweiten Salomonischen Spruchsammlung«, fiel der Missionar ihm ins Wort und erntete dafür einen wütenden Blick von Gerrit Reuten. »Ich weiß, mein Sohn. Aber sollte ein Christ nicht anderen Bibelstellen mehr Bedeutung zumessen? Wie etwa dem 1. Korinther 12, Vers 13: ›Durch den einen Geist wurden wir in der Taufe alle in einen einzigen Leib aufgenommen, Juden und Griechen, Sklaven und Freie; und alle wurden wir mit dem einen Geist getränkt.‹ Und lesen Sie den Galater 3, Vers 28. ›Es gibt nicht mehr Juden und Griechen, nicht Sklaven und Freie, nicht Mann und Frau; denn ihr alle seid *einer* in Christus Jesus.‹«

»Sie verdrehen die Heilige Schrift!« sagte Nicolaas Reuten erbost. »Ich kenne den Korinther. ›Wenn du als Sklave berufen wurdest, soll dich das nicht bedrücken!‹ 1. Korinther 7, Vers 21. Und im Epheser 6, Vers 4, heißt es: ›Ihr Sklaven, gehorcht euren irdischen Herren mit Furcht und Zittern und mit aufrichtigem Herzen, als wäre es Christus. Arbeitet nicht nur, um euch bei den Menschen einzuschmeicheln, sondern erfüllt als Sklaven Christi von Herzen den Willen Gottes!‹« Er hob seine Stimme. »*Den Willen Gottes*, Engländer! So befiehlt es die Bibel. Und klarer kann es kein Wort ausdrücken!«

»Der Allmächtige hat uns Jesus Christus als Erlöser geschickt«, erwiderte Jonathan Bourke mit ruhigem Nachdruck. »Seine Worte und Taten zeugen davon, daß er gegen *jede* Form der Knechtschaft und Unterdrückung war. Er hat die Liebe und die Gleichheit *aller* Menschen vor Gott gepredigt, und er hat keine Unterschiede zwischen Herren und Sklaven gemacht. Dafür hat er sich ans Kreuz schlagen lassen.«

»Ja, das ist die philisterhafte Botschaft von euch Missionaren, die ihr angeblich in Gottes Namen und mit einer entstellten Bibel über dieses Land herfallt, um Brüderlich-

keit und Gleichheit zu predigen, während ihr in Wirklichkeit aber der Rebellion und dem Ungehorsam das Wort redet!« rief Nicolaas Reuten erzürnt und mit hochrotem Gesicht. »Das ist nicht nur Hoffart, die Bibel nach politischem Gutdünken zu verfälschen, und schändliche Hinterlist gegen uns Buren, sondern auch Ungehorsam vor Gott und Verleugnung seiner wahren Lehre und Gebote!«
»›Gib acht, daß dein Herz nicht hochmütig wird! Wie die Völker, die der Herr bei eurem Angriff austilgt, so werdet auch ihr dafür ausgetilgt werden, daß ihr nicht auf die Stimme des Herrn, eures Gottes, gehört habt!‹« rezitierte Gerrit Reuten und schien den Missionar mit seinem Blick erstechen zu wollen. »›Die Befehle des Herrn sind richtig und die Urteile des Herrn sind wahr, gerecht sind sie alle!‹ Wie es in den Psalmen geschrieben steht!«
Jonathan Bourke lachte fast frohgemut auf. »Sie rufen die Psalmen als Zeugen auf? Wohlan, dann laßt uns den 35. ansehen: ›Herr, wer ist wie du? Du entreißt den Schwachen dem, der stärker ist, den Schwachen und Armen dem, der ihn ausraubt.‹ Oder laßt uns den 37. Psalm singen: ›Doch die Armen werden das Land bekommen, sie werden in Fülle genießen.‹ Nein, das gefällt Ihnen nicht? Also gut, dann versuchen wir es doch mal mit Levitikus 19, Vers 33: ›Wenn bei dir ein Fremder in eurem Land lebt, sollt ihr ihn nicht unterdrücken. Der Fremde, der sich bei euch aufhält, soll euch wie ein Einheimischer gelten, und du sollst ihn lieben wie dich selbst; denn ihr seid selbst Fremde in Ägypten gewesen.‹«
Nicolaas Reuten schlug mit der Faust auf den Tisch, daß die Becher tanzten. »Sie brauchen uns nicht an die Gesetze der Gastfreundschaft zu erinnern, Engländer. Wir halten sie heilig wie keiner sonst in diesem Land!«
»Sie müssen mich mißverstanden haben«, entgegnete Jona-

than Bourke, und Patrick, der sich nicht allein aus Mangel an Bibelfestigkeit aus der Diskussion herausgehalten hatte, bewunderte die sanftmütige Gelassenheit, die der schlaksige junge Missionar auch jetzt noch behielt. »Es wäre mir nie in den Sinn gekommen, Sie an die Gebote der Gastfreundschaft zu erinnern, Mijnheer. Was das betrifft, sind Sie und Ihre Landsleute in der Tat ein rühmliches Vorbild für uns alle.«

»Was wollten Sie dann damit sagen?« fragte Gerrit, und sein scharfer Ton verriet Wachsamkeit und Argwohn.

»Ich wollte Sie daran erinnern, daß dies nicht Ihr Land ist. O ja, Sie haben es sich mit der Macht der Musketen erobert. Aber im Grunde genommen sind doch immer noch Sie die Fremden. Doch auch wenn Sie die Wahrheit der Geschichte der gewaltsamen Eroberung dieses Landes zu Ihrem Vorteil verdrehen und kurzerhand die Schwarzen, die schon Tausende von Jahren vor dem Eintreffen des ersten weißen Mannes hier gelebt haben, zu den Fremden machen, ändert das nichts an dem Gebot, seine Mitmenschen nicht zu unterdrücken und ...«

»Das reicht!« schnitt Nicolaas Reuten ihm das Wort ab, und seine Stimme war wie ein wuchtiger Schwerthieb. »Sie sind unsere Gäste, solange Sie unserer Hilfe bedürfen. Doch ich lasse es nicht zu, daß Sie meinen, uns in der Heiligen Schrift belehren zu können! Gute Nacht!« Mit einer gebieterischen Gebärde, die jedes weitere Wort verbot, erhob er sich vom Tisch und beendete den hitzigen Disput der unverrückbaren Einstellungen. Er bestand jedoch darauf, daß der Missionar im Haus übernachtete und den besten Schlafplatz bekam, den er einem Gast anbieten konnte.

Patrick vermochte lange nicht einzuschlafen. Erst glaubte er, daß es die Nachwirkungen des Streites zwischen diesen körperlich wie geistig so ungleichen Männern waren, was ihn wach hielt. Dann jedoch wurde ihm bewußt, daß ihm Abigail und ihr kurzes und scheinbar so belangloses Gespräch vor dem Einschlafen fehlte, das ihnen seit Jahren zur Gewohnheit geworden war. Doch schon im nächsten Moment regte sich ein Schuldgefühl in ihm. Er schalt sich einen Narren, daß er, ein Mann von sechsundzwanzig Jahren, wegen eines noch nicht einmal sechzehnjährigen Mädchens meinte, nicht einschlafen zu können. Er sollte sich seiner Gefühle und Gedanken, die ihn manchmal überfielen, schämen.

Ärgerlich auf sich selbst, drehte er sich auf die Seite und zwang seine Gedanken in eine andere, weniger problematische Richtung. Er dachte an den Achsenbruch, der so schnell wie möglich repariert werden mußte, und an das fruchtbare Land zwischen dem Sunday River und dem Great Fish River, das er zu sehen nicht erwarten konnte.

Es gelang ihm sehr gut, seine Gedanken mit *vernünftigen* und praktischen Überlegungen zu beschäftigen, bis ihn der Schlaf von seinen vordergründigen Sorgen befreite. Seine Träume jedoch entzogen sich der Beeinflussung seiner Vernunft.

22

Am nächsten Morgen, Hagar lag noch immer in den Wehen, tischten die stämmige Frau des Farmers und ihre beiden Töchter dem Missionar und Patrick ein üppiges Frühstück auf. Nicolaas Reuten sprach das Dankgebet, und als seine Familie und die beiden Fremden wie ein Chor in das abschließende ›Amen‹ einfielen, hätte man angesichts dieses scheinbar einträchtigen Beisammenseins den Eindruck gewinnen können, zwischen dem Farmer und dem Missionar

stünde alles zum besten und die erregte nächtliche Auseinandersetzung hätte keine persönlichen Vorbehalte hinterlassen. Die verschlossenen Gesichter und die Tatsache, daß bei Tisch kaum ein Wort über das gerade Notwendige hinaus gesprochen wurde, verrieten jedoch, daß es den Reutens große Überwindung und Selbstbeherrschung kostete, sich nach dem erbitterten Bibelstreit der vergangenen Nacht auch weiterhin dem Gebot der bedingungslosen Gastfreundschaft zu unterwerfen.
Patrick war froh, als das Frühstück hinter ihnen lag und er der angespannten Atmosphäre entfliehen und sich im Freien betätigen konnte.
Kurz nach zehn brachte Hagar endlich ihr Kind zur Welt. Als Abigail aus der Hütte kam, sah sie so blaß und mitgenommen aus, daß Patrick einen Schreck bekam und sich Sorgen um ihr Befinden machte.
»Mit mir ist nichts, Patrick. Bestimmt nicht. Es war nur eine entsetzlich lange Nacht, und ich fühle mich einfach restlos erledigt. Dabei habe ich nicht das Geringste geleistet.«
»Sag das nicht, Abby. Du hast sehr wohl deinen Teil getan, das weiß ich, auch ohne dabeigewesen zu sein.«
»Sie hat so fürchterlich gelitten und war doch so tapfer«, erzählte sie mit müder Stimme. »Und es gab nichts, was ich für sie hatte tun können, als ihre Hand zu halten, ihr den Schweiß abzuwaschen und ihr zu versichern, daß alles gut werden würde.«
»Du bist bei ihr gewesen. Das hat ihr sicher viel bedeutet«, sagte Patrick und streichelte ihren Arm, als er die Tränen über ihr erschöpftes Gesicht laufen sah.
»Sie war so tapfer«, wiederholte Abigail mit trauriger Stimme. »Und es ist noch nicht einmal das Kind des Mannes, den sie liebt und zum Ehemann gewählt hat. Es ist das Kind ihres früheren Herrn, der sie in den Weinbergen einfach ...

einfach genommen hat ... ohne zu fragen ... so wie man ein Pferd besteigt. Und wann immer ihm danach war, hatte sie ihm zu Willen sein müssen, bis sie schwanger geworden war.«

Patrick legte seinen Arm um sie, weil ihm für diese Situation die richtigen Worte des Trostes fehlten. Er verabscheute, was dieser Weinbauer Hagar angetan hatte. Es war Unrecht. Genauso wie es bitteres Unrecht war, was manche feinen Herren in England mit ihren Bediensteten ungestraft machen konnten, auch wenn dort dem Gesetz nach keine Leibeigenschaft mehr existierte. Aber das Unrecht eines ganzen Systems gab einem dennoch nicht das Recht, alle pauschal über einen Kamm zu scheren. Und in diesem Moment, da er darüber nachdachte, wurde ihm bewußt, daß es diese grobe Verallgemeinerung war, die ihm an Jonathan Bourke gelegentlich mißfiel. Der Missionar kannte nur schwarz oder weiß und ließ in seinem Eifer die große Zone der grauen Schattierungen einfach nicht zu.

Nicht, daß er, Patrick, der Sklaverei das Wort geredet hätte, ganz im Gegenteil. Er hatte die Ohnmacht des armen Mannes und die Willkür der Herrschenden am eigenen Leib und nachdrücklich genug zu spüren bekommen. Aber in dieser Kolonie hatte Sklaverei zweifellos eine andere Bedeutung als in anderen Teilen der Welt. Seinen Beobachtungen nach handelte es sich in den meisten Fällen mehr um eine unterschiedlich starke Abhängigkeit der Schwarzen und Malaien von ihren Herren als um Sklaverei, die er mit körperlichen wie seelischen Grausamkeiten und rücksichtsloser Ausbeutung in Verbindung brachte. In Kapstadt und den großen Siedlungen im Hinterland hatte er von Grausamkeiten gegenüber den Schwarzen und Farbigen nichts feststellen können. Da gingen viele ihrer Arbeit frei nach ihren Wünschen nach, obwohl sie im Buche irgendeines

Herrn als Besitz eingetragen waren. Und was die Hottentotten anging, so waren die ja sowieso dem Gesetz nach frei und verdingten sich aus freien Stücken bei irgendeinem Arbeitgeber. Also gar so düster, wie der Missionar das Bild der hiesigen »Sklavenhalter« malte, war es nun wahrhaftig nicht.

Und doch fühlte er sich nicht ganz wohl bei diesen Gedanken, die ihm da durch den Kopf gingen. Ihm war, als würde in diesem Fall sein Herz nicht dem Einreden des Verstandes folgen. Kaum hatte er sich diesen Zwiespalt eingestanden, da irritierte ihn auch schon die Frage, ob er nicht vielleicht so wohlwollend über die Stellung der Nichtweißen in dieser Kolonie dachte, weil auch er womöglich bald als Farmer auf sie als Arbeiter angewiesen sein würde.

Abigail sagte etwas, was ihn aus seinen zwiespältigen Gedanken holte, ohne jedoch den Inhalt ihrer Worte aufzunehmen. »Was sagtest du?« fragte er deshalb nach.

»Daß Hagar einen kräftigen Sohn von gut acht Pfund geboren hat, und daß ihr Baby hell ist.«

»Sehr hell?«

Abigail nickte. »Mehr als nur sehr hell, Patrick. Es hätte gut das Kind von Mr. Reuten und seiner Frau oder jedem anderen weißen Paar sein können. Ein Blick auf das Baby genügt, um zu wissen, daß ein Weißer es gezeugt hat. Aber Jetur stört sich daran nicht im geringsten. Er ist ganz aus dem Häuschen und gebärdet sich wie ein richtiger, stolzer Vater. Du solltest ihn mal sehen. Man könnte wirklich meinen, daß es sein leiblicher Sohn ist. Und ich glaube, für ihn ist er das auch.«

»Das ist gut so.«

»Aber die alte Hottentottenfrau hat Hagar schon zu verstehen gegeben, daß die Reutens von strengem Glauben sind und nichts mehr verabscheuen wie die Vermischung der

Rassen. Deshalb finden sich auf ROOIGROND auch keine hellhäutigen Sklaven und Hottentotten. Nicht einmal geschenkt würde Mijnheer Reuten einen solchen Mischling auf seine Farm lassen.«

»Ich fürchte, es wird sich schnell herumsprechen, daß genau das nun der Fall ist«, seufzte Patrick. »Vermutlich wissen es schon alle – bis auf die Reutens. Aber es wird kaum lange vor ihnen geheimzuhalten sein.«

»Nkema hat gesagt, daß der Baas uns dann unverzüglich von seinem Land weisen wird«, berichtete Abigail. »Schon wegen seiner Frau und Töchter.«

Unwillkürlich schaute Patrick zum Farmhaus hinüber, wo Mevrouw Reuten, einen makellos weißen und frisch gestärkten Schutenhut auf dem Kopf, mit einer ihrer Schwiegertöchter stand und sie mit scharfer, gebieterischer Stimme in irgend etwas belehrte. Und dann suchte sein Blick die Hütte, in der Hagar mit ihrem hellhäutigen Baby lag, das Jetur ohne Vorbehalte als sein eigenes angenommen hatte.

»Hoffen wir, daß bis dahin die neue Achse fertig ist«, sagte Patrick und ging zur Werkstatt hinüber, während Abigail eine Decke holte und sich ins Stroh legte, um ein paar Stunden zu schlafen.

Als Patrick sah, daß er den Männern im Schuppen bei ihrer Arbeit nicht helfen konnte, suchte er den Missionar. Er fand ihn weder bei den Wagen noch in unmittelbarer Nähe des Farmhauses und seiner Nebengebäude. Deshalb lenkte er seinen Schritt hinüber zu der Ansammlung von Hartebeesthütten der Hottentottenarbeiter und mosambikanischen Sklaven. Er kam am breiten, doppelflügligen Gatter eines Kraals vorbei und blieb stehen, als er fröhliches Lachen und anfeuernde Rufe hörte. Als er näher hinblickte, bemerkte er einen Hottentottenjungen von etwa fünf, sechs Jahren, der im Sattel eines prächtigen Schimmels saß und sich tapfer

mühte, nicht den Halt zu verlieren. Ein kräftiger Mann, allem Anschein nach sein Vater, führte das Pferd an einer langen Leine im Kreis und sorgte mit lässigem Peitschenknall dafür, daß der Schimmel seinen flotten Trab beibehielt. Eine Gruppe von vier, fünf dunkelhäutigen Farmarbeitern saß etwas abseits vom Gatter auf einem Haufen Stroh und amüsierte sich über die Figur, die der Junge im Sattel machte, sparte jedoch auch nicht mit Lob und aufmunternden Zurufen.
»Sehen so Menschen aus, die ihr Los beklagen und ihren Baas hassen, weil er sie schindet und ihr Leben zu einem Tal ohne Sonne macht?«
Patrick schnellte aus seiner gedankenverlorenen Betrachtung auf und fuhr herum. Nicolaas Reuten stand vor ihm. Der graubärtige Bure überragte ihn um Kopfeslänge.
»Nein, das tun sie nicht, Mijnheer«, räumte Patrick ein. »Aber wer kann schon in Herz und Seele eines anderen Menschen blicken?«
»Das ist bei ihnen auch gar nicht nötig«, sagte der Burenfarmer mit unerschütterlicher Überzeugung, das Recht auf seiner Seite zu haben. »Sie haben es gut bei uns, und ich bin für sie wie ein Vater – nicht weniger streng wie zu meinen leiblichen Kindern, aber auch nicht weniger gerecht und nachsichtig, wenn ich es für richtig erachte.«
Patrick schwieg dazu.
Der Bure lächelte nur. »Ich kann mir denken, was Ihnen durch den Kopf geht. Aber ich weiß sehr wohl Recht und Unrecht zu trennen. Auf ROOIGROND gibt es keine Willkür, wie auch auf den meisten anderen Farmen nicht.«
»Ich möchte Ihnen gern glauben, bin aber noch zu kurz in diesem Land, um mir darüber selbst eine solide Meinung bilden zu können«, erwiderte Patrick zurückhaltend.
»Haben Sie sich deshalb gestern nacht nicht an der Diskussion beteiligt?«

»Ja, auch«, blieb Patrick vage, weil er über seine eigenen Beweggründe selbst noch keine rechte Klarheit gewonnen hatte. Es gab zu vieles, was er nicht sicher einzuordnen und zu bewerten wußte. Und da war es klüger, sich vorerst noch auf das Beobachten und Zuhören zu beschränken.
Nicolaas Reuten hakte nicht nach. So grobschlächtig er auch aussah, so schien er doch ein feines Gespür zu besitzen, wann weitere Fragen angebracht waren und wann es unklug oder gar zwecklos war, tiefer zu schürfen. »Patrick O'Brien ist ein irischer Name.« In seiner Feststellung steckte eine Frage.
»Ja, ich bin in Irland geboren.«
»Dann sind Sie Ire, richtig?«
»Ich habe die meiste Zeit meines Lebens in England verbracht«, blieb er bei der Wahrheit, denn seine Eltern hatten Irland schon kurz nach seiner Geburt verlassen, um Lord Harland nach England zu folgen.
»Und wenn Sie fünfzig Jahre bei den verfluchten Tommys gelebt hätten, so hätte Sie das immer noch nicht zum Engländer gemacht!«
Patrick konnte sich eines beipflichtenden Lächelns nicht erwehren. »Ja, darin steckt wohl ein Korn Wahrheit.« Die Menschen in Harland hatten es jedenfalls genauso gesehen wie der Bure.
»Mehr als nur ein Korn. Kein Mensch kann sich häuten, Mijnheer O'Brien. Was wir sind, ist uns gegeben – von Gott. Und was Gott gewollt hat, darf kein Mensch ungestraft verleugnen und mit Füßen treten. Es hat alles seinen tiefen, göttlichen Grund. Und daher wird aus einem hastig getauften Heiden auch kein Christ«, betonte der Farmer. »Nicht, daß ich etwas gegen die Taufe hätte. Ich habe nur etwas gegen die Folgerung, die Leute wie Ihr Missionar daraus ziehen, nämlich daß sie uns Weißen damit gleichgestellt wären. Das ist grober, lächerlicher Unfug. Ich bin hier

geboren und kann aus fast fünfzigjähriger Erfahrung sagen, daß kein Angolaner und kein San, kein Hottentotte und kein Kaffer zum Christen wird, nur weil er getauft ist, sich zu Jesus Christus bekennt und in einer Mission die Gottesdienste besucht. Er bleibt auch weiterhin ein Heide, ein Götzenanbeter, der sich von seinem tausendfachen Aberglauben ebensowenig trennt wie von seiner schwarzen Haut.«

»Auch darin steckt wohl ein Korn Wahrheit«, erwiderte Patrick trocken und gab dadurch zu verstehen, daß er nicht gewillt war, sich solch einem Pauschalurteil anzuschließen. Der Bure nahm es ihm nicht übel, ganz im Gegenteil, er lachte schallend auf, so daß seine Arbeiter zu ihnen herüberblickten. Doch das war auch schon alles.

»Wissen Sie, daß die Hottentotten nicht unter die Sklavengesetze fallen und gehen können, wohin sie wollen?«

Patrick nickte. »Aber sie dürfen kein Land besitzen, und ihnen ist das Vagabundieren verboten. Wenn sie ohne feste Arbeitsstelle und ohne Passierschein von ihrem Herrn herumziehen und dabei aufgegriffen werden, können sie an den nächsten Farmer, der Anspruch anmeldet, vergeben werden. Außerdem habe ich erfahren, daß die Kinder von Hottentotten, wenn sie die ersten zehn Jahre ihres Lebens auf der Farm aufwachsen, dem Farmer weitere zehn Jahre Arbeit schulden, bevor sie frei über sich selbst bestimmen können.«

Der Farmer winkte gelassen ab. »Das stimmt so nicht. Außerdem sind es ganz vernünftige Regelungen, die zum Wohle aller getroffen wurden. Mittellose Vagabunden werden doch auch in England und anderswo aufgegriffen und kurzerhand ins Arbeitshaus gesteckt. Da gehen wir mit den Hottentotten, die herumziehen und sich zumeist als Viehdiebe auszeichnen, ja noch bedeutend sanfter um. Und was die Kinder betrifft, die auf den Farmen zur Welt kommen und aufwachsen, so ist diese Arbeitsverpflichtung von zumeist bloß sieben Jahren ja wohl nur recht und billig. Denn sie sind ja auch jahrelang auf des Farmers Kosten eingekleidet und ernährt worden und haben zudem oft noch irgend etwas erlernt, was pro Kind Jahr für Jahr immerhin mit rund hundert Rixdollar zu Buche schlägt. Und ist es nicht so, daß junge Burschen, die in Irland oder England in die Lehre gehen, sich ebenfalls für mindestens sieben Jahre verpflichten müssen und als Bezahlung nicht mehr als ein äußerst karg bemessenes Taschengeld erhalten? Und daß sie im Kerker landen, wenn sie den Kontrakt mit ihrem Lehrherrn brechen und davonlaufen?«

»Das ist richtig«, räumte Patrick ein.

»Sehen Sie! Und wer kümmert sich um die Kranken und Alten in Europa? Mit Sicherheit nicht ihre früheren Herren. Wir dagegen sorgen im Alter für sie, wie wir für sie als Kinder gesorgt haben!« brüstete sich der Farmer. »Nein, keiner soll mir damit kommen, unser System wäre ungerecht. Es mag *anders* sein, und es ist ganz sicherlich mit den falschen Begriffen bezeichnet und in Übersee verleumdet worden, aber das ändert nichts daran, daß es menschlicher ist als alles, was ein Arbeiter in England, Holland, Frankreich oder sonstwo vorfindet.«

Patrick konnte dem nicht widersprechen. »Mit alldem mögen Sie recht haben. Aber damit läßt sich die Sklaverei doch nicht aus der Welt reden. Wenn man einen Menschen verkaufen kann wie ein Möbelstück oder Vieh, dann ...«

»Ach was, die wenigsten von uns können es sich doch leisten, Sklaven zu kaufen oder zu verkaufen. In den vergangenen fünfzig Jahren ist auf ROOIGROND kein einziger Sklave dazugekommen oder verkauft worden. Und fragen Sie doch mal die Männer und Frauen, die auf einer Farm aufgewachsen sind und ihre Jahre abgearbeitet haben, warum sie nicht ihre Sachen packen und weggehen. Dann werden sie Sie mit verständnislosem Blick ansehen und Sie fragen, warum sie denn ihre Heimat, ihr Zuhause und ihre Freunde verlassen sollen? Gewiß, es mag Ausnahmen und herrschsüchtige Herren geben, die schnell mit der Peitsche bei der Hand sind. Doch in der Mehrzahl sind die Schwarzen mit ihrem gesicherten Leben zufrieden und denken gar nicht daran, von ihrem Baas wegzugehen. Fragen Sie jeden, der Ihnen hier über den Weg läuft. Ich wette mein schönstes Pferd, daß Sie nicht einen finden, der überhaupt begreift, was Sie von ihm wollen, geschweige denn sich mit dem Wunsch trägt, ROOIGROND zu verlassen.«

Patrick war geneigt, ihm zu glauben. Aber er war nicht so naiv, um nicht zu vermuten, daß dieser mangelnde Antrieb auch eine Ursache hatte, die den Buren nicht unbedingt zur Ehre gereichte. Denn wohin sollten die Schwarzen auch gehen, wenn sie für ihre Arbeitskraft überall nur mit Unterkunft und Verpflegung bezahlt wurden und kein Land besitzen konnten – selbst wenn sie das Geld dafür hätten aufbringen können?

Gerade wollte er etwas erwidern, als Gerrit über den Hof gelaufen kam – das Gesicht eine Maske mühsam beherrschten Zorns. Und bevor Gerrit Reuten noch ein Wort hervorgebracht hatte, wußte Patrick schon, daß die Nachricht von der Geburt des hellhäutigen Hottentottenbabys auf ROOIGROND nun auch zu ihnen durchgedrungen war.

Nicolaas Reuten kannte kein Erbarmen. Hagar und ihr Kind gottloser Schande, wie der Bure es bezeichnete, mußten die Farm auf der Stelle verlassen, und Jonathan Bourke und alle anderen mit ihnen. Einzig Patrick durfte bleiben, bis der Wagen repariert war.

Mit nur zwei vorgespannten Ochsen machte er sich am Tag darauf auf den Weg zum Lager jenseits von Reutens Land, wo Jonathan Bourke, Abigail und die Schwarzen auf ihn warteten.

23

Der Missionar hatte das Lager in einer Senke am Fuß eines Berges aufschlagen lassen. Die Kuppe der breiten Erhebung war so platt, als hätte jemand mit einem riesigen Messer die oberen zwei Drittel sauber vom Rumpf getrennt und sie zu den zahllosen dicken Gesteinsbrocken zerbröselt, die das Veld der Karroo bedeckten wie Streusel einen flachen Blechkuchen. Die baumbestandene Senke bot Schutz vor den Nordostwinden, die aus den Sneeuwberg Mountains kamen. Noch besaß die Herbstsonne die meiste Zeit des Tages Kraft genug, um für angenehm warme Temperaturen zu sorgen. Doch in den Nacht- und frühen Morgenstunden legte sich eine empfindliche Kühle über das Land, und dann besaß der Wind schon den eisigen Atem des nahenden Winters und erinnerte die Farmer und Siedler dieser Region daran, daß es Zeit wurde, nun die letzten Viehherden aus den Hochtälern der Sneeuwberg Mountains hinunter in die Ebene zu treiben. Denn bald würde dort der erste Schnee fallen und die schroffen Bergspitzen in kalte weiße Pracht hüllen. Und wenn der Schnee seinen Weg auch nur ganz selten einmal bis in das Flachland der Karroo hinunterfand, so würde der Winter doch auch in der Halbwüste nachhaltig zu spüren sein. Unter den Einheimischen ging die Spruchweisheit um, daß derjenige, der seine Hartebeesthütte jetzt noch nicht errichtet und gut eingedeckt hatte, sich besser schon mal daran gewöhnte, einen warmen Schlafplatz zwischen seinem Vieh zu finden.

Als Patrick das kleine Lager erreichte, war er überrascht, mit welch unbekümmerter Fröhlichkeit ihn Jonathan Bourke begrüßte. Daß Nicolaas Reuten das Hottentottengefolge des Missionars unbarmherzig und mit geradezu alttestamentarischem Zorn von seinem Land vertrieben und damit auch ihn selbst und Abigail gezwungen hatte, seine Farm umgehend zu verlassen, darüber verlor er nicht ein einziges Wort. Und dabei saß Hagar mit ihrem Baby keine drei Schritte von ihnen entfernt unter dem Planendach des Wagens und stillte es an ihrer Brust. Es war in der Tat ein überaus helles Kind, das man fast für das einer Weißen hätte halten können. Aber in Jonathan Bourke gab es offenbar weder Wut noch Selbstgerechtigkeit über das, was auf ROOIGROND vorgefallen war. Ja es schien so nebensächlich und bedeutungslos zu sein, daß es ihm wohl nicht einmal einer flüchtigen Erwähnung wert war.

»Schön, daß Sie wieder bei uns sind, mein Sohn. Prächtige Arbeit«, sagte der Missionar aufgeräumt, ging in die Hokke, um die neue Achse zu begutachten, und klatschte mit der Hand auf das glatt geschmirgelte Holz. »Auf die Arbeit eines Buren ist wirklich Verlaß. Danken wir Gottes Fügung dafür, daß wir den Achsenbruch so nahe bei ROOIGROND hatten. Wir wären sonst ganz schön in Schwierigkeiten geraten.«

Patrick tauschte einen verwunderten Blick mit Abigail, deren strahlendes und sichtlich erleichtertes Lächeln ihn bei seiner Ankunft besonders gefreut hatte, und fragte dann fast ärgerlich: »Und das, was Sie da mit dem Farmer erlebt haben, waren für Sie keine Schwierigkeiten, Reverend?«

Der Missionar lächelte. »Auch dieses irregeleitete Schaf wird seinen Weg eines Tages in Gottes Kraal zurückfinden. Man darf nur nicht die Hoffnung aufgeben. Menschen wie er, die seit hundertfünfzig Jahren fern der Zivilisation nach ihren Gesetzen leben, kann man nicht von heute auf morgen läutern und sie von dunklen Irrlehren abbringen. Doch jeder Tropfen höhlt den Stein, und der Tag wird kommen, da die barmherzige Botschaft der Brüderlichkeit und Gleichheit und der wahren christlichen Nächstenliebe auch

sie erleuchten und ihnen die harten Knoten in ihren Herzen lösen wird.«
»Ihre Zuversicht möchte ich haben!«
»Es wäre von mir doch vermessen zu glauben, daß ich allein es fertigbringen könnte, Gottes Willen Geltung zu verschaffen«, fuhr der Missionar fort. »Es ist wie mit der Wildnis, die man in fruchtbares Farmland verwandeln will. Zuerst muß man roden und darf sich dabei nicht scheuen, sich an den Dornensträuchern die Hände blutig zu kratzen und von der Last der Felsbrocken immer wieder zu Boden gezogen zu werden. Man muß an sein Ziel glauben und durchhalten, mein Sohn, als Farmer in der Wildnis wie als Diener Gottes.«
»Man muß sich aber auch nicht gleich in das ärgste Dornengestrüpp stürzen!«
Jonathan Bourke lächelte über Patricks Einwand nur. »Nach dem Roden ist noch lange nicht die Zeit der Ernte gekommen. Die Äcker müssen gepflügt und die Saat ausgebracht werden, und auch dann kann der Mensch nicht sicher sein, daß es eine reiche Ernte werden wird. So vieles mag geschehen, was einen Farmer um den Lohn seiner Arbeit bringen kann. Aber auch das Feld, das reiche Ernte verspricht, bedarf unablässiger Arbeit und Fürsorge. Ich für meinen Teil kann nur hoffen, daß es mir gelingt, in der Wildnis des Glaubens das Land von möglichst viel Dornengesträuch und Felsbrocken zu befreien, damit der Pflug eines Tages die Erde aufbrechen kann und diese bereit ist, die Saat in sich aufzunehmen. Das ist mein Ziel, und daran mag man mich eines Tages messen.« Und nach einer kurzen Pause fügte er mit humorvoller Selbsterkenntnis um die Grenzen seiner Fähigkeiten hinzu: »Ganze Berge zu versetzen, ist mir dagegen nicht gegeben, und ein Mann wie Nicolaas Reuten ist zweifellos ein Berg von beachtlicher Masse.«
»Mein Gott, Sie haben den Gleichmut eines Ochsen!« ent-

fuhr es Patrick, der nicht wußte, ob er ihn dafür bewundern oder bemitleiden sollte.
Jonathan Bourke nahm ihm den Vergleich nicht übel, sondern lachte. »Ich fühle mich geschmeichelt, Patrick. Mit Ochsen wurde dieses Land erschlossen. Ich nehme das als gutes Omen. Und jetzt steigen Sie vom Wagen, und lassen Sie uns eine Partie Schach spielen. Bis Ihre Schwester uns heute abend mit ihren Kochkünsten erfreuen kann, wird es wohl noch etwas dauern.«
»Ah, Sie brauchen also doch den Sieg, wenn auch nur im kleinen. Es beruhigt mich zu wissen, daß Sie demnach nicht völlig ohne Eitelkeit sind«, zog Patrick ihn auf, denn der Missionar, der ihm dieses spannende Spiel beigebracht hatte, hatte ihn bisher noch jedesmal geschlagen.
Drei Tage später erreichten sie Graaff-Reinet. Nach den langen Wochen, die sie fern von größeren Ortschaften verbracht hatten, kam ihnen diese Siedlung am Sunday River mit ihrer Geschäftigkeit fast wie eine kleine Stadt vor. Graaff-Reinet war Verwaltungssitz des gleichnamigen Bezirks. Hier tagte das Gericht, und hier fand sich die einzige Schule im Umkreis von mehr als zweihundert Meilen, die diesen Namen verdiente. Zum Schutz der Grenze und der Siedler zwischen Sunday und Great Fish River waren Truppen stationiert, deren Stärke die Buren jedoch bei weitem nicht für ausreichend hielten. Sie verließen sich mehr auf ihre eigene Burenmiliz, die sogenannten Kommandos, die bei Übergriffen der Xhosas von den Farmern blitzschnell aufgestellt wurden und zu Vergeltungsschlägen ins Kaffernland eindrangen.
Daß für Patrick und Abigail Graaff-Reinet vor Leben und Treiben förmlich zu explodieren schien, lag auch an dem großen Zelt- und Wagenlager der Buren im Nordwesten der Stadt, wo der weite Bogen der Sneeuwberg Mountains, der

die Siedlung am Fluß in drei Himmelsrichtungen umgab, in der Ferne einen beeindruckenden Hintergrund bildete.

Ein fahrender Händler deutscher Abstammung, den sie an einer Wasserstelle kurz vor der Stadt trafen und dessen Begleitung aus einem halben Dutzend Hunde bestand, erklärte ihnen bereitwillig, was es mit diesem Lager auf sich hatte, während er sich ebenso großzügig aus Patricks Tabaksbeutel bediente. Denn der Kopf seiner Pfeife war aus einer besonderen Wurzel geschnitzt und so groß wie eine Männerfaust.

»Das da drüben sind ausnahmslos Treckburen und Burenfarmer aus den entlegensten Ecken der östlichen Kolonie. Viele von ihnen sind mit ihren Familien zehn Tage und länger unterwegs gewesen, um hier zum Nagmaal zusammenzukommen.«

»Nagmaal?« fragte Abigail. »Bedeutet das soviel wie Abendmahl?«

Der Händler nickte und umhüllte sich mit würzigen Rauchwolken.. »Sie feiern hier die heilige Kommunion. An so einem Treffen nimmt jeder Bure, selbst wenn er noch so weit entfernt wohnt, mit seiner Familie mindestens einmal im Jahr teil. Es ist aber nicht nur ein religiöses Fest, sondern so ein Nagmaal dient auch dazu, alte Freundschaften wieder aufzufrischen, neue zu knüpfen, sich über Politik die Köpfe heiß zu reden, jede Menge Klatsch und Tratsch auszutauschen, sich bei sportlichen Wettkämpfen und musikalischen Darbietungen zu vergnügen – und es dient natürlich auch dem ...« er zwinkerte Abigail zu, »... dem Anbändeln unter dem jungen Volk. So ein Nagmaal der Buren ist der reinste Heiratsmarkt, das können Sie mir glauben. Da wird so mancher Bund fürs Leben geschlossen, sowohl sanft gebunden und mit zarter Hand eingefädelt als auch hart geschmiedet, wobei die letztere Art bei den Burenvätern noch immer den Vorzug genießt, wenn Sie verstehen, was ich meine.«

Abigail verstand sehr gut, nämlich daß auch bei den Buren die Töchter wenig zu sagen hatten, wenn es darum ging, mit wem sie fortan Tisch und Bett teilen sollten. Sicher vermochten sie auch das mit passenden Bibelstellen als gottgewollt zu untermauern, dachte sie sarkastisch.

»Wenn man diese gestrengen Calvinisten bei so einem Kommunionstreffen beobachtet«, fuhr der fahrende Händler fort, »kann man es manchmal gar nicht glauben, daß es dieselben sind, die auf ihren einsamen Farmen oder rastlosen Trecks solch eine Starrköpfigkeit und Verbissenheit an den Tag legen. Mir kommen sie dann immer wie verwandelt vor, so als hätten sie für kurze Zeit ihre Strenge abgeworfen.«

Patrick konnte dem Händler tags darauf nur zustimmen, denn er ließ es sich nicht nehmen, dem weitläufigen Lager der aus allen Himmelsrichtungen angereisten Burenfamilien einen Besuch abzustatten. Abigail hatte sich ihm nicht angeschlossen, weil sie unter Leibkrämpfen litt, die sie jeden Monat befielen. Diese Tage des körperlichen Unwohlseins und alles, was damit einherging, versuchte sie stets vor ihm zu verbergen. Und Jonathan Bourke verzichtete mit den selbstironischen Worten: »Ein Missionar von der LMS dürfte in diesem Calvinistenkreis und besonders bei diesem religiösen Anlaß nicht gerade auf freundliche Gesichter und offene Arme stoßen. Oder wollen Sie, daß ich schon vor meinem dreißigsten Lebensjahr zum Märtyrer werde?«

Insgeheim war Patrick nicht traurig darüber, daß der Missionar ihn nicht begleitete. Zwar schämte er sich seiner versteckten Erleichterung, beruhigte sein Gewissen dann aber damit, daß sie einander ja nicht auf Gedeih und Verderben verpflichtet waren und jeder von ihnen Anspruch auf seine

persönliche Freiheit hatte. Wohl waren sie auf dem langen Weg vom Kap in den tiefen Osten der Kolonie Freunde geworden, aber es gab doch auch vieles, was sie trennte und vermutlich immer trennen würde. Bei aller Bewunderung für den Mut und das Gottvertrauen, mit dem Jonathan Bourke seiner Berufung folgte, in vielem vermochte er sich seinen Ansichten nicht anzuschließen – wie er auch vieles, was Nicolaas Reuten verkörperte, nicht gutheißen konnte, ohne den Mann und seine Lebensweise jedoch in Bausch und Bogen abzulehnen. Das, was er für richtig hielt, lag vermutlich irgendwo zwischen diesen beiden Extremen.
Im Lager der Buren war Patrick zuerst einmal von der Ordnung und Sauberkeit beeindruckt, die überall herrschten. Ob er seinen Blick nun auf die Wagen, das Zaumzeug, die provisorischen Unterstände für das Vieh, die Kochutensilien oder die Kleidung richtete, er fand nichts, was er hätte bemängeln können. Und obwohl der Händler ihm doch davon erzählt hatte, überraschte ihn die beschwingte, ja geradezu ausgelassene Atmosphäre, die allenthalben in dem weitläufigen Lager anzutreffen war. Es wurde getanzt, musiziert, vorgelesen, sich angeregt unterhalten und viel gelacht.
Regelrecht begeistert war Patrick jedoch von den Reit- und Schießwettbewerben, die abgehalten wurden. Für jeden, der etwas von Pferden verstand, war es ein Genuß, sich die Rennen und Wettkämpfe anzusehen, bei denen Pferden und Reitern alles abverlangt wurde. Es gab immer wieder Darbietungen mit geradezu atemberaubenden Reitkünsten zu bestaunen. Dasselbe galt für die Wettkämpfe, bei denen die Buren ihre meisterhafte Handhabung des *snaphaan*, wie der Vorderlader oder das »Burenrohr« von ihnen auch genannt wurde, beeindruckend unter Beweis stellten. Da jagten die Männer, manche kaum dem Knabenalter ent-

wachsen, wie der leibhaftige Teufel im fliegenden Galopp über das Veld – und feuerten freihändig auf ein sich bewegendes Ziel.

Patrick, der nun selbst ein exzellenter Schütze war, vermochte zuerst seinen Augen nicht zu trauen, als er sah, mit welcher Sicherheit diese Buren aus dem Sattel heraus trafen. Eine handtellergroße Holzscheibe aus hundert Schritt Entfernung. Aus dem Galopp. Und damit machten sich die völlig in Leder gekleideten Burschen sozusagen erst warm. Denn das wahre Können eines Buren zeigte sich später, wenn es um die Treffsicherheit auf bewegliche Ziele ging, etwa bei den Wettkämpfen, wo ein Reiter im leichten Galopp einen dicken Strohsack mit einer hölzernen Zielscheibe an der Seite an einem langen Seil hinter sich herzog. Die Aufgabe des jeweiligen Wettkämpfers bestand darin, das Brett auf dem Strohsack, der hin und her schlingerte und bei jeder Bodenunebenheit kleine Luftsprünge machte, aus einer Entfernung von gut achtzig Schritt zu treffen – natürlich aus dem Sattel seines Pferdes, das selbst galoppieren mußte, wollte der Schütze sein Ziel innerhalb des erlaubten Schußfeldes noch früh genug einholen, um zum Schuß zu kommen.

Bei einem anderen Wettkampf ging es nicht allein um Treffsicherheit, kombiniert mit Reiterkünsten, sondern auch noch um Schnelligkeit. Jeder Teilnehmer hatte genau eine Minute Zeit, um zu zeigen, wie oft er in diesen sechzig Sekunden seinen Snaphaan laden und auf die von einem Querbalken herabhängenden fünf Holzscheiben feuern konnte. Nach jedem Schuß mußte der Wettkämpfer sein Pferd vom Ziel wieder weg und um eine Tonne herumführen – und das alles freihändig, denn während er dieses ›Rückzugsmanöver‹ ritt, wie die Buren diesen Teil nannten, brauchte er ja beide Hände, um neu zu laden, und das war

eine komplizierte Angelegenheit. Zuerst mußte er zum Pulverhorn greifen und eine genau dosierte Menge Pulver in den Lauf schütten, das dann mit einem kleinen Pfropfen festgedrückt wurde, wofür er den Ladestock benötigte. Dann spuckte der Bure eine von den Bleikugeln, die er, um später kostbare Sekunden zu sparen, vor dem Wettkampf schon in den Mund genommen hatte, in das Rohr und stieß mit dem Ladestock nach. Ein zweiter Pfropfen, der gleichfalls mit dem Ladestock festgerammt werden mußte, verhinderte, daß die Kugel herausrollte. Zu dem Zeitpunkt dirigierten die Wettkämpfer ihr Pferd ausnahmslos schon um die Tonne herum. Nun wurde der Hahn gespannt, was zur Folge hatte, daß sich der Feuerstein, mit dem der zündende Funke hinunter in die Pulverladung geschickt wurde, aus seiner schützenden Vertiefung aufrichtete. Und in einer einzigen, blitzschnellen Bewegung wurde angelegt, gezielt und gefeuert – und im nächsten Moment das Pferd vor der Markierung, die die maximale Nähe zum dann fünfzig Yards entfernten Ziel dokumentierte und deren Übertretung die Disqualifizierung zur Folge hatte, allein mit dem Druck der Schenkel zu einem extremen Ausweichmanöver veranlaßt und schon wieder neu geladen.
Was sich da vor Patricks Augen abspielte, war ein unglaublicher Wirbel von Bewegungen in extrem kurzer Zeit. Bei den ersten Wettkämpfern, die er beobachtete, schien es ihm, als läge der mächtige Vorderlader, kaum daß der Bure ihn abgefeuert hatte, wie gezaubert im nächsten Augenblick schon wieder geladen an der Schulter. Er brauchte einige Zeit, um mit dem Auge der unglaublichen Schnelligkeit zu folgen, mit der die Buren ihre schweren Vorderlader handhabten. Auf die Idee, wenigstens bei diesem Wettkampf darauf zu verzichten, die Schüsse aus dem Sattel eines dahinjagenden Pferdes abzugeben, kamen die Buren gar

nicht. Allein das verdiente schon staunende Bewunderung. Daß die Männer zudem noch in der Lage waren, innerhalb einer einzigen Minute bis zu vier Schüsse abzugeben, die auch noch meist gut im Ziel lagen, hätte Patrick nicht geglaubt, wenn er es nicht selbst gesehen hätte. Er war regelrecht fassungslos, als er zum erstenmal sah und hörte, wie einer dieser grobschlächtigen Gestalten sein Gewehr viermal innerhalb von sechzig Sekunden lud und abfeuerte. Fünfzehn Sekunden pro Schuß – und dann auch noch aus dem Sattel eines Pferdes, das unablässig in Bewegung war. Und einer hätte es doch beinahe geschafft, noch einen fünften Schuß abzugeben. Doch da war das letzte Sandkorn durch das Minutenglas gelaufen, und der Glockenschlag des Kampfrichters war in dem Moment erklungen, als der Reiter den Hahn gespannt und den Kolben an die Schulter gesetzt hatte. Ihm hatten höchstens noch zwei Sekunden gefehlt.

Patrick klatschte und jubelte mit den anderen, die sich diese spannenden Wettkämpfe vor dem Lager ansahen. »Unglaublich!« entfuhr es ihm, als die Treffer dieses Mannes ausgerufen wurden. Mit seinen vier Schüssen hatte er zweimal eine glatte Zehn und je einmal eine Neun und eine Acht auf dem Ringekreis der Zielscheiben getroffen.

Der Mann, der neben Patrick stand und etwa in seinem Alter war, lachte und sagte, wenn auch mit einem harten Akzent, auf englisch: »Ah, an guten Tagen bringt Pieter Vermaak auch noch den fünften Schuß sicher ins Ziel. Ich vermute, er hat gestern zu lange mit seinen Freunden gefeiert. Das hat ihn ein paar Sekunden gekostet, aber es hat ja auch so zu einem klaren Sieg gereicht.«

»Einfach unfaßlich. Ich hätte es nicht geglaubt, wenn ich es nicht selbst gesehen hätte«, erwiderte Patrick mit freimütiger Bewunderung. »Und ich dachte schon, ich wäre ein

passabler Reiter und guter Schütze, aber gegen das hier ...«
Er schüttelte den Kopf.
»Sie sind zum erstenmal an der Ostgrenze, Mijnheer?«
»Ja, aber richtig betrachtet, bin ich überall hier in der Kolonie zum erstenmal.«
»Sie kommen frisch aus England?« fragte der Bure interessiert.
Patrick nickte. »Meine Schwester und ich sind erst im Februar in Kapstadt an Land gegangen. Patrick O'Brien ist mein Name.«
»Ire?«
»Ja.« Er sparte sich die Erklärung, daß er in England aufgewachsen war.
»Hendrik van Niekerk. Willkommen im gelobten Land.«
Sie tauschten einen kräftigen Händedruck, und Patrick stellte einmal mehr fest, daß es im Umgang mit den Buren von großem Vorteil war, irischer Abstammung zu sein. Die Schotten und die Iren genossen bei ihnen ebensolche Sympathien wie die Deutschen.
»Wir Buren lernen reiten, bevor wir richtig laufen können, und wissen schon mit dem Gewehr umzugehen, ehe wir unseren ersten vollständigen Satz aussprechen können, ganz besonders hier im Grenzgebiet«, sagte Hendrik van Niekerk. »Denn Schnelligkeit zu Pferd und Treffsicherheit sind Voraussetzung, wenn man gegen die Kaffern und die Buschmänner eine Chance haben und überleben will. Es hat schon seinen Grund, warum wir uns haben behaupten können.«
»Ja, das war eine beeindruckende Demonstration, wie ich sie noch nie zuvor gesehen habe«, erwiderte Patrick und deutete auf den Platz, wo sich eine neue Gruppe Wettkämpfer bereit machte.
Und so kam Patrick mit Hendrik van Niekerk ins Gespräch.

Er erfuhr, daß der Bure aus der Gegend um Graaff-Reinet stammte, seit anderthalb Jahren aber mit seiner Frau und seinem vierjährigen Sohn Jan in einem Gebiet siedelte, das gute sechzig Meilen weiter südöstlich lag, wo der Baviaans River in den Great Fish River mündete. Mit dem Ochsenwagen war es von Graaff-Reinet zu seiner Rinderfarm KLIPFONTEIN eine Wegstrecke von gut dreieinhalb Tagen.
Als die Wettkämpfe auf dem Veld beendet waren, lud Hendrik van Niekerk Patrick ein, ihn doch zu seinem Wagen zu begleiten und sich eine gute Tasse Kaffee und das Hammelragout schmecken zu lassen, das seine Frau Franziska zubereitet hatte. Patrick nahm die Einladung gern an.
Franziska van Niekerk war eine junge Frau von gerade zweiundzwanzig Jahren, die in wenigen Monaten ihr zweites Kind erwartete. Sie trug ihr dunkelbraunes Haar unter ihrem Schutenhut zu zwei Zöpfen geflochten, was ihr ein mädchenhaftes Aussehen verlieh. Die Zöpfe fielen vorne über den breiten weißen Kragen ihres hochgeschlossenen Kleides aus derber, taubengrauer Baumwolle. Der einfache Schnitt ließ jedoch noch immer erahnen, daß unter der strapazierfähigen, wenig reizvollen Kleidung ein recht fraulicher Körper steckte. Ihr Gesicht hatte klare, ansprechende Züge, und ihr freundliches Wesen stand dem ihres Mannes in nichts nach. An dem Gespräch der Männer beteiligte sie sich jedoch nicht. Wie es die strengen Sitten ihres Volkes verlangten, hielt sie sich im Hintergrund und überließ das Reden den Männern, während sie sich um ihren Sohn Jan kümmerte, der seinem Vater wie aus dem Gesicht geschnitten war.
Patrick hatte viele Fragen an Hendrik van Niekerk und hörte dessen begeisterter Schilderung von dem Land am Baviaans River mit wachsendem Interesse zu.
»Sehen Sie sich alles gut an, bevor Sie Ihre Entscheidung,

wo Sie siedeln wollen, treffen«, riet er Patrick, als dieser es für geboten hielt, zu Abigail und Jonathan Bourke zurückzukehren. »Und lassen Sie sich bloß nicht von der Landschaft weiter im Süden täuschen.«
»Sie meinen das Zuurveld?«
»Richtig. Der Boden ist zu sauer, um ihm viel abgewinnen zu können. Kommen Sie besser mal zu uns an den Baviaans River. Da wird es Ihnen bestimmt gefallen«, versicherte er. »Überlegen Sie es sich, bevor Sie weiterreisen, damit ich Ihnen eine Skizze zeichnen kann, wie Sie zu uns nach KLIPFONTEIN gelangen.«
Patrick kehrte mit gemischten Gefühlen zu Abigail und ihrem eigenen kleinen Lager zurück. »Land gibt es in dieser Region tatsächlich noch genug, wie mir van Niekerk erzählt hat«, berichtete er Abigail. »Aber ich fürchte, daß es nicht allein damit getan ist, das Geld für die Anzahlung von einem genügend großen Stück Land zu haben.«
»Dann fangen wir eben ganz bescheiden an«, sagte sie zuversichtlich. »Um so eine Hartebeesthütte zu errichten, ist ja mehr Tatkraft und Arbeitswille als Geld vonnöten. Und irgendwie müssen wir ja mal anfangen.«
Patrick und sie kamen überein, den van Niekerks am nächsten Tag gemeinsam einen Besuch abzustatten und sich von Hendrik den Weg nach KLIPFONTEIN erklären zu lassen.
Am folgenden Morgen nahmen sie jedoch zuerst einmal an der Taufe von Hagars und Jeturs Kind teil, die Jonathan Bourke am Ufer des Sunday River vornahm.
Der Missionar hatte in Absprache mit den stolzen Eltern für den Jungen einen Namen ausgewählt, der ebensoviel biblisches Gewicht besaß wie Jetur und Hagar. Und er zelebrierte die Taufe mit dem ihm eigenen Sendungsbewußtsein.
»... und da sprach der Herr zu Moses: Schick einige Männer aus, die das Land Kanaan erkunden, das ich den Israeliten

geben will«, drang die Stimme des Missionars, die für seine hagere Statur erstaunlich kräftig war, in den klaren Herbstmorgen. »Und Moses schickte die Männer seiner Wahl aus, zu denen auch Kaleb vom Stamm Juda gehörte ...«

Patricks Gedanken schweiften während der Geschichte, die Jonathan Bourke seinem am Ufer versammelten Anhang voller Eifer erzählte, immer wieder zu seinen eigenen Hoffnungen ab, die von Woche zu Woche mit immer mehr Sorgen beladen worden waren.

»...die Männer aber, die mit Kaleb zusammen nach Kanaan hinaufgezogen waren, sagten: Wir können nichts gegen dieses Volk ausrichten, es ist stärker als wir. Und sie verbreiteten bei den Israeliten falsche Gerüchte über das Land ... Alle Israeliten murrten über Moses und sagten: Wären wir doch in Ägypten oder wenigstens hier in der Wüste gestorben ... Kaleb jedoch zeigte keinen Wankelmut. Er vertraute auf die Verheißung des Herrn ...«

Patrick schaute zur Siedlung hinüber. Die Buren würden schon in wenigen Tagen ihr Lager abbrechen und zu ihren einsamen Farmen zurückkehren. Was würde nur aus ihnen, Abigail und ihm, werden? Der Herbst würde nun rasch in den Winter übergehen, und sie hatten noch immer keinen Platz zum Siedeln gefunden.

»... da zürnte der Herr und sprach: Alle Männer, die meine Herrlichkeit und meine Zeichen gesehen haben, die ich in Ägypten und in der Wüste vollbracht habe, und doch nicht auf mich gehört haben, werden das Land nicht zu sehen bekommen. Mein Knecht Kaleb aber, der anders denkt und treu zu mir hält, ihn werde ich in das Land bringen. Er darf es betreten, und seine Nachkommen sollen es erben ...«

Ein Schwarm Vögel mit buntem Gefieder zog hoch über ihren Köpfen hinweg und verschwand in Richtung Süden, wo die Küste lag und der Indische Ozean für ein mildes Klima sorgte. Aber wenn Hendrik van Niekerk recht hatte, dann taugte das Land nicht zur Errichtung einer Farm.

Das Baby protestierte lautstark, als das kühle Wasser des Sunday River über seine Stirn floß und den hellen Haarflaum näßte, während der Missionar das Kind auf den Namen Kaleb taufte.

Anschließend ritten Patrick und Abigail in das Burenlager und lauschten bis in den frühen Abend den Geschichten, die ihnen Hendrik van Niekerk über das Land am Baviaans River erzählte. Als sie sich trennten, hatten sie nicht nur eine genaue Karte der Region in ihrem Gepäck, sondern auch das Gefühl, neue Freunde gewonnen zu haben.

Aufgeregte Rufe von Jetur, Adbeel und Mischma holten den Missionar, Patrick und Abigail im Morgengrauen des folgenden Tages, an dem sie ihren Treck zum Great Fish River fortsetzen wollten, aus dem Schlaf.

Patrick griff zu seiner Flinte und sprang aus dem Wagen. »Was ist passiert?« stieß er hervor.

»Duma und Kedar, diese elenden Hundesöhne, haben sich aus dem Staub gemacht!« rief Jetur. »Und sie haben vier Ochsen gestohlen, Baas!«

Jonathan Bourke stand schweigend im grauen Licht des Tages. Die bittere Nachricht dieses Verrats traf ihn sehr, das sah man ihm an.

»Das nenne ich wahre christliche Dankbarkeit!« konnte sich Patrick nicht verkneifen zu sagen und hoffte, daß diese Erfahrung dem Missionar eine Lehre sein und seine naive Weltsicht ein wenig korrigieren würde. »Mir scheint, ihnen sind die fürstlichen Namen zu Kopf gestiegen.«

»Einen Missionar zu bestehlen, so eine bodenlose Gemeinheit!« schimpfte Abigail. »Und dann noch den Mann, der sich ihrer so großherzig angenommen hat! Das ist unverzeihliche Undankbarkeit!«

»Ich hole die Pferde«, sagte Jetur mit wütend entschlossener Stimme. »Vielleicht gelingt es uns noch, ihre Spur aufzunehmen und sie zu fassen, bevor sie mit den Ochsen über alle Berge sind.«

»Nein, das werden wir nicht tun!« hielt der Missionar ihn zurück.

»Sie wollen sie davonkommen lassen?« fragte Abigail. »Zwei gemeine Diebe, die Sie schändlichst ausgenutzt und hintergangen haben, nachdem Sie so viel für sie getan haben?« Unglauben stand in ihren Augen.

Der Missionar nickte. »Ja, das will ich. Gott allein weiß, was sie dazu getrieben hat. Vielleicht haben sie nicht den Mut gefunden, mir offen ins Gesicht zu sagen, daß es ihnen an der nötigen Zuversicht in Gottes Allmacht fehlte, mir ins Kaffernland zu folgen. Es gibt so viele verzeihliche Gründe, die sie zu dieser Handlung veranlaßt haben mögen. Richten wir also nicht über sie. Eines Tages werden sie auf den rechten, gottgläubigen Weg zurückfinden.«

»Der Leibhaftige soll mich holen, wenn ich nicht über sie richte!« entgegnete Patrick ärgerlich. »Ein Viehdieb ist ein Viehdieb, Reverend! Und ich denke nicht daran, einen Unterschied zwischen einem heidnischen und einem scheinbar bekehrten und getauften Halunken zu machen! Sie können das den Burschen nicht durchgehen lassen. Das wäre keine Großherzigkeit, sondern Dummheit!«

Jonathan Bourke straffte sich und sah ihn durch seine kleine Nickelbrille scharf an. »Ihre Ansicht in Ehren, mein Sohn, aber ich bin Missionar und kein Constable, geschweige denn ein Richter. Und alles, was diesen Treck ausmacht, Pferde, Ochsen, Wagen und alles andere, ist mein persönliches Eigentum, über das ich frei verfügen kann und das ich in Gottes Dienst stelle. Und ich verfüge, daß ich die vier Ochsen nicht als gestohlen betrachte, sondern als mein Geschenk an Duma und Kedar. Damit ist gesagt, was dazu zu sagen war!« erklärte er mit Nachdruck und zeigte sich unnachgiebig. Nein, es würde weder eine Verfolgung noch eine Strafanzeige geben!

Eine Stunde später, nach einem ausgesprochen schweigsamen Frühstück, wurden die Ochsen vorgespannt, und Jonathan Bourkes kleiner Treck setzte sich gen Südosten in Bewegung. Ein herbstlich kühler Wind wehte über die Ebene, und der Himmel war an diesem Morgen so grau wie ihre Stimmung. Patrick war froh, daß das Ende ihres Trecks abzusehen war.

24

Zwölf Tage später lag der De Bruin's Poort, der letzte Paß über die Berge vor dem Great Fish River, hinter ihnen. Wie die Wellenberge einer leicht bewegten dunkelgrünen See reihten sich in diesem Landstrich die dicht bewaldeten Bergketten hintereinander, bis in die Unendlichkeit des Horizonts hinein. Und durch dieses wellige Land, das von wilden Zedern, Stink- und Gelbholzbäumen dicht bewachsen war, wand sich der breite Great Fish River mit unzähligen Schleifen wie eine Riesenschlange.

Die Ochsenwagen rumpelten einen letzten steinigen Hang hinunter, dann hatten sie das flache Land erreicht, das sich vor dem Ufer des Flusses erstreckte. Jenseits des Stroms begann das Kaffernland. Unweit der Furt, die sich Elands Drift nannte, schlugen sie ihr letztes gemeinsames Nachtlager auf.

Von den leichten Unstimmigkeiten, die ihren Aufbruch in

Graaff-Reinet getrübt hatten, war nichts mehr geblieben. Und sosehr Patrick und Abigail sich freuten, von nun an wieder völlig frei in ihren Entscheidungen zu sein, so fiel es ihnen doch auch nicht leicht, sich von Jonathan Bourke zu trennen, mit dem sie so viele Wochen vom Kap bis an diesen entlegenen Ort der Kolonie gezogen waren.
Es wurde ein langer Abend, an dem sie sich noch einmal die Erlebnisse der vergangenen zweieinhalb Monate gegenseitig in Erinnerung riefen und ihre Hoffnungen für die Zukunft teilten. Bis tief in die Nacht saßen sie um das Feuer und redeten. Niemand wollte der erste sein, der dieses letzte Zusammensein beendete, indem er sich erhob und zu Bett ging. Ihnen allen wurde schmerzlich bewußt, daß sie auf diesem langen Treck zu einer Gemeinschaft zusammengewachsen waren, die bei aller Unterschiedlichkeit in ihren Charakteren und Zielsetzungen von einem starken Band der Freundschaft und des gegenseitigen Respekts gekennzeichnet war.
Am nächsten Morgen hieß es Abschied nehmen. Während die Ochsen eingespannt wurden, zahlte Jonathan Bourke sie aus. In seiner Großzügigkeit fügte er der Summe, die ihnen zustand, noch einen weiteren Wochenlohn hinzu. Er begründete das damit, daß sie ja seinetwegen noch einige Tage für den Rückweg nach Graaff-Reinet oder in die Gegend um den Baviaans River brauchten, ihrem nächsten Ziel.
»Und hier ist der Empfehlungsbrief für Mister Anthony Sanderson, von dem ich Ihnen erzählt habe«, sagte der Missionar und reichte Patrick das Schreiben, das er noch in der Nacht aufgesetzt hatte. »Vielleicht werden Sie davon keinen Gebrauch machen, aber es schadet nichts, ihn für alle Fälle zur Hand zu wissen.«
Anthony Sanderson war ein Beamter des Kolonialamtes, der

nach Kapstadt gereist war, um dort einen einflußreichen Posten in der Verwaltung anzutreten. Jonathan Bourke hatte ihn auf der Überfahrt nach Afrika kennengelernt und seine Gesellschaft so sehr geschätzt wie Anthony Sanderson die seine.

Patrick lächelte ein wenig unsicher. »Wir sind Ihnen für Ihre Fürsprache überaus dankbar ...«

»Ja, sehr, Reverend«, bestätigte Abigail.

»... aber noch habe ich die Hoffnung nicht ganz aufgegeben, daß es nicht nötig sein wird, ans Kap zurückzukehren und dort Arbeit zu suchen.«

Der Missionar wußte um die finanziellen Probleme, die Patrick und Abigail bedrückten, denn sie hatten während der letzten Wochen oft darüber gesprochen. »Machen Sie sich über Ihre Zukunft nur keine Sorgen. Sie sind noch jung und haben alle Zeit der Welt, um Ihre Träume eines Tages Wirklichkeit werden zu lassen. Und wenn Sie mich fragen, so würde ich an Ihrer Stelle erst noch ein, zwei Jahre irgendwo guten Lohn einstreichen und sparen, um einen guten Start zu haben, wenn Sie sich zu einer eigenen Farm entschließen. Mr. Sanderson kann Ihnen beiden sicherlich helfen, Arbeit zu finden. Also lassen Sie sich das reiflich durch den Kopf gehen.«

Patrick und Abigail versprachen es. Sie halfen noch dabei, die Ochsenwagen sicher durch die Furt zu bringen. Dann war der endgültige Moment des Abschieds gekommen. Patrick und Jonathan Bourke tauschten einen letzten Händedruck und versicherten einander, daß sie sich eines Tages bestimmt wiedersehen würden, während Abigail den Missionar mit einer herzlichen Umarmung und einem Kuß auf die Wange sichtlich in rührende Verlegenheit brachte.

»Möge der Herr seine schützende Hand über euch halten, wohin euch eure Wege auch immer führen!« rief er ihnen noch nach, als sie ihre Pferde durch das kalte Wasser zurück ans westliche Ufer trieben.

Dort angelangt, erwiderten sie das Winken von Jetur, Hagar und Jonathan Bourke, die sich immer wieder nach ihnen umsahen, und schauten dem kleinen Treck nach, bis er schließlich im Durchlaß einer bewaldeten Hügelkette verschwand.

Abigail hatte das beklemmende Gefühl, als hätte die Wildnis des Kaffernlands den Missionar und sein Gefolge auf Nimmerwiedersehen verschluckt. »Hoffentlich fallen die Xhosas und wie die anderen Stämme da drüben heißen nicht über sie her und metzeln sie nieder«, sagte sie bedrückt.

»Das glaube ich nicht«, erwiderte Patrick, der diesen Gedanken besser nicht zu Ende denken wollte. »Du hast doch von Hendrik van Niekerk gehört, daß Missionare bei den Kaffern gern gesehen sind und jeder Häuptling sich mit einem in seinem Stammesgebiet schmücken möchte. Es hebt sein Ansehen.«

Abigail seufzte. »Dein Wort in Gottes Ohr.«

Sie begaben sich auf den Rückweg, der sie wieder nach Norden führte. Dabei richteten sie ihre Route an den vorgeschobenen Militärposten aus, die im Abstand von zwanzig bis dreißig Meilen entlang der Grenze stationiert waren. An Abigails sechzehntem Geburtstag hörten sie Gewittergrollen, gefolgt von einem Regenschauer, aus dem Schlaf. Patrick hatte für sie ein buntes Tuch aus indischer Seide, das er in Graaff-Reinet vorsorglich von dem fahrenden Händler erstanden hatte und über das sie sich freute, als hätte er sie wer weiß wie reich beschenkt.

»Es ist ganz wunderbar. Aber daß du überhaupt daran gedacht hast, ist das größte Geschenk«, sagte sie bewegt und drückte ihn fest an sich.

Zur Feier des Tages, an dem das Wetter leider nicht mitspielte, erlaubten sie sich einen Schuß Branntwein in ihren Morgenkaffee. Dann beeilten sie sich, daß sie durch die Furt des Little Fish River kamen, bevor die Fluten anschwollen und sie zwangen, weiter flußaufwärts eine geeignetere Stelle zu finden.

25

Nach dem offiziellen Kalender der Kolonie war der Winter, der nun häufig Regen und nach der Hitze der vergangenen Monate empfindlich kühle Temperaturen brachte, schon zehn Tage alt, als sie in der letzten Maiwoche auf der Farm KLIPFONTEIN eintrafen.

Das Farmhaus war, wie nicht anders erwartet, eine Hartebeesthütte und fast so geräumig wie das Haus auf ROOIGROND, aber bei weitem nicht so komfortabel und gut eingerichtet wie das des Reuten-Clans. Die Nebengebäude und Unterkünfte der fünf Hottentottenarbeiter machten einen eher schäbigen Eindruck. Doch was das Vieh anging, so befand sich die kleine Herde in einem guten Zustand. Ochsen und Rinder hatten auf den Sommerweiden reichlich Futter gefunden und waren der ganze Stolz der jungen Familie.

Hendrik und Franziska van Niekerk nahmen sie wie gute alte Freunde mit großer Freude und Herzlichkeit auf ihrer Farm auf und bestanden darauf, daß sie eine Weile bei ihnen blieben.

Aus der Weile wurden geschlagene vier Wochen, die Patrick und Abigail dazu nutzten, weite Ausritte in das Land am Zusammenfluß von Baviaans und Great Fish River zu unternehmen. Wann immer es Hendrik möglich war, begleitete er sie, um ihnen die Täler und weiten Ebenen am Fuße der Winter- und Baviaansberge zu zeigen, an denen sein Herz hing.

An einem klaren, sonnigen Wintertag machten Patrick und Abigail, die diesmal ohne Hendriks Begleitung ausgeritten waren, zur Mittagszeit auf einem Kopje Rast. Vor ihren Augen erstreckte sich weites, offenes und kaum besiedeltes Land. Der klare blaue Himmel ließ die Bergketten im Nordosten zum Greifen nahe erscheinen, obwohl sie doch über dreißig Meilen entfernt waren.

»Ist das nicht ein wunderbares Land?« fragte Patrick nach einer Weile gemeinsamen Schweigens.

»O ja, das ist es«, stimmte sie ihm zu. »Ich hätte nie geglaubt, daß ich einmal wünschen würde, an einem solchen Ort zu leben.«

Er lächelte. »Ich schon. Ich meine, es ist mir nie bewußt geworden, weil ich nicht einmal davon zu träumen gewagt hätte. Aber ich glaube, der Drang hat schon immer in mir gesteckt.« Sein Blick ging über die Weite des Landes, mit seinen sanft gewellten Hügelketten. Er atmete tief durch, als wollte er den ganz besonderen, frischen und erdigen Geruch dieses Landes tief in sich aufnehmen. »Hier möchte ich siedeln und eine Farm aufbauen.«

»Hm«, machte Abigail mit verträumtem Blick.

»Rinderzucht, aber ich will es auch mit Pferden versuchen, denn davon verstehe ich etwas. Und an Pferden ist hier im Osten, wo von den fast fünftausend stationierten Rotröcken ein gutes Tausend im Sattel der Kavallerie Dienst tut, ein ebenso großer Bedarf wie an Ochsen«, sagte er und sah seine Farm mit den Pferdekoppeln schon vor seinem geistigen Auge.

»Ja, eine Pferdezucht wäre schön. Aber wird unser Geld dafür reichen?«

Damit brachte sie Patrick, ohne es gewollt zu haben, wieder auf den rauhen, unbequemen Boden der Tatsachen zurück. Er verzog das Gesicht, stieß einen Stoßseufzer aus und antwortete grimmig: »Nein, das wird es wohl nicht.«
Der Kassensturz, den sie am selben Abend machten, und ein langes Gespräch mit Hendrik ergaben, daß ihre finanziellen Mittel vorne und hinten nicht reichten, wie bescheiden sie auch anfangen würden. Hendrik stellte ihnen eine Liste von all den Dingen zusammen, die unabdingbar waren, wenn sie eine Farm aufbauen und nicht schon nach ein, zwei Jahren scheitern wollten. Und diese Liste war lang.
Die Einsicht, daß ihr Geld zwar ausreichte, um Land zu erwerben und ein einfaches Farmhaus nach Landesart zu errichten, nicht jedoch für alles andere, was sie benötigten, um die ersten zwei, drei schweren Jahre zu überstehen, war niederschmetternd.
»Ihr braucht Gerätschaften aller Art, angefangen vom Kochtopf bis hin zum Pflug«, zählte Hendrik auf. »Sägen, Hämmer, Zangen, Feilen, Seile und so weiter. Dann ein Fuhrwerk, mindestens zwei, drei Ochsen, eine gute Milchkuh, am besten auch noch ein paar Ziegen und Schafe, einen Vorrat an Lebensmitteln, Saatgut, Zaumzeug ...«
»Schon gut, schon gut!« fiel Patrick ihm brummig ins Wort, nahm die Liste an sich und steckte sie in seine Weste. »Wir wissen, daß die Trauben vorerst noch zu hoch für uns hängen.«
»Wir bekommen das Geld schon zusammen«, versuchte Abigail ihn zu trösten, als sie später allein in ihrer Schlafkammer waren. »Wir müssen eben noch ein paar Jahre bei anderen für Lohn arbeiten.«
»Ja, und das ist allein meine Schuld«, machte Patrick sich bittere Vorwürfe.
»Wieso?«

»Wenn ich mich nicht mit Harriet Corrigan, diesem hinterhältigen Weibsbild, eingelassen hätte, dann hätten wir genug Geld gehabt.«
»Und säßen jetzt vielleicht irgendwo in einer stinkenden Kerkerzelle oder wären als Deportierte auf dem Weg in die Sträflingskolonie Australien!« hielt sie ihm entgegen. »Nein, wenn das nicht alles so gekommen wäre, hätten wir dieses Land wohl niemals zu sehen gekriegt. Uns wäre doch gar nicht im Traum eingefallen, nach Afrika oder sonstwohin auszuwandern.«
»Tja, da ist was dran«, gab er zu, wenn auch zögernd.
»Das war nun mal der Preis, Patrick, und das ist die Chance, die wir hier erhalten, auch allemal wert«, sagte sie überzeugt. »Was kümmern uns schon ein, zwei Jahre, solange wir doch wissen, daß eine eigene Farm nicht nur ein Traum ist, sondern in so kurzer Zeit schon Wirklichkeit werden kann. Wir können auf dem, was wir schon gespart haben, gut aufbauen. Nein, wir haben wirklich keinen Grund, den Kopf hängenzulassen und uns zu bedauern.«
Bei ihren Worten wurde ihm sofort leichter ums Herz. Sie hatte ja recht. Was waren schon zwei Jahre im Vergleich zu der realistischen Aussicht, in dieser Zeit genug Kapital erarbeiten zu können?
»Komisch ...«
»Ich finde das überhaupt nicht komisch. Wir suchen uns eine anständig bezahlte Arbeit und üben uns eben noch ein wenig in Geduld. Was soll daran komisch sein?« Abigail klang regelrecht ungehalten.
Patrick lachte. »Nein, das habe ich nicht gemeint. Mir kam gerade in den Sinn, daß ich schon lange nicht mehr an früher gedacht habe, an meine Zeit als Wildhüter, überhaupt an das, was in England war. Ich träume nicht einmal mehr davon.«

»Mir geht es genauso. Manchmal kommt mir das, was vor unserer Überfahrt war, wie ein Traum vor, der mehr und mehr verblaßt. Das einzige, was mich noch hin und wieder im Schlaf verfolgt, ist die Zeit im Waisenhaus. Aber auch diese Träume kommen immer seltener.«

»Es hat wohl alles so sein sollen.«

»Bestimmt! Und jetzt soll es eben so sein, daß wir uns Arbeit suchen.«

Patrick fürchtete, daß sie ihn nun an das Angebot von Charles Dooney erinnern würde, doch sie erwähnte ihn mit keinem Wort. Darüber war er froh, denn er hätte ihr keinen stichhaltigen Grund nennen können, weshalb sie auf dieses Angebot nicht zurückkommen sollten.

Mit dem Zurückkommen ans Kap war es sowieso eine Sache für sich. Die weite Strecke nur zu zweit und dann auch noch im Winter zurückzulegen, war alles andere als verlockend, auch wenn der südafrikanische Winter nicht mit dem in mitteleuropäischen Breiten zu vergleichen war.

»Wartet bis zum Frühling«, schlug Hendrik van Niekerk vor, und mit seiner Hilfe gelang es ihnen, über die Wintermonate eine Anstellung in Graaff-Reinet zu finden. Patrick kam bei einem Bruder unter, der dort einen Mietstall mit Schmiede betrieb, und Abigail fand Arbeit im Haushalt von anderen Verwandten, die sehr kinderreich waren und sich gern mit einer weißen Gouvernante schmückten, zumal diese im Lesen und Schreiben bewandert war.

Sie scheuten die Arbeit nicht und fanden schnell Freunde, sowohl unter den Buren als auch unter den Engländern in der Siedlung, so daß ihnen die dreieinhalb Monate, die sie in Graaff-Reinet blieben, nicht lang wurden.

Mitte September brachte Franziska ihr zweites Kind zur Welt, wieder einen kräftigen Jungen, was die Eltern mit großem Stolz erfüllte. Sie nannten ihn Dirk, und Jan strahlte, als man ihm erklärte, daß er von nun an der ältere Bruder sein würde. Im November, als der Frühling das Land in ein buntes, duftendes Meer blühender Sträucher und Blumen verwandelte, brachte einer jener fahrenden Händler, die sich mit ihren Waren ins Kaffernland wagten, einen Brief von Jonathan Bourke. Darin teilte ihnen der Missionar mit, daß er sich im Stammesgebiet der Amaponda niedergelassen und seine Mission mit Zustimmung des dortigen Häuptlings gegründet habe. Mit glühenden Worten beschrieb er ihnen sein Leben unter den Kaffern, die ihn und seiner Überzeugung nach auch Gottes Botschaft mit offenen Armen aufgenommen hatten, und mit welch wunderbaren Plänen er sich für seine Missionsstation trug.

»Ich wünsche es ihm so sehr, daß sich seine Hoffnungen erfüllen«, sagte Abigail.

»Ja, er ist ein feiner Kerl«, stimmte Patrick ihr zu. »Er hätte es verdient.«

Kurz darauf brachen sie nach Kapstadt auf. Sie schlossen sich einer Abteilung Soldaten an, die durch frische Truppen ersetzt und ans Kap zurückbeordert worden waren. Diesmal bestimmten nicht träge Ochsenwagen das Tempo ihrer Reise quer durch die Kolonie, sondern die Kraft und Ausdauer ihrer Pferde, und um die war es gut bestellt.

Patrick und Abigail kam dieser Ritt, der knappe zwei Wochen dauerte, wie ein Flug über ein verzaubertes Land vor, so schnell erschien er ihnen. Die Proteen öffneten ihre kindkopfgroßen Blüten unter der erstarkenden Sonne, während sie die Große Karroo durchquerten. Und als sie in Kapstadt eintrafen, boten die Jakarandabäume mit ihrer violetten Blütenpracht ein Bild wie aus einem Märchenbuch.

In Kapstadt begaben sie sich umgehend zu Mr. Anthony Sanderson, der ein stattliches Haus in der Loop Straat bewohnte. Sanderson, ein kleiner, korpulenter Mann mit der rosigen Haut eines Babys und den scharfen Augen eines alten Fuchses und einflußreichen Verwaltungsbeamten, empfing sie mit kühler Zurückhaltung. Doch sowie er das Empfehlungsschreiben von Jonathan Bourke in der Hand hielt, verlor er seine mißtrauische Reserviertheit. Er zeigte Herzlichkeit und Hilfsbereitschaft und forderte sie sogar auf, sich zu setzen.

Die Hoffnungen, die der Missionar in ihnen geweckt hatte, erfüllten sich. Als Sanderson im Gespräch erfuhr, daß Patrick mit Dampfmaschinen umzugehen wußte, klatschte er erfreut in die Hände und sagte: »Dann sind Sie Holgates Mann! Er braucht dringend jemanden, der mit der Dampfmaschine in seinem Sägewerk umzugehen weiß, die er aus England hat. Sie stehen schon so gut wie in Lohn und Arbeit.« Dann wandte er sich Abigail zu. »Und für Sie eine passende Anstellung zu finden, Miss O'Brien, dürfte gleichfalls keine Schwierigkeit sein. Ich denke da an Richter Wynborough. Er erwartet jeden Tag das Eintreffen seiner Frau und seiner drei Töchter, die er aus der Heimat hat nachkommen lassen. Er wird entzückt sein, seiner Frau schon bei ihrer Ankunft eine zuverlässige und zudem noch weiße Kraft für ihre Kinder präsentieren zu können. Ich denke, damit hätten wir das kleine Problem gelöst.«

Und so war es. Patrick begann im Sägewerk von Peter Holgate, der ihm einen guten Lohn zahlte und begeistert war, endlich jemanden gefunden zu haben, der sich wenigstens halbwegs mit Dampfmaschinen auskannte.

Als Patrick, der lieber jetzt bei der Wahrheit bleiben wollte, als später zu hohe Erwartungen enttäuschen zu müssen, vorsichtshalber einwandte, daß er gerade mal sieben Wochen einem Maschinisten zur Hand gegangen war, erwiderte Holgate: »Dann haben Sie sieben Wochen mehr Erfahrung als jeder, den ich kenne, und damit sind Sie ein Experte, O'Brien. Sie sind eingestellt!«

Dank Sandersons Empfehlung erhielt auch Abigail ihre Anstellung bei Richter Wynborough. Und mit dieser Wahl zeigten sich eine Woche später, als die LOTUS in die Tafelbucht einlief, auch seine Frau und seine drei Töchter, die zwischen fünf und neun Jahre alt waren, überaus zufrieden.

»Wir können uns glücklich schätzen, es so gut getroffen zu haben«, sagte Abigail, als Patrick sie an ihrem ersten freien Nachmittag abholte und sie über die Heerengracht spazierten.

Patrick dachte an den Lärm, der ihm schon nach einer Woche auf die Nerven ging und täglich den quälenden Wunsch in ihm weckte, sich wieder in den Sattel zu schwingen und ins Veld hinauszureiten. Und er dachte daran, wie schwer es ihm nach diesen drei Jahren, die sie Tag und Nacht zusammen verbracht hatten, doch fiel, nun wieder ganz allein zu leben und sie nur gelegentlich sehen zu können. Aber ihr fiel die Trennung nicht weniger schwer. Doch sie hatten ein Ziel, und für dieses Ziel mußten sie Opfer bringen.

Im Januar des nächsten Jahres wurde James Wynborough zum Bezirksrichter von Stellenbosch ernannt. Abigail sollte natürlich mit ihnen dorthin übersiedeln, denn die Kinder hingen an ihr, und Mrs. Wynborough mochte auf keinen Fall auf sie verzichten.

Patrick wollte erst nichts davon wissen, und er wurde regelrecht böse. »Dann können wir uns ja nur noch einmal im Monat sehen. Und auch das wird nicht immer zu machen sein. Bis nach Stellenbosch ist es ein guter Tagesritt, wenn man scharf reitet. Das kommt gar nicht in Frage!«

»Glaubst du denn, mir fällt es leicht?« erwiderte Abigail heftig und mit Tränen in den Augen. »Aber ich denke, wir verfolgen ein gemeinsames Ziel? Und was Mr. Wynborough mir zahlt, liegt deutlich über dem Lohn, den ich anderswo bekommen kann. Vielleicht findest auch du dort eine Arbeit, die dir besser gefällt als die im Sägewerk von Mr. Holgate. Und hast du mir nicht immer vorgehalten, daß wir vernünftig sein müssen?«

Abigail zog mit den Wynboroughs nach Stellenbosch. Patrick folgte ihr drei Wochen später, um beim Wagenbauer eine Stelle als Gehilfe anzutreten. Dafür, daß er in Abigails Nähe sein konnte, nahm er den bedeutend schlechteren Lohn, den der Wagenbauer ihm zahlte, in Kauf. Daß damit aus den geplanten zwei Jahren des Arbeitens und Sparens gut und gern drei oder mehr werden konnten, daran wollte er nicht denken.

Und dann kam der heiße Märztag, an dem er auf Sinclair Drago traf. Es war ein schicksalhafter Tag, den er bis zur Stunde seines Todes nicht vergessen sollte. Denn diese Begegnung setzte eine wahre Lawine von folgenschweren Ereignissen in Gang.

vergeblich [illegible] lange Zeit? Und was Mr. Wynn [illegible] sagte [illegible] tragen? [illegible] gefunden [illegible] dem Gold, der sich [illegible] konnte [illegible] Und [illegible] findet sich da [illegible] die [illegible] wissen [illegible] als [illegible] Holgate. Und [illegible] immer noch [illegible] vorenthalten [illegible] vermutlich [illegible] müssen [illegible]

Alfred zog auf den Wynnborough-Park [illegible] Erich folgte ihr drei Wochen später, um bei den Wagenbauer [illegible] als [illegible] anzunehmen. Dafür, daß [illegible] sein konnte, [illegible] den [illegible] Lohn, den der Wagenbauer ihm zahlte, [illegible] Das [illegible] aus den geplanten zwei Jahren des Arbeitens [illegible] werden konnten, [illegible] wollte [illegible] zu denken.

Und dann kam der [illegible] März, an dem [illegible] Frage [illegible] Es war ein sehr kalter Tag, [illegible] Stunde seines Todes nicht [illegible] sollte [illegible] diese [illegible] eine [illegible] Leben [illegible] [illegible]

TEIL III

Jäger des weißen Goldes

26

Das Gewehr fiel Patrick sofort ins Auge, als er aus dem Materialschuppen kam und mit einem Bündel Radspeichen unter dem Arm über den Hof zur eigentlichen Werkstatt des Wagenbauers Johan Smuts hinüberging. Es lag quer über dem Kutschbock und ragte auf beiden Seiten ein gutes Stück über die Breite des Ochsenwagens hinaus.
Noch nie in seinem Leben hatte Patrick einen Vorderlader gesehen, der sich in Länge, Schwere und Verarbeitung mit diesem messen konnte, und auf dem Treck quer durch die Kolonie hatte er so manch eindrucksvolles Burenrohr zu Gesicht bekommen. Allein schon die Länge des sechseckigen Laufes machte es zu einer Waffe, die Aufmerksamkeit und Staunen erregte. Der Vorderlader, neben ihm senkrecht aufgestellt, ragte zweifellos über seinen Kopf hinaus.
Fasziniert von diesem mächtigen Gewehr, legte er das Bündel Radspeichen aus der Hand und besah es sich aus nächster Nähe. Es handelte sich ohne Frage um ein Meisterstück. Die Oberfläche des blaugrau schimmernden Stahls war nicht nur ungewöhnlich glatt, sondern im unteren Drittel des Laufes fanden sich kunstvolle ornamentartige Goldeinlagen. Schulterstück und Stock bestanden aus schwarzem, wie poliert glänzendem Ebenholz und wiesen gleichfalls goldene Verzierungen auf, die ihn an die Feuerzungen asiatischer Drachen erinnerten.
Patrick konnte dem Drang nicht widerstehen, dieses außergewöhnliche Stück zu berühren. Mit den Fingerspitzen fuhr

er über das Holz und den sechseckigen Stahl, der sich wie angegossen daran anschloß.
»Mein Elefantentöter scheint ja einen neuen Bewunderer gefunden zu haben.«
Die spöttische Stimme riß Patrick aus seinem fast andächtigen Staunen. Wie ertappt zuckte seine Hand von der fremden Waffe zurück, und er drehte sich um.
Der Mann, der ihn angesprochen hatte und aus dem Eingang der Werkstatt in die Sonne des Hofes trat, paßte zu diesem gewaltigen Vorderlader wie ein Ochsengespann zu einem Feldschoner. Obwohl Patrick alles andere als klein zu nennen war, überragte ihn der Fremde doch gut um eine Haupteslänge, und die Schultern schienen die Breite einer Seemannskiste zu haben. Der Eindruck, einem wahren Koloß von einem Mann gegenüberzustehen, wurde noch durch den wilden, verfilzten, kohlschwarzen Vollbart und die grobe Lederkleidung verstärkt, die speckig und faltig war wie eine uralte Landkarte. Die Lederjacke reichte ihm bis über die Hüften, stand halb offen und zeigte darunter die Muskelstränge einer nackten braungebrannten Brust, auf der eine Halskette aus sonnengebleichten Raubtierzähnen hing. Ein gut unterarmlanges Messer steckte an seiner linken Hüfte in einer Scheide aus geflochtenem und mit bunten Perlen verziertem Leder. In der Hand hielt er einen breitkrempigen Lederhut, der noch dunkler und speckiger war als der Rest seiner Kleidung. Das Alter des Mannes ließ sich schwer schätzen. Es mußte irgendwo zwischen Mitte Dreißig und Mitte Vierzig liegen.
»Entschuldigen Sie«, sagte Patrick verwirrt von dieser ungewöhnlichen Erscheinung, »aber ich habe noch nie einen Vorderlader wie diesen hier gesehen.«
Das bärtige Gesicht verzog sich zu einem halb spöttischen, halb stolzen Grinsen. »Das sollte Ihnen auch schwerfallen.

Es gibt in der ganzen verdammten Kolonie kein Gewehr, das es mit meinem Mammut aufnehmen kann – ach, was rede ich da, in ganz Afrika nicht!« Sein Englisch wies ihn als einen Briten aus, genauer gesagt als einen waschechten Cockney.

»Mammut?«

»Ja, so heißt mein Elefantentöter«, erklärte der Fremde und fügte dann noch den merkwürdigen Satz hinzu: »Der Tod hat immer einen Namen.«

»Gestatten Sie, daß ich das Gewehr mal in die Hand nehme?« fragte Patrick. »Ich würde gern mal fühlen, wie ausbalanciert der Vorderlader ist.«

Die Augen des Mannes, schwarz wie Pech und von einem dichten Kranz tiefer Falten und Linien umgeben, die von einem langjährigen Leben unter freiem Himmel zeugten, blitzten auf, als erheiterte ihn die Bitte. »Ein Wagenbauer, der etwas von Waffen versteht?«

Patrick fühlte sich bei seiner Ehre gepackt. »Ich habe die Arbeit bei Johan Smuts nur angenommen, weil an Wildhütern in diesem Land wenig Bedarf ist.«

Der Spott in den Augen des bärtigen Hünen verwandelte sich augenblicklich in Überraschung und Interesse. »Sie waren mal Wildhüter?«

»In den Cotswold Hills.«

»Was Sie nicht sagen. Wen es nicht alles nach Afrika verschlägt, nicht wahr? Aber gut, wenn das so ist, greifen Sie nur zu.«

Patrick hob den Elefantentöter vom Kutschbock. Der Vorderlader hatte, ganz wie erwartet, ein erhebliches Gewicht. Doch als er das Schulterstück ansetzte, die Wange gegen das glatte Holz drückte und entlang des Laufes ein Ziel auf dem freien Feld jenseits des Hofs anvisierte, stellte er bewundernd fest, daß Lauf und Kolben in einem idealen Gewichts-

verhältnis zueinander standen. Dieser Mammut lag wunderbar in der Hand.
»Perfekt. Was für ein Meisterstück!« schwärmte er und setzte es wieder ab. Er dachte an seine Flinte, die dagegen ausgesprochen armselig war. »Wo findet man in der Kolonie bloß einen Waffenschmied, der sich auf die Herstellung eines solch herrlichen Gewehrs versteht?«
Der Mann lachte geschmeichelt. »Nirgendwo. Dafür müßten Sie schon nach Indien gehen und sich gut mit einem der Maharadschas stellen.«
Indien! Das erklärte die seltsamen, asiatisch anmutenden Einlegearbeiten.
»Wollen Sie mal Ihr Glück versuchen?«
Patrick sah ihn überrascht an. »Sie meinen, damit schießen?«
»Zwar habe ich meinen Mammut schon mehrfach und mit großem Erfolg als Keule benutzt, aber mit Pulver und Blei im Lauf wird er seiner Bestimmung doch noch besser gerecht«, spottete er. »Also, wollen Sie?«
Und ob Patrick wollte! Es juckte ihm förmlich in den Fingern, und begeistert nahm er das Angebot an.
Die Schnelligkeit, mit der der Fremde den Elefantentöter lud, wies ihn als erfahrenen Jäger und Schützen aus. »Dann zeigen Sie mal, was Sie auf der Pfanne haben, mein Freund«, sagte er jovial und reichte ihm das schußbereite Gewehr.
»Wie treffsicher ist Ihr Mammut?«
»Auf hundertfünfzig Yards so gut wie der Mann, der den Abzug durchzieht – und das heißt, Sie können mit dem Gewehr jemandem eine Fliege vom Ohr schießen, wenn Sie dafür die entsprechend ruhige Hand und das Auge besitzen. Versuchen Sie es mit dem Baum da drüben!« Er wies über das Feld auf eine alleinstehende Weide, die etwa hundertzwanzig Schritte von ihnen entfernt aufragte. »Setzen Sie die Kugel in den Stamm.«

Patrick stellte sich leicht schräg zum Ziel, legte den Vorderlader an, bekam die Weide ins Visier und zog den Abzug so gefühlvoll wie möglich durch. Donnernd entlud sich der Mammut, und der gewaltige Rückschlag, der all seine Erwartungen übertraf, warf ihn fast zu Boden. Die Kugel verfehlte ihr Ziel um einiges und ging hoch oben durch die Krone des Baums.

Der Besitzer des Elefantentöters brach in schallendes Gelächter aus, das dunkel und voll wie aus den Tiefen eines unterhöhlten Berges klang. »Da hat es Sie ja fast aus den Stiefeln gehoben!« rief er mit spöttischer Belustigung.

Patrick warf ihm einen ärgerlichen Blick zu. »Wieviel Pulver haben Sie denn bloß in den Lauf gekippt?«

»Na, das Übliche. Siebzehn Gramm.«

»Himmel, das hätte ja gereicht, um eine Kanone abzufeuern!« grollte Patrick. »Kein Wunder, daß es mich weggerissen hat.«

»Mein Freund, das ist keine Kaninchenflinte. Was Sie da in der Hand halten, heißt nicht von ungefähr Elefantentöter. Und wenn Sie so einen Dickhäuter von sechs, sieben Tonnen zu Boden bringen wollen, bevor er Sie zu Brei zertreten kann, müssen Sie schon mit einer Viertelpfund-Kugel und genügend Pulver rangehen. Alles andere hieße nur, ihm das Fell ein bißchen ankratzen.«

»Sie verwenden viertelpfündige Kugeln?« fragte Patrick ungläubig. Gewöhnlich goß man aus einem Pfund Blei mindestens acht bis zehn Kugeln. Noch nie in seinem Leben hatte er von Viertelpfündern gehört, geschweige denn einen abgeschossen – bis vor wenigen Augenblicken.

»Der Schädelknochen eines Elefanten ist dick und hart wie ein Brett, so daß man mit ...«

Der Wagenbauer Johan Smuts stürzte aus der Werkstatt, einen ärgerlichen Ausdruck auf dem kantigen, geröteten Gesicht. »Muß das sein, Mijnheer Drago?« rief er ungehal-

ten. Und Patrick fuhr er an: »Wo bleibst du mit den Speichen? Seit wann bezahle ich dich dafür, daß du die Zeit mit solchem Unfug vertrödelst, O'Brien. Die Arbeit erledigt sich nicht vom Reden und Herumstehen!«
Patrick unterdrückte seinen aufsteigenden Zorn. Johan Smuts zahlte anständig, war aber ein rechter Tyrann und Sklaventreiber. Er erwartete, daß jeder so bedingungslos von morgens bis abends schuftete wie er selbst. Er kannte nichts als seine Arbeit und zählte zu jenen ehrgeizigen Calvinisten, die der Überzeugung waren, daß sie mit jedem erarbeiteten und eisern gesparten Geldstück dem Himmel ein kleines bißchen näher kamen.
»Ich bin ja schon da«, brummte er verdrossen und wollte sich gerade nach den Radspeichen bücken.
»Einen Augenblick noch«, hielt Drago ihn zurück, ohne sich um Smuts' gereizte Miene zu kümmern. »Es war nicht ganz fair, daß ich Ihnen das mit der starken Pulverladung verschwiegen habe. Ich bin Ihnen deshalb noch einen zweiten Schuß schuldig.« Und zu Johan Smuts sagte er mit überheblicher Gelassenheit: »Machen Sie nicht so einen Aufstand, Smuts. Aber wenn es Sie beruhigt, können Sie mir die Zeit, die ich Ihren Gehilfen von der Arbeit abhalte, mit in Rechnung stellen. Oder habe ich Sie jemals um Ihren guten Profit gebracht, wenn wir Geschäfte gemacht haben?«
Etwas Unverständliches murmelnd, zog sich der Wagenbauer in seine Werkstatt zurück, wo ein neuer schwerer Feldschoner kurz vor der Fertigstellung stand.
»Ein zweiter Versuch, O'Brien?«
Patrick ließ sich nicht zweimal bitten. Sein Stolz gebot es ihm, nach diesem ersten blamablen Schuß nun sein wahres Können unter Beweis zu stellen. Er ging deshalb aufs Ganze.
»Diesmal ist nicht der Stamm das Ziel, sondern der rechte untere Ast!« erklärte er.

Drago zog mit einer herausfordernd spöttischen Mimik die Augenbrauen hoch. »Sie wollen es mir wohl zeigen, ja? Aber nehmen Sie sich nicht zuviel vor.«
Patrick ersparte sich eine Antwort, konzentrierte sich auf seinen Atem und ging dann mit dem Lauf von oben kommend ins Ziel. Sein Finger legte sich um den Hahn, krümmte sich immer weiter, bis er spürte, daß er den Druckpunkt erreicht hatte. Noch eine Korrektur, und dann überwand er diesen letzten minimalen Widerstand unter seinem Zeigefinger – und zog durch.
Es krachte wie Geschützdonner in Patricks Ohren, als der Schuß losging. Pulverrauch quoll aus der Mündung, und er machte schnell einen Satz zur Seite, weil ihm die beißende Rauchwolke die Sicht auf den Baum verwehrte.
»Nicht übel!« rief Drago wohlwollend. »Wirklich nicht übel, O'Brien. Sie haben tatsächlich ein Stück Borke vom Ast geholt. Ein ordentlicher Schuß.«
Patrick verlangte und erhielt einen dritten Schuß, der noch besser traf als der zweite. Jetzt zeigte sich Drago beeindruckt. »Sie haben es wirklich in sich.«
»An ein fremdes Gewehr muß man sich wie an ein neues Pferd erst einmal gewöhnen«, erwiderte Patrick mit einem Lächeln, das seine Genugtuung verriet.
»Gefällt Ihnen die Arbeit bei Johan Smuts?«
Patrick zuckte mit den Schultern. »Alles hat seine zwei Seiten«, antwortete er ausweichend. »Warum wollen Sie das wissen?«
»Nun, für einen Schützen von Ihrem Kaliber gäbe es bedeutend angenehmere und zehnmal besser bezahlte Arbeit als die des Gehilfen eines Wagenbauers«, erklärte der Mann, der auf den seltsamen Namen Drago hörte, vage und vieldeutig zugleich.
Patricks Interesse war schlagartig geweckt. Weder sagte ihm

die eintönige Arbeit in der Werkstatt zu, noch reichte ihm die Bezahlung. Nur hatte er bis jetzt nichts Besseres gefunden.

»Und die wäre?«

Drago lächelte. »Warum reden wir darüber nicht zu einer passenderen Stunde an einem angenehmeren Ort als jetzt hier auf dem Hof?« schlug er ausweichend vor. »Kommen Sie doch heute nach der Arbeit zu mir in SIMON'S CANTEEN in der Hout Straat. Da können wir in aller Ruhe darüber reden, O'Brien.«

»Gut«, sagte Patrick, nahm die Speichen und begab sich zu Johan Smuts in die Werkstatt.

Dieser bedachte ihn mit einem grimmigen Blick und zog das Hobeleisen so wütend über das Holz, als wollte er seinen Ärger an der *buikplanke* auslassen. »Na endlich! Es wurde aber auch Zeit. Und halt dich bloß von diesem Burschen fern. Das ist kein Umgang für einen Mann, der Wert auf seinen guten Namen legt.«

»Sie meinen diesen Drago?«

»Ja, Sinclair Drago«, knurrte Smuts und wischte die feinen Hobelspäne von der Wagenbettplanke. »Gottloser als er kann nur ein Kaffer sein!«

Patrick legte den Kopf schief, als dächte er angestrengt nach. »Komisch.«

»Was ist komisch?« fragte Smuts barsch.

»Daß Sie so von ihm sprechen. Denn ich hatte doch tatsächlich den Eindruck, als machten Sie gute Geschäfte mit ihm – und nicht zum erstenmal«, stellte Patrick sich dumm. »Zumindest klang es so. Sagen Sie, ist der neue Wagen vielleicht für ihn?«

»Ja, ist er! Aber Geschäfte sind eine Sache«, entgegnete der Wagenbauer überaus gereizt. »Sich mit einem wie ihm darüber hinaus einzulassen, ist eine ganz andere!«

»Ach so, ja«, tat Patrick, als könnte er diese feine, pharisäerhafte Unterscheidung sehr gut nachvollziehen. »Was treibt dieser Sinclair Drago überhaupt?«

»Er ist Elfenbeinjäger, und wenn die Gerüchte stimmen, die über ihn in Umlauf sind, dann macht er auch noch schmutzige Geschäfte mit den Kaffern. Eines Tages wird er am Galgen enden, und ich werde ihm bestimmt keine Träne nachweinen, auch wenn er noch zehn Wagen bestellen würde«, sagte Johan Smuts schroff. »Und jetzt an die Arbeit! Der Kerl will, daß der Wagen übermorgen fertig ist, und ich habe ihm mein Wort gegeben!«

Patrick machte sich wieder an die Arbeit, doch mit seinen Gedanken war er ganz woanders.

Elfenbeinjäger!

Hätte es noch eines weiteren Anreizes bedurft, um Sinclair Drago am Abend in der Canteen in der Hout Straat aufzusuchen, spätestens jetzt hätte er ihn gehabt.

27

Patrick fand Sinclair Drago im mäßig gepflegten Garten der Canteen. Der vollbärtige Mann saß unter einer knorrigen Eiche an einem Holztisch, der so schwer und klobig war wie der Elfenbeinjäger. Vor ihm standen ein Steinkrug mit Wein und zwei irdene Becher.

Mit einer großspurigen Geste winkte Sinclair Drago ihn heran, und Patrick setzte sich ihm gegenüber auf einen der nicht weniger plump gezimmerten Stühle. »Erwarten Sie noch jemanden?« fragte er und deutete dabei auf den zweiten, bisher unbenutzten Becher.

»Der ist für Sie.«

»Sie scheinen sich Ihrer Sache ja sehr sicher gewesen zu sein.«
»Das war nicht sehr schwer. Ihre Augen haben mir verraten, daß Sie ganz bestimmt kommen würden.«
Patrick hatte das Gefühl, sich verteidigen zu müssen. »Ich bin neugierig, das ist alles.«
»Habe ich etwas anderes behauptet?«
»Nein.«
»Neugierig zu sein, ist schon genug, O'Brien.« Drago griff zum Krug und füllte beide Becher mit Muskateller. »Die Canteen gehört mit Sicherheit nicht zu den besten im Tal, aber der Wein ist ordentlich. Also, lassen Sie uns auf gute Geschäfte trinken.«
Sie prosteten sich zu und tranken. Dann sagte Patrick: »Mir wäre es recht, wenn wir gleich zur Sache kommen könnten, Mr. Drago.«
»Drago reicht. Das Mister paßt nicht so ganz zu meiner Augenfarbe.«
»Klingt nicht so, als wäre das Ihr richtiger Name.«
Der Elfenbeinjäger schenkte ihm einen gelassen spöttischen Blick. »Und wenn dem so wäre, so wird es Sie doch kaum um den Schlaf bringen, oder? Jeder Name ist so gut oder so mies wie der Mann, der ihn trägt.«
»Smuts sagt, Sie sind Elfenbeinjäger.«
»Schätze, er hat es sich nicht nehmen lassen, Sie vor mir zu warnen und sich Sorgen um Ihr Seelenheil zu machen, hab ich recht?«
»Kann man so sagen.«
Drago lachte unbekümmert. »Vortrefflich! Da Sie das aber ganz offensichtlich nicht abgehalten hat zu kommen, weiß ich schon mal, daß es Ihnen mit Ihrem Interesse wirklich ernst ist.«
»Ich sagte, ich bin neugierig. Nichts weiter, Drago. Reden

wir daher nicht um den heißen Brei herum. Was genau haben Sie einem Mann wie mir anzubieten?« fragte Patrick ganz unverblümt.
»Die Chance, ein Leben zu führen, das Ihren Talenten entspricht, und dabei in verhältnismäßig kurzer Zeit einen Haufen Geld zu verdienen«, kam die Antwort wie aus der Pistole geschossen.
»Mit Elfenbein?«
Drago nickte, nahm einen kräftigen Schluck Wein und erklärte: »Was Sie bei dem alten Miesepeter Johan Smuts in einer Woche verdienen, können Sie bei mir mit einem einzigen Schuß machen, und das Tag für Tag. Sie sind ein guter Schütze, das habe ich gesehen, und ich bin sicher, daß wir einen Mann wie Sie gut bei uns gebrauchen können.«
»Wer ist wir?«
»Meine vier Partner und ich.«
»Partner wobei?«
»Betrachten Sie uns als eine vorzüglich ausgerüstete Jagdexpedition, die jenseits der Grenzen der Kolonie ihren äußerst einträglichen Geschäften nachgeht«, sagte Drago mit einem fröhlichen Grinsen.
»Meines Wissens braucht man für eine solche Expedition und insbesondere für den Handel mit Elfenbein eine behördliche Genehmigung. Wie sieht es mit dieser Lizenz aus?«
Drago bedachte ihn mit einem halb mitleidigen, halb erheiterten Blick. »Die einzige Genehmigung, die wir brauchen, um Elefanten zu schießen, steckt in der Feuerkraft unserer Gewehre, O'Brien. Vergessen Sie bloß den Schwachsinn, den Sie zu hören bekommen haben. Diese Vorschriften sind einfach lächerlich.«
»Fahren Sie nur fort. Ich höre Ihnen zu«, sagte Patrick, als

sein Gegenüber eine Pause machte, als sei damit bereits alles erklärt.

»Ich betreibe das Geschäft schon einige Jahre, und ich säße jetzt kaum hier, wenn es nicht so ist, wie ich es sage: Die Wildnis und ihr Reichtum gehören allein dem, der sich da hinauswagt, die Gefahren auf sich nimmt und weiß, wie er ihnen begegnen muß, um reiche Beute zu machen. Da draußen fragt Sie kein Schwanz nach einer Lizenz oder sonst einem Fetzen Papier. Da zählt allein das, was Sie an Pulver auf der Pfanne haben – im wahrsten Sinne des Wortes«, versicherte Sinclair Drago. »Wir halten uns viele hundert Meilen jenseits der kolonialen Grenzen auf, wo britisches Verwaltungsrecht soviel bedeutet wie ein Furz im Kaffernkraal. Dafür gibt es im Busch aber jede Menge wilde Tiere und Eingeborene. Dort wagt sich nicht einmal die Armee hin. Doch wo die Rotröcke auf Feindschaft stoßen, werden wir mit offenen Armen aufgenommen, weil wir kein Land erobern, sondern nur Geschäfte machen und dann wieder verschwinden. Und was das Elfenbein betrifft, dafür habe ich meine Abnehmer, die sich gleichfalls einen Dreck um irgendwelche Vorschriften scheren, die das Papier, auf dem sie geschrieben stehen, nicht wert sind. Wo kein Kläger ist, ist auch kein Richter. Und dort, wo wir auf Jagd gehen, gilt allein das Recht des Stärkeren und des besseren Schützen. Oder sind Sie vielleicht so gesetzesgläubig, daß Sie das schreckt?«

Patrick hegte für das Recht, das die Herrschenden seiner Erfahrung nach in erster Linie nur zu ihrem eigenen Besten geschaffen hatten, wenig Sympathie. »Damit hält es sich bei mir sehr in Grenzen.«

Drago nickte zufrieden. »Gut, ich habe Sie auch nicht anders eingeschätzt, O'Brien. Ich stelle also fest, daß Sie noch immer interessiert sind, sich uns anzuschließen.«

»Interessiert ja«, räumte Patrick ein. »Aber noch weiß ich

zuwenig über diese Expedition, welche Rolle ich dabei zu spielen habe und vor allem welche Art der Bezahlung mich erwartet.«

»Die Sache ist ganz einfach. Ich bin der Anführer, der Boß der Expedition, und Sie werden mein fünfter Jagdpartner mit denselben Rechten und Pflichten, wie die anderen sie haben. Sie übernehmen auf dem Treck Nachtwachen, Kundschafterritte und was sonst noch anfällt. Und wenn wir auf Elefanten stoßen, zeigen Sie, was Sie wert sind, und geben alles, was in Ihnen steckt, damit wir zu einer anständigen Ausbeute an Elfenbein kommen.«

Bis dahin klang alles nur recht und billig, was Sinclair Drago ausgeführt hatte. Doch wie stand es mit der Bezahlung? Das interessierte Patrick mehr als alles andere. Deshalb fragte er ohne Umschweife nach der Höhe seiner Beteiligung.

»Ich mache Ihnen ein Angebot, das Sie annehmen oder ablehnen können. Handeln lasse ich nicht mit mir. Sie bekommen, wie jeder andere Partner, am Ende der Expedition fünfzehn Prozent vom Verkaufserlös.«

Patrick rechnete schnell im Kopf. »Das bedeutet, daß Ihr Anteil fünfundzwanzig Prozent beträgt.«

Drago grinste. »Ganz recht. Dafür stelle ich aber auch die gesamte Ausrüstung, von den Wagen und Ochsen über die Hottentotten bis hin zu den Lebensmitteln sowie Pulver und Blei. Das geht bei so einer langen Reise mächtig ins Geld. Zudem habe ich meine Verbindungsmänner, die uns einen ausgezeichneten Preis für das Elfenbein zahlen, während Sie es weit unter Preis abgeben müßten, um es loszuwerden. Ich bin deshalb jedes Prozent wert, das ich mehr bekomme, mein Freund. Und lassen Sie sich nicht täuschen, auch fünfzehn Prozent sind eine Menge Geld. Auf unserer letzten Tour wären das ... lassen Sie mich rechnen ... ja, das wären rund dreitausend Rixdollar gewesen.«

Patrick blieb fast die Luft weg. Dreitausend Rixdollar? Das waren ja fast sechshundert Pfund Sterling und damit mehr als genug, um sich ein gutes Stück Land und Vieh für eine eigene Farm zu kaufen. Bei dreitausend Rixdollar würde er sogar noch einen satten Batzen als Rücklage für Notfälle weglegen können.

»Ich sehe, Sie sind beeindruckt«, stellte Drago genüßlich fest. »Dreitausend Rixdollar, wie lange müßten Sie sich dafür bei Johan Smuts abrackern? Ich würde mal sagen, grob über den Daumen gepeilt, so um die sechs, sieben Jahre, richtig?«

»Könnte hinkommen«, bestätigte Patrick mit plötzlich ganz trockenem Mund und griff zum Wein. Er mußte sich beherrschen, daß er den Becher nicht auf einen Zug leerte. Dreitausend Rixdollar! Was für eine Summe. Damit würden sie sich ihren Traum von einer Farm und Pferdezucht am Baviaans River mit einem Schlag erfüllen können. Ein hintergründiges Lächeln spielte um Dragos Mund, während er seinerseits den Wein mit fast schon anzüglichem Schlürfen über den Rand des Bechers sog. Er kostete die Situation zweifellos genauso aus, wie ihm der Muskateller mundete.

»Ich sehe Ihnen an, daß die frohe Botschaft bei Ihnen angekommen ist und Ihnen schon das Herz wärmt«, neckte er ihn.

Patrick zwang sich, seine Gedanken von dieser enormen Summe Geldes abzulenken. Es fiel ihm ungeheuer schwer.

»Und wo ist der Haken?«

Drago gab sich verständnislos. »Welcher Haken?«

»Wenn es so leicht wäre, dreitausend Rixdollar zu verdienen, wie Sie behaupten, hätten Sie wohl keine Mühe, eine ganze Armee von Jägern auf die Beine zu bringen.«

Drago lachte kurz auf. »Daß es leicht ist, habe ich nicht behauptet. Und ich beabsichtige auch nicht, Ihnen etwas vor-

zumachen. Wer fette Beute machen will, muß auch gewillt sein, einige Risiken einzugehen. Da draußen im Busch überlebt nur, wer sein Gewehr fast blind zu handhaben und sich der Wildnis anzupassen weiß. Fünfhundert, sechshundert Meilen und mehr von der nächsten Siedlung entfernt kann eine Menge passieren, woran Sie hier in Stellenbosch nicht einmal im Traum denken würden. Das ist schon mal das eine. Die Strapazen und die Dauer einer solchen Expedition ist der andere Preis, den man zu zahlen gewillt sein muß.«
»Wie lange werden wir unterwegs sein?« fragte Patrick und wünschte im nächsten Moment, er hätte nicht schon von »wir« gesprochen.
Drago war diese bedeutsame Nuance natürlich nicht entgangen. Ein triumphierender Ausdruck leuchtete kurz in seinen dunklen Augen auf. »Vermutlich ein gutes Jahr, es können aber auch anderthalb werden. Das hängt davon ab, wann wir wo auf welche Herden stoßen, wie gut wir treffen und wie wir mit den Kaffern auskommen.«
Ein mulmiges Gefühl beschlich Patrick. »Wie groß ist die Gefahr, die von ihnen droht?«
»Nicht sehr groß, denn ich weiß, wie ich mit ihnen umzugehen habe und womit ich mir ihre Freundschaft erhalten kann. Man kennt mich mittlerweile vom Zak River bis über den Limpopo hinaus, und wo ich mit meinen Männern auftauche, ist die Freude gewöhnlich so groß wie der Respekt. Ich habe nämlich immer eine ausreichende Menge an Geschenken und Waren zum Tauschen dabei. Gegen uns führen die Kaffern keinen Krieg. Wir wollen nicht ihr Land wie die Farmer, sondern bloß das Elfenbein, das ihnen selbst nicht viel wert ist und das sie deshalb *marapo hela* nennen, was soviel wie ›nur Knochen‹ bedeutet. Allein das macht uns schon zu idealen Geschäftspartnern – zumal es sich längst herumgesprochen hat, daß wir es mit der Feuerkraft unse-

rer Gewehre leicht mit den primitiven Waffen eines ganzen Stammes aufnehmen können. Wer sich uns in den Weg stellt, ist schnell bei seinen Ahnen. Wer einen von meinen Männern tötet, der hat seinen ganzen Stamm zum Tode verurteilt. Dieser Ruf, der mir vorauseilt, ist mit ein Grund dafür, weshalb mein Anteil um einiges höher ist als der meiner Partner. Ich habe ihn mir redlich verdient«, erklärte er, und es klang nicht so, als prahlte und übertriebe er. Seine Stimme hatte vielmehr einen kalten, irgendwie gnadenlosen Unterton. »Es bleiben auch so noch Gefahren genug. Aber ich bin kein Selbstmörder, wenn es das ist, was Sie wissen wollten. Haben Sie noch weitere Fragen?«

»Wann ziehen Sie los?«

»Übermorgen hole ich den neuen Wagen bei Smuts ab. Dann stoße ich zu meiner Mannschaft, die in unserem Lager am Berg River im Franschhoek-Tal auf mich wartet. Was ist, sind Sie mit von der Partie, O'Brien? Kommen Sie, schlagen Sie ein!« Er streckte ihm auffordernd die Hand entgegen.

Patrick widerstand mit Mühe der Versuchung, auf der Stelle einzuschlagen. Nein, er mußte erst mit Abigail darüber reden. Das war er ihr schuldig. »Geben Sie mir etwas Zeit, um darüber nachzudenken.«

Drago zog seine Hand zurück und machte eine ungehaltene Bewegung, während sein Gesicht einen enttäuschten Ausdruck zeigte. »Ich weiß nicht, was es für einen Mann wie Sie da noch groß zu überlegen gibt. Haben Sie vielleicht Frau und Kinder?«

»Weder noch.«

»Na also! Was zögern Sie dann? Zeigen Sie Mut und Entschlußkraft!«

Patrick ließ sich nicht überreden. »Übermorgen, wenn Sie den Wagen abholen, gebe ich Ihnen Bescheid. Das muß reichen, Drago«, sagte er und erhob sich.

»Wie Sie wollen, aber denken Sie daran, daß Sie vermutlich nie wieder ein Angebot wie dieses bekommen, innerhalb eines Jahres dreitausend und mehr Rixdollar zu verdienen. Sie kämen als gemachter Mann zurück. Dreitausend für ein Jahr Elfenbeinjagd im Busch anstelle von sechs, sieben Jahren Plackerei im Lohn von Männern wie Johan Smuts. Denken Sie gut darüber nach, O'Brien!«

Dieser Ermahnung hätte es gar nicht bedurft. Von Stund an hätte Patrick auch so an nichts anderes als an diese gewaltige Summe von dreitausend Rixdollar denken können. Das einzige, was er fürchtete, war Abigails Reaktion, wenn er ihr von seinem Vorhaben erzählte. Es würde ihr mit Sicherheit nicht gefallen, daß er für mindestens ein Jahr mit einer Gruppe illegaler Elfenbeinjäger in die Wildnis jenseits der Kolonie ziehen wollte.

28

Zu sagen, daß Abigail wenig Gefallen an dem fand, was Patrick ihr am späten Nachmittag des folgenden Tages erzählte, als er mit ihr durch den Obstgarten spazierte, der sich an das herrschaftliche Anwesen von Richter James Wynborough anschloß, wäre eine maßlose Untertreibung gewesen. Von Mißfallen konnte wahrlich keine Rede sein. Abigail war strikt dagegen und geradezu außer sich vor Zorn, daß er sich ernstlich mit dem Gedanken trug, an dieser Expedition teilzunehmen.

»Ein Jahr? Ein *ganzes* Jahr?« stieß sie aufgebracht hervor. »Das kannst du mir unmöglich antun wollen!«

»Sag doch nicht so etwas, Abby! Ich will dir doch nichts antun, und das weißt du sehr ...«

»Warum tust du es dann doch?« fiel sie ihm ins Wort.

»Weil das unsere große Chance ist, um ...«
»... um irgendwo im Busch zu verrecken?« unterbrach sie ihn erneut und mit erregter Stimme.
»Ach was, das hört sich alles viel gefährlicher an, als es in Wirklichkeit ist«, wehrte er ab und wurde allmählich ungehalten, daß sie ihm so hart zusetzte. Denn es war ja nicht so, daß er sich darum riß, für ein Jahr und länger in den Busch zu ziehen und Jagd auf Elefanten zu machen. Was er tat, sollte doch ihnen beiden zu einer besseren Zukunft verhelfen. »Erinner dich nur an die vielen besorgten Gesichter und Warnungen, die wir zu hören bekamen, als wir beschlossen, mit Jonathan Bourke vom Kap quer durch die Kolonie zum Great Fish River zu reisen. Da hat manch einer so getan, als brächen wir zu einem Treck ohne Wiederkehr auf.«
»Das war etwas ganz anderes!« behauptete sie.
»Nein, war es nicht!« widersprach er ihr heftig. »Damals wußten wir auch nicht, was uns erwarten würde, und das ist heute nicht anders. Was jedoch anders ist, ist die Tatsache, daß Sinclair Drago und seine Männer erfahrene Jäger sind und nicht zum erstenmal in die Wildnis ziehen. Sie kennen den Busch und ihr Geschäft, und auch sie wollen lebend zurückkommen. Für mich und meine Sicherheit ist das mehr wert als das blinde Gottvertrauen von Reverend Bourke!«
»Natürlich wollen sie wieder lebend zurückkehren«, entgegnete Abigail ärgerlich. »Aber sie gehen bestimmt ganz andere Risiken ein, als wir es tun würden, weil sie nämlich zu jener Sorte Abenteurer und Glücksritter gehören, die sich von der Aussicht auf Beute blenden lassen und für einen Batzen Geld alles zu tun bereit sind.«
Patrick lachte grimmig auf. »Erzähl mir bloß nichts von Risiken! Welche Risiken sind wir denn während der zwei Jahre in England eingegangen? Wir haben Kopf und Kragen manchmal mehrmals die Woche aufs Spiel gesetzt, aber

nicht für einen dicken Batzen Geld, sondern oft nur für ein paar Shilling!« erinnerte er sie.
»Aber wir haben gerade noch rechtzeitig damit aufgehört und die Lehre daraus gezogen, daß es sich nicht lohnt, sein Leben für ein paar Shilling oder auch Pfund zu riskieren!« lautete ihre scharfe Antwort.
»Dreitausend Rixdollar sind nicht ein paar Pfund, Abby! Dreitausend Rixdollar wären der goldene Schlüssel zu einer Zukunft, wie wir sie uns wünschen!« hielt er ihr mit eindringlicher Stimme vor Augen. »Dann können wir endlich nach Osten ziehen und ohne quälende finanzielle Sorgen damit beginnen, unsere Farm aufzubauen.«
»Das können wir auch, ohne daß du dein Leben im Busch aufs Spiel setzt«, erwiderte sie trotzig.
»Ja, nur wann!«
»Mir macht es nichts aus, noch ein paar Jahre bei den Wynboroughs oder anderswo im Haushalt zu arbeiten und eisern zu sparen.«
»Aber mir!« explodierte er, und seine Frustration der letzten Monate machte sich in einem Wortschwall Luft, der wie die aufgestauten und nun freigelassenen Fluten eines Wehres auch all das herausschwemmte, was sich auf dem dunklen Grund vor dem Stauwerk angesammelt hatte. »Mir macht es eine ganze Menge aus, Abby. Es macht mich verrückt, Tag für Tag neben einer ratternden Dampfmaschine stehen zu müssen oder in einer Werkstatt wie bei Smuts eingesperrt zu sein. Seit gut zwei Monaten spielt sich der größte Teil meines Lebens nur noch in der stickigen Werkstatt des Wagenbauers und im Materialschuppen ab. Und wenn es hoch kommt, kann ich ein paar Stunden auf dem staubigen Hof arbeiten. Weißt du überhaupt, was das für mich bedeutet und wie sehr das an mir frißt? Ich fühle mich gefangen wie ein Vogel, dem man die Flügel gestutzt hat und der doch von

nichts anderem träumt als vom Fliegen. Ich bin im Freien aufgewachsen und ich brauche die Natur um mich herum und den Himmel über mir. Ich ertrage es auf Dauer einfach nicht, jeden Tag an der Hobelbank zu stehen oder in irgendeinem Schuppen Bretter zu sägen und Speichen glatt zu schmirgeln. Und das Wissen, solch ein Leben noch Jahre ertragen zu müssen, macht mich wahnsinnig!«
Betroffenheit über seinen heftigen Gefühlsausbruch, der ihr eine innere Qual enthüllte, von der sie nichts geahnt hatte, zeigte sich auf ihrem Gesicht. Sie fühlte sich plötzlich schuldig, ohne genau zu wissen, warum. »Mein Gott, Patrick«, murmelte sie bestürzt. »Warum hast du mir das bis heute verschwiegen?«
Er machte ein gequältes Gesicht. »Hätte das denn etwas geändert? Ich hatte doch gar keine andere Wahl, und ich habe mir eingeredet, daß es ja nur für ein paar Jahre ist und daß ich es schon durchhalten würde. Vielleicht wäre es mir ja auch tatsächlich gelungen, aber jetzt ...«
Sie nahm seine Hand und drückte sie. »Wir hätten schon längst darüber reden sollen, Patrick«, sagte sie mit weicher, bewegter Stimme. »Der Gedanke, daß du dich all die Monate wie gefangen gefühlt hast, macht mich ganz traurig – auch weil du mir das verschwiegen hast. Ich dachte bisher, wir hätten keine Geheimnisse voreinander.«
Er rang sich ein Lächeln ab. »Ein paar ganz kleine sind schon noch erlaubt«, versuchte er zu scherzen und spürte die warme, glatte Haut ihrer Hände mit einer beunruhigend erregenden Intensität. Wie hübsch sie doch in dem veilchenblauen Kleid mit dem breiten weißen Kragen und der zu einem V zulaufenden doppelten Knopfleiste über der anmutig gewölbten Brust aussah. Und es stimmte nicht, was er einmal gesagt hatte, nämlich daß sie ihm mit einem ausgefransten Strohhut allemal besser gefiel als mit einem gestärk-

ten weißen Häubchen, wie die burischen Frauen und Mädchen sie trugen. Sosehr Mrs. Wynborough Abigail auch schätzte, so hatte sie doch darauf bestanden, daß sie das traditionelle Häubchen trug, denn immerhin hatte sie ihr ihre Kinder anvertraut, und Abigail sollte ihnen als weiße Gouvernante ein in jeder Hinsicht makelloses Vorbild sein und durfte sich in ihrer Kleidung keine Nachlässigkeiten erlauben.

»Du könntest doch Arbeit bei einem Farmer oder Winzer in der Umgebung finden«, schlug Abigail vor.

»Ja, und dann müßten wir noch einige Jahre länger für unsere eigene Farm sparen«, erwiderte er und schüttelte den Kopf. »Nein, bisher hatte ich keine andere Wahl, und ich mußte mich mit dem, was war, wohl oder übel abfinden. Doch nun bietet sich mir eine verlockende Alternative, nämlich die einmalige Chance, innerhalb eines Jahres das nötige Kapital zusammenzubekommen, und diese Gelegenheit muß ich einfach wahrnehmen.«

»Weißt du überhaupt, was es für mich heißt, dich gehen zu lassen und ein Jahr lang nichts mehr von dir zu hören und zu sehen?« fragte sie beschwörend. »Ich ... ich brauche dich, Patrick ... Ich brauche dich mehr, als du dir vorstellen kannst. Ich werde jeden Tag vor Angst um dich ...«

Schnell legte er ihr seine Finger auf die Lippen. »Bitte mach es mir nicht noch schwerer, Abby. Auch du wirst mir jeden Tag schrecklich fehlen«, versicherte er. »Aber ich kann nicht anders. Ich muß es tun, und ich tue es nicht allein für mich, sondern auch für dich ... gerade für dich. Ich möchte nämlich, daß unser Traum bald Wirklichkeit wird.«

»Die Farm ist ein schöner Traum. Doch ich habe noch einen anderen Traum, der mir viel mehr bedeutet, als eine eigene Farm zu besitzen«, flüsterte sie und sah ihn mit unverhohlener Zärtlichkeit an. »Ich ...«

»Abigail?« Der Ruf von Mrs. Wynborough verhinderte, daß

Abigail aussprach, wie sehr sie ihn liebte und sich danach sehnte, seine Liebe zu erringen, nicht als Freundin oder Wahlschwester, sondern als junge Frau, die sich nach seiner Liebe verzehrte.

Die matronenhafte Gestalt von Mrs. Wynborough tauchte hinter der hüfthohen Bittermandelhecke auf, die den Garten des Anwesens von der kleinen Obstplantage trennte.

»Abigail? Es tut mir leid, deine Unterhaltung mit deinem Bruder stören zu müssen, aber ich brauche dich im Haus.«

»Ich komme sofort, Mevrouw Wynborough.«

»Dafür wäre ich dir sehr dankbar«, sagte die Frau des Richters und wartete an der Hecke auf sie.

Einen Augenblick standen Abigail und Patrick schweigend zwischen den Obstbäumen, die schon schwer an ihren Früchten trugen, und sahen sich an. Es gab noch so viel Unausgesprochenes, das nun warten mußte. Vermutlich ein Jahr oder länger.

»Wann wirst du aufbrechen?« fragte Abigail schließlich mit belegter Stimme.

»Morgen früh so gegen acht. Sinclair Drago kommt und holt den neuen Wagen ab. Wir fahren dann in sein Lager am Berg River, falls er mich noch immer will.«

»Ich werde dasein, Patrick«, versprach Abigail mit Tränen in den Augen. »Mrs. Wynborough wird bestimmt nichts dagegen einzuwenden haben, daß ich mich noch von dir verabschiede, zumal ich dich doch dann so lange nicht mehr sehe.«

»Das wäre schön, Abby«, murmelte Patrick.

Sie ließ seine Hand los, raffte ihre Röcke und eilte davon. Merkwürdig bedrückt und erleichtert zugleich machte sich Patrick auf den Weg zu seiner Unterkunft.

29

Um kurz vor acht erschien Sinclair Drago in Begleitung von zwei Hottentotten namens Tomboy und Boyboy, die ein achtköpfiges Gespann Ochsen führten, im Hof des Wagenbauers. Der Elfenbeinjäger hatte es eilig und für Abigail nicht mehr als einen flüchtigen Blick übrig.

»Hast du deine Sachen beisammen, O'Brien? Wir brechen sofort auf«, sagte er im Vorbeigehen zu Patrick und war schon in der Werkstatt von Johan Smuts verschwunden, bevor Patrick antworten konnte.

Es ärgerte ihn ein wenig, daß Drago es für gegeben ansah, daß er, Patrick, ihn auf seiner neuen Expedition in den Busch begleiten würde. Gut, es mochte offensichtlich sein, stand doch sein Pferd gesattelt und mit gepackten Satteltaschen im Hof, und er hätte sich auch kaum die Flinte umgehängt, wenn er sich nicht für die Elfenbeinjagd entschieden hätte. Aber dennoch hätte Drago sich noch einmal vergewissern können, statt ihn spüren zu lassen, daß er von Anfang an gewußt hatte, wie er sich entscheiden würde.

Der Abschied von Abigail zerriß ihm fast das Herz. Ihre Tränen, die sie bis fast zum letzten Moment tapfer zurückhielt, um dann aber gegen ihren Willen vor der übermächtigen Kraft ihrer Gefühle kapitulieren und ihnen freien Lauf lassen zu müssen, berührten ihn so tief, daß er in seinem Entschluß wankend wurde. War es wirklich richtig, daß er mit Drago und dessen Männern ein Jahr oder länger in die Wildnis zog und Abigail so lange allein ließ?

Drago schien zu spüren, was die Umarmung und die Tränen der jungen Frau anzurichten drohten. Während Tomboy und Boyboy den neuen Wagen mit den vorgespannten Ochsen schon aus dem Hof fuhren, kam Drago

auf Giza, einem herrlichen Apfelschimmel, zu ihnen herüber.
»Eine wirklich herzzerreißende Szene. Da wird einem so richtig warm ums Herz«, sagte er mit beißendem Spott und in jeder Hinsicht von oben herab. »Ich glaube, du bleibst wohl besser hier und hältst deinem Schwesterchen das Händchen und trocknest ihre Tränen, O'Brien. Oder hast du ihr vielleicht erzählt, du würdest in einen Krieg ziehen?« Er schüttelte geringschätzig den Kopf. »Wildhüter, mein Gott! Das muß wohl ein Park mit einem kleinen Wäldchen gewesen sein, wo sich ein paar Kaninchen und eine Handvoll Rotwild das Revier streitig gemacht haben, was du in England gehütet hast!« Mit dieser abfälligen Bemerkung zog er sein Pferd herum und ritt davon, als hätte er Patrick ohne großes Bedauern abgeschrieben.
»Hör nicht auf ihn!« flüsterte Abigail beschwörend. »Bleib hier und laß uns gemeinsam ...«
Der Moment der Unsicherheit war verstrichen. Dragos Spott hatte ihn bei seiner Ehre gepackt. »Nein, es bleibt dabei. Ich muß jetzt los!« sagte er schroff. »Paß gut auf dich auf. Die Zeit geht schneller vorbei, als du glaubst, du wirst sehen.« Patrick befreite sich aus Abigails Umarmung und saß Augenblicke später im Sattel.
»O Patrick!« stieß Abigail mit tränenerstickter Stimme hervor.
Ihr schmerzlicher, angsterfüllter Blick erschütterte ihn, und er wußte nur einen Weg, um ihm zu entfliehen. Er trieb Black Jack an und galoppierte aus dem Hof, ohne sich noch einmal umzusehen. Der sehnsüchtige, gequälte Ausdruck ihrer tränenfeuchten Augen blieb jedoch nicht hinter ihm zurück, sondern den nahm er in seiner Erinnerung und in seinem Herzen mit auf die lange Reise.
Schnell hatte er den Anschluß zu Drago und dem leeren

Ochsenwagen gefunden. Er lenkte sein Pferd neben das des hünenhaften Jägers. Dieser warf ihm einen fröhlichen Blick zu, als wäre gar nichts gewesen.

»Meine Schwester braucht keinen, der ihr die Hand hält und die Tränen trocknet. Die kann sehr gut für sich selbst sorgen und nimmt es notfalls auch mit Typen wie Ihnen auf!« machte Patrick seinem Unmut über die spöttischen Bemerkungen im Hof Luft. »Und die Cotswold Hills sind kein verdammter Park mit einem kleinen Wäldchen, Drago!«

Der Elfenbeinjäger grinste breit. »Um so besser, O'Brien. Dann bist du ja vielleicht doch bei der richtigen Truppe gelandet.«

»Ich werde schon meinen Mann stehen!« versicherte Patrick grimmig.

»Und die Kleine ist wirklich deine Schwester?«

Die Frage überraschte Patrick und machte ihn wachsam. »Was interessiert Sie das?«

»Es interessiert mich soviel wie eine Kokosnuß einen Mistkäfer, O'Brien«, antwortete Drago spöttisch. »Ging mir nur so durch den Sinn, daß du es bei so einer hübschen und anhänglichen *Schwester*«, er betonte das Wort besonders, »wohl nicht nötig hast, dich nach einem anderen Weiberrock umzusehen.«

»Was wollen Sie damit sagen?« fragte Patrick scharf, und das Blut schoß ihm heiß ins Gesicht.

»Gar nichts, du Hitzkopf.« Drago klang nun nicht mehr belustigt, sondern schlichtweg ärgerlich. »Aber wenn du bei jedem halbwegs derben Scherz gleich deine persönliche Ehre in Gefahr siehst, gebe ich dir keine zwei Wochen bei uns. Also piß dir nicht gleich bei jedem Wort, das dir nicht gefällt, ins Hemd!« Damit ritt er davon.

Patrick fühlte sich hundsmiserabel und gab insgeheim zu,

daß er viel zu empfindlich auf Dragos Stichelei reagiert hatte. Der Abschied von Abigail hatte ihn regelrecht aus dem inneren Gleichgewicht gebracht. Er war froh, daß Drago ihn in den nächsten Stunden in Ruhe ließ und keine Gesellschaft wünschte. Das gab ihm Zeit, sich wieder zu fassen und den Schmerz der Trennung zumindest oberflächlich zu verdauen.

Der Ochsenwagen, von acht ausgeruhten Ochsen gezogen und ohne jede Zuladung, bestimmte das Tempo, und dementsprechend schnell kamen sie voran. Eine gute Stunde vor Einbruch der Dämmerung erreichten sie das Lager am Berg River. Der Fluß, der aus den nahen Bergen kam, war nicht sehr breit und auch nicht tief. Die klaren Fluten rauschten jedoch mit beachtlicher Geschwindigkeit durch ein felsiges Bett.

Nach der Unstimmigkeit am Morgen hatte Patrick im Laufe des Tages kaum mehr als ein Dutzend Worte mit Drago gewechselt. Als sie sich nun ihrem Ziel näherten, lenkte Drago den Apfelschimmel an Patricks Seite. »Bevor wir das Lager erreichen, noch ein Wort zu den ehernen Regeln unseres Zusammenlebens, die für jeden meiner Männer gelten. Ich bin der Baas, und ich allein bestimme unsere Route und wie gejagt wird. Unsere Expedition hat ein einziges Ziel, nämlich möglichst viel Elfenbein zu erbeuten«, sagte er mit ruhiger, sachlicher Stimme. »Alles andere hat sich diesem gemeinsamen Ziel unterzuordnen. Du wirst gleich selbst sehen, daß wir ein buntgemischter Haufen sind. Jeder der Männer hat seine ganz persönlichen Gründe, warum er sich mir angeschlossen hat. Das und seine Vergangenheit gehen keinen anderen etwas an, es sei denn, er spricht von sich aus darüber. Jemanden unaufgefordert nach seiner Vergangenheit zu fragen, ist tabu. Wer sich nicht daran hält, muß mit Ärger rechnen – auch von mir. Habe ich mich klar ausgedrückt?«

»Ich habe nicht die Absicht, Sie oder einen der anderen nach seiner Beziehung zu seiner Schwester oder nach etwas ähnlich Persönlichem zu fragen«, antwortete Patrick spitz.
Drago reagierte auf den Seitenhieb mit einem unbeschwerten Auflachen. »Wird nicht wieder vorkommen, O'Brien«, versprach er und streckte ihm die Hand hin. »Vergessen wir den kleinen Ausrutscher, einverstanden?«
Patrick war nicht nachtragend. »Einverstanden.«
Sie ritten vor dem Ochsenwagen durch die Furt und gelangten Augenblicke später zum Lager, das zweihundert Yards oberhalb vom Fluß im Schutz eines Eukalyptushains lag. Patrick zählte drei weitere schwere Ochsenwagen und ein gutes Dutzend Zelte. Rauch von vier Feuerstellen stieg in den Abendhimmel. Er bemerkte eine große Herde Zugochsen, gut achtzig an der Zahl, und eine Schar Hottentotten. Voller Stolz erzählte ihm Drago, daß sie mit vier Wagen, vierundachtzig Ochsen, zwei Malaien und sechzehn Hottentotten ins Land der Elefanten aufbrechen würden.
»Warum nehmen Sie so viele Schwarze mit?« fragte Patrick verwundert, denn mehr als acht Hottentotten wären für die Wagen nicht nötig gewesen.
»Je weiter wir uns von den letzten Siedlungen entfernen, desto unverschämter, fauler und feiger werden die Kerle«, erklärte Drago. »Die ersten werden schon davonlaufen, bevor wir den Zak River erreicht haben. Der Schwund auf so einer Expedition ist gewaltig – in jeder Hinsicht.«
Eine mindestens zehnköpfige Meute zäher, struppiger Mischlingshunde schoß aus dem Lager und jagte ihnen in wilden Sätzen entgegen. Mit lautem Kläffen begrüßten sie Drago, dessen Pferd sich nichts daraus machte, von dieser Meute zotteliger Hunde umschlossen zu werden. Black Jack dagegen schnaubte nervös und wich aus.
»Wozu die vielen Hunde?« wollte Patrick wissen.

»Sie warnen uns nachts vor Raubkatzen, die sich an unser Lager anschleichen wollen, und sind auch bei der Elefantenjagd sehr nützlich«, teilte Drago ihm mit. »Sie lenken die Dickhäuter auf sich, wenn es mal brenzlig wird. Ich wünschte, wir hätten noch ein halbes Dutzend mehr. Die Biester sind zwar schnell und zäh und wissen sich ihrer Haut zu wehren, aber der Busch ist nicht gerade bescheiden, was seinen Tribut betrifft, den er fordert. Spätestens nach sieben, acht Monaten wird von denen hier keiner mehr leben.«
Die Gleichgültigkeit, mit der Drago das sagte, berührte Patrick unangenehm. Er hatte jedoch keine Zeit, darüber nachzudenken, denn im nächsten Moment wurde seine Aufmerksamkeit von den vier Weißen in Anspruch genommen, mit denen er von nun an für die nächsten zwölf, fünfzehn Monate auskommen mußte. Er war gespannt, sie kennenzulernen. Ein erster Blick auf die so unterschiedlichen Gestalten sagte ihm, daß Drago nicht übertrieben hatte, als er seine Männer einen buntgemischten Haufen genannt hatte. Und dieselbe Neugier, die er empfand, spürte er bei ihnen, auch wenn zwei der Männer ihn mit ausdrucksloser Miene dabei beobachteten, wie er sich aus dem Sattel schwang.
»Patrick O'Brien, unser sechster Mann!« verkündete Drago und schlug seinem neuen Partner kräftig auf die Schulter, als wären sie die besten Freunde.
»Wir wären auch zu fünft ausgekommen, Drago«, maulte ein sehniger Bursche um die Dreißig, dessen pechschwarzes Haar und getönte Haut ihn als Südländer auswiesen. Dichte Koteletten reichten ihm fast bis zum Kinn hinunter.
»Das ist José Alvarez«, sagte Drago zu Patrick. »Ein geiziger Portugiese aus Mosambik, der nicht begreift, daß ein weiterer guter Schütze die Prozente, die er vordergründig von der Gesamtbeute weniger kriegt, mehr als wettmacht.«

»Das muß er erst noch beweisen«, erwiderte José Alvarez verdrossen.
»Jederzeit«. Patrick bemühte sich um ein Lächeln, obwohl ihm sein Instinkt sagte, daß er mit diesem Mann kaum gut Freund werden würde. Aber der erste Eindruck konnte natürlich auch täuschen.
»Wieviel Elefanten hast du denn schon abgeschossen, Ire?« wollte José wissen.
»Noch keinen.«
Der Portugiese lachte trocken. »Drago hat uns 'ne Jungfrau angeschleppt!« rief er und sah sich beifallheischend um.
Der rotblonde Mann, der etwas hinter José stand und von der Statur und dem kantigen Schädel nach fast so ein grober Klotz wie Drago war, spuckte ein Stück Holz aus, auf dem er mit offenem Mund gekaut hatte. »Wie war das denn, als *du* vor anderthalb Jahren zu uns gestoßen bist, José?« meldete er sich gedehnt und mit einem eindeutig burischen Akzent. »Kann mich noch gut daran erinnern, daß das größte wilde Tier, das dir bis dahin vor den Lauf gekommen war, eine magere Ratte gewesen ist.«
Alle lachten.
Nur José nicht. »Halt doch das Maul, Dutch!« knurrte er und ging zum Feuer zurück.
Drago wies auf den rotblonden Buren, der wie alle anderen in derbes Leder gekleidet war – bis auf einen seltsam aussehenden Mann mit Tonsur in einer schwarzen Kutte. Der speckige Glanz und die unzähligen Kratzer zeugten von Jahren im Busch. »Caspar van Doorst, der Einfachheit halber nur Dutch genannt. Der schnellste Schütze in unserer Truppe«, stellte er ihn vor.
»Und der beste«, fügte Caspar »Dutch« van Doorst trocken hinzu.
Drago grinste. »Wenn du einen guten Tag hast, kommst du

mir ziemlich nahe«, räumte er scheinbar großzügig ein, und zu Patrick gewandt, fuhr er spöttisch fort: »Und der Teerzopf neben ihm ist Henry Sleek, ein in der afrikanischen Wildnis gestrandeter Seemann, der auf den Spitznamen Birdo hört.«

»Nicht allein wegen der beiden bunten Papageien, die er in einem Bambuskäfig mit sich herumschleppt«, warf Caspar van Doorst mit einem breiten Grinsen ein. »Woanders hat er noch ein paar ausgesprochen wundersame Vögel eingesperrt, mit denen er Zwiegespräche hält.« Dabei tippte er sich vielsagend an die Stirn.

Birdo antwortete darauf mit einer obszönen Geste und schaute dann wieder zu Patrick hinüber.

Patrick nickte dem Mann zu, der in seinem Alter war und das dunkle Haar streng nach hinten gekämmt und im Nakken zu einem geteerten Zopf trug. Das schmale, vogelartige Gesicht war von unzähligen Pockennarben entstellt. Wortlos und mit kalten Augen, die Patrick an die eines toten Fisches erinnerten, erwiderte er den Blick. Doch ein Wort des Grußes kam ihm nicht über die Lippen.

»Birdo zählt nicht gerade zu den gesprächigsten Zeitgenossen«, erklärte Drago. »Wenn man ihn nicht kennt, könnte man glauben, daß man ihm die Zunge herausgeschnitten hat. Ganz so schlimm ist es zwar nicht, aber soviel wir wissen, besteht sein ganzer Wortschatz aus einem halben Dutzend einsilbigen Wörtern und ein paar Grunzlauten. Wunder dich also nicht, wenn du am Ende unserer Expedition außer einem gelegentlichen Ja oder Nein hinaus kein anderes Wort von ihm zu hören bekommen hast. Ich glaube, er hält jeden, der am Tag mehr als dreimal den Mund aufmacht, für einen geschwätzigen Burschen. Ist es nicht so, Birdo?«

Teerzopf bedachte ihn nur mit einem stummen Blick.

Drago deutete nun auf den Mann, der etwas abseits stand

und wohl der älteste in der Gruppe war. Patrick schätzte ihn auf Anfang Vierzig. Er war hager und hatte das Aussehen eines Asketen. Der Kopf des Mannes war fast kahl rasiert. Die Tonsur und die Kutte aus grober schwarzer Wolle sowie das schwere Kreuz aus Elfenbein, das an einem Lederband um seinen Hals hing, gaben ihm das Aussehen eines Mönchs.

»Das Vergnügen, dich mit Hochwürden bekannt zu machen, habe ich mir für den Schluß meiner kleinen Vorstellung aufgehoben«, sagte Drago ironisch. »Frag mich nicht nach seinem Namen. Falls ich ihn mal gewußt habe, so ist er mir längst entfallen. Bei uns heißt er nur Abbé, und er ist so bescheiden, daß er damit mehr als zufrieden ist. Habe ich nicht recht, Monseigneur?«

Der Asket in der Mönchskutte verzog das Gesicht zu einem sparsamen Lächeln. »Es soll Momente geben, wo auch dich einmal der schwache Schimmer göttlicher Erleuchtung trifft«, antwortete er mit beißendem Sarkasmus. »Aber der Frevler lernt nie, was gerecht ist, auch wenn du ihm Gnade erweist.«

»Stör dich nicht an Hochwürdens salbungsvollen Sprüchen«, sagte Drago fröhlich zu Patrick. »So gut, wie er in der Bibel bewandert ist, weiß er auch mit dem Gewehr umzugehen. Er liebt das Zitieren der Bibel so sehr wie das Töten. Kein Wunder, daß er ein glühender Anhänger der Apokalypse ist.«

Abbé nickte. »Laßt euren Spott. Denn ich habe es von Gott, dem Herrn der Heere, gehört: Die Vernichtung der ganzen Welt ist beschlossen!« zitierte er.

Van Doorst machte eine gelangweilte Handbewegung. »Schon gut, Abbé, wir wissen ja längst, daß du dich für das flammende Schwert Gottes hältst, aber heb dir deine Apokalypse für einen geeigneteren Zeitpunkt auf. Ich jedenfalls

hab Hunger. Kim hat einen Kessel *bobotee* gekocht. Also laßt uns essen und darüber reden, wann es endlich losgeht.«
Der Vorschlag fand allgemeine Zustimmung. Sogar Birdo grunzte beipflichtend, und sie begaben sich unter das große Vordach aus Segeltuch, das an der Längsseite eines Ochsenwagens befestigt war. Dort nahmen sie auf dreibeinigen Hockern Platz, und die beiden malayischen Köche Kim und Jai, Zwillingsbrüder und Mitte Zwanzig, füllten den sechs Männern hölzerne Schüsseln mit Bobotee, einem curryscharfen Fleischgericht auf Reis.
Es schmeckte ausgezeichnet, wie Patrick fand. Er hielt sich jedoch mit Bemerkungen jeder Art zurück, denn er fühlte sich sehr fremd in der Gesellschaft dieser höchst seltsamen Männer, und im stillen fragte er sich, ob er jemals so etwas wie eine halbwegs kameradschaftliche Beziehung zu solch merkwürdigen Käuzen, wie der stumme Birdo und der befremdliche Abbé sie zweifellos waren, würde aufbauen können. Mit José würde er kaum warm werden, das sagte ihm sein Gefühl mit jeder Minute und jedem Blick, den dieser ihm zuwarf, deutlicher. Der einzige, der neben Drago einen recht zugänglichen und relativ normalen Eindruck machte, war der rotblonde Bure Caspar van Doorst.
Er würde abwarten und sehen, wie sich alles entwickelte, sagte er sich. Dem Gespräch nach zu urteilen, würden sie auf jedem Wagen mehrere Tonnen an Proviant, Pulver, Blei und Tauschwaren mit sich führen, denn es galt ja, mit den wichtigsten Dingen für mindestens ein Jahr versorgt zu sein. Das bedeutete, daß sie pro Tag kaum mehr als zwanzig Meilen zurücklegen würden. Somit würden sie mehrere Wochen unterwegs sein, bis sie das besiedelte Gebiet der Kolonie hinter sich ließen. Zeit genug also, um mit dem neuen Leben unter den Elfenbeinjägern vertraut zu werden

und sich notfalls noch früh genug von der Gruppe wieder absetzen zu können.
»Wir brechen morgen auf«, sagte Drago und ließ Rum ausschenken, der mit Wasser verdünnt wurde, »und nehmen den Weg nach Tulbagh über den Roodezand-Paß.«
»Warum folgen wir nicht dem Great Berg River?« wollte van Doorst wissen. »Das ist doch viel kürzer.«
»Weil ich meine Gründe dafür habe«, erwiderte Drago. »Ich bin mit Jan Lammerkop bei Klerkskraal verabredet.«
Birdo, der Mann mit dem geteerten Zopf und dem Gesicht eines Vogels, schnaubte. Alle, bis auf Patrick, schienen zu wissen, was der Name Jan Lammerkop zu bedeuten hatte, denn niemand verlangte eine weitere Erklärung.
»Also Roodezand-Paß«, seufzte Abbé. »Na, immerhin geht es jetzt endlich los. ›Mach dich auf, durchzieh das Land in seiner Länge und Breite, denn dir werde ich es geben.‹«
»Keine Sorge, wir werden es uns schon nehmen«, meinte van Doorst.
Drago erhob sich und sagte zu Patrick: »Der Abbé und ich haben jeder einen Wagen. Die andern teilen sich zu zweit je einen. Bei Dutch ist eine Koje frei.«
Der Bure nickte. »Du kannst deine Sachen in der hinteren Kiste verstauen.«
Patrick holte seine Satteltaschen, den Kleidersack und seine Flinte. José stellte sich vor die Kiste, die am hinteren Ende des Wagens angebracht war. »Sag bloß, das ist alles, was du mitbringst, Ire!«
»Mir reicht es«, erklärte Patrick freundlich und entschlossen, einen Streit zu vermeiden.
»Schon möglich, daß dir der Plunder reicht«, entgegnete der Portugiese hämisch. »Nur wirst du mit diesem Spatzenrohr nicht mal einen altersschwachen Büffel zur Strecke bringen, geschweige denn einen Dickhäuter mit einem or-

dentlichen Paar Stoßzähne. Und da Drago dich kaum angeheuert hat, damit du mit dieser Kinderflinte Jagd auf Federvieh machst, wirst du ihm eines seiner Burenrohre abnehmen müssen. Und das kostet dich die ersten fünf Abschüsse.« Er lachte voller Schadenfreude und ging zu Abbé hinüber, um ihm laut, so daß ihn jeder hören konnte, von der Spatzenflinte des Iren zu erzählen, die, wie er sich spöttisch vernehmen ließ, für die Elefantenjagd soviel taugte wie eine Steinschleuder.
Verunsichert sah Patrick zu van Doorst. »Davon hat Drago kein Wort verlauten lassen. Stimmt das? Ich meine, das mit den fünf Abschüssen?« Drago hatte ihm nur gesagt, daß er ihm einen Elefantentöter zur Verfügung stellen würde.
Der Bure zuckte mit den Schultern. »Solche Kleinigkeiten vergißt er gern. Aber José hat recht. Mit der Flinte kannst du gegen Elefanten nichts ausrichten. Drago wird dir einen soliden Sechspfünder geben und dafür deine ersten fünf Abschüsse verrechnen. Aber mach dir nichts draus. Mit ein bißchen Jagdglück holst du das schnell wieder auf, O'Brien.«
»Wie wär's mit Patrick?«
»In Ordnung. Aber untersteh du dich, mich Caspar zu nennen«, sagte van Doorst. »Kannst zwischen Doorst und Dutch wählen.«
»Und was ist dir lieber?«
»Den Wagen mit einer willigen Frau statt mit dir zu teilen«, scherzte der Bure.
Sie lachten, und Patrick fühlte sich gleich nicht mehr so fremd und ausgeschlossen. Sie konnten Freunde werden, Doorst und er, und diese Hoffnung gab dem Tag einen versöhnlichen Ausklang.

30

Früh am Morgen stellte Patrick in der allgemeinen Hektik des Aufbruchs Drago wegen des Burenrohrs und der ersten fünf Abschüsse zur Rede, denn er wollte nicht, daß die anderen von diesem Gespräch etwas mitbekamen. Er hätte sich die Mühe sparen können. Drago ließ sich erst gar nicht in ein Gespräch ein.

»Was heißt verschwiegen? Ich habe keine Veranlassung, irgend etwas zu verschweigen«, blaffte er ihn an und rief zwei Hottentotten ein scharfes Kommando zu, um fast übergangslos an Patricks Adresse fortzufahren: »Ich habe zuviel wichtigere Dinge zu bedenken, als daß ich mich mit diesen Kleinigkeiten lange abgeben könnte, O'Brien. Du kriegst von mir einen Elefantentöter, und dafür gehen deine ersten fünf Abschüsse auf mein Konto. So läuft der Handel, und wenn es dir nicht paßt, weißt du ja, wie du zurück nach Stellenbosch kommst.« Und schon war er weg.

José stand auf der anderen Seite des Lagers bei seinem Wagen und grinste hämisch zu ihm herüber, als könnte er sich denken, um was es bei diesem kurzen Wortwechsel zwischen Drago und ihm gegangen war.

Als die Sonne die Gipfel in goldenes Licht tauchte und wie eine strahlende Flutwelle scheinbar an den Hängen ins Tal hinunterströmte, brach der Treck der Elfenbeinjäger auf und folgte den Bergzügen nach Norden.

Die Wagen waren gut beladen, aber doch noch einige Tonnen von der größtmöglichen Zuladung entfernt. Die zehnköpfigen Gespanne hatten deshalb keine Mühe, ein für Feldschoner vergleichsweise flottes Tempo zu erreichen. Während die sechs weißen Jäger beritten waren, verteilten sich die beiden Malaien und zehn der Hottentotten auf die vier Wagen. Die restlichen sechs Schwarzen trieben die Herde der zehn Ersatz-

pferde und vierundvierzig Ochsen hinter den Wagen her und schluckten den Staub. Die drei Schwarzen, die jeweils einem Wagen zugeteilt waren, wechselten sich jede Stunde als *voorloper* ab. Ein Vorläufer hatte, wie der Name es schon sagte, vorwegzulaufen und an der Spitze des langen Gespanns dafür zu sorgen, daß die Leitochsen die gewünschte Richtung einschlugen und beibehielten. Und da der Kutscher vom Wagen aus über bis zu acht Ochsenlängen hinweg die Beschaffenheit der Wegstrecke nicht deutlich genug beurteilen konnte, trug der Voorloper zudem die Verantwortung dafür, daß die Ochsen sich die Hufe nicht an scharfkantigem Felsgestein verletzten oder sonstwie in Gefahr gerieten.
»Wir kommen prächtig voran. In drei Tagen sind wir über den Paß«, sagte van Doorst zu Patrick. Ihr Wagen war der dritte im Treck, und die drei Hottentotten, die ihrem Feldschoner zugeteilt waren, hörten auf die Namen Saul, Jakob und Carl. Sie machten einen guten Eindruck. Der neue Wagen, den Drago für sich genommen hatte, rumpelte an der Spitze des Trecks vorweg. »Es ist gut, daß wir die Last auf vier Wagen verteilen können, statt nur auf zwei angewiesen zu sein, wie das beim letzten Treck der Fall war. Hätten wir damals schon vier Wagen und genug Ochsen zum Wechseln gehabt, hätten wir heute die Taschen voller Geld und müßten nicht noch einmal in den Busch.«
Patrick sah ihn irritiert an. »Ich dachte, eure letzte Expedition wäre ein großer Erfolg gewesen? Zumindest hat Drago das gesagt. Er hat sogar behauptet, daß der Anteil seiner Partner dreitausend Rixdollar betragen hat.«
Van Doorst verzog das Gesicht. »Ja, die dreitausend Rixdollar hätten wir wohl eingesackt. Zumindest hatten wir eine entsprechende Menge Elfenbein auf den Wagen. Gerettet haben wir letztlich jedoch nur ein knappes Dutzend Stoßzähne.«

»Gerettet? Wovor?«
»Vor dem verdammten Buschfeuer, das uns nördlich vom Orange River beinahe eingekesselt und in einen Haufen Asche verwandelt hätte«, berichtete van Doorst grimmig. »Wir haben alles verloren, denn wir hatten nur noch vier Ochsen für jeden Wagen. Die Tiere waren zudem krank und entkräftet. In einer glutheißen Mittagsstunde haben wir ein Vermögen verloren, für das wir uns sechzehn Monate lang im Busch geplagt und in Gefahr begeben haben. Aber so ist es nun mal, wenn man sein Glück da draußen in der Wildnis sucht, Patrick. Man weiß nie, was man zurückbringt – und nicht selten muß man froh und dankbar sein, *daß* man zurückkommt. Cooper und Joubert hatten dieses Glück nicht.«
»Sie gehörten zu eurer letzten Expedition?«
Van Doorst nickte. »Ein Pommy und ein Bure, die sich nicht ausstehen konnten und sich nun am Limpopo River unter einem Steinhaufen ein Grab teilen. Wenn das nicht Ironie des Schicksals ist.«
»Was ist ihnen zugestoßen?« fragte Patrick.
»Sie wollten eine Elefantenherde, auf deren Spuren wir kurz vor Einbruch der Dämmerung gestoßen waren, auskundschaften und sind dabei wohl von einer Gruppe von San, wie sich die Buschmänner selbst nennen, überrascht worden. Als wir sie am Morgen fanden, waren sie schon tot. Durch die Giftpfeile der Buschmänner zu sterben, ist kein schöner Tod. Das Sterben dauert lang. Wir haben natürlich Vergeltung geübt, aber der Tod, den wir ihnen brachten, war eigentlich zu schnell und zu gnädig«, sagte er haßerfüllt und fiel für eine Weile in ein finsteres Schweigen.
Patrick verdrängte das Gefühl der Beklemmung, das die Worte des Buren in ihm hervorriefen, und wechselte das

Thema. »Wer ist dieser Jan Lammerkop, von dem ihr gestern gesprochen habt, und was hat es mit diesem Treffen bei Klerkskraal auf sich, Doorst?«
»Du vergißt die Frage besser wieder, und ich vergesse sie auch. Damit ist uns beiden geholfen«, lautete die rätselhafte Antwort.
»Damit kann ich nicht viel anfangen.«
»Wenn du deine Augen bei Klerkskraal offenhältst und zwei und zwei zusammenzählen kannst, wirst du damit schon eine ganze Menge anfangen können«, versicherte van Doorst.
Patrick spürte, daß er ihm vertrauen konnte, und ließ es deshalb dabei bewenden, beschloß aber, bei Klerkskraal die Augen wirklich sehr weit offenzuhalten. Denn nach allem, was er von Doorst erfahren hatte, war es bei dieser Elfenbeinjagd mehr als ratsam, wachsam und auf alle Eventualitäten vorbereitet zu sein.
Seine geheime Sorge, in dieser Gruppe von so gegensätzlichen Charakteren noch lange Zeit ein Außenseiter zu sein, erwies sich zu seiner Erleichterung als unbegründet. Die Spannungen, die er am ersten Abend auch zwischen den Männern gespürt hatte, waren wie weggewischt, und er wurde von allen akzeptiert. Auf dem Treck und abends im Lager herrschte eine kameradschaftliche, wenn auch gelegentlich rauhe Atmosphäre.
»Nichts ist schlimmer, als untätig herumzusitzen und darauf zu warten, daß es endlich losgeht«, erklärte Doorst, als Patrick ihn auf die Veränderung ansprach. »Und alles für so eine lange Expedition zu organisieren, dauert natürlich seine Zeit. Das zehrt an den Nerven und macht aggressiv. Endlich unterwegs zu sein, ist eine große Erleichterung für uns alle. Und wenn erst einmal die Jagd beginnt, sind wir eine verschworene Gemeinschaft.«
Sogar José zeigte sich umgänglich und zollte Patrick Re-

spekt, als Drago ihm ein Burenrohr aushändigte und er bei einem spontan veranstalteten Wettschießen am Abend des ersten Tages einige hervorragende Treffer erzielte.
Wie Doorst vorausgesagt hatte, erreichten sie den Paß in drei Tagen und überquerten ihn ohne Probleme. Am vierten Tag nach ihrem Aufbruch vom Camp am Berg River schlugen sie ihr Lager in einem schmalen, einsamen Seitental auf. Die Siedlung Tulbagh lag eine halbe Tagereise weiter südlich. Drago war schon vorausgeritten.
Es war bereits tiefe Nacht, als er zu ihnen zurückkehrte, begleitet von Jan Lammerkop. Der untersetzte, vollbärtige Bure lenkte ein klobiges Fuhrwerk, dessen Ladung mit einer Plane abgedeckt war. Darunter verbargen sich zehn längliche Holzkisten, die Tomboy und Boyboy in Dragos Wagen umluden.
»Mit der Ladung müssen wir uns beeilen, jenseits der Grenzen zu kommen«, meinte José, der zusammen mit Doorst, Abbé und Patrick das Umladen von der anderen Seite des Lagers aus verfolgte. »Möchte mit der Fracht nicht von einer Patrouille Rotröcke kontrolliert werden. Hab was gegen Hanfstricke.«
»Besonders um den Hals«, warf Doorst sarkastisch ein.
Birdo gab ein zustimmendes Grunzen von sich, und Abbé zitierte aus der Apokalypse: »›Die Erde ist entweiht durch ihre Bewohner, denn sie haben die Weisungen übertreten, die Gesetze verletzt, den ewigen Bund gebrochen. Darum wird der Fluch die Erde zerfressen, und nur wenige Menschen werden übriggelassen.‹«
José lachte spöttisch auf. »Vielleicht hilft dein so ermutigender und segensreicher geistlicher Beistand ja, daß wir zu diesen gehören, Eminenz.«
Patrick begriff nun, was diese Kisten enthielten, und er erschrak. »Waffen?« fragte er leise.

»Hast du vielleicht geglaubt, daß Drago mit Palmwedel und Weihwasser handelt?« fragte Abbé zurück.
»Auf Waffenhandel mit den Eingeborenen steht der Strang!« stieß Patrick gedämpft hervor.
Doorst nickte. »Aber er bringt auch gigantische Profite. Drago hat für eine Kiste Musketen vermutlich nicht mehr als zwölf Pfund bezahlt, wird aber für jede Waffe Elfenbein im Wert von um die fünfundzwanzig Pfund verlangen. Das ist ein Profit von gut dreitausend Prozent. Und wir sind daran beteiligt.«
Abbé lächelte. »Nur der Weg des Gerechten ist gerade, O'Brien. Wir dagegen lieben die verschlungenen Pfade. Denn wir haben mit dem Tod ein Bündnis geschlossen.«
»Amen«, sagte José ungerührt.
Alpträume verfolgten Patrick in dieser Nacht. Er sah sich auf einem Henkerskarren auf dem Weg zum Galgen und versuchte Abigails Hand zu erreichen, die neben dem Wagen herlief. Er wußte, daß ihm der Tod durch den Strang erspart bleiben würde, wenn es ihm nur gelang, ihre Hand zu fassen zu bekommen. Doch er schaffte es einfach nicht, sie zu greifen. Dann stieß man ihn die Treppe zum Galgen hinauf und legte ihm den Strick um den Hals.
Sein eigener Schrei riß ihn aus dem Schlaf. Schweißgebadet und mit hämmerndem Herzen richtete er sich auf. Sein Atem ging so schnell wie sein Puls.
»Drago ist ein gerissener Fuchs. Er kennt sich aus. Auf der Route, die wir einschlagen, brauchen wir keine Armeepatrouillen zu fürchten«, kam die beruhigende Stimme von Doorst neben ihm aus der Dunkelheit.
»Dein Wort in Gottes Ohr«, seufzte Patrick. Schlafen konnte er in dieser Nacht nicht mehr, und so war er froh, als die Morgendämmerung einsetzte und das Lager zu geschäfti-

gem Leben erwachte. Es gab so vieles, woran er besser nicht dachte, wenn er nicht in düsteres Grübeln verfallen wollte. Die Musketen in Dragos Wagen gehörten zu diesen Dingen, die ihn bedrückten, wie auch die schmerzliche Trennung von Abigail.

31

In einer langgestreckten Linie mit viel Raum zwischen den einzelnen Wagen und der Herde zog der Treck der Elfenbeinjäger über die buschbestandene Ebene zwischen Tulbagh und Hottentottskloof. Im Norden wurde das Land von den Swartruggens-Bergen und im Süden von der Kette der Hexrivier-Berge begrenzt.

Zwei Tage waren seit jener Nacht vergangen, in der Jan Lammerkop bei Klerkskraal die zehn Kisten mit den Musketen gebracht hatte. Vor ihnen lag die Große Karroo, die es von Südwesten nach Nordosten zu überqueren galt. Denn mit den Waffen in den Stauräumen von Dragos Wagen war es ihr vorrangiges Ziel, so schnell wie möglich die nördliche Grenze der Kolonie bei den Nieuwveld Bergen zu erreichen. Bis dort waren es noch über hundertfünfzig Meilen, was bei Tagesetappen von durchschnittlich zwölf Meilen bedeutete, daß sie noch gut zwei Wochen mit der Angst leben mußten, auf eine Abteilung Soldaten zu stoßen. Dementsprechend groß war ihre innere Anspannung, wenn auch alle nach außen hin so taten, als gäbe es keinen Grund, sich Sorgen zu machen.

Seit sie die Waffen mit sich führten, schickte Drago immer zwei von ihnen als Kundschafter voraus, um frühzeitig gewarnt zu sein. Er selbst ließ sich häufig einige Meilen zurück-

fallen, um nicht plötzlich in ihrem Rücken eine böse Überraschung zu erleben.
An diesem dritten Vormittag seit Klerkskraal waren Abbé und Birdo vorausgeritten, während Drago auf einem Hügel Posten bezogen hatte. Als Patrick, José und Doorst ihn am Mittag im Galopp heranjagen sahen, wußten sie, daß irgend etwas im Busch war, denn es war heiß.
»Drago würde Giza bei der Hitze niemals so hart rannehmen, ohne dafür schwerwiegende Gründe zu haben«, sagte Doorst. »Für den Apfelschimmel würde er seine linke Hand hergeben.«
Trotz aller Anspannung konnte Patrick nicht umhin, Drago für seine Reiterkünste Bewunderung zu zollen. Zu Fuß mochte er den Eindruck eines schwerfälligen Kolosses machen, doch im Sattel schien seine massige Gestalt nur noch bedingt den Gesetzen der Schwerkraft zu folgen. Er sah auf Giza regelrecht elegant und geschmeidig aus, woran das herrliche Pferd natürlich auch seinen Anteil hatte.
Drago preschte heran und parierte Giza kurz vor ihnen.
»Rotröcke?« fragte José aufgeregt.
Drago nahm den fleckigen Lederhut ab und wischte sich mit dem Unterarm den Schweiß von der Stirn. »Nein, keine Patrouille. Ein einzelner Reiter. Er folgt uns schon seit dem Morgen. Als der Treck für eine halbe Stunde angehalten hat, hat der Reiter ebenfalls eine Rast eingelegt. Was war übrigens der Grund dafür?«
»Bei Abbés Wagen hatte sich die Bremse verklemmt«, antwortete Patrick. »Ein defekter Bremszug. Ich habe das in Ordnung gebracht.«
Ein flüchtiges Lächeln huschte über das bärtige Gesicht ihres Anführers. »Hast die Zeit bei Smuts also doch nicht ganz vergeudet.«
»Du meinst also, da ist uns einer auf der Spur, der nicht rein

zufällig in dieselbe Richtung will«, kam Doorst auf das Thema zurück.
»Mit Sicherheit.«
»Dann sollten wir ihn uns mal näher ansehen«, schlug José vor.
»Das beabsichtige ich auch, aber du bleibst hier beim Treck, José«, trug Drago ihm auf. »Ich nehme Dutch und O'Brien mit.«
José maulte, schickte sich jedoch, denn in solchen Dingen wagte niemand, Dragos Autorität in Frage zu stellen.
Zu dritt ritten sie davon. Drago führte sie zu einer Hügelgruppe, wo ihnen einige Akazien und dichtes Gestrüpp ausreichend Schutz boten.
Dort angekommen, deutete Drago nach Südwesten. »Da!« sagte er nur.
Der einzelne Reiter war mit bloßem Auge gut zu erkennen. Er ritt genau auf der Spur, die ihr Treck im sandigen Boden hinterlassen hatte.
»Gleich werden wir wissen, mit wem wir es da zu tun haben«, sagte Drago, holte sein ausziehbares Fernrohr aus schwerem Messing aus der ledernen Tasche und setzte es an die Augen. Im nächsten Moment gab er ein kurzes, trockenes Lachen von sich, das wie ein Bellen klang. »Heiliges Kanonenrohr! Das hat uns gerade noch gefehlt!«
»Wer ist es?« fragte Doorst gespannt.
Drago setzte das Fernrohr ab und stieß es Patrick vor die Brust. »Sag du es uns, O'Brien.«
Eine dunkle Ahnung überkam Patrick, und als er das Fernrohr auf den einsamen Reiter richtete, fand er seinen jähen Verdacht bestätigt.
Es war Abigail!
»Mein Gott, das kann doch nicht wahr sein!« stieß er ungläubig hervor.

Doorst machte eine ungehaltene Miene. »Verdammt, wer ist es? Erfahr ich das heute auch noch mal?«

»Es ist Abigail«, sagte Patrick bestürzt.

»Wer, zum Teufel, ist Abigail?«

Drago schnaubte. »Seine Schwester, Dutch.« Er lachte spöttisch.

Doorst sah Patrick an, als erwartete er eine Erklärung. Als keine kam, fragte er ärgerlich: »Deine Schwester ist uns gefolgt? Was soll der Mist? Habt ihr das vielleicht abgesprochen, oder was hat das zu bedeuten?«

»Ach was, da ist gar nichts abgesprochen«, antwortete Patrick. »Ich weiß selbst nicht, wie Abby bloß auf die Idee gekommen ist, mir zu folgen.« Er wollte zu ihr reiten, doch Drago hielt ihn zurück. »Nein, laß sie herankommen.«

Zwanzig Minuten später hatte Abigail die Hügelgruppe erreicht. Sie fuhr erschrocken zusammen, als sie die drei Reiter so unverhofft zwischen den Akazien oben auf der Kuppe hervorsprengen sah. Doch dann erkannte sie Patrick, und ihr verschwitztes, sonnenverbranntes Gesicht leuchtete auf.

»O Patrick!« rief sie wie erlöst und sprang vom Pferd.

Am liebsten hätte Patrick es ihr gleichgetan und sie in seine Arme geschlossen, so groß war seine Freude, sie zu sehen, wie unvernünftig es von ihr auch gewesen sein mochte, ihm zu folgen. Doch er wußte, daß er sich das vor Drago und Doorst nicht leisten konnte.

So blieb er im Sattel sitzen, machte eine grimmige Miene und zwang sich zu einem vorwurfsvollen Tonfall, als er fragte: »Was hast du dir bloß dabei gedacht, Abby? Wie konntest du nur auf die törichte Idee kommen, uns zu folgen?«

»So etwas Dummdreistes ist mir noch nie begegnet!« blaffte Drago.

Abigail hatte von vornherein damit gerechnet, daß ihr Auftauchen kaum überschwengliche Begeisterung bei Patrick und Drago auslösen würde. Sie hatte sich innerlich auf Ärger und Ablehnung eingestellt. Deshalb vermochte dieser frostige Empfang ihrem freudigen Strahlen auch nichts anzuhaben. Sie bewahrte ihr Lächeln und antwortete Patrick: »Ich habe es in Stellenbosch einfach nicht ausgehalten, Patrick. Ein Jahr auf dich zu warten und niemals zu wissen, wie es dir geht, ist zuviel verlangt. Ich ertrage es nicht ...«

»Lächerlich!« fuhr Drago dazwischen. »Das ist nichts als schwachsinniges Weibergewäsch!«

Patrick wandte sich kurz im Sattel um und schoß Drago einen zornigen, warnenden Blick zu. Nicht in diesem Ton, wollte er ihm damit zu verstehen geben. Dann sagte er zu Abigail: »Wir haben doch alles besprochen und ausgemacht, daß du bei Mrs. Wynborough bleibst, während ich ...«

»Gar nichts haben wir besprochen und ausgemacht!« fiel sie ihm erregt ins Wort. »Du hast das einfach so bestimmt und auf meine Wünsche und Gefühle keine Rücksicht genommen!«

»Wäre ja auch noch schöner!« stieß Drago gereizt hervor.

Patrick ignorierte ihn. Er hatte schon so Ärger genug. »Du mußt aber doch einsehen, daß du nicht mit uns kommen kannst!« appellierte er an ihre Vernunft.

»So? Und warum nicht?«

Drago schnaubte. »Was für eine einfältige Frage!«

»Aus einer ganzen Menge von Gründen«, antwortete Patrick. »Du kennst sie selbst.«

»Nein, ich kenne nicht einen einzigen Grund, Patrick O'Brien!« erwiderte sie trotzig. »Dagegen kann ich dir genug Gründe nennen, warum ihr gut daran tun würdet, mich mitzunehmen. Ich bin ausdauernd im Sattel, weiß mit Pferden umzugehen, versteh etwas vom Kochen und kann Hitze und körperliche Strapazen so gut wie jeder andere von euch ertragen.«

Doorst schmunzelte. »Bin fast geneigt, ihr zu glauben. Immerhin ist sie uns ja bis hierhin gefolgt, die ganze Zeit völlig auf sich allein gestellt.«

Abigail warf ihm einen dankbaren Blick zu und spielte ihre letzte Karte aus. »Außerdem verlange ich keinen Anteil, werde aber jede Arbeit tun, die man mir aufträgt.«

»Ein Weiberrock in meinem Treck?« stieß Drago geringschätzig hervor. »Kommt gar nicht in Frage! Und was ich sage, ist wie das Amen in der Kirche. Da gibt es keine Diskussion. Ich sage nein, und damit hat es sich.«

Abigail versuchte ihn mit allen Mitteln umzustimmen, doch Drago ließ sich weder durch Bitten noch durch Drohungen erweichen. Er blieb stur und abweisend.

»Ich dulde keinen Weiberrock in meiner Truppe!« beharrte er. »Ich setz mir doch keine Schlange ins Nest!«

Abigail trat zu Patrick ans Pferd, ergriff seine herunterhängende Hand und sah ihn mit einem beschwörenden Blick an, in dem ihre ganze Liebe lag. »Ich möchte bei dir sein, Patrick, und mir ist egal, was die anderen sagen und denken. Ich halte es einfach nicht aus, dich für so lange Zeit fern von mir in der Wildnis zu wissen. Ich bin bereit, dafür, daß ich mitkommen kann, alles zu tun. Aber laß nicht zu, daß er mich wegschickt. Sag ihm, daß du dann mit mir gehst. Dann wirst du sehen, was du ihm als Jäger wert bist. Das bist du mir einfach schuldig, Patrick. Ich flehe dich an, schick mich nicht fort!«

»Noch ist er nicht das Pulver wert, das er bisher verschossen hat, und das Essen, das wie auch alles andere von mir bezahlt worden ist!« stellte Drago klar. »Noch steht er bei mir in der Schuld, und nicht umgekehrt! Und wenn er mit dir gehen will, dann soll er es tun, verdammt noch mal. Lieber verzichte ich auf ihn, als mir den Ärger auf den Hals zu laden, den ein Weibsbild zwangsläufig mit sich bringt. Auch der beste Jäger wäre mir das nicht wert.«

»Darüber kann man streiten«, warf Doorst ein.

»Aber nicht mit mir, Dutch!« fuhr Drago ihn barsch an. Und Patrick befahl er: »Sieh zu, wie du sie los wirst, aber wage es ja nicht, dich meinem Treck mit ihr zu nähern!«

Patrick wünschte, er hätte Drago umstimmen können. Es wäre wunderbar gewesen, Abigail auf der Expedition dabeizuhaben. Es hätte für ihn vieles einfacher gemacht und der Sehnsucht in seinem Herzen den scharfen Schmerz genommen. Aber er sah ein, daß eine einzige Frau unter so vielen Männern, die zudem noch derart lange durch die Wildnis zogen, zu großen Konflikten in der Gruppe führen konnte.

»Ich habe mich verpflichtet, diese Expedition mitzumachen, und werde mein Wort nicht brechen, Abby. Du mußt zu Mrs. Wynborough nach Stellenbosch zurückkehren. Es gibt einfach keine andere Möglichkeit«, sagte er sanft, aber bestimmt.

»Nein!« protestierte sie.

»Doch, es muß sein.«

»Du willst sie einfach so zurückschicken?« fragte Doorst unangenehm berührt. »Einem Treck wie unserem zu folgen, der eine große Staubwolke hinter sich herzieht und eine nicht zu übersehende Spur im Sand hinterläßt, ist eine Sache. Von hier ganz allein zurück nach Stellenbosch zu finden, und dann auch noch als Frau, ist ein Kunststück von ganz anderem Kaliber.«

»Ich gebe ihr einen Hottentotten als Begleiter mit«, sagte Drago widerwillig. »Die Kosten werde ich O'Brien in Rechnung stellen.«

»Nein«, erwiderte Patrick. »Ich bringe Abby selbst nach

Stellenbosch zurück. Wenn wir scharf reiten, können wir es in drei Tagen schaffen.«
Drago zog die buschigen Brauen hoch. »Und dann?« fragte er erwartungsvoll.
Patrick sah ihn fest an. »Dann komme ich zurück! Mit ein bißchen Glück hole ich den Treck noch ein, bevor er die Nieuwveld-Berge überquert hat.« Zu Pferd war er, wenn es darauf ankam, fast dreimal so schnell wie ein Zug Ochsenwagen. Und er verstand genug vom Spurenlesen, um auf der *spoor* des Trecks zu bleiben.
Drago nickte, und ein triumphierendes Lächeln huschte kurz über sein Gesicht. »Abgemacht. Und damit du siehst, daß ich ein Mann bin, mit dem man reden kann, wenn die Sache Hand und Fuß hat, werde ich notfalls jenseits der Grenze noch zwei Tage auf dich warten.«
Patrick ritt mit Doorst zum Treck zurück, um zwei Ziegenschläuche mit Wasser und die Satteltaschen mit Proviant zu füllen. Zwei warme Wolldecken, mit Lederriemen zu einer Rolle zusammengeschnürt, band er hinter den Sattel, denn wenn die Tage auch noch heiß waren, so sanken die Temperaturen nachts doch schon auf einen empfindlich kühlen Barometerstand, ganz besonders in den Bergen in der Kapregion. Um nicht völlig unbewaffnet zu sein, nahm er schließlich noch die Flinte mit.
José brannte natürlich darauf zu erfahren, was das alles zu bedeuten hatte. Patrick befand sich jedoch nicht in der Stimmung, ihm darüber Aufschluß zu geben. Er war dankbar, daß Doorst ihm den Portugiesen vom Leib hielt und ihm etwas von einem Boten erzählte, der eine wichtige Nachricht für O'Brien gebracht habe.
»Aber freu dich nicht zu früh, José. Er kommt zurück, und damit ändert sich auch nichts an deinem Anteil«, zog Doorst ihn auf, dann nahm er Patrick zur Seite, wünschte ihm einen

guten Ritt und schnelle Rückkehr. »Und daß Drago sich an die Version mit dem Boten hält, dafür sorge ich schon!« versprach er ihm.
Sie tauschten einen freundschaftlichen Händedruck, dann kehrte Patrick zu der Hügelgruppe zurück, wo Abigail und Drago auf ihn warteten – in gegenseitig feindseligem Schweigen.
»Sieh zu, daß du rechtzeitig durch die Große Karroo und über die Nieuwveld-Berge kommst! Wir warten am Ostufer des Zak River auf dich, aber nur zwei Tage, dann ziehen wir weiter. Und wenn gerade dann einer jener herbstlichen Sandstürme übers Land fegt, wirst du keine Spuren mehr finden, denen du folgen kannst!« gab Drago ihm als Warnung mit auf den Weg. »Dann ist die Elfenbeinjagd für dich vorbei, lange bevor sie begonnen hat.«
»Ich schaffe es schon«, versicherte Patrick und brach mit Abigail auf.
Sie war verletzt und bitter enttäuscht, daß ihre Hoffnungen wie Seifenblasen zerplatzt waren und Patrick darauf beharrte, an dieser Expedition teilzunehmen und sie für so lange Zeit allein zu lassen. Sie weigerte sich, mit ihm zu sprechen, und so ritten sie schweigend und in einem scharfen Tempo nach Südwesten.
Patrick wollte nicht eine Stunde Tageslicht verschenken. Die Sonne war schon hinter den westlichen Horizont gesunken und die Nacht nicht mehr fern, als er mit der zurückgelegten Strecke zufrieden war und Ausschau nach einem geeigneten Lagerplatz hielt.
Der Zufall führte sie zu einem kleinen Flußlauf. Im letzten schwindenden Licht des Tages glitten sie verschwitzt und mit müden Knochen aus dem Sattel.. »Ein guter Platz für die Nacht«, sagte Patrick, in der Hoffnung, daß Abigail endlich ihr störrisches Schweigen brach.

Sie erwiderte jedoch nichts darauf. Mit verschlossener Miene nahm sie Highlander den Sattel ab und führte ihr Pferd zum Wasser. Sie kniete sich in den Ufersand und schöpfte das klare Naß mit beiden Händen aus dem Bach, um es sich über Gesicht und Brust zu gießen.

Patrick folgte ihr. Er litt unter ihrem abweisenden Schweigen und wollte, daß sie sich wieder versöhnten. »Ich weiß, es ist schwer für dich, Abby«, sagte er niedergeschlagen. »Aber es ist nicht fair, daß du mir solche Vorwürfe und Schuldgefühle machst. Es geht nun mal nicht anders, und ein Jahr ist doch kein Leben. Auch mir wäre es lieber, nicht so lange von dir getrennt zu sein, aber wir müssen vernünftig sein und an die Zeit danach denken.«

Keine Wort.

Er beugte sich zu ihr hinunter und legte ihr seine Hände auf die Schultern. »Abby, bitte, ich fleh dich an, straf mich nicht mit Schweigen. Sprich mit mir!«

Sie zuckte unter seiner Berührung zusammen und kam so abrupt hoch, daß sie ihn dabei fast umgestoßen hätte. Sie fuhr zu ihm herum. »Ich kann aber nicht an die Zeit danach denken!« brach es aus ihr heraus. »Ich kann nicht, Patrick! Ich muß immer nur daran denken, daß du nicht mehr bei mir bist und ich nicht weiß, wie es dir geht.«

»Abby, bitte. Ich weiß ja, daß es eine schwere Zeit sein wird, aber sie geht doch vorbei«, versuchte er sie zu beruhigen und wollte sie wieder an den Schultern fassen.

Doch sie schlug seine Hände zurück. »Nein, gar nichts weißt du!« stieß sie aufgewühlt hervor. »Denn wenn du wüßtest, wie es in mir aussieht und was ... was du mir bedeutest, würdest du nicht mit diesen Männern in die Wildnis ziehen.«

»Abby, niemand bedeutet mir mehr als du!«

»Aber ich liebe dich, Patrick! Ich liebe dich!« Wie ein Schrei kamen ihr diese Worte über die Lippen, gefolgt von einem lauten Aufschluchzen. »Und ich habe schreckliche Angst, daß ich dich für immer verlieren werde!« Sie schlug die Hände vors Gesicht und weinte.

Patrick war einen Augenblick wie gelähmt. Ihm war, als hätte sie mit ihrem Geständnis einen Schleier von seinen Augen gerissen, hinter denen er seine tiefen Gefühle für sie verborgen hatte.

»Jetzt habe ich alles noch schlimmer gemacht«, schluchzte sie, als er nichts sagte. »Aber ich konnte es nicht länger für mich behalten ... Ich kann nicht dagegen an ... Und ich weiß nicht, was ich tun soll.«

Er zog sie in seine Arme, und seine eigene Stimme war ihm fremd, als er sich sagen hörte: »Nein, du hast es nicht schlimmer gemacht, im Gegenteil. Das ... das war das Wunderbarste, was ich je gehört habe, und es macht mich glücklich. Denn ich ... ich liebe dich auch, Abby.«

Sie hob den Kopf. »Mein Gott, Patrick, spiel nicht mit mir!« flehte sie ihn an, zwischen Hoffnung und Angst hin und her gerissen. »Ich könnte es nicht ertragen ...«

»Nie ist mir etwas ernster gewesen als das«, fiel er ihr ins Wort. »Ich weiß nicht, wann ich begonnen habe, dich zu lieben. Doch ich habe mich dagegen gewehrt, weil du noch so jung bist.«

»Ich bin bald siebzehn und kein Kind mehr. Ein Kind war ich schon nicht mehr, als ich dich traf. Ich bin eine Frau! Und was sagen die Jahre schon, wenn man weiß, daß man liebt ... mit jeder Faser seines Körpers!«

»Ja, aber ich wollte dir der Freund und Bruder sein, den du dir so sehr gewünscht hast. Doch wie konnte ich das sein, wenn ich dich als Frau ... begehrte?« flüsterte er.

»Ist das wahr?« Auch ihre Stimme war kaum mehr als ein Hauch.

»Ja, o ja!«
»Patrick, Patrick....«
Ein Schauer durchlief ihn. Noch nie hatte jemand seinen Namen mit so viel Liebe, Verlangen und Glückseligkeit ausgesprochen wie Abby in diesem Moment. Seine Hand berührte ihr Gesicht. Zärtlich strich er über ihre feuchte Wange, wo sich Tränen mit dem kühlen Wasser des Baches vermischt hatten. Dann küßte er sie auf den Mund. Ihre Lippen erwiderten seinen zärtlichen Druck, und sie versanken in einem Kuß, der sie alles andere vergessen ließ.
Als seine Zunge ihre Lippen liebkoste, stöhnte sie unterdrückt auf und öffnete sich ihm, kam ihm mit ihrer Zungenspitze entgegen, während sie die Arme um seinen Nacken schlang und sich an ihn schmiegte.
Ihre Leidenschaft war wie Glut, die, lange Zeit unter einer Schicht grauer Asche verborgen, ihre Hitze bewahrt hatte und nun, von einem stürmischen Windzug freigeblasen, mit verzehrenden Flammenzungen aufloderte.
Patrick konnte sich später nicht mehr genau daran erinnern, wie sie es geschafft hatten, in diesem Rausch der Leidenschaft die Decken am Boden auszubreiten und sich ihrer Kleider zu entledigen. Doch niemals vergaß er den Moment, als sie nackt in seinen Armen lag und ihn anflehte, mit seinen Zärtlichkeiten nicht aufzuhören.
Er streichelte ihren herrlich schlanken, festen Körper und bedeckte ihn mit einer Flut von Küssen. Als er ihre Brüste küßte, bäumte sie sich lustvoll unter ihm auf und erwiderte seine hingebungsvollen Liebkosungen mit derselben bedingungslosen Hingabe.
Nie in seinem Leben hatte er eine derartige Zärtlichkeit und Leidenschaft empfunden, und beinahe hätte er die Kontrolle über sich verloren, als Abby ihn streichelte und küßte, wie es noch keine Frau vor ihr getan hatte und wohl auch nie

tun würde, denn es war grenzenlose, entfesselte Liebe, die in dieser sternklaren Nacht in der Großen Karroo einen rauschhaften Triumph feierte. Da war kein Raum für Scham oder Zögern, sondern allein das unwiderstehliche Verlangen, den geliebten Körper zu erkunden, ihm ein Höchstmaß an Lust zu verschaffen und in den Armen des anderen die Erfüllung zu finden.

»Nein, nicht aufhören!« rief Abby, als er sie in den Armen hielt und mitten in der Bewegung, die ihr die Unschuld rauben würde, innehielt. »Ich möchte, daß du mich richtig liebst und eins mit mir wirst.«

»Es könnte Folgen haben!« keuchte er, an der Grenze der Selbstbeherrschung, denn sein Körper schrie danach, tiefer in ihren feuchten Schoß einzudringen und mit ihr zu verschmelzen.

»Ich liebe dich, Patrick, und ich könnte mir nichts Schöneres vorstellen, als ein Kind von dir zu bekommen«, erwiderte sie. »Mach mich zu deiner Frau – jetzt! Bitte!« Und sie öffnete sich ihm noch mehr, drängte sich ihm zitternd entgegen.

Er schlang seine Arme um ihren Oberkörper und küßte sie, während er ihrer beider Verlangen nachgab. Ihr Körper versteifte sich, als der Schmerz sie durchzuckte. Doch die Lust, die ihr seine Bewegungen und das Gefühl verschafften, ihn tief in sich zu spüren und wahrhaftig mit ihm eins zu sein, ließ sie diesen kurzen Moment schnell vergessen.

Patrick war zu erregt, um sich lange beherrschen zu können. Doch sie ließ nicht zu, daß er sich aus ihr zurückzog. Nicht, weil sie enttäuscht gewesen wäre, sondern weil sie sich ein größeres Glück, als so mit ihm verbunden zu sein, nicht vorstellen konnte. Daß es ein noch größeres Glück zwischen zwei Menschen gab, die sich so liebten, erfuhr sie wenig später. Denn sein Verlangen war noch längst nicht erschöpft,

und schon nach wenigen Minuten war er in ihr wieder erstarkt und liebte sie beim zweitenmal mit einer Ausdauer, die Abby auf den Gipfel einer lustvollen Erfüllung trug, von der sie nichts geahnt hatte.
Sprachlos und völlig außer Atem von dem rauschhaften Glück lag sie danach in seinen Armen. Es dauerte eine ganze Weile, bis sich das heftige Zittern gelegt hatte und ihr Körper in einem Zustand seliger Erschöpfung zur Ruhe kam. Und auch dann verstrichen noch Minuten, bis sie ihre Empfindungen in Worte fassen konnte: »Habe ich dieses Wunder tatsächlich erlebt?«
»Ja, wir haben es beide erlebt«, sagte er und küßte sie auf die Stirn.
»Ich habe immer gewußt, daß es schön sein würde, bei dir zu liegen und von dir geliebt zu werden«, raunte sie. »Aber niemals hätte ich mir träumen lassen, daß es so ... ja, atemberaubend und wunderbar jenseits aller Beschreibungen sein würde.«
»So habe ich es auch empfunden«, gestand er, und es war die Wahrheit.
Sie schmiegte sich an seine Brust und hielt ihn so fest, wie sie nur konnte. »Ich werde dich niemals wieder hergeben, Patrick«, sagte sie. »Wirst du es dir jetzt noch einmal überlegen, ob ...«
Er verschloß ihr den Mund mit seiner Hand. »Nicht jetzt, bitte«.
»Ja, du hast recht, nichts soll diese wunderbare Nacht, in der du mich zur Frau gemacht hast, trüben. Entschuldige, daß ich davon angefangen habe«, flüsterte sie. »Ich werde es nie wieder tun.«
Er zog die Decke über ihre Schulter, und in stiller, glückseliger Ermattung lagen sie am Ufer des Baches und schauten zu den Sternen auf, die im endlosen nachtschwarzen Raum

über der Großen Karroo funkelten. Sanft glitten sie in den Schlaf. Als der neue Tag anbrach, weckten ihn zärtliche Lippen und erregende Hände, und sie liebten sich, bis der aufsteigende Glutball sein Licht über das Buschland ergoß und es Zeit wurde, ihren Ritt fortzusetzen.
Abigail hielt sich an ihr Versprechen, so schwer es ihr auch fiel, und je näher sie ihrem Ziel kamen, desto mehr Willenskraft mußte sie aufbringen, um ihn nicht anzuflehen, doch bei ihr zu bleiben. Es war die Liebe, das gemeinsam erlebte Glück, das ihr die Kraft gab, zu ihrem Wort zu stehen und zu akzeptieren, daß Patrick mehr denn je entschlossen war, an der Elefantenjagd teilzunehmen.
In Paarl übernachteten sie in einem Gasthof, und sie liebten sich in dem großen, schweren Ehebett mit einer glühenden Leidenschaft, die von dem Wissen gestärkt wurde, daß ein Jahr vergehen würde, bevor sie einander wieder in den Armen halten und dieses Glück erleben konnten.
Patrick hatte befürchtet, daß die Wynboroughs Abigail nicht wieder einstellen würden. Zu seiner großen Erleichterung erwies sich das jedoch als unzutreffend. Mrs. Wynborough war vielmehr froh, daß Abigail zurückkam, da sie noch keinen Ersatz für sie gefunden hatte, und ihre Kinder waren überglücklich, daß nun alles wieder so wie früher sein würde, denn sie hingen an ihr wie an einer großen Schwester.
Patrick bat Mr. Wynborough um ein Gespräch unter vier Augen, in dem er dem Richter reinen Wein über sich und Abigail einschenkte, was dieser mit Verwunderung, aber ohne die geringste Empörung aufnahm.
»Es ist nicht auszuschließen, daß Abby in meiner Abwesenheit unser Kind zur Welt bringt«, kam er zum Kern seines Anliegens.
»Oh!« machte der Richter und furchte die Stirn.
Patrick hielt seinem nun doch etwas mißbilligenden Blick

stand. »Ich schäme mich dessen nicht, denn ich betrachte sie schon jetzt als meine Frau, und wenn die Umstände es zuließen, würde ich sie auf der Stelle heiraten. Nur kann ich die zwei Wochen, die unsere Heiratsankündigung aushängen muß, nicht warten. Deshalb bin ich hier und frage Sie, ob Sie Abigail im Falle, daß sie ein Kind von mir erwartet, des Hauses verweisen.« Nach außen hin war er ruhig und gefaßt, doch in seinem Innern tobte ein Wettstreit der Gefühle. Denn von der Antwort des Richters hing nun alles ab. Setzte er Abigail vor die Tür, konnte er, Patrick, nicht zum Treck zurückkehren. Dann würde er bleiben und sich damit abfinden, noch viele Jahre arbeiten und das Geld für eine eigene Existenz mühsam zusammensparen zu müssen. Gab der Richter ihm jedoch sein Wort, Abigail vorerst noch in seinem Haus in Stellung zu belassen und seine schützende Hand für die Dauer seiner Abwesenheit über sie zu halten, dann konnte er einigermaßen beruhigt zum Zak River aufbrechen.

»Und? Was erwarten Sie von mir?« fragte der Richter unschlüssig.

»Verständnis für die Nöte eines einfachen Mannes, der in diese Kolonie gekommen ist, um hier mit der Frau, die er über alles liebt, sein Glück zu machen«, antwortete Patrick und fügte hinzu, daß er Abigail genügend Geld zurückgelassen habe, so daß sie niemandem auf der Tasche liegen würde.

Der Richter trat ans Fenster, verschränkte die Arme auf dem Rücken und schaute in den Garten hinaus, wo Abigail mit seinen Kindern auf einer Steinbank saß und ihnen Geschichten erzählte.

Nach einer Weile wandte er sich wieder Patrick zu. Seine Miene war so grimmig, daß dieser schon alle Hoffnungen fahrenließ. Um so größer war seine Erleichterung, als der

Richter sagte: »Also gut, Abigail kann bis auf weiteres bleiben, denn meine Kinder haben offensichtlich eine große Schwäche für sie. Aber sollte der Fall, von dem Sie gesprochen haben, tatsächlich eintreten, wird sie ihre Stellung aufgeben müssen, sowie ihr Zustand offensichtlich zu werden droht. Und da ich eine weiße Gouvernante nicht einfach vor die Tür jagen kann und will, werde ich dafür Sorge tragen, daß sie in Kapstadt eine angemessene Unterkunft und Betreuung findet.«
»Das ist sehr großzügig von Ihnen, Sir.«
»In der Tat, das ist es!« grollte der Richter. »Und ich gebe Ihnen mein Wort, daß ich Sie höchstpersönlich zur Verantwortung ziehen werde, sollten Sie Vater werden und bei Ihrer Rückkehr nicht zu Ihrem Versprechen stehen, ihr den Makel der gefallenen Frau zu nehmen und Sie vor dem Gesetz zu Ihrer Frau zu machen.«
»Das wird nicht nötig sein, Sir. Aber ich danke Ihnen für Ihre Besorgnis um Abigail.«
»Sagen Sie Ihrer ... Verlobten, daß ich es vorziehe, gegenüber Mrs. Wynborough vorerst noch nichts darüber verlauten zu lassen. Sowie Miss Abigail jedoch feststellt, daß der unglückselige Fall eingetroffen ist, erwarte ich, unverzüglich von ihr davon unterrichtet zu werden«, schärfte der Richter ihm ein.
Patrick versprach es ihm und dankte ihm noch einmal, bevor ihn Mr. Wynborough mit einer ungnädigen Handbewegung zum Gehen aufforderte.
Der Abschied von Abigail fiel ihm diesmal noch schwerer, obwohl sie ihn nicht unter Tränen ziehen ließ. Sie war blaß, doch ihre Augen leuchteten. »Wenn du zurückkommst, werden wir vielleicht ein Kind haben. Ich wünsche es mir so sehr, denn das würde mir Kraft geben. Ich liebe dich.«
»Und ich liebe dich«, erwiderte er mit erstickter Stimme

und mußte sich zwingen, sie nicht länger an sich zu drükken, sondern aufzusitzen und sich auf den langen Rückweg zu machen.
Abigail hatte darauf bestanden, daß er Highlander als Reservepferd mitnahm. Das erleichterte ihm den Gewaltritt quer durch die Große Karroo ein wenig, denn er konnte immer wieder das Pferd wechseln.
Sosehr er dieses karge Land sonst liebte und sich an den weiten Ebenen, die sich hinter jedem kleinen Bergzug vor ihm wie Meere auftaten, nicht satt sehen konnte, in diesen Tagen bedrückte ihn die Leere und Unermeßlichkeit Afrikas. Die Einsamkeit quälte ihn in dem Maße, wie er sich nach Abigails Liebe sehnte.
Dennoch trieb es ihn voran. Er wollte die Farm im Osten am Great Fish River, damit er mit Abigail seinen Traum erfüllen und ihre Kinder auf eigenem Land großziehen konnte, und dies war der Preis, den er dafür zahlen mußte.
Er erreichte das Lager seiner Kameraden am Ostufer des Zak River am Morgen des zehnten Tages. Drago hatte schon den Befehl gegeben, die Ochsen vor die Wagen zu spannen und ohne O'Brien weiterzuziehen.
Drago begrüßte ihn nur mit einem beiläufigen Nicken. Von den anderen mußte Patrick dagegen reichlich Spott einstecken, denn Doorst war es nicht gelungen, Drago davon abzuhalten, den anderen von Abigail zu erzählen.
»Ich habe gesehen, mit welchem Blick sie dich angeschaut hat. Sie muß dich sehr lieben«, sagte Doorst zu ihm, als Drago sie an diesem Morgen als Kundschafter vorausschickte und sie Seite an Seite davonritten.
»Ja, das tut sie«, bestätigte Patrick.
»Wahre Liebe ist jeden Preis wert«, sagte er mit einem merkwürdig weichen Unterton.
Patrick sah verwundert zu ihm hinüber. Diese Empfindsam-

keit hätte er Doorst, der sonst in allem eine zwar kameradschaftliche, aber doch sehr rauhe, derbe Art an den Tag legte, nicht zugetraut. »Ja, ich liebe sie mehr, als ich sagen kann. Für Abigail würde ich alles tun.«
»Gut«, erwiderte Doorst, und in diesem einen Wort lag tiefes Empfinden – und etwas, was Patrick erst nicht benennen konnte. Doch als er Doorst anblickte, sah er, was in diesem Wort noch mitgeschwungen und was sich über das kantige, grobflächige Gesicht des Buren gelegt hatte – tiefe Trauer.

32

Die Halbwüste, in die sie eindrangen, war die Heimat der Bastaards, die mittlerweile auch schon Griquas genannt wurden, und der Buschmänner. Mit den Griquas hatten sie keine Probleme. Ihnen fehlte die kriegerische Leidenschaft der Kaffern, obwohl auch ihnen das Töten nicht fremd war. Das bewies schon der von den beiden Brüdern Adam und Cornelis Kok geführte Stamm, der sich im Gebiet um Klaarwater, das eines noch fernen Tages Griqualand West heißen sollte, niedergelassen und dort in einem Umkreis von hundert Meilen Jagd auf jeden Buschmann machte. Doch die Zivilisation war schon längst in Gestalt von Missionaren, fahrenden Händlern und anderen Elfenbeinjägern zu ihnen gedrungen, und die materiellen Vorteile, die ihnen aus der friedlichen Begegnung mit den Weißen erwuchsen, hatten sie schon früh dazu gebracht, auf jegliche Feindseligkeiten zu verzichten. Wann immer der Treck der Elfenbeinjäger auf Griquas stieß, war die Freude bei den Eingeborenen genauso groß wie bei den Männern der Expedition, denn jeder wußte, daß gute Geschäfte winkten.

Bei einer dieser Begegnungen bekam Patrick sein erstes Paar Elefantenstoßzähne zu sehen, gut sechs Fuß lang und an die siebzig Pfund schwer. Drago tauschte sie für Messer, Äxte und allen möglichen Tand ein. Die Musketen rührte er nicht an.

»Warum soll ich eine fette Wassermelone herausrücken, wenn sie auch mit einer Handvoll Erbsen zufrieden sind?« meinte er spöttisch.

In dieser Zeit gab es den ersten Ärger mit ihren Hottentotten. Vier von ihnen waren der Meinung, nun genug getan zu haben, und wollten ausgezahlt werden. Zwei konnte Drago überreden, doch noch beim Treck zu bleiben. Den anderen beiden mußte er jedoch den noch ausstehenden Wochenlohn auszahlen, da sie die Plackerei, wie sie es recht übertrieben nannten, leid waren und bei den Griquas bleiben wollten. Drago mußte sein Temperament beherrschen, denn wenn er sich geweigert hätte, hätten ihm auch alle anderen Hottentotten die Gefolgschaft aufgekündigt, vermutlich sogar Kim und Jai, obwohl diese sich für etwas Besseres hielten und mit den Hottentotten nichts zu tun haben wollten.

»Der Schwund, von dem ich gesprochen habe, O'Brien«, sagte Drago grimmig, als sie mit zwei Hottentotten weniger weiterzogen. »Hoffentlich stoßen wir nicht so schnell auf Buschmänner ...«

Mit den Buschmännern war ein Kontakt wie mit den Griquas weder möglich noch erwünscht. Sie selbst nannten sich San, was »Das Volk« bedeutete, standen noch auf der Entwicklungsstufe der Steinzeit und zogen als Nomaden durch Wüstengebiete, wo kein anderer Mensch überleben konnte. Es gab Landstriche, wo nur an sechzig Tagen im Jahr Wasserstellen existierten. Den Rest des Jahres mußten die San ihren Bedarf an Wasser durch das Auffinden von Knollen und Wurzeln und kleinen Wasserblasen einige Fuß unter der Oberfläche decken. Niemand im südlichen Afrika war so genügsam und ausdauernd wie ein Buschmann – aber auch niemand so gefährlich und verhaßt, denn das Gift an ihren Pfeilen brachte den sicheren Tod, selbst wenn die Spitze die Haut nur eben geritzt hatte.

Daß die Buschmänner bei den burischen Farmern verhaßt waren, war Patrick auf ihrer Reise mit Jonathan Bourke hier und da zu Ohren gekommen. Er hatte aber noch nie eine dieser kleinen Gestalten zu Gesicht gekriegt, die sich bis auf zwanzig, dreißig Fuß an ihr Opfer heranschlichen, ihre Giftpfeile abschossen und in der Lage waren, selbst im Sommer unter der sengenden Wüstensonne sechs, sieben Stunden und mehr im Laufschritt einer verletzten Antilope zu folgen, bis das langsam wirkende Gift dem Tier die Kraft raubte und es verenden ließ.

Patricks erste Begegnung mit den Buschmännern geschah Wochen später, zwei Tagereisen östlich des Orange River. Er war mit Doorst vorausgeritten, um einen Lagerplatz für die Nacht zu suchen. Hügelketten durchzogen das karge sandige Land, das sich vor ihnen ausbreitete. Die Vegetation war eintönig und bestand überwiegend aus Akazien, Dornenbüschen und anderen niedrigen Sträuchern, die stellenweise ein undurchdringliches Dickicht bildeten. Ganz selten einmal waren ein paar Mimosen- und Eukalyptusbäume zu sehen. Die Eintönigkeit der Vegetation wurde durch den Mangel an unterschiedlichen Farben in der Natur noch verstärkt. Ein stumpfes, sandiges Braun, in das sich hier und dort einmal etwas Grau und Lehmrot mischte, schien die Farbpalette der Halbwüste zu erschöpfen. Nur wenn man den Blick nach unten richtete und genauer hinsah, entdeckte man Kräuter und andere Gewächse, deren Farben sich dem tristen Einheitsbraun mutig widersetzten.

So lebensfeindlich diese Region auch war, hier fanden sich doch Antilopen, Gnus, Büffel und Wildebeest und damit auch Raubtiere wie Hyänen, Wüstenluchse und Löwen. Doch die Herden waren nicht groß, und die Elefanten, die hier in kleinen Gruppen auf Wanderschaft waren, traten so vereinzelt auf, daß Drago es der Mühe nicht für wert hielt, nach ihnen zu suchen.
»Im Highveld stoßen wir auf große Herden, die die Jagd lohnen«, hatte Drago erklärt, als Patrick wissen wollte, warum sie noch nicht mit der Jagd auf die Dickhäuter begannen. »Hier vergeuden wir nur unsere Zeit, um ein paar Stoßzähne zu erbeuten. Und wir würden uns bloß gegenseitig auf die Füße treten, um zum Schuß zu kommen.«
Patrick und Doorst waren an jenem Spätnachmittag müde, denn es lag ein heißer, anstrengender Tag hinter ihnen. Zwar war längst der Herbst in Südafrika angebrochen, aber in dieser Wüstenregion bedeutete das nur, daß nach einem immer noch heißen Tag eine kalte Nacht folgte, in der man sich in warme Decken wickeln mußte.
»Wenn Dragos Karte einigermaßen genau ist, muß der Fontein dort drüben hinter dieser sichelförmigen Hügelgruppe liegen«, sagte Patrick, der die Angewohnheit übernommen hatte, wie Doorst und alle anderen den holländischen Begriff *fontein* zu benutzen, wenn von einer Wasserstelle die Rede war.
Doorst nickte. »Hoffentlich. Wird auch höchste Zeit, daß wir aus dem Sattel kommen«, erwiderte er, und sie lenkten ihre Pferde in besagte Richtung.
Plötzlich stieß der Bure einen unterdrückten Fluch aus. »Buschmänner!« rief er und griff blitzschnell zu seinem Gewehr.
Patrick erschrak. »Wo?«
»Links, bei den Büschen neben der abgestorbenen Akazie!«

Jetzt bemerkte sie auch Patrick. Die Entfernung betrug etwa sechzig, siebzig Yards. Er erhaschte jedoch nur einen kurzen Blick auf die beiden Männer. Sie waren bis auf einen winzigen Ledergurt um den Schambereich gänzlich nackt, mit fast schwarzbrauner Haut, und so klein, daß sie ihm wie Zwerge vorkamen. Und sie trugen Pfeil und Bogen mit sich, befanden sich also auf der Jagd.

Sogar aus dieser Entfernung konnte er sehen, daß die Haut der Buschmänner wie bei uralten Greisen voller Falten war. Er erinnerte sich jedoch daran, gehört zu haben, daß diese faltenreiche Haut eine Eigenart der Buschmänner war und nichts mit dem Alter zu tun hatte. Ihre Haut erschlaffte vielmehr, wenn sie viele Tage hatten hungern müssen. Erlegten sie eine Antilope oder einen Büffel, schlangen sie fast bis zum Platzen Unmengen von Fleisch in sich hinein, als wollten sie sich einen Vorrat anfressen, und dann glättete sich ihre Haut auf wundersame Weise – bis für sie die nächste Hungerperiode begann und damit auch die Falten zurückkehrten.

Die Buschmänner blickten zu ihnen herüber und waren im nächsten Moment im Dickicht verschwunden.

»Lade dein Gewehr! Aber sieh zu, daß du nicht näher als vierzig Yards an sie herankommst! Auf zwanzig Schritt Entfernung verfehlen sie ihr Ziel nicht!« schrie Doorst ihm zu und trieb sein Pferd an. Er ritt freihändig, denn er brauchte die Hände zum Laden seines Burenrohrs.

Patrick, der in den vergangenen Wochen dieses Kunststück immer wieder geübt hatte, um für die Elefantenjagd gerüstet zu sein, war nicht halb so schnell wie Doorst, der sein Gewehr in Windeseile schußbereit hatte.

Doorst hatte schon einen Vorsprung von zwanzig Pferdelängen, als Patrick die Kugel mit dem zweiten Stopfen im Lauf festgerammt hatte und den Anschluß suchte.

Der Bure jagte auf die Hügel zu und schnitt den beiden flüchtenden Buschmännern, deren Ziel ein großes Dornendickicht war, wo sie ihnen hätten entkommen können, den Weg ab. Aus dem Galopp feuerte er auf die kleinen Männer, die einen Haken zu schlagen versuchten.
Der Buschmann, der dem Dickicht schon sehr nahe gekommen war, wurde von der Kugel getroffen, überschlug sich und blieb im Sand liegen. Der andere hielt plötzlich im Laufen inne, zerrte einen Pfeil aus seinem Köcher aus Baumborke und Antilopenhaut und legte auf Doorst an. Dieser riß sein Pferd herum. Der Pfeil landete weit von ihm entfernt. Dann hatte Doorst sein Gewehr auch schon wieder geladen und feuerte erneut. Die Kugel tötete den Eingeborenen auf der Stelle.
Es waren nicht mehr als drei, vier Minuten vergangen, seit Doorst die beiden Buschmänner entdeckt hatte, und alles war so schnell geschehen, daß Patrick gar keine Zeit gehabt hatte, sich Gedanken zu machen. Daß Doorst die Eingeborenen, die keine feindseligen Absichten gezeigt hatten, kaltblütig erschossen hatte, war ein Schock. Beim Anblick der beiden Toten erschauerte er.
»Mein Gott, warum hast du das getan?« stieß er erschüttert hervor, als er Doorst erreicht hatte.
»Weil es Buschmänner sind«, lautete dessen verächtliche Antwort.
»Aber das ist doch kein Grund, sie wie tollwütige Hunde abzuknallen!« protestierte Patrick.
»Um einen Buschmann zu erschießen, braucht man keinen Grund. Ihre Existenz ist Grund genug!« erwiderte Doorst hart. »Sie sind schlimmer als tollwütige Hunde. Und wenn es eine andere Möglichkeit gäbe, sie auszurotten, würde ich nicht einmal Pulver und Blei an sie verschwenden.«
Patrick war sprachlos vor Erschütterung, daß dem Buren,

der sein Freund geworden war, das Leben der Buschmänner so wenig galt.

»Du hast ja keine Ahnung, zu welchen Grausamkeiten diese Brut fähig ist. Nur ein toter Buschmann ist ein guter Buschmann. Und wenn du in diesem Land bleiben und dein Vieh und deine Familie geschützt wissen willst, wirst auch du dich nach diesem alten Burengrundsatz richten müssen!« erklärte Doorst völlig unberührt davon, diese beiden Menschen erschossen zu haben.

Wenig später kam Drago mit José und Abbé angeritten, die Gewehre schußbereit in den Händen. Als sie sahen, was sich ereignet hatte, entspannten sich ihre Mienen, und sie beglückwünschten Doorst zu seinen beiden sauberen Schüssen. Keiner ließ auch nur einen Zweifel daran, daß er das einzig Richtige getan hatte.

Was Patrick aber fast noch mehr bestürzte, war die Reaktion von Abbé. Der asketische Mann, der einem Gerücht nach hugenottischer Abstammung war und einige Jahre ein Priesterseminar besucht hatte, richtete sein Gewehr auf einen der Toten und jagte ihm eine Kugel in den Kopf. Dabei rief er: »Seht her! Der Herr verheert und verwüstet die Erde! Grauen, Grube und Garn warten auf euch! Denn der Sturm der Gewaltigen ist wie ein Regenguß im Winter, wie die Hitze im trockenen Land. Du bringst den Lärm der Fremden zum Schweigen!«

Patrick wandte sich entsetzt ab, als der Kopf des toten Buschmanns unter der schweren Gewehrkugel wie ein Kürbis zerplatzte, und er mußte an sich halten, sich nicht zu übergeben.

»Ausschwärmen, Männer!« befahl Drago. »Die beiden Kerle waren vermutlich allein auf der Jagd, wie das bei ihnen so Sitte ist, aber ich will sichergehen, daß der Rest der Sippe nicht in der Nähe ist!«

Sie fanden im Umkreis von mehreren Meilen keine Spuren von einem Camp. Vorsichtshalber ließ Drago das Nachtlager jedoch nicht an der Wasserstelle aufschlagen, weil die Hügelgruppe den San, wenn denn doch noch welche von ihnen in der Nähe waren, das Anschleichen an ihr Lager leichtgemacht hätte. Er entschied sich für eine weite, flache Stelle eine Viertelmeile vom Fontein entfernt, die gut zu bewachen war und wo jemand, der sich ihnen unbemerkt zu nähern versuchte, wenig Buschwerk als Deckung fand. Es wurden zudem fünfzig Yards vor dem äußeren Kreis ihres Lagers mehrere große Feuer entzündet und zusätzliche Wachen eingeteilt.

Patrick und Doorst lösten um Mitternacht Drago und Abbé ab. Patrick war von dem entsetzlichen Vorfall, dessen Zeuge er geworden war, noch immer verstört und aufgewühlt, und er hatte danach kaum ein Wort mit dem Mann gewechselt, mit dem er einen Wagen teilte und den er bisher als seinen Freund betrachtet hatte. Doch konnte ihre Freundschaft unter diesen Umständen noch Bestand haben?

Diese Frage quälte Patrick, und er hatte Angst vor der Antwort. Denn zu keinem sonst hatte er eine nähere persönliche Beziehung aufbauen können, die die alltägliche Kameraderie des Treck- und Lagerlebens überschritt. Birdo, den er in Gedanken immer nur den »Teerzopf« nannte, fiel ja schon von vornherein für ein Gespräch aus. Josés geistiger Horizont war so eng begrenzt, daß er nicht einmal über den gegenwärtigen Tag hinausging. Pläne für die Zukunft schmieden, das kannte er nicht. Das Morgen hatte für ihn keine Bedeutung. Ihn interessierte nur die Jagd, der Branntwein sowie Karten- und Würfelspiel, obwohl er ständig an Drago verlor und sich mit jedem Tag tiefer bei dem gerissenen Anführer der Expedition in Schulden stürzte. Und Abbé zählte nicht zu den Zeitgenossen, mit denen Patrick warm werden konnte noch wollte. Dieser asketische Mann war ein Zyniker, bar jeden Gewissens, wie er freimütig einräumte, und von einer obskuren zerstörerischen Besessenheit erfüllt. Seiner Überzeugung nach waren sie alle verdammt, gab es für keinen von ihnen göttliches Erbarmen. Er glaubte an die Verderbnis der Menschen und die Apokalypse, und in einer ebenso verqueren wie erschreckenden Folgerung war er zu dem Schluß gekommen, daß es daher völlig gleichgültig war, ob man etwas Gutes tat oder seinen Sünden und Verfehlungen noch weitere Schandtaten hinzufügte. Er bevorzugte letzteres. Nein, mit solch einem Mann, der zwar bei den alltäglichen Verrichtungen klar bei Verstand war, in Patricks Augen aber dennoch nur einen winzigen Schritt vom Abgrund des Wahnsinns entfernt stand, wollte er sowenig wie möglich zu tun haben. Dasselbe galt für Drago, wenn auch aus anderen Gründen. Dieser war ein Mann, der mit eiskalter Berechnung vorging. Er verstand es, Abbé an sich zu binden, den Teerzopf nach seiner Pfeife tanzen zu lassen und José auszunehmen. Auch versuchte er abends immer wieder, ihn, Patrick, zu Glücksspielen mit hohen Einsätzen zu überreden. Doch bisher war er eisern geblieben und hatte nur an Spielen teilgenommen, bei denen es nicht um viel Geld ging, denn er hegte den Verdacht, daß Drago mit gezinkten Karten und Würfeln spielte oder sich mit Abbé abgesprochen hatte, um seinen Anteil am Ende der Expedition auf diese Weise noch auf dreißig oder gar vierzig Prozent zu erhöhen.

Von all den Männern, mit denen er noch viele Monate verbringen mußte, blieb wirklich nur Doorst, mit dem ein persönliches Gespräch und eine Freundschaft möglich war. Doch der kaltblütige Mord an den Eingeborenen stellte nun auch das in Frage.

Patrick grübelte darüber nach, während er und Doorst auf

entgegengesetzten Runden um das Lager patrouillierten und dafür sorgten, daß die Feuer nicht erloschen. Drei weitere Hottentottenwachen hockten auf den Wagen und spähten in die Nacht hinaus.
Dort, wo die Schwarzen die Ochsen versammelt und Dornenbüsche zu einer provisorischen Einfriedung aufgehäuft hatten, trafen Patrick und Doorst wieder aufeinander.
»Alles ruhig bei mir«, sagte Patrick.
»Bei mir auch. Nicht mal eine Hyäne streift da draußen durch den Busch, sonst hätten die Hunde schon gekläfft. Die beiden waren allein und weit weg von ihrer Sippe.«
»Na denn ...« Patrick wandte sich zum Weitergehen.
»Warte.«
Patrick blieb stehen. »Ja?«
»Du nimmst mir das übel, nicht wahr? Ich meine, daß ich die Buschmänner abgeknallt habe.«
Patrick zögerte kurz, dann sagte er reserviert: »Es war kaltblütiger Mord, Doorst.«
Der Bure lachte bitter auf. »Nein, es war vorsorgliche Notwehr.«
»Eine sehr gelungene Formulierung, das muß ich schon sagen«, erwiderte Patrick sarkastisch. »Mein Gott, das waren Menschen, die du umgebracht hast, und nicht irgendwelche Tiere!«
»Du irrst! Buschmänner sind noch schlimmer als Tiere«, widersprach der Bure heftig. »Du kennst sie nicht, ich aber dafür um so besser. Sie sind grausamer, als du dir vorstellen kannst. Sie stehlen Vieh wie die Kaffern, doch im Gegensatz zu diesen schneiden sie den Tieren bei lebendigem Leib die Zunge ab, stechen ihnen die Augen aus und sorgen dafür, daß sie sich selbst langsam zu Tode strangulieren, wenn sie von Farmern verfolgt werden und wissen, daß sie mit ihrer Beute nicht schnell genug flüchten können.«

»Das ist abscheulich, aber noch kein hinreichender Grund, sie für vogelfrei zu erklären und jeden Buschmann, der dir vors Rohr kommt, zu töten!«
»Wenn du dort aufgewachsen wärst, woher ich stamme, nämlich aus der Großen Karroo im nördlichen Grenzgebiet, dann würdest du das mit anderen Augen sehen«, versicherte Doorst.
»Das glaube ich nicht.«
»O doch, und ob du das würdest!« Doorst lachte bitter auf. »Besonders wenn du als kleiner Junge erlebt hättest, wie sie deinen Großvater hingeschlachtet haben ... und wenn du deine Frau mit deinem Kind im Leib aufgeschlitzt wie ein Schwein im Busch gefunden hättest, weil ihnen der Gifttod ihrer Pfeile noch nicht Qual genug gewesen ist.«
Patrick erbleichte und schluckte.
»Was ist? Warum plötzlich so schweigsam?« höhnte Doorst. »Hättest du dann immer noch soviel Verständnis für die Buschmänner, wenn du deine Abigail so aufgefunden hättest?«
»Nein«, antwortete Patrick mit rauher Stimme. »Aber ich weiß nicht ...«
»Natürlich weißt du das nicht«, fiel er ihm schroff ins Wort. »Wie könntest du auch. Der Haß kommt immer erst mit dem eigenen Verlust. Du magst keinen Grund haben, die San zu hassen und mit deiner Rache zu verfolgen, jedenfalls noch nicht. Mir jedoch haben die Buschmänner Gründe genug gegeben, um sie zu meinen Todfeinden zu machen. Und wann immer ich einem von ihnen in der Wildnis begegne, werde ich ihn töten, wenn ich kann – das habe ich am Grab meiner Frau geschworen, und diesen Schwur halte ich.«
Einen Augenblick standen sie schweigend vor dem Dornengestrüpp. Dann sagte Patrick. »Ich weiß nicht, wie ich an

deiner Stelle handeln würde. Aber ich kann dich zumindest verstehen, auch wenn mich diese Art der Vergeltung mit Grauen und Abscheu erfüllt. Doch es kommt mir nicht zu, über dich zu richten, Doorst.«

Der Bure nickte und legte ihm kurz die Hand auf den Arm. »Das genügt mir«, sagte er, schulterte sein Gewehr und nahm seine Patrouille wieder auf.

Patrick blickte ihm nach und betete zu Gott, daß es ihm erspart bleiben möge, sein Gewehr auf Menschen richten zu müssen. Eine dunkle Ahnung sagte ihm jedoch, daß sich diese Hoffnung nicht erfüllen würde.

33

Zu jener Zeit, als Abigail sicher sein konnte, kein Kind von Patrick zu erwarten, was sie mit großem Bedauern erfüllte, und dem Richter ein Stein vom Herzen fiel, weil er sich damit von der unerquicklichen Aufgabe befreit sah, seiner Frau die mißliche Lage zu erklären, zu jener Zeit gelangte der Treck der Elfenbeinjäger endlich ins Elefantenland, wie Drago die Täler und Ebenen des Hochlandes nördlich des Vaal River nannte. Hier brauchten sie nicht viele Tage die Wildnis nach Spuren durchzukämmen, um gelegentlich auf eine kleine Herde von Dickhäutern zu stoßen. Die Natur hatte in diesem Gebiet ihre Gaben förmlich mit dem Füllhorn ausgegossen.

Die majestätische Schönheit des Landes mit seinem unvorstellbaren Reichtum an Wild war eine Offenbarung für Patrick und versetzte ihn in fassungsloses Staunen. Es verwunderte ihn längst nicht mehr, daß Südafrika für die Buren Gottes gelobtes Land war. Niemals würde er den Anblick vergessen, der sich ihm eines Morgens bot und der sich in den folgenden Monaten in ähnlicher Form immer wieder aufs neue wiederholen sollte. Er hatte sich schon vor dem Einspannen der Tiere einige Meilen vom Treck entfernt, weil ihn die Sehnsucht nach Abigail quälte und er mit seinen Gedanken und Gefühlen allein sein wollte. Als er einen flachen Tafelberg hinaufritt und seinen Blick über das Veld schweifen ließ, wußte er im ersten Moment nicht, was sich seinen Augen darbot. Es schien, als hätte sich über Nacht ein Meer über die hügelige Landschaft ergossen, denn das ganze Veld vor ihm war bedeckt von einer wogenden See – bis er erkannte, daß diese gewaltige See aus unzähligen Leibern von rotbraunen Springböcken bestand. Und dieses gewaltige Meer aus Hunderttausenden von Tieren wurde von einem anhaltenden Strom Springböcke gespeist, der sich durch einen Einschnitt zwischen den Hügeln, von etwa einer halben Meile ohne Unterlaß ergoß. Und diese hereinströmende Antilopenflut nahm und nahm kein Ende. Zwei Stunden verharrte Patrick auf der Kuppe des Tafelbergs, ohne daß dieser Fluß aus Tierleibern dünner wurde oder gar versiegte. Als er sich schließlich von dem erhabenen Schauspiel der Natur zu lösen vermochte und davonritt, um den Treck wieder einzuholen, drängten sich noch immer Abertausende Springböcke durch den Einschnitt.

Der Weg ins Elefantenland war lang gewesen und hatte seinen Tribut gefordert. Die Zahl der Hottentotten hatte sich auf neun reduziert, so daß Kim und Jai nun auch Arbeiten übernehmen mußten, die nichts mit dem Kochen und der persönlichen Bequemlichkeit der weißen Jäger zu tun hatten. Sie hatten aber auch ein gutes Dutzend Ochsen verloren und drei der Hunde. Einer hatte mit seinem Leben dafür bezahlt, daß er in der Meute auf zwei Hyänen losgegangen war, die sich zu nahe ans Lager gewagt hatten. Der zweite war an einem Schlangenbiß gestorben, und der dritte

war von einem Streifzug in den Busch, der wohl zu mutig ausgefallen war, nicht wieder zurückgekehrt.
Drago und seine Männer waren mehr als bereit für die Jagd. Sie brannten förmlich darauf, die Spur im Busch aufzunehmen und das kostbare Elfenbein zu erbeuten. Patrick machte da keine Ausnahme. Er hatte mit den anderen so manchen Abend damit verbracht, die entsprechenden Kugeln für die Elefantenjagd zu gießen.
Doorst hatte ihn darin unterrichtet. »Mit einfachen Bleikugeln, auch wenn es Viertelpfünder sind und du sie mit siebzehn Gramm Pulver abfeuerst, richtest du bei diesen Kolossen nicht viel aus«, erklärte er, als sie zum erstenmal die Gußformen vorbereiteten. »Ihre Haut ist über einen Inch dick und so schwer zu durchdringen wie drei Lagen Rindsleder. Deshalb verwenden wir eine Mischung aus vier Teilen Blei und einem Teil Zinn. Das Zinn gibt den Geschossen die notwendige Härte. Das ist das einzig erfolgversprechende Rezept für Elefantenkugeln. Denn wenn du so einen Riesen nur leicht verletzt, ist er gefährlicher als drei Löwen. Ich habe Elefanten gesehen, die mit einem Dutzend gewöhnlicher Bleikugeln im Leib angegriffen haben. Wenn das passiert, hast du keine Chance, ihnen zu entkommen, wenn du zu Fuß bist. Denn trotz ihres enormen Gewichts von sechs Tonnen und mehr können sie fast aus dem Stand heraus eine Geschwindigkeit erreichen, mit der auch der beste Läufer nicht mithalten kann.«
»Ich denke, wir jagen zu Pferd«, wandte Patrick ein.
»Das ist ganz dir überlassen. Drago, Abbé, José und Birdo schießen aus dem Sattel. Ich dagegen ziehe es vor, das Pferd zurückzulassen und mich zu Fuß an die Beute heranzupirschen.«
»Aber warum denn das?« fragte Patrick verwundert. »Du bist doch neben Drago der sicherste und beste Schütze.«

»Es kommt eben immer darauf an, was man jagt«, erwiderte Doorst. »Für einen Büffel oder einen Löwen steige ich nicht aus dem Sattel ...«
Auch nicht für einen Buschmann, fügte Patrick unwillkürlich in Gedanken hinzu.
»Die lasse ich, wenn es sein muß, sogar direkt auf mich zukommen und erledige sie noch im Sprung durch einen Schuß in den Schädel«, fuhr der Bure fort. »Bei einem Elefanten ist das nicht so einfach.«
»Aus welchem Grund?« fragte Patrick wißbegierig, denn er wußte, daß sein Leben davon abhing, daß er im richtigen Augenblick die richtige Entscheidung traf. Und bis auf Doorst dachte keiner daran, ihn mit diesen überlebenswichtigen Einzelheiten der Elefantenjagd vertraut zu machen.
»Weil man schon ein wirklich exzellenter Schütze sein muß, will man einen Elefanten, der frontal auf einen zukommt, mit einem einzigen Schuß tödlich treffen. Denn erstens ist der vordere Teil der Schädeldecke extrem dick und fest, und zweitens ist das Gehirn eines Elefanten nicht größer als ein kleiner Teller. Und nur wenn du ihn exakt an dieser Stelle erwischst, geht er sofort zu Boden. Und ihm eine Kugel mitten ins Herz zu setzen, ist eine nicht weniger große Kunst. Da ist einfach zuviel Fleisch, um ihn auf diese Weise schon mit dem ersten Schuß tödlich zu treffen.«
Patrick verzog das Gesicht. »Was ist also das Geheimnis einer erfolgreichen Elefantenjagd?«
»Wie gesagt, der Meisterschuß von vorne aus nicht mehr als sechzig, siebzig Yards Entfernung, wobei man ein klein wenig über den Ansatz des Rüssels zielen muß«, antwortete der Bure. »Dafür braucht man Mut, ein scharfes Auge und eine sichere Hand – und leider auch eine gute Portion Glück. Kurzum: Es ist die riskanteste Art, einen Elefanten zu erlegen. Die andere Möglichkeit sieht so aus, daß man im

Sattel zu zweit oder zu dritt Jagd macht, ein Tier von der Herde trennt, es hin und her hetzt und es dabei mit Kugeln vollpumpt, bis es endlich verendet.«
»So machen es wohl Drago, José, Abbé, und der Teerzopf«, vermutete Patrick.
Doorst lächelte verächtlich. »Ja, das ist ihre bevorzugte Methode«, bestätigte er. »Es ist ein primitives Hinschlachten.«
»Und wie machst du es?«
»Wie ein Jäger, der sein Handwerk in Ehren hält«, antwortete Doorst stolz. »Ich töte meine Elefanten durch einen einzigen sauberen Schuß in die Schläfe, wenn das Tier seitlich an mir vorbeizieht – aus höchstens dreißig Schritt Entfernung. Denn diese Schädelpartie zwischen Auge und Ohr ist seine verhältnismäßig schwache Stelle.«
Patrick verstand. »Was bedeutet, daß du auf dein Pferd verzichten mußt, um in diese Schußposition zu kommen.«
Doorst nickte. »Zu Pferd würde ich niemals so nahe *und* zudem auch noch so in seine Flanke kommen, nicht einmal, wenn ich von hinten gegen den Wind überraschend herangaloppieren könnte. Denn ein Elefant reagiert schnell, und bevor ich ihn erreicht hätte, hätte er schon längst den Hufschlag vernommen und sich zu mir herumgeworfen.«
»Klingt auch nicht gerade ungefährlich, wie du die Sache angehst.«
Der Bure zuckte mit den Schultern. »Das ist letztlich nur eine Frage der Umsicht und Erfahrung – und der eigenen Einstellung zur Jagd. Ich fühle mich zu Fuß jedenfalls nicht unsicherer als zu Pferd. Es gibt in der Natur kein einziges Tier, daß von sich aus einen Menschen anfällt, es sei denn, es fühlt sich bedroht *und* in die Enge getrieben. Nicht einmal die Raubkatzen machen da eine Ausnahme.«
»Da habe ich aber andere Geschichten gehört.«
»Alles dummes Zeug und großsprecherisches Gerede. Wenn

es sein muß, marschiere ich monatelang quer durch diese Wildnis, und wenn ich mich an die Regeln der Natur halte, wird mir zu neunundneunzig Prozent nichts passieren.«

»Und wenn du einem Löwen begegnest ...«

»... wird er mir aus dem Weg gehen, wenn ich ihm die Möglichkeit dazu gebe«, setzte Doorst den Satz fort. »Löwen und all die anderen Raubtiere suchen sich ihre Opfer nämlich ganz und gar nicht unter Menschen. Sie schlagen allein die Tiere, die sie von ihrer Mutter zu jagen gelernt haben. Denn es bedarf einer ganz besonderen Technik, ein Tier zu überlisten. Wenn Impalas beispielsweise eine leichte Beute wären, gäbe es schon längst keine mehr, weil sie dann von Löwen, Geparden und Hyänen aufgefressen wären. Ein Impala hat jedoch eine absolute Chance, einer Raubkatze zu entkommen. Das gilt auch für Büffel, Zebras und alle anderen Tiere. Was nun den Menschen betrifft, so hat eine Wildkatze von seiner Mutter einfach nicht gelernt, was sie mit ihm anfangen soll, und vor allem, wie man diesen Zweibeiner verfolgt und schlägt. Es gibt unter den Raubtieren Spezialisten, die ihre Jagdtechnik allein auf Büffel oder Antilopen ausgerichtet haben. Wenn dann diese Tiere aus irgendeinem Grund abwandern, tun sie sich äußerst schwer, meinetwegen Zebras oder Giraffen zu schlagen, weil sie dafür eine völlig andere Technik beherrschen müssen. Und mit uns wissen sie schon gar nichts anzufangen. Also lassen sie uns in Ruhe, solange sie sich nicht bedroht fühlen.«

Patrick war beeindruckt von dem Wissen und tiefen Verständnis, das Doorst zu erkennen gab.

»Den Tieren fehlt einfach die Neugier, sozusagen etwas Neues für ihren täglichen Speisezettel zu finden, sowie der typisch menschliche innere Antrieb, etwas anderes auszuprobieren und dabei ihr anerzogenes Jagdverhalten zu ignorieren«, fuhr der Bure fort. »Natürlich gibt es Ausnahmen.«

»Aha!« rief Patrick. »Und eine Ausnahme reicht schon, um sein Leben zu lassen.«

Doorst lachte. »Diese Ausnahmen findest du nur dort, wo die Wildnis an besiedeltes Land grenzt, der ursprüngliche Wildbestand stark dezimiert ist und Raubtiere *zwangsweise* gelernt haben, daß man Menschen schlagen und fressen kann. Hier draußen jedoch wirst du weder Löwen noch Leoparden finden, die sich für dich interessieren, immer vorausgesetzt, du respektierst den Sicherheitsabstand und zeigst kein Verhalten, das nach Bedrohung aussieht.«

»Hm«, machte Patrick und überlegte, während sie fortfuhren, Kugeln zu gießen.

»Du mußt natürlich selbst entscheiden, wie du Elefanten jagen willst«, kam Doorst auf ihr ursprüngliches Thema zurück. »Gewöhnlich jage ich allein, aber wenn du möchtest, nehme ich dich in den ersten Wochen mit.«

Patrick dachte einige Tage darüber nach und nahm dann das Angebot an. Wenn er schon Elefanten tötete, um sich vom Erlös des Elfenbeins eine eigene Farm aufbauen zu können, dann wollte er diese Jagd auch wie Doorst auf ehrenvolle Weise ausüben – und nicht als Schlächter.

34

Endlich war der Tag gekommen, dem sie so lange entgegengefiebert hatten. Die Jagd begann!

Im Morgengrauen verließen sie ihr Lager, das sie am Fuße eines bumerangförmigen Tafelberges aufgeschlagen hatten und das ihnen für die nächsten Wochen als Basiscamp dienen würde. Begleitet wurden sie von fünf Hottentotten, die zusätzliche Gewehre sowie schwere Äxte mit sich trugen, und der Hundemeute.

In einem flotten Trab ritten sie über die wellige Savanne. Nach etwa drei Meilen näherten sie sich einem Gebiet, das einen dichteren Baumbestand, überwiegend Akazien, aufwies und von einem Flußlauf durchschnitten wurde.
Drago führte sie auf einen Hügelkamm und hob augenblicklich die Hand. »Halt!« rief er gedämpft. Patrick folgte dem Beispiel der anderen und brachte sein Pferd zum Stehen, vermochte aber keinen offensichtlichen Grund für den Befehl festzustellen. Das Gelände vor ihnen war gut einzusehen. Hier und da ragten Schirmakazien aus dem Elefantengras, das stellenweise die Schulterhöhe eines ausgewachsenen Mannes erreichte. Halb rechts von ihnen, ungefähr eine dreiviertel Meile entfernt, lag der Fluß. Er schimmerte zwischen den Büschen, mit denen seine Ufer bewachsen waren, im Licht der frühen Morgensonne. Doch bis auf eine Antilopenherde am jenseitigen Ufer und drei Giraffen, die mit ihrem eigentümlich wiegend schaukelnden Gang durch das hohe Gras dem Wasser zustrebten, konnte Patrick nichts sonst an Wild entdecken. Von Elefanten weit und breit keine Spur.
»Warum ...« setzte er zu einer ungeduldigen Frage an.
»Still!« zischte Drago.
Und Doorst raunte Patrick aufgeregt zu. »Sie kommen! Hörst du sie?«
»Wo?«
Doorst deutete nach links auf einen Geländestreifen, wo Bäume und Büsche dichter zusammenstanden. »Sie kommen durch den Akazienhain. Man kann über ihn sagen, was man will, aber wenn es um Elefanten geht, hat Drago wirklich einen sechsten Sinn!« murmelte er mit widerwilliger Bewunderung.
Patrick spähte in die angegebene Richtung und lauschte angestrengt in den Morgen. Er hörte erst nur das Zwit-

schern der Vögel, doch dann machte er plötzlich ein merkwürdiges Rumpeln aus. Es klang wie Donner in weiter Ferne, der allmählich heranzog und immer deutlicher zu vernehmen war.
»Das ist das Rumpeln ihrer Mägen. Auf diese Weise verständigen sie sich untereinander und zeigen einander ihre Position an«, erklärte Doorst. »Sie kommen auf breiter Front durch den Akazienhain. Gleich dürften die ersten zu sehen sein.«
Und so war es auch. Keine zwei Minuten später tauchte ein mächtiger Bulle mit schweren, stark gebogenen Stoßzähnen zwischen den Bäumen auf. Und gleich darauf kamen weitere Bullen, gefolgt von Kühen mit ihren Kälbern. Es war eine Herde von fast dreißig Elefanten, die nun auf das Flußufer zuhielt.
»Halleluja!« stieß Abbé hervor, und ein wildes Feuer loderte in seinen Augen, während er zu seinem Gewehr griff. »Seht, der Herr schickt einen gewaltigen Helden. Wie ein Hagelschlag, wie ein verheerender Sturm wirft er alles mit Macht zu Boden!«
»Geben wir ihnen die Kugel!« rief José, rückte das Pulverhorn zurecht und stopfte sich wie die anderen eine Handvoll Kugeln in den Mund, damit er sie später beim Nachladen bloß noch in den Lauf zu spucken brauchte.
Sogar Birdo, der Emotionen so selten zeigte, wie er ganze Sätze formulierte, unternahm gar nicht erst den Versuch, das Jagdfieber, das ihn gepackt hatte, zu verbergen. Er leckte sich in nervöser Erregung über die Lippen. »Fangen wir an!« drängte er.
Drago lachte und wandte sich im Sattel um. »Also gut, gehen wir es an. Ihr wißt, warum ihr hier seid und was ihr zu tun habt, Männer! Machen wir uns an die Arbeit!« Und während er schon sein Pferd antrieb, rief er Patrick noch zu: »Und es

gelten nur Stoßzähne von fünfzig Pfund aufwärts für deine ersten fünf Abschüsse, O'Brien!«

Die vier Männer galoppierten den Hang hinunter, gefolgt von den Hunden, die auf dem Kamm auf Dragos Befehl hin keinen Mucks von sich gegeben hatten, nun aber ein wildes Gebell anstimmten. Die Hottentotten verharrten dagegen auf der sicheren Hügelkuppe bei Patrick und Doorst.

»Müssen wir nicht auch los?« fragte Patrick, als der Bure keine Anstalten machte, sich in Bewegung zu setzen.

»Wir haben noch Zeit. Erst müssen wir sehen, in welche Richtung die Herde davonstürmt. Außerdem möchte ich, daß du dir ihr Gemetzel einmal ganz genau ansiehst.«

Unten krachten die ersten Gewehrschüsse. Drago, Abbé, Birdo und José hatten zwei Bullen ins Kreuzfeuer genommen, die als Nachhut hinter der Herde hergetrottet waren. Die Kugeln schlugen in ihre tonnenschweren Leiber ein, ohne jedoch tödliche Verletzungen hervorzurufen. Denn die beiden Bullen antworteten auf den Angriff mit einem eher wütenden als schmerzerfüllten Trompeten. Sie reckten die Rüssel in die Höhe und stellten die gewaltigen grauen Ohrlappen auf, während sie zu ihren Peinigern herumfuhren und losstürmten.

Drago und Abbé, die ihnen am nächsten gekommen waren, sich aber auch nicht näher als bis auf achtzig Yards an sie herangewagt hatten, schlugen auf ihrer Flucht eine nordwestliche Richtung ein, die sie und die beiden Bullen weg vom Fluß und der Herde und in offenes Gelände führte. In die Lücke, die sich zwischen den beiden Elefanten und dem Rest der Herde bildete, stießen José und Birdo. Sie galoppierten von schräg hinten heran und feuerten ihre Gewehre auf die Kolosse ab. Doch auch diese zweite Salve schien keinen großen Schaden anzurichten und die grauen Dickhäuter, die mit unglaublicher Schnelligkeit die Verfolgung von Drago und Abbé aufgenommen hatten, nur zu reizen und zu irritieren, denn sie stoppten ab, daß der Sand unter ihren säulenartigen Beinen aufwirbelte, und wandten sich mit wuterfülltem Trompeten den Reitern in ihrem Rücken zu. Diese rissen ihre Pferde herum und jagten die Hunde auf die Elefanten, die mit ihren Stoßzähnen nach ihnen stießen. Derweil preschten Drago und Abbé wieder heran und schossen. Zum erstenmal klang das Gebrüll der Elefanten so, als hätten sie starke Schmerzen. Die Schüsse kamen nun in schneller Folge. Pulverdampf wogte wie Nebel über dem hohen Gras.

»Vierzehn Schüsse! Aus vierzehn Wunden fließt jetzt das Blut, doch die Bullen wanken noch immer nicht«, stellte der Bure auf dem Hügelkamm voller Abscheu fest. »Und diese Männer nennen sich Jäger! Ein Metzger zeigt am Schlachttag mehr Gefühl für die Tiere, die unter seinem Messer sterben, als diese Meute von gnadenlosen Schlächtern.«

Auch Patrick hätte den Blick am liebsten von dem schrecklichen Geschehen dort unten abgewandt. Es war in der Tat ein abscheuliches Gemetzel, und er empfand Erleichterung, als der erste Bulle endlich vorne einknickte und zu Boden ging. Er stieß ein schreckliches Gebrüll aus, und sein Gefährte schien ihm zu Hilfe kommen zu wollen. Doch vier fast gleichzeitig abgefeuerte Kugeln trafen ihn in diesem Moment, und er stürzte tödlich verwundet ins Gras. Der andere versuchte noch immer verzweifelt, wieder auf die Beine zu kommen. Kurz darauf machte Abbé seiner Qual ein Ende, als er einen tödlichen Treffer erzielte.

»Ein entsetzliches Schauspiel«, sagte Patrick betroffen.

»Es geht auch anders«, sagte Doorst. »Komm, reiten wir.«

Die Herde war längst nach Osten davongestürmt. Doorst führte Patrick durch den seichten Fluß und schlug einen weiten Bogen. Nach etwas mehr als einer halben Stunde, die

sie scharf geritten waren, befanden sie sich gute zwei Meilen vor der Herde.
Aufmerksam prüfte Doorst den Wind und das Gelände sowie die Richtung, in die die Elefanten, die indessen wieder in ihren ruhigen Trott gefallen waren, weiterzogen.
»Von hier aus gehen wir zu Fuß«, sagte er, und sie ließen ihre Pferde im Schutz einer kleinen Senke zurück, die auf drei Seiten mit dichtem Gestrüpp bewachsen war.
Gegen den Wind liefen sie in einem spitzen Winkel auf die Herde zu. Das hohe Gras bot ihnen guten Sichtschutz. Als sie nur noch eine Viertelmeile von den Elefanten trennte, klopfte Patrick das Herz so laut in der Brust, daß er meinte, es müßte weithin zu hören sein und sie verraten.
Doorst wies auf drei Schirmakazien, die ein fast gleichschenkliges Dreieck bildeten. »Dort warten wir ab! Sie werden sich die Blätter der Akazien nicht entgehen lassen«, sagte er, und sie pirschten sich an, um schließlich vor dem ersten Baum zwischen dichtem Gebüsch in Deckung zu gehen.
Die Herde hatte sich erneut aufgefächert und kam langsam näher. Der Leitbulle und zwei Kühe bildeten die Spitze der Herde, die sich wie ein breiter Keil vorwärts bewegte. Immer wieder blieben die Tiere stehen, um mit ihrem Rüssel einen Ast vom Baum zu brechen, den sie durch ihr Maul zogen und so die Blätter abstreiften.
Zwei Elefanten näherten sich den drei Akazien, wo Doorst und Patrick auf der Lauer lagen. Patrick schlug das Herz im Hals, und seine Handflächen wurden feucht. Eine Mischung aus Angst und erregter Anspannung erfüllte ihn und schien ihm die Kehle zuzuschnüren. Der erste Bulle war auf fünfzig, sechzig Schritte herangekommen, und sogar aus dieser Entfernung vermittelte der Elefant den Eindruck von bedrohlicher, scheinbar unbezwingbarer Größe und Stärke.

In der Natur kannte er keinen Feind, der ihm gefährlich werden konnte und vor dem er sich in acht nehmen mußte, sofern er nicht von Krankheit oder Alter geschwächt war – bis auf den Menschen.
Patrick kämpfte gegen das flaue Gefühl in seiner Magengegend an. Ihm war vor Aufregung regelrecht übel. Immer näher kam dieses riesige, tonnenschwere Tier, das ihn mit einem Fuß zermalmen konnte. Und diese mächtigen Stoßzähne, deren Gewicht von zusammen mindestens hundertfünfzig Pfund den massigen Schädel doch eigentlich hätte zu Boden zerren müssen. Der faltige Rüssel legte sich um einen armdicken Ast und brach ihn mit einer Leichtigkeit vom Stamm, als wäre er nicht stärker als ein Bambusrohr.
»Noch nicht!« raunte Doorst, als Patrick das Gewehr hob. »Erst wenn ich es sage. Wenn wir Glück haben, können wir beide erlegen. Du nimmst den vorderen. Und denk an die gedachte Linie zwischen Auge und Ohr!«
Patrick brachte kein Wort heraus und nickte nur, den Blick starr auf den Elefanten gerichtet, den er mit einem Schuß töten mußte.
Ahnungslos kam der Dickhäuter näher. Seine riesigen Ohrlappen bewegten sich träge hin und her wie ein graues, verschlissenes Segel in einer schwachen, unsteten Brise. Der Elefant hinter ihm folgte mit zwei Längen Abstand.
Patrick konnte die Tiere nun förmlich riechen, und mit Entsetzen fuhr ihm der Gedanke durch den Kopf, daß der Wind sich nur zu drehen brauchte, um sie zu verraten und frontal von den beiden Bullen angegriffen zu werden. Es kostete ihn alle Willenskraft, nicht jetzt schon zu schießen.
Wortlos legte Doorst ihm eine Hand auf den Gewehrlauf.
Ganz langsam stampfte der erste Bulle heran. Dann befand er sich mit ihrem Versteck auf einer Höhe. Die Distanz betrug nicht mehr als dreißig Yards.

Doorst zog die Hand weg, nickte und hob sein Burenrohr an die Schulter.

»Jetzt!« Seine Stimme war wie ein Hauch.

Patrick preßte den Kolben gegen die Schulter und suchte die Stelle auf der gedachten Linie zwischen Auge und Ohr. Im selben Moment drehte der Koloß leicht den Kopf – und ihm war, als starrte ihn das Auge direkt an.

Er drückte ab. Die Detonation hallte in seinen Ohren und war nach der angespannten Stille wie eine Erlösung. Es kam ihm nicht zu Bewußtsein, daß er beim Abfeuern gleichzeitig einen Schrei ausgestoßen hatte. Der Bulle wankte und stürzte tödlich getroffen zu Boden.

Doorst gelang ein noch schwierigerer Treffer. Der nachfolgende Elefant hatte sich kurz vor Patricks Schuß nach rechts gewandt und stand damit fast frontal zu ihrem Versteck. Der Bure richtete sich blitzschnell aus der Hocke auf, zielte auf den Rüsselansatz und streckte ihn mit einem wahren Meisterschuß nieder.

Für einen Moment wurde Patrick von einer Welle der Euphorie getragen. Angst und innere Verkrampfung waren wie weggewischt. Das Gefühl der Macht und des Triumphs, diesen wahren König der Wildnis auf derart tollkühne Weise bezwungen zu haben, war wie ein Rausch, jedoch ohne Bewußtseinstrübung. Er hatte seinen ersten Elefanten erlegt – und dabei Auge in Auge mit ihm gestanden. Mit einem einzigen sauberen Treffer hatte er den Koloß getötet und nicht durch einen abscheulichen Kugelhagel bei einer feigen Treibjagd, wie Drago, José, Birdo und Abbé sie bevorzugten.

Die beiden Schüsse schreckten die Herde auf. Die Elefanten stürmten davon – bis auf eine Kuh, deren Junges sich zwischen ihr und den Akazien befand. Sie ging sofort zum Angriff über, raste an ihrem Kalb vorbei und kam mit erhobenem Rüssel und weit aufgestellten Ohrlappen auf die beiden Jäger zu.

Im Gegensatz zu Patrick, der noch ganz unter der euphorischen Wirkung seines ersten Elefantenabschusses stand, hatte Doorst nach seinem Schuß sofort zum Pulverhorn gegriffen und sein Gewehr nachgeladen. Dies war zu einem Reflex geworden. Doch statt auf die heranstürmende Kuh anzulegen, griff er zu einem Knüppel.

Das Trompeten der Kuh hatte Patrick aus seiner Verzückung gerissen. Entsetzt über sein leichtsinniges Verhalten, beeilte er sich, sein Gewehr neu zu laden.

»Paß auf!« rief Doorst und schlug mit dem Knüppel auf seinen Gewehrlauf.

Die Kuh brach ihren Angriff kurz vor den Akazien ab, gab noch ein zornig warnendes Gebrüll von sich, drehte ab und verschwand.

»Heilige Mutter Gottes!« stieß Patrick hervor und merkte erst jetzt, daß ihm der Schweiß nur so über Gesicht und Brust rann. »Warum hast du nicht geschossen?«

Doorst grinste breit. »Weil ich dir zeigen wollte, wie man im Notfall einer solchen Gefahr begegnen kann. Denn wie ich dir bereits gesagt habe, sind auch Elefanten an uns Menschen nicht interessiert. Meist reicht schon ein Geräusch, das ihnen fremd ist, um sie davon abzuhalten, sich näher mit uns zu beschäftigen. Denn alles Fremde birgt unbekannte Gefahren, und im Gegensatz zu uns haben Tiere kein Bedürfnis, herauszufinden, ob sie ihnen gewachsen sind.«

Patrick stieß den Atem heftig aus und stützte sich auf seinen Vorderlader. Ihm zitterten plötzlich die Knie, als stünde er nach einer langen, kräftezehrenden Krankheit zum erstenmal wieder auf den Beinen. »Mein Gott, ich kann es noch gar nicht glauben«, sagte er und trat einen Schritt auf die beiden toten Elefanten zu. »Ich war vor Angst wie gelähmt.«

»Ja, das Gefühl kenne ich nur zu gut«, erwiderte Doorst und schlug ihm derb auf die Schulter. »Aber du hast bewiesen, daß du ein echter Jäger bist. Glückwunsch, Kamerad. Der erste Elefant, den man aus solcher Nähe erlegt, ist wie die erste Frau, die man geliebt hat. Man vergißt das Erlebnis nicht, und wenn man so alt wird wie Methusalem!«
Patrick blickte auf den Elefanten, der zwischen den Akazien im hohen Gras dahingestreckt lag, und auf einmal gingen seine Gedanken zu Abigail. Er hatte Mühe, die Tränen zurückzuhalten, die ihm in die Augen schossen, ohne zu wissen, warum ihm gerade in diesem Moment so elend zumute war.

35

Die Elefantenjagd war ein blutiges Geschäft, nicht allein wegen der abscheulichen Methode, mit der Drago, Abbé, Birdo und José ihre Tiere erlegten. Was dem feigen Kugelhagel, aber auch dem einen tödlichen Schuß aus nächster Nähe folgte, war ein abstoßendes Gemetzel.
Doorst nannte es »Die Stunde der Äxte«, wenn die Hottentotten sich nach erfolgreicher Jagd an die blutige Arbeit machten und die Schädel der Elefanten aufschlugen, um die kostbaren Stoßzähne freilegen und herausbrechen zu können. Als Patrick zum erstenmal Zeuge dieser Prozedur wurde, mußte er sich vor Ekel übergeben.
»Du wirst dich schon mit der Zeit daran gewöhnen«, versicherte Doorst.
Patrick glaubte das nicht und sollte damit auch recht behalten. Denn in seinen Abscheu mischten sich Scham- und Schuldgefühle, daß er aus Gier nach dem weißen Gold an dieser blindwütigen Orgie des Tötens teilnahm.

»Dieses Abschlachten ist widerlich. Es gibt kein Geschöpf, das friedlicher und majestätischer ist als ein Elefant. Warum können wir ihnen nicht auch im Tod ihre Würde lassen?« fragte Patrick am Abend des ersten erfolgreichen Jagdtages.
Drago und seine Treibjäger lachten nur darüber und ließen sich die dicke Fleischsuppe schmecken, die Kim und Jai aus dem besonders zarten Fleisch vom Elefantenschädel gekocht hatten. Sogar Doorst zeigte wenig Verständnis. »Du hast dein Tier mit einem Schuß sauber erlegt. Was willst du mehr? Und anders als mit der Axt kriegt man die Stoßzähne nun mal nicht los. Mußt ja nicht unbedingt dabei stehenbleiben, wenn die Hottentotten die Äxte schwingen.«
Patrick begriff, daß er der einzige in dieser Runde war, der so empfand, und daß es sinnlos war, weiter darüber zu reden. Er mußte damit irgendwie selbst fertig werden. Alles hatte seinen Preis, auch das Elfenbein.
Da der tägliche Auf- und Abbau eines Lagers und das Einund Ausspannen der vielen Ochsen sehr zeitaufwendig war, schlugen sie ihr Camp von nun an meist für eine Woche in einem vielversprechenden Gebiet auf, um von dort aus zu ihren Jagdzügen aufzubrechen. Patrick und Doorst erlegten ihre Elefanten auch weiterhin, indem sie sich zu Fuß anpirschten, während Drago mit den anderen sozusagen im Rudel jagte. Nicht immer kehrten die Männer ins Hauptlager zurück. Gelegentlich verbrachten sie die Nächte getrennt im Busch, um am nächsten Morgen nicht erst wieder weite Strecken zurücklegen zu müssen. Denn je länger sie sich in einem Gebiet aufhielten, desto weiter mußten sie reiten, um auf Elefanten zu stoßen. Auf geheimnisvolle Weise gewarnt, schienen die Tiere den Landstrich zu meiden, wo sich das Hauptlager befand. So konnte es geschehen, daß Doorst und Patrick ihre Jagdkameraden manch-

mal zwei, drei Tage nicht sahen, sondern nur durch ihre Hottentotten mit ihnen Kontakt hielten.

Patrick war darüber nicht traurig. Seit sie Elefanten jagten, waren die eh schon lockeren Bande ihrer Zweckgemeinschaft noch schwächer geworden. Und er ertappte sich immer öfter dabei, daß er darüber grübelte, ob es nicht vielleicht doch ein Fehler gewesen war, sich von Drago anwerben zu lassen und sich an dieser Elfenbeinjagd zu beteiligen. Die Sehnsucht nach Abigail wurde mit jeder Woche ihrer Trennung quälender, und mit jedem Schuß aus seinem Gewehr, der einem dieser majestätischen Tiere den Tod brachte, wuchs zudem sein Abscheu vor sich selbst. Es hatte ihm in den Cotswold Hills nie etwas ausgemacht, Wild zu schießen, weil er wußte, daß die Pflege des Reviers es verlangte und das Fleisch stets seinen Weg in die Küche von HARLAND HOUSE fand. Und auch später auf dem Treck mit Jonathan Bourke hatte ihm die Jagd ungetrübte Freude bereitet, denn das Wild war allen eine willkommene Abwechslung des täglichen Speiseplans gewesen. Elefanten jedoch allein wegen ihrer kostbaren Stoßzähne zu jagen und ihre Kadaver, manchmal acht, neun Tonnen Fleisch, den Aasfressern zu überlassen, die auch ohne ihr Gemetzel keine Not litten, erschien ihm immer mehr als eine Versündigung an der Schöpfung. Er versuchte sein Gewissen damit zu beruhigen, daß Drago vermutlich einen anderen Mann angeheuert hätte und die Zahl der getöteten Elefanten nicht geringer gewesen wäre, wenn er sich ihnen nicht angeschlossen hätte. Doch tief in seinem Innern wußte er, wie kläglich diese Entschuldigung für das war, was er tat, und er klammerte sich an seinen Traum von der eigenen Farm und redete sich ein, daß er es ja auch für Abigail tat.

Doorst quälten diese Gewissensbisse nicht. Er war stolz auf seinen Mut und die seines Erachtens ehrenvolle Art, wie er

Elefanten tötete. Er brachte Patrick alle Tricks bei, die er kannte, und nach zwei Monaten geschah es immer öfter, daß Patrick und er sich auf getrennten Wegen an ihre Opfer heranpirschten, auch wenn sie noch zusammen auf Jagd gingen und gemeinsam fern dem Hauptlager im Busch ein Nachtlager teilten. Patrick zog sich immer mehr in sich und seine Gedankenwelt zurück und wurde, ohne sich dessen anfangs bewußt zu werden, zu einem Einzelgänger. Der Busch begann ihn zu prägen, doch nicht auf die Art, die Drago und den anderen gefiel. Aber da er mit seinen Abschüssen nicht hinter ihren zurückblieb, ließen sie ihn in Ruhe und beschränkten sich darauf, ihn wegen seiner Empfindsamkeit gelegentlich zum Ziel spöttischer Bemerkungen zu machen.
Auf diese Weise zog der Treck langsam, aber beständig über das Highveld weiter nordwärts. Als der Frühling einsetzte und die Halbwüste für kurze Zeit in einen blühenden Garten von rauher, wilder Schönheit verwandelte, erreichten sie den Limpopo River und das Stammesgebiet der Bamangwato. Der königliche Kraal dieses kriegerischen Stammes befand sich an einem Ort namens Shoshong. Dort eingetroffen, wurden die weißen Jäger von Häuptling Okomo, den Drago schon von früheren Expeditionen her kannte, fast zwei Wochen festgehalten. Denn so lange dauerten die Verhandlungen mit Okomo, der sich seiner Macht zu sehr bewußt war, als daß er sich für seine Erlaubnis, daß sie in seinem elefantenreichen Territorium auf Jagd gehen konnten, mit billigen Geschenken hätte abspeisen lassen. Er verlangte Gewehre, und er bekam sie, denn Drago hatte gewußt, daß dies der Preis für ihre Sicherheit sein würde. Das Feilschen wollte kein Ende nehmen, erwies sich jedoch für beide Seiten als äußerst zufriedenstellend. Denn die Bamangwato hatten die Buschmänner, die zwischen Kalaha-

ri und Limpopo lebten, zu ihren Vasallen gemacht. Und Okomo forderte und erhielt von ihnen Tribut in Form von Elfenbein, für das sein Stamm zwar selbst keine Verwendung hatte, von dem er aber aus Erfahrung wußte, daß die weißen Jäger es ihm mit Gewehren, Pulver und Blei aufwogen.
Drago feilschte mit zäher Ausdauer und schloß schließlich einen Handel mit Okomo, der ihm und seinen Partnern einen gewaltigen Profit einbrachte.
»Ein Dutzend minderwertiger Musketen hat mich zwölf Pfund gekostet, und jetzt nehme ich Okomo für jede Muskete Elfenbein im Wert von dreißig Pfund ab«, prahlte er nach Abschluß der Verhandlungen, der im Kraal mit einem wilden Fest gefeiert wurde, das zwei Tage dauerte. »Das macht bei vierzig Musketen einen Reingewinn von fast tausendzweihundert Pfund, Freunde. Das nenne ich ein Geschäft, das sich sehen lassen kann.«
Drago zeigte sich scheinbar großzügig und schenkte Okomo als Draufgabe noch zwei kleine Fässer billigen Branntweins, die schon am ersten Tag des Festes geleert waren. Vom Alkohol enthemmt, vergeudeten Okomos Krieger einen Großteil Pulver und Blei mit sinnloser Schießerei, die wundersamerweise lediglich einigen Hunden und zwei Ochsen den Tod brachte.
»In ein paar Wochen werden sie die Musketen nur noch als Prügel gebrauchen können, weil sie dann nämlich kein Pulver mehr haben«, sagte José voller Schadenfreude.
»Aber vorher werden noch einige Buschmänner dran glauben müssen«, fügte Doorst nicht ohne Genugtuung hinzu.
Sie nahmen wieder ihre Jagd auf Elefanten auf und blieben, bis die Hitze des Sommers unerträglich wurde und der Wind aus der Kalahari geradewegs aus einem Hochofen zu kommen schien. Drago führte den Treck nun nach Nordosten ins Land der Matabele, das gegen Ende des Jahrhun-

derts Rhodesien heißen und damit den Namen seines Eroberers tragen sollte. Ein Dutzend Musketen verschaffte ihnen auch in diesem Territorium das Wohlwollen des Häuptlings.
Hier geschah es zum erstenmal, daß Patrick es nicht über sich brachte, auf den Elefanten zu schießen, der in dreißig Schritt Entfernung durch das Buschland zog. Er hatte schon die Schläfe anvisiert, doch er ließ den entscheidenden Moment ungenutzt verstreichen – und empfand hinterher eine ungeheure Erleichterung, als der ausgewachsene Bulle, ahnungslos, wie nahe er dem Tod gewesen war, zu den drei Elefantenkühen hinübertrottete und mit ihnen hinter einem Hügelkamm verschwand.
Am Tag zuvor hatte er einen alten Bullen niedergestreckt, ihn mit dem ersten Schuß jedoch nicht tödlich getroffen. Im Augenblick des Abdrückens irritierte ihn nämlich ein Geräusch in den Büschen hinter ihm, das von einem Erdwolf stammte, wie er später feststellte. Auf jeden Fall verzog er den Lauf ein wenig und traf deshalb nicht genau. Der Elefant ging zu Boden und trompetete seinen Todesschmerz hinaus, während er eine mühsame Bewegung mit dem Kopf machte, als wollte er seinem Mörder ins Auge sehen, bevor er starb. Dabei pflügte sein linker Stoßzahn durch die Erde. Und als Patrick, der sein Gewehr wieder geladen hatte, aus seinem Versteck trat, um das Tier von seiner Qual zu erlösen, blickte er in das Auge des Bullen – und sah Tränen über die faltige Haut rinnen. Sein entsetzter Aufschrei ging im scharfen Knall seines Gewehrs unter. Doch die Tränenlache unter dem Auge des Elefanten konnte er nicht vergessen. Dieses Bild verfolgte ihn von nun an.
»Ich habe nicht gewußt, daß Elefanten weinen«, versuchte er sich am Abend, als er mit Doorst am Lagerfeuer saß, das erschütternde Erlebnis von der Seele zu reden.

»Ein Reflex, nichts weiter«, ging Doorst jedoch unberührt darüber hinweg. »Du mußt besser treffen, dann passiert dir das auch nicht.«

Patrick hatte in dieser Nacht die schlimmsten Alpträume, die ihn je heimgesucht hatten. Dieses tränende Elefantenauge, in dem das Wissen um den nahenden Tod stand, verfolgte ihn und klagte ihn an. Und es blieb nicht bei diesem einen Elefanten, den er am Tag darauf verschonte. Er erzielte innerhalb der nächsten Woche nur einen einzigen Abschuß.

»Pech, nichts weiter«, log er, als die anderen eine Erklärung dafür verlangten.

Doorst ahnte jedoch, daß etwas anderes dahintersteckte, und als er mit Patrick allein war, warnte er ihn: »Du hast eine verdammt schlechte Woche hinter dir. Wenn es bei dieser einen bleibt, wird sich keiner groß darüber aufregen. Sollte das aber zur Gewohnheit werden, wirst du Ärger kriegen – und zwar mit uns allen. Wir sind hier, um die Wagen voll Elfenbein zu bekommen, und jeder hat dazu seinen Teil beizutragen. Das ist unsere Abmachung, und daran wirst auch du dich halten müssen. Also reiß dich zusammen. Du bist nicht der einzige, dem der Buschkoller zu schaffen macht.«

Das mit dem Buschkoller war nicht von der Hand zu weisen. Sie zogen nun schon fast ein Jahr durch die Wildnis, und mit jedem Monat, der verstrich, wurde das Miteinanderleben schwieriger und die Spannungen untereinander stärker. Hatte man zu Beginn der Expedition noch über die Eigenheiten des anderen mehr oder weniger hinweggeschaut oder sie bloß mit einer spöttischen, aber doch nicht bösartigen Bemerkung kommentiert, lösten diese Kleinigkeiten mittlerweile immer öfter gewalttätige Auseinandersetzungen aus. Birdo stürzte sich ohne Vorwarnung mit dem

Messer auf Doorst, als dieser sich darüber lustig machte, mit welcher Hingabe Teerzopf sich um das Wohlergehen seiner Papageien sorgte. Bei beiden floß Blut, bevor Drago dazwischengehen und sie mit ein paar Faustschlägen, die sie ihm nicht vergaßen, auseinandertreiben konnte. José prügelte sich mit Abbé, weil er dessen Bibelsprüche leid war. Dabei verlor er nicht nur den Kampf, sondern auch zwei Zähne. Drago, der diesmal nicht einschritt, sondern die beiden noch anstachelte und fünf Pfund auf Josés Sieg wettete, kochte hinterher vor Wut, daß er das Geld an Doorst verloren hatte. Diese Wut nährte er anderthalb Wochen und wartete nur auf einen Vorwand, damit sie sich entladen konnte. Als sich der Bure abfällig über die Engländer im allgemeinen und fahnenflüchtige britische Soldaten im besonderen äußerte, stürzte sich Drago auf ihn und hätte ihn vermutlich mit bloßen Händen in Stücke gerissen, wenn Patrick nicht zugegen gewesen und ihm den Gewehrlauf an den Kopf gesetzt hätte, als Drago dem Buren das Genick zu brechen drohte. Der mörderische Blick, den Drago ihm daraufhin zuwarf, hätte einem weniger mutigen Mann das Blut in den Adern gefrieren lassen. Und sogar Doorst und Patrick gerieten sich immer häufiger in die Haare. Der Anlaß war ausnahmslos eine lächerliche Kleinigkeit wie die Benutzung einer Gußform, die dem anderen gehörte, oder etwas ähnlich Belangloses, was ihnen noch vor wenigen Monaten nicht mal eine Bemerkung wert gewesen wäre.

Ja, der Buschkoller setzte ihnen allen zu. Sie hatten genug von dem primitiven Leben im Veld und genug voneinander. Ihr Zusammenleben gestaltete sich immer mehr zu einem Funkenregen inmitten einer Munitionskammer, in der überall offene Fässer mit Schießpulver herumstanden.

Die einst zweistellige Zahl ihrer schwarzen und farbigen Begleiter war längst auf die beiden Malaien und drei Hottentotten zusammengeschrumpft, was zur Folge hatte, daß sie bei vielen unangenehmen Arbeiten nun selbst mit Hand anlegen mußten, so auch beim Freischlagen der Stoßzähne. Daß Patrick sich standhaft weigerte, nach einem Abschuß selbst zur Axt zu greifen und sich an die entsetzliche Arbeit zu machen, führte zu vehementen Auseinandersetzungen mit den fünf anderen Jägern. Er bot an, jede andere Arbeit zu übernehmen, doch sie gaben sich damit nicht zufrieden, sondern beschlossen mit bösartiger Freude, ihn zu bestrafen, indem sie seinen Anteil von fünfzehn auf zehn Prozent heruntersetzten. Und sie drohten ihm an, seinen Gewinnanteil noch einmal zu beschneiden, wenn sein angebliches Jagdpech sich nicht bald wieder in gute Abschußzahlen verwandelte.

Patricks Abneigung angesichts dieser unersättlichen Gier nach noch mehr Elfenbein, obwohl doch schon drei Wagen bis unter die Binsenmatten mit Stoßzähnen beladen waren, verwandelte sich in Haß. Er wollte mit diesen Männern, die kein Erbarmen kannten, nichts mehr zu tun haben. Und als sie Anfang März hinter den Limpopo zurückkehrten und beschlossen, sich auf den weiten Rückweg zur Ostgrenze der Kolonie zu machen, da hoffte er, daß es mit der Jagd nunmehr ein Ende hatte. Doch Drago bestand darauf, auch jetzt noch immer wieder ein Hauptlager zu errichten und weitere Elefanten zu schießen.

Patrick fühlte sich inzwischen auch von Doorst verraten, da dieser immer mehr zu den anderen hielt, nun, da es auf das Ende der Reise und das Verteilen der reichen Beute zuging. Der Bure empfand seinerseits Patricks Verhalten als Aufkündigung ihrer Abmachung. Dann und wann brach bei Doorst jedoch das alte Gefühl der Freundschaft wieder durch, so auch an jenem Abend, als Patrick nach einem mehrtägigen Jagdzug wieder einmal ohne

einen Abschuß ins Hauptlager zurückkehrte. Kaum hatte er mit trotziger Stimme erklärt, daß sein Pulver feucht geworden sei, als Doorst sich unter übelsten Beschimpfungen auf ihn stürzte und ihn mit einem wuchtigen Faustschlag ins Gesicht zu Boden schickte.
Doorst hämmerte ihm die Faust in den Magen und zischte: »Mach es mir nicht zu schwer, dich zusammenzuschlagen, dann kommst du vielleicht noch mal mit einem blauen Auge davon. Vertrau mir!«
Der Angriff, ausgerechnet auch noch von Doorst, war viel zu überraschend für Patrick gekommen, als daß er ihm in diesem Moment allzuviel hätte entgegensetzen können. Der Schlag ins Gesicht hatte ihm fast das Bewußtsein geraubt, und die wütenden Hiebe in den Magen ließen ihn nach Luft ringen. Er begriff nicht, was es mit Doorsts Angriff auf sich hatte, und der Bure gab ihm auch keine Chance, groß darüber nachzudenken. Angefeuert von den anderen, prügelte Doorst auf ihn ein, bis Patrick aus mehreren Platzwunden blutete.
»Das nächstemal kommst du nicht so billig davon!« drohte der Bure, als er schließlich von ihm abließ und ihm noch einen Tritt versetzte, unter dem Patrick sich krümmte.
Stunden später, als Drago und die anderen am Feuer in ihr Kartenspiel vertieft waren, kam Doorst zu ihm herüber. »Wie geht es dir?« fragte er leise.
»Prächtig, habe mich nie besser gefühlt. Auf gute Freunde ist eben Verlaß«, antwortete Patrick sarkastisch, und das Sprechen bereitete ihm Schmerzen. Sein Gesicht war unter dem linken Auge dick angeschwollen, und die Oberlippe war aufgeplatzt.
»Ich mußte es tun«, teilte Doorst ihm grimmig mit. »Wenn ich dich nicht verprügelt hätte, hätten sie es dir mit der *sjambok* gegeben. Ja, sieh mich nicht so ungläubig an. Sie

wollten dich auspeitschen, mein Freund. Zwei Dutzend Hiebe mit der Peitsche, falls du wieder ohne Treffer zurückkommen solltest. Ich habe gehört, wie sie sich miteinander abgesprochen haben, und das einzige, was ich tun konnte, um dich davor zu bewahren, war, ihnen mit meinen Prügeln zuvorzukommen.«

Patrick sah ihn an und wußte, daß der Bure die Wahrheit sagte. »Dann muß ich dir ja noch dankbar sein, richtig?«

»Deinen Dank kannst du dir sparen, Patrick«, erwiderte Doorst gereizt. »Beim nächstenmal wirst du vermutlich nicht soviel Glück haben. Dann gehen sie dir wirklich an den Kragen. Gut möglich, daß sie dich zum Teufel jagen, und dann bekommst du nicht einen lausigen Rixdollar zu sehen. Denk gut darüber nach, wenn dir das nächstemal ein Elefant vor das Rohr kommt!«

In der Woche darauf erlegte Patrick zwei Elefanten an einem Tag. Er schlug die Stoßzähne selbst heraus. Dabei erbrach er sich, bis sein Mund vom Geschmack bitterer Galle erfüllt war. Doch er zwang sich, weiterzumachen, denn so kurz vor dem Ziel wollte er nicht alles verlieren. Das Land der Griquas war nicht mehr weit. Nur noch ein, zwei Wochen, und dann hatte das abscheuliche Massaker sowieso ein Ende.

Patrick schämte sich seiner fehlenden Charakterstärke, und er begriff, daß er im Grunde nicht viel besser war als Drago und die anderen.

Er fragte sich, zu welcher Tat er wohl fähig gewesen wäre, wenn sie wirklich versucht hätten, ihn um seinen gerechten Anteil zu prellen. Es war eine Frage, deren Antwort er jedoch besser nicht wissen wollte.

36

Ende Mai überquerten sie den Modder River. Die Nordostgrenze der Kolonie lag nur noch einige Tagereisen entfernt. Und mit dem nun absehbaren Ende der Expedition ging ein erstaunlicher Wandel im Verhalten der Männer und in ihrem Umgang miteinander einher. Die aggressive Stimmung entspannte sich spürbar. Es wurde wieder gescherzt, ohne daß gleich jedes Wort auf die Goldwaage gelegt wurde und zu einer handgreiflichen Auseinandersetzung führte. Man redete und lachte wieder miteinander. Vergessen schienen die erbitterten Prügeleien, die sie sich geliefert hatten, und die gegenseitigen Schmähungen sowie auch jene Zeit, als man überlegt hatte, Patrick aus der Gruppe auszustoßen und ihn völlig leer ausgehen zu lassen.

Und dann kehrte Drago von einem frühmorgendlichen Erkundungsritt zurück und brachte beunruhigende Nachrichten. Er war auf die Spuren von Buschmännern gestoßen. »Wir kämmen das Gebiet besser nach ihnen durch, um vor bösen Überraschungen sicher zu sein«, schlug er vor, und sie teilten sich in drei Gruppen auf. Patrick ritt mit Doorst, Birdo mit Abbé und José mit Drago.

Doorst freute sich über diese vermutlich letzte Jagd, wie er sich ausdrückte, und im Gegensatz zu Patrick hoffte er, daß sie zuerst auf die Buschmänner stoßen würden. Um so größer war seine Enttäuschung, als sie eine gute Stunde später in der Ferne Schüsse hörten.

»Das müssen Drago und José sein. Sie haben die Buschmänner aufgestöbert!« stieß Doorst verdrossen hervor, und sie galoppierten in die Richtung, aus der die Schüsse gekommen waren.

Zwanzig Minuten später waren sie bei Drago und José. Der Portugiese lebte jedoch nicht mehr. Er lag mit dem Gesicht

im Sand. Ein vergifteter Buschmannpfeil, der ihn schräg von hinten getroffen hatte, ragte aus seinem blutüberströmten Hals.
»Sie haben uns da drüben zwischen den Büschen aufgelauert. José ritt einige Pferdelängen hinter mir«, berichtete Drago mit haßerfüllter Stimme. »Gleich der erste Pfeil hat ihn erwischt. Direkt in die Halsschlagader. Es ist glücklicherweise schnell mit ihm zu Ende gegangen. Er hat mich angefleht, ihn zu erschießen.«
»Hast du gesehen, in welche Richtung diese verfluchten Hunde geflohen sind?« fragte Doorst, und blanke Mordlust stand in seinen Augen.
»Nach Südosten«, lautete Dragos Antwort.
»Wir holen sie uns!«
»Ja, aber wir dürfen den Treck nicht ohne Schutz lassen. Abbé, du reitest mit Birdo ins Lager zurück«, befahl Drago. »Es reicht, wenn wir der Bande zu dritt folgen.«
Abbé zuckte nur mit den Schultern, während Birdo ihnen zu verstehen gab, daß er lieber mit ihnen reiten würde. Doch Drago bestand darauf, daß er und Abbé zu den Wagen zurückkehrten.
Sie legten José in eine Mulde, bedeckten ihn mit einer dünnen Schicht Sand und häuften darüber schwere Steine auf, damit wilde Tiere nicht an den Leichnam herankamen. Dann machten sich Abbé und Birdo auf den Weg zu den Wagen, während Drago mit Doorst und Patrick die Verfolgung aufnahm.
Sie waren mehr als anderthalb Stunden durch die Halbwüste geritten, ohne auch nur auf eine Spur von den Buschmännern gestoßen zu sein, geschweige denn sie zu Gesicht bekommen zu haben.
»Ich weiß, wo sie sich vermutlich verkrochen haben«, kam Drago plötzlich eine Idee, als sie kurz anhielten, um sich zu besprechen.
»Wo?« fragte Doorst ungeduldig.

»Bei den Swartkopjes. Da gibt es einige kleine Schluchten mit Höhlen.«
Sie trieben ihre Pferde an und gelangten schließlich zu dieser Hügelkette. An einer schmalen Schlucht brachte Drago sein Pferd plötzlich zum Stehen.
»Kommt mal her!« rief er und glitt, seinen Mammut schußbereit in den Händen, aus dem Sattel und kniete sich am Rand des Abhangs in den Sand.
»Hast du was entdeckt?« fragte Doorst aufgeregt.
»Ja, eine Spur, und der Teufel soll mich holen, wenn das nicht die richtige Stelle ist!«
Der Bure sprang vom Pferd und lief zu Drago. »Wo ist die Spur?«
»Hier. Du mußt schon sehr genau hinsehen.«
Doorst ging in die Hocke.
Patrick war noch vier, fünf Schritte von den beiden entfernt, als Drago, der sich aufgerichtet hatte, sein Gewehr hob und den schweren Ebenholzkolben auf den Schädel des vor ihm hockenden Mannes niedersausen ließ. Er schlug mit einer solchen Wucht zu, daß die Schädeldecke wie die Schale einer Nuß barst. Doorst war auf der Stelle tot. Sein lebloser Körper kippte zur Seite über den Rand hinweg und rollte den steilen Abhang hinunter.
Der Mord war so blitzschnell ausgeführt, daß Patrick ihn auch dann nicht hätte verhindern können, wenn er direkt neben Doorst gestanden hätte. Als er begriff, welche entsetzliche Tat vor seinen Augen geschehen war, war es schon zu spät – auch für ihn.
Er wollte sein Gewehr, das er in der Armbeuge getragen hatte, hochreißen und auf Drago richten. Dieser kam ihm jedoch zuvor.
»Leiste deinem Freund Gesellschaft, O'Brien!« schrie Drago ihm zu und drückte ab.

In einer seltsamen Verlangsamung aller Bewegungen und zeitlichen Abläufe sah Patrick ganz deutlich, wie eine Feuerzunge aus dem Lauf des Gewehrs schoß. Er hob die Hand, als könnte er die heranrasende Kugel zur Seite fegen, wenn er nur schnell genug war. In diesem Bruchteil einer Sekunde durchzuckte ihn die Erkenntnis, daß die Sache mit den Buschmännern von Anfang an eine Lüge und Teil eines abscheulichen, ja geradezu teuflischen Plans gewesen war. Kein Buschmann, sondern Drago selbst hatte José mit dem vergifteten Pfeil hinterrücks ermordet. Er hatte Möglichkeiten genug gehabt, sich heimlich einen solchen zu beschaffen, beispielsweise von Okomo.

Auch Abbé und den Teerzopf wird er töten und im Busch verschwinden lassen, fuhr es Patrick durch den Kopf. Er hat es von langer Hand geplant. Vielleicht schon vom ersten Tag an. Drago will die reiche Beute mit keinem teilen. Alles ist verloren! Die Hyänen werden Doorst und mich ...

Die Kugel riß seinen Arm zur Seite und traf ihn in die Brust. Ihm war, als hätte ihn die Keule eines Zyklopen getroffen. Ein gellender Schrei entrang sich seiner Kehle, während er um seine eigene Achse geschleudert wurde.

Er verlor den Halt, alles drehte sich um ihn, Himmel und Erde. Grelles Sonnenlicht blendete ihn und machte ihn blind. Einen winzigen Moment fühlte er sich wie schwerelos. Höhnisches Gelächter drang aus weiter Ferne zu ihm. Dann schlug er auf dem Geröll auf, das den Steilhang bedeckte. Glühende Schmerzen rasten durch seinen Körper, während er weiter in die Tiefe stürzte. Als sein zerschundener, blutüberströmter Körper keine zehn Schritte von Doorsts Leichnam liegenblieb, schlug das Meer glühender Lava über ihm zusammen.

37

Heißer, wild pochender Schmerz holte ihn aus der Bewußtlosigkeit. Mit einem Schrei, den er selbst nicht wahrnahm, schlug er die Augen auf.
Warum war er nicht tot? Waren vielleicht erst wenige Sekunden vergangen, seit Drago auf ihn geschossen hatte, und lud er gerade sein Gewehr, um ihm den Rest zu geben?
Patrick wartete auf den zweiten Schuß, der ihm den sicheren Tod bringen würde, aber es blieb still. Dennoch wagte er sich nicht zu bewegen. Dann bemerkte er, daß Schatten die Schlucht füllten. Die Sonne mußte demnach tief im Westen stehen. Doch es war Mittag gewesen, als Drago Doorst erschlagen und auf ihn geschossen hatte. Er war also offenbar mehrere Stunden bewußtlos gewesen.
Mühsam versuchte er sich zu erheben. Als er seinen linken Arm bewegte, schrie er vor Schmerz auf. Ihm war, als hätte ihm jemand kochendheißes Öl über seine ganze linke Körperhälfte gegossen. In der Schulter schienen scharfe Messer in seinem Fleisch zu bohren.
Zitternd sank er gegen einen Felsen und zog den verletzten linken Arm mit der gesunden rechten Hand in den Schoß. Es dauerte eine Weile, bis ihm klar wurde, welchem glücklichen Zufall er es verdankte, daß die Kugel ihn nicht auf der Stelle getötet hatte. Das Geschoß hatte zuerst seinen linken Unterarm getroffen, den Knochen zerschmettert und war dabei ein wenig abgelenkt worden, so daß die Kugel nicht in Herzhöhe eingedrungen war, sondern eine gute Handbreit weiter oben in die Schulter.
Patrick machte sich jedoch nichts vor. Mit einer solch schweren Verletzung war ihm der Tod im Buschland gewiß. Bis zur nächsten Siedlung waren es noch mehrere Tage – mit dem Pferd. Ohne Wasser und Proviant wären seine Chancen

sogar in völlig gesundem Zustand überaus gering, es zu Fuß zu schaffen. Nein, es war sinnlos, es überhaupt versuchen zu wollen.

Ich werde Abby nicht wiedersehen ...

Kaum war ihm der Gedanke an Abigail gekommen, da spürte er eine wilde, verzweifelte Kraft in sich, die gegen dieses scheinbar unabwendbare Schicksal aufbegehrte. Und diese Stimme beschwor ihn, nicht aufzugeben, sondern bis zum letzten Atemzug zu kämpfen.

Und er kämpfte. Gott sei Dank hatte er noch sein Messer. Damit zerteilte er sein Hemd. Dann kroch er zu einem Strauch und schnitt einige dünne Zweige ab. Er schiente seinen linken Arm und legte einen Verband aus den Hemdstreifen an. Der Aufstieg aus der Schlucht war eine Qual. Er kroch den Hang hinauf, und es dämmerte schon, als er endlich oben angekommen war.

Er wandte sich nach Süden, und jeder Schritt war ein Martyrium. Allein der Gedanke an Abigail gab ihm die Kraft, gegen die Schmerzen anzugehen und sich nicht einfach in den Sand fallen zu lassen und den Tod abzuwarten.

Zwei Tage quälte er sich vorwärts. Dann kam der Moment, als sein Körper sich dem Befehl seines Willens, aufzustehen und weiterzutaumeln, endgültig widersetzte. Er war am Ende seiner Kräfte angekommen.

Er verlor jegliches Gefühl für die Zeit, und das Wundfieber verwirrte zunehmend seinen Geist, als wollte er vor den Gedanken an den baldigen Tod flüchten. Vergangenheit und Gegenwart verbanden sich zu einer Welt, in der es keine Schmerzen und keinen peinigenden Durst und keine Verzweiflung mehr gab.

Einmal jedoch durchbrach die Wirklichkeit noch seine Fieberphantasien. Als er die Augen aufschlug, sah er ein Gesicht, das körperlos in der gleißenden Helle über ihm zu schweben schien. Das schmale, sonnengebräunte Gesicht mit der Nickelbrille und das wie Feuer leuchtende Haar kamen ihm bekannt vor. Doch woher?

Patrick versuchte sich zu erinnern – und plötzlich wußte er es. Der junge Reverend. Er lächelte, ohne zu wissen, daß sein Lächeln in Wirklichkeit eine verzerrte Grimasse war. »Jonathan Bourke!« sagte er mit kraftloser Stimme. »Was ist passiert, daß Sie ... vor mir ... in den Himmel gekommen sind?«

»Um in den Himmel zu kommen, müssen wir hier auf Erden erst noch ein wenig Gutes tun, mein Sohn. Dazu zählt auch, einem Missionar für eine Weile der schmerzlich fehlende Schachpartner zu sein. Also halten Sie gefälligst durch, wenn Sie noch ein paar Meriten fürs Jenseits sammeln möchten.«

Patrick wollte lachen, doch ihm fehlte die Kraft. Das Gesicht des Missionars verschwamm vor seinen Augen und löste sich auf. Er sank wieder in die Nacht der Bewußtlosigkeit zurück. Aber einen Gedanken, der ihm Frieden brachte, nahm er diesmal mit in das Dunkel: Wo immer er war, es war gut so.

TEIL IV

Lion's Gate

38

Der Frühling hatte die fruchtbaren Täler im Hinterland von Kapstadt in einen blühenden Garten von exotischer Schönheit verwandelt, als Patrick im Oktober über die Berge kam und ins Tal hinunter nach Stellenbosch ritt. Das tiefe Rot der Korallensträucher hob sich schon von weitem von dem saftig grünen Meer der Felder und Rebstöcke ab, während die Proteen mit ihren weichen Malvenfarben und die gelbblauen Strelitzien erst beim Näherkommen ihre Leuchtkraft entfalteten. Auch das zarte Violett der Jakarandabäume und das junge Grün der Palmfarne bot aus der Nähe den bezaubernden Anblick eines filigranen Kunstwerks.

Patrick empfand den verschwenderischen Reichtum an Farben und Düften, der von einem blauen Himmel mit weißen Wolkentupfern gekrönt wurde, als ein persönliches Geschenk der Natur, und er war voll Dankbarkeit für die Wunder der Schöpfung, war doch auch seine Rettung ein Wunder gewesen. Denn wie anders sollte er es nennen, daß jener fahrende Händler ihn im Busch gefunden und ausgerechnet zur Missionsstation von Jonathan Bourke gebracht hatte, im Fieberdelirium und dem Tod näher als dem Leben. Daß er die beiden Schußverletzungen und den schweren Rückfall überlebt hatte, hatte er nicht allein seiner robusten Konstitution und seinem zähen Überlebenswillen zu verdanken, auch nicht ausschließlich der erstaunlichen Heilkunst der Kaffernfrau Gwekunta, die ihn gesundgepflegt hatte. Vieles war zu seinen Gunsten zusammengekommen, so auch seine Liebe zu Abigail und sein Verlangen nach Rache, das so heiß und wild wie der Schmerz in ihm gebrannt hatte. All dies hatte ihm in dem langen Kampf mit dem Tod Kraft gegeben, aber dennoch war damit das Wunder seiner Rettung nicht vollständig erklärt.

»Es war Gottes Wille, mein Sohn«, hatte Jonathan Bourke ihm versichert, als er die letzte lebensgefährliche Krise überstanden hatte. »Du hast deine Aufgabe, für die der Allmächtige dich auf Erden bestimmt hat, noch längst nicht erfüllt.« Und mit einem fröhlichen Augenzwinkern hatte er noch hinzugefügt: »Ich vermute mal, daß Er von dir bedeutend mehr erwartet, als du Ihm mit diesem einen Jahr in Gesellschaft von gottlosen Jägern geboten hast. Und deshalb hat Er wohl auch nicht gewollt, daß du deinen Arm verlierst. Gottes Herrlichkeit und Gnade seien gepriesen.«

Patrick erinnerte sich mit Schaudern an jene Zeit, als sein entzündeter Arm auf doppelten Umfang angeschwollen war und amputiert werden sollte. Doch er hatte sich mit aller Kraft dagegen gewehrt. Lieber wollte er sterben, als mit nur einem Arm weiterzuleben. Denn mit der Amputation hätte man ihm auch alle Träume und Chancen genommen, mit der Frau, die er liebte, eine eigene Farm aufzubauen und mit seiner Hände Arbeit etwas zu schaffen, auf das er und alle, die eines Tages seinen Namen trugen, voller Stolz blicken konnten. Wenn er zum Krüppel würde, wären all diese Hoffnungen erloschen – und damit auch sein Wille zu leben. Als Mann mit nur einem Arm hätte er nirgends eine auch nur halbwegs anständige Arbeit gefunden und wäre auf die Mildtätigkeit anderer angewiesen gewesen. Und Abigail ...

Die Vorstellung war zu schrecklich, als daß Patrick darüber nachdenken wollte. Er wollte überhaupt nicht mehr an die langen Monate zurückdenken, die er gebraucht hatte, um wieder zu Kräften zu kommen. Es hatte Tage, ja Wochen gegeben, wo er geglaubt hatte, daß sich sein von der Krankheit ausgezehrter Körper niemals wieder richtig erholen und sein Arm auf ewig steif bleiben würde. Welch große Qual hatte es ihm in diesen langen Wintermonaten bereitet, auf der einsamen Missionsstation ausharren zu müssen und darauf zu vertrauen, daß der Tag schon kommen würde, an dem er richtig genesen und auch kräftig genug war, um auf ein Pferd zu steigen und sich auf die lange, strapaziöse Reise ans Kap zu machen. Abby wartete doch auf ihn!

Ein Fuhrwerk kam ihm entgegen und rumpelte an ihm vorbei. Der Kutscher rief ihm einen freundlichen Gruß zu, und Patrick löste sich von der Erinnerung an das, was hinter ihm lag. Es war im Augenblick nicht wichtig. Später, wenn er endlich wieder mit Abby zusammen war, warteten einige schwere Entscheidungen auf ihn. Aber das hatte nach so vielen Monaten keine Eile. Er würde mit Drago abrechnen, doch zuerst einmal kam Abby. Nichts war jetzt wichtiger als sie.

Er passierte die letzten Farmen vor dem Ort. Viele Häuser waren frisch gekalkt und strahlten im Licht der Nachmittagssonne in einem makellosen Weiß, das den Stolz ihrer Besitzer widerspiegelte. Der Anblick dieser anmutigen Gebäude mit ihren steilen Giebeln und reetgedeckten Dächern war eine Freude für das Auge.

Und dann kam endlich Stellenbosch in Sicht, und Patricks freudige Erregung wuchs fast ins Unerträgliche. Wie hatte er diesem Moment seit seinem Aufbruch von der Missionsstation im Kaffernland entgegengefiebert. Wie oft hatte er sich gewünscht, sich wie ein Vogel in die Lüfte erheben und diesen Ort buchstäblich im Flug erreichen zu können, statt Tag für Tag durch das weite Land reiten und dabei mit seinen Kräften und denen seines nicht eben jungen Pferdes umsichtig umgehen zu müssen.

»Gleich haben wir es geschafft, Lanzelot!« rief er seinem Braunen im Überschwang der Gefühle zu und tätschelte ihm den Hals. »Zeig noch einmal, wie flott du in deinen besten Jahren gewesen bist, mein Guter.«

Als wüßte der Braune, daß das Ziel ihres langen Rittes vor ihnen lag und ihm für seine treuen Dienste gutes Futter und verdiente Ruhe winkte, fiel er noch einmal in einen munteren Galopp, als wollte er das ergraute Haar an Kopf und Flanken Lügen strafen.

Mit einem Lachen auf dem Gesicht jagte Patrick auf Stellenbosch zu. Erst als sie die hohen Eukalyptusbäume erreicht hatten, die am Ortseingang vor der Schmiede standen, ließ er Lanzelot in einen gemächlichen Trab fallen.

Auf dem Weg zum herrschaftlichen Anwesen von Richter Wynborough, das am südwestlichen Rand von Stellenbosch lag, durchquerte er den Ort, der in den gut anderthalb Jahren seiner Abwesenheit um zahlreiche neue, hübsche Häuser gewachsen war. Er kam an den alten Maulbeerbäumen vorbei, die vor der Kirche ihre Schatten warfen, und gelangte dann zum *outspan*, einem großen freien Platz mit den Stallungen, wo die Farmer aus der Umgebung ihre schweren Ochsenwagen abstellten und Hottentotten die Ochsen ausspannten und versorgten, während die Farmer im Ort ihren Geschäften nachgingen. Auf dem Outspan herrschte auch jetzt ein geschäftiges Treiben, denn es war Markttag in Stellenbosch gewesen.

Patrick wollte gerade die Hauptstraße verlassen und links in eine Seitengasse einbiegen, als sein Blick auf einen Einspänner fiel, der ihm entgegenkam und dann, von ihm aus gesehen, nach rechts abbog.

Es war eine weiße Frau in einem smaragdgrünen Kleid mit schwarzen Längsstreifen, die den Einspänner lenkte. Und obwohl der Wagen ein gutes Stück von ihm entfernt war und das Gesicht der Frau im Schatten eines Schutenhutes lag, erregte die Gestalt augenblicklich seine Aufmerksamkeit.

Ihre Figur und ihre Körperhaltung waren ihm so vertraut wie sein eigenes Gesicht.
Sein Herz begann zu rasen. Und er brauchte gar nicht mehr zu sehen, um zu wissen, wer die Frau in dem leichten Einspänner war.
Abby!
Diese Frau, die dort um die Straßenecke bog und im nächsten Moment aus seinem Blickfeld verschwand, war seine große Liebe Abby. Die Frau, nach der er sich so lange im Busch und dann bei Jonathan Bourke verzehrt hatte. Daran gab es nicht den geringsten Zweifel.
»Abby!« rief Patrick außer sich vor Freude und trieb Lanzelot an, der nur recht widerwillig auf den drängenden Schenkeldruck seines Herrn reagierte.
Mit einem strahlend verklärten Gesichtsausdruck preschte Patrick die Straße hinauf, ohne sich um den Staub, den er aufwirbelte, und die ärgerlichen Rufe einiger Passanten zu kümmern. Die Welt hätte um ihn herum in Trümmer zerfallen können, er hätte es wohl kaum bemerkt. Das Wissen, daß er Abby in wenigen Augenblicken in seinen Armen halten und sie küssen würde, beherrschte sein ganzes Denken und Fühlen. Er jagte um die Ecke und hätte vor Freude und Seligkeit laut jubeln mögen. Endlich war er zu ihr zurückgekehrt. Jetzt stand ihrem Glück nichts mehr im Weg!

39

Abigail hatte den Einspänner vor der Schneiderei von Marga Blettermann zum Halten gebracht und stieg gerade aus dem Wagen, als sich in ihrem Rücken eiliger Hufschlag näherte. Unwillkürlich wandte sie sich um.
Im selben Augenblick riß Patrick seinen Lederhut vom Kopf,

schwenkte ihn wie wild und rief ihren Namen. »Abby! ... Abby!«
Abigail stieß einen erstickten Schrei aus und wäre beinahe von der Trittstufe gestürzt. Sie wankte wie unter einem heftigen, unverhofften Schlag und hielt sich mit der linken Hand am Rahmen fest. Mit weit aufgerissenen Augen starrte sie auf den herangaloppierenden Reiter. Ihr war, als wäre schlagartig jegliche Kraft aus ihr gewichen.
Patrick zügelte Lanzelot, sprang aus dem Sattel und hatte es so eilig, zu ihr zu kommen, daß auch er fast gestrauchelt wäre.
»Abby, ich bin zurück!« rief er überglücklich, und es kümmerte ihn nicht, daß ihm nach anderthalb Jahren Abwesenheit nicht etwas Originelleres, Geistvolleres als Wiedersehensgruß einfiel als die offensichtliche Tatsache seiner Rückkehr.
»Patrick!« Das Blut war aus ihrem Gesicht gewichen, und sie sah ihn mit einem Ausdruck an, als wäre ihr ein Geist erschienen.
Er lachte über ihre ungläubige Miene. »Ja, du siehst richtig, mein Liebling! Die Wildnis hat mich wieder ausgespuckt! Und jetzt hat es mit dem geruhsamen Leben bei den Wynboroughs ein Ende!« rief er überschwenglich und umarmte sie mit stürmischer Leidenschaft.
Im ersten Moment schien sie wie gelähmt, dann schlang sie ihre Arme fest um ihn. »O Gott, Patrick! ... Du lebst! ... Du lebst!«
»Wie sehr habe ich von diesem Augenblick geträumt. Tag für Tag hat mich die Sehnsucht nach dir gequält. Ich liebe dich, Abby. Ich liebe dich so sehr, wie ich es dir gar nicht sagen kann«, sprudelte es aus ihm heraus, und sie so in seinen Armen zu halten, ließ augenblicklich erregende Erinnerungen an jene Nächte und frühen Morgenstunden

lebendig werden, als sie sich dem lustvollen Rausch ihrer Liebe hingegeben und nicht genug davon bekommen hatten, sich zu küssen und zu streicheln und mit dem Körper des anderen vertraut zu werden. »Wenn du nur wüßtest, wie sehr du mir gefehlt hast, mein Schatz. Aber das ist jetzt vorbei. Ich verspreche dir, daß ich dich nie wieder allein lassen werde, nicht einmal für einen Monat, ach was sage ich denn da, nicht mal für eine Woche. Ich bin ja so glücklich ...«

Die gestärkte Haube war ihr bei seiner stürmischen Umarmung in den Nacken gerutscht. Er strich über ihr Haar und ihr Gesicht und küßte sie dann, alles andere um sich herum vergessend.

Ihre Lippen verbanden sich zu einem wilden, leidenschaftlichen Kuß. Abigail klammerte sich an ihn, als wollte sie ihn nie wieder freigeben. Doch dann versteifte sich ihr Körper ganz plötzlich, als wäre sie zur Besinnung gekommen. Sie stöhnte gequält auf und stemmte sich mit beiden Händen von ihm ab.

»Um Gottes willen!« keuchte sie verstört und sah sich gehetzt um, ob jemand sie beobachtete. Doch sie konnte auf der Straße außer ihnen niemanden sonst entdecken. »Man darf uns so nicht zusammen sehen!«

Patrick bemerkte den entsetzten Ausdruck in ihren Augen und lachte nur. »Ich weiß, so etwas schickt sich nicht in aller Öffentlichkeit, aber was kümmert uns das? Sollen sie doch nur über uns reden. Wir werden ja nicht in Stellenbosch bleiben«, sagte er unbekümmert und wollte sie wieder an sich ziehen.

Abigail jedoch tat einen Schritt zurück und schüttelte heftig den Kopf. »Nein!« stieß sie mit zitternder Stimme hervor. »Nein, das dürfen wir nicht, Patrick. Bitte, ich flehe dich an. Es darf nicht sein!«

Er stutzte. »Was hast du?« fragte er verständnislos. »Du wirst dir doch nichts aus dem dummen Gerede der Leute machen? Mein Gott, Abby, wir werden natürlich so schnell wie möglich heiraten. Ich kann es gar nicht erwarten.« Er dämpfte seine Stimme. »Sag, bin ich schon Vater?«
»Nein«, antwortete sie, kalkweiß im Gesicht und mit bebender Unterlippe. »Ich ... ich wünschte, du hättest mir damals ein Kind gemacht. Dann ... dann ... o Gott ....«
»Abby, was ist nur mit dir?« fragte Patrick. Ihr merkwürdiges Verhalten weckte nun ernsthafte Besorgnis in ihm. Warum nur war sie so erschüttert? Und wo blieb das glückliche Lächeln auf ihrem Gesicht?
»Nicht hier, Patrick!« stieß Abigail mit mühsam beherrschter Stimme hervor. »Man darf uns nicht sehen, bitte!«
»Und wo dann?«
Sie überlegte fieberhaft. »Unten am Bach bei den Weiden, wo wir früher oft spazierengegangen sind. Erinnerst du dich noch?«
Er lachte verwirrt auf. »Was für eine Frage. Natürlich erinnere ich mich. Und wann?«
»In einer halben Stunde.«
»Also gut, ich werde da auf dich warten.«
»Ja«, flüsterte sie, stieg hastig in ihren Einspänner und fuhr davon.
Patrick blickte ihr verstört nach und hatte den merkwürdigen Eindruck, als zuckten ihre Schultern unkontrolliert. Aber vielleicht kam das auch nur von den Bodenrillen der sandigen Straße.
Und doch, ein ungutes Gefühl blieb, als er wieder in den Sattel stieg und den Weg zum Bach einschlug, der sich eine viertel Meile hinter Richter Wynboroughs Anwesen durch Felder und Weiden schlängelte. Auf dem Weg dorthin grübelte er über Abbys merkwürdiges Verhalten nach. Zweifel-

los hatte sie sich gefreut, daß er endlich wieder zurück war. Ihr leidenschaftlicher Kuß, den er noch immer auf seinen Lippen schmecken konnte, hatte davon ein beredtes Zeugnis abgelegt. Aber dennoch, irgend etwas war nicht so gewesen, wie er es erwartet hatte.

Plötzlich wußte er, was an ihrem Verhalten so irritierend gewesen war. Obwohl sie ihn doch liebte, hatte er die jubilierende Freude, das Glück bei ihr vermißt, das ihn erfüllte. Sein plötzliches Auftauchen hatte vielmehr wie ein Schock auf sie gewirkt, wenn er es recht überlegte. Ja sie war geradezu erschüttert gewesen, als er vor ihr vom Pferd gesprungen war.

Er beruhigte sich aber schließlich mit dem Gedanken, daß auch Freude, wenn sie die Grenzen sprengte, manchmal wie ein gewaltiger Schock wirkte. Er hatte sich während der vergangenen Wochen ja mit jeder Meile, die er Stellenbosch näher gekommen war, geistig auf den Zeitpunkt ihres Wiedersehens vorbereiten und sich langsam daran gewöhnen können. Für sie dagegen hatte sein Auftauchen ihrem scheinbar endlosen Warten und wohl auch ihrer quälenden Ungewißheit, ob er überhaupt noch am Leben war, ohne jede Vorwarnung ein schlagartiges Ende bereitet. Und bestimmt waren ihr die anderthalb Jahre im Haus der Wynboroughs um ein Vielfaches länger erschienen als ihm draußen im Busch – zumindest die ersten vierzehn Monate bis zu dem Mord in den Swartkopjes.

An dem stillen, idyllischen Ort bei den Weiden angelangt, fühlte sich Patrick schon wieder um einiges ruhiger. Wenn Abby gleich kam, würde sie diese innere Erschütterung zweifellos überwunden haben und ihm in die Arme fliegen, das strahlende Glück in den Augen.

Als ihr Einspänner endlich auf dem Feldweg erschien und dann unter dem grünen Dach der mächtigen Weiden hielt, suchte er diesen glücklichen Ausdruck jedoch vergeblich. Abigails Gesicht war nicht nur immer noch leichenblaß, sondern auch wie versteinert. Zudem verrieten ihre stark geröteten Augen, daß sie geweint hatte.

Eine Ahnung beschlich ihn, daß aus irgendeinem ihm unbekannten Grund ein dunkler, unheilvoller Schatten auf seiner Rückkehr und damit auf ihrem Glück lag.

»Ich war der festen Überzeugung, du würdest dich über alle Maßen freuen und glücklich sein, daß ich endlich von dieser unseligen Expedition zurückgekommen bin, Abby«, sagte er verletzt und vorwurfsvoll.

»Ich bin unendlich glücklich, daß du lebst«, erwiderte sie mit bebender Stimme. »Aber zugleich zerreißt mir ein unbeschreiblicher Schmerz das Herz, daß ich am liebsten sterben möchte.«

»Aber warum denn bloß? Ich weiß, es war eine schrecklich lange Zeit, aber das liegt doch nun hinter uns. Also was, um Gottes willen, quält dich und raubt dir all die Freude und das Glück, das ich auf deinem Gesicht zu lesen und in deinen Armen zu finden erhofft hatte?«

Abigail biß sich auf die Lippe. Dann antwortete sie: »Man hat mir gesagt, du wärst tot.«

»So? Und wer hat das Gerücht in die Welt gesetzt?«

»Mr. Sinclair Drago. Er traf im Juni hier ein, und ich begegnete ihm zufällig. Es war entsetzlich. Er ... er ... erzählte, du wärst schon vor vielen Monaten im Matabeleland an einem Schlangenbiß gestorben ... und er ... er hätte dich ... mit eigenen Händen begraben«, teilte sie ihm mit stockender Stimme mit.

Patrick lachte bitter auf. »Das mit der Schlange ist gar nicht mal gelogen, nur war er die Schlange, die es auf mein Leben und das der anderen abgesehen hatte. Er wollte am Ende der Expedition nicht mehr mit uns teilen, und deshalb hat er einen nach dem anderen umgebracht. Bei mir war er sich seiner Sache ein wenig zu sicher, aber vermutlich wäre ich dennoch an der Schußverletzung im Busch verreckt, wenn ich nicht einen Schutzengel gehabt hätte«, sagte er und berichtete ihr mit knappen Worten, was sich in den Swartkopjes ereignet hatte und wie es zu einem Wiedersehen mit dem Missionar gekommen war.

Abigail stand steif wie ein Ladestock neben dem Einspänner, und mit jedem Wort, das Patrick sagte, schien ihr Gesicht noch mehr einzufallen. Bis dann der innere Schmerz unerträglich wurde, sie einen gellenden Schrei der Verzweiflung ausstieß und die Hände vors Gesicht schlug. »O Gott, ich ertrage es nicht!« rief sie unter großer Qual. »Ich habe gedacht, du wärst tot! ... Tot! ... Tot!«

Ihr Schrei ging ihm durch Mark und Bein. »Abby, was ist geschehen?« stieß er erschrocken hervor.

»Siehst du nicht diesen Ring?« schrie sie und streckte ihm ihre Hand entgegen. »Weißt du, was er bedeutet? ... Ich bin verheiratet, Patrick! ... Ich bin nicht länger Abigail Dixon oder Abigail O'Brien! ... Ich bin die Ehefrau von Mr. Charles Dooney!«

Er erbleichte. Was sie da sagte, war so ungeheuerlich, so undenkbar, daß er es einfach nicht glauben wollte. Und doch wußte er, daß es die Wahrheit war. »Nein, das kann nicht sein!« keuchte er wie benommen. »Nein, niemals! ... Du liebst mich! ... Niemals würdest du mir so etwas antun! ... Sag, daß es nicht stimmt!« Er schrie die letzten Worte heraus.

»Ich kann nicht! Ich kann nicht! Ich kann nicht! Ich bin seine Frau ... seit drei Wochen bin ich seine Frau«, schluchzte sie, von einem heftigen Weinkrampf geschüttelt.

Entsetzen schnürte ihm die Kehle zu. »Wie konntest du unsere Liebe so verraten?« krächzte er.

Sie schüttelte verzweifelt den Kopf. »Ich habe sie nicht verraten. Ich habe nie aufgehört, dich zu lieben ... und ich liebe dich mehr als alles auf der Welt. Aber verstehst du denn nicht, was geschehen ist? ... Du warst tot!«
»Ich lebe!« schrie Patrick, packte sie an den Handgelenken und schüttelte sie, als wollte er sie zur Besinnung bringen. »Ich lebe, Abby! Und du gehörst zu mir!«
»Aber für mich warst du tot!« erwiderte sie unter Tränen und fuhr stammelnd fort: »Wie konnte ich denn wissen ... Ich mußte es doch glauben ... So viel Zeit war vergangen ... kein Lebenszeichen von dir ... und dann Dragos Nachricht, daß du schon längst tot seist ... Und der Mann, der mit ihm war, ein gewisser Abbé, hat jedes Wort bestätigt ... Mein Gott, du weißt gar nicht, was ich durchgemacht habe ... Ich war innerlich selbst wie tot ... Ich wollte ohne dich nicht mehr leben ... es war auf einmal alles ohne jeden Sinn ...«
»Aber es hat offenbar Sinn genug gemacht, diesen verdammten Stutzer zu heiraten!« schrie er unbeherrscht.
Mit schmerzverzerrtem Gesicht sah sie ihn an. »Ja, das hat es, aber erst viele Monate später«, gestand sie. »Charles hat schon um mich geworben, als du erst einige Wochen fort warst. Doch ich habe nichts von ihm wissen wollen, weil ich nur dich liebte und mir keinen anderen Mann wünschte. Deine Frau zu sein und deine Liebe zu besitzen, war mein einziger Wunsch, seit wir durch England gezogen sind. Und nicht eine Sekunde habe ich daran gedacht, wie es sein könnte, mit ihm verheiratet zu sein. Ich habe ihm mehr als einmal gesagt, daß ich einen anderen Mann liebe ... Aber dann kam die Nachricht von deinem Tod.«
»Und da warst du auf einmal frei und fandest die Vorstellung, Herrin von BONNE ESPÉRANCE zu sein, plötzlich gar nicht mehr so unattraktiv, ja?« höhnte er.
»Warum sagst du so etwas Häßliches? Für mich warst du tot,

lagst irgendwo in der Wildnis begraben. Nichts konnte dich jemals wieder zu mir zurückbringen! Verstehst du denn nicht, was das in mir angerichtet hat? Ich ... ich ... ich kann es dir nicht beschreiben. Es hat mich fast umgebracht, und es war niemand da, der mir Trost gespendet hat ...«

»Bis auf den ehrenwerten Charles Dooney natürlich!«

»Ja, er hat mir in meinem Kummer Halt gegeben. Er war einfach da. Ich wußte, daß es niemals mehr so sein würde, wie es zusammen mit dir war. Doch irgendwie mußte es mit meinem Leben weitergehen, ich brauchte einen neuen Sinn ... und da ist es dann geschehen.«

»So einfach, ja?« Es zerriß ihn fast.

Kraftlos schüttelte sie den Kopf. »Nein, es war nicht einfach, Patrick. Ich suchte Vergessen ... Trost ... und ... ja, und menschliche Wärme. Und all das war er bereit mir zu geben, obwohl er wußte, daß mich nicht Liebe dazu brachte, seine Frau zu werden.«

»Ich verstehe nicht, wie du dich so schnell mit einem anderen hast trösten können!« warf er ihr vor.

»Du willst mich einfach nicht verstehen«, sagte sie verzweifelt. »Ich liebe dich doch, und wenn du nicht weggegangen wärst ...«

»Nein!« fiel er ihr mit unbändiger Wut ins Wort. »Wenn du es nicht so eilig gehabt hättest, Mrs. Dooney zu werden, so wird ein Schuh daraus! Nicht einmal ein halbes Jahr hast du um mich getrauert!«

»Ich hätte mein Leben lang um dich getrauert«, erwiderte sie mit tonloser Stimme. »Und jetzt wird aus dieser Trauer ein noch viel größerer Schmerz, weil ich nie aufhören werde, dich zu lieben, mich nach dir zu sehnen und darunter zu leiden, daß unser Glück auf diese Weise zerstört wurde.«

Ein Hoffnungsschimmer flammte in Patrick auf. »Abby,

noch ist nicht alles verloren! Wenn du mich wirklich noch immer so liebst ...«
»O ja!«
»... dann verlaß ihn und komm mit mir! Du bist ihm nichts schuldig. Er hat ja von Anfang an gewußt, daß du ihn nicht so liebst, wie eine Frau ihren Mann lieben sollte!« redete er auf sie ein. »Du bist ihm nicht verpflichtet, und er hat kein Recht, dich zu halten, nachdem sich herausgestellt hat, daß der Grund, der zu eurer Ehe geführt hat, die Lüge eines Mörders gewesen ist. Er muß dich einfach gehen lassen!«
Abby schien zu zögern. Für einen Moment trat ein Leuchten in ihre Augen, als hätte er das erlösende Wort gesagt. Aber es erlosch gleich wieder. »Nein, ich kann nicht, Patrick. Das hieße, noch mehr Schuld auf mich zu laden. Das würde ihn tief treffen und zudem auch noch zum Gespött der Leute machen. Auch wenn ich ihn nicht liebe, so liebt doch er mich. Und ich habe ihm vor Gott und dem Gesetz gelobt, ihm treu zu sein – in guten wie in schlechten Zeiten. Von ihm weglaufen? Nein, das kann ich nicht. Ich könnte nicht damit leben, ihm das angetan zu haben.«
»Aber du kannst damit leben, daß du mir das angetan hast, ja?« stieß Patrick verbittert hervor.
Sie wich seinem beschwörenden Blick nicht aus, sondern schaute ihm ihrerseits mit flehendem Ausdruck in die Augen. »Siehst du denn nicht, daß du das nicht vergleichen kannst?«
»Ich sehe nur, daß du bei ihm bleiben willst, statt mit mir zu kommen!«
»Patrick, bitte! So begreif doch! Was immer ich uns auch angetan haben mag, ich habe diesen entsetzlichen Fehler doch nicht wissentlich begangen. Ich habe nicht gewußt, daß du noch am Leben warst. Wenn ich aber jetzt von Charles weglaufe, dann gibt es für diesen Verrat keine Entschuldigung!«

»Die gibt es auch nicht, wenn du dich gegen mich entscheidest!«
Die Qual zeichnete ihr Gesicht. »Patrick, ich habe überhaupt keine andere Wahl! Ich bin verheiratet, und ein Ehegelöbnis ...«
Schroff fiel er ihr ins Wort. »Vergiß dein Gelöbnis! Zuerst hast du mir Treue und Liebe gelobt. Also sag mir jetzt klipp und klar: Willst du bei ihm bleiben und damit unsere Liebe verraten, oder wirst du ihn verlassen und mit mir kommen?«
»Ich trage seinen Ring und seinen Namen«, flüsterte Abigail. »Ich kann nicht! Ich kann einfach nicht, auch wenn ich mir kein größeres Glück vorzustellen vermag, als bei dir zu sein.«
»Du lügst!« schleuderte er ihr in seinem maßlosen Schmerz ins Gesicht.
»Patrick, ich flehe dich an, laß uns um Gottes willen nicht in dieser Unversöhnlichkeit auseinandergehen!« beschwor sie ihn unter Tränen und wollte ihn festhalten.
Grob schlug er ihre Hand weg. »O doch, Abby! Das werden wir!« stieß er her vor, ging zu Lanzelot und löste die Zügel vom Ast. Mit steinernem Gesicht schwang er sich in den Sattel. »Werde du mit deinem Stutzer glücklich, Abby, denn das ist es ja offensichtlich, was dir wichtiger ist als das, was ich für dich empfinde. Du wirst dich als Herrin von BONNE ESPÉRANCE bestimmt ganz prächtig machen und bald einen Stall voll Kinder haben, und was früher einmal war, wird dem Vergessen anheimfallen, das du ja bei ihm gesucht und offenbar auch schnell gefunden hast. Aber ich werde dir deinen Verrat niemals verzeihen, Mrs. Abigail Dooney!« Damit sprang er auf sein Pferd, riß es herum und stieß Lanzelot die Stiefelhaken so heftig in die Seite, daß er ob dieser ungewohnt brutalen Behandlung schrill wieherte und losgaloppierte.
Daß Abigail zu Boden sank, sah Patrick nicht mehr, und er warf auch keinen Blick zurück.

40

Der Schmerz tobte wie eine wilde Feuersbrunst in Patrick. Daß Abigail seit drei Wochen das Ehebett mit Charles Dooney teilte, brachte ihn fast um den Verstand. Die Bilder, die ihn bedrängten, waren unerträglich. Nicht einmal Rum und Branntwein vermochten den Schmerz in ihm zu betäuben. Er konnte an nichts anderes denken, als daß Abigail sich an einen anderen Mann als ihn gebunden fühlte und daß sie diesem anderen ihre Liebe und Hingabe schenkte, weil sie seinen Ehering trug. Und jedes dieser eindringlichen Bilder, die er sich von Abigail und Charles Dooney machte und die von seiner eigenen Erinnerung an ihre kurze Zeit leidenschaftlicher Liebe genährt wurden, bohrte sich wie ein glühendes Eisen in seine gequälte Seele. Mehr als einmal wünschte er, der fahrende Händler hätte ihn nicht im Busch gefunden und er wäre dort in den Swartkopjes gestorben. Dann hätte er ihre Liebe mit in den Tod genommen, nie von ihrem Verrat erfahren und sich nicht in grenzenloser Verzweiflung fragen müssen, wie er die Scherben seines Lebens je wieder zusammenkitten sollte. Wofür sollte er jetzt noch kämpfen? Und für wen? Nie würde er eine andere Frau so lieben können, wie er Abigail geliebt hatte, und ihr auch niemals so bedingungslos vertrauen.

Mehrmals ritt Patrick nach BONNE ESPÉRANCE hinaus, zumeist im Zustand der Trunkenheit. Denn dann regte sich in ihm die Hoffnung, daß sie es sich vielleicht doch noch anders überlegen und zu ihm zurückkehren würde. Und auf dem Weg zum Weingut redete er sich ein, daß er bloß den Mut aufbringen mußte, vor das Haus zu reiten und ihren Namen zu rufen und wie sehr er sie liebte, um sie zurückzugewinnen. Doch wenn er dann endlich die Abzweigung erreicht hatte, wo die Allee nach BONNE ESPÉRANCE hinaufführte, überkam ihn bittere Ernüchterung, und mit glasigen, feuchten Augen starrte er zum Haus hoch, das sich jenseits der Jakarandabäume inmitten der Weinberge erhob. Dann schämte er sich seiner Schwäche, die ihn fast zur Selbsterniedrigung verleitet hätte, und kehrte auf der Stelle in den Ort zurück, um in einer Canteen Scham und Schmerz im Branntwein zu ertränken.

Zehn Tage nachdem Patrick erfahren hatte, daß Abigail mit Charles Dooney verheiratet war und nicht daran dachte, der Stimme ihres Herzens zu folgen und ihn zu verlassen, ritt er zum letztenmal zum Weingut hinaus. Am späten Nachmittag gelangte er zur Allee, setzte sich auf der anderen Seite ins warme Gras und saß dort noch, als längst die Nacht hereingebrochen war. Aus den Fenstern des Wohnhauses fiel gelblicher Lichtschein in die milde Nacht. Der warme Schein der Lampen, der zwischen den Bäumen schimmerte, schien zum Greifen nahe – und war doch unerreichbar.

Patrick starrte Stunde um Stunde auf die Lichter, als erhoffte er sich von ihnen die Antwort auf die Frage, wie sein Leben nun weitergehen sollte. Er fühlte sich von der seelischen Qual und den Exzessen, in die er sich gestürzt hatte, wie ausgehöhlt, und er wußte nicht, ob er diese schreckliche Leere in ihm jemals mit einem neuen Lebenssinn und so etwas wie Glück würde füllen können.

In dieser Nacht schwor er sich, nicht eher zu ruhen, bis er Drago gefunden und Rache an ihm genommen hatte. Drago hatte ihn nicht nur um seinen Anteil geprellt und ermorden wollen, sondern ihm durch seine verbrecherische Tat das Teuerste in seinem Leben geraubt – nämlich Abigails Liebe. Dafür würde er ihm notfalls an jeden Ort der Welt folgen und nicht ruhen, bevor Drago dafür nicht bezahlt hatte.

Seit Dragos Rückkehr ans Kap war fast ein halbes Jahr

vergangen, und Patrick fürchtete, daß der Elfenbeinjäger die Kolonie schon längst verlassen hatte. In Kapstadt stieß er in einer Hafentaverne auf eine erste Spur, allerdings nicht von Drago, sondern von Abbé. Sie führte ihn jedoch nicht zu dem Elfenbeinjäger, sondern an das Grab des asketischen Mannes. Wie Patrick vom Wirt erfuhr, war Abbé auf dem dunklen Hof der Taverne mit drei unbekannten Matrosen in einen Streit geraten und niedergestochen worden. An einen Hünen mit einem wilden schwarzen Bart konnte sich der Wirt auch erinnern, doch wie er sagte, war der erst nach der tödlichen Messerstecherei in seiner Taverne aufgetaucht. Für Patrick stand damit außer Frage, daß diese Messerstecherei kein Zufall gewesen war und Drago auch Abbé auf dem Gewissen hatte.

Patrick verbrachte drei Wochen in Kapstadt damit, einen brauchbaren Hinweis auf den Verbleib von Sinclair Drago zu finden. Er suchte nicht nur alle Tavernen und Bordelle auf, sondern fragte auch bei allen Schiffsagenten und Kontoren nach, ob ein Mann mit Dragos Aussehen eine Passage gebucht hatte. Doch niemand konnte mit einer Auskunft dienen, die ihm weitergeholfen hätte. Der Mann schien wie vom Erdboden verschluckt.

Mitte November dehnte er seine Suche auf das Hinterland aus. Die vielversprechende Information eines Waffenschmieds in Paarl führte ihn nach Norden zur Saldanha Bay und bis hinauf nach Piketberg. Dort jedoch stellte sich der Mann, auf dessen Spur ihn der Waffenschmied geführt hatte, zwar als bärtiger Hüne heraus, aber es war nicht Drago, sondern ein Treckbure.

Es wurde Dezember, und Patrick irrte noch immer ohne eine Spur des Mörders durch die westlichen Bezirke der Kolonie. Und mit jedem Tag, der verstrich, wuchs seine Befürchtung, daß Drago seiner gerechten Strafe entkom-

men könnte. Dieser Gedanke war wie ein offenes Geschwür, das ihm immer stärker zusetzte.
Und dann traf er auf dem Outspan in Worcester auf einen Farmer, der gerade aus Swellendam eingetroffen war und sich erinnerte, einen Mann, wie Patrick ihn beschrieben hatte, in seinem Ort gesehen zu haben.
»Und ob ich mir sicher bin!« bekräftigte der Farmer fast beleidigt, als Patrick zum drittenmal nachfragte. »Er ist mir beim Wagenbauer Cornelis Eelders mehr als einmal begegnet.«
Patrick wußte, was das bedeutete. Drago bereitete in seiner Unersättlichkeit eine neue Expedition vor, die für seine neuen Partner genauso tödlich enden würde wie für Doorst und all die anderen, mit denen er auf Elfenbeinjagd gegangen war. Aber es würde für Drago keine Expedition mehr geben. Nie wieder! Dafür würde er, Patrick O'Brien, sorgen.
Er machte sich unverzüglich auf den Weg nach Swellendam. Dort eingetroffen, brauchte er nicht lange, um herauszufinden, in welchem Gasthof Drago abgestiegen war. Als er ihn zum erstenmal erblickte, kostete es ihn ungeheure Willenskraft, seinen unbändigen Haß und Rachedurst unter Kontrolle zu halten und nicht voreilig zu handeln.
Patrick nahm sich mehrere Tage Zeit, um sich zu überlegen, wie er vorgehen sollte, und um mit Dragos Gewohnheiten in Swellendam vertraut zu werden. Er brachte in Erfahrung, daß Drago mit ein paar Farmern, von denen er einige Dutzend Zugochsen kaufen wollte, in Verhandlungen stand. Als Drago eines Morgens zu einer dieser Farmen aufbrach, folgte Patrick ihm – und legte ihm bei seiner Rückkehr einen Hinterhalt. Doorst, der ihn in der Kunst des Anpirschens unterrichtet hatte, wäre stolz auf ihn gewesen.
Ungläubiges Entsetzen trat in Dragos Augen, als er sah, wer ihm aufgelauert hatte. Er bekam sich jedoch schnell wieder

in die Gewalt und zeigte nicht die geringste Todesangst. »Du mußt das zähe Leben einer Katze haben, O'Brien!« stieß er verächtlich hervor. »Also drück schon ab. Worauf wartest du noch? Glaub ja nicht, daß ich dich um Gnade anflehe. Ich fürchte den Tod nicht!«

»Es gibt Schlimmeres als den Tod«, erwiderte Patrick, trat hinter ihn, hob den Gewehrkolben und raubte ihm mit einem wütenden Schlag das Bewußtsein.

Als Drago wieder zu sich kam, befand er sich an einem anderen, versteckten Ort, wo Patrick vor unliebsamen Überraschungen sicher sein konnte. Drago lag bäuchlings und mit gespreizten, weit von sich gestreckten Armen und Beinen im Sand. Patrick hatte vier schwere Holzpfähle in die Erde gerammt und ihn an die Pfähle gefesselt.

Der Elfenbeinjäger sah das Feuer, das Patrick entzündet hatte, und nun war es um seine Todesverachtung geschehen. »Was hast du mit mir vor?« keuchte er. »Willst du mich zu Tode foltern? Dann bist du um keinen Deut besser als ich!«

»Du wirst die Strafe bekommen, die du verdient hast«, antwortete Patrick kalt. »Und der gnädige, weil schnelle Tod durch eine Kugel wäre keine gerechte Strafe für deine Verbrechen.«

»Ich habe Geld, viel Geld! Ich werde mit dir teilen! Aber du mußt mich am Leben lassen!« schrie Drago. »Denn ich habe das Geld gut versteckt. Ohne meine Hilfe wirst du es nicht finden.«

»Ich bin sicher, daß du mir schon gleich verraten wirst, wo ich meinen Anteil finden kann«, sagte Patrick unbeeindruckt und griff zur Axt.

Drago ahnte plötzlich, was seine Strafe sein sollte, und er schrie und zerrte an seinen Fesseln und verriet ihm in seinem grenzenlosen Entsetzen das Versteck, weil er hoffte, ihn dadurch gnädiger zu stimmen.

Doch Patricks Entschluß stand fest. »Du sollst leben, Drago, und den Rest deines Lebens für das büßen, was du meinem Freund Doorst sowie deinen *Partnern* José, Birdo, Abbé und mir angetan hast. Doch du sollst nie wieder in der Lage sein, deine Mörderhände gegen andere zu erheben, sondern auf das Erbarmen und die Mildtätigkeit deiner Mitmenschen angewiesen sein.«

»Nein, nein! Ich flehe dich an, tu es nicht, O'Brien! Hab Erbarmen mit mir!« wimmerte Drago.

Patrick zögerte einen kurzen Moment. Dann sah er José mit dem Giftpfeil im Hals im Sand liegen und Doorst mit zertrümmertem Schädel am Boden der Schlucht – und er sah Abigail in den Armen von Charles Dooney. All das und noch viel mehr ging auf das Konto dieses abgrundtief verdorbenen Mannes, der kein Gewissen besaß.

»Erbarmen? Nicht von mir, Drago! Verflucht und gezeichnet sollst du sein bis ans Ende deiner Tage, und möge der Allmächtige dich auf ewig in der Hölle schmoren lassen! Wenn einer das verdient hat, dann du!« schleuderte Patrick ihm voller Haß und Abscheu entgegen – und ließ die Axt niedersausen.

Zweimal.

Die scharfe Klinge trennte die Hände glatt von den Armen. Dragos gellender Schrei brach schon nach dem ersten Schlag jäh ab, als der Schock ihn in eine gnädige Ohnmacht fallen ließ.

Patrick wollte nicht, daß Drago an den Verletzungen starb. Deshalb löste er schnell die Fußfesseln, zerrte Drago ans Feuer und stieß die Armstümpfe kurz in die Glut, um die Blutungen zum Stillstand zu bringen. Der Geruch verbrannten Fleisches ließ ihn würgen, doch er riß sich zusammen und beendete, was er begonnen hatte, indem er eine Salbe aus Aloenextrakt auf die Wunden auftrug und dann Verbände anlegte. Er vergrub die abgetrennten Hände, zog die Pfähle aus der Erde, löschte das Feuer und mußte all seine Kraft aufwenden, um den bewußtlosen Koloß von einem Mann auf sein Pferd zu wuchten.

Drago war noch immer ohne Bewußtsein, als die Farm, die er an diesem Tag aufgesucht hatte, in Sicht kam. Patrick gab dem Pferd einen Peitschenschlag auf die Hinterhand, um es auf den richtigen Weg zu bringen. Als er sicher sein konnte, daß der Schimmel begriffen hatte, wohin er zu traben hatte und wo er Futter und Wasser finden würde, wandte Patrick sein Pferd und ritt nach Swellendam. Er holte das Geld, ohne daß ihn jemand dabei beobachtete, und konnte seinen Augen kaum trauen, als er sah, welch ein enormes Vermögen Drago schon angehäuft hatte.

Es war Geld, an dem das Blut seines Freundes Doorst und seiner anderen Kameraden klebte, selbst wenn er sich mit ihnen nicht immer verstanden hatte. Deshalb verspürte er auch nicht die geringste Versuchung, das ganze Geld für sich zu behalten. Er zählte dreitausendzweihundert Rixdollar ab, denn das wäre sein Anteil gewesen.

Was sollte er mit dem Rest tun, der ein Vielfaches seines Anteils ausmachte?

Das Waisenhaus in Swellendam sowie die dortige Kirche der Buren und die der Engländer erhielten am Tage darauf ungewöhnlich großzügige Spenden. Auch bei der Vertretung der LONDON MISSIONARY SOCIETY ging eine Spende in Höhe von mehreren tausend Rixdollar ein, die dem seltsamen Schreiben des anonymen Verfassers nach allein der Missionsstation NEWLANDS von Jonathan Bourke zugute kommen sollte. In dem mit sehr linkischer Handschrift aufgesetzten Begleitbrief gab der namenlose Spender deutlich zu verstehen, daß er nicht nur in der Lage, sondern auch entschlossen war, Erkundigungen darüber einzuzie-

hen, ob diese Spende wirklich an den Missionar im Kaffernland weitergeleitet worden war. Ähnlich großzügige und anonyme Spenden sollten später auch soziale Einrichtungen in Graaff-Reinet erhalten.
Wochen danach tauchte ein zerlumpter Mann in Kapstadt auf, den niemand kannte. Ein verfilzter schwarzer Bart bedeckte sein Gesicht wie wild wucherndes Gestrüpp, und in die dunklen Augen, die an ausgebrannte Feuerstellen erinnerten, trat nur dann einmal ein kurzzeitiger Ausdruck von Lebhaftigkeit, wenn er ein, zwei Becher vom billigsten Fusel erbetteln konnte. Er bestritt sein jämmerliches Leben viele Jahre durch Betteln im Hafenviertel und an den Hintertüren der Gotteshäuser. In den seltenen Fällen, in denen sich jemand bemüßigt fühlte, ihn nach seinem Namen zu fragen und woher er kam, gab er mit der Stimme eines gebrochenen Mannes zur Antwort, daß sein Name Nimrod laute und er einst der größte Jäger zwischen Namaqualand und Matabelereich gewesen sei, wofür er bestenfalls ein mitleidiges Lächeln erntete. Daß ihn Gottes Fluch getroffen habe, das nahm man ihm dagegen schon eher ab, wenn er seine beiden vernarbten Armstümpfe hochhob.

41

Patrick kehrte nach Worcester zurück und kaufte dort zuerst eine rassige Fuchsstute, die wegen ihres herrlich samtweichen Fells auf den zutreffenden Namen Velvet hörte, behielt jedoch auch Lanzelot, der für seine treuen Dienste das Gnadenbrot bei ihm bekommen sollte. Als nächstes erstand er einen Feldschoner, der frisch aus der Werkstatt des örtlichen Wagenbauers kam und auf den ein jeder Treckbure stolz gewesen wäre, sowie zwei Dutzend Zugochsen und sechs ausgesuchte Pferde, mit denen er seine Zucht beginnen wollte.

Japhata, ein hellhäutiger, fröhlicher und kraftstrotzender Bursche von zwanzig Jahren, war der erste Hottentotte, den er in seine Dienste nahm. Zu ihm gesellten sich bald die Schwarzen namens Cobus, Jakob, Stofolus, Frans und Jonas, die allesamt der Landessitte nach die Namen ihrer früheren weißen Herren trugen, auf deren Besitz sie zur Welt gekommen waren. Der Wagenbauer bot ihm an, ihn mit einem guten Freund zusammenzubringen, von dem er einige tüchtige Sklaven aus Madagaskar und Angola zu einem Vorzugspreis kaufen konnte. Patrick lehnte dankend ab. Die Männer, die für ihn arbeiteten, sollten redlich entlohnt werden. Mit der Sklavenhaltung seiner burischen Landsleute wollte er nichts zu tun haben.

Es dauerte seine Zeit, bis er alle Einkäufe getätigt und einen Großteil dessen beschafft hatte, was er brauchte, um im Osten der Kolonie auf seinem Land mit dem Aufbau einer Farm und Pferdezucht zu beginnen. Zwar konnte er fast alles auch in Graaff-Reinet bekommen, doch zu einem bedeutend höheren Preis als in der Kapregion. Der lange Transportweg in das Gebiet am Great Fish River verteuerte zwangsläufig alle Waren. Schließlich war der Wagen mit Vorräten, Gerätschaften aller Art, Segeltuchballen, Kochutensilien, reichlich Zaumzeug, Kisten voller Nägel und vielen anderen nützlichen Dingen beladen.

An einem Februarmorgen des Jahres 1812, fast auf den Tag genau drei Jahre, nachdem er in Kapstadt seinen Fuß auf afrikanischen Boden gesetzt hatte, machte sich Patrick mit seiner kleinen Viehherde und den sechs Hottentotten auf den langen Weg. Es war das fünfte Mal, daß er von einem Ende der Kolonie ans andere zog, und nach allem, was hinter ihm lag, störte es ihn nicht, daß er vier bis fünf

Wochen unterwegs sein würde. Hatte er bei seinem ersten Treck mit Abby und Jonathan Bourke die Zeit gebraucht, um mit der Unermeßlichkeit und Fremdartigkeit der südafrikanischen Landschaft vertraut zu werden, so brauchte er diesmal die Wochen mit ihrem gleichbleibenden und geruhsamen Verlauf der Tage, um wieder mit sich selbst ins reine zu kommen und sein inneres Gleichgewicht wiederzufinden. Die Großartigkeit der Kleinen und der Großen Karroo mit ihren endlosen Ebenen, wo das Meer des sommergelben Grases wogte und die Tafelberge am fernen Horizont wie Inseln in der flirrend heißen Luft schwammen, und die Einsamkeit brachten ihm einerseits die erschrekkende Endgültigkeit seines Verlustes klarer denn je zu Bewußtsein. Sie ließen ihn durch eine neue Phase des bewußten Schmerzes gehen, halfen ihm andererseits jedoch auch, Schmerz und Verzweiflung zu ertragen und allmählich das Schicksal in seiner Unabänderlichkeit zu akzeptieren.

Nach fünfunddreißig Tagen erreichte Patrick mit seinem Treck Graaff-Reinet. Viel war geschehen, seit er das letztemal durch die Straßen der Siedlung geritten war. Nicht nur hatte Gouverneur Caledon die Residenz und Macht seines Amtes seinem Nachfolger Sir John Cradock, dem späteren Lord Howden, übergeben müssen, sondern das östliche Grenzgebiet hatte gerade seinen vierten Kaffernkrieg erlebt.

Ausgelöst worden war dieser Krieg durch einen Xhosa-Häuptling, der den Great Fish River nicht als Grenze zwischen den weißen Siedlern und Farmen auf der einen Seite und den Bantustämmen auf der anderen Seite anerkennen wollte. Er zog mit seinem Stamm bis westlich des Gamtoos River, errichtete dort seinen Kraal und versetzte den gesamten Bezirk von Uitenhage mit seinen Raubzügen in Angst und Schrecken, insbesondere den Küstenbereich, denn er drang mit seinen Kriegern bis zur Plettenberg's Bay vor und fiel über die dortigen Rinderfarmer her. Der neue Gouverneur, der sein Amt im südafrikanischen Winter von 1811 angetreten hatte, stand vor der Wahl, den gesamten Bezirk von Uitenhage den Kaffern zu überlassen oder sie mit Gewalt hinter den Great Fish River zurückzutreiben. Er entschied sich, wie allseits erwartet, für die militärische Lösung und beauftragte Colonel Graham, die Kaffern aus der Kolonie zu vertreiben.

Mit einem Regiment Hottentottensoldaten und einer geringen Zahl regulärer Rotröcke, die aus den Reihen der Burenfarmer durch sogenannte Burgher-Kommandos verstärkt wurden, führte Colonel Graham zwischen Ende 1811 und Anfang 1812 einen erbarmungslosen Feldzug gegen die Kaffern. Niemand machte sich die Mühe, die Zahl der getöteten Xhosas festzuhalten. Die Zahl der Kaffern, die aus dem östlichen Grenzbezirk und hinter den Great Fish River getrieben wurde, belief sich nach offiziellen Schätzungen jedoch immerhin noch auf zwanzigtausend. Um den erzwungenen Frieden zu sichern, wurden entlang der Ostgrenze neue Militärposten eingerichtet und schon bestehende Stationen verstärkt, so daß zwei Verteidigungslinien aus mit Soldaten und Burghern besetzten Blockhäusern entstanden. Hinter jeden Flügel dieser doppelt gesicherten Verteidigungszone setzte der Gouverneur in den neu gegründeten Siedlungen Cradock und Grahamstown einen Deputy Landdrost, einen stellvertretenden Bezirkshauptmann, ein.

Als Patrick im Osten eintraf, herrschte wieder Ruhe. Daß dies seit 1781 schon der vierte Krieg war, in dem das Blut der Kaffern und der weißen Siedler wie auch das ihrer Sklaven und Hottentotten, die stets tapfer an ihrer Seite gegen die Bantus kämpften, den Boden getränkt hatte, veranlaßte nicht einen einzigen Burenfarmer, sein Land aufzugeben und sich nach einer weniger kriegerischen Region in der Kolonie umzusehen. Es gab jedoch einige erst kürzlich aus England eingewanderte Farmer, die nicht gewillt waren, ihr Leben für den Reichtum, den sie hier zu erringen erhofft hatten, aufs Spiel zu setzen, und ihr Land nun schnellstens wieder verkaufen wollten. Patrick machte sich mit der tatkräftigen Unterstützung der van Niekerks, die sich über sein Kommen wie über die Rückkehr eines verlorenen Sohnes freuten, diese Situation zunutze, denn er scheute das Risiko nicht, das die Nähe der Grenze mit sich brachte. Und nachdem er sich mehrere der zum Verkauf stehenden Ländereien angesehen hatte, erwarb er von einem dieser Gentlemanfarmer, wie die Buren diese Engländer voller Verachtung nannten, dessen siebenhundert Hektar große Farm. Davon war jedoch nicht ein Acre gerodet, und es existierte auch keine noch so schäbige Hütte. Das Land, dessen nördliche Grenze immerhin noch einen halben Tagesritt von der Südgrenze der Niekerk-Farm KLIPFONTEIN entfernt lag, war völlig unberührt. Der Engländer war vom Ausbruch des vierten Kaffernkriegs in Graaff-Reinet überrascht worden und hatte nicht einmal den Grund für den Hof abgesteckt.

Der März ging schon in seine zweite Hälfte, als Patrick mit seinem Vieh und seinen Männern loszog, um nach den behördlichen Beurkundungen von seinem Land nun auch mit seiner Hände Arbeit buchstäblich Besitz zu ergreifen.

Die Nachmittagssonne hatte ihren Zenit schon längst überschritten, als der Treck in das weite Tal gelangte, von dem Patrick nun siebenhundert Hektar gehörten. Der Gedanke berauschte ihn, während er mit Japhata an seiner Seite über das hügelige Land ritt.

»Baas!« rief Japhata plötzlich aufgeregt. »Löwen, Baas!«

Patrick hatte die beiden Löwen im selben Augenblick entdeckt. Es handelte sich um ein ausgewachsenes Männchen mit einer wilden Mähne und sein Weibchen, anmutig und in der Haltung einer ägyptischen Sphinx. Beide lagen sich auf den Kuppen zweier kleiner Anhöhen gegenüber, deren Hänge sich zehn, zwölf Fuß unter ihnen in einem gut zehn Yards breiten Durchlaß trafen. Es schien, als hielten die beiden Löwen Wache.
»Nein! Es wird nicht geschossen!« rief Patrick scharf, als Japhata hastig sein Gewehr lud.
»Baas, wir müssen ...«, wollte Japhata protestieren.
»Es wird kein einziger Schuß abgefeuert! Nicht heute! Sie werden uns nicht angreifen, wenn wir ihnen nur die Möglichkeit geben, sich ohne ein Gefühl der Bedrohung zurückziehen zu können«, fiel Patrick ihm scharf ins Wort. Es war genug Blut geflossen, auch das Blut solch stolzer, edler Tiere wie Löwen und Elefanten. Vielleicht war es zu einem späteren Zeitpunkt unvermeidlich, sie zu erlegen, doch er wollte nicht den ersten Tag auf seinem Land damit beginnen, daß er ihnen den Tod brachte.
Um aber für alle Fälle gerüstet zu sein, lud auch er sein Gewehr. Dann schlug er mit dem Ladestock mehrmals gegen den Lauf. Wie bei jener ersten Pirsch, zu der Doorst ihn mitgenommen hatte und wo er die Elefantenkuh mit einigen Stockschlägen auf sein Gewehr davon abgebracht hatte, ihren blinden Angriff fortzusetzen, irritierte das Geräusch nun das Löwenpaar. Sie hoben die Köpfe, gaben wegen der Störung ihrer Ruhe ein ärgerliches Knurren von sich und verschwanden dann auf der anderen Seite der Hügel in den Büschen.
Japhata seufzte erleichtert auf, aber dann sagte er vorwurfsvoll »Wir werden heute nacht Wachen aufstellen müssen, Baas!«

»Ja, das werden wir wohl«, pflichtete Patrick ihm bei und fragte sich verwundert, wie das Löwenpaar in diese Gegend gekommen war, in der sich Raubkatzen nur noch ganz selten zeigten, als wüßten sie, daß sie hier schnell das Opfer eines hastig aufgestellten Jagdkommandos wurden. Er hoffte, daß die Tiere Instinkt genug hatten, das Feld so schnell wie möglich zu räumen und weiter nach Osten zu ziehen. Sonst war er zum Schutz seines Viehs und seiner Männer gezwungen, Jagd auf sie zu machen. Und das wollte er auf keinen Fall. Denn als er das Löwenpaar auf den beiden kleinen Anhöhen thronen gesehen hatte, als hielte es vor dem Tor zu einem königlichen Schloß Wache, hatte er plötzlich gewußt, welchen Namen er seiner Farm geben würde.

LION'S GATE.

Und er schwor sich, eines fernen Tages, wenn er die Scherben seines Lebens wieder zusammengesetzt hatte, zwei Löwen aus Stein meißeln zu lassen und dort auf jenen Kopjes aufzustellen.

42

Gern hätte sich Abigail nach der Sonntagspredigt von Reverend Hugh Campbell noch eine Weile zu den anderen Kirchgängern auf dem schattigen Platz vor der Kirche gesellt und ein paar Worte mit Mrs. Wynborough, Marga Blettermann und einigen anderen Frauen gewechselt. Doch Charles hatte es eilig und wollte umgehend zum Weingut zurück.

Abigail nahm auf dem weichen Polster ihrer offenen Kutsche Platz, spannte mit einer anmutigen Bewegung ihren spitzenverzierten Parasol auf und drehte ihn so in die Sonne, daß Schatten auf ihr Gesicht fiel. Sie nickte den Männern und Frauen, die sie grüßten, mit einem Lächeln zu, das bei flüchtigem Hinsehen den Eindruck von Freundlichkeit und jungem Eheglück machte. Wer sie jedoch genau beobachtet hätte, dem wäre die Starre der zum Lächeln gezwungenen Züge nicht entgangen. Ihr Lächeln war eine schützende Maske, hinter der sie ihre wahren Gefühle verbarg.

Auf dem Weg aus dem Ort kamen sie an der Kirche der Buren vorbei, wo der Gottesdienst auch schon beendet war und Männer, Frauen und Kinder in ihrer strengen schwarzen Sonntagstracht beieinander standen. Abigail nahm es kaum bewußt wahr. Sie war mit ihren Gedanken ganz woanders – sie dachte an Patrick.

Die Kutsche passierte die letzten Häuser von Stellenbosch und folgte nun der Landstraße, die aus zwei sandigen, ausgefahrenen Spurrillen bestand und zu den Farmen und Weingütern in Richtung Franschhoek-Tal führte.

»Du hörst mir ja gar nicht zu, Liebling.« Eine Hand legte sich auf ihren Arm, und Abigail fuhr aus ihren schmerzlichen Tagträumen auf.

»Entschuldige bitte«, murmelte sie und hatte einen salzigen Geschmack auf den Lippen.

»Du bist in letzter Zeit häufig so abwesend«, sagte Charles mit einem leicht vorwurfsvollen Ton. »Man könnte wirklich meinen, du interessierst dich wenig für das, was ich dir erzähle.«

»O nein, Charles! Alles, was du sagst und tust, interessiert mich, brennend sogar, denn ich bin doch deine Frau«, versicherte Abigail, bestürzt über seine Vermutung, und wandte sich ihm dabei zu.

»Himmel, du weinst ja!« stellte er verwirrt fest.

Abigail erschrak innerlich. Weniger über die Tränen, die ihr in Gedanken an Patrick gekommen waren, sondern mehr darüber, daß sie sich ihrer überhaupt nicht bewußt gewesen war. Rasch fuhr sie mit den Fingerkuppen über die tränenfeuchten Wangen. »Mir ist etwas in die Augen gekommen. Ein Sandkorn, nichts weiter«, sagte sie, zwang ein Lächeln auf ihr Gesicht und zog ein mit Spitze gesäumtes Taschentuch hervor, um sich die Augen zu trocknen. »Und bei dem Glück, das ich habe, ist mir gleich eins in jedes Auge geflogen. Wenn ich das erstemal niederkomme, werde ich bestimmt Zwillinge zur Welt bringen.«

Einen Moment lang sah er sie mit gefurchter Stirn an, als hätte er ihre aufgesetzte Fröhlichkeit durchschaut, doch dann verschwand der skeptische Ausdruck, und er lachte. »Solange es Söhne sind, soll es mir recht sein«, sagte er vergnügt und fügte ein wenig ernster hinzu: »Ich hoffe, du wirst mir bald eine solch freudige Nachricht mitteilen können.«

Eine Hitzewelle durchflutete Abigail. Sie war jetzt schon fast ein halbes Jahr seine Frau und noch immer nicht schwanger.

»Die Natur braucht seine Zeit, Charles«, erwiderte sie mit einem um Verständnis bittenden Lächeln.

»Ich weiß, du wirst mich schon nicht enttäuschen, Abigail«, sagte er zuversichtlich, drückte ihre Hand und ließ sich dann erneut über Hugh Campbell aus, den er einen alten schottischen Schwätzer nannte.

Und während Charles sich wieder einmal in einem seiner Monologe über die Zumutung erregte, daß man ihnen fast nur noch Priester schottischer Herkunft in die Kolonie schickte, schaute Abigail ihn von der Seite an. Er war ein gutaussehender Mann, wie er da in seinem eleganten Sommeranzug mit der honiggelben Seidenweste neben ihr saß. Und wenn er auch nicht die markanten Züge und die ganz besondere Ausstrahlung von Patrick hatte, so gab er doch eine überaus attraktive Erscheinung ab. Sein Charme und sein Humor konnten umwerfend sein, wenn er wollte. Daß er auch seine Schwächen hatte, zu denen ein Hang zum Prahlen sowie Ungeduld und Herrschsucht zählten, war wohl nur zu menschlich. Auch Patrick hatte seine Fehler gehabt, obwohl ...

Schluß damit! Charles ist mein Ehemann, sagte sie sich, plötzlich von Schuldgefühlen gepackt, daß sie ihn schon wieder mit Patrick verglichen hatte. Ich muß aufhören, der Vergangenheit nachzutrauern. Was geschehen ist, ist geschehen. Mein Platz ist an der Seite meines Ehemannes, und ich werde alles tun, damit er glücklich ist und in mir die Frau hat, die er sich wünscht. Das bin ich ihm schuldig.

Als sie die Allee hinauffuhren, fiel ihr einmal mehr auf, wie dringend die Gebäude von BONNE ESPÉRANCE umfassender Instandhaltungsarbeiten bedurften, die weit über die alljährlichen Schönheitsreparaturen hinausgingen. Am Wohnhaus und an den Wirtschaftsgebäuden war schon viel zu lange nichts mehr getan worden.

Abigail sprach ihn darauf an, als sie auf dem Hof aus der Kutsche stiegen, worauf er, sichtlich ungehalten über ihre wiederholte Erinnerung, erwiderte: »Alles zu seiner Zeit! Im Augenblick will ich dafür kein Geld verschwenden. Warten wir die Ernte ab. Wenn sie gut ausfällt, können wir darüber reden.«

Die schroffe Art, mit der er ihr gelegentlich zu verstehen gab, daß dies Entscheidungen waren, die er allein und ohne ihre Einmischung zu treffen gedachte, verletzte sie ein wenig. Doch wer war sie schon, daß sie ihm deswegen Vorhaltungen machen durfte? Er war ein gestandener Mann von vierunddreißig Jahren, und er wünschte, daß sie als seine junge Frau zu ihm aufsah, statt ihn zu kritisieren und ihm Vorhaltungen zu machen.

Als am Abend einige Freunde von Charles zum Kartenspiel

auf BONNE ESPÉRANCE eintrafen, gedachte Abigail ihres guten Vorsatzes und enthielt sich jeder kritischen Bemerkung. Sie fragte sich insgeheim jedoch, warum Charles immer so großzügig, ja geradezu verschwenderisch war, wenn es um gute Kleidung und um solche Vergnügungen wie das Glücksspiel ging, wurde das Geld doch für andere, viel nützlichere Zwecke auf BONNE ESPÉRANCE dringend gebraucht. Aber sie wollte ihm die Freude nicht nehmen.

Es war schon tiefe Nacht, als das Kartenspiel ein Ende fand und Charles zu ihr ins Bett kam. Der Aufbruch der Freunde ihres Mannes war alles andere als leise vor sich gegangen, und Abigail lag wach im Bett, als Charles ins Schlafzimmer trat und sich rasch seiner Kleider entledigte.

»Hast du einen netten Abend gehabt?« fragte sie.

»Ja«, antwortete er kurz angebunden und stieg zu ihr ins Bett.

Als er wortlos die dünne Decke zurückschlug, die sie sich übergelegt hatte, wußte sie, daß es ihn nach ihr verlangte. Ihre nächtlichen Vereinigungen waren bisher keine große Offenbarung für sie gewesen. In ihrer Hochzeitsnacht hatte er es sogar so eilig gehabt, daß es ihr regelrechte Schmerzen bereitet hatte, als er in sie eingedrungen war. Dabei wußte sie, wie wunderbar berauschend und erfüllend die körperliche Liebe zwischen Mann und Frau sein konnte. Doch sie hatte bisher nicht den Mut gefunden, ihm zu zeigen, wie er auch sie in einen Zustand wollüstiger Erregung versetzen konnte, der in einem Moment wunschlosen Glücks gipfelte. In dieser Nacht jedoch nahm sie sich ein Herz, nicht nur um ihrer eigenen Lust willen, sondern weil sie seine Frau war und sich geschworen hatte, alles zu tun, um ihn glücklich zu machen. Und gehörte dazu nicht auch, daß sie ihm im Bett eine willige und lustvolle Geliebte war?

»Warte«, flüsterte sie, als er ihr das Nachthemd aus dünnem

Musselin nur bis zu den Hüften hochschieben und sich dann auf sie legen wollte.
»Was machst du?«
»Ich ziehe es nur schnell aus, mein Liebling, dann stört es nicht so«, sagte sie und hoffte, daß er diesmal ihre Brüste streicheln und küssen würde.
»Es stört mich nicht«, murmelte er, ließ es aber geschehen. Abigail zog das Gewand über den Kopf und saß nun nackt vor ihm. Es war dunkel im Zimmer, und sie sah nur die Umrisse seines Körpers. Es verlangte sie danach, diesen ihr noch immer fremden Körper mit ihren Händen zu erforschen. Sie streckte deshalb die Arme nach ihm aus – und berührte mit einer Hand seine Männlichkeit. Doch Charles zuckte unter dieser intimen Berührung zurück und schob ihre Hand mit einer heftigen Bewegung, die fast ein Schlag war, von sich.
»Laß das!« stieß er mißbilligend hervor. »Und jetzt leg dich endlich hin!«
Sie schluckte ihre Enttäuschung hinunter und tat, was er von ihr verlangte. Augenblicklich kam er zwischen ihre geöffneten Schenkel und wollte sich schon in ihren Schoß drängen, obwohl sie noch gar nicht feucht und bereit war, ihn in sich aufzunehmen.
»Küß mich!« bat Abigail eindringlich.
Er zögerte einen Moment und schien eine grimmige Erwiderung auf der Zunge zu haben, aber dann beugte er sich doch zu ihr hinunter und küßte sie auf den Mund.
Abigail schloß die Augen und konzentrierte sich auf seine Lippen und seinen Körper, und es erregte sie, daß sie völlig nackt war und seine Brust über ihre Brüste streifte. Sie spürte, wie das Blut in ihre Lenden strömte und ein wollüstiges Gefühl von ihr Besitz nahm. Sie wünschte nur, er würde mit seiner Zunge zwischen ihre Lippen gleiten, ihren

Körper streicheln und auch ihr diese Art der intimen Zärtlichkeiten erlauben.
Leise stöhnte sie auf, als er in sie eindrang und sich zu bewegen begann. Zum erstenmal reagierte ihr Körper auf seine Stöße mit einer sich steigernden lustvollen Erregung. Sie erschauderte, als sie ihn ganz tief in sich spürte, und sie wünschte sich in diesem Moment nichts sehnlicher, als mit ihm ihr Glück zu finden. Sie wollte ihn ohne Einschränkungen lieben, ihm die leidenschaftliche Geliebte und die liebende Mutter seiner Kinder sein.
Die Lust wuchs in ihr, und sie begann nun, sich unter ihm zu bewegen. Sie wollte seinen Rhythmus aufnehmen, ihm mit jeder Faser ihres Körpers antworten und ihn dazu bringen, daß er sich gemeinsam mit ihr in einem Rausch der Lust vergaß.
Abigail schlang die Beine um seine Hüften und kam ihm mit ihrem Unterleib entgegen.
Augenblicklich erstarrte Charles. Dann gab er ihr eine schallende Ohrfeige. »Laß das!« fauchte er sie an. »Was sollen diese nuttenhaften Bewegungen? Hast du vergessen, daß du meine Ehefrau bist? Wo hast du solch ein schamloses Benehmen überhaupt gelernt?«
Die Ohrfeige war wie ein Schock, doch seine Worte schmerzten sie noch mehr. »Ich ... ich ... dachte, du ... würdest es so mögen«, stammelte sie betroffen und ernüchtert.
»Dann hätte ich es dir gesagt, Abigail. Du bist doch kein Flittchen, das für jeden die Röcke hebt, sondern meine Ehefrau!« herrschte er sie an. »Also benimm dich gefälligst auch so. Du solltest dich schämen. Ich will so etwas nie wieder erleben, hast du das verstanden?«
»Ja«, antwortete sie mit tränenerstickter Stimme.
»Wenn ich zu dir komme, hast du dich mir still und sittsam hinzugeben, merk dir das!« ermahnte er sie noch einmal.

»Ja.«
Abigail weinte stumm und lag reglos unter ihm, während er wütend in sie stieß, als wollte er sie dafür bestrafen, daß sie Lust empfunden und Verlangen nach zärtlicher körperlicher Liebe hatte. Danach rollte er sich mit einem befriedigten Grunzen von ihr und sagte, bevor er sich auf die Seite drehte und einschlief: »Sieh zu, daß du schwanger wirst. Es wird ja allmählich Zeit. Und ein Kind wird dich hoffentlich von deinen schamlosen Anwandlungen kurieren!«
Abigail preßte ihr Nachthemd an die Brust. Tränen liefen ihr über das Gesicht, und sie sehnte sich so stark wie nie zuvor nach Patrick – und nach seiner Liebe. Gleichzeitig haßte und schämte sie sich dafür, denn nicht er, sondern Charles würde ihr Leben bestimmen. Und es würden die Kinder von Charles sein, die sie zur Welt bringen würde, gezeugt in einsamen und unerfüllten Nächten wie dieser.

43

»Reiter, Baas!« rief Japhata aufgeregt, drei Tage nachdem ihnen die Löwen begegnet waren und Patrick eine dreiviertel Meile davon entfernt das Gelände bei einer klaren Quelle zum Platz bestimmt hatte, wo er den Kraal und die Hartebeesthütten von LION'S GATE errichten wollte.
Patrick hatte am Morgen damit begonnen, die Grundfläche für sein Wohnhaus abzustecken und die ersten der vierundzwanzig schweren Stützpfosten der Außenwände in den Boden zu rammen. Jetzt, am frühen Nachmittag, ragten schon sechs Pfähle, die einmal die südwestliche Ecke der Vorderfront bilden würden, aus dem Boden.
Bei Japhatas Ruf ließ Patrick, der den Wagen als rollendes Gerüst benutzte und auf dem Kutschbock stand, den schwe-

ren Vorschlaghammer sinken und blickte nach Südwesten, wo Japhata die Reiter ausgemacht hatte.
Es war eine große Gruppe, mehr als ein Dutzend Männer, die da über die Hügel galoppierte und genau auf das provisorische Zeltlager zuhielt, das eines Tages das Herz von LION'S GATE sein würde.
»Wer mag das wohl sein, Baas?« fragte Japhata beunruhigt und schielte nach der Flinte, die unten gegen den Disselboom gelehnt stand. Die Löwen hatten sich nicht wieder blicken lassen, dennoch war Vorsicht geboten.
Patrick zuckte mit den Schultern und blinzelte in die Sonne. »Keine Ahnung. Es sieht ganz nach einem Burenkommando aus«, antwortete er.
»Vielleicht sind wieder Kaffernbanden über den Fluß gekommen und ziehen plündernd über das Land.«
»Nein, das ist eher unwahrscheinlich. Aber gleich wird es sich ja klären«, sagte Patrick.
Wenige Minuten später löste sich die Anspannung der Ungewißheit, als der Reiter an der Spitze seinen Hut vom Kopf riß und einen Schrei ausstieß, der starke Ähnlichkeit mit einem Jodler besaß.
Jetzt erkannte Patrick ihn. Es war Hendrik van Niekerk, sein Freund und Nachbar von KLIPFONTEIN. Er hatte acht weiße Männer und zehn Hottentotten in seinem Gefolge. Und als sie nur noch wenige hundert Yards entfernt waren, sah er, daß die Reiter Schaufeln, Spaten, Langbeile und andere Gerätschaften dabei hatten.
Er ahnte, was sie zu ihm führte. Sie waren gekommen, um ihm, dem neuen Nachbarn, zu helfen. Und genauso war es auch. Hendrik van Niekerk hatte von jeder Farm, die im Umkreis von einem Tagesritt lag, den Besitzer oder, wenn dieser nicht hatte kommen können, zumindest dessen ältesten Sohn sowie ein, zwei Hottentotten mitgebracht.

Bei den Weißen handelte es sich ausnahmslos um Buren. Es waren kräftige und zum Teil sehr grobschlächtige Kerle mit markanten, unverwechselbaren Gesichtern. Man sah ihnen an, daß das Land sie geformt hatte.
Hendrik machte Patrick mit seinen Nachbarn bekannt. Er versuchte sich die Namen und die dazugehörigen Gesichter zu merken, aber das gelang ihm nur zum Teil. Das Gesicht von Frederick Bezuidenhout prägte sich ihm jedoch auf Anhieb ein. Er war ein bulliger, derber Mann mit einer dröhnenden Stimme, einem dichten Bart und erinnerte ihn vom Aussehen her ein wenig an Drago. Sonst hatte der Farmer, der am Baviaans River mit seiner weitläufigen Familie lebte und mit seinem Bruder Johannes gekommen war, jedoch nichts von der Art des Elfenbeinjägers an sich. Die Bezuidenhouts legten wie all die anderen Buren eine wenn auch etwas rauhe, so doch ehrliche Herzlichkeit und Hilfsbereitschaft an den Tag.
»Willkommen im Grenzland, Patrick O'Brien!« begrüßte ihn Frederick Bezuidenhout und ließ seine Hand, groß wie die Pranke eines Bären, auf Patricks Schulter krachen. »Hendrik hat uns erzählt, daß du das Herz auf dem rechten Fleck hast und ein Mann bist, wie das Land sie hier braucht.«
»Ich weiß nicht, welche Sorte Menschen das Land braucht, Frederick Bezuidenhout«, erwiderte Patrick, »aber ich gedenke hierzubleiben, und irgendwann werden wir ja schon sehen, wer zuerst nachgibt.«
Es dauerte einen Moment, bis den Männern der selbstironische Hintersinn von Patricks Erwiderung aufging. Doch dann war das Gelächter laut und herzlich, und Hendrik van Niekerk blickte mit einem breiten, stolzen Lächeln in die Runde, was soviel bedeutete wie: Na, hab ich nicht gesagt, daß der Mann in Ordnung ist?
»Ich werde dir sagen, wer hier zuerst nachgibt und den

Rücken beugt, O'Brien!« rief ein stämmiger Mann, den Hendrik Patrick als den Schwager der Bezuidenhout-Brüder vorgestellt hatte.

»Willst du uns von dir und deiner jungen Frau erzählen, die das Zauberstück fertiggebracht hat, aus einem alten Knochen wie dir wieder eine geschmeidige Rute zu machen? Nur zu, Cornelis Faber!« fiel ihm Johannes Bezuidenhout mit freundschaftlichem Spott ins Wort.

Schallendes Gelächter erhob sich, während Cornelis Faber eine abwehrende Geste machte, dabei jedoch schmunzelte, denn er wußte, wie es gemeint war.

Martinus de Jong gehörte wie die Bezuidenhouts und Cornelis Faber zu den Männern, deren Namen und Gesichter sich Patrick schon in der ersten Stunde unwiderruflich einprägten. Denn Martinus de Jong, ein junger Mann Mitte Zwanzig, stach aus dieser Gruppe kraftstrotzender, grobschlächtiger Gestalten wie eine Giraffe aus einer Herde Elefanten hervor. Er war zwar groß und kräftig, doch ihm fehlte die vierschrötige, ungeschlachte Statur seiner Landsleute und das typische Burengesicht mit seinen zwar klaren, aber irgendwie doch kantigen und groben Zügen.

»Martinus de Jong von JUBILEE. Ihr seid direkte Nachbarn. Seine Nordwestgrenze ist deine Südostgrenze«, stellte Hendrik ihn vor, und Patrick fielen sofort die anmutigen Gesichtszüge und das blonde, lockige Haar dieses jungen Mannes auf. Martinus de Jong war ihm auf Anhieb sympathisch.

Die Männer waren gekommen, um ihm beim Bau des Wohnhauses zur Hand zu gehen. Es war Herbst, und der Winter würde nicht mehr lange auf sich warten lassen.

»Es kann dann gelegentlich ganz mächtige Stürme und Regengüsse geben, und da jeder Mann im Grenzland sein doppeltes Gewicht in Blei und Pulver wert ist, wollen wir auch sichergehen, daß du mit deinem Haus nicht schon vom ersten Sturm davongefegt wirst«, scherzte Hendrik. »Deshalb hat Jacobus de Witt, ihm gehört übrigens drüben im Westen GROOTPAN, auch Cigar mitgebracht.« Er wies auf einen langen und hageren Hottentotten, der sich die schon in den Boden gerammten Pfosten ansah. »Keiner versteht sich so gut wie er darauf, ein solides Hartebeesthaus zu errichten. Niemand kann Cigar das Wasser reichen, wenn es um das Verflechten der Äste und die richtige Lehmmischung geht.«

Die Farmer und ihre Hottentotten opferten fünf Tage von ihrer kostbaren Zeit, um mit ihrer Nachbarschaftshilfe Patrick O'Brien einen guten Start zu ermöglichen. Denn bei der Menge und Vielfalt der anfallenden Arbeit wäre er mit seinen sechs Hottentotten mit dem Bau der Hauses nur sehr langsam vorangekommen, mußte gleichzeitig doch auch noch Land gerodet, der Viehkraal errichtet und vieles andere mehr getan werden. Daß er als Nichtbure diese großzügige Unterstützung allein Hendriks Fürsprache verdankte, war ihm klar.

Die Buren und auch ihre Hottentotten verstanden zu arbeiten. Da gab es kein Trödeln und kein langes Überlegen. Von Kindesbeinen an mit allen Belangen einer Farm vertraut, wußten sie, wie die Dinge anzugehen waren und wie auftretende Probleme gelöst wurden. Mit jedem Arbeitstag, der verstrich, verwandelte sich das provisorische Zeltlager von LION'S GATE immer mehr in einen Hof, wenn auch in bescheidenen Ausmaßen.

Erst wenn das Licht nicht mehr zum Arbeiten reichte, legten die Männer ihr Werkzeug aus der Hand, und dann fand man sich am Lagerfeuer ein, wobei die Hottentotten sich in ihr eigenes Lager beim Viehkraal zurückzogen. Das waren die Stunden, in denen Patrick die einzelnen Männer im Gespräch näher kennenlernte.

Was im Grenzgebiet zu jener Zeit alle Farmer und Siedler mehr noch als der letzte Kaffernkrieg bewegte und die Gemüter erhitzte, war das Reisegericht, das Gouverneur Caledon noch in seiner Amtszeit ins Leben gerufen hatte. Um den Einfluß der Verwaltung, die im fernen Kapstadt saß, und die Gerichtsbarkeit in den entlegenen Distrikten der Kolonie zu stärken, hatte er bestimmt, daß regelmäßig ein Reisegericht, dem zwei Richter des Obersten Gerichtshofs angehörten, die Siedlungen fern vom Kap aufsuchte und Gerichtstage abhielt. Zu den Aufgaben dieses Reisegerichts gehörte ferner, daß es sich um kirchliche, schulische und soziale Belange kümmerte und darüber Berichte verfaßte, damit der Gouverneur und seine Verwaltung genauer über die jeweiligen Zustände in den betreffenden Grenzbezirken unterrichtet waren.
»Dagegen ist ja auch nichts einzuwenden«, sagte Hendrik eines Abends, als das Gespräch auf die neue Einrichtung des Reisegerichts kam. »Ein Kläger hat in der Vergangenheit häufig seine liebe Not gehabt, seinen Fall vor Gericht zu bringen.«
»Ach was, das Reisegericht ist von den verdammten Engländern doch bloß ins Leben gerufen worden, um diesem heuchlerischen Pack von Philanthropen in England, die in jedem Eingeborenen mit schwarzer Haut einen edlen Wilden sehen, noch mehr Macht zu geben und uns Buren hier draußen das Leben zu erschweren«, entgegnete Frederick Bezuidenhout heftig. »Die wollen uns in ihr Joch spannen. Mit jedem Jahr nehmen sie uns ein weiteres Stück unserer Freiheit, für die unsere Ahnen gekämpft und ihr Leben gelassen haben. Allein darum geht es ihnen!«
Sein Bruder Johannes pflichtete ihm bei, während er seine lange Tonpfeife stopfte. »Diesen gelackten Burschen in London und anderswo, die sich in ihren feinen Clubs und

Salons treffen und sich das Recht herausnehmen, über uns und unsere Lebensweise zu urteilen, geben sich nicht damit zufrieden, daß sie uns mit brutaler Waffengewalt zu ihren Untertanen gemacht haben. Es genügt ihnen auch nicht, daß sie uns ihre Sprache aufzwingen wollen. Sie treten alles, was uns wert ist und woran wir glauben, mit Füßen.«
Grimmiges, zustimmendes Gemurmel erhob sich in der Runde der Farmer, deren Gesichter vom zuckenden Schein des Feuers ein noch wilderes Aussehen bekamen.
»Und ich sage euch«, griff Frederick Bezuidenhout die Worte seines Bruders auf, »daß sie es mit jedem Jahr schlimmer mit uns treiben werden. 1807 haben die Philanthropen uns mit den unmenschlichen Sklavenhaltern der westindischen Plantagen einfach über einen Kamm geschoren und bewirkt, daß der Sklavenhandel im ganzen britischen Reich abgeschafft wurde.«
»Ich denke, damit können wir ganz gut leben«, warf Martinus de Jong ein, der hinsichtlich der Sklavenhaltung eine deutlich gemäßigtere Meinung als die Bezuidenhout-Brüder vertrat, was ihn Patrick gleich noch sympathischer machte.
Der Farmer vom Baviaans River lachte bitter auf. »Ja, damit schon, Martinus. Aber dabei haben sie es ja nicht belassen. Was war denn vor drei Jahren? Da hat die britische Regierung per Proklamation alle Hottentotten zu britischen Untertanen erklärt und uns die Registration von Arbeitsverträgen aufgezwungen. Findet das vielleicht deine Billigung?«
Martinus zuckte mit den Schultern. »Eine lästige Sache, zugegeben, aber eigentlich doch ohne große Bedeutung.«
»Sie versprühen ihr Gift langsam, die verfluchten Pommies, aber beständig und hinterhältig wie das Buschmännergesindel!« erregte sich nun Cornelis Faber. »Und das Schwarze Reisegericht läßt ja wohl nicht mehr den geringsten Zweifel an ihren Absichten.«

»Was für ein Schwarzes Reisegericht?« fragte Patrick nach, der von einem solchen noch nichts gehört hatte.
Hendrik klärte ihn auf. »Einige Missionare und Philanthropen, die uns offensichtlich für grausame Tyrannen und Folterknechte halten, haben hundert und mehr Fälle zusammengetragen, wo Buren angeblich Hottentotten und Sklaven mißhandelt oder gar getötet haben. Allein in einem einzigen Bezirk soll es zu hundert Morden an Schwarzen gekommen sein.«
»Grotesk!« empörte sich Frederick Bezuidenhout, und sogar Martinus de Jong nickte dazu.
»Diese Anklagen haben den Gouverneur veranlaßt, in diesem Jahr ein Schwarzes Reisegericht zu uns ins Grenzgebiet zu schicken, damit es den Fällen nachgeht«, fuhr Hendrik fort. »Fast jede Familie, die Rang und Namen hat, ist von diesen ungeheuerlichen Vorfällen betroffen. Auch ich werde mich vor Gericht verantworten müssen, weil ich einen faulen Hottentotten angeblich bis aufs Blut ausgepeitscht habe.«
»Und was ist an dieser Beschuldigung wahr?« wollte Patrick wissen.
Hendrik spuckte ins Feuer. »Nicht ein Wort! Der Hottentotte, der sich diese Geschichte ausgedacht hat, um das Mitleid eines Missionars zu erregen und bei ihm ein faules Leben führen zu können, kam vor einigen Jahren zu uns nach KLIPFONTEIN. Er taugte jedoch nichts, hat sich vor jeder Arbeit gedrückt und ist immer mal wieder für Wochen verschwunden, wie eine läufige Hündin. Da habe ich ihn schließlich von der Farm gejagt und ihm Prügel *angedroht*, falls er es wagen sollte, mir auf *meinem Land* jemals wieder unter die Augen zu kommen. Das ist alles, wessen ich mich schuldig gemacht habe, und das werde ich auch vor Gericht beweisen können. Und bei der Mehrzahl der anderen An-

klagen, die das Schwarze Reisegericht verhandeln wird, sieht es nicht anders aus.«

»Ja, aber das ändert nichts daran, daß es uns viel Zeit und Geld kosten wird, unsere Unschuld zu beweisen«, sagte Cornelis Faber wütend. »Denn nach den schändlichen Gesetzen der Engländer muß jemand, der vor Gericht von der Anklage freigesprochen wird, dennoch für die Kosten des Prozesses aufkommen. Das heißt, er muß nicht nur seinen eigenen Anwalt bezahlen, sondern auch noch den Mann, der die Anklage im Namen der britischen Krone vor Gericht vertreten hat. Und dieser öffentliche Ankläger hat Anspruch auf den doppelten Betrag, den ein Anwalt bekommt. Sogar die Unschuld hat seinen Preis, und keinen zu niedrigen! So sieht das Recht der Engländer aus.«

»Wie immer der Ausgang dieses Schwarzen Reisegerichts auch sein mag, wir Buren werden dabei die Verlierer sein«, meinte Johannes Bezuidenhout düster. »Jetzt sind die Zeitungen in England und am Kap voll von all den Greueltaten, die wir Buren angeblich begangen haben und begehen. Doch danach, wenn sich unsere Unschuld herausgestellt hat, wird niemand darüber berichten. Und es wird in England auch keine Versammlungen geben, auf denen unser Name reingewaschen und unsere Ehre wiederhergestellt wird. Das Schwarze Reisegericht braucht eigentlich gar nicht mehr zu tagen. Das Urteil, das wirklich von Bedeutung ist, ist in England schon längst und unwiderruflich gefällt. Und es lautet: Die Buren sind schuldig! Punktum!«

»Ja, die Sorge teile ich auch«, sagte ein anderer Farmer namens Abraham Botman voller Empörung. »Gewiß gibt es unter uns Buren den einen oder anderen, der zu Recht vor ein Gericht gehört. Aber wegen einiger fauler Äpfel fällt man doch keinen ganzen Baum! Nehmen wir uns vielleicht die Ignoranz und Dreistigkeit heraus, die ganze Bevölkerung von Liverpool, Manchester, Southampton oder gar London als sadistische Folterknechte und skrupellose Schlächter zu verurteilen, nur weil in diesen Städten immer wieder abscheuliche Willkür und gräßliche Morde, zumeist an den Menschen aus den niedrigsten Klassen, geschehen und die Zeitungen ständig davon berichten? Und wie steht es mit der Behandlung, die britische Soldaten und insbesondere Seeleute zu erdulden haben? Wo gehört denn das gnadenlose Auspeitschen für die geringsten Vergehen zum Alltag? Nicht auf den Farmen von uns Buren, sondern auf den Schiffen Seiner Majestät!«

Die Reaktion seiner Landsleute, die nun erregt durcheinanderriefen, verriet, wie sehr er ihnen damit aus der Seele gesprochen hatte.

»In der Tat!«

»Ein wahres Wort, Abraham!«

»Die Engländer stecken selbst bis zum Hals in einer stinkenden Kloake und zeigen auf uns, weil einige von uns vielleicht dreckige Fingernägel haben!«

»Dieses heuchlerische Gesindel mit ihrer doppelten Moral!«

»Ja, aber sie haben die Macht, Männer!«

»Genau, Thobius! Und deshalb werden wir Buren, wie das mit dem Schwarzen Reisegericht auch immer ausgeht, doch die Verlierer sein«, wiederholte Johannes Bezuidenhout noch einmal seine Prophezeiung.

»Aber nur, wenn wir uns diese Schmach und Ungerechtigkeit tatenlos gefallen lassen!« wandte sein Bruder Frederick ein, der ein äußerst hitziges Temperament besaß.

Martinus lachte grimmig auf. »Das ist leicht gesagt, Frederick. Was können wir denn schon groß unternehmen?«

»Wir sollten die Pommies aus der Kolonie jagen!«

»Wenn wir es nur mit dem Gouverneur und den hier statio-

nierten Rotröcken zu tun hätten, wäre das kein Problem. Aber hinter Cradock steht das britische Empire!« gab Hendrik zu bedenken.
Einige der Männer nickten finster, sich ihrer Ohnmacht bewußt, doch Frederick Bezuidenhout sagte trotzig: »Ich jedenfalls werde mich nicht vor dem Schwarzen Reisegericht demütigen lassen!«
Die Diskussion ging noch eine ganze Weile hin und her, bis das Feuer heruntergebrannt war und es Zeit wurde, sich in die Decken zu rollen.
Nach fünf Tagen standen die Außenwände des Wohnhauses und das Dachgebälk, und die Buren kehrten auf ihre Farmen zurück, wo zu dieser Jahreszeit genügend Arbeit auf sie wartete. Cigar und drei weitere Hottentotten blieben jedoch noch für ein paar Tage, um beim fachgerechten Eindecken des Hartebeesthauses mit Reetgras zur Hand zu gehen.
Patrick bedankte sich bei den Farmern aus der Umgebung für ihre spontane Hilfeleistung, die er gar nicht hoch genug einschätzen konnte, aber mehr als ein knappes Dankeschön und einen kräftigen Händedruck wollten die Männer ihm beim Abschied nicht zubilligen.
»Das war doch eine Selbstverständlichkeit, Patrick«, versicherte Martinus, mit dem sich Patrick in diesen Tagen angefreundet hatte. »Hier draußen ist der eine auf den anderen angewiesen. Wenn wir nicht zusammenhalten, ist das eine Gefahr für uns alle.« Er schwang sich in seinen Sattel und rief ihm noch zu: »Und vergiß nicht, JUBILEE so bald wie möglich einen Besuch abzustatten.«
»Versprochen!« rief Patrick zurück.
Hendrik brach als letzter auf. »Es ist gut, daß die de Jongs deine nächsten Nachbarn sind. Martinus ist wirklich ein tüchtiger, patenter Kerl, und seine Frau Lena hält sich tapfer, wenn man bedenkt, daß sie aus Graaff-Reinet kommt

und die Einsamkeit nicht gewöhnt ist.« Er machte eine Pause und fragte dann: »Sag mal, was ist überhaupt aus Abigail geworden? Du hast uns wirklich nicht viel über sie erzählt. Ihr habt euch doch so nahegestanden ...«
Patricks Gesicht verschloß sich. »Was soll schon groß aus ihr geworden sein. Sie hat geheiratet, wie das bei jungen Frauen so üblich ist«, antwortete er in einem Tonfall, der nicht gerade zu weiteren Fragen ermunterte.
Hendrik gab jedoch nichts darauf. »Du scheinst von der Wahl ihres Mannes ja nicht sehr begeistert zu sein«, hakte er nach.
»Nein, bin ich auch nicht!« erwiderte Patrick schroff. »Sie hat einen aufgeblasenen Engländer geheiratet, der soviel taugt wie ein rostiges Messer mit einem hübschen Griff.«
»Aber wenn sie ihn liebt ...«
Patrick warf ihm einen flammenden Blick zu und ballte die Hände zu Fäusten. Hendriks ahnungslose Fragen hatten den dünnen Schorf über der tiefen Wunde, die Abigails Verrat ihm zugefügt hatte, wieder aufbrechen lassen.
»Ich schätze deine Freundschaft sehr, Hendrik, sie ist mir kostbar. Doch erwähne bitte nie wieder ihren Namen!« stieß er mit rauher Stimme hervor. »Und frage mich auch nicht nach dem Grund dafür!«
Hendrik sah ihn bestürzt an, öffnete den Mund wie zu einem Widerspruch, schloß ihn dann jedoch und nickte. Es trat ein unangenehmes Schweigen ein, das Hendrik schließlich mit den betont fröhlichen Worten brach: »Eher wird ein Kaffer Gouverneur in Kapstadt, als daß unsereins aus Frauen schlau wird, richtig? Also konzentrieren wir uns besser auf Dinge, die unserer Kontrolle unterliegen. Patrick, ich hoffe, daß du im Winter auch mal wieder den Weg nach KLIPFONTEIN findest.«
Patrick bedauerte seine unfreundliche Art, mit der er auf die

Frage nach Abigail reagiert hatte, und war froh, daß Hendrik sie ihm nicht übelnahm. Sie trennten sich als Freunde, die wußten, daß sie aufeinander zählen konnten.
Die folgenden Wochen waren so sehr mit Arbeiten ausgefüllt, daß Patrick zwischen Morgengrauen und Einbruch der Dunkelheit keine Zeit fand, über sich und Abigail nachzudenken. Und am Abend war er meist so erschöpft, daß der Schlaf ihn fast augenblicklich davontrug, sowie er auf die mit Eukalyptus gefüllten Jutesäcke gesunken war, die ein herrliches Nachtlager abgaben und auch die Nachtkälte vom Boden abhielten.
Stolz erfüllte ihn, als das Haus dick mit Reetgras eingedeckt und die Mischung aus Ochsendung und Lehm zu einem steinharten, glatten Fußboden ausgetrocknet war. Als dann der Kraal und die Hütten seiner Hottentotten standen und er das erste große Nebengebäude in Angriff nehmen konnte, das Pferden und Kühen als Winterstallung und zugleich auch als Scheune dienen sollte, da gönnte er sich einen Tag Ruhe und ritt nach JUBILEE.
Von Hof zu Hof benötigte er gute drei Stunden, ohne Velvet jedoch allzuviel abzuverlangen. Wäre er scharf geritten, hätte er es auch in etwas über zwei Stunden schaffen können. Aber seit LION'S GATE zum alleinigen Sinn und Ziel seines Lebens geworden war und er am Abend nach der Begegnung mit den Löwen den ersten Pflock in die Erde geschlagen hatte, trieb ihn keine innere Eile mehr. Sein Lebensrhythmus würde von nun an vom Wechsel der Jahreszeiten und ihren Erfordernissen bestimmt werden.
Martinus' Freude hätte nicht größer sein können, als er Patrick erblickte, und er bestand darauf, daß er über Nacht blieb. Patrick ließ sich gern überreden, zumal er LION'S GATE in bester Obhut wußte. Das Vertrauen, das er Japhata

von Anfang an entgegengebracht hatte, hatte sich in jeder Beziehung als berechtigt erwiesen. Auf ihn war Verlaß.

Als Martinus ihm seine Frau Lena vorstellte, war Patrick überrascht. Er hatte erwartet, eine jener kräftigen, robusten Burenfrauen anzutreffen, die ihm auf seinen Reisen auf vielen Farmen begegnet waren. Lena entsprach diesem Bild jedoch ganz und gar nicht. Sie war mittelgroß, schlank wie ein Reh und schwarzhaarig. Direkt hübsch konnte man ihr Gesicht nicht nennen, doch es hatte klare, offene Züge und strahlte eine natürliche, wenn auch schüchterne Frische aus.

Wie Martinus erzählte, hatte er Lena im Januar an ihrem achtzehnten Geburtstag geheiratet. »Und jetzt ist sie schon im dritten Monat schwanger!« fügte er stolz hinzu, woraufhin Lena wie ein schamhaftes Mädchen errötete und den Blick senkte. Ihr schüchternes Lächeln verriet jedoch, daß ihre schnelle Schwangerschaft auch sie mit Stolz erfüllte.

Lena servierte ein köstliches Hammelragout und saß den ganzen Abend bei ihnen, ohne sich aber am Gespräch der Männer zu beteiligen. Doch wenn sie auch mit flinken Fingern die Stricknadeln führte, so merkte Patrick dennoch, daß sie ihrem Gespräch, welches sich um alles mögliche drehte, aufmerksam zuhörte und mit dieser Rolle offenbar sehr zufrieden war. Und als Patrick am nächsten Tag nach LION'S GATE zurückkehrte, überwand sie ihre Schüchternheit beim Abschied für einen Moment, indem sie ihm kurz in die Augen sah und ihm ein Lächeln schenkte, das ihm sagte, daß er auch ihre Zuneigung gewonnen hatte.

Dieses Lächeln erinnerte Patrick schmerzlich an Abigail, und gegen seinen Willen von einem Mahlstrom der Erinnerungen fortgerissen, traf er erst geschlagene sieben Stunden später auf LION'S GATE ein.

44

Das Schwarze Reisegericht verbrachte vier Monate im Grenzgebiet und schaffte viel böses Blut unter den burischen Kolonisten. Knapp achtzig Farmer erhielten Vorladungen, und nicht eine angesehene Familie fehlte auf dieser »Schandliste der Verleumdung«, wie der Gerichtsaushang bei den burischen Farmern und Siedlern hieß. Von den angeblich hundert Morden an Hottentotten blieben letztlich nur noch siebzehn Fälle übrig, die vor Gericht kamen, und auch davon erwies sich nicht eine einzige Anklage als stichhaltig.

Patrick verfolgte Vorgehen und Fortgang des Schwarzen Reisegerichts mit großer Aufmerksamkeit, soweit ihm das auf LION'S GATE möglich war. Denn schlechte Erfahrungen mit zwei von seinen Hottentotten hatten ihm die Augen dafür geöffnet, daß das Damoklesschwert einer falschen Anklage auch über ihm hing und jederzeit fallen konnte. Er nahm sich deshalb mehrfach die Zeit, zu Verhandlungen zu gehen. Daß er bei diesen Gelegenheiten fast immer einen seiner Nachbarn und neugewonnenen Freunde traf, machte den langen Ritt noch lohnenswerter.

Es waren oftmals sehr erregte Szenen, die sich dort vor dem Gericht abspielten. Die ganze Art, wie die Sache gehandhabt wurde, war eine schwere Kränkung für das Ehrgefühl der Buren. An die tausend Zeugen wurden vorgeladen, als hoffte das Gericht, daß sich irgendwann schon noch ein nützlicher Zeuge für die Anklage finden ließe. Die Empörung schlug von Woche zu Woche höhere Wellen. Daß sich eine ergraute Witwe, die im ganzen Bezirk für ihre Warmherzigkeit und Freigebigkeit gegenüber ihren Hottentottenarbeitern bekannt war, vor Gericht verantworten mußte, weil sie einem ihrer Bediensteten angeblich als Strafe für ein geringfügiges Vergehen kochendes Wasser über die Beine gegossen hatte, empfanden fast alle wie eine persönliche Ohrfeige. Denn die Geschichte, um die es ging, war jedem zur zu gut bekannt, auch wenn sie schon viele Jahre zurücklag. Die Frau hatte damals im Distrikt von Lange Kloof gelebt und einen jungen Hottentotten ausgeschickt, um in den Bergen einige verstreute Rinder einzufangen und zur Farm hinunterzutreiben. Dabei wurde er von einem Schneesturm überrascht. Als er nicht zur ausgemachten Zeit auf die Farm zurückgekehrte, setzte die Frau unverzüglich eine großangelegte Suche in Gang, bei der der junge Hottentotte auch spät in der Nacht gefunden wurde, taub vor Kälte und mit Frostbeulen an den Füßen. In der Hoffnung, dem Jungen die Funktionsfähigkeit seiner Gliedmaßen erhalten zu können, wenn sie die Frostbeulen mit Hitze kurierte, ließ sie ihn seine Füße in heißes Wasser stellen. Leider ohne Erfolg. Der junge Hottentotte lebte danach jedoch noch viele Jahre und wurde schließlich das Opfer einer Krankheit, die nichts mit den Verletzungen zu tun hatte, welche er sich in jener Winternacht zugezogen hatte. Dieser Hergang war allseits bekannt und wurde vor Gericht auch von anderen Hottentotten bestätigt.

»Man spuckt uns ins Gesicht!« erregte sich Martinus, der Patrick mehrmals zu den Verhandlungen begleitete. »Johannes hat völlig recht gehabt. Auch wenn die Wahrheit letztlich siegt und zu einem Freispruch führt, ist das nicht einmal ein schaler Triumph, ja nicht einmal eine Genugtuung. Denn die Bestrafung bleibt, nämlich in Form von Gerichtskosten und einer Unmenge verlorener Zeit. Klaas Bergman hat sich wochenlang nicht um seine Farm kümmern können, und diesen Schaden bezahlt ihm keiner.«

»Ja, wir hätten für diese Verleumdungen, mit denen man uns wie Verbrecher vor Gericht gezerrt hat, Schadenersatz

bekommen müssen!« sagte ein Farmer, der sein Verfahren schon hinter sich hatte und wie alle anderen vor ihm in sämtlichen Anklagepunkten freigesprochen worden war, mit ohnmächtigem Zorn.
»Erzähl das mal dem Gouverneur und seinen Philanthropenfreunden in England!« warf ein anderer bitter ein.
»Und den elenden Missionaren, die die Schwarzen mit allen Mitteln gegen uns aufhetzen!« fügte jemand voller Haß hinzu.
Patrick dachte an Jonathan Bourke und wollte diese pauschale Beschuldigung nicht unwidersprochen hinnehmen. »Auch unter den Missionaren gibt es solche und solche«, sagte er deshalb.
Giftige, feindselige Blicke trafen ihn. Und sogar Martinus sah ihn verdrossen an. »Seit wann hältst du es mit diesen Kaffernfreunden, Patrick?« fragte er scharf.
»Habt ihr euch nicht immer wieder heftig dagegen gewehrt, daß man euch Buren wegen einiger übler Gesellen in euren Reihen pauschal über einen Kamm schert?« antwortete Patrick mit einer Gegenfrage und ohne die Ruhe zu verlieren. »Ich meine, ihr solltet nicht dieselbe Ungerechtigkeit begehen, die euch jetzt widerfährt, indem auch ihr jeden Engländer und insbesondere jeden Missionar verdammt. Ich jedenfalls kenne mindestens einen, für dessen Aufrichtigkeit und Anständigkeit ich mein Leben verbürgen würde.«
Der feindselige Ausdruck verschwand aus den Mienen der Männer, und Martinus räumte ein, daß ein blindes Vorurteil so ungerecht war wie das andere. »Aber dennoch findest du unter den Missionaren genauso schwer einen aufrechten Mann, der uns Gerechtigkeit widerfahren läßt, wie das verdammte Schwarze Reisegericht einen Buren, den es verurteilen kann!«
»Das ist so wahr, wie ein Ochse nicht durchs Nadelöhr paßt,

Martinus de Jong!« pflichtete ihm ein anderer Farmer bei. »Es ist eine Schande, wie man uns an den Pranger stellt.«
»Was ist mit Frederick Bezuidenhout?« erkundigte sich Martinus. »Bleibt er immer noch dabei, nicht vor Gericht zu erscheinen, obwohl auch er vorgeladen ist?«
Die Männer lachten, und neidvolle Bewunderung für den Mut, den sie selbst nicht aufgebracht hatten, schwang in ihrem Lachen mit. »Die Bezuidenhout-Brüder sind sturer als der dickköpfigste Zugochse. Frederick hat bei seiner Ehre geschworen, der Vorladung nicht zu folgen, und wenn es ihn sein Leben kosten sollte.«
»Das kann gut möglich sein«, meinte ein grauhaariger Bure mit bedenklicher Miene. »Das Gericht wird das nicht einfach so hinnehmen.«
»Vielleicht ist das, was Frederick und Johannes tun, das einzig Richtige«, sagte Martinus, den die stolze Haltung der Bezuidenhouts sichtlich beeindruckte. »Wenn keiner von uns der Vorladung gefolgt wäre, hätte das ein Zeichen gesetzt und die Farce dieses Schwarzen Reisegerichts womöglich wie ein Kartenhaus in sich zusammenfallen lassen!«
»Fragt sich nur, mit welchen Folgen«, wandte der grauhaarige Farmer ein.
Daß Frederick Bezuidenhout auf seiner abgelegenen Farm den wiederholten Aufforderungen des Gerichts, gefälligst zu erscheinen und Stellung zu der gegen ihn vorgebrachten Anklage zu nehmen, nicht nachkam, schien für ihn nicht die geringsten Folgen zu haben. Als das Richtergremium schließlich ans Kap zurückreiste, nachdem es nur eine Handvoll Geld- und Gefängnisstrafen verhängt hatte, bereuten viele Buren, daß sie es nicht so wie Frederick Bezuidenhout gemacht und das Schwarze Reisegericht einfach ignoriert hatten. Das Reisegericht, das im nächsten Jahr wiederkehren würde, hinterließ unter den Kolonisten im Grenz-

land eine bislang ungekannte Verbitterung und Feindseligkeit gegenüber der Verwaltung, die ihnen in ihrem eigenen Land das Gefühl gab, daß ihre legitimen Rechte mit Füßen getreten wurden.
Für Martinus und Lena brachte das Jahr 1812 noch einen bitteren Schmerz ganz anderer Art. Lena kriegte ihr Kind, einen Sohn, mehrere Wochen zu früh. Es war zudem eine sehr schwere, schmerzhafte Geburt. Das Baby kam tot zur Welt.
Als Patrick von dem Unglück hörte, ritt er sofort nach JUBILEE. Denn er ahnte, wie schwer dieser Schicksalsschlag für sie beide sein mußte, hatten sie sich doch so sehr auf ihr erstes Kind gefreut.
Was ihn überraschte, war, daß Lena den Verlust ihres Babys mit viel mehr Fassung trug als Martinus, obwohl sie sich obendrein körperlich noch nicht von der Niederkunft erholt hatte. Auch sie trauerte um das totgeborene Kind, doch in ihrer Trauer lag zugleich die unerschütterliche Zuversicht, daß die Zukunft ihnen schon die Kinder schenken würde, die sie sich wünschten.
Dagegen haderte Martinus mit dem Schicksal und mit Gott. »Ich weiß, es war Gottes Wille, aber warum mußte der Herr seine Allmacht ausgerechnet an meinem Sohn auslassen?« zürnte er. »Warum hat Er ihn nicht leben lassen? Wäre das denn zuviel verlangt gewesen? Sind wir nicht immer gottesfürchtig gewesen? Wofür also wollte Er uns bestrafen? Es ist nicht gerecht, daß Er unser Kind hat sterben lassen! Es ist einfach nicht gerecht. Oder ist Gott vielleicht ein verfluchter Engländer?«
»Versündige dich nicht, Martinus!« mahnte ihn Lena.
Martinus brauchte lange, um den schweren Schlag zu verdauen und sich wieder zu fangen. Erst beim Nagmaal in Graaff-Reinet fast sechs Monate später, an dem auch Patrick

auf Einladung seiner burischen Freunde teilnahm, war er wieder der alte. Zusammen mit Hendrik und dem rothaarigen, baumlangen Thobius du Toit, dessen Vater die Farm VRYHEID westlich von LION'S GATE bewirtschaftete, versuchte Martinus, den Kuppler zu spielen. Auch Franziska und Lena waren daran beteiligt. Alle wünschten, daß Patrick endlich auf Freiersfüßen ging und mit einer Braut oder doch zumindest mit dem Versprechen einer baldigen Heirat nach LION'S GATE zurückkehrte.

»Es wird allmählich Zeit, daß du dir eine Frau nimmst. Du wirst bald dreißig!« erinnerte Martinus ihn, als Patrick die angeblich zufälligen Zusammentreffen mit jungen, unverheirateten Frauen zuviel wurden und es aufhörte, ein Spaß zu sein.

»Das ist keine Zahl, die mich schreckt, mein Freund. Die Ehe ist an kein Alter gebunden. Und hat nicht dein Vater mit zweiundsechzig noch zum drittenmal geheiratet?« erwiderte Patrick spöttisch.

Martinus grinste. »Der Mensch ist nicht dafür geschaffen, allein zu sein. Und zu einem Mann mit Saft und Kraft gehört eine Frau. Außerdem war er gerade neunzehn, als er seine erste Frau genommen hat.«

»Eure Besorgnis rührt mich, ist aber völlig unbegründet«, sagte Patrick spöttisch.

»Und ob sie begründet ist! Es ist nicht gut, daß du allein auf LION'S GATE bist«, beharrte Hendrik.

»Ich bin nicht allein. Auf LION'S GATE leben mittlerweile neun Männer und vier Frauen, von denen drei schwanger sind«, entgegnete Patrick.

Martinus winkte ab. »Hottentotten! Wir reden von einer Frau, die dir zur Seite steht, dir das Bett wärmt, wie es nur ein anschmiegsames Weib tun kann, und dir Nachkommen schenkt.«

»Als ich dreißig war, hatte ich schon fünf Kinder! Und jetzt, mit vierunddreißig, tragen vier prächtige Söhne und drei Töchter meinen Namen!« prahlte Thobius, dessen robuste, rotwangige Frau Sarah den Eindruck machte, als hätte die Natur sie dafür bestimmt, noch zehn weitere Kinder zur Welt zu bringen. Und es war gut möglich, daß Thobius und Sarah eines Tages tatsächlich eine so große Familie hatten, denn ungewöhnlich waren so viele Kinder bei den Buren keinesfalls, sondern eher die Regel.

»Ich bin mit dem Zustand, so wie er ist, vorerst überaus zufrieden«, versicherte Patrick unbeeindruckt von all dem guten Zureden seiner Freunde.

»Magtig!« Hendrik rang die Hände. »Es gibt so viele hübsche Mädchen im heiratsfähigen Alter, die sich glücklich schätzen würden, wenn sie am Samstagabend die *opsitkers* für dich anzünden könnten.«

»Und zwar die dickste und größte, die es gibt!« bekräftigte Thobius.

Wenn ein junger Mann einem heiratsfähigen Mädchen den Hof machte, war es bei den Buren so Sitte, daß die Eltern ihrer Tochter eine Aufbleibkerze schenkten. Kam der junge Mann dann, gewöhnlich am Samstagabend, zogen sich die Eltern nach einer Weile diskret zurück und ließen das junge Paar in der Wohnstube allein. Der Brauch verlangte, daß der Freier und das Mädchen seiner Wahl sich sittsam am Tisch gegenübersaßen, auf dem die Opsitkers brannte. War die Kerze heruntergebrannt, mußte der Mann gehen. Wollte ein Mädchen einem Freier zu verstehen geben, daß sein Werben auf keine Gegenliebe stieß und aussichtslos bleiben würde, empfing sie ihn mit einem Kerzenstummel, der schon nach wenigen Minuten abgebrannt war. Sorgte sie dagegen für eine große, breite Kerze, war das eine Ermunterung. Wiederholte sich das,

kam diese langbrennende Opsitkers einer indirekten Liebeserklärung gleich.
Patrick dachte jedoch nicht daran, einem Burenmädchen, wie hübsch es auch immer sein mochte, den Hof zu machen und seine Samstagabende vor einer Opsitkers zu verbringen. Nichts lag ihm ferner, als sich eine Ehefrau zu nehmen. Denn wenn er sich auch immer wieder sagte, daß er längst über Abigail hinweg war, spürte er doch, daß dem nicht so war. Zwar vergingen oftmals mehrere Wochen, in denen die Erinnerung an sie ausgelöscht schien, doch dann kam irgendwo wieder eine jener Nächte, in denen er intensiv von Abigail träumte. Es waren wunderbar erotische Träume, die damit endeten, daß sich sein Körper im Schlaf die lustvolle Erleichterung verschaffte, und auf die, sowie er erwachte und die warme Nässe des Samens auf seiner Bauchdecke spürte, Scham und ein entsetzliches Gefühl der Leere folgten.
Um von seinen wollüstigen Träumen loszukommen, verbrachte er, nach langem Zögern und in sehr unregelmäßigen Abständen, dann und wann ein, zwei Nächte in Graaff-Reinet, wo die größte Truppeneinheit an der Grenze stationiert war. Dort bedurfte es keiner übermäßigen Anstrengung, eine Frau zu finden, die seinen rein sexuellen Hunger für entsprechendes Entgelt auf höchst lustvolle und phantasiereiche Weise befriedigte, ohne über das Dirnengeld hinaus irgendwelche Anforderungen an ihn zu stellen. Er sprach mit niemandem darüber, und es belastete ihn auch nicht, die Dienste dieser Frauen in Anspruch zu nehmen.
Auf LION'S GATE hielten ihn die viele Arbeit, die zu tun war, und die wachsende Zahl seiner Hottentotten davon ab, in trübe Grübelei zu verfallen. Die ersten Fohlen kamen zur Welt, und er legte Maisfelder an. Die Arbeit, die er und seine Männer und neuerdings auch Hottentottenfrauen zu bewältigen hatten, hinkte stets weit hinter seinen Plänen hinterher.

Es gab 1813 zudem noch so viel anderes, was ihn beschäftigte, daß ihm selten Zeit genug blieb, um sich Gedanken über sein privates Glück zu machen.
Zuerst einmal kehrte das Reisegericht zurück und riß bei den Buren alte Wunden auf. Frederick Bezuidenhout widersetzte sich erneut allen Anordnungen, vor Gericht zu erscheinen und Rechenschaft abzulegen. Traurig endete auch die zweite Schwangerschaft von Lena, die ihr Kind wieder verlor, diesmal schon im sechsten Monat.
Unerfüllt blieb in diesem Jahr außerdem eine ganz andere Hoffnung, nämlich daß nach dem vierten Kaffernkrieg Frieden am Great Fish River und seinem Hinterland eintreten würde. Mitte des Jahres wagten sich wieder Kaffernbanden über den Fluß. Sie brannten auf ihren Raubzügen einige Farmen nieder und erbeuteten mehrere tausend Stück Vieh.
Gouverneur Cradock sah sich gezwungen, den massiven Forderungen der Buren nach Vergeltungsmaßnahmen nachzugeben und eine starke Streitmacht, unterstützt von Burenkommandos, tief ins Kaffernland zu schicken. Patrick, der selbst keinen Viehdiebstahl zu beklagen hatte, nahm aus Loyalität zu seinen Freunden und Nachbarn an diesem Vergeltungsfeldzug teil, der sie bis an den Kat River führte. Sie zerstörten die Kraals mehrerer kleiner Stämme, die sie meist fluchtartig verlassen vorfanden, und töteten einige Dutzend Xhosas, die den Mut hatten, ihnen mit ihren Keulen und Lanzen entgegenzutreten, oder von ihnen auf der Flucht überrascht wurden. Den Buren ging es hauptsächlich darum, möglichst viel Vieh zu erbeuten. Dieses Ziel erreichte der Vergeltungsfeldzug allemal. Als die bunte Streitmacht aus Rotröcken, Hottentottensoldaten und Burenkommandos wieder auf das Westufer des Great Fish River zurückkehrte, hatte sie fast fünftausend Rinder dabei. Das war

doppelt soviel, wie die Kaffern den Farmern auf ihren Raubzügen gestohlen hatten.
»Nur die Strafe, die nachhaltig schmerzt, zeigt Wirkung!« sagte Martinus, als Patrick laut darüber nachdachte, ob das denn der richtige Weg sei, den Frieden an der Grenze zu sichern, oder ob solche Vergeltungsmaßnahmen nicht viel eher genau den gegenteiligen Effekt hätten.
Und dann kam das Jahr 1814, in dem im April Lord Charles Henry Somerset neuer Gouverneur der Kolonie wurde. Er entstammte einer einflußreichen adligen Familie, und es war bekannt, daß er stolz darauf war, den reaktionären Tories anzugehören. Mit seinen ausgeprägten autokratischen Neigungen war er nicht der Mann, der mit den Buren auskommen würde, das stand schon zu Anfang fest. Niemand erwartete, daß ihm die innere Aussöhnung zwischen Buren und Briten gelingen, ja daß er es überhaupt versuchen würde. Daß es zwischen ihm und den Kapholländern Auseinandersetzungen geben würde, davon ging fast jeder aus, der die Ereignisse der Vergangenheit genau studiert hatte und die Zeichen der Zeit lesen konnte.
Doch daß es schon kurz nach seinem Amtsantritt zu einer Rebellion kommen würde, daran dachte wohl keiner, ausgenommen vielleicht Frederick und Johannes Bezuidenhout vom Baviaans River.

45

Abigail verstand nicht, warum sich die Schneiderin diesmal so umständlich benahm. Sie kannte Marga Blettermann mittlerweile gut genug, um zu wissen, daß Unentschlossenheit so schlecht zur Schneiderin paßte wie zu ihr goldbrauner Brokat oder rubinrote Seide. Ihr standen zarte Farben

besser zu Gesicht, und dieser malvenfarbene Taft schien ihr für das neue Kleid hervorragend geeignet.
»Stimmt irgend etwas nicht, Mrs. Blettermann?« fragte sie deshalb verwundert, als die korpulente Schneiderin mit dem wogenden Busen noch immer keine Anstalten machte, den Stoff vom Ballen zu rollen. »Ist etwas mit dem Taft?«
»Nein, nein, er ist von bester Qualität«, versicherte sie nachdrücklich und blickte zu der anderen Kundin in ihrem Geschäft hinüber, die bei ihrer Verkäuferin einige Rollen Nähgarn erstanden hatte und sich nun zum Gehen wandte. »Danke für Ihren Besuch und einen guten Tag, Mrs. de Wykert.«
Die Frau erwiderte den Gruß und zog die Ladentür von außen zu.
Abigail nahm an, nun Mrs. Blettermanns ungeteilte Aufmerksamkeit zu besitzen. »Also ich bleibe bei dem Taft hier. Es wäre mir sehr recht, wenn Sie es schaffen könnten, das Kleid bis ...«
»Entschuldigen Sie, einen Moment, Mrs. Dooney«, fiel die Schneiderin ihr mit einem nervösen Lächeln ins Wort und sagte zu ihrer Verkäuferin: »Clara, gehen Sie doch bitte nach hinten, und holen Sie meine Brille. Vermutlich habe ich sie mal wieder einer Kleiderpuppe um den Hals gehängt.«
Augenblicke später war Marga Blettermann mit Abigail allein im Geschäft, wo auch jeder, der nicht bei ihr arbeiten lassen wollte, Stoffe, Borten und Nähutensilien kaufen konnte.
Die Schneiderin holte tief Luft, so daß sich ihr mächtiger Busen hob. »Es tut mir wirklich leid, Mrs. Dooney«, sagte sie mit gedämpfter Stimme, »aber ich kann Ihnen keinen weiteren Kredit einräumen.«
»Wovon sprechen Sie?« fragte Abigail mehr verständnislos als peinlich berührt.

»Nun, von den noch nicht bezahlten Rechnungen der letzten sechs Monate«, erklärte Marga Blettermann, und es war ihr sichtlich unangenehm.

»Aber mein Mann hat mir schon vor Wochen gesagt, daß er sie bezahlt hat!«

»Das ist leider nicht der Fall, Mrs. Dooney. Ihr verehrter Herr Gemahl hat auch auf die beiden Zahlungserinnerungen, die ihm zu schicken ich mir erlaubt habe, nicht reagiert. Deshalb sehe ich mich gezwungen, Ihnen im Augenblick keinen weiteren Kredit einzuräumen.«

Abigail schoß das Blut ins Gesicht, als ihr bewußt wurde, daß Charles sie wieder einmal angelogen und sie dadurch in diese peinliche Situation gebracht hatte. »Er wird es bei all den vielen Dingen, um die er sich zu kümmern hat, schlichtweg vergessen haben.«

»Es sieht ganz so aus.«

»Ich werde dafür sorgen, daß die Rechnungen noch diese Woche beglichen werden.«

»Das wäre sehr freundlich. Es tut mir leid, Ihnen diese Unannehmlichkeiten bereiten zu müssen«, bedauerte Marga Blettermann und meinte es ehrlich. Als Schneiderin, die täglich mit den klatschsüchtigsten Kundinnen zu tun hatte, wußte sie bestens über alles Bescheid, was Frauen interessierte. BONNE ESPÉRANCE und sein spielfreudiger Besitzer Charles Dooney bildeten keine Ausnahme. Und wenn sie nicht solch eine Schwäche für dessen reizende Frau Abigail gehabt hätte, hätte sie ihr schon vor Monaten keinen Kredit mehr eingeräumt. Aber jetzt war, bei aller persönlicher Sympathie, der Punkt erreicht, wo sie weiteren unbezahlten Rechnungen den Riegel vorschieben mußte. Immerhin war sie Geschäftsfrau und nicht die Samariterin für verschwenderische Weinbauern.

Marga Blettermann zog eine Schublade auf und holte einen gefalteten Bogen Papier heraus, den sie Abigail reichte. »Ich

habe mir erlaubt, Ihnen eine Abschrift von den noch offenstehenden Beträgen zu machen.«
Abigail nahm die Zahlungserinnerung entgegen und rang sich ein Lächeln ab. »Oh, es war bestimmt nur ein Mißverständnis, das schnell aus der Welt geschafft ist«, versicherte sie wider besseres Wissen.
»Natürlich, Mrs. Dooney.«
Marga Blettermann erwiderte ihr Lächeln, doch Abigail hatte das schreckliche Gefühl, als durchschaute die Schneiderin ihre Lüge. Ihr brannte das Gesicht, und sie mußte an sich halten, in ihrer Beschämung nicht aus dem Geschäft zu stürzen.
Als sie endlich draußen war und in ihrem Einspänner saß, verwandelte sich ihre Scham in Zorn auf Charles. Und sie beschloß, auf der Stelle nach BONNE ESPÉRANCE zurückzukehren und ihren Mann zur Rede zu stellen.
Ihr Zorn war eher noch stärker geworden, als sie auf dem Weingut eintraf, das mit jedem Jahr einen vernachlässigteren Eindruck machte.
Sie fand Charles im Gebäude, wo die Traubenpressen standen, und sie hörte seine aufgebrachte Stimme schon auf dem Hof. Er lag sich offensichtlich wieder einmal mit Petrus van der Poel, dem alten und erfahrenen Kellermeister, den er vom Vorbesitzer übernommen hatte, in den Haaren.
»Das interessiert mich nicht! Sehen Sie gefälligst zu, daß Sie mit den Mitteln, die uns zur Verfügung stehen, auskommen!«
»Bei allem Respekt, Mijnheer Dooney, aber man kann eine Kuh nicht ständig melken, wenn man ihr nicht regelmäßig und reichlich Futter gibt!« protestierte der kahlköpfige Kellermeister, dem der gepflegte graue Bart dafür aber um so dichter wuchs.
»Halten Sie mir keine Vorträge!«
»Ich halte Ihnen keine Vorträge, sondern ich sage Ihnen,

daß man ein Weingut so nicht führen kann. Und wenn wir schon mal dabei sind, will ich Ihnen auch gleich sagen, daß ich überhaupt kein Verständnis dafür habe, daß Sie die vier angolanischen Sklaven verkaufen wollen – und dann auch noch ohne ihre Frauen. Das ist nicht nur äußerst hartherzig und wird zu bösem Blut unter den Schwarzen führen, sondern das wird sich auch für BONNE ESPÉRANCE sehr nachteilig auswirken. Zwei von den Sklaven gehören zu den ...«
Barsch fuhr Charles ihm über den Mund. »Wen ich kaufe oder verkaufe, geht Sie gar nichts an, van der Poel, das müssen Sie schon mir überlassen. Wir kommen auch ohne sie zurecht. Ihre ständige Besserwisserei ...«
»Charles!« rief Abigail mit scharfer Stimme.
Überrascht fuhren die beiden Männer zu ihr herum. Der Kellermeister neigte zum Gruß leicht den Kopf und lächelte entschuldigend, während Charles sie mit grimmiger Miene ansah und unfreundlich fragte: »Was willst du?«
»Ich muß mit dir sprechen.«
»Später«, sagte er mit einer ungeduldigen Handbewegung, als wollte er sie wie eine Bedienstete davonscheuchen.
»Nein, es hat keine Zeit bis später!« beharrte Abigail, innerlich vor Zorn kochend. »Ich muß jetzt mit dir reden!«
»Ich wollte sowieso in die Weinberge«, sagte Petrus van der Poel, murmelte einen Gruß und eilte nach draußen.
»Was gibt es denn so Dringendes?« fragte Charles ärgerlich.
Abigail hielt ihm die Rechnung der Schneiderin hin. »Da! Schau es dir an!«
»Was ist das?«
»Eine Aufstellung der Schneiderin über die offenstehenden Rechnungen, die du angeblich schon vor Wochen beglichen hast. In Wirklichkeit hast du noch nicht einen Rixdollar bezahlt, obwohl sie dir schon zwei Zahlungserinnerungen geschickt hat!« antwortete sie aufgebracht.

Er riß ihr das Papier aus der Hand, knüllte es zusammen und warf es ihr vor die Füße. »Laß mich doch mit diesem lächerlichen Kleinkram in Ruhe!« fuhr er sie dabei an. »Ich habe wichtigere Dinge zu bedenken als deine dummen Kleiderrechnungen!«

»Dumm nennst du das, wenn du mich belügst und mich in eine unmögliche Lage bringst?« Sie funkelte ihn an. »Geschämt habe ich mich dabei, für dich und für mich. Und am liebsten wäre ich im Boden versunken.«

»Ich bin im Moment finanziell etwas knapp, das ist alles. Diese dumme Kuh wird sich eben noch etwas gedulden müssen. Und du zügelst gefälligst deine Zunge, hast du mich verstanden?« warnte er sie.

»Ich denke ja gar nicht daran, Charles! Es ist eine Schande, daß du Rechnungen nicht bezahlst, aber fürs Kartenspiel immer noch genug Geld hast!« brach es vehement aus ihr heraus. »Ich habe diese vielen Kleider nie gewollt, aber du drängst mich dauernd dazu, mir etwas Neues schneidern zu lassen. Um Himmels willen, warum tust du das, wenn wir uns das überhaupt nicht leisten können?«

»Weil du offenbar zu nichts anderem taugst, als in hübschen Kleidern ein hübsches Bild abzugeben! Denn als Frau, deren Bestimmung es ist, ihrem Mann Kinder zu schenken, bist du ja nichts wert!« schleuderte er ihr wutentbrannt entgegen.

Abigail erblaßte, traf er damit doch die wunde Stelle in ihr, die sie seit Jahren quälte. »Ich leide genauso darunter wie du, aber Doktor Bergsted hat mir erklärt, daß es nicht unbedingt an mir liegen muß.«

Seine Augen verengten sich. »Was willst du damit sagen?«

»Daß du vielleicht nicht in der Lage bist, Kinder zu zeugen, Charles!« stieß sie in ihrem Zorn hervor, was sie sonst nie auszusprechen gewagt hätte.

Seine Hand flog hoch. Er schlug sie quer über das Gesicht. Abigail schrie auf und taumelte unter der Wucht des Schlages gegen eine der Traubenpressen. Vor Schmerz und Erschütterung wimmernd, sank sie zu Boden.

»Wage es nie wieder, so mit mir zu sprechen!« zischte er. »Ich werde dir schon beweisen, wer von uns beiden keine Kinder zeugen kann!«

Wenig später hörte sie ihn davonreiten. Er kam erst im Morgengrauen zurück, betrunken, aber nicht betrunken genug. Als er ihr die Decke wegriß, versuchte sie sich zu wehren, doch er brach ihren Widerstand mit zwei heftigen Ohrfeigen und nahm sie mit brutaler Gewalt.

»Du bist meine Frau, und du hast mir zu Willen zu sein, wann immer mir danach ist!« sagte er hinterher und legte sich schlafen, unberührt von ihrem verzweifelten Schluchzen.

Abigail weinte nicht allein aus Schmerz und Demütigung, und ihre Tränen galten auch nicht nur den Kindern, die ihr versagt blieben. Sie weinte, weil sie damals am Bach unter den Weiden nicht der Stimme ihres Herzens gefolgt und mit Patrick gegangen, sondern bei Charles geblieben war. Sie weinte über ihre unverzeihliche Schuld, nicht um jeden Preis an der einzig großen Liebe ihres Lebens festgehalten zu haben. Die Strafe dafür war Charles.

46

»Sie haben ihn erschossen!« schrie Martinus und sprang fast aus dem Galopp heraus vor der Koppel, wo Patrick von Termiten angefressene Pfosten ersetzte, vom Pferd. »Ein Hottentottensoldat hat ihn einfach erschossen, und dieser verfluchte Lieutenant Rousseau hat zugeschaut und es geschehen lassen!«

»Wen haben sie erschossen?« fragte Patrick erschrocken.
»Frederick Bezuidenhout!« stieß sein Freund mit unbändigem Haß hervor. »Abgeknallt wie einen räudigen Hund!«
»Um Gottes willen! Wie ist das passiert?« Patrick war bestürzt und hatte augenblicklich das beklemmende Gefühl, daß der gewaltsame Tod von Frederick Bezuidenhout unter den Buren mehr als nur böses Blut und Verwünschungen hervorrufen würde.
»Der Landdrost hat eine Abteilung Soldaten unter der Führung eines gewissen Lieutenant Rousseau ausgeschickt, um Frederick Bezuidenhout mit Gewalt vor das Reisegericht zu bringen«, berichtete Martinus.
»Es ist mir sowieso unbegreiflich, daß sich das Gericht fast drei Jahre lang von ihm an der Nase hat herumführen lassen. Immerhin schreiben wir jetzt schon 1815, und die erste Vorladung hat er doch irgendwann Mitte 1812 bekommen«, sagte Patrick. »Er hat damit rechnen müssen, daß man irgendwann die Geduld verlieren und ihn, notfalls mit Gewalt, holen würde.«
»Ach was! Der örtliche Landdrost hätte es von sich aus doch gar nicht gewagt, etwas gegen Frederick zu unternehmen!« widersprach Martinus erregt. »Der Befehl ist bestimmt direkt von Gouverneur Somerset gekommen, und es ist mit Sicherheit auch kein Zufall, daß diese Abteilung aus zwei Rotröcken und vier Hottentottensoldaten zusammengesetzt war.«
Patrick verstand, daß sowohl Martinus als auch alle anderen Buren es als eine schändliche Beleidigung ansahen, wenn man Schwarze aussandte, um einen Weißen zu verhaften.
»Und wie ist es zu dem tödlichen Schuß gekommen? Wie ich Frederick Bezuidenhout kenne, wird er sie nicht gerade mit offenen Armen empfangen haben.«
»Er hat sie so empfangen, wie es dieses Pack verdient hat, nämlich mit Pulver und Blei!« sagte Martinus grimmig.

»Also hat er den ersten Schuß abgefeuert.«
»Aber er hat keinen verletzt, sondern ist diesen tölpelhaften Schergen des Gouverneurs zusammen mit einem getreuen Hottentotten durch die Hintertür des Hauses entkommen und hat sich in einer Schlucht versteckt, wo er sich in einer schwer zugänglichen Höhle verschanzt hat. Dort hatte er schon vor einiger Zeit für diesen Fall Vorräte und ausreichend Pulver und Blei hingeschafft.«
»Und da haben ihn die Soldaten dann aufgestöbert.«
»Ja, und die Hottentotten haben blindwütig in die Höhle gefeuert, bis ein Schuß Frederick Bezuidenhout tödlich getroffen hat!«
»Eine schlimme Geschichte«, sagte Patrick bedrückt. »Aber nach allem ...«
Martinus war so außer sich, daß er gar nicht hinhörte, was Patrick sagte. »Morgen ist die Beerdigung. Wir müssen sofort losreiten, wenn wir noch rechtzeitig auf der Farm der Bezuidenhouts eintreffen wollen. Sein Bruder Johannes hat bittere Rache geschworen!« sprudelte er hervor. »Du kommst doch mit, oder?«
Die Vorstellung, an einer haßerfüllten Beerdigung teilzunehmen, aus der sonstwas erwachsen konnte, behagte Patrick gar nicht. Aber was blieb ihm anderes übrig? Er lebte mitten unter diesen Menschen, von denen ihm viele im Laufe der Jahre ans Herz gewachsen waren und die ihm nie ihre Hilfe versagt hatten, wenn er ihrer bedurft hatte. Er brauchte da nur an das Buschfeuer vor einigen Monaten zu denken, das zu einer ernsten Gefahr für LION'S GATE hätte werden können. Und so ritt er keine halbe Stunde später mit Martinus zum Baviaans River. Unterwegs trafen sie die du Toits von VRYHEID und Hendrik mit seinem ältesten Sohn, der sich so vorzüglich im Sattel hielt wie sein Vater.
Patrick war überrascht, als er sah, wie viele Menschen sich auf

der entlegenen Farm der Bezuidenhouts eingefunden hatten. Die Menge, die sich bei der Beerdigung um das Grab scharte, zählte über hundert Personen, zumeist Männer, aber einige hatten auch ihre Frauen und Söhne mitgebracht. Es war eine von starken Emotionen beherrschte Beerdigung, bei der jedoch nicht Trauer die Gefühle der versammelten Menschen bestimmte, sondern flammender Haß und das brennende Verlangen, Rache zu üben.
Und Johannes Bezuidenhout verstand es, diese Glut des Hasses zu einem wilden Feuer auflodern zu lassen. »Dein Tod wird nicht ungesühnt bleiben!« schwor er am Grab seines Bruders und wandte sich seinen Landsleuten zu. »Es ist an der Zeit, daß wir uns erheben und das Joch der Engländer abwerfen! Es ist lange genug geredet worden. Worte bringen uns nicht mehr weiter. Jahrelang hat man in Kapstadt und London unsere berechtigten Klagen ignoriert, sich über unsere Petitionen hinweggesetzt und unsere angestammten Rechte immer mehr beschnitten. Jetzt ist es an der Zeit, zu den Waffen zu greifen und für unsere Freiheit zu kämpfen. Denn dies ist das Land unserer Vorväter, und es soll das Land unserer Kinder und Enkelkinder sein. Wenn wir nicht wollen, daß unsere Nachkommen eines Tages voller Verachtung auf uns zurückblicken, weil wir uns vom Stiefel des Engländers in den Dreck haben drücken lassen und unsere Freiheit kampflos aufgegeben haben, müssen wir jetzt handeln. Dies ist eine historische Stunde, Burghers! Dies ist die Stunde, sich zu erheben und zu kämpfen!«
Sein Aufruf zur offenen Rebellion löste eine fast ekstatische Begeisterung aus, in der die wenigen kritischen Stimmen, die zur Besonnenheit mahnten und auf das für einen Aufstand aberwitzig ungleiche Kräfteverhältnis zwischen Kapholländern und britischem Empire hinwiesen, kein Gehör fanden. Cornelis Faber, der von Stund an einer von Johan-

nes Bezuidenhouts fanatischsten Gefolgsmännern war, schlug vor, sich mit den Kaffern gegen die Engländer zu verbünden und ihnen dafür das Zuurveld zu versprechen – ein Vorschlag, der auf große Zustimmung stieß. Die Burenkommandos und Kaffernkriege der letzten Jahre schienen plötzlich ohne Bedeutung zu sein, und Cornelis Faber wurde beauftragt, sofort aufzubrechen und Verhandlungen mit dem Kaffernhäuptling Gaika aufzunehmen.

Auch Martinus war Feuer und Flamme. Patrick beschwor ihn, sich den Rebellen nicht anzuschließen. »Ihr mögt zehnmal im Recht sein, und vielleicht gelingt es sogar, das ganze Land in Aufruhr zu versetzen und die hier stationierten Truppen zu besiegen und Gouverneur Somerset aus dem Land zu jagen. Aber gewinnen könnt ihr solch einen Krieg letztendlich nicht. Denn hinter Somerset steht das gesamte britische Empire, und auch wenn der britischen Krone nicht viel an der Kolonie liegen würde, was ganz sicherlich nicht der Fall ist, könnte sie sich den Gesichtsverlust weltpolitisch nicht erlauben. Die napoleonischen Kriege sind vorbei, und England kann gewaltige Truppenkontingente ans Kap schicken, die jeden Widerstand brechen werden.«

»Das wird sich zeigen!« blieb Martinus uneinsichtig.

»Dann denke wenigstens an Lena und deinen Sohn!« beschwor Patrick ihn. Lena hatte im vergangenen Frühling endlich ein gesundes Kind zur Welt gebracht, einen strammen Stammhalter von fröhlichem, munterem Wesen. Sie hatten ihn Adriaan genannt, und Patrick war sein Pate.

»Gerade weil ich an sie und ihre Zukunft denke, werde ich mich Johannes und den anderen anschließen. Wir Buren waren immer ein freies Volk, und so soll es auch wieder sein«, erklärte Martinus hitzköpfig, und was immer Lena und Patrick in den nächsten Tagen auch versuchten, um ihn zur Vernunft zu bringen, es erwies sich als erfolglos.

47

Das Feuer der Rebellion, das Johannes Bezuidenhout entfacht hatte, fraß sich in die Herzen von einigen hundert Buren in den Grenzdistrikten Somerset und Tarka. Der erhoffte Flächenbrand, der die ganze Kolonie erfaßte, blieb jedoch aus. Auch die Hoffnung, die Unterstützung der Kaffern gewinnen zu können, erfüllte sich nicht. Die einzige Zusage, die Cornelis Faber von Häuptling Gaika erhielt, war, daß er seine *pakate*, seine Berater, zusammenrufen und die Angelegenheit mit ihnen besprechen werde. Im Klartext bedeutete das, daß Gaika nicht daran dachte, in diesem Stadium schon offen Partei zu ergreifen, sondern vielmehr abwarten wollte, zu wessen Gunsten sich die Waagschale neigte.

Während das Schwarze Reisegericht über Somerset und Grahamstown nach Uitenhage zog, bereitete die knapp vierhundert Mann starke Streitmacht der Rebellen einen Überfall auf den nördlichsten der Grenzposten vor. Statt jedoch unverzüglich zuzuschlagen, wurden noch mehrere Treffen abgehalten, um die Pläne durchzusprechen. Zudem ließen die Rebellen schriftliche Aufrufe zum Aufstand kursieren, die die Unterschriften der Anführer trugen. Ein solches Rundschreiben gelangte in die falschen Hände, und Colonel Jacob Glen Cuyler, Landdrost in Uitenhage und Kommandant über die Grenztruppen, erfuhr zeitig genug vom Vorhaben der Rebellen.

Schon beim ersten Aufeinandertreffen von Rebellen und regulären britischen Truppen, die von loyalen Buren verstärkt wurden, erkannte ein Teil der Aufständischen die Sinnlosigkeit ihres Tuns. Ohne einen einzigen Schuß abzufeuern, ergab sich der ganze linke, dreißig Mann starke Flügel von Bezuidenhouts kleiner Armee, die sich den Soldaten nicht zum Kampf stellte, sondern sich in ihre Schlupfwinkel in den schwer zugänglichen Schluchten am Baviaans River zurückzog.

Colonel Cuyler folgte ihnen mit seinen Truppen, teilte das 21. Regiment der Leichten Dragoner und die loyalen Buren in drei Abteilungen zu einer Zangenformation auf und rückte dann langsam, aber unaufhaltsam vor ...

In den Wochen, die seit dem Begräbnis von Frederick Bezuidenhout vergangen waren, hatte Patrick immer wieder gehofft, daß Martinus Vernunft annehmen und nach JUBILEE zurückkehren würde, solange noch kein Schuß gefallen war. Und wann immer er zu Lena hinüberritt und die mühsam beherrschte Angst in ihren Augen sah, versuchte er sie aufzumuntern und ihre Zuversicht zu stärken. Doch je mehr Zeit verstrich, desto unwahrscheinlicher wurde ein guter Ausgang und desto schwerer fiel es ihm auch, etwas vorzutäuschen.

»Ich danke Ihnen, daß Sie versuchen, mir Hoffnung zu machen, Patrick«, sagte Lena, als er ihr wieder einmal versicherte, daß Martinus schon auf sich aufpassen und gesund und munter nach JUBILEE zurückkommen würde. »Aber ...« Sie sprach nicht weiter, sondern zuckte nur, gequält dreinblickend, mit den Schultern, als gäbe es dazu nichts mehr zu sagen.

»Man darf nie die Hoffnung aufgeben, Lena.«

»Können Sie mir verraten, worauf ich hoffen soll? Martinus ist ausgezogen, um die Ehre der Buren zu verteidigen, und hat mit den anderen Hitzköpfen geschworen, die Tyrannen aus der Kolonie zu vertreiben. Eine Handvoll Männer gegen die britische Krone!« sagte sie bitter. »Wie kann das ein gutes Ende nehmen?«

Patrick pflichtete ihr im stillen bei. Auch wenn Martinus morgen zurückkam und das Gewehr wieder gegen den Pflug eintauschte, würden ihn die Engländer dafür, daß er sich Johannes Bezuidenhout angeschlossen hatte, zweifellos zur Verantwortung ziehen.

Er seufzte. »Wir haben getan, was wir konnten, um ihn davon abzubringen, Lena«, sagte er. »Es war sein Wille ...«

»Aber nach meinem Willen hat er nicht gefragt!« begehrte sie auf. »Er hat mir den seinen einfach aufgezwungen und ist weggeritten, als gäbe es mich und Adriaan und JUBILEE überhaupt nicht. Nicht einen Gedanken hat er an uns verschwendet. Er hat uns für eine fixe Idee geopfert!«

»So dürfen Sie das nicht sehen.«

»Und ob ich das so sehe, Patrick!« rief Lena zornig. »Es gibt Kriege, die unvermeidlich sind, und wenn die Kaffern JUBILEE angreifen, dann werde ich nicht zögern, selbst das Gewehr in die Hand zu nehmen und meine Familie und meine Farm zu verteidigen. Doch ihr Männer zieht auch dann bereitwillig in den Krieg, wenn ihr euch bloß in eurem Stolz und eurer Ehre verletzt fühlt. Ihr zieht mit fliegenden Fahnen in ungerechte wie sinnlose Kriege, einfach schon weil es ein aufregendes Abenteuer ist! Ihr Männer habt das Töten im Namen irgendeines angeblich hehren Zieles zu einem ehrbaren Handwerk gemacht.«

»Lena, bitte ...«

Sie war in ihrem ohnmächtigen Zorn jedoch nicht zu bremsen. »Nein, lassen Sie mich ausreden! Ihr Männer führt die Kriege auf dem Feld der Ehre, wie ihr das Schlachtfeld bezeichnenderweise verherrlicht. Aber wir, die Frauen und unsere Kinder, wir müssen darunter leiden und tragen die wirklichen Opfer. Denn für uns geht das Leben weiter, doch ohne unseren Mann, Bruder, Vater und Sohn! Im Krieg zu sterben, ist schrecklich, aber als Ehefrau und Mutter zurückzubleiben und nicht am Leben zu verzweifeln, verlangt tausendmal mehr Kraft und Mut und Leiden, als sich den Kugeln des Feindes auszusetzen!«

Ihre generelle Anklage machte ihn betroffen, denn sie hatte in allem nur zu recht. »Es sieht nicht so aus, als würde es zu einem Krieg kommen, Lena«, versuchte er sie zu beruhigen.
»Das ist es nicht allein«, sagte sie, und senkte den Blick. »Daß Martinus sein Leben für solch eine wahnwitzige Idee zu opfern bereit ist und sich nichts aus meinem Bitten und Flehen gemacht hat, das ... das schmerzt sehr.«
Patrick konnte dazu nur schweigen. Denn nicht bloß er, sondern auch viele Buren von unbestritten patriotischer Überzeugung wie Hendrik und Thobius hatten sich den Rebellen nicht angeschlossen. Insbesondere Hendrik hatte in einer hitzigen Diskussion mit Martinus keinen Zweifel daran gelassen, daß er nicht gewillt war, sich und seine Familie wegen einer Rebellion in Gefahr zu bringen, die keinerlei Aussichten auf Erfolg hatte.
»Ich soll Franziska und die Kinder sich selbst überlassen und mich plötzlich auch noch mit den Kaffern verbünden, die meinen Vater und meine beiden ältesten Brüder getötet haben? Nein, ohne mich, Martinus. Für Franziska gebe ich meine linke Hand und für KLIPFONTEIN meine rechte, wenn es sein muß, doch für die Hirngespinste eines Johannes Bezuidenhout nicht mal den kleinen Finger!« hatte Hendrik gesagt, und fast wäre es danach zu einer tätlichen Auseinandersetzung zwischen ihm und Martinus gekommen, wenn er, Patrick, nicht eingegriffen hätte.
Lena hatte mitbekommen, was Hendrik damals gesagt hatte, und vermutlich hatte sie nicht ein einziges Wort davon vergessen.
Als sich Patrick auf den Heimweg machte, entschuldigte sich Lena für ihren Gefühlsausbruch. »Es tut mir leid, daß ich mich Ihnen gegenüber so unbeherrscht benommen habe. Es trifft immer die Falschen, und Sie sind wahrhaftig der letzte, dem ich etwas vorzuwerfen hätte, im Gegenteil.«

Er schmunzelte. »Ich bitte Sie, Lena. Ich habe mich vielmehr geehrt gefühlt.«

»Geehrt?« fragte sie verwirrt.

»Ja, wenn ich daran zurückdenke, daß Sie im ersten Jahr unserer Bekanntschaft bei meinen Besuchen auf JUBILEE nie mehr als ein halbes Dutzend Worte mit mir gewechselt haben, ist so ein aus dem Herzen kommender Wortschwall doch eine außerordentliche Ehre. Jedenfalls sehe ich das so.«

Sie lachte verlegen. »Ich brauche eben für solche Dinge mehr Zeit als andere«, gestand sie und begleitete ihn vors Haus, wo ein Hottentotte schon mit seinem gesattelten Pferd wartete. »Und kommen Sie bitte bald wieder, Patrick!«

Als Patrick das nächstemal nach JUBILEE kam, vier Tage später, war es stockfinstere Nacht. Es war die Nacht, in der er Martinus zum Sterben nach Hause brachte.

48

Es war kurz vor Mitternacht, als sich der Hufschlag von mehreren Reitern LION'S GATE näherte. Patrick, der sich in den anderthalb Jahren der Elfenbeinjagd angewöhnt hatte, auch im Schlaf auf eine Veränderung der nächtlichen Geräusche im Busch zu lauschen, war sofort wach. Mit einem Satz war er aus dem Bett, fuhr in Hosen und Stiefel und hob das Gewehr aus seinen Halterungen über der Tür.

Es waren sechs Reiter, die aus Nordosten in den Hof geritten kamen. Der Hufschlag hatte nun auch Patricks Hottentotten geweckt. Mit verschlafener Neugier traten sie aus ihren Rundhütten, um zu sehen, was es mit diesem nächtlichen Besuch auf sich hatte.

»Macht, daß ihr verschwindet! Zurück in eure Hütten, wenn

ihr nicht mächtig Ärger mit eurem Baas bekommen wollt!« rief der gedrungene Reiter, der an der Spitze der Gruppe ritt und seinen linken Arm in einer Schlinge trug.
Die Hottentotten duckten sich unter den drohenden Worten und zogen sich in die Eingänge ihrer Unterkünfte zurück, verharrten dort jedoch, um wenigstens etwas von dem Geschehen mitzukriegen.
Patrick erkannte die Stimme. Sie gehörte einem gewissen Lodewyk van Laar, dessen Farm weiter im Westen lag. Er hatte den Buren bei einem Nagmaal flüchtig kennengelernt und in Graaff-Reinet wiedergesehen, als dort das Schwarze Reisegericht getagt hatte.
»O'Brien?«
Patrick trat aus dem Schatten der Veranda und ließ das Gewehr sinken. »Mijnheer ...«
»Keine Namen!« zischte Lodewyk van Laar und sprang vor ihm aus dem Sattel.
Patrick sah nun, daß der Farmer und seine Begleiter sich die Gesichter geschwärzt hatten. Und dann bemerkte er das Pferd in ihrer Mitte, in dessen Sattel jemand tief über den Hals des Tieres gesunken saß. Seine Beine waren an den Sattel gebunden, und er stöhnte.
»Bindet ihn los, Männer!« befahl Lodewyk. »Wir haben nicht viel Zeit – und er auch nicht mehr!«
»Um Gottes willen, wen bringen Sie da?« stieß Patrick erschrocken hervor und kannte doch schon die entsetzliche Antwort.
»Martinus de Jong«, sagte Lodewyk. »Können Sie ihn mit dem Wagen nach JUBILEE bringen? Zu Pferd schafft er es nicht mehr. Er ist schon nicht mehr bei Bewußtsein. Und wir müssen so schnell wie möglich weiter nach Westen.«
»Ja ... sicher ... natürlich«, murmelte Patrick verstört. »Wie ist es passiert?«

Lodewyk van Laar lachte freudlos auf. »Die Rotröcke haben uns am Baviaans River in die Zange genommen. Es hatte keinen Sinn, sich auf eine Schlacht einzulassen. Immer mehr Männer von uns haben sich im Schutz der Dunkelheit auf Schleichwegen über die Berge aus dem Staub gemacht. Martinus ist mit uns über den Paß, doch eine Abteilung Soldaten war uns auf den Fersen. Es ist zu einem kleinen Scharmützel gekommen, und wir waren schon so gut wie in Sicherheit, als einer der letzten Schüsse Martinus getroffen hat – als Querschläger.«

Patrick dachte an Lena und schwieg.

»Es ist alles verloren, auch wenn Johannes und Cornelis nicht ans Aufgeben denken«, sagte Lodewyk bedrückt. »Der Aufstand ist gescheitert. Wir werden auch weiterhin unter dem Joch der Engländer leben.«

»Ist das nicht abzusehen gewesen?«

»*Magtig*, wir konnten die Schmach und die unablässige Mißachtung unserer Rechte nicht länger tatenlos hinnehmen. Den Versuch war es allemal wert!«

»Ich glaube nicht, daß seine Frau und sein Sohn derselben Ansicht sind«, erwiderte Patrick.

»Die Freiheit hat seinen Preis!« entgegnete der Farmer uneinsichtig. »Wir werden daraus lernen und das nächstemal mehr Erfolg haben. Jetzt jedoch muß jeder zusehen, daß er seine eigene Haut rettet. Kümmern Sie sich um Martinus, oder gedenken Sie auch jetzt noch, sich aus der Sache herauszuhalten?«

»Wollen Sie mich beleidigen, Lodewyk van Laar?« zischte Patrick ihn so leise an, daß nur er und seine Männer ihn hören konnten. »Martinus ist mein Freund! Hätten Sie den Mut gehabt, diese Frage Hendrik van Niekerk oder Thobius du Toit zu stellen?«

Lodewyk van Laar stieß den Atem aus. »Sie haben recht. Es

tut mir leid. Ich nehme die Frage zurück, O'Brien. Wir haben eine schlimme Zeit hinter uns und sind völlig ausgelaugt.« Er schlug ihm mit einer versöhnlichen, gleichzeitig jedoch auch resignativen Geste die Hand auf die Schulter, beugte sich kurz über Martinus, den seine Freunde auf die Veranda gelegt hatten, und nahm von ihm Abschied. Dann schwang er sich wieder in den Sattel und jagte mit den anderen in westlicher Richtung davon.

»Japhata! ... Stofolus! ... Dan!« schrie Patrick, während er an Martinus' Seite kniete und dessen Jacke zurückschlug. Die Kugel war seinem Freund eine Handbreit über der rechten Hüfte in den Leib gedrungen. Der Verband sowie Hemd und Hose waren blutdurchtränkt.

Nicht nur die drei, die er gerufen hatte, sondern alle seine Hottentotten tauchten aus der Dunkelheit der Schwarzensiedlung auf.

»Spannt vier Pferde vor den Wagen, und legt die Ladefläche hoch mit Stroh aus!« rief Patrick ihnen zu. »Und holt Dekken! Beeilt euch! ... Sarah, bring eine Schüssel mit Wasser und frische Leinentücher!«

Patrick weigerte sich zu glauben, daß Martinus nicht mehr lange zu leben hatte. Und während die Männer die Pferde vor den Wagen spannten und Japhatas Frau Sarah seinem bewußtlosen Freund einen neuen Verband anlegte, sprach er auf ihn ein, als könnte er ihn dadurch am Leben halten.

Wenig später trugen sie Martinus von der Veranda zum Wagen und legten ihn in das weiche Bett aus einer dicken Lage Stroh und einem halben Dutzend Decken.

»Wir können, Baas«, sagte Japhata, der auf dem Kutschbock Platz genommen hatte.

»Worauf wartest du dann noch? Nach JUBILEE. So schnell es geht!« befahl Patrick. Er saß gegen die Rückwand gelehnt und hatte den Oberkörper seines Freundes im Schoß.

Japhata ließ die Peitsche knallen, und die rasende Fahrt durch die Nacht nach Süden begann.
Patrick versuchte die Stöße, die durch den Wagen gingen, so gut wie möglich abzufangen und hielt Martinus fest in seinen Armen, und er hörte nicht auf, beschwörend auf ihn einzureden. »Du mußt durchhalten, Martinus! Ich bringe dich zu Lena ... Du darfst jetzt nicht aufgeben, hörst du mich? ... Es ist nicht mehr weit. Wir schaffen es ... Gemeinsam schaffen wir es! ... Dieser Kampf ist wichtiger als alles andere! ... Du darfst ihn nicht verlieren! ... «
Wenige Meilen vor JUBILEE kam Martinus kurz zu Bewußtsein. Ein heftiger Stoß, verursacht durch eine Bodenwelle, ließ ihn aufstöhnen. »Lodewyk!« rief er.
»Nein, ich bin es, Patrick. Gleich bist du bei Lena und deinem Sohn. Hörst du mich, Martinus? Gleich haben wir es geschafft!«
Mühsam blickte Martinus zu ihm auf. »Patrick?«
»Ja, ich bin bei dir. Gleich bist du bei Lena. Du mußt durchhalten!«
Es war, als hätte Martinus ihn nicht gehört. »Wir hätten ... es schaffen können«, stieß er abgehackt und unter Schmerzen hervor. »Wir hätten ... die Tyrannen vertrieben ... Wenn nur alle ... an einem Strang ... waren so nahe ... der Welt gezeigt ... Buren ... unser Land ...« Seine Worte wurden zusammenhanglos, und dann sank er wieder in die Bewußtlosigkeit zurück.
Als sie JUBILEE erreichten, ging Martinus' Atem nur noch unregelmäßig und stoßhaft, als kostete ihn jeder Atemzug das Letzte an Kraft.
Lena stürzte mit einem verzweifelten Schrei aus dem Haus, als sie sah, daß Patrick ihren Mann auf den Armen trug. »Er ist zurückgekommen«, hörte er sich sagen.
»Um zu sterben?« flüsterte sie in grenzenloser Angst.

»Ja«, sagte er nur, denn für gnädige Lügen blieb jetzt keine Zeit mehr.
Martinus starb eine halbe Stunde vor Tagesanbruch, ohne noch einmal das Bewußtsein wiedererlangt zu haben. Lena umklammerte den Leichnam ihres Mannes und schüttelte ihn, als könnte sie ihn damit wieder ins Leben zurückholen.
»Martinus! ... Martinus! ... Das kannst du mir nicht antun!« wimmerte sie. »Du kannst mich und Adriaan nicht so zurücklassen!« Dann sank ihr Kopf auf seine Brust, und ihr Körper zuckte unter einem unkontrollierten, stummen Weinkrampf.
Patrick blieb eine Weile an ihrer Seite und hielt ihre Hand. Dann ließ er sie mit dem Toten und ihrer Trauer allein und ging hinaus ins Veld. Grau brach der neue Tag an und warf wenig später sein erstes rotgoldenes Licht über das weite Buschland. Er setzte sich auf einen Stein, blickte über die Hügel und trauerte um seinen Freund.
Sie begruben Martinus noch am selben Tag, denn es war Hochsommer, und die sengende Hitze erlaubte es nicht, die Beerdigung auch nur um einen Tag aufzuschieben. Dennoch erschien ein gutes Dutzend Nachbarn, so schnell hatte die Nachricht von der Rückkehr der Männer in ihrem Bezirk die Runde gemacht.
Adriaan war mit seinen zwei Jahren noch zu klein, um zu begreifen, was diese merkwürdige Zeremonie an der Grube zu bedeuten hatte. Und Lena zeigte eine erschreckende Gefaßtheit. Sie vergoß bei der Beerdigung und auch danach nicht eine Träne. Ihr Gesicht war jedoch so blaß und steinern wie ausgewaschener Granit.
»Wann immer Sie Hilfe brauchen, lassen Sie es mich wissen, Lena«, sagte Patrick, als die Dunkelheit hereinbrach und es Zeit wurde, daß er mit Japhata nach LION'S GATE zurückkehrte. Franziska und eine andere Frau würden einige Tage auf JUBILEE bleiben, um ihr über den ersten großen Schmerz

hinwegzuhelfen. Nur eine Frau konnte Lena jetzt Trost geben, sofern sie bereit war, diesen anzunehmen.
»Ich danke Ihnen, Patrick.«
»Und seien Sie nicht zu stolz, es auch zu tun, Lena«, sagte er eindringlich. »Ihnen helfen zu können, würde auch mir helfen. Ich habe außer Hendrik nie einen besseren Freund gehabt als Ihren Mann. Die vier Jahre, die uns vergönnt waren, werde ich nie vergessen.«
»Es hätten vier Jahrzehnte sein können«, erwiderte sie bitter. »Für Sie wie auch für mich und Adriaan.«
»Ja, das wäre schön gewesen«, sagte er traurig. »Aber auf das Schicksal hat keiner von uns Einfluß.«
»Sein und unser Schicksal lag sehr wohl in seiner Hand!« stieß sie hervor, und ohnmächtiger Zorn durchbrach ihre versteinerte Maske.
»Wir alle machen Fehler in unserem Leben, doch nicht jedem gibt das Schicksal die Chance, daraus zu lernen, Lena«, erwiderte er sanft. Und obwohl es nicht der Wahrheit entsprach, fügte er zu ihrem Trost hinzu: »Martinus hat seinen Fehler erkannt, und er hätte daraus gelernt, wenn ihm die Zeit geblieben wäre.«
»Ist er bei Ihnen noch einmal zu Bewußtsein gekommen?«
Patrick nickte. »Ja, wenn auch nur ganz kurz.«
»Was hat er gesagt?«
»Daß er Sie liebt, Lena, und wünschte, er hätte sich nicht den Rebellen angeschlossen«, log er.
Prüfend sah sie ihn an, und der Blick ihrer blaßblauen Augen schien sich in sein Innerstes bohren zu wollen, um zu erfahren, ob er die Wahrheit sprach.
Er spürte das Verlangen, ihrem stechenden Blick auszuweichen, zwang sich jedoch, nicht wegzuschauen, denn dann hätte sie gewußt, daß nicht ein Wort von dem, was er ihr gerade gesagt hatte, stimmte.

Nach einem Schweigen, das ihm beklemmend lang erschien, meinte sie schließlich: »Ich möchte Ihnen nur zu gerne glauben, Patrick.«
»Sie können mir glauben, denn es waren die Worte Ihres Mannes, Lena«, versicherte er und stieg zu Japhata auf den Kutschbock.
Er spürte ihren Blick noch in seinem Rücken, als sie den Hof von JUBILEE schon längst verlassen hatten. Als er sich umwandte, sah er sie zwischen dem einfachen Hartebeesthaus und dem Brunnen stehen und ihm nachschauen, und nie zuvor war ihm der Hof von JUBILEE so staubig und armselig vorgekommen wie in diesem Moment, da er darüber nachdachte, wie Lena es bloß schaffen wollte, die Farm zu halten. Vermutlich blieb ihr über kurz oder lang gar nichts anderes übrig, als zu verkaufen. Und der erste, dem sie JUBILEE zum Kauf anbieten würde, war er.
Kaum war ihm der Gedanke gekommen, da schämte er sich auch schon dafür. Wie konnte er bloß am Tag von Martinus' Tod an so etwas denken? Er schaute schnell wieder nach vorne und biß sich auf die Lippe.
Oft hatte er über den eigenen Tod nachgedacht und wie es wohl war, wenn das Leben einen verließ. Nun jedoch bekam der Tod für ihn eine andere Dimension. Der Tod war unabänderlich und jedem lebenden Wesen schon von der Stunde seiner Geburt an ein unsichtbarer, aber ständiger Begleiter, den niemand abzuschütteln vermochte. Doch es war nicht der eigene Tod, wovor man sich zu fürchten hatte. Es war der Tod von Menschen, die man sehr liebte, den man wie nichts anderes fürchten mußte, denn er brachte die größten Schmerzen.

49

Wäre er auf JUBILEE nicht seiner Verletzung erlegen, Martinus de Jong hätte mit großer Wahrscheinlichkeit zu jenen Rebellen gehört, die vom Sondergericht des Gouverneurs zum Tod durch den Strang verurteilt wurden. Denn am Ende des gescheiterten Burenaufstands wartete auf die überlebenden Anführer der Galgen bei Slagters Nek.

Johannes Bezuidenhout und Cornelis Faber wußten, was ihnen bevorstand, wenn sie dem Cape Corps lebend in die Hände fallen sollten. Deshalb flüchteten sie bis in die Gegend am Winterberg und hofften, im angrenzenden Kaffernland vor weiterer Verfolgung sicher zu sein. Major Fraser, von Colonel Cuyler mit einer Abteilung Soldaten auf die Spur der flüchtigen Rädelsführer gesetzt, machte ihre Hoffnung jedoch zunichte, als er sie am 18. November 1815 in einer tiefen Schlucht stellte.

Es war ein verlorenes Häuflein Rebellen, das alle Aufforderungen, sich zu ergeben, zurückwies und sich zum letzten Gefecht hinter drei Ochsenwagen verschanzte: Johannes Bezuidenhout, Stefanus, Cornelius und Abraham Botman, Andries Meyer, Cornelis Faber, seine Frau und sein gerade vierzehn Jahre alter Sohn.

Erbittert setzten sie sich gegen die Soldaten zur Wehr, von denen einer den Tod fand und ein zweiter verwundet wurde. Der Widerstand der Rebellen brach erst zusammen, als Johannes Bezuidenhout einen tödlichen Treffer erhielt und Cornelis Faber und seine Frau schwer verwundet wurden.

Die Überlebenden von Johannes Bezuidenhouts letzter Gefolgschaft wurden nach Uitenhage ins Gefängnis gebracht. Im Laufe der nächsten Tage und Wochen wurden überall im Grenzland Verhaftungen vorgenommen, und

die Zahl der inhaftierten Rebellen erhöhte sich auf fast siebzig Personen.
In Kapstadt ernannte der Gouverneur eine Sonderkommission und schickte sie ins Rebellenland. Nach einer ersten gerichtlichen Anhörung, die dreißig Gefangenen die Freiheit brachte, wurde gegen neununddreißig Personen der Prozeß eröffnet. Die Anklage lautete auf Hochverrat und Erhebung gegen Seine Majestät.
Der Prozeß zog sich über viele Wochen hin. Schließlich wurden die Urteile verkündet. Einige wenige Glückliche kamen mit hohen Geldstrafen davon. Gut zwei Dutzend der Angeklagten erhielten für die östlichen Grenzbezirke Aufenthaltsverbot, was bedeutete, daß sie ihre Heimat aufgeben und sich anderswo eine neue Existenz aufbauen mußten. Diejenigen, deren Urteil auf Verbannung auf Lebenszeit und Deportation in die Sträflingskolonie Australien lautete, durften sich trotz ihrer harten Strafe noch glücklich schätzen. Denn bei sechs Freunden von ihnen entschied das Gericht auf Tod durch den Strang.
Auf dem Gnadenweg wandelte Gouverneur Somerset eine der Todesstrafen in lebenslängliche Verbannung um. Er bestimmte, daß die Vollstreckung der Todesurteile in Anwesenheit aller an der Rebellion Beteiligten – Frauen, Kinder und Verwandte eingeschlossen – zu geschehen habe, und zwar an eben jenem Ort, an dem die Rebellen ihren feierlichen Schwur geleistet hatten, die Tyrannen aus der Kolonie zu vertreiben. Und dieser Ort hieß Slagters Nek – Des Schlächters Hals.
Auch Lena, deren Mann vom Gericht sogar noch post mortem als Rädelsführer gebrandmarkt worden war, mußte mit ihrem Sohn an der Hinrichtung teilnehmen. Patrick begleitete sie nach Slagters Nek, um ihr bei dieser abscheulichen öffentlich verordneten Massenhinrichtung Beistand zu leisten.

Zuerst war sie zu stolz, seine Hilfe anzunehmen. »Ich werde auch das durchstehen«, sagte sie.
»Ich weiß, Lena. Aber dennoch werde ich an Ihrer und Adriaans Seite stehen. Und versuchen Sie nicht, mich daran zu hindern. Es wäre zwecklos«, sagte er mit unbeugsamer Entschlossenheit.
Daraufhin nickte sie nur, als hätte sie nichts anderes erwartet, und fuhr damit fort, in ihrem Gemüsegarten hinter dem Haus Unkraut zu jäten.
Am 6. März 1816, einem heißen Spätsommertag, versammelten sich bei Slagters Nek fast hundert Buren, um Zeuge zu sein, wie fünf von ihnen am Galgen vom Leben zum Tod befördert wurden. Colonel Cuyler, dem als Ankläger der Krone und zugleich als Kommandanten der Grenztruppen die Ausführung übertragen worden war, hatte dreihundert schwerbewaffnete Soldaten aufmarschieren lassen, um mögliche Ausschreitungen während der Hinrichtung schon im Keim ersticken zu können.
Bis auf ein vereinzeltes Aufschluchzen von Angehörigen der zum Tode Verurteilten und leise gemurmelte Gebete sahen die Buren stumm und reglos zu, wie der Galgen hastig errichtet wurde. Ihre Mienen zeigten Verachtung, hochmütigen Stolz, Haß und bei den Angehörigen der Verurteilten unbändigen Schmerz und Verzweiflung, die danach drängte, in die Welt hinausgeschrien zu werden. Doch das Hämmern des Galgenbauers und seiner Gehilfen sowie das Waffengeklirr der Soldaten waren die einzigen Geräusche, die zu vernehmen waren.
Schließlich stand der Galgen, und Colonel Cuyler gab den Trommlern das Zeichen. Unter scharfem Trommelwirbel, der den nahen Tod verkündete, und mit dem geistlichen Beistand von Reverend Herhold erklommen die Verurteilten den Galgen. Zu stolz, sich die Augen verbinden zu

lassen, schauten sie dem Henker in die Augen, als dieser ihnen im scheidenden Licht des Tages die Schlinge um den Hals legte.
Das Gemurmel unter den Buren wurde ein wenig lauter und mündete in den Chor eines Gebets, das den Verurteilten im Auge des Todes Trost und die Gewißheit geben sollte, daß das endgültige Urteil über die Gerechten und Ungerechten dieser Welt allein Gott vorbehalten war.
Patrick hatte Adriaan auf dem Arm und war froh, daß das Kind, vom langen Warten ermüdet, an seiner Schulter eingeschlafen war. Lena stand neben ihm, steif wie eine hölzerne Puppe und den Blick starr auf den Galgen gerichtet. Er wußte, daß ihre Gedanken Martinus galten, der, hätte ihn der Querschläger nicht tödlich verwundet, jetzt mit den anderen dort oben gestanden hätte.
Der Trommelwirbel schwoll noch einmal an. Dann brach er jäh ab, und nach einem entsetzlichen Moment der Stille gab der Colonel den Befehl, die Plattform unter den Verurteilten wegzustoßen.
Die Stricke strafften sich.
Und dann geschah das Wunder.
Vier der Stricke rissen, und die Männer stürzten zu Boden, vom Schock und dem würgenden Zug der Schlinge wie betäubt, während ihr Kamerad, dessen Strick gehalten hatte, über ihnen zu Tode kam.
Ein gewaltiger Aufschrei, der zu Jubel über die Rettung von Gottes Hand wurde, ging durch die Menge.
»Ein göttliches Zeichen!«
»Die Vorsehung hat eingegriffen!«
»Gott hat sie verschont!«
Reverend Herhold kniete nieder und pries die Barmherzigkeit des Allmächtigen, der das irdische Urteil durch sein Eingreifen revidiert hatte. Die Angehörigen der Verurteil-

ten rannten unter den Galgen und umarmten die Männer, die durch ein Wunder gerettet worden waren.
Adriaan war von dem Schrei der Menge aufgewacht und weinte, doch Patrick und Lena lachten, denn jedermann wußte, daß nach englischem Recht eine Hinrichtung nicht wiederholt werden durfte, wenn der Strick beim erstenmal gerissen war. Dann war der Todgeweihte, dank Gottes Gnade, frei.
Doch plötzlich machte Colonel Cuylers schneidende Stimme dem freudigen Tumult ein Ende. »Zurück! ... Wer nicht auf der Stelle von den Delinquenten zurücktritt, wird erschossen!« schrie er, und dem Henker rief er zu: »Neue Stricke, Mann! Und wenn sie diesmal nicht halten, bringe ich dich wegen Sabotage vor Gericht!«
Dem Befehl folgte ein Aufschrei des Unglaubens und der Empörung, und nur zögernd wichen die Buren vor den aufgepflanzten Bajonetten der Soldaten zurück. Flüche und verzweifelte Bitten um Gnade schallten über den Platz.
»Das dürfen Sie nicht tun, Colonel!« beschwor der Geistliche den Kommandanten. »Gott hat eingegriffen! Und kein Mensch, auch Sie nicht, hat das Recht, sich über Gottes Willen hinwegzusetzen! Versündigen Sie sich nicht! Ich flehe Sie in Gottes Namen an, heben Sie sich nicht über dieses göttliche Zeichen der Gnade hinweg!«
Colonel Cuyler stieß ihn brüsk zurück. »Hochverräter haben keine Gnade verdient!« verkündete er unerbittlich.
Und so wurden die vier Männer erneut auf die Plattform unter dem Galgen geführt.
»Er schändet Gott und unser Land!« stieß jemand haßerfüllt hinter Patrick hervor.
»Im Namen Seiner Majestät, vollstreckt das Urteil!« befahl der Kommandant.
Ein entsetzter, gequälter Laut über den ungeheuerlichen

Befehl von Colonel Cuyler, der Gottes Zeichen und jahrhundertealte englische Rechtstradition ignorierte, ging durch die Reihen, als die Plattform ein zweitesmal weggestoßen wurde und die Schlingen sich zusammenzogen. Diesmal riß kein Strick.

Den Hinterbliebenen der Gehenkten wurden die Leichen und deren Bestattung in heimatlicher Erde verwehrt. Der Henker verscharrte sie, wie das Gesetz es befahl, als ewige Mahnung unter dem Galgen.

»Niemals werden wir vergessen, was an diesem Tag geschehen ist!« schwor ein Bure feierlich, als der Tod bei allen fünf Männern eingetreten war. »Kein Bure wird jemals Slagters Nek vergessen! Nicht in zehn und nicht in hundert Jahren!«

Und er sollte mit dieser Prophezeiung recht behalten. Bis weit über die Mitte des nächsten Jahrhunderts hinaus sollte die Erinnerung an Slagters Nek in Südafrika so lebendig bleiben wie bei den Männern, Frauen und Kindern, die gezwungen worden waren, an diesem 6. März des Jahres 1816 an der Hinrichtung teilzunehmen. Slagters Nek sollte zum Symbol und Synonym für das Unrecht der Engländer an den Buren werden.

»Wenigstens das ist Martinus und uns erspart geblieben«, sagte Lena mit tonloser Stimme, als Patrick mit ihr zum Ochsenwagen ging, der sie nach Slagters Nek gebracht hatte. »Nie hätte ich geglaubt, daß ich einmal dankbar dafür sein würde, daß diese Kugel ihn getroffen hat.«

»Ja«, sagte Patrick nur, wie sie noch immer unter dem abscheulichen Eindruck der zweifachen Hinrichtung stehend. Adriaan schrie auch jetzt noch auf seinem Arm, obwohl er dafür gesorgt hatte, daß der Junge nichts von dem entsetzlichen Geschehen unter dem Galgen mitbekam.

Dunkelheit senkte sich über Slagters Nek. Ihnen war weder nach Essen noch nach Schlaf zumute, und so legten sie den Jungen, in weiche Decken gehüllt, nieder und machten sich, wie die meisten anderen auch, auf den Rückweg. Es war eine stumme Kolonne der Trauer und der Ohnmacht, die allmählich auseinanderfiel wie der klägliche Rest einer geschlagenen und sich nun auflösenden Armee, als die Wagen und Reiter nach einigen gemeinsam zurückgelegten Meilen verschiedene Richtungen einschlugen. Und es gab auch keine Grüße zum Abschied, wie das sonst bei einem Gemeinschaftstreck der Fall war, wenn sich eine Wagengruppe selbständig machte und den Haupttreck verließ.

Lena saß neben Patrick auf dem Kutschbock. Sie fuhren die ganze Nacht durch, und sie wechselten kein Wort miteinander. Doch in Gedanken waren sie sich ganze nahe, wie zwei Menschen nur sein können, die denselben Verlust betrauern.

Gegen Morgen forderte die physische und seelische Erschöpfung ihren Tribut. Lena schlief ein und sank an seine rechte Schulter. Als er seinen Arm um sie legte, damit sie ihm nicht wegrutschen konnte, glitt seine Hand über ihr Gesicht. Es war feucht von Tränen, und die Tränen versiegten auch im Schlaf nicht.

Patrick hielt sie fest im Arm und ließ die Ochsen langsam über das Veld trotten, das sich nicht um Buren und nicht um Engländer kümmerte und nicht um Blut oder Tränen. Seit Jahrtausenden kamen und gingen die Menschen, schwarze wie weiße, doch das Land blieb.

Ohne darüber erschrocken zu sein, sondern vielmehr Ruhe und Trost darin findend, dachte Patrick im plötzlichen Bewußtsein der eigenen Bedeutungslosigkeit im unfaßlichen System des Universums: Ja, nur das Land bleibt.

50

Charles ging seiner eigenen Wege. Er verbrachte eine Menge Zeit mit seinen Freunden, zu denen viele Offiziere gehörten, und blieb nicht selten eine Woche und länger in Kapstadt. Abigail wußte nie, wann er ging oder wann er zurückkam. Er machte sich nicht die Mühe, sie über irgend etwas zu informieren. Er schenkte jeder schwarzen Bediensteten mehr Beachtung als ihr. Köchin und Kutscher waren auf BONNE ESPÉRANCE besser unterrichtet als die Herrin. Er verwehrte ihr auch jeden Einblick in seine Finanzen und in die geschäftlichen Belange des Weinguts. Abigail bedurfte jedoch keiner Rechnungsbücher, um über den wirtschaftlichen Verfall von BONNE ESPÉRANCE auf dem laufenden zu bleiben. Der erbarmungswürdige Zustand der Gebäude und der Weinberge sprach für sich selbst und daß die Ernteerträge mit jedem Jahr geringer in der Quantität und zudem auch noch schlechter in der Qualität ausfielen, hörte sie von jedem Hottentottenarbeiter.

Abigail hatte in den sieben Jahren, die sie nun schon mit Charles verheiratet war, gelernt, sich mit vielem abzufinden, was einfach nicht mehr zu ändern war. Daß er ihren Körper als sein Eigentum betrachtete, von dem er nach Gutdünken Gebrauch machen konnte, und anders war sein Beischlaf nicht zu nennen, und daß er sie vor den Bediensteten mit Geringschätzung behandelte und ihr sogar in Gegenwart von Gästen barsch wie einem ungezogenen Kind über den Mund fuhr, auch das hatte sie nach außen hin in den Jahren wortlos hinzunehmen und zu ertragen gelernt. Denn sich Charles in irgendeiner Form zu widersetzen oder ihm gar öffentlich die Stirn zu bieten, hatte unweigerlich Schläge zur Folge, auch noch Stunden nach ihrem Widerspruch. Da die verzweifelt herbeigesehnte Schwangerschaft jedoch ausblieb, hatte sie sich in den ersten Jahren ihrer Ehe, von Schuldgefühlen über ihre Unfruchtbarkeit und den Verrat an ihrer Liebe zu Patrick geplagt, eingeredet, daß sie auch nichts anderes verdient hatte.

Ja, sie hatte sich mit diesen dunklen Seiten ihrer Ehe abgefunden. Und wenn Charles seine Gleichgültigkeit, was ihre Wünsche und Gefühle anging, wenigstens nach außen hin verborgen gehalten und ihr somit den Respekt ihrer Bediensteten und Bekannten gelassen hätte, wäre ihr Zusammenleben zumindest zu einem einigermaßen erträglichen Nebeneinander geworden, wie das bei vielen anderen Ehepaaren, die sie kannte, der Fall war. Aber Charles dachte nicht daran, ihre Gefühle zu schonen.

Daß er sie mit anderen Frauen betrog, hatte sie schon früh gemerkt. Doch es fehlten ihr die Beweise, und als sie ihn zur Rede stellte, lachte er sie nur aus und sagte, daß er ihr über sein Tun keine Rechenschaft schuldete. Daß er auch auf BONNE ESPÉRANCE eine Geliebte hatte, eine junge Hottentottenfrau, erfuhr sie vermutlich als letzte. Wissende, mitleidige Blicke der Schwarzen, Geflüster hinter ihrem Rücken sowie hier und da ein zufällig aufgeschnapptes Wort brachten sie allmählich auf die Spur seines schändlichen Tuns. Aber in ihrer Ohnmacht blieb ihr nichts anderes übrig, als diese Liebschaft, so gut es ging, zu ignorieren.

Dann jedoch kam der Tag im Winter des Jahres 1818, als er Seli nach BONNE ESPÉRANCE brachte, eine bildhübsche junge Mulattin.

»Nimm dich ihrer an, und bring ihr bei, was eine gute Zofe können muß, um ihr Geld wert zu sein!« trug er ihr auf.

»Ich habe Nella. Ich brauche keine neue Zofe!«

»Du tust, was ich dir sage!« befahl er. »Ich will, daß sie etwas lernt. Das erhöht ihren Wert. Also zeig gefälligst, daß du zu etwas nütze bist. In diesem Haus habe immer noch ich zu sagen, was getan wird und was nicht!«

Abigail hatte von Anfang an die dunkle Ahnung, daß sein Interesse an ihr ganz anderer Natur war. Und keine zwei Monate später fand sie ihren schrecklichen Verdacht auf drastische Weise bestätigt, als sie einen geplanten langen Frühlingsspaziergang abbrach, ins Haus zurückkehrte und Charles mit Seli auf frischer Tat überraschte – in ihrem Ehebett.

Nackt, wie Gott sie geschaffen hatte, und die Beine um die Hüften ihres Mannes geschlungen, lag Seli in Charles' Armen und stöhnte wollüstig unter seinen Stößen.

Abigail stand wie erstarrt in der Tür, während sich die obszöne Szene in ihr Gehirn einbrannte.

Charles wandte sich zu ihr um, doch nicht mit erschrockener Hast und Schuldbewußtsein, sondern mit wütender Verachtung. »Verschwinde!« fuhr er sie an.

Das Blut rauschte in ihren Ohren. »Wie kannst du es wagen, in meinem Haus ...« Ihr fehlten die Worte für sein abscheuliches Tun, und sie zitterte wie Espenlaub. »Du ekelst mich an, Charles! Hast du denn überhaupt kein Ehrgefühl im Leib?«

Nackt, wie er war, sprang Charles vom Bett, war mit einem Satz bei ihr und schlug ihr ins Gesicht. »Dies ist *mein* Haus, und ich tue, was mir gefällt!« herrschte er sie an. »Du bist ja selbst schuld. Was platzt du auch hier herein? Und jetzt geh mir aus den Augen!«

»Das kannst du nicht mit mir tun!« stieß sie hervor. »Wenn dein ... schwarzes Liebchen heute abend noch auf BONNE ESPÉRANCE ist, werde ich dich verlassen!«

Er lachte ihr ins Gesicht. »Bitte keine leeren Versprechungen!« höhnte er.

Abigail stürzte aus dem Zimmer. Und bevor Charles die Tür

hinter ihr zuwarf und abschloß, hörte sie noch, wie er der Mulattin zurief: »Bleib schön im Bett, mein Püppchen. Wir werden uns doch wegen einer eifersüchtigen Ehefrau nicht den Spaß verderben lassen!« Die Worten waren auch für sie, Abigail, gedacht.

Zutiefst erschüttert und verletzt, hielt es Abigail nicht auf dem Weingut. Sie wußte nicht, was sie tun sollte. Nur erst einmal weg von hier. Und so fuhr sie mit dem Einspänner nach Stellenbosch hinein. Fieberhaft überlegte sie, was sie bloß machen sollte. Und mit wem sollte sie über das, was geschehen war, reden?

Ihr Weg führte sie zur Kirche. Deborah, die Ehefrau von Reverend Campbell, war die einzige Frau, die ihr wie eine Freundin nahestand und bei der sie den Mut finden würde, ihr Herz auszuschütten und um Rat zu bitten.

Ein Anschlag auf der Tafel vor der Kirche, an der die üblichen Bekanntmachungen ausgehängt wurden, erregte im Vorbeigehen ihre Aufmerksamkeit, weil ihr der große Schriftzug LONDON MISSIONARY SOCIETY ins Auge fiel. Sie blieb stehen und las mit wachsender Aufregung, daß die Missionsgesellschaft in der kommenden Woche in Stellenbosch ein Treffen der Missionare veranstaltete. Und unter den aufgeführten Rednern war auch der Name Jonathan Bourke.

Abigail stand lange vor dem Plakat. Und statt Deborah Campbell aufzusuchen und sich ihr anzuvertrauen, kehrte sie Stunden später, als sie sich äußerlich wieder in der Gewalt hatte, nach BONNE ESPÉRANCE zurück. Seli hatte zwar das Haus verlassen, nicht jedoch das Weingut. Sie hatte eine der leerstehenden Hütten bezogen.

Charles lächelte gemein, nahm er ihre Rückkehr doch als Beweis dafür, daß sie wirklich nur leere Drohungen ausgestoßen und sich mit ihrem Schicksal abgefunden hatte.

Abigail erwähnte Seli mit keinem Wort. Sie sprach in den folgenden Tagen überhaupt kein persönliches Wort mit Charles. Sie zog sich in ihren kleinen Salon zurück, machte die Vorhänge zu, grübelte im Halbdunkel und wartete auf den Tag, an dem sie Jonathan Bourke wiedersehen würde.

Am Tag des Treffens der Missionare war Abigail schon Stunden vorher im Gemeindesaal. Als Jonathan Bourke endlich kam, konnte sie die Tränen kaum zurückhalten – aus Freude und weil so viele wunderbare Erinnerungen bei seinem Anblick in ihr lebendig wurden.

Jonathan war längst nicht mehr so schlaksig wie früher. Er hatte zugenommen, war sonnengebräunt und gab eine attraktive Gestalt ab. Nur sein rotblondes Haar war noch so zerzaust wie eh und je. Verschwunden war die jugendliche Unbekümmertheit. Dafür strahlte er jetzt eine warmherzige Ruhe und Selbstsicherheit aus, die in den Jahren harter Arbeit im Kaffernland gereift war.

»Abigail O'Brien!« rief er freudestrahlend, als sie sich zu ihm durch die Menge drängte, und schloß sie herzlich in seine Arme. Dann hielt er sie von sich, während sie lachte und die Tränen aus ihren Augen wischte. »Was für eine wunderbare Überraschung. Wie lange ist es jetzt her? Sieben Jahre?«

»Fast neun.«

»Neun? Allmächtiger, wie die Zeit doch rast! Mir ist, als wäre es erst gestern gewesen. Sie müssen mir später viel von sich erzählen, Abigail.«

»Wenn es Ihre Zeit erlaubt, Reverend ...«

Lachend unterbrach er sie. »Aber ich bitte Sie, Abigail! Ich habe alle Zeit der Welt für Sie!« versicherte er.

Jonathan Bourke vermittelte Abigail ein Gefühl der Geborgenheit und des Vertrauens, wie sie es seit vielen Jahren nicht mehr empfunden hatte.

»Ich glaube, ich werde vorne beim Komitee erwartet. Sie bleiben doch, ja? Wunderbar. Dann sehen wir uns nachher. Ich bestehe darauf, daß Sie im Gasthof mit mir zu Abend essen.« Er lächelte ihr aufmunternd zu und folgte dann einem seiner Missionarskollegen, der dem Organisationskomitee angehörte.
Diese erste öffentliche Veranstaltung der Missionsgesellschaft war gut besucht. Nicht ein Stuhl blieb frei. Es fanden sich jedoch nur eine Handvoll Buren ein, was bei dem Thema ›Vor Gott sind alle Menschen gleich – nicht nur im Himmel!‹ kein Wunder war. Mehrere Redner traten auf, doch die mitreißendste Rede wider die Sklaverei hielt Jonathan Bourke von NEWLANDS, und sie brachte ihm den stürmischen Applaus des Publikums.
Abigail zollte ihm Lob und Bewunderung, als sie später mit Jonathan Bourke in der Gaststube saß und ihm zuhörte, wie er mit ansteckender Begeisterung von seiner Arbeit im Kaffernland berichtete.
»Eigentlich hatte ich gar nicht kommen wollen, aber das Komitee hat mir einfach keine Ruhe gelassen.« Er lachte. »Seit die Gesellschaft vor nunmehr sieben Jahren diese enorme Spende erhalten hat, die der anonyme Wohltäter ausdrücklich zu Gunsten meiner Missionsstation verwendet wissen wollte, hat mein Name, ohne daß es meine Absicht war, in unserer Organisation Gewicht bekommen.«
»Das ist doch wunderbar, und Sie haben es auch verdient.«
»Es gibt sicherlich verdientere und würdigere Vertreter meines Standes«, wehrte er mit der ihm eigenen Bescheidenheit ab und machte ein nachdenkliches Gesicht. »Ich frage mich manchmal heute noch, wer es wohl gewesen sein mochte, der mir so viel Geld hat zukommen lassen. Ich kannte zu jener Zeit doch niemanden, der auch nur annähernd die Mittel zu solch einer gewaltigen

Spende gehabt hätte. Alles, was ich habe, ist eine Vermutung.«

»Und wer, meinen Sie, könnte derjenige gewesen sein?«

»Patrick O'Brien.«

Abigail sah ihn erst überrascht an und nickte dann, als sie an Drago dachte, der so viel Unheil über sie gebracht hatte. Patrick hatte zweifellos Rache an ihm geübt, und wie sie ihn kannte, hatte er nur das Geld behalten wollen, das ihm zustand. »Ja, das könnte sein«, stimmte sie ihm zu.

»Aber jetzt haben wir genug über mich und NEWLANDS geredet. Nun will ich wissen, wie es Ihnen in den vergangenen Jahren ergangen ist, Abigail! Erzählen Sie«, forderte er sie mit einem erwartungsvollen Lächeln auf.

Abigails Gesicht verdunkelte sich vor Kummer. »Schlecht ist es mir ergangen. So schlecht, daß ich mehr als einmal gewünscht habe, tot zu sein.«

»Um Gottes willen, sagen Sie so etwas nicht!« rief Jonathan Bourke bestürzt. »Was ist passiert?«

»Ich habe Patrick verraten, den einzigen Mann, den ich je wirklich geliebt habe«, sagte Abigail und redete sich nun alles von der Seele, angefangen von dem Tag, an dem Patrick sie vor zwölf Jahren vor einer Vergewaltigung bewahrt hatte, bis hin zu dem abscheulichen Erlebnis, als sie Charles mit Seli in ihrem Ehebett überrascht hatte.

»Mein Gott!« Jonathan Bourke war erschüttert, und als sie geendet hatte, wußte er erst nicht, was er sagen sollte.

»Er verachtet mich, schlägt mich und betrügt mich«, sagte Abigail unter Tränen. »Ich habe ihm die Kinder, die er haben wollte, nicht schenken können und mich schuldig gefühlt ... und deshalb geglaubt, mein Kreuz tragen zu müssen. Doch ich halte es nicht länger aus. Ich kann nicht länger bei ihm bleiben. Ich werde ihn verlassen. Ich muß! Mein Entschluß ist gefaßt. Doch ich weiß nicht, wohin ich gehen soll.«

Er nahm ihre Hand und schwieg einen Augenblick. Dann sagte er: »Kommen Sie mit mir nach NEWLANDS!«
Überrascht sah sie ihn an. »Ins Kaffernland?«
»Ja. Und wenn es Ihnen nicht gefällt, können Sie jederzeit zu neuen Ufern aufbrechen. Sie sind noch jung, Abigail. Kommen Sie mit mir. Das gibt Ihnen Gelegenheit, Abstand zu dem zu finden, was Sie haben erdulden müssen, und in sich zu horchen, was Sie mit Ihrem weiteren Leben machen wollen.«
Lange dachte Abigail darüber nach, und je länger sie sich mit der Vorstellung vertraut machte, desto verlockender erschien ihr sein Angebot.
»Ja«, sagte sie schließlich, und in ihren Augen leuchtete die Hoffnung auf eine bessere Zukunft. »Ich komme mit Ihnen nach NEWLANDS.«
Drei Tage später stieg sie im Morgengrauen, als Charles noch seinen nächtlichen Rausch ausschlief, auf der Landstraße vor der Jakarandaallee zu Jonathan Bourke auf den Wagen und zog mit ihm gen Osten. Endlich war sie frei. Sie fühlte sich wie neugeboren. Befreit von der Last der Vergangenheit, begann für sie ein neues Leben.

51

Es fing nicht erst bei der Hochzeit des ältesten Sohnes von Jacobus de Witt auf GROOTPAN an. Es hatte natürlich schon viele Monate vorher begonnen. Denn wie bei Tag und Nacht oder Lust und Schmerz, so sind auch die Grenzen zwischen Freundschaft und Liebe fließend. Und doch war das großartige Hochzeitsfest der de Witts im Frühjahr 1817 ein Wendepunkt in ihrer Beziehung, weil das der Tag war, an dem sich Patrick zum erstenmal bewußt wurde, daß er Lena nicht länger als Witwe seines verstorbenen Freundes sah, die seiner Hilfe bedurfte. Er sah sie vielmehr mit den Augen eines Mannes, der sie tief in sein Herz geschlossen hatte und sich wünschte, das Leben mit ihr zu teilen. Als er sie beim Tanz in den Armen hielt, durch den Stoff ihres Kleides hindurch ihren ranken, von harter Arbeit gestrafften Körper unter seinen Händen fühlte, den milden Blumenduft ihrer Haars roch und in ihr klares, leicht gerötetes Gesicht blickte, da schlug sein Herz einen ganz anderen, viel schnelleren Rhythmus als die vier Musiker. Der Mund wurde ihm ganz trocken, als er sich eingestand, daß er nicht länger nur ihr Nachbar und Freund sein wollte. Und der plötzliche Druck in seinen Lenden beschämte und erschreckte ihn zugleich.

»Ist Ihnen nicht gut?« fragte Lena besorgt, als er sie abrupt losließ.

»Entschuldigen Sie«, murmelte er, während er sie mit abgewandtem Kopf vom Bretterboden führte. »Es ist der Wein. Ich glaube, er ist mir nicht ganz bekommen.«

Als er Lena und Adriaan tags darauf nach JUBILEE zurückbrachte, dachte er auf der Fahrt darüber nach, wann und wie es wohl angefangen hatte – die Veränderung seiner Gefühle für Lena.

Nach dem Tod von Martinus war er so oft wie möglich nach JUBILEE geritten, um Lena mit Trost und tatkräftiger Hilfe zur Seite zu stehen. Er kam nicht nur aus Pflichtgefühl, er kam gern, und er nahm sich auch immer ein wenig Zeit, um mit Adriaan zu spielen.

Lena kämpfte tapfer und arbeitete bis zur Erschöpfung, um JUBILEE vor dem Niedergang zu bewahren, damit sie ihrem Sohn die Farm eines Tages übergeben konnte. Doch nach Slagters Nek brach eine schwere Zeit für sie an. Es gab Schwierigkeiten mit den Hottentotten. Es fehlte einfach der

Baas auf der Farm, der bei Schlendrian mit harter Hand durchgriff, und mehr als einmal mußte Patrick dafür sorgen, daß die Schwarzen Lena den Respekt zollten, der ihr nicht allein von der Position, sondern auch von ihrer Leistung und ihrem zähen Arbeitswillen her zustand. Lena ließ schließlich fünf von ihnen ziehen und stellte ihnen sogar offizielle Entlassungspapiere aus, ohne die sie verhaftet und sofort wieder zur Arbeit gezwungen werden konnten.

Als Patrick bei seinem nächsten Besuch davon erfuhr, wollte er es erst nicht glauben. »Wie konnten Sie das bloß tun, Lena? Sie brauchen auf JUBILEE jede Hand! Und ohne die Papiere wäre keiner von ihnen gegangen, sie hätten es nicht gewagt.«

»Ich weiß, aber ich war es leid, mich jeden Tag aufs neue mit ihnen herumzuärgern. Denn kaum habe ich ihnen den Rücken gekehrt, da haben sie auch schon aufgehört zu arbeiten. Oder sie sind einfach aufs Veld raus und erst Stunden später wiedergekommen. Nein, ich habe es jedem freigestellt, zu gehen oder zu bleiben. Die fünf wollten nicht bleiben, und wenn ich sie gegen ihren Willen festgehalten hätte, hätten sie mit der Zeit auch noch die anderen mit ihrer Faulheit und Aufsässigkeit angesteckt. Ich bin ohne die fünf Faulpelze besser dran als mit.«

Patrick hatte sich nicht mehr nur um LION'S GATE zu sorgen, sondern nun auch noch um JUBILEE, und diese Sorge nahm er ernst und stellte sich der Aufgabe bereitwillig. Er konnte nicht zulassen, daß Lena ihre Farm verlor. Und auf diese Weise verband sich sein Leben immer enger mit dem von Lena und Adriaan, denn sie teilten dieselben Sorgen und Freuden in einem immer stärkeren Maße.

Acht Monate nach Martinus' Tod kam Lena zum erstenmal allein nach LION'S GATE. Sie brachte ihm ein halbes Dutzend Gläser Apfel- und Pfirsichmarmelade und ein kleines Faß mit süßsauer eingelegten Gurken mit. »Ich weiß, daß ich es nie gutmachen kann, was Sie für mich und Adriaan tun ...« begann sie.

Er probierte ihre Pfirsichmarmelade, und sie war ausgezeichnet. »Was wollen Sie denn?« tat er verwundert. »Mit diesen Köstlichkeiten bin ich doch mehr als fürstlich bezahlt.«

Sie lachte. »Ich bin Ihnen ja so dankbar.«

»Ja, und dieses Lächeln ist der schönste Dank, Lena«, versicherte er ihr und zwinkerte ihr zu. »Er kommt sogar noch vor Ihrer Marmelade und Ihren süßsauren Gurken.«

Das nächstemal brachte sie Adriaan mit, und Patrick ließ ihn auf einem Ochsen reiten, was ihn in helle Begeisterung versetzte. Furchtlos hockte er im Nacken des Tieres und hielt sich an dem stark einwärts gebogenen Gehörn fest. Lena lächelte, während sie Patrick und ihren Sohn beobachtete, wie sie beide ihren Spaß hatten.

Der Junge sorgte auf seine Weise dafür, daß das Band der Gemeinsamkeit im Laufe der nächsten zwölf Monate immer stärker wurde. Als Adriaan zweimal schwer von Kinderkrankheiten heimgesucht wurde, ließ Patrick es sich nicht nehmen, nach JUBILEE zu reiten und mit Lena am Krankenbett zu sitzen, bis die Krise überstanden war. Und Lena vergaß nie, daß Patrick ihr das Schachspiel beibrachte, als Adriaan die Masern hatte. Sie liebte dieses Spiel sofort, entsprach es in seinem Charakter doch ganz ihrem Wesen, das von stiller Zurückhaltung und an Schweigsamkeit grenzender Wortkargheit geprägt war.

Es war zwei Jahre nach dem Tod von Martinus, als der vierjährige Adriaan Patrick eines Tages, als er wieder nach JUBILEE geritten kam, mit dem freudigen Ruf »Daddy! ... Daddy!« entgegenlief.

Mit Lenas Gesichtsfarbe vollzog sich ein merkwürdiger Wan-

del. Zuerst wurde sie blaß, dann lief sie puterrot an. Sie vermied es, Patrick anzusehen, sondern beugte sich schnell zu ihrem Sohn hinunter. »Das ist Patrick, Adriaan«, verbesserte sie verlegen. »Du mußt Mr. Patrick zu ihm sagen, nicht Daddy. Dein Daddy ist schon lange tot.«
Adriaan sah mit der Unschuld und Unwissenheit eines kleinen Kindes von seiner Mutter zu Patrick, und sein Blick verriet, daß er nicht verstand, was seine Mutter ihm zu erklären versuchte.
Patrick lenkte ihn rasch ab, indem er ihm die Zügel von Velvet reichte und ihn bat, sein Pferd zur Tränke zu führen. Dann sagte er zu Lena: »Er ist dafür noch zu klein. Lassen Sie ihn nur.«
Ihr Gesicht glühte noch immer. »Es ist mir unangenehm, Patrick ... für Sie«, murmelte sie.
Er lachte. »Ach was, es macht mir wirklich nichts aus, ganz im Gegenteil. Ich fühle mich geschmeichelt. Ich wünschte, ich hätte so einen prächtigen Sohn«, entfuhr es ihm spontan. »Wenn er alt genug ist, um zu verstehen, bleibt noch genügend Zeit, ihm von Martinus zu erzählen.«
Bei seinem nächsten Besuch sagte Adriaan mit erwartungsvoller Miene: »Mom hat gesagt, daß ich dich fragen soll, ob ich dich Paddy nennen darf. Darf ich?«
Patrick fand zwar, daß der Name Paddy etwas zwitterhaft klang, aber eigentlich traf er sein Verhältnis zu dem Jungen recht genau, denn wenn er auch nicht sein Vater war, spielte er in Adriaans Leben doch mehr als nur die Rolle eines freundlichen Onkels. Deshalb sagte er ohne Zögern: »Wenn du das möchtest.«
Adriaan nickte heftig und mit leuchtenden Augen.
Patrick strich ihm liebevoll über das Haar. »Gut, dann soll es so sein, junger Mann.«
Und dann kam Wochen später das Hochzeitsfest auf GROOT-

PAN und der Tanz, bei dem Lena aufhörte, für ihn nur eine junge Witwe zu sein, der sein Mitgefühl und seine Freundschaft galt. Er träumte von ihr und spürte bei ihren nächsten Begegnungen, daß auch sie die Veränderung, die in ihm vor sich gegangen war, bemerkt hatte. Er wagte jedoch nicht, ihr seine Gefühle offen zu zeigen. Zwar lag der Tod ihres Mannes mittlerweile fast drei Jahre zurück, doch er fürchtete ihre Reaktion.

Patrick dachte nun täglich an sie, vermochte sie nicht einmal während der Arbeit aus seinen Gedanken zu verbannen. Es trieb ihn immer öfter nach JUBILEE, und er nutzte jeden Vorwand, um sie zu sehen.

An einem drückend heißen, schwülen Dezembertag des Jahres 1818 traf er am Nachmittag wieder einmal auf JUBILEE ein. Sein letzter Besuch lag erst zwei Tage zurück. Diesmal bot ihm ein heraufziehendes Unwetter einen schwachen, aber immer noch einigermaßen plausiblen Grund für sein Kommen. Lena war jedoch nicht auf dem Hof.

»Sie ist runter zum Fluß, Baas«, teilte ihm einer der Hottentotten mit.

Adriaan wollte mit ihm gehen, doch einer inneren Eingebung folgend, machte er sich allein auf den Weg zum Fluß, bei dem es sich eigentlich mehr um einen etwas breiteren Bach handelte, der im Januar zumeist ausgetrocknet unter der heißen Sonne lag.

Als er sich dem kleinen Wasserlauf an der Stelle näherte, wo er zwei wannenähnliche Vertiefungen im Bett füllte, sah er Lena nackt im Wasser stehen und sich waschen. Der Anblick ihres nassen, in der Sonne glänzenden Körpers traf ihn wie ein Schock und wühlte ihn auf. Abrupt hielt er zwischen den Büschen inne. Sein Ehrgefühl befahl ihm, sich umzudrehen und sich schnell zurückzuziehen, doch eine andere wilde Kraft in ihm zwang ihn, zu ihr zu blicken

und die erregenden Linien ihres unverhüllten Körpers in sich aufzunehmen.
Mein Gott, ist sie schön, dachte er.
Sie tauchte ganz unter. Als sie sich wieder aufrichtete und dabei ihr nasses Haar zurückwarf, hatte sie das Gesicht dem Ufer zugewandt – und ihre Blicke trafen sich. Einen langen Moment stand sie einfach so da und schaute zu ihm herüber, ohne ihre Blöße zu bedecken.
Dann schoß ihm das Blut vor Scham ins Gesicht. Hastig drehte er sich um und rannte förmlich den Weg hinauf zum Hof. Er schämte sich seiner Indiskretion so sehr, daß er versucht war, auf der Stelle nach LION'S GATE zurückzureiten. Doch das wäre feige gewesen, und er schuldete ihr eine Erklärung.
Es dauerte fast eine geschlagene Stunde, bis Lena in die Wohnstube trat, wo Patrick auf sie wartete. Noch nie in seinem Leben war er so nervös und aufgeregt gewesen.
»Es tut mir leid«, sagte er.
»Warum?« fragte sie ruhig.
»Es war nicht recht. Ich hätte mich sofort zurückziehen müssen, als ich sah, daß du ...« Er führte den Satz nicht zu Ende.
»Und doch hast du mich lange angeschaut«, sagte sie leise und ohne jeden Vorwurf in der Stimme.
»Ja.«
Sie setzte sich zu ihm, doch er wagte nicht, ihr ins Gesicht zu blicken. »Es hat mir nichts ausgemacht, Patrick. Bei jedem anderen, doch nicht bei dir.«
»Ich konnte einfach nicht anders«, gestand er mit belegter Stimme. »Du ...« Wieder fehlten ihm die Worte.
»Ich mache uns einen Kaffee.«
Stumm sah er zu, wie sie den Kessel mit Wasser füllte und auf den Herd setzte. Er wußte, daß der Moment gekommen

war, den er schon so lange herbeigesehnt und zugleich auch gefürchtet hatte.
Lena kehrte mit zwei Bechern Kaffee zu ihm an den Tisch zurück. Von Ferne grollte Donner über das Land. Noch immer war kein weiteres Wort gefallen.
Patrick trank einen Schluck. Dann nahm er all seinen Mut zusammen und begann: »Martinus war mein Freund ...«
»Martinus ist tot, schon lange«, fiel sie ihm sanft ins Wort. »Nichts bringt ihn zurück, Patrick. Doch das Leben geht weiter, auch wenn ich das damals nicht geglaubt habe. Laß uns deshalb nicht über Martinus sprechen, sondern über uns.«
Ihre Worte gaben ihm Zuversicht. Er hob den Kopf und sah ihr in die Augen, und er las in ihnen, was er sich erhofft hatte. »Adriaan braucht einen Vater, und ich habe lange genug allein gelebt. Ich möchte, daß eine Frau mein Leben mit mir teilt.«
»Auch ich möchte nicht länger allein sein«, sagte Lena in schlichter Offenheit. »Ich bin zu jung, um für den Rest meines Lebens Witwe zu sein. Ich möchte einen Mann an meiner Seite haben, der mich liebt und achtet – so wie du es tust, Patrick.«
Er nahm ihre Hand. »Willst du meine Frau werden?« fragte er.
Sie lächelte ihn zärtlich an. »Ja«, flüsterte sie. »Ich wünsche es mir so sehr, deine Frau zu sein, Patrick.«
»Dann werden wir heiraten. Noch in diesem Jahr.«
Sie drückte seine Hand und nickte nur.
Lange saßen sie so schweigend am Tisch, und der Kaffee war längst kalt, als draußen das Gewitter losbrach und Adriaan zu ihnen ins Haus gelaufen kam.
Patrick ritt nicht nach LION'S GATE zurück. Er verbrachte die Nacht auf JUBILEE. Das Gewitter hatte sich schon wieder verzogen, als er hörte, wie die Tür zu seiner Schlafkammer

geöffnet wurde. Der flackernde Lichtschein einer Kerze fiel in den Raum und beleuchtete Lena, die leise die Tür hinter sich schloß.
»Patrick?«
»Ja?«
»Begehrst du mich auch?« flüsterte sie, und die Kerze in ihrer Hand zitterte.
Er sah sie an, wie sie in ihrem einfachen Nachthemd und mit gelöstem Haar vor ihm stand, und es gab keine Frau, die er mehr begehrte als sie.
»Mehr, als ich dir sagen kann, Lena«, antwortete er.
Lena stellte die Kerze ab, streifte sich das Nachtgewand von den Schultern und bot sich ihm nackt dar. »Denke nicht schlecht von mir, aber ich ...«
»Das werde ich niemals tun. Komm, Lena«, fiel er ihr ins Wort, schlug das dünne Laken zurück und zog sie an sich. Zitternd schmiegte sie sich in seine Arme, und er fühlte, wie heftig ihr Herz schlug. Er küßte sie und streichelte ihren Körper, bis sie sich beruhigt hatte und er spürte, daß sie bereit war, mit ihm eins zu werden.
Sie liebten sich mit einer stillen Leidenschaft, die ihnen nicht nur lustvolle Erfüllung brachte, sondern auch das tiefe Glücksgefühl in ihnen hinterließ, daß sie zueinandergefunden hatten und es so und nicht anders hatte sein sollen.

52

Zusammen mit Japhata reparierte Patrick in der Schmiede den Pflug. Schwungvoll führte er den Hammer, und bei dem Klirren von Eisen auf Eisen hörte er nicht den Wagen, der auf den Hof fuhr.
Es war Adriaan, der in die Schmiede gelaufen kam und ihn

davon unterrichtete, daß zwei Fremde auf LION'S GATE eingetroffen waren.

»Mach du weiter, Japhata«, sagte Patrick und reichte seinem zuverlässigsten Mann den Schmiedehammer. »Und sieh zu, daß du die Wölbung besser hinkriegst als ich das letztemal.«

Japhata verzog das Gesicht zu einem breiten Grinsen und zeigte dabei sein makelloses Gebiß. »Sollte nicht allzu schwer sein, Baas«, scherzte er.

Mit nackter, schweißglänzender Brust trat er in die gleißende Helle hinaus. Im Hof stand ein schwerer Feldschoner mit zehn Zugochsen. Der Wagen kam ihm auf Anhieb bekannt vor. Ehe er sich jedoch erinnern konnte, erblickte er Jonathan Bourke – und Abigail. Die Überraschung war so groß, daß er unwillkürlich stehenblieb.

Abigail!

Nach über sieben Jahren sah er sie hier auf LION'S GATE wieder!

Ihr Anblick löste in ihm eine merkwürdige Verwirrung der Gefühle aus, zu denen jedoch nicht Schmerz und verzweifelte Sehnsucht zählten, wie das noch vor Jahren in Gedanken an sie der Fall gewesen war. Es war eine eigentümliche Freude, vermischt mit Melancholie und Bedauern über verpaßte Gelegenheiten, die aber heute keine Bedeutung mehr hatten, und der Sorge, ihr nun so weh tun zu müssen wie sie ihm damals unter den Weiden am Bach.

Zögernd trat er auf die beiden zu. Im selben Moment kam Lena aus dem Haus, sich die nassen Hände an ihrer Schürze trocknend. Als sie Abigail sah, stockte sie im Schritt und blickte rasch zu Patrick hinüber. Dann strafften sich ihre Schultern, und sie ging weiter. Abigail sagte etwas zu Jonathan Bourke, der daraufhin beim Wagen blieb, während sie

Patrick zwei, drei Schritte entgegenkam. Lena richtete es ein, noch vor ihr an Patricks Seite zu sein. Adriaan schob sich neugierig zwischen sie.
Es war eine merkwürdige Situation.
Abigail brach das beklemmende Schweigen. »Du hast eine wunderbare Farm, Patrick«, sagte sie mit ehrlicher Bewunderung. »Ich habe immer gewußt, daß du es schaffen würdest.«
»Danke, Abigail«, erwiderte er und dachte, daß es einmal eine Zeit gegeben hatte, als sie den Traum von einer Farm gemeinsam hatten verwirklichen wollen. Gleichzeitig stellte er fest, daß sich ihr Aussehen verändert hatte. Sie war hübscher denn je, doch aus ihren Gesichtszügen war die Unbekümmertheit der Jugend verschwunden und einer gereiften Weiblichkeit gewichen.
Patrick wandte sich nun seiner Frau zu. »Lena, das ist Abigail Dooney.«
»Abigail Dixon«, verbesserte sie ihn. »Ich habe Charles verlassen und wieder meinen Mädchennamen angenommen.«
Patrick hob leicht die Augenbrauen.
»Einen guten Tag, Mrs. Dixon«, sagte Lena höflich.
»Abigail, das ist meine Ehefrau Lena.« Patrick sah, daß Abigail nicht im mindesten überrascht und verletzt war und offensichtlich nicht erwartet hatte, ihn nach über sieben Jahren noch unverheiratet anzutreffen.
»Und das ist dein Sohn?« fragte Abigail und blickte Adriaan an.
»Ja, das ist unser Sohn Adriaan«, bestätigte Patrick, dem es überflüssig erschien, ihr zu erklären, daß Adriaan nicht sein leiblicher, sondern sein Adoptivsohn war. Für ihn machte das keinen Unterschied, und für Abigail war es ohne Interesse.

Abigail lächelte, und in ihrem Lächeln lag eine Spur Wehmut. »Ich freue mich, daß es dir und deiner Familie so gut geht. Du hast es wirklich verdient.«
»Es ist nett von dir, das zu sagen, Abby. Aber danach, ob man es verdient hat oder nicht, fragt das Leben in der Regel nicht.«
»Das ist auch wieder wahr.«
Lena räusperte sich. »Ich gehe dann mal wieder ins Haus, Patrick«, sagte sie. »Ihr habt euch bestimmt viel zu erzählen.«
»Nein, bitte bleib«, entgegnete Patrick und sah sie mit einem Lächeln an, das ihr den beklemmenden Druck vom Herzen nahm.
»Wir müssen auch gleich weiter«, sagte Abigail. »Ich gehe mit Reverend Bourke nach NEWLANDS.«
Adriaan wurde der steife Wortwechsel zu langweilig, und er lief zu Japhata in die Schmiede.
Lena wandte sich Patrick zu und legte ihm in einer zärtlichen Geste ihre Hand auf den Arm. »Ich muß kurz ins Haus. Das Essen steht auf dem Feuer.«
»Gut«. Patrick nickte und verstand. Lena vertraute ihm und ließ sie ohne Sorge allein.
Für einen Moment trat wieder Schweigen ein.
Dann meinte Patrick: »Es ist gut, daß du Charles Dooney verlassen hast. Ich habe dir ja gleich gesagt, daß er ein Stutzer ist.«
»Damit hast du ihm damals schon geschmeichelt, nur habe ich das da noch nicht gewußt«, erwiderte Abigail, und daß sie jetzt schon darüber scherzen konnte, war ein gutes Zeichen. Die Wochen mit Jonathan Bourke auf dem Treck hatten ihr neue Kraft und Hoffnung gegeben.
»Es tut mir leid für dich, Abby.«
Sie zuckte mit den Schultern. »Ich wußte nicht, was ich tat

und worauf ich mich eingelassen hatte. Ich glaube, es war mir damals, als ich dich für tot hielt, auch gleichgültig. Wir machen eben alle Fehler.«

»Ja, das tun wir.«

Abigail sah ihn an. »Ich habe dich einfach zu sehr geliebt, Patrick«, sagte sie ohne jeden Vorwurf, so wie man über etwas spricht, was einem einmal unendlich viel bedeutet hat, aber längst als abgeschlossenes Kapitel unwiderruflich der Vergangenheit angehört.

»So wie ich dich geliebt habe«, erwiderte Patrick ruhig.

Sie lächelte. »Es war eine wunderbare Zeit, die wir hatten, auch wenn sie nur kurz war, Patrick.«

»Ja, fünf aufregende Jahre. Und du wirst immer einen ganz besonderen Platz in meinen Erinnerungen und in meinem Herzen haben, Abby«, versicherte er.

Ein feuchter Glanz trat in ihre Augen. »So wie du in meinem. Verzeihst du mir, was ich dir und mir damals angetan habe, als ich nicht den Mut hatte, mit dir zu gehen?«

»Du hast getan, was du in deiner Anständigkeit gemeint hast tun zu müssen. Es gibt längst nichts mehr zu verzeihen, Abby.«

»Ich habe mich all die Jahre so schuldig gefühlt und gehofft, daß du mir verziehen hast, doch ich wollte es von dir selbst hören. Deshalb bin ich gekommen. Ich wünsche dir alles Glück der Welt, Patrick.«

»Und ich dir, Abby«, sagte Patrick und fühlte einen Kloß im Hals.

Sie gingen zu Jonathan Bourke. Die beiden Männer fielen sich in herzlicher Zuneigung um den Hals, und sie redeten eine Weile von alten Zeiten und von NEWLANDS. Aus Höflichkeit forderte Patrick sie auf, doch über Nacht auf LION'S GATE zu bleiben, aber beide lehnten mit freundlicher Bestimmtheit ab und gaben vor, noch einige Meilen hinter sich bringen zu wollen, und Patrick war ihnen für ihre Rücksicht dankbar.

Als Jonathan Bourke und Abby aufbrachen, kam Lena wieder aus dem Haus und verabschiedete sich von ihnen.

»Danke übrigens für die großzügige Spende, Patrick!« rief der Missionar ihm noch zu, als die Ochsen sich schon ins Geschirr stemmten.

Patrick lächelte nur und legte seinen Arm um Lena.

»Du hast sie einmal sehr geliebt, nicht wahr?« fragte Lena, als der Wagen vom Hof rollte.

Überrascht sah er sie an. »Ja, das habe ich. Aber diese Liebe gehörte zu einem anderen Leben, das schon lange hinter mir liegt. Doch woher weißt du das überhaupt?«

Lena lächelte. »Von Franziska van Niekerk. Sie hat mir bereits vor Jahren von dir und Abigail erzählt. Und ich hatte lange Angst, du hättest sie nicht vergessen können.«

»Du hast sie mich schon vor Jahren vergessen lassen, Lena«, sagte er zärtlich und drückte sie an sich.

Als der Feldschoner bereits auf die erste Hügelgruppe zuhielt und Jonathan Bourke sich ein letztes Mal umdrehte, sah er Patrick und Lena noch immer Arm in Arm auf dem Hof stehen und ihnen nachblicken. Er winkte ihnen zu und lächelte zufrieden über den Ausgang ihres kurzen Besuchs auf LION'S GATE.

Abigail ist noch jung und hat noch ihr ganzes Leben vor sich, dachte er. So wie Patrick und Lena, so wird auch sie, wenn Gott es will, ihr Glück finden. Auf NEWLANDS oder anderswo ...

53

Im April 1819 brach an der Grenze der fünfte Kaffernkrieg aus, von dem die nördliche Region am Great Fish River jedoch verschont blieb. Die westlichen Xhosa-Stämme drangen unter der Führung von Ndhlambi bis nach Grahamstown vor und griffen die Siedlung mit mehreren tausend Kriegern am hellichten Tag an. Der Angriff wurde blutig zurückgeschlagen. Kolonialtruppen und Burgherkommandos trieben die Xhosas bis zum Kei River zurück. Gouverneur Somerset traf sich zu Friedensverhandlungen mit dem Xhosa-Häuptling Gaika, der mit Ndhlambi verfeindet war und sich gegen den neuen Krieg ausgesprochen hatte, und das Gebiet zwischen Great Fish River und Keiskamma River wurde zum neutralen Territorium erklärt, zum verbotenen Land für Weiße wie Schwarze. Bis auf vereinzelte Raubzüge kleiner Xhosa-Gruppen, die von Burgherkommandos mit begrenzten Vergeltungsschlägen beantwortet wurden, sollte dieser Frieden an der Grenze bis zum sechsten Kaffernkrieg 1834/35 halten.

Im September 1819 schenkte Lena einem Mädchen das Leben, das sie Daniela nannten und das die stille Fröhlichkeit seiner Mutter geerbt hatte. Noch nie hatte Patrick ein Kind gesehen, das so wenig schrie und dem Leben mit so viel strahlender Genügsamkeit begegnete wie Daniela. Adriaan wich kaum von ihrer Seite und war von der Stunde ihrer Geburt an ihr größter Bewunderer und liebevoller Beschützer, bis zu dem Tag, an dem Daniela LION'S GATE verließ und einen Sohn der van Niekerks heiratete.

Ihr Sohn Timothy kam siebzehn Monate später zur Welt, und schon mit seinem ersten kräftigen Schrei verkündete er seinen Anspruch auf alles, was das Leben einem willensstarken, selbstbewußten Mann zu bieten vermochte.

Am Tag nach Timothys Geburt sandte Patrick ein Schreiben nach Kapstadt. Zwei Monate später erhielt er Antwort. Ein Vierteljahr danach ließ er seine besten Ochsen vor den Wagen spannen.

»Ich muß nach Kapstadt«, teilte er Lena mit dem aufgeregten Lächeln eines kleinen Jungen mit, der es nicht erwarten konnte, ein Geschenk in Empfang zu nehmen, das er sich schon so lange gewünscht hatte. »Ich bin so schnell wie möglich zurück.«

Lena fragte ihn nicht nach dem Grund der Reise, denn wenn er gewollt hätte, daß sie ihn erfuhr, hätte er schon von sich aus darüber geredet. Patrick sprach sonst über alles mit ihr, und sie vertraute ihm.

Die Wochen ohne ihn wurden Lena lang, doch sie hatten auch ihr Gutes, ließen sie ihr doch klarer als jemals zuvor zu Bewußtsein kommen, wie tief ihre gegenseitige Liebe war und welches Glück sie miteinander teilten. Ihre gegenseitige Liebe war mit jedem Tag stärker geworden, und wenn Patrick sie nachts in seine Arme nahm und sie sich vereinten, erfüllte sie nicht nur Lust und leidenschaftliche Hingabe, sondern auch ein glückseliges Gefühl der Dankbarkeit für das Wunder, das ihnen beiden widerfahren war.

In seiner Abwesenheit traf auf LION'S GATE ein fahrender Händler ein, der einen Brief von Jonathan Bourke überbrachte. Darin teilte ihnen der Missionar mit, daß Abigail ihre Scheidung erwirkt hatte und nun mit ihm verheiratet war. Sie erwarteten ihr erstes Kind im kommenden Frühjahr. Er schrieb ihnen auch, daß seine Missionsgesellschaft ihn eindringlich gebeten hatte, auf eine ausgedehnte Vortragsreise durch England zu gehen, ja womöglich ein Buch über seine Erfahrungen und Eindrücke zu schreiben. Abigail und er wollten dieses Angebot annehmen und im nächsten Jahr nach England reisen, auf jeden Fall aber wieder

nach Südafrika zurückkehren. Er trug sich zudem mit dem Gedanken, NEWLANDS seinem jungen Kollegen James Calhoun zu überlassen, der vor einem halben Jahr bei ihm eingetroffen war und sich hervorragend machte, und mit Abigail nach Nordwesten ins Namaqualand zu gehen und dort eine neue Missionsstation zu gründen.
Im März 1821 kehrte Patrick mit Stofolus, der ihn begleitet hatte, nach LION'S GATE zurück. Der Wagen war mit vielen nützlichen Dingen beladen, doch ein Großteil der Ladefläche war frei, und das sah ihm gar nicht ähnlich.
»Sattle unsere Pferde!« rief Patrick Japhata zu, nachdem er Lena und die Kinder ausgiebig geküßt und umarmt hatte. »Lena und ich machen einen kleinen Ausritt.«
»Wo willst du denn mit mir hin?« fragte Lena überglücklich, daß er wieder bei ihr war, und wäre ihm überallhin gefolgt.
»Laß dich überraschen«, sagte Patrick mit einem geheimnisvollen Lächeln, und so ritten sie los.
Eine halbe Stunde später kamen sie zu den Hügeln, wo Patrick vor zehn Jahren am Tag seiner Ankunft die beiden Löwen auf den Kuppen liegen gesehen hatte.
»Löwen!« rief Lena erschrocken und zügelte ihr Pferd.
Patrick lachte. »Keine Sorge, diese Löwen tun uns ebensowenig wie die beiden, die mir hier vor zehn Jahren begegnet sind. Nur sind diese hier aus Stein.«
Jetzt erkannte auch Lena, daß die beiden Löwen, die in Sphinxstellung und in Lebensgröße auf den beiden kleinen Hügeln thronten, aus graubraunem Stein gehauen waren. Die Nachmittagssonne entlockte dem Gestein aus der Entfernung einen warmen Schimmer, daß man meinen konnte, beim nächsten Windhauch müßten die Mähnen der stolzen Raubkatzen wehen. »*Magtig*, Patrick! Wo kommen diese herrlichen Statuen her?«
»Aus der Werkstatt eines höchst talentierten Steinmetzen in

Kapstadt«, teilte er ihr mit, sprang aus dem Sattel und reichte ihr die Hand.
Er führte sie etwas von den Löwenstatuen weg und setzte sich mit ihr in das warme Sommergras, um den Anblick mit ihr zu genießen.
»Sie sind wunderbar, Patrick«, sagte Lena andächtig und erinnerte sich nun wieder an die Geschichte mit den beiden Löwen, die Japhata ihr einmal erzählt hatte. »Jetzt wird jeder wissen, warum du die Farm LION'S GATE genannt hast.«
Er atmete tief und genießerisch durch. »Ich habe lange auf diesen Tag gewartet.«
»Warum hast du dir diesen Wunsch erst jetzt erfüllt?« fragte Lena, denn am Geld hatte es nicht liegen können, das wußte sie. Patrick war es schon gutgegangen, bevor JUBILEE Teil von LION'S GATE geworden war.
Er schaute auf die Löwen. »Als ich damals hierher kam und dort auf den Hügeln die beiden Löwen sah, fühlte ich mich so, als wäre mein Leben ein einziger Scherbenhaufen und als könnte ich diese Scherben nie wieder richtig zusammensetzen. Und ich schwor mir, zwei schöne Löwenstatuen meißeln zu lassen und hier aufzustellen, wenn es mir dennoch gelingen und ich eines Tages das Gefühl haben sollte, mit meinem Leben wieder glücklich zu sein.«
Lena spürte, wie ihr die Tränen in die Augen stiegen. »Und das bist du jetzt?« fragte sie leise.
»Ja.« Er legte zärtlich seinen Arm um sie. »Ja, glücklicher, als ich es dir sagen kann, Lena. Das Leben gibt uns Menschen mehr als nur eine Chance. Es gibt uns auch nach schweren Schicksalsschlägen immer wieder die Möglichkeit, einen neuen Anfang zu machen. Man darf nur nicht liegenbleiben und sein Unglück als Bestimmung für den Rest seines Lebens betrachten, sondern man muß aufstehen, den Blick nach vorne richten und den Kampf und auch die Hoffnung

niemals aufgeben.« Und nach einer kurzen Pause fügte er hinzu: »Und man muß erkennen, daß es zwei verschiedene Arten von Liebe gibt. Die eine ist so mächtig und verschlingend wie ein Buschfeuer. Aber so gewaltig und hoch die Flammen auch lodern, so fällt dieses Feuer doch schon nach kurzer Zeit zusammen, wenn es keine Nahrung mehr erhält. Die Flammen ersterben, und zurück bleibt schwarzes, abgebranntes Land.«

»Und die andere Liebe?« fragte Lena. »Wie ist die?«

Patrick sah sie an und strich ihr übers Gesicht. »Sie wächst langsam wie eine Pflanze, immer in Gefahr, von den Launen der Natur vernichtet zu werden. Doch wenn sie alle Stürme und Bedrohungen übersteht und tiefe Wurzeln geschlagen hat, wird sie so stark und unerschütterlich wie ein Baum.«

»Ja, stark wie ein Baum«, flüsterte Lena bewegt, und ihre Hand schloß sich fest um seine Hand, die auf ihrer Wange lag.

Nachwort und Danksagung

Die Niederschrift eines solch umfangreichen historischen Romans bedeutet für den Autor eine scheinbar endlose, monatelange und insbesondere einsame Reise durch ein fremdes Land. Da heißt es tiefe Täler der Selbstzweifel und der Erschöpfung zu durchstehen und auf den gelegentlichen Gipfeln der Euphorie die Balance nicht zu verlieren. Und wie in den wunderbaren, faszinierenden Ländern des südlichen Afrika selbst, so erstreckt sich, kaum daß man eine Ebene von unermeßlicher Weite durchquert und eine Bergkette erklommen hat, vor einem eine neue Ebene bis an den fernen Horizont, leer und weit und ebenso verlockend wie erschreckend.

Doch keine Reise, auch nicht die am Schreibtisch eines Schriftstellers historischer Romane, hat ohne gründliche Vorbereitung und Hilfe von Experten Aussicht auf Erfolg. Daß ich auf diesem langen Treck des Schreibens nicht ohne Orientierung blieb und mich in die bewegte Kolonialgeschichte sowie die Gefühle und Gedankenwelt der damaligen Siedler und Farmer hineinversetzen konnte, verdanke ich der intensiven Unterstützung von einer Vielzahl von schwarzen wie weißen Afrikanern aus den verschiedensten sozialen Schichten. Archivare, Professoren, Farmer und Safariführer haben mir auf meinen Recherchenreisen durch Südafrika, Zimbabwe (das frühere Rhodesien) und Botswana bereitwillig viele Stunden und manchmal auch viele Tage geopfert, um meine unzähligen Fragen zu beantworten sowie Bücher und Karten aus Ar-

chiven herauszusuchen oder mir ihre Familiengeschichte zu erzählen.
Alle zu nennen, die zum Gelingen meiner Arbeit beigetragen haben, würde den mir zur Verfügung stehenden Platz bei weitem sprengen. Einigen bin ich jedoch zu sehr zu Dank verpflichtet, als daß ich ihre Namen ungenannt lassen könnte.
Auf langen, unvergeßlichen Fußmärschen in der Waldsavanne am Okavango-Delta und am Rand der Kalahari hat mich der Safariführer Willy Zingg (Botswana) mit der afrikanischen Wildnis und ihrem Tierreichtum vertraut gemacht.
Ian Milne vom Krüger National Park vertiefte als Zoologe meine Kenntnisse über afrikanische Wildnis, Ökosystem und Tierverhalten.
Margaret und Douglas McMaster in Ladysmith (Natal) ließen uns an der bewegten Geschichte ihrer Vorfahren teilnehmen, die vor hundertsiebzig Jahren nach Südafrika kamen und mir in Bruchstücken Modell für manche meiner Romanfiguren gestanden haben.
Mary und Peter Terry von HIGHGROVE HOUSE bei Whitriver (Eastern Transvaal) machten mir nicht nur das Geschenk ihrer unvergleichlichen Gastfreundschaft, sondern gaben mir großzügig Einblick in ihr Leben als Kleinhoteliers, Farmer und weiße Südafrikaner, die auf einen gewaltlosen Machtwechsel und ein friedliches Miteinander von Schwarz und Weiß hoffen.
Als Schriftsteller historischer Romane, der auf umfangreiches Hintergrundmaterial angewiesen ist, gilt mein Dank insbesondere den Archivaren und Bibliothekarinnen, deren Geduld und hilfreiche Anteilnahme unerschöpflich war und die mich mit vielen tausend Fotokopien von alten Aufzeichnungen, Tagebüchern, Abhandlungen und Karten versorgt haben: *Strange Library of Africana/Johannisburg:*

Irene Brendle, Ian Grinkler, Moses Baloyi, Eric Itzkin, *Siege Museum/Ladysmith:* Elizabeth Spiret, *Albany Museum/Grahamstown:* Direktor B. Wilmot, Marijke Cosser, Fleur Way-Jones, Gerard Corsane, *South African Library/Kapstadt:* Arlane Fanarof, Tom Behnisch, *McGregor Museum/Kimberley:* Fiona Barbour, *African Library/Kimberley:* Mary Brits, *De Beers Archiv/Kimberley:* Dr. Moonyean Buys, Brenda Feder.

Großzügige Hilfe und wertvolle Informationen verdanke ich ferner dem Minen- und Diamantenexperten Dennis Knox in Kimberley , Thys und Alminda Grobler sowie Johan und Ingrid Swanepoel in Ladysmith. Ein besonderer Dank gilt dem südafrikanischen Gesandten Johan Paul Schutte für seine Unterstützung.

Sie alle und viele andere haben es möglich gemacht, daß ich schreibend zu dieser langen Reise aufbrechen konnte, die mit dem Abschluß von KÜSTE DER VERHEISSUNG noch längst nicht ihr Ende gefunden hat. Der Treck durch die Kolonialgeschichte Südafrikas geht weiter.

ASHLEY CARRINGTON
12. Februar 1993
Palm Coast, Florida

